国色芳华

〔中〕

意千重 著

重庆出版集团　重庆出版社

目录

第十八章 见贵人 /001
第十九章 遁序渐进 /014
第二十章 意外来客 /033
第二十一章 越人歌 /055
第二十二章 夜会 /075
第二十三章 母子 /086
第二十四章 犯痴 /094
第二十五章 斗鸡 /104
第二十六章 探 /112
第二十七章 交心 /125
第二十八章 心悸 /128
第二十九章 惩 /142
第三十章 喜 /163
第三十一章 反攻 /178
第三十二章 母子谈心 /205
第三十三章 初识 /220
第三十四章 婚礼 /245

第十八章　见贵人

张五郎看见黄家向着大街开的门和门口列着的十把门戟，知是三品官员，死活不跟牡丹等人入内，只肯带了人在外面守着。牡丹勉强不得，只好与薛氏一同入内。

付妈妈满脸堆笑地迎了出来，瞧见牡丹的样子，便被唬了一跳，却很有眼色地没有多问，只道："何娘子是稀客，上次夫人要请您过来吃饭，哪知您在庄子上，听说您忙得很，就没有去打扰。还说过了这段，要请您过来玩呢。"

牡丹强笑道："辜负夫人的好意，我这段日子真是很忙。"

付妈妈陪着她往里走，解释雪娘为何没有出来迎接："雪娘听说您来了，高兴得很，要将她新做的秋衣穿来给您瞧，只怕是要过些时候才能出来。"

牡丹道："没关系，我现下是有急事求见夫人，也不知夫人可在家，可有空闲？"

付妈妈早猜到她必是有事相求，却也不敢先就替窦夫人应下，便留了余地："今日夫人是有访客，奴婢没在那边伺候，也不知道客人走了没有。您稍微等等，待奴婢去看看。"

牡丹怕窦夫人拿不准自己的目的推托，便略提了一提："实际是和上次雪娘冲撞了宁王府孟孺人的车驾那事儿有点关系，我必须要见夫人一面。"

"您等着，奴婢这就去瞧。"付妈妈的脸色果然就不一样了，叫个丫鬟过来将牡丹和薛氏领到窦夫人惯常见客的侧厅去奉茶，快步往后头去了。

窦夫人却是闲着的，正在拨弄几棵菊花，听付妈妈说了，皱起眉头道："她具体没说是什么事儿？"

付妈妈对牡丹心怀好感，便笑道："没说，不过看起来应该是件不大不小的事。她平日为人挺有分寸的，那次还真的多亏了她，很仗义。"

窦夫人放下剪子，命人打水上来洗手，道："你也不必替她说好话，既是已经上了门，又是雪娘的好友，不见她怎么都说不过去，总得听她把话说完再做定论。先将雪娘拘着，别让她出来坏事。"

窦夫人收拾妥当，悄悄走到侧厅外，但见牡丹与薛氏在客位上正襟危坐，面色果然都不好看，却还算平静。略一思索，提步往里，扬声笑道："丹娘，早请你不来，说是忙得很，我也不敢让雪娘去打扰，害得那丫头成日总说我拘着她，可巧的，你今日总算来了！"

牡丹与窦夫人见面次数不多，也不相熟，又是来求人，免不了忐忑和拘束，先为薛氏与窦夫人介绍了，行过礼分宾主坐下，本想单刀直入，偏窦夫人又要寒暄，只好陪着。

窦夫人见牡丹眼里有急色，言谈举止却还淡定从容，便有了几分欣赏，将话题引入正事："听付妈妈说你有事和我说，还和上次雪娘冲撞了宁王府孟孺人车驾的事有关？"

牡丹忙从怀里取出孟孺人当初硬塞的那串檀香木珠子："那日孟孺人硬塞给我和雪娘一人一串这样的珠子，不知夫人可否知晓此事？"

窦夫人扫了那珠子一眼，笑道："我知道这事儿。怎么了？莫非这珠子内里有古怪？"

牡丹含泪道："这珠子没古怪，是人有古怪。我这是来求夫人救命的！还望夫人伸出援手。"言罢起身对着窦夫人深深一拜。

窦夫人见她含了泪，又行大礼，忙起身将她扶住，道："好好地说，到底怎么回事？"

牡丹知道没人会喜欢外人跑到自己家中哭，强忍着把眼泪逼回去，轻声道："宁王府孟孺人使人上门来说，我收的这串珠子便是聘财，要把我抬去宁王府，不然就要治罪。我虽然身份低微，却也不是那等眼里只见富贵的，更不愿被人这样强了去，让人因此把我当成那下贱无廉耻的女子。我有心一死以证清白，可又不想死得不清不楚。"

因见窦夫人面色凝重，听得认真，便继续道："我思来想去，唯有求雪娘替我做个旁证，只需实事求是，证明我与孟孺人从不曾提过婚配之事，这珠子也是她自己说了做见面礼，硬让身边妈妈塞给我二人的即可。我知道这会让夫人为难，可实在没法子，若是夫人此番能伸出援助之手，丹娘感激不尽。"说完又是一礼。

窦夫人接过珠子细细看了一回，脸上露出一丝玩味的神情："上门去传话的是谁？"牡丹虽然没提雪娘，而是很有分寸地只提做证一事，但二人是同时得到的珠子，还一模一样，牡丹这个算是聘财，雪娘那个又怎么说？这孟孺人简直不知天高地厚！

牡丹面红耳赤，小声道："是我表舅母崔氏。"

窦夫人又是一哂，把珠子还了牡丹，道："我知道了。既是你替我家雪娘出头才惹来的麻烦，我断然没有旁观的道理。你先回去，一有消息我就会使人找你。"

牡丹得了窦夫人这句模糊的承诺，虽还不安，却也知道只能到这里了。她说来请雪娘替她做证，实际上是来求窦夫人的。所赌的，不过是希望窦夫人还有一份仁侠之心，也没指望窦夫人能做到什么程度，只要关键时刻站在她这边，在中间推波助澜，转圜一下就行了。

送走牡丹，窦夫人沉思片刻，让人去将雪娘那串珠子取来，命人备下檐子自去拜访李满娘。

却说牡丹与薛氏才出了黄家的大门，就见张五郎和邬三站在街对面的墙脚下，说着话往这里张望。见着她二人，张五郎立时扔了邬三，飞奔过来，焦急地道："怎样？"

牡丹看到他歪偏偏的幞头和靴子上糊的半干鸡屎，以及脸上的焦急，由衷生出一番亲切之感，也作了轻松的样子笑道："说是不会旁观，让我回去等消息。"

张五郎高兴得像个孩子，大声道："我就说嘛，这天下还是有公理在的。走，我送你们回家。"

邬三袖着两只手，慢慢地走过来，望着牡丹和薛氏行了个礼，认真道："何娘子无需担忧，这不过小事儿一桩，就和毛毛雨似的，用不着多少时候它自然就停了。"

牡丹笑道："借邬总管吉言，但愿果真如此。"

邬三非常认真地道："一定会的。何娘子是好人，有志气，老天爷断然不会让您受这样的委屈。小人还有要事在身，先行一步。"言毕翻身上马，打马而去。

张五郎感觉到牡丹对他的态度与从前相比有些不同，高兴地抓了抓头，笑道："丹娘，这人是做什么的？适才与我吹了几句，挺有见识，脾气也挺对。"

牡丹道："我也不知他到底是做什么的，只知他大概是大户人家得力的总管。"

自给袁十九买石头之后，她又与蒋长扬见过几次面，彼此之间算得上是更加熟悉了些，说话也随便了许多，却始终不曾提过彼此的私事。所以邬三到底是干什么的，她实在不知情。说是蒋长扬的长随下人吧，两人相处的态度模式又有些不像；说不是，他又一口一个小人，对蒋长扬绝对服从。很古怪却又很协调的一对主仆。

张五郎得到这样一个含含糊糊的答复，很有些不满："我看他挺关心你的，还以为是你家的至交好友呢。"

牡丹尴尬一笑："张五哥，我真是不知道，虽有过几次来往，却连他叫什么名字都不知道，只晓得叫邬三。"

张五郎很肯定地道："他从前一定是从过军的。"

牡丹没吭声，原来李荇也曾猜测过，蒋长扬一定是从过军，长期握刀，甚至于杀过人的。

若是真的，邬三从过军也就很正常，张五郎算是猜着了。一想到李荇，牡丹的心又控制不住地往下沉，又酸又涩又难过。

花开两头，话分两支，却说四郎憋着一口气直奔李荇在东市的铺子，连寻了两家都不在，愈发气闷地奔了出去。不理身后大喊大叫的白氏和李氏，径直打马去了西市，闯进李荇最大的绸缎铺子，气汹汹往大堂里一站，抓住一个小伙计问道："我问你，你们公子呢？"

那小伙计是才来的，不认识他，见他一脸凶相，便警惕地道："我们公子爷不在。"

四郎猛地将他一推，目光从货架上扫过，盘算从哪里下手开砸，先出了这口鸟气再说。还没动手，苍山就含笑迎上来道："何四表公子，您今日怎有空闲过来？是来寻我们公子的么？他在后面静室里，待小人替您通传。"

四郎听说李荇在，不由冷笑一声，伸手将苍山拨得转了个圈，一步跨前，大声道："不用了，我自去会他！"轻车熟路地走到静室前，抬脚就将门给踢开了。

何四郎一脚踢开静室的门，左右一张望，看着里面临窗烹茶看书的李荇冷笑道："你过得挺悠闲自在的嘛。"

李荇这个铺子很大，虽然朝廷有规定，"两京市诸行，自有正铺者，不得于铺前更造偏铺"。然而他这个铺子却是远远超出了规定，乃是正常铺子的六间大小，相应地，后院也就更宽敞，种植的花花草草树木很不少。

此时正是秋高气爽之时，他便将临向后院的隔扇门统统取下，半卷了湘妃帘，在地上铺一张茵席，摆一张矮几，备下精致茶具若干，手持书一卷，自斟自饮。从四郎这个角度看去，但见院子里树木婆娑，绿色映入帘中，阶下黄菊可爱，远处桂香沁鼻，加上李荇右手书，左手茶，实在悠闲自在极了，与自己家中的鸡飞狗跳、人仰马翻相比，越发叫人心塞。

李荇见四郎一双眼睛瞪得如同牛眼大，里面充满了愤怒，唇角还含着冷笑，仿佛自己是他的仇人一般，不由吃了一惊，起身笑道："四哥，你……"

话音未落，四郎已然旋风似的跨上前来，恶狠狠地一手抓住他的衣领，另一手握成拳朝他脸上挥去。李荇本想躲开，想想又不躲不避，任由四郎动作。

四郎的拳头已然挨近他的脸颊，却又硬生生收了回来，一脚将不远处的红泥小炉给踢翻了，怒道："你为何不躲？"

李荇凝视着他，平静地道："四哥从来待我极好，不是亲骨肉胜似亲骨肉。既然伸手打我，必然是有打我的理由，挨你这一拳，算不得什么。"

四郎听他这一说，气得使劲捶了自家胸脯两拳——他下不得手，还有什么比这个更气人的呢？明明他刚才冲出家门的时候，心里充满了愤怒和痛恨，就是想好好暴打李荇一顿，再砸了他的铺子，叫崔夫人好生痛上一回的。可如今见着了人，他却下不了手……气死他了。

李荇见四郎一脸气苦，暴躁郁闷却无处发泄的样子，不由一颗心七上八下的，忙使劲抱住四郎的胳膊，道："四哥，若是我真做错了什么事，你不打我却打你自己，叫我看了又是什么滋味？到底怎么回事总得说给我听！"

但见四郎长叹一口气，用一种很奇怪的眼神望着他，良久不发一言。李荇越发心惊，自动将四郎的行为与牡丹挂钩，一想到和牡丹有关，顿时紧张得几乎不会呼吸，就连那被踢翻的红泥小火炉里的炭将茵褥点着了都不知道。还是被吓蒙了的苍山发了一声喊："哎呀，火着起来了。"

他方才惊醒过来，随手抓起身边的靠枕跟着苍山一道去拍火。火一灭，四郎立时将靠枕夺过来，猛地朝李荇头上挥过去，使劲拍了几拍方住了手，恨道："我恨不得烧光了你这个铺子才解气。"

李荇被他拍得晕头转向："四哥别光顾着发脾气，若我果真做错了什么，让我或是赔礼，或是补救，总要先说给我听。"

四郎将靠枕一丢，淡淡地道："也没什么，就是你娘今日去了我家，让我们挑个日子把丹娘送去伺候宁王，做那无名无分的姬妾。"他是连表舅母也不想喊了的。

李荇只觉得"嗡"的一声巨响，有什么在他脑子里突然炸开，震得他眼前发黑，血不再是热的，而是凉的，心窝子里更是冰凉成一片，四肢不能动弹，眼珠子动一下都很困难，只能僵着脖子定定地看着四郎，很肯定地道："四哥你一定弄错了！"

四郎看到他这样，有些心软可怜他，但想到崔夫人的可恶和无情处，便又硬起心肠："我有没有弄错，你回去一问便知。倘若你娘只是受人之托，不得不来传话，原也不会如此怪她。可她不只是给人牵线搭桥，还使劲往丹娘身上泼脏水，威逼恐吓利诱，一门心思就想把丹娘送去给人糟蹋。我不知她为何这样痛恨丹娘，为何如此狠心，可她这样做，分明就是成心想要断绝这门亲戚。既然如此，我有句话带给你爹娘。

"这些年来，我们家虽然多多依仗你家，却也不是白求你家。说得好听些，是彼此的人情；说得难听些，便是利益相关。这件事若是解决得好也就罢了，若是丹娘因此有个三长两短，别怪我们翻脸不认人，与你家势不两立！休要说是王府长史、四品诰命，便是当朝宰相、国夫人，原也只有一颗头而已。我这话不好听，却是大实话，只说这一遍，不说第二遍。"

四郎说完，再不多言，径自离去。在静室门口遇到跑得气喘吁吁的白氏和李氏，淡淡地道："回家！"

白氏见屋里虽然一片狼藉，到底没出大事，便松了一口气，道："慢着，我还有话要和行之说。"

李荇此刻已然完全相信四郎说的全是实话了，按理他应该十分羞愧，可他此时竟全然感觉不到脸上有任何因为羞愧而升起的热度，甚至于镇定自若地看着白氏道："二嫂，丹娘此刻怎样了？"

白氏道："她现在还好，可若是这事儿解决不好，她只怕就要撞死在宁王府前了。"因见李荇面无表情，便提高声音道，"行之，我们都知道你是个好孩子，可为着你们好，日后再也不要来找我家丹娘了，这样对大家都有好处。"

李荇翘起嘴角笑了笑："我知道了。你们慢走，我心情实在不好，就不送了。"

四郎看了他一眼，有些迟疑，终究转过头大步走了出去。

李荇坐在那块烧得残缺的茵席上，抬眼看着天边那抹渐渐变得苍白透明的云霞，不发一言。他太过安静，苍山有些害怕，轻手轻脚地跪坐在他身边，轻声道："公子，这实在太匪夷所思了些，不然，您先回去问问，说不定有误会呢？"

李荇淡淡地道："不用问了，我问你，这几日螺山是不是一直不敢在我面前冒头？是不是装的病？"

苍山心里"咯噔"一下，忙替螺山求情："是，小人问过他，他什么也不肯说。他年纪小，人又笨，说不定什么时候不小心走漏的口风都不知道，定不是故意的。"

"罢了，这是命，怪他不得。"李荇的眼里一片死寂，将手伸去递给苍山，"扶我起来，我的脚似乎动不了啦。"

苍山赶紧上前两步探身去扶李荇："公子怕是坐麻了吧。"其实他知道不是的，李荇并没有坐多久。

李荇不语，撑着苍山的肩头慢慢站起身来，僵硬地往前走了几步，觉着四肢的动作总算协调了些，便飞快往外走。

苍山担忧地看着李荇，但见他从先前的僵硬不协调到突然快了起来，奔走如飞，自己发足疾奔也几乎追不上。可出了店门，上了马后，先前尚且利索无比的李荇却又茫然四顾，似是不知该往哪里走。苍山越发难过，颤声道："公子是要去找夫人么？"

李荇点点头，其实他不知是该先去看牡丹，还是先去找崔夫人。理智上，他是应该先找崔夫人立刻解决此事，但情感上，他又特别渴望在这个时候见到牡丹，可是见到牡丹又能怎样？道歉？安慰？这些行为都很可笑。就算牡丹不会因此恨上他，他也无颜再见她。既不能见，见了也是伤心，那就永不相见。

"夫人既是已去何家闹过了，便不可能还留在何家，定是在家来着。"苍山小心地拨拨李荇的马头，"往这边去更快些。"

话音未落，李荇已然猛地抽了马一鞭，飞驰而出。

崔夫人得了牡丹去黄家的消息，坐着细细想了一回，觉得有必要立刻去和孟孺人说一声，正好把牡丹不肯，怎样骂她、推搡她、把她赶出去，威胁要举着牌子游街、撞死在宁王府前等事说给孟孺人听。旨在表示她真是尽了力，只是何家和牡丹不识抬举，桀骜难驯。

若孟孺人真是按着宁王意思来的，且是志在必得，或是觉着王府的尊严被冒犯，咽不下这口气非得强了，那便是她控制不了的，宁王府想怎样做那是他们的事。

牡丹那种做法虽说吓人，可也得有机会实施才是。不过一个弱女子，王府轻轻就制住了，闹大的可能性其实没有；若孟孺人自作主张，想来便会心虚收手，但从此恨上牡丹，背地里下绊子为难也是一定的。

可不管哪一种可能，此去她都一定得受孟孺人迁怒。她叹了口气，受迁怒就受迁怒吧，只要儿子好好的，就比什么都值得。

正要使人去备檐子，就听见屋外有人给李荇请安，接着门被推开，李荇面无表情地站在门口望着她，一双眼睛黑幽幽的，看不出任何情绪。

崔夫人有些心虚，不敢看李荇的眼睛，强笑道："这么早就回来了？饿了么？我让人给你做吃的，我有急事要出去……"边说边往外走。

李荇将门堵住不让，崔夫人强笑道："你这孩子，这么大了还爱胡闹，快让开，我急着要出门呢。"

李荇道："刚才何四哥去我店子里了，他让我带句话给你，说是如果丹娘有个三长两短，一命换一命。我已然是答应了他，若真有那一刻，便将我的命拿去抵丹娘的命。"

崔夫人一愣，随即扬手用力扇了李荇一个耳光，气得胸脯上下起伏，两眼含泪，悲愤地道："你好大的胆子！敢在我面前说出这大不孝的话！我生你的时候难产，从此坏了身子再不能生育，把你当做眼珠子一样的爱护，你想要的，我千方百计满足你。你跑去做生意胡闹，我由你；你为了她抛家弃孝远走整整两年多，我日夜担忧，没怪过你；你为她出头、到处结仇，差点把自己赔进去，我揪心揪肝地疼，也不曾怨过你，因为我一直在等你懂事！但如今，你为了她，父母家族、前程性命统统都要舍弃了么？我二十年的含辛茹苦，在你眼里就比不过她一笑？"

李荇被打得偏过头去，大声道："就算是我做得不好，让你不满意，你也不该去害她。她何其无辜！你怎么这样狠毒！"

"我狠毒？"崔夫人此刻对牡丹的恨又拔高了一截，猛地一推李荇，吼道，"我告诉你！这都是你逼的！我不能眼睁睁看着你毁了一辈子，也毁了我们这个家！所以说，是你害的她！是你的错！只要我活着，她休想称心如意！滚开！别挡着我的道！"

是他逼的，他害的……果然是这样。李荇垂眼盯着崔夫人裙子上的烫金花纹，缓缓道："她是对的。其实，不是她称心如意与否的问题，而是我称心如意与否。你知道么，她根本就不要我。在你眼里视若珍宝的我，在她眼里也许还比不过一棵牡丹花。"

牡丹是对的，她若不顾一切跟了他，只怕也是郁郁而终。李荇失神地想，他若是她园子里的一株牡丹花，日日得她温柔照顾，在她掌心勃发怒放，那该有多好？

崔夫人想到岑夫人临走时骂她的那句话，发狠道："那你就更没出息！她不要你，你还想着她做什么？你帮着她家威胁我是不是？行，如今就是两条路，要么她死，要么我死！你一日不如我愿，我便叫她一日不能如愿！"

李荇看了她一眼，一言不发，转身就走。崔夫人被他脸上那种死寂的神情吓住，忙弯腰往前一扑，一把扯住他的袖子喊道："你要去哪里？"

李荇淡淡地道："我去找宁王。"

崔夫人又气又急又恨又痛："你敢！"她可以想象得到李荇见了宁王会怎么做，怎么说，那叫什么事？

李荇不语，只管去扯袖子，见扯不动，干脆将袖子撕了，脱了身就大步往外走。崔夫人抓着半截袖子，又惊又怕，泪眼模糊地哭喊道："你这个狠心的孽障！我是为了谁？我一辈子辛苦操劳，四处赔笑，都是为了你！我问你，是我和你亲，还是她和你亲？她差点就毁了你，毁了我们家，我做什么了？我什么也没做！我不过就是按着孟孺人的意思去抬举她，她委屈，我还丢脸呢！

"难道孟孺人替宁王开了口，我能拒绝得的？这怨得谁？你以为她是什么好人？她若是自重怎会惹这些麻烦？好吃好喝不在家里待着，顶着那张脸成日里四处乱跑，到处惹事！就算是孟孺人在中间捣鬼，我误会了她，说清楚不就行了？她为何那般羞辱我？不但骂我推打我，还谋算着要把你和你爹的名声前途全都毁了！心肠何其狠毒？！这何家，整个儿就是一窝白眼狼！你只知道怪我、怨我、恨我，为什么不问我有什么委屈，有什么难处呢？我白白养了你二十年！你也不用逼我，等我一头碰死在这里，为她清了道，你就万事如意了！"

崔夫人说完，果真一头朝廊柱上撞将过去。丫鬟婆子见势头不好，赶紧上前将她抱住，一些人劝说，一些人大喊听见动静站住不动却也没有回头的李荇："公子爷，快来给夫人认个错呀……"

崔夫人大哭道："不必求他，我就当是没有儿子的孤寡，死了才干净，胜似这样活活气死。"

李荇被崔夫人中伤牡丹的话气得浑身发抖，几次想回过头来替牡丹辩白不是这样的，想想却又越走越快，头也不曾回。崔夫人见自己都这样了，他还不肯回头，越走越远，一颗心犹如在油锅里滚了几滚，熬了几熬，不由悲从中来，越发大哭不止。

忽见李满娘脚步匆匆地奔进来道："你们这是做什么？闹得外面都听见了，让下人看笑话。"说着拦住李荇，给他一个少安毋躁的眼神，将他往崔夫人面前拖，嚷嚷道，"两个都不像话，这是亲母子？不知道的还以为是仇人呢。"

崔夫人犹如见了救星，越发哭得伤心："阿姐，他忤逆不孝，我要活不成了！"

李荇也觉得李满娘来得正好，气愤地道："姑母，你不知道她做了什么……"

李满娘送走窦夫人就急匆匆赶过来的，怎会不知道发生了什么事？淡淡地扫了崔夫人一眼，握了李荇的手安抚道："没事儿，没事儿，我已然让人去请你父亲回来了，该怎么办自然会怎么办。你两个谁都不用出去了，就陪我坐着喝茶等你父亲归家。"

没想到李满娘也知道了，崔夫人用帕子掩了脸，小声道："阿姐怎会知道的？是不是她家告到你那里去了？"

"我又不是官府，找我告什么状？"李满娘淡淡地道，"是窦夫人过来找我，想请我和元初说，问宁王什么时候有空，想让黄将军把当初孟孺人送给她家雪娘的手串退回去。我见不过是串寻常珠子，便多问了几句，不然我还不知道弟妹这么能干，可以上门威逼利诱亲戚，也可以在家以死相胁儿子。"

崔夫人一愣，随即红了脸，晓得是那串手珠做聘财威胁牡丹的话给李满娘知晓了。大姑姐平时虽不多管她的事，却是含糊不得的，既然找上门来，又派人去请李元回家，又是这样的语气，便是不满得很。可叫她就此认错，她也不肯，便不甘心地道："我那是被逼着没法子，也是被孟孺人骗了，还有就是气着了，糊涂了，丹娘实在过分了些……"

李满娘并不和她扯这些，只淡淡地道："如今我是要担心，亲戚好友会说我们富贵就忘了本，不讲道理，刻薄自私狠毒，出卖外甥女儿。元初这么多年来在亲戚朋友中积存起来的这点威信面子怕是保不住了。"

崔夫人被她说得急了，将帕子使劲擦了一下鼻子，道："阿姐！你再怎么和岑大娘交好，也亲不过我们去，怎么胳膊肘往外拐？你也是做母亲的人，怎么就不能体会我的心情呢？我有难处！"

李满娘无奈摇头："你也是做母亲的人，怎么就不能体会旁人的心情呢？要说为了行之好，我真没看出你给行之带来什么好处。"见崔夫人神情激动，当机立断结束谈话，"不扯这个，没意思。"

崔夫人被噎得难受，悻悻地起身净脸匀面梳头。李满娘轻声对李苄道："行之，男子汉大丈夫，当机立断，不该想的，就不要再想了。"

李苄低声道："让姑母操心了。此事一了，我此生永不见她。"

李元初将火气压了又压，看着崔夫人沉声道："你果然糊涂了，从今日起不必出门，也不必再管外面这些事了，把家里管好就算是帮了我的大忙。"也不看崔夫人是什么表情，叫了李苄、李满娘出去商量此事怎么处理。毕竟事已发生，发怒发火于事无补，不如集中精力考虑怎么补救。

李满娘直言不讳地道："不管孟孺人是不是真得了宁王的示意，丹娘不肯，想来宁王也不会逼她。要我说，这孟孺人实在过分张狂了些，一个不如意就敢叫黄家的雪娘给她下跪赔礼道歉，看上丹娘这样的更是一串珠子就想算计了去，是该好好教训教训才是。不知她平日里在王府中如何？"

李元初道："她是先王妃的姨表妹，也是出身名门。除了先王妃，论位分就是她最高。宁王看在先王妃的面子上，平时对她也多有看顾，乃是自视甚高的一个人，不过却不是很得宁王喜欢。"

"这样的人，说不定还有野心，想着做那第二个宁王妃，也难怪她钻头觅缝到处寻机讨好宁王。李满娘道："既然她家世身份在那里，这事儿就算宁王知道了，想来也不能动了她的根本，不过就是挨一顿训斥，受点惩罚而已。黄家不怕得罪她，我却只恐她迁怒丹娘。故而，还得元初亲自去拒绝她，做得妥当些，比如说，丹娘有病什么的。至于宁王那里，再另外想个妥当的法子试探一下。"

李元初叹道："我也是这样想的，何家那里还得烦劳阿姐明早走一趟，替我们赔礼道歉。等这事儿完全办妥之后，我再登门谢罪。这亲戚关系，能补救多少就补救多少吧。"

李满娘苦笑道："我不上谁上？"

李元初看着李苄道："这件事的确是你母亲做得太过分。可她再有不是，一心为你也是事实。你早听了我的话，哪会有这么多事出来？罢了，我也不说你了，好自为之。"

李苄淡淡地应了一声，起身道："我累了，先睡了。"

李满娘见他走远，回头对李元初道："你得防着些，孟孺人不是个好东西，这种事有一就有二。行之他娘做事顾首不顾尾，做了这次下次她还能推托吗？自家外甥女都肯出面帮忙了，其他人家就更不在话下。给宁王送女人，巴结后院妇人，传出去会坏了你的名声，连带着孩子也会受影响，我看别让她再和那边的人接触了。"

李元初叹道："阿姐不说我也是打算这样做的，先前没说她，是因为当着孩子的面。你放心，我会让她好好待在家里养病的。"

第二日一大早，李满娘抢在何家男人出门之前赶去了何家。门房看见是她，有些拿不准是该如同往常一般直接让她入内呢，还是该去通报了再说。正犹豫间，就被李满娘虚抽一马鞭，笑道："赶紧地让开，误了我的事可不饶你。"

门房见她态度很好，便也跟着赔笑："李夫人，您等等啊，马上就去通报。"

李满娘发现这其中的差别，哂笑一声，心想自家兄弟媳妇昨日才闹成那个样子，人家生气也是正常的，也就坐在门房里等。她并没有等太久，岑夫人很快亲自迎了出来，笑容虽不怎么自然，言谈举止间还算客气。

李满娘松了口气，亲热地握了岑夫人的手往里走，笑道："先时不许我进门，只当是连着我也一并恼上了。"

岑夫人收了笑容："我没那么糊涂。不过你不许替她说情，这事儿我和她没完。她的孩子是宝，我的孩子就是草？"

"都是宝！"李满娘笑道，"我不是为她说情来的。"说话间到了屋里，何家人刚吃过早饭，还未散去，正坐着七嘴八舌地说些生意上的、坊市里的奇闻异事，并没有苦大仇深的样子。

牡丹穿着玫红色的罗襦，配墨绿色的八幅长裙，腰间系一条捻金线盘云纹裙带，头发梳得光洁整齐地坐在何志忠身边，将手放在何志忠膝盖上，微侧着头，乖巧地听大家说话，除了脸色有些苍白外，精神还不错。

众人见了李满娘，都起身很有礼貌地和她打招呼、让座、奉茶。李满娘却晓得他家的脾气，此时看着虽然好，若是自己向着崔夫人，那是铁定马上要翻脸的。也不废话，直接将李元初的歉意表达到，让众人别担心，一定会将事情解决好。

何志忠不置可否："我前些日子因缘巧合认识了一位初进京的御史台中丞，也是姓何。他喜欢我爽直好酒量，并不嫌我是商人，几次邀我去他家做客。我昨夜还和丹娘说，得去请教一下这珠子该怎么处理才妥当。既然元初已然有办法处置了，我就不觍着脸去求人了。"

他经商这么多年，并不是只认得、靠着李元初一个人，他的钱也不是全投在珠宝香料上，实在到了那一步，鱼死网破谁怕谁？御史台有的是不怕死的人，他就不信宁王舍得自己的好名声。

李满娘暗叹不已，何家是当真把崔夫人恨上了，这关系想来是无法修补了。也不怪何家上下如临大敌，平头百姓沾惹上王府，自家亲戚都来落井下石，自是伤心、气愤、惊怒交加。她略一思索，便不再提这事儿，笑着表示想看牡丹那个牌子。

牡丹想到她到底是李元初的亲姐姐，看到那牌子多少心里都会不舒服，便推托道："不知收到哪里去了。"

李满娘瞅着她笑："不知道？那么重要的东西，倘若是我，还得做个称手的、大的，字一定要用朱砂写才醒目。"见牡丹面色古怪，遂不再追问，捏捏她的胳膊，赞道，"不错嘛，结实了许多。看来中秋节后去打猎，你是能随行了。"

牡丹垂下头没说话。

李满娘就道："哟，这是连着我一起恨上了，再不和我来往了么？"

牡丹忙道："没有。我只是不知到时有没有空。"

李满娘眼睛一瞪："没有空就抽空！死都不怕，还怕跟我一起去城外跑一趟？多认识几个人对你有坏处吗？"

何志忠道："丹娘想去就去吧。"又别有意味地道，"多跟着你表姨学本事。"生意人，交游越广越好办事。牡丹交好的人越多，日后遇到事时办法也就越多，越能保护自己，这是必须的。

忽听一个婆子来报："外面来了一位姓白的夫人，说是丹娘的好朋友，特意来拜访丹娘的。"

自己可以称作朋友的人中，除了白夫人还能有谁？牡丹惊喜地站起身来，急匆匆出去迎接白夫人。

白夫人捧着杯茶，正在来回打量何家中堂里的那座香山子，见牡丹出来，回头嫣然一笑，顺带认真细致地打量了一番，见她脸上有笑，衣着也得体，便道："今日这身衣裙很不错，若是再涂上我送你的那个紫色甲煎口脂，就更抬色，气色也会更娇艳。"

牡丹笑道："你今日也打扮得挺美的，可是有什么好事？"白夫人此番打扮得不同以往，非常华丽，石榴红宝相花的八幅长裙、净藕色绫子宽袖披衫、金泥红绫披帛倒也罢了，发上戴的金丝花冠真是金碧辉煌，镶嵌了好几种宝石珠子，两道精心描绘的远山眉，唇上又涂了石榴红的甲煎口脂，看着似比从前丰腴了一些，加上淡淡的木樨香，那种冷清的气质也淡了些。

白夫人见牡丹赞叹，便在她面前轻轻转了个圈："你觉得这样好么？"

牡丹赞道："很好呀。这花冠尤其精致，雍容华贵却又不落俗套。你今日怎么有空过来？"

白夫人似笑非笑地道："你不便上我家的门，我只好来找你。其实是我一位姑表妹临出嫁，要办一个赏花宴，就是几位相熟的长辈、朋友、姐妹，我想请你陪我一道去。不知你可否有空？"

这种时候去参加宴会？可是白夫人又兴冲冲地找上门来邀约自己……牡丹很是为难，思来想去还是觉着不宜出门，便抱歉一笑："我只怕是要辜负你的好意了。"

白夫人伸手替她理理裙带，笑道："我和你客气，你还真就客气上了？不行，今日你必须和我一起去。我本不想去，就是为了你才决定去的。"

莫非她已经知情了？牡丹狐疑地看着白夫人。

白夫人抿嘴一笑："你不够意思，这样大的事情不和我说，却要我从旁人口里知晓，实在没意思极了。今日孟孺人也会去，等到宴会结束，你就会感谢我了。"

牡丹心情激荡，握住她的手笑道："我不告诉你，是因为觉着还能处理，不过就是时日长短的问题。"说来也奇怪，看到何志忠平静的表情，她也就跟着平静下来，认为这件事一定能解决好。信心从何而来？来源于全家的团结和爱护。

白夫人犀利地道："你是怕找我帮忙就会让我生出误会，认为你和我交往就是为了请我帮忙的吧？你放心，人和人交往，本就是情投意合之余互相扶持，你若是总把门第高低放在心上，我倒觉得没意思了。"

"是谁告诉你的？你怎么安排得这样快？弄个宴会什么的，不是要花上好几天工夫么？"牡丹并不反驳。白夫人说这话，不过是因为她喜欢自己，愿意与自己交往，所以认为朋友之间相助是理所当然的，但若是自己开始就抱着结交权贵的心情和目的去，白夫人还会这样想吗？不会的。

白夫人笑道："自然有人告诉我就是了，人家也不是要你去谢。东道主不是我，操心的人也不是我，我只管将你带过去，自然有人在那里等着替你解决问题。"

牡丹越发狐疑："是什么贵人？说来我运气真好，命里总有贵人相助。你还自称是我朋友，不和我说明白，让我不能去答谢人家，可不是叫我失礼么？"

白夫人笑而不答，只道："衣服就不要换了，这套就很好，赶紧进去收拾一下头脸，戴些漂亮的首饰，上脂粉涂口脂，记得要用我送你的那个紫色的，也莫要用香，喏，用这个。"命碾玉递了一只象牙雕花小盒上来，亲手打开给牡丹看，里面是两只攒成鸽蛋大小的木樨花球，用了五彩丝线系在一处，新鲜可爱。

白夫人将袖子褪到腕后，露出自家戴的两只花球："今早天微亮她们就去摘了木樨花结的，戴在手腕上最好不过，香味浓淡刚好合适。连我这个从来不喜欢这味儿的人都爱上了，你这年轻新鲜的正好试试。记得将孟孺人送你的那串珠子一并带上，咱们稍后还她。"

牡丹接了花球，又请薛氏来陪白夫人，自己入内禀过岑夫人，又与李满娘告了罪，自去收拾不提。

少顷，牡丹收拾妥当出来，白夫人眼前一亮，笑道："我仿佛又回到第一次见到你时的情形了，也是这样的鲜活明亮。想来，那人一定会喜欢你的。"

牡丹奇道："到底是谁？夫人莫要卖关子啦。"

白夫人笑道："叫我阿馨就好，走啦。"

二人出了宣平坊，拐一个弯，直接沿着大街往前走，到了崇业坊后，径直往福云观而去。牡丹没想到竟然是去道观，便笑道："我听说这里住着一位公主女冠，买芍药牡丹之时也没能进去。难不成，咱们今日竟是去她那里做客么？"

白夫人笑道："就是去她那里，不过这事儿也和她没多大关系，不过有人借她的地方一用罢了。这些日子，她那里的木樨开得极好，正是宴客的好地方。"

进得福云观，立刻就有年轻貌美的女道士迎上前来，将众人引入后观。未到地头，但觉清风拂过，木樨特有的甜香味扑鼻而来。牡丹深吸一口气，笑道："真香。"

引路的女道士笑道："客人进得里面更是舒服。"

说话间，转进一条乱石铺就、道旁遍植金桂的蜿蜒小道。路走到一半，隐约传来女子欢快的调笑声，似是非常热闹，又前行几步，就见一红一蓝两个女子大笑着互相追打过来。

碾玉指着其中一位梳双环望仙髻、穿石榴红绫短褥系同色八幅罗裙，身姿丰腴，正掐着同伴的脖子猖狂大笑的女子道："那不是邱家的曼娘么？她是主人，不在里头陪着客人，偏要跑出来和人追打，还和从前一样的性子。"

白夫人笑道："看看，都是一群野丫头。年龄也没比丹娘小多少，正是自由自在、天真烂漫的年纪，正好玩的时候。"

那两个女子发现她们，欢天喜地地跑过来。邱曼娘好奇地打量着牡丹，与白夫人行礼问好："馨表姐，我还以为你不来了呢。"

白夫人替她把因为打闹散下来的碎发别在耳后，笑道："我自是要来的。汾王妃来了么？"

"还没呢，现下就是几个本家姐妹在。"邱曼娘指着牡丹道，"这位姐姐是谁呀？长得真好看，这身衣裙搭配得也挺美的。"

白夫人显然没有和她认真介绍牡丹身份的意思，只道："我的好朋友，姓何，小名牡丹，都叫她丹娘。"

邱曼娘微皱眉头，轻咬着鲜红欲滴的唇瓣，显然在想这京中有什么姓何的人家。牡丹命恕儿递上锡盒，笑道："没有经过您的邀请就来参加宴会，实在不好意思，这是一个伽南香扇坠，做得还算精致，寓意也好，请您不要嫌弃。"

邱曼娘见牡丹话说得客气，又见那锡盒精致，微微一笑接了，也不忌讳什么。当着众人的面打开，但见那锡盒却是两层，第一层放了少许蜂蜜用以滋养香木；第二层，满满一盒子伽南香末中放着一只雕成蝙蝠、灵芝样式的扇坠，果然做得非常精致，也很适合自己这个即将成亲的人用。

邱曼娘立时就叫身边的侍女取出来给她换上，欢喜地道："我太喜欢啦！"当下连带着对牡丹也生了好感，也没心思去追究牡丹的出身了。转而热情地指着身边那穿蓝衣的女伴介绍给白夫人和牡丹认识："这是秦家的阿蓝，我们也是才认识没多久，可是彼此都喜欢得紧。"

秦阿蓝上前与白夫人和牡丹见礼，她生得肌肤如玉，长眉大眼，下巴有点方，身段玲珑，年方及笄，也是个美丽的女子，举止很是沉稳大方，扮相虽然较邱曼娘来说朴素了许多，却自有一段难掩的富贵风流气质。

白夫人笑道："你是太原秦氏的吧？"

秦阿蓝一笑，左边脸靥上露出一个浅浅的梨涡："正是，我在族中排行二十六。先宁王妃，是我的亲姐姐。"

牡丹不由多看了秦阿蓝两眼，果然从她身上隐约找到了些宁王妃的影子。只不过，宁王妃整体给人的印象更多是温润，秦阿蓝更多了些坚毅。

白夫人缓缓道："你姐姐是个好人。"

秦阿蓝眼圈一红，垂首不语。

邱曼娘嚷嚷道："馨表姐，你又来勾起人家的伤心事，今日我最大，谁都不许提伤心事，只准笑！"边说边搂住秦阿蓝的肩膀往前推，走了几步，又回过头来望着牡丹笑，"何姐姐，你别拘束啊，想怎么玩就怎么玩。"

白夫人抬抬下巴："你们去吧，不用管我们。"

邱曼娘巴不得她这句话，搂着秦阿蓝低声说了几句。二人发出一阵低低的笑声，手牵着手飞快地跑远了。

牡丹此时方有空问白夫人："阿馨，你说的那位贵人是汾王妃吗？汾王是不是那位皇叔啊？"

白夫人笑道："你也知道汾王？那可正好了，难怪呢。"

牡丹丈二和尚摸不着头脑："汾王是那次在宁王庄子上看打马球时远远见着一面，只知道他是皇叔，其余统统都不知晓。"

白夫人拖长了声音道："原来是这样啊。我明白了。"

牡丹见她一脸促狭，噘着嘴轻轻掐了她的胳膊一把："干什么啊，笑得这样坏。"

白夫人笑了一回，道："实话同你说了吧，有人请托了汾王妃替你出头。汾王妃不是世家女子，最爱替天下受了冤屈的女子申冤出气，稍后她要是和你说了什么奇怪的话或是做了什么让你惊讶的事，你统统都不要惊讶，只管应承是。"

牡丹被她引得心痒难耐，揪着她的袖子不依："到底是谁，你不说我不放你。"

白夫人笑："真想不起来？你好好想想，这事儿乃是昨日才发生的，除了李家以外，你可曾遇到过什么熟悉的人或是求过谁？"

牡丹皱眉沉思片刻，猛然想起邬三的话，再想到潘蓉与蒋长扬的关系……几乎可以肯定是谁了。

白夫人道："的确是他。虽然他让我别说，可是我想，得给你提个醒，是谁帮你忙，人家为什么要帮你，原因是什么，这个人情还得起还不起，你总得心里有数才是。"

这世上从来就没有无缘无故的好，一次两次可以看作因缘巧合，这个人古道热肠，如果三次四次，就远远超出一般范围内的同情或者义气。白夫人就是不提，牡丹也想到了，她沉默良久，道："想来你也知道，他帮我不是一次两次了，我觉着，他是个好人。"

白夫人低声道："我没说他是坏人。只是希望你该问清楚的得问清楚，别这样糊里糊涂的，真到了人情大到还不起的那天，你怎么办？"

这席话说到了牡丹的心坎上，她忍不住在路旁站定，轻声道："我心里有许多事，平时总找不到人可以说，今日听你和我说这个，倒是想趁机和你说一说。"

白夫人道："此时尚早，我们就在这外面游一游。等会儿再进去。"

女道士闻言，笑道："夫人，前面不远处有个亭子，风景不错，要不要去那里坐坐？"

白夫人依言携了牡丹一道走下小道，岔入林中，进了亭子并肩坐下说话。

牡丹把蒋长扬给过的帮助都说给白夫人听了，道："端午那次我很感激，却只觉着他侠义。后来几次不大不小的相助，虽然不安，也没觉得特别突兀，毕竟他都没有过分热情，所以只想着多培育几株好牡丹花送他，日子也还长，说不定什么时候就能还了这份情。可这次的事却是让我有些惶恐……他太热心了些，再这样下去，我真的还不起人情啦。"

他在马蹄下救了她，答谢礼物要了牡丹花；送她头痛药，又言明可以给钱；宁王府庄子里管事刁难，他虽然示警并做出了一定的反应，事情却是何家人自己解决了的，他过后才知道；买石头，虽便宜了自己，也是他的朋友需要钱周转，而且另有所托。只有这次的事情，他不声不响就迅速解决了，快到她完全想不到，已经与前几次完全不一样了。

她的确是还不起这越来越重的人情，尤其是在不知道对方想要什么，为什么要帮她的情况下。这些都让她烦躁不安，不知所措。

白夫人沉思良久，字斟句酌地道："也许是我们想多了，你也不要看得太严重。我猜他也许是同情你。他的母亲是从前的朱国公夫人，因为一些事不顾所有人的反对与朱国公和离了。当时闹得有些大，她想尽办法才能带他离开。听说母子二人离开朱国公府后经历非常坎坷。大约他是看到你遇到这些事，心有戚戚、感同身受，才帮你的也不一定。"

牡丹叹道："不管怎样，过后该问的还得问清楚。最近事太多，我就是一只惊弓之鸟。"也许她是刚刚经过宁王府这件事，所以也用那样的心思去猜测蒋长扬了。

白夫人轻抚她的肩头："以后若有需要，记得要和我说，一定要说，也别怕给我添麻烦。我若是不能，那便是不能，自不会勉强，但大多数时候，多个人多条路是一定的。"

朋友间的亲疏远近，其实很多时候体现在这上头。若是很亲密的朋友，有事就会首先想到，也便于开口；关系越远，越是不到迫不得已时不会想到并求到。牡丹认真地点头："我知道了，你也要这样。"

白夫人会心一笑："知道啦，走吧，该进去了。"

小径尽头留了一块空旷宽敞的空地，设了屏障，居中摆放了一张长而宽的大桌子，桌上摆了梨、石榴、栗子、胡桃、葡萄等果品，又有酒水若干、奶油酥山等物，桌旁顺次放着精雕细刻又用华美的彩绸装饰过的月牙凳。

几个衣着华丽的年轻女子说笑着吃东西玩耍，见白夫人与牡丹进来，姐姐妹妹的乱叫一气，笑着闹了一回，都问牡丹是谁。这回白夫人的回答又与先前略有不同："我的好朋友，机缘巧合被汾王妃瞧见了，王妃很是喜欢，今日特意叫我把她带了来玩。"

那几个女子便不再追问牡丹的身份，亲亲热热地叫了丹娘，拿东西给她吃，看着倒是个个都热情得很。

没多少时候，先前引路的女道士引了五六个女子过来，当先那个穿象牙白素绫披袍、发髻上插着白菊花，神情端庄，唇角含了浅笑的正是孟孺人。

众人见了她，还是如同刚才看到白夫人与牡丹一样，热热闹闹地打招呼，并未特别行礼问候让座。孟孺人看到对面白夫人身边的牡丹，先大吃一惊，几疑自己眼花看错了。

牡丹见孟孺人盯着自己看，表情狐疑，便回以一笑，笑得孟孺人直皱眉头：那何家女儿为何在这里出现，这些眼高于顶的世家女子竟然容许她同坐一桌？且崔氏昨日不是按着吩咐去办那件事么？到底办妥了还是没办妥？

莫不是看错了？孟孺人琢磨半晌才试探地叫道："何妹妹……"

妹个头！牡丹恨得咬牙，仍袯衽为礼笑嘻嘻地道："孺人抬举了，小女子实不敢当。"

果然是她！孟孺人惊得捏紧了帕子往后一仰，随即又恢复了正常，娇笑连连："果然是你，我刚才看到吓了一跳，还以为看错了，可我看着实在很像，心想天底下哪有这么相像的人儿。便壮着胆子一问，果然是你！"

牡丹笑道："正是我。我刚才看到孺人进来，也以为自己看错了。"

孟孺人听了她这句话，又看她与从前迥然不同的态度，心里非常不舒服，便道："我便是我，怎会看错！倒是你，怎会在这里？实在让我惊奇。"

邱曼娘的一个堂妹笑道："你无需惊奇，她是汾王妃的客人，白姐姐的好朋友，出现在这里再正常不过了。"

事先并不曾从崔氏那里听说她还有这样的人情交际！孟孺人骤然捏紧了帕子，震惊不已，瞬间闪过无数个念头。白夫人倒也罢了，再是白氏的嫡女，也不过一个侯爷的儿媳妇，夫君又是个纨绔子弟，没什么出息，不足为虑；倒是汾王妃难缠得很，且她才刚吩咐崔氏去做那件事，凑巧何牡丹就出现在这里。

孟孺人盯紧了牡丹的眼睛，笑道："真是凑巧，那次别后，我一直挂念妹妹好人才，还以为不知什么时候才能再见着，一直非常遗憾……"

"现在不遗憾了吧？"随着这声音传来，七八个人簇拥着一个年过半百、又胖又白的妇人走了过来。那妇人披着紫色绫披袍，内着黄色八幅罗裙，脚下一双奢华到了极致的高头草履，蛾眉长目，笑得犹如太阳花。

牡丹猜着，这大概便是那汾王妃了，这样的身姿与那胖胖的汾王刚好一对。果然众人皆起身与那妇人行礼问好，簇拥她坐了上首，又叫人去将邱曼娘和秦阿蓝找回来。

牡丹有些紧张，白夫人撒了谎，说她是汾王妃的客人，深得汾王妃喜欢，如今正主儿到了，却不认得她是谁，可不是当众出洋相了么？正想着，白夫人已然拉了她去给汾王妃行礼问好："王妃，人我已是给您带来了，差事办妥，可有奖赏？"

"你们听听，这丫头难道就不是她的好朋友了么？带朋友玩，难道不该？现在却要向我讨人情。也罢，这人都是贪心的，何况你们这些不懂事的小崽子，好吧，你想要什么？说出来。"汾王妃半是嗔怪半是宠溺地一笑，待牡丹行了礼，亲手将她扶起，命她在身边坐下，上下打量了一番，道："一些日子不见，人才越来越好啦。"

说得就和真的似的，牡丹抿嘴一笑，并不言语，因为她不知道该怎么接下去。

汾王妃也不要她回答，自顾自地和周围人夸她如何能干聪明有志气，听得牡丹汗颜。邱曼娘也在一旁娇滴滴地道："正是呢，这位何姐姐最合我眼缘了，下次我还要请她来玩。"

白夫人只是笑，孟孺人听着越来越不是滋味儿。她心里有鬼，便觉着，汾王妃说人都是贪心的，就是专门指的她，越想越觉着今日这赏花宴不同寻常，似是针对她来的。

汾王妃夸完牡丹，又将其余的女孩子一一夸赞过来，夸得秦阿蓝脸红耳赤。汾王妃笑道："你害羞什么？你姐姐的风姿品性在宗室中有目共睹，广受赞誉。圣上和皇后经常说，王妃们就像她那样谦和心善、大度正派才是。同是一家人教出来的女儿，你能差到哪里去？我看你半点不比你姐姐差。我的称赞，你当之无愧。"

孟孺人猛然呆住，拿秦阿蓝与先王妃相提并论，还是出自于与皇后娘娘关系向来很好的汾王妃之口，这是什么意思？莫非想续亲亲？她看着脸儿红红的秦阿蓝，心里充满了愤恨。凭什么？就因为她们姓秦，是五姓女？自己什么地方比她们差？正自愤恨间，汾王妃招手叫她过去："你过来，我有事要和你说。"

孟孺人脸上堆满了笑，讨好地说了几句吉祥话。汾王妃上了年纪，听到这些吉祥话自是非常喜欢，不住点头："你有心了，嘴还是这么甜。"伸手将腻在一旁的邱曼娘赶开，"你不是说准备了琵琶手么？还不赶紧叫人出来奏着？你这个主人倒比我们还闲适。起去，让你孟姐姐坐。"

孟孺人得以挨着汾王妃坐下来，却见另一边坐着牡丹，不由生出一丝怪异感来。只听汾王妃笑道："我前些日子和皇后娘娘闲聊，说起宁王妃刚薨，府里没个能干且放心的人撑着，宁王又接了那样紧要的差事。皇后娘娘很是担忧，奈何鞭长莫及，这就说到了你。"

孟孺人一心想升官，又惊现竞争者，骤然听得顶头上司提到自己，自是打起十二分精神，聚精会神地听着。正等着下文呢，汾王妃却不往下说了，转而让牡丹给她剥石榴，又手把手地教牡丹怎样选皮薄大粒，籽还小的石榴。

孟孺人听到关键处骤然被打断，心里犹如七八只小手在抓啊挠的，难过得要死。忍了几十忍，实在忍不住了，旁敲侧击：“妾身许久没有觐见皇后娘娘了，娘娘凤体安康？”

汾王妃猛然回神，笑道：“哎哟，我真是老了。是这样的，娘娘说，宁王如今要操劳政事，没空儿管府里的事。如今府中位分最高的就是你，你要向先王妃学，把府里的事情处置妥当，切记不可出现任何有损王府声誉的事。下面的奴们们要管好，府里的姬妾们也要拘紧了，若是有那没眼色、不懂事、不安分、敢乱来的，不拘是谁，一并重重地罚！若是降位分不够，那便赶出去，若是还不够，该怎么问罪就怎么问罪……听明白了么？”

"妾身听明白了。"孟孺人僵硬地咧咧嘴，偷眼去看，但见牡丹捧着个银盘子，正垂了眼认真地剥石榴，漠不关心似的。

汾王妃重重地拍拍她的肩头，笑道："你是个聪明人，听明白了就好！"

孟孺人身娇肉贵的，被拍得龇牙咧嘴，还不敢喊痛，龇着牙赔笑。

汾王妃叹道："看看，我又下重手了，到底是种过地刨过土坷垃的，这蛮力气就是大。我不担心你不懂事，听说你平日待人就很好，比如说我这位小朋友，你一见面不就送了她一串珠子么？听说那串珠子很值钱，很了不起啊？"

孟孺人全身的寒毛瞬间竖了起来，斗鸡似的瞪着牡丹，这小贱人，果然是告到汾王妃这里来了。便咬牙切齿地道："王妃说笑了，什么值钱的珠子啊，不过就是一串小玩意而已，上不得台面的。"正如这何牡丹一样，平时玩玩还可，上不得台面。

汾王妃却猛然翻了脸，厉声道："上不得台面的东西你也敢拿了诓人！我还以为你不知道呢！"

孟孺人吓得立时从月牙凳上站起来，垂了手低着头，不安地小声道："王妃息怒，妾身做错了什么？"

汾王妃也不管其他人是什么神情，只将手伸到牡丹跟前。牡丹会意，立刻拿了那串珠子放到她掌中。汾王妃将那珠子砸到孟孺人脸上去，高声道："人最紧要的是正派，歪门邪道的东西少来！多少事情就是坏在你这起眼皮子浅、愚蠢没见识的东西手里！一串珠子就敢算计了我的小朋友去，你好大的胆子！"

孟孺人当众受辱，气得一张脸惨白，浑身发抖，不但恨牡丹，更恨崔夫人。这崔氏，不但不和她说实话，昨日去了何家是什么情形也不来和她说。她要有个准备，今日也不至于当众受这种奇耻大辱。

第十九章　循序渐进

汾王妃看到孟孺人的样子，微微冷笑："怎么，你不服气？觉得我说错了，管错了，不该教训你？"

在座众人多数都知道汾王妃脾气，她出身不高贵，是个农家女，可她不但将汾王迷得晕头转向，想方设法将她立了正妃，并且在她大闹几次之后，亲王府里按制当有的正五品孺人二人、正六品媵十人，一个都没剩。

早年汾王不得势，她却并不低调，以脾气暴躁、不留情面、爱管闲事、爱替人出头闻名，经常得罪人，弄得汾王很为难。可是祸福难料，就因为这样，夫妻二人反而没有卷入承位之争中，事到如今，汾王成了当今圣上唯一的皇叔，还很得敬重。现在她辈分这么老，又是这个得理不饶人的脾气，皇帝也会让她几分。那么，她发作一个孙儿辈的皇子的小妾，实在是件再普通不过的事情，何况还占着正理。

形势比人强，孟孺人神色瞬息几变，深吸一口气，将愤恨不平全都收下去，委曲求全地道："王妃教训得是，能得到您的训导，是妾身三生修来的福分，求也求不来的。妾身实是一时糊涂，中间有误会，所以才做下糊涂事，幸亏没有酿成大错。还请王妃给妾身一个机会，让妾身向何妹妹赔礼道歉。"

汾王妃长叹一口气，慢慢敛了怒容，淡淡地道："罢了，我原也不想多管闲事讨人厌。但这小朋友，我实是舍不得她受一点委屈。既是误会，你赔个礼，那便罢了，以后你可不许再犯同样的错，不然我不饶你。"

这话落在孟孺人耳朵里，就是警告她不许再打牡丹任何主意，于是心思转了几转，笑道："以后再不敢的，何妹妹就和我亲妹妹一样，谁要是敢对不起她，我也不饶她。"言罢上前执了牡丹的手，亲亲热热地道，"何妹妹，请你原谅我的不是，别和我一般见识。"

牡丹自知已是结上了仇，便也与她互相行了一礼，表面上算是将此事揭过。

邱曼娘等人看了半天戏，只晓得孟孺人招惹欺负了牡丹，见二人和好，便都凑过来问到底是怎么回事。

孟孺人哪里有脸说出来，只笑不语。牡丹自然也不会傻乎乎地讲出来，故而只是推托："就是一个小误会，不提了。"

白夫人微微一笑："扯那些做什么？该干吗就干吗。"一时琵琶声响起，貌美的少女出来跳舞，又有那位公主女冠领了几个善诗的女冠来凑热闹，一时之间，花香乐鸣，酒酣诗出，先前的不愉快仿佛从来不存在。

孟孺人忍耐功夫极佳，忍到最后席散方才起身"依依不舍"地与众人别去。待到所有人去得差不多了，牡丹这才上前与汾王妃行礼道谢。

汾王妃摸着她手里的细茧，道："听说你娘家也是家财万贯，奴仆成群，不愁吃穿，他们就舍得你吃这苦头么？不想做妾，那就好好找个人嫁了不好么？"

牡丹笑道："舍不得。但我不想闲着，他们便也由我了。托靠终身之人不好找。"

汾王妃不置可否，松了她的手，严肃地道："我听说你本想游街喊冤，还要撞死在宁王府前，难道你不知这样对宁王府来说就是小事一桩，人家还要说你小题大做？你可知道，这天下间，这样的人和事有多少？"

牡丹道："我知道。"她知道在某些人的眼里，她这样的小人物就是地上的泥，微不足道，但小人物也该有自己的尊严，维护自己的尊严理所当然。

汾王妃挑了挑眉："你知道？知道可能白死，还要做？"

牡丹不想也觉得没必要和汾王妃说什么尊严之类的话，只轻轻道："不到万不得已，自是不会走那一步。倘若真到了那一步……众口悠悠，总有人知道真相。"

汾王妃笑了起来："你不用死了。孟孺人以后再不敢来找你麻烦啦，过了这次之后，这种事也应当再不会发生了。"先前当众说算了，不过是给宁王府面子，但这事儿，是必须让宁王知道的。

"这都是托了王妃的福。"白夫人上前笑道，"王妃，以后您那里办宴席，我可以带她来么？"

汾王妃道："自然可以。即便不办宴席，也可以带她来玩。"

白夫人喜不自禁，见牡丹还是静静站在一旁，不见特别欢喜，不由着急地拉了她一把。可以自由出入汾王府，不光是孟孺人这样的人再不敢随意欺负她，就是她的牡丹花生意也会得到很大的便利。

牡丹并未表现出生意人的精明，而是呆呆地想，再见到蒋长扬，她该怎么说？被白夫人这一拉，才回过神来行礼："多谢王妃。"

汾王妃看到她有点发傻的样子，反而笑了："罢了，我也是受人之托、忠人之事。去吧。"

出了福云观，牡丹叫恕儿先回去报信："你先回去报信，让家里不要担心，看看李夫人可还在，说与她知晓；若是她已经回家了，便使人去说一声。我稍后再回来。"

白夫人笑道："我看你这样子，是要我陪你去曲江池芙蓉园？"

牡丹笑道："倘若你有空的话。"

白夫人叹道："送佛送到西，我陪你去就是。"

牡丹与她相视一笑，一同行往曲江池。

一路上白夫人详细和牡丹说起汾王妃的事情，末了忍不住长叹一声："我这生最羡慕最佩服的人有两个，一个是她，一个是蒋大郎的母亲王夫人。"

牡丹忍不住看向白夫人。这两个人，一个得到丈夫全部的爱和信任，一个以决绝的姿态弃了身居高位的丈夫，都是酣畅淋漓的人。

白夫人抚了抚脸，轻轻一笑："只有无法酣畅淋漓的人，才会羡慕酣畅淋漓的人。"她明媚地看着牡丹，"希望你也能酣畅淋漓。"

牡丹认真道："我会的。"

待到了蒋长扬家，碾玉上前叩门，说了来意，不多时，邬三急急忙忙赶出来，满脸喜色，也不知道乐个什么："稀客，稀客，快里面请。公子马上就过来。"

白夫人见牡丹神色凝重，便低笑道："莫怕。我这个泄密的都不怕，你还怕什么？"

牡丹闻言也笑了，抬眼看向不时偷瞟自己的邬三："邬管事，多谢你了。事情都解决好了。"

邬三笑得眯缝了眼睛："不客气，不客气，应该的。"又恍觉失言，闭紧了嘴，只是笑。

牡丹从前看他搞怪，只觉得他有趣，此时见他这样子，顿生怪异之感，便扯扯嘴角，低头不语。

邬三将她二人迎入厅堂，命人奉茶，跟着蒋长扬就进来了，神色自若地和她们打了招呼。约是已经猜到事泄，便也没有故意隐瞒，笑道："你们才从福云观过来？事情如何？"

白夫人抢先道："汾王妃威风不减当年，孟孺人收回珠子赔礼道歉，想来以后再不会了。我这是来负荆请罪的。她一定要来答谢援手之人，我心软，忍不住说了。"

蒋长扬垂下眼一笑："这就好。"也不知是说汾王妃解决了事情好，还是说白夫人把他帮忙的事说给牡丹知道好。

白夫人又略坐了坐，低声请个婢女带路，道是要去方便，任由牡丹与蒋长扬说话。

牡丹起身福了一福："多次蒙你相助，不知何以为报，我心里很是惶恐。"

蒋长扬道："你无需放在心上，也不要觉着有负担，我只是做了自己认为该做的事。不要你回报。"见牡丹满脸犹疑，便笑道，"家母早年很不幸，我们母子在危难困窘之时，曾得到很多人的帮助。家母常和我说，欠了别人的情要还，即便不能还同样一个人，也可以还到别人的身上去。遇上了，我就做了。比如你，比如袁十九，都是朋友，是我认为值得帮助的人。"

把她和袁十九相提并论，也就是说都是他的朋友。牡丹一时找不到可说的，顿时觉得自己先前那些想法是以小人之心度君子之腹，又或者是自作多情，便换了话题："我听说一些令堂的事，觉着她很了不起。"

蒋长扬也暗暗松了一大口气，很是自豪地笑道："那是当然！家母的确很了不起，她敢独自领我穿过万里江山，观海踏沙。赚了钱的时候，带我一掷千金吃美味珍馐，没钱的时候也能把野菜做成美味……"

他的表情格外柔和，仿佛陷入了美好的回忆中，舌头还忍不住轻舔嘴唇，仿佛那美味还在他嘴里盘桓不去。

牡丹看到他那沉迷的样子，好奇地道："真有这么好吃？"赚了钱的时候？莫非王夫人也曾做生意来着？

蒋长扬扶扶额头，轻轻一笑："假的。是我夸张了，可能别人不会觉得有多好吃，说不定还会嫌它太过腥味。不过我记忆之中，饿极了的时候，山溪里捕来的小野鱼和野菜熬了汤，再放一点点盐，的确是极其难得的美味。"

牡丹忍不住道："听来很好，但其中的艰险一定超出常人的想象。"

蒋长扬道："是呀，小时候我也哭过怨过来着。不过长大以后再回想起来却是很好，至少我这辈子，即便身无分文也不会饿死。"

他的表情很好，柔和又自信，牡丹被他的情绪感染，便试探着道："你们为什么要离开？嗯，当然，倘若你不想说就别说，我只是有些好奇。白夫人说她此生最羡慕最佩服的人之一就是令堂。"

蒋长扬抬眼看着她平静地道："倘若你感兴趣，没什么不可以说的。想来你也知道了，家母曾是朱国公夫人。后来圣上又给朱国公赐了一位夫人，二人并嫡，都是国公夫人。朱国公受了，家母不受，提出和离。朱国公不许，圣上也不许，舅家也不许，所有人都反对，可她到底是做到了。"他顿了顿，看向牡丹，眼神很柔和，"这个情况，与你从前略似。"

牡丹一笑："是有些像。不过她比我强多了，也不容易得多。"

蒋长扬笑道："的确很不容易的。家母……"说话间邬三进来附他耳边轻声说了几句，紧接着白夫人也走了进来，问道："成风，你可是有事？"

蒋长扬为难地道："有点事情必须马上处理。"

牡丹赶紧起身："没关系，你忙。"

蒋长扬笑道："我送你们出去。"却又望着牡丹道，"倘若能行，我斗胆请你帮我接一棵什样锦，明年可以给家母庆生，价钱方面好商量。不知你是否方便……"

牡丹一呆，鸡啄米似的点头："方便。钱就不必提了。"

蒋长扬也没再提钱的事，只道："不知是在你那里接，还是用我这些牡丹花来接？哪样最妥当？"

牡丹道："要接的花木需提前处理，过后也要精心管理，你这里不合适。过了中秋节后，我会请你去我的庄子里挑几个品种再接。"

蒋长扬微微一笑，目送牡丹和白夫人出了门，转身正要吩咐邬三做事，但见邬三贼眉鼠眼地望着自己，不由微恼："你看着我做什么？"

邬三谄媚地道："小人是替公子高兴。恭喜公子可以有一株活生生的什样锦献给夫人尽孝，得来多不容易啊。何家小娘子这个人，您帮了她后，还是得随时这样问她要点谢礼才好，不然下次就不会要您帮了。您到时候选花，一定得多选些好的才是，让她多花心思，多花时辰，不然不划算。"

"我倒是希望她以后不再有这样的事需要我帮。什么划算不划算，乱说什么？"蒋长扬狠狠瞪了邬三一眼，随即又忍不住笑了，转身去见另一拨客人不提。这一天，他的心情很好。

牡丹与白夫人别过，回到宣平坊，还未到家门，就看到张五郎摇摇摆摆地走过来。她赶紧下了马行礼问好，张五郎还了礼，道："我今早去府上打听消息，听说丹娘妹妹与朋友出去解决事情了，不知是否顺利？"

牡丹笑道："谢张五哥挂怀，很顺利，应该是没事了。"

张五郎孩子似的笑起来，一双豹眼眯成一条缝："太好了，恭喜丹娘妹妹。"

牡丹道："张五哥既然来了，便请家里去坐，我爹大概在家，正好可以陪你喝一杯。"

张五郎却只是摆手："不必麻烦，我就是来问问，知道好就行。我还有几只斗鸡要料理，大伙儿等着呢。"说着头也不回地走了。

牡丹将经过说与何志忠等人知晓。说到又是蒋长扬帮的忙,何志忠与岑夫人对视一眼,都从彼此眼里看到了疑虑和不安。

何志忠经过整夜深思熟虑,决定还是亲自去拜谢蒋长扬。这么大的事,他这个家长不去登门拜谢,实在不合情理;何况,他过了节就要领着大郎出海,有些事必须做到心中有数才行。可接连去了两次都扑了个空,门房说蒋长扬出去办事了,只怕要过完中秋节才会回来。

何志忠怀疑蒋长扬是故意避着他,便去找牡丹旁敲侧击地问。牡丹正谋划着中秋节后要将那株紫斑牡丹移栽到芳园去,听到他的话,不在意道:"过了中秋,我便要去庄子住段日子,一来照料那些花,二来也要顺便帮他接棵花,到时候要请他过去挑选品种的。参参若要谢他,不妨跟了女儿一起去,您好久没去过芳园了,如今已是初具规模。等您和哥哥们从海上归来,就再也看不到如今这景象啦。"

何志忠笑道:"你确定到时候他会去?"

牡丹奇怪地道:"他说过的话没有不算数的,这花是他订了给他母亲做寿的,事关紧要,肯定会去。"

何志忠道:"丹娘,你是怎么看这事儿的?"

牡丹沉默良久,道:"他说把我当成衰十九一样的朋友,又说我遇到的事情像他母亲。"

何志忠皱眉道:"你也这样认为?"

牡丹抿抿唇:"不然我该怎么认为啊?他又没做什么失礼的事,已经承了情,退也退不回去。总之,我会小心的。那天时机不对,有些话不好说得太直接,反正我是说了无以为报的。"

何志忠失笑:"你这个傻丫头。"

牡丹睁大眼睛看着何志忠:"我不傻,只是找不到更好的办法。"蒋长扬现在看来很正常,她如果总是纠结,反而是她比较不正常,装傻比较好。

何志忠叹息:"如果……你是怎么个想法?"

牡丹垂下头,认真地道:"暂时没有如果。参参放心,女儿知道分寸。"蒋长扬很不错,但即使有那样洒脱的母亲,也无法摆脱他是朱国公嫡长子的身份,他们之间的差距太大。没有确定之前,她非常清楚应该怎么做。

眨眼间,中秋节到来。在世人眼里,中秋节的意义非常重大,只今年中秋是阴天,无月可赏,更无月可拜,何家人只好坐在厅堂里分吃了一顿用桂圆、莲子、藕粉精心调制而成的玩月羹,在厅堂里坐着说了一回话便散了。

第二日一早,何志忠才要出门,就听说有位姓蒋的公子来访。

蒋长扬是第一次跨进何家大门。何家如同他想象中的一样,也和他从前去过的、比较喜欢的许多人家一样,跨进大门就能感受到浓软温馨的生活气息。

被打扫得干干净净的庭院,已是生机勃发的花木,被小孩子摸得油亮的廊柱,有些老旧的家具,下人脸上诚恳快乐的笑容,一切都让人感受到由衷的舒服和自在。完全不似他最近出没的一些公卿人家,庭院比这大上十几二十倍,奴仆遍着绮罗,朱漆生辉,奇花异木不少,却只能给人以冷硬之感。

轻松、愉快、温馨、自在,这更符合他想象中牡丹应当生活的地方。蒋长扬很喜欢这种感觉。

何志忠在一旁不露声色地打量蒋长扬,他从这个年轻人的眼里看到了快乐和欢喜。虽不知道蒋长扬为什么快乐、欢喜,但从客人眼里看到这样的情绪是好事,这意味着接下来的交谈将会取得很好的效果。

入了中堂,分宾主坐下,寒暄过后,蒋长扬认真道:"小侄听说世伯曾两次造访寒舍,不知是为了何事?"

谦和、懂礼。何志忠捋着胡子，笑道："让蒋公子跑这一趟很不好意思，无他，就是专程登门拜谢您帮了我们家的大忙。上次的情分还没有机会回报，如今却又欠下了，实在惶恐。丹娘是我的心肝宝贝，比我的眼珠子还要宝贵。我左思右想，不知该怎么回报您才好，还请您说出来吧，只要我能做到的，定然不会推托。"

蒋长扬早有准备，微微一笑："世伯无需客气，请直呼小侄表字成风即可。"他顿了顿，低声道，"我并不是求回报，原因我已经和令嫒说过了，只是为了心里舒坦。伯父做生意，见过的人情世故比我多，在京中也多有仁侠之名，想来历年欠下您人情的人也不少，难道您都是为了求回报的么？"

还真是滴水不漏呢，何志忠眼珠子转了转，笑道："实不相瞒，有些人，我还真是为了求回报的。"但见蒋长扬面不改色，洗耳恭听，只得继续往下说，"我是生意人，要想生意兴旺，除了信誉第一之外，还得有人脉。有些人，我是特意去结交的，也是特意施恩的，因为我知道，说不定有一天就会求上他，还有就是为了换取他手中的某些东西。"

蒋长扬略带狡黠地一笑："不敢有瞒世伯，这种事情我也会做，人之常情。但在利益之外，还有真心和仁义不是？不然这关系也不可能长久了，关键时刻也找不到可以真心托付的人。"

何志忠缓缓道："你说得没错，以利相交是下乘，以真心真情相交才是上乘。用情与用利，关键时刻是完全不一样的结果。须知，你可以算计别人，别人同样也可以算计你，种瓜得瓜、种豆得豆。"

算计？蒋长扬暗叹一声，抬眼直视何志忠，严肃认真地道："我的朋友不多，但个个都说我很讲义气，值得一交。至今，在大事上，我从不曾让朋友失望过。"当然，他的朋友也不是随便一个人就能做的。

何志忠明白谈话只能到此了，便哈哈一笑："少年出英豪，成风你很不错！欢迎你以后经常来家里坐，我其他本事没有，喝酒下棋还能行！"

蒋长扬眼睛一亮："下棋么？"

何志忠笑道："勉强拿得出手，不然怎么做文人雅士的生意呢？我总不能叫他们开口就说那个全身铜臭气的何姓商人，而是要记着，我上次输给那个姓何的，我不服，得寻个机会找回场子来才行。一来二去，铜臭味就淡啦！然后不知不觉，他的钱就跑到我荷包里来啦。"

很聪明的老人，蒋长扬忍不住哈哈大笑，眼睛亮亮地道："以后小侄少不得要向伯父讨教棋艺。"

想要了解一个人的性子，就要了解他的棋风。虽说不能百分百准确，多少总能看出个大概。这是何志忠多年以来的心得体会，便也眼睛亮亮地打蛇随杆上："择日不如撞日，成风若是有空，不如现在就来？"

蒋长扬也有些跃跃欲试："听说您很忙。"

何志忠笑眯眯地道："不管再忙，招待客人的时间也是有的。就不知你忙不忙了。"

蒋长扬含笑道："我不忙。"

何志忠领他去了自己的书房。

蒋长扬不露痕迹地打量了一番，但见沿墙一溜书架上摆满了书，不是新书，而是旧书，靠桌子最近的地方有几本特别旧，可见是主人经常翻阅的。这些书，并不是装饰品，而是真的有人在读。

何志忠见他看向书架，便笑道："我家的书不多，而且还是杂书比较多，丹娘从小到大都喜欢溜到这里躲着看书。有时候又没和身边的人说，弄得大家到处找她，为此没少挨骂。"

蒋长扬微微一笑，着重看了那几本特别旧的书，却是几本游记传奇类的书，倒是比较符合牡丹那性子。

何志忠已然将棋子捧了出来，却是一副用墨玉与羊脂玉分别琢成的棋子。蒋长扬将棋子握在手中，但觉润泽致密，色泽纯净，不由爱不释手地看了又看，毫不掩饰喜爱之情："世伯好福气。这副棋子恐怕花了许多时候才找齐的料子吧？"

何志忠微微一笑："红粉赠佳人，宝剑赠英雄，这棋子也是有灵性的。你既然爱棋，我便送你如何？"

蒋长扬沉默片刻，竟然应了。

何志忠特别开心，道："先借用它一回。"

二人从早上下到午间，其间不曾出过书房一步，牡丹几次去打探，都是看到两人皱眉沉思的样子，便只命人送了茶汤和糕点进去，又叫厨房备下吃食，专等他二人下完棋后即刻送上。

牡丹退回正寝，岑夫人笑道："如何？"

牡丹摇头："一直在下棋，就没出来过，送去的糕点没动。我命厨房备了馄饨，只等他们下完就送上去。"

"棋逢对手？"岑夫人看着牡丹道，"我是没想到他会亲自上门来。"

牡丹低了头："我也没想到。"

岑夫人握了她的手，轻声道："你打算什么时候去庄子里住？让英娘和荣娘陪你去吧，这次也让林妈妈跟着。她和我抱怨了好几次，说是你去庄子总把她扔在家中，她身子没那么差。即便骑不来马，驴车也还是坐得的。"

牡丹笑道："适合接牡丹花芽剩下的时日不多了，明日就得走。这次去得比较久，我巴不得多有两个人陪，省得寂寞。甩甩我也要带去的。"其实她心里明白，岑夫人还是不放心，希望她与蒋长扬相处时能有家人陪着。

岑夫人叹了口气："你要记着，二十六那日你爹和哥哥们要出远门，先往广州，然后出海。这一去，又不知道要什么时候才能回来，你要提前回来住两日，陪陪他们。"

牡丹见她多有忧虑，便安慰道："您别担心，我爹和哥哥们出海那么多次，次次都还顺利，这次定然也是到时候就回家的。"

岑夫人苦笑片刻，道："菩萨保佑，那是一定。你也莫替我忧心，每次你父亲出海，我总是要忧虑许久，这都成习惯了。"

牡丹乖巧地靠在她身边，特意讲了几个笑话，不多时就引得岑夫人直发笑。母女正在乐呵，何志忠走了进来，笑道："笑什么呢？这么开心？"

牡丹忙站起身来，道："爹爹，客人走了么？"

何志忠故意道："他不走难道还要留在我家里吃晚饭么？棋下完了，馄饨也吃了，难道还不该走？"

牡丹一跺脚："哎呀，我还有话要和他说。"说着赶紧追了出去。

何志忠扫了她的背影一眼，低声对岑夫人说："棋风还不错，稳健沉着，不到最后一刻不罢休。有毅力，有耐心，是光明磊落之人，我还放心。"

岑夫人喟然长叹："那又如何？这差得还是远了些。"

何志忠沉默片刻，道："那也不一定。先看看再说吧。"

牡丹跑到大门口，但见蒋长扬正要上马，忙喊道："蒋公子且慢。"

蒋长扬没想到还能见到她，闻声忙飞快回过头来，开心地望着她笑，露出两排雪白整齐的牙齿："何娘子。"

牡丹的目光与他对上，微微有些不自在，错开了一些，笑道："我明日要去庄子里，你若是有空，可以过去挑选牡丹品种。"

蒋长扬开心地笑："一定。"

别过牡丹，邬三捧着那副贵重的棋子，不解地道："公子为何要接这样贵重的东西？就不怕人家说你贪财。"

蒋长扬轻轻道："你以为何老爷子真的就只有这副棋子了？他分明是特意拿出来送我的。如果我收了，他和何娘子都会觉得心里舒坦些，与我交往更坦然，那么我便收下又有何妨？他那样的人，并不会认为我是贪财之人。"

邬三撇撇嘴，狐狸尾巴露出来了吧。

次日天气晴好，温度适宜，牡丹起了个大早，拖家带口地把英娘、荣娘、林妈妈、甩甩等一并带上，算上服侍的人，大大小小一共二十几号人，用两张骡车拉了满满吃食用具以及她挖出来的那一大株紫斑牡丹，浩浩荡荡开往芳园。

才出启夏门行了有半里左右，封大娘就指了前面不远处的两人两骑给牡丹看："那不是蒋公子和邬总管么？"

牡丹定睛一看，果见那两人放马缓行，边行边说笑，走得极慢，像这样的脚程，自己这一大群人只怕用不了片刻工夫就要赶上他们。反正都是不可能避开的，牡丹索性打马上前，主动招呼："蒋公子，邬总管，你们也是这个时候出发？真巧。"

邬三张口要说话，蒋长扬抢在他前头笑道："是呢，早上天气好，不冷不热，最适合出门。我还以为你们早往前面去了。"他含笑看着牡丹，一双黑眼睛在朝阳下闪闪发亮，年轻的小麦色皮肤散发着健康柔和的色泽，唇角洋溢着发自内心的喜悦，看上去很顺眼。

牡丹忍不住多看了他两眼，笑道："我们人多东西多，总是很拖沓的。"她今日穿的是一身翠绿色的襦裙，这个颜色不是那么好把握，一不小心就把人穿成了菜青虫，还是青嘴绿脸的那种，但是她的肤色好，穿着很漂亮。加上那个懒洋洋的堕马髻和发间一支通透的水晶发簪，怎么看怎么好看。

蒋长扬默默地想，从他认识她以来，从来就没有看到她在衣着方面出过错。他心里想着牡丹的装扮，嘴里却冒出一句话来："我们虽然人少东西少，但是邬三也挺拖沓耽搁的，不然早就到了。"

邬三的嘴顿时张成 O 形，略带了几分气愤地看着蒋长扬，也不知道是谁故意磨蹭，这会儿却把责任全都推到他身上来了。蒋长扬收到他愤愤的目光，神色不善地盯了他一眼。邬三只得皮笑肉不笑地道："是呀，人老了，记性不好，总是丢三落四，自己做的事都常常忘了。"

蒋长扬只作没听见。

牡丹看在眼里，微微一笑，将蒋长扬介绍给荣娘和英娘："这位是蒋……"

话音未落，荣娘和英娘已经互相交换了一个眼神，齐声笑道："蒋叔好。"这位蒋公子，听说他的名头许久了，却一直不曾见到过，原来是这样的。此时看着还不错，就是不知道相处起来有没有李家表叔那么善解人意，和蔼可亲了。

荣娘和英娘都只比牡丹小几岁，蒋长扬和邬三并不知道这是牡丹的侄女，只当是她的朋友，听到这样的称呼，一时之间二人的表情都有些发呆。邬三瞬间弯起了唇角，只等着看蒋长扬的笑话。

无论男女，谁都不喜欢人家把自己喊老的。牡丹也注意到了蒋长扬的神色，索性不急着解释荣娘和英娘的身份，只戏谑地看向蒋长扬，且看他怎样应对。

蒋长扬呆过之后很快就调整过来，镇定地笑了一笑："你们好。"然后望向牡丹，"这是你侄女吧？"

牡丹见他脑子转得快，只好道："是我大哥家的长女和次女。"

蒋长扬突然笑起来，笑得牡丹莫名其妙，荣娘和英娘羞窘万分。牡丹忍不住问道："你笑什么？可是我们失礼了？"

蒋长扬摆摆手："不是,我是觉着自己真是托了你的福,才二十三岁就被这么大的女孩子叫了叔。"

邬三的脸皮一阵抽搐。二十三岁,知道你不算老,可也不算年轻了吧,旁人在你这个年龄,孩子都可以骑马了,你又何必特意解释呢。

牡丹却是才知道原来他二十三岁了。略想了想,笑道:"想来蒋公子也快成亲了吧?到时候可得和我说一声,让我好生备上厚礼一份才是。"她早就从白夫人口里知晓,蒋长扬不曾婚配,有此一问,却是故意的。

蒋长扬飞速扫了她一眼,垂下头低声嘟囔了一句。

牡丹没听清楚,探询地看向他,邬三大声道:"不怕何娘子笑话,我家公子眼光高得很,人又英武能干,心肠又好,也不知道谁家的娘子才有这个福气!"话音未落,就挨了蒋长扬一鞭子。

牡丹从侧面看过去,但见蒋长扬让邬三闭嘴之后就再不看向任何人,只专注地看着远处已经收割得差不多的稻田,却不知他一张脸已然红到了耳朵根。任何人都知道他其实害羞了。牡丹垂下头微微一笑。

一直在车窗边观察情况的林妈妈见状,与封大娘相视一笑,将头缩了回去,躲在阴影里认真细致地观察着蒋长扬的一举一动,任何一句话、一个神色都不放过。

最终还是好奇的英娘和荣娘用多得数不清的问题把蒋长扬从羞窘的困境中解救出来。待到他的庄子附近,他已经将田间地头出现过的各种鸟的名称、习性和英娘、荣娘尽数讲述了一遍。

邬三不合时宜地提醒他:"公子,咱们庄子到了。"

蒋长扬看看天色,不假思索地道:"听说接牡丹花很费时,我看我们还是直接跟着何娘子一起去芳园,先把花挑出来,省得耽搁何娘子。"说到此,他探询地看向牡丹,"不知何娘子是怎么安排的?可方便?"

本来也不急,这里离芳园并不算远,他若是吃了午饭以后再过来也不迟,但他既然开了口,牡丹也不好回绝,便笑道:"我本来也打算今日一定要把此事做了,能够早些完成那是更好。"

蒋长扬低声吩咐邬三几句,邬三骑马飞快地转入小道,直往蒋家庄子去了。牡丹道:"邬总管不和我们一起去么?"

蒋长扬一笑:"我让他去庄子里拿点东西。稍后就来。"

众人才到芳园,就见邬三纵马追了上来,马鞍旁还挂着个滴水的竹笼子,见牡丹看过来,便笑道:"自带口粮。"

牡丹一笑,暗自猜测那竹笼子里必然是水产品,只不知道是不是鱼了。英娘忍不住,凑过去道:"邬总管,这里面还滴水呢,是什么?"

邬三笑笑,神秘兮兮地将竹笼盖子打开一条缝给她瞧。英娘忍不住低声惊呼起来,荣娘也忍不住,赶紧跳下马凑过去看。

牡丹将缰绳和马鞭扔给一旁的仆役,笑道:"是什么,让你二人如此惊奇?"

荣娘握紧双手,控制不住脸上的喜色,小声道:"姑姑,是蟹!"

牡丹闻言,轻轻皱了皱眉。蟹是颇受珍视的美味,即便何家这么爱吃能吃的人家,也不是经常吃的,而且吃的还是糟蟹和糖蟹。活蟹难得一见,难怪荣娘和英娘会高兴成这个样子。

蒋长扬在一旁观察着牡丹的神色,但见她神色淡淡的,并没有想象中那样的高兴,便小心翼翼地道:"是中秋节时一个朋友送的,我家就是我一人,吃着什么都没胃口,那就是浪费。独乐乐不如众乐乐,希望你不要嫌弃。"

牡丹见英娘和荣娘一脸期盼地看着自己,只好道:"这不是普通的食材,让你破费了。"

蒋长扬有些不高兴，抿了抿唇，道："再好也不过吃食而已，反正都要下肚子的。勉强给不喜欢的人吃了才是浪费。"

牡丹微微一笑，招呼阿桃将这些蟹送到厨房里去，想来周八娘既然能做蛤蟆，做这些蟹也应当不在话下。

蒋长扬这才高兴起来，见牡丹忙着安置英娘、荣娘，移栽那一棵紫斑牡丹，便也不要人管，自领了邬三一道，在已经初具规模的芳园里四处游荡，与工人聊天，还热心地纠正了几处工人不小心犯下的错误。

周八娘果然没让牡丹失望，一顿美味大餐吃得众人皆心满意足。蒋长扬见牡丹吃了一只蟹后就洗了手，不再多吃，可表情分明是还很馋的样子，便道："既然喜欢，为什么不多吃一点？"他一直觉得牡丹瘦了点，假如再胖一点，也不知道会是什么样子。牡丹平静地道："我身体不好，这等大寒之物是自来不敢多吃的。别说这个，就是鲙鱼也不敢多吃，不过满足一下舌头而已。与其一顿吃个够，不如留着慢慢吃才有滋味。"

哪里有这样自曝其短的？就是这个身体不好害死人！明明现在已经好了！这么好的机会不把握住，要让人给吓走么？林妈妈大急，忍不住使劲拉了牡丹的袖子一把。

牡丹默然不动，轻轻将袖子从林妈妈手里扯出来抚平。她的身体不好从来不是秘密，谣言更是满天飞，起心要瞒，又能瞒得住多少，何必自欺欺人，让人瞧不起？

蒋长扬将二人的小动作看在眼里，轻轻一笑，用恕儿递上的帕子擦了手，道："何娘子说得不错，什么东西都是总是吃不够才会更有滋味，再好的身体也要爱惜才会更好。"

英娘和荣娘听了，忙住了手，眼巴巴地看着牡丹。牡丹一笑："你们和我情况不同，可以再吃一只，但多了也不好。"

蒋长扬见英娘和荣娘拘束的样子，心知是有自己在一旁的缘故，便起身笑道："何娘子若是吃好了，不如一起去挑选牡丹如何？我听如满小和尚说，你的种苗园里有许多品种，他手指头脚指头都数不过来，可否一观？"

牡丹笑道："有何不可？不如就此一道插了吧。还请你先稍等，我去换身方便的衣服，拿了工具就来。"

蒋长扬微微颔首，目送牡丹而去，但见林妈妈紧跟在牡丹身边，紧紧皱着眉头，严肃地低声和牡丹说什么。牡丹只是笑，一言不发，见林妈妈急了，差不多要跳起来的时候，方伸手安抚地拍拍她的背，低声说了句话。林妈妈一脸无奈，伸手轻轻戳了她的头一下。牡丹也不生气，嫣然一笑而已，林妈妈也跟着笑了，一脸的宠溺。

邬三在一旁道："何娘子这脾气真好，若是我奶娘敢戳我脑袋，看我不狠狠打她的手，和她说要把她的手剁下来喂狼。"

蒋长扬看到站在不远处等着领自己去种苗园的雨荷，瞬间收了唇边的笑意，瞪着他道："话多成水！"

邬三委屈地道："公子，小人又说错什么了？"

蒋长扬没好气地瞪了他一眼，转瞬又笑了，低声道："我小时候脾气的确不好，不过那女人也不是好东西。你别总拿出来念好不好？我不就是扔了你一个荷包么，怎么就这样记仇，和我作对多少天了？"

邬三低声道："也不知道记仇的人是谁。"态度如此之好，分明是怕给人家的小丫鬟听去了，才这般低声下气的罢了。

蒋长扬立在种苗园内四处观望一番，又听雨荷热情介绍之后，不由暗自点头。这种苗园被分作了好几大块，其中一块种着许多牡丹四处贱价买来用作砧木的劣品牡丹，这些牡丹并未因为品种不好就遭到区别待遇，一样被照料得生机勃发；另一块，种的又是同样留作砧木的芍药；还有阴凉通风蔽雨的竹篾片草帘子搭成的小型草棚遮挡着刚接芽不久的牡丹，又有高价购买来的各种名品牡丹苗壮成长。

蒋长扬很肯定地道："日后这园子定会成为京中名园。"

雨荷笑得眉眼弯弯："托蒋公子吉言。若然果真如此，也不枉我家娘子花了这许多心思，累成这样。"

蒋长扬笑道："皇天不负有心人，她不会白辛苦。"

雨荷眼珠子转了转，特意领他到一个草棚下，指着几株刚接出来没多久的牡丹给他瞧："您看，这是我们娘子特意为您接的，有玉楼点翠、姚黄、魏紫，还有一株是二乔。用的砧木和接穗都是精挑细选的。"

蒋长扬默默看了许久，又问："我记得何娘子前些日子种了一批种子，可出芽了么？是在哪里，怎么不曾见到？"

雨荷忙领着他过去，指着几垄上面盖满了稻草帘子的地道："就在这里。"

蒋长扬好奇地掀开草帘子一瞅，只看到光秃秃的一块泥地，上面零星冒着几棵绿油油的子叶才有米大的草，便道："这就是牡丹苗？"

牡丹已然换了方便劳作的衣裙过来，还没看就很肯定地道："是野草。"说着蹲下去，毫不容情地将那几株野草拔起来扔到了一旁。

牡丹一靠近，一股细细的幽香就如同一支急驰的箭从蒋长扬的鼻腔进入，准确无误地射入他的肺里，接着又将这种味道传入到他的脑子中。他有点发晕，只知道很好闻，然而具体是什么香味，他没法子分辨出来。只听见他自己的声音在耳边干巴巴地说："我记得你种下去很久了，这么久都不出芽，难道是不会出了吗？是不是种子老了？"

周围一片寂静。邬三恨铁不成钢地瞅着他，他才惊觉自己懵懂间说错了话，却不知道该怎么补救，只是抱歉地看着牡丹："我什么都不懂，你别生气。"只希望她不是那种太过于看重兆头的人，会认为他的话会使这一整片牡丹种子都不出芽。

牡丹只是微微一笑："不生气。牡丹种子种下后，三十天后可以发出幼根，然后一直往下长，我们在上面是看不见的。要看芽苗出到土面上，得等明年春天才能看到，约莫在二月下旬、三月初就基本出齐了。"

听来长得很慢，蒋长扬决定好学到底："那要到什么时候才能开花？"

牡丹道："长得很慢呢，得过好些年才能。"

蒋长扬"啊"了一声，忍不住道："那岂不是很不划算？"

牡丹指指远处那堆繁茂的劣品牡丹和芍药，笑道："所以主要还是靠它们嫁接才行。好啦，过来挑你要接的花吧。令堂是比较喜欢色彩清雅的，还是色彩对比明艳的？"

蒋长扬还在懊恼先前说错了话，闷闷地道："我对于这个半点也不懂，不比你是行家里手，你帮我决定就好了。"

牡丹见他蔫蔫的，不明白他的兴致怎会突然变低了，便热心地给他推荐几种方案："一种可以用赵粉、白玉、洛阳红、二乔来接，这个开花要早一点；还有一种可以用胡红、蓝田玉、姚黄来接，这是中花；还可以用豆绿、紫云仙、盛丹炉来接，这是晚花，你觉着令堂更喜欢哪一种？又或者，她的生辰是在什么时候？"

蒋长扬听她温言细语，不由暗自嘲笑了自己一回，笑道："她的生辰并不是在春天，你觉得哪种最好看就是哪种，我相信你的眼光。"

王夫人那样的人爱恨分明，想来会更喜欢色彩浓艳、对比度强烈的吧！牡丹拿定了主意："那就用胡红、蓝田玉、姚黄、洛阳红来接好了。"她笑看着蒋长扬，"若是令堂不喜欢，可不能赖到我头上来。"

蒋长扬忙露出一排白牙："不会的，不会的。"

牡丹认真挑选了一棵约有一尺高的独干多枝的洛阳红作为砧木，上下打量一番后，拿一把锋利的小刀在手，熟练地将事先准备好的胡红一年生脚芽下端削成一侧稍厚，另一侧稍薄的楔形，削面留了半寸许。接着将洛阳红一根较为粗壮的枝条拿在手里，轻巧地将它的顶端削平，在横断面二分之一处垂直削了一个长半寸许的裂缝作为接口，将胡红枝芽下端插入，让两者形成层相对。然后用麻自上而下缠紧，又利落地将蜡接在接口上，将砧木与插穗之间的缝隙封死。

如此，牡丹方才松了一口气，有条不紊地又依次将蓝田玉、姚黄、首案红等几个花色花型各异而开花物候、长势基本一致的品种枝芽分别接在那株胡红上。

在此过程中，蒋长扬在一旁正大光明地盯着她看，从她专注的神情、微微颤抖的卷翘睫毛，再到她小巧玲珑、冒了细毛毛汗的鼻子，一直到她因为过分投入而紧紧抿得有些变了形的唇瓣，然后是灵巧白皙的手。那双手并不大，白玉一般的皮肤下隐隐露出微微泛蓝的纤细血管，看上去很娇弱，完全不能和他这样骨节粗大的手相比。但是她握刀往那些价值不菲的花芽上下切时，却没有半点的迟疑，十分果断利索，毫不拖泥带水。

蒋长扬忍不住抬起自己的手掌看了看，他相信牡丹握着小刀切花芽的时候，是和他握着刀做他该做的事是一样的。在他们各自的领域里，操作那把刀时，他和她一样完美。

待到牡丹把备下的最后一根接穗接上，他方发出一声轻叹，好奇地看着那株已经获得新生的牡丹，低声道："这样，明年春天它就可以开几种颜色的花了么？"

"嗯呢，只要管理妥当，想来是没问题的。明年春天，可能会有将近一半的芽开花，真正要到全盛，还得等到后年。"牡丹拿起小刀将砧木根部的萌蘖枝全部剔除干净，又抹去了枝干上所有的腋芽和不定芽，亲自施肥浇水，请蹲在一旁看热闹的邬三把这花端到草棚下去遮阴避雨。

邬三刚要伸手去抱花盆，蒋长扬已然蹲下去抱住了花盆，笑道："我来。"言罢小心翼翼地将花盆端到草棚下，见花盆倾斜放不平，还捡了个小石头将花盆给垫平了。

邬三懒得和他争，就在那里懒洋洋地含笑看着他动作。

林妈妈立在不远处的树荫下，越看越喜欢。眼见牡丹已经停了手，便上前笑道："刚煎好了茶汤，做了些酥山，正好去新建好的那个草亭里坐着歇歇。"

牡丹净了手，领着众人行至种苗园外时，只见郑花匠领着个十三四岁的少年守在外面。见到牡丹，郑花匠忙推了那少年一把，让给牡丹行礼："喜郎快给娘子行礼。"

那少年闻言，立刻上前跪在地上给牡丹行了个大礼。牡丹忙叫他起来："这是做什么？他是谁？"

郑花匠嘿嘿笑道："回娘子的话，这是我族兄家里的，名唤喜郎，自小就爱拾掇花木，可惜爹死了。小人听雨荷姑娘讲，这园子里还要招人照料花木，正好他年龄差不多了，便特意带他来给娘子看看，是否可以让他随小人一道入园做点粗活。工钱什么的都请娘子看着办，只要能填饱肚子，有个地方栖身就行。"

牡丹闻言，忙叫林妈妈引了蒋长扬先过去："我有点事要处理，蒋公子还请先过去喝茶吧。"

蒋长扬背手而立，四处逡巡："不急，我看看周围这些花木。"

牡丹勉强他不得，只好回头认真打量那少年，但见他穿了一身平常贫苦百姓惯常穿的白色粗麻布衣，补丁不多，却也不少，袍角提起扎在腰上，脚上穿着麻鞋，手脚关节粗大，皮肤黝黑，表情中有不符合年龄的沉默，垂着眼一动不动，看上去极为憨厚老实。

她这种苗园事关重大，却不是谁都能随便进入的，即使是郑花匠，也不是随时随地都可以入内的，比如说她在秘密行动的时候，园子里只能留雨荷一个人，其他人统统不能入内。

而翻土浇水等事，都是定期开了园门，由固定的正娘等几个庄户女子在雨荷或者她的亲自监督下行动。似这样初来乍到、人品名声什么都没有底数的人，一来就想入园内去帮忙，哪怕就是做粗活，她也不放心。

郑花匠见牡丹只是打量人，并不说话，有些着急，忙伸手帮那少年将扎在腰间的袍角放下来扯了扯，赔笑道："娘子，这孩子有些呆木，却是个好的。您看，小人让他好生收拾一下，他也不懂得将袍子穿得称展点。"

牡丹已然拿定主意，认真道："老郑，你我认识不是第一天的事，我的脾气你当知晓。认真做事，忠心耿耿的人，绝不会亏待。这孩子是你领来的，又是你族里的侄儿，想来人品不会差到哪里去。但我先前定下的规矩不能废，这园子还是不能随意出入。芳园需要照料的花木很多，就让他在外围试试手，过段日子再说，工钱比照其他人来，该拿多少就拿多少。你若是忙不过来，我会吩咐正娘她们多过来几趟。"

郑花匠似是没料到牡丹会拒绝，一时表情有些僵硬，却又找不到任何可以反驳的理由。牡丹也不管他，只望着那少年笑道："你是叫喜郎对不对？今年多少岁了？"

那少年的脚指头在麻鞋里紧张地往下一抠，声音比蚊子还小："回娘子的话，小人是叫喜郎，今年十四了。"

牡丹和颜悦色地道："好好干，干得好了可以涨工钱的。你什么时候可以上工？"

喜郎道："回娘子的话，什么时候都可以的。"

牡丹点点头，叫郑花匠领他去吃饭，安置住处。

大约是看到牡丹的态度太好，喜郎猛地一抬头，冲口而出："娘子，您让小人跟着叔叔进园子吧，小人会非常非常小心的，绝对不会乱碰，也不会乱动。您就放心吧！"

牡丹一愣，似笑非笑地道："就这么想进这园子？你知道里面有什么？"

喜郎猛地一缩脖子，心虚地瞟了郑花匠一眼，低声道："小人不知。小人只是想学点叔叔的本事，好早日养家糊口，让我娘和弟妹他们过上好日子。"

不知，睁着眼睛说瞎话呢，不知道还这么想进去？牡丹淡淡一笑："知不知道都不重要，你有这个心很好，但我说了不能进园子就是不能进！想学本领，外面种的好牡丹也不少，你若是能将它们侍弄好了，再来和我说进园子的事。"

郑花匠还要说什么，喜郎已然上前一步，喜滋滋地道："小人绝不会让娘子失望的。"

牡丹淡淡地瞥了郑花匠一眼，道："最好不过。"

见牡丹神色不悦，郑花匠干笑着，不敢再多话。目送郑花匠和喜郎远去，牡丹轻声吩咐雨荷："你让人好好盯紧了喜郎。"说是死了爹，又是第一次出来做事的人，却一口一个小人，一口一声回娘子的话，未免太顺溜了些，倒像是个长期给人做奴仆的。

不是她疑心过重，她实在是不得不万分小心。牡丹新品种的培育是一个十分复杂漫长的过程，短期内想要得到收益，并以花养花，就必须得靠大量繁殖这些现有的名贵品种，优中选优。而什样锦，更是压轴品，也是打响芳园名声的招牌，绝对容不得半点闪失。至今为止，就是天天出入种苗园的郑花匠都不知道哪些是什样锦，哪些不是。她怎能容许一个来历不明的人随便就进这个园子？

蒋长扬淡淡地道："既然怀疑，便不用留着了，直接找个借口回绝就是。"

牡丹见周围人都站远了，只有他离自己最近，便也不隐瞒自己的真实想法，笑道："我倒是想，可又怕万一冤枉了人怎么办呢。毕竟手艺人，想偷师学艺的太多了，不求上进的不是好手艺人。如果他果真上进好学，人品端正，我不介意教他一点，培养成才，让他成为我的左膀右臂，这是一则。二则，他是老郑的侄儿，老郑把人都带来了，就是认定我不会拒绝；我完全拒绝了，只怕是会让他寒心……呵呵，你明白的，我现在找不到更可以信赖的花匠。"

蒋长扬微微一笑:"你倒是坦诚。"

牡丹笑道:"你又不是我的竞争对手,是值得信赖的朋友,说说这个算不得什么。"

蒋长扬道:"你不能总把宝押在一个人身上,万一某一天,你这园子出了名,有人恶意花十倍、二十倍的工钱来挖老郑,你怎么办?如果这园子真的如你所愿运作起来,你不能事必躬亲,这里必须有信得过的人替你随时看看才行。"

牡丹不由皱眉:"我也想过啦,这些日子也一直在找人呢,就是遇不到合适的。在外围打理花木的倒是不少,能进这园子的真是不多。真要是有人恶意来挖,也由得他,反正我主要并不靠他,到明年的时候,雨荷大约也能帮我做上许多事的。大不了到时候又另外选个可信的进来处理日常事务。"

蒋长扬默了一默,缓缓道:"若是死契,你还会这么操心么?"

死契,牡丹不是没想过,但是从家奴中培养一个熟练的花匠需要很长的时间,现成的熟练花匠……牡丹垂下眼,低声道:"固然安心,但逼良为贱似乎过分了。"

蒋长扬惊讶地睁大了眼睛,好笑又好气地往前走了几步,又折了回来,低头望着她道:"你把我当成什么人了!逼良为贱!我几时说过要你逼良为贱?就算是你想,也要你……"就算是她想,也要她能做得到才行。看看她吧,是做那样事的人么?

牡丹看他的样子似乎是自己误会了,有些脸红,壮着胆子不依地道:"也要我怎样?瞧不起我是吧?"

蒋长扬"哎"了一声,先前的拘束和紧张一扫而光,自己先笑了:"莫非你还能?你倒是说给我听听,你会怎么做?"

牡丹见他坦坦荡荡,不急不恼的样子,到此已然完全相信自己刚才是误会了。索性咬着牙,恶狠狠地道:"做好事难,做坏事还难么?当然是要先设个圈套给他钻,然后逼得他家破人亡,走投无路,再适时伸出援手,让他感激涕零,心甘情愿地做了我的家奴。到那时,我想怎么拿捏他就怎么拿捏,管他多少倍的工钱,他也别想伸手!"

蒋长扬见她鼓着腮帮子,咬牙切齿,自以为很厉害的样子,忍不住扑哧一声笑出来:"你说起来真的很厉害呢。"

说起来真的很厉害……这是什么意思?牡丹瞟着他:"把我惹急了,我也会做坏人的。我说的是真的。"

蒋长扬见牡丹瞟过来,眼波流转,似嗔非嗔的,脸色微红,又粉又嫩。这种无意间的风情万种,让人更加心跳加速,不由脱口而出:"若你信得过,我把我那个花匠卖给你吧。他是死契,品行也不错,知根知底,永远不用担心他会做对不起你的事。你把这个园子交给他管理,至少可以少操一半的心。就是想做坏人……"他顿了一顿,戏谑地道,"就是真那么想做坏人,也可以多有些空闲去做。"

牡丹被他的眼神看得很不自在,飞快把头撇开,盯着脚底下的青苔,轻声道:"我不能总承你的情。这样下去,我是一辈子都还不清你的人情了。"

蒋长扬故作轻松地叹了口气,开玩笑地抱怨道:"何娘子,你平时那么豪爽的一个人,为何总是想不开这事儿呢?可不可以别随时提这个,弄得我站在这里全身不自在,仿佛就是一个上门逼债的。你要是不肯,那就算了。"

牡丹抬眼认真看着他,严肃地道:"蒋公子难道没有欠过旁人的情么?实不相瞒,我最怕欠人情,却又不得不经常欠人情。欠了情的感觉比欠人钱还要不自在。欠人钱,有一还一,有二还二,是怎样就怎样。欠了人的情,有些可以还,有些却是还不清的。积少成多,真到了还不起的一天,少不得以命相till。若是不能,便是梦里也不能忘,随时记挂着,总觉得这条命不是自己的,不是家里人的,不知什么时候,人家一开口就得送上去了。"

虽然说得有点夸张，但说完这席话，牡丹就觉得轻松愉快多了，她这算是主动出击了。欠他的情越来越多，却不知道该怎么还，还一条命都是小事，到底能还，怕的就是用命也还不起。她不喜欢暧昧，她玩不起。

他之前说是朋友，今天的表现却不是普通朋友。偶遇、送螃蟹、厚着脸皮混饭吃，又要送人，花栽好了还赖着不走，这是什么意思？普通朋友不是这样做的。该说的必须说清楚。

蒋长扬看到牡丹严肃认真的神情，知道是不能随意糊弄过去了，深吸了一口气，强笑道："我明白你的意思，但你想多了，我不要你用命来赔。我只是……我只是……"他皱着眉头想找一个最合适的词来形容他的想法和心情，既不能说得太露骨，以免给人唐突轻浮之感，又要表现出诚意。

但他这方面的经验明显不够，想了许久，才挤出一句："我只是觉着看你种花很好玩，很亲切、很熟悉、很舒服。倘若你不喜欢我打扰，那我以后……"以后就再也不来了，可是这句话怎能轻易出得了口？他犹豫很久，最终改成，"总之，你要相信，我绝对没有怀着任何歹意。我……"

他带了几分讨好地看向牡丹，努力露出一排白牙："我真是个好人，不信你问我的朋友们……那福缘和尚最不喜欢我，他也不敢说我是坏人……现在我们还不算熟悉，慢慢的，你总会知道。"

牡丹见他脖子上的青筋都鼓了起来，说话也有些语无伦次，明明急得不得了，眼睛仍然还敢直视她，不由暗自好笑。强忍了笑意，严肃地道："不是坏人和好人的事，我是想问，蒋公子真把我当成好朋友看待么？不是我不够洒脱小心眼，实在是，这世道对女人苛刻了些。若你真把我当成福缘大师和袁十九那样的朋友看，我是非常高兴并深感荣幸的。"

他们说的兴许是两个完全不同意义的概念，自我标榜或者世人都认为道德高尚的人，一样可以纳妾召妓，没有人会认为他失德无礼；可是对她来说，如果存了心，让她去做先前孟孺人提出的那种要求，或者是他们自以为的更高级一些的身份，都是侮辱。

蒋长扬听出了牡丹的言外之意，李荇的事和宁王府的事，他更是再清楚不过，便飞速地道："我当然是把你当做值得尊敬的人看待，同时，也是如同福缘、袁十九那样真正尊敬着你的。"他认真地看着牡丹的眼睛，慎重而突兀，缓慢而坚定地道，"我的事情，我自己能做主。"

牡丹静静地看着他，他亦毫不退缩地看着牡丹。牡丹分明看到，他说出最后那句话后，神色明显地轻松了一大截，眼里闪着快乐期待的光芒。

但是牡丹收回了眼神："能有蒋公子这样的朋友，不胜荣幸，我以后再也不会提还什么人情之类的话了。那么，蒋公子请这边走，去尝尝林妈妈特意煎的蒙顶花茶，还有周八娘做的酥山。"

好吧，他没存着那种恶心的心思，那就可以看看再说。但在之前，他们只是朋友，而不是那种随便三言两语就轻易许了情，过后反悔就不好再见面的恋人。

蒋长扬没想到牡丹转换话题这么快，他甚至没从她脸上看出更多的情绪。他有些沮丧，甚至怀疑牡丹到底有没有明白他最后那句话的含义。也许，他应该说得更明白一点的，他懊恼地掐了自己的掌心一下。才走了两步，又听到牡丹说："不知蒋公子那位能干且让人放心的花匠是从哪里寻来的？兴许我可以请你帮帮忙。"

他听到这话，又由衷地高兴起来，还肯要他帮忙，那就是个好兆头，便大着胆子试探道："刚还说是朋友，还总这样叫，是不是太生分了？朋友就没人叫我蒋公子的，都叫我的表字成风，包括白夫人也是如此，你也听见了。"

这也没什么大不了的，牡丹从善如流，调皮地将刚才那句话复述了一遍："不知成风那位能干且让人放心的花匠是从哪里寻来的？兴许可以请你帮帮忙。"

蒋长扬的唇角控制不住地往上翘，故意轻描淡写地道："我一个信得过的朋友送的，如果丹娘需要，我改时候帮你问问看，只是可能会要高价。不过看在朋友的面子上，我会帮你杀杀价。"

牡丹一愣，真是打蛇随杆上，这就叫上丹娘了，好吧，也没什么大不了的，她认识的人十有六七都叫她丹娘，便微微一颔首："那就拜托了。"

待到了草亭处，英娘和荣娘正在拿了松子仁逗弄甩甩。甩甩换了新环境，又没上链子，很是兴奋，看到牡丹就扑棱着翅膀飞过来，停在她的肩上疯狂地叫起来："牡丹，牡丹真可爱，甩甩……"它略停了一停，侧着头仿佛是在思考，然后欢喜地叫道，"甩甩更可爱！"叫完以后便侧过头，圆睁着一双小眼睛讨好地看着英娘。

英娘捂着嘴直笑："姑姑，甩甩还是一样的聪明，随便一教就会了。"

牡丹伸手让甩甩停在自己手上，接过两粒松子仁喂它："小东西又学会自吹自擂了。"

蒋长扬含笑道："平时都是谁教它说话？"

牡丹不假思索地道："多数是我。"说完才反应过来，牡丹真可爱，不也是她那时苦中作乐、自吹自擂整出来的么？

蒋长扬正要发笑，英娘和荣娘已经对视一眼，起身对他行礼："蒋叔好。"

紧接着，甩甩犹如被打开了开关："蒋叔好，蒋叔好。"

虽然知道一定是英娘和荣娘刚才教的，蒋长扬还是一下子喜欢上了这只古灵精怪的鹦鹉。他向英娘要了几颗松子仁，学着牡丹的样子小心地将手伸到甩甩面前。看到蒋长扬伸过来的手，甩甩并不立刻就吃，而是小心翼翼地用嘴壳轻轻敲了敲他的手，见他不动，又侧着头盯着他看。一人一鸟用眼神交流了片刻，甩甩才吃了蒋长扬手上的松子仁，然后理所当然地跳到他头上去蹲着。

牡丹唬了一跳，忙喊道："甩甩快下来！"

听到牡丹的叫唤，看到迅速靠过来准备抓自己、明显不怀好意的邬三，甩甩傲慢地看着邬三拍了拍翅膀，示威地在蒋长扬的头上蹀了两步，赶在牡丹发怒之前飞起，落到她的胳膊上，嘎嘎怪笑两声，歪着头看着她讨好地道："牡丹真可爱。"

牡丹看到它乌豆似的小眼睛，怎么也硬不起来心肠，只能讪笑着讨好地看着蒋长扬："它从来没做过这样失礼的事，我猜，它应该是喜欢你。"

蒋长扬微微一笑："我猜也是这样。"他在桌上拿了一颗葡萄放在掌中递给甩甩。甩甩小心地打量着他的神色，然后以迅雷不及掩耳之势飞快叼走了葡萄，飞到它自认为安全的地方后，用一只爪子灵巧地抓住了葡萄，大叫一声："蒋叔好！"然后低头专心吃起葡萄来。

蒋长扬忍不住哈哈大笑，众人见他不生气，也跟着笑起来。牡丹知道，从此以后在甩甩眼里，蒋长扬就只能叫蒋叔了。

蒋长扬在芳园待到快要吃晚饭才走，牡丹相信，如果不是林妈妈旁敲侧击的，一会儿问他庄子里可忙，一会儿又问他不在时是谁打理庄子里的事，或者又问天黑后路好不好走，想必他一定会赖到吃完晚饭才走。

但林妈妈显然认为他待得太久不怎么好，在这样的情形下，他脸皮再厚也不好意思继续坐下去，只能起身告辞。

英娘和荣娘很有些遗憾，蒋长扬是个很好的谈话对象，他知道京城以外许多地方的风土人情，比如海，比如沙漠。他甚至兴致勃勃地和她们说起怎么找矿，"山上有葱，下有银；山上有薤，下有金；山上有姜，下有铜锡；山上有宝玉，木旁枝皆下垂"。

牡丹不相信他真的跟着人找过矿，或是真能一眼就辨别出什么地方有矿，是什么矿。他的这些知识多半是看杂书或是从他那些朋友口里听来的，但她确信，蒋长扬是在绞尽脑汁、费尽心力地讨好她的家人以及她的宠物。和看到刘畅就会装聋作哑、假装自己不存在的甩甩相比，这个敢跳到蒋长扬头上捣蛋的甩甩更令牡丹放松。

她相信动物有一种天生能看透好坏的本能。牡丹把手放在甩甩的头上轻轻摩挲着，小声说着只有彼此能听见的话："甩甩，你今天吃的零嘴够多了，这两天都不能再吃了。"甩甩半闭着眼睛，一动不动，很享受她温柔的抚摸。

牡丹又轻声道："你觉得他怎样？你还喜欢他是吧！"

甩甩侧着头轻轻啄了啄她的掌心。

"好甩甩，你懂得什么是喜欢吗？"

这次甩甩没有回答她，它快睡着了。

牡丹微微一笑，自言自语："其实我觉得我运气挺好的。虽然之前有点麻烦，但最后都解决好了。将来也会这样的，是不是？"兴许，他会是她期待的那个人呢。

林妈妈捧着换洗衣服进来，正好听见这句话，便笑道："能这样想最好不过啦。只有想得开，身体才会好。妈妈等着你嫁人呢，你一定要过得很好，气死那些小人。"

牡丹笑道："知道啦。"

这一夜，牡丹做了一个美梦，梦里只有她一个人，但是身旁开满了雍容华贵的牡丹花，多得数也数不清，以至天还没亮，她就自动醒了，醒来嘴角还带着笑。

值夜的宽儿昨日忙坏了，睡得正香，牡丹便轻手轻脚地避开她，轻轻开了门，走了出去。

清晨的芳园被笼罩在一层稀薄的白雾之中，没有风，带着一股潮湿的泥土青草香味儿。牡丹估计其他人怎么也得再过一刻钟才会起床，便往种苗园去。

一路上，她尽情欣赏她的芳园。从袁十九那里买来的石头非常漂亮，非常适宜。假如精心种下的这些牡丹和花木算是一件华美的衣服，那么袁十九的这些石头就是撑起这件华美衣服的骨头。现在骨肉丰韵，她只需要管理好它，带活它，让它精神饱满，生机勃勃，它就会是一个难得的美人儿，会拥有让人一见倾心的力量。

想到这里，她又想起了蒋长扬，那个爱脸红的白牙齿的身上带着青草味而不是熏香味的年轻强壮的男人。她忍不住开始猜测他下一次登门拜访是在什么时候，又会用什么样的借口。她猜他最多不过三天工夫就一定会再次登门，而借口正是她请托他帮忙找的花匠。兴许花匠不容易找到，但他一定会中途来报信说他朋友怎么说，让她再等等云云。牡丹忍不住翘起了嘴角。

快行至种苗园附近时，她听到前面不远处传来对话声，是郑花匠的声音："喜郎，你好好干，何娘子心很软善，也很懂牡丹。你若是能得了她的赏识，教你一招半式的，这辈子就够你吃喝了。"

喜郎低声道："我知道。九叔，你从她那里学到什么了？"

郑花匠低叹了口气："她防着我呢，多数时候都不要我在旁边。但我总希望有朝一日，她能看在我这么勤快本分的分儿上教我一点。"

"九叔，那小园子里真的有很多牡丹花吗？我听说今年城里各道观和寺庙里的接头都被曹万荣买得七七八八，她又是从哪里得来的啊？"

郑花匠道："其实有些是劣品牡丹和芍药，但接出来的花也不少，从哪儿来的我也不知道。何娘子很有办法，你也看到今日那位公子了，她这样的朋友不少的。兴许是人家府里分给她的也不一定。"

喜郎"哦"了一声，低声道："今年曹万荣花了好多钱买接头，又高价把周围能买的地都买了起来，也是到处在请名家设计，若是建起来，只会比这个还要大。这还不算，他还打算高价把明年的各个寺院、道观的接头给订下。他到处和人说，芳园就是空的，牡丹少得可怜，不值得一游，买了那么多石头，不如改名叫石头园好了。我打算把这件事说给何娘子听，你说她会不会一高兴就让我进园子了？"

只听郑花匠道："你千万别！别再提那人，当心被人听到起了疑心或是说你刚来就背了前主，把你赶出去，那时你可白白浪费了我这番心思。我可再次警告你，你手脚干净点，不许再偷拿这芳园的任何一个接头，不然我先就不饶你。"

喜郎郁闷地道："九叔，我说过多少次了，那时候我真是没法子，我爹等着要用药呢，我和曹万荣借钱也不给，提前支取工钱也不给，我有什么办法？我也不想做贼。"

牡丹暗叹一声，又是曹万荣。郑花匠给她介绍了一个小贼来，是果然吃准她软善么。存了欺瞒之心，还自认为勤劳本分，还想她教他技术，叫她怎么说他好呢？

还有曹万荣，他以为他把接头都买光了，就能置她于死地么？不能，她有其他花匠没有掌握的牡丹繁殖技术，那就是幼芽嫁接法。传统的牡丹嫁接方法中，历来是以硬枝嫁接为主，这必须要有大量牡丹接穗，可是如果利用牡丹根茎部那些多达二三十个，甚至上百个本来会被抛弃的幼芽，也就是脚芽接在芍药根上，那就不同了。成活率又高，还利于牡丹矮化，便于盆栽，她最多就是多等两年。

所以他曹万荣再买多少牡丹接头，再建多大的园子出来，她都不怕。既然他那么有钱，还这么喜欢攻击人，她倒要看看，他到底有多少钱能把这整个京城里的牡丹接头全买光。他能想到从源头上将她的牡丹规模给控制住，她就不会把他的资金给耗光么？到了后面几年，看他怎么和她争？

牡丹轻轻往前几步，绕过一丛罗汉竹，看到了蹲在一块太湖石旁的郑花匠叔侄俩。他二人正在侍弄一棵豆绿，喜郎的神色非常专注，侍弄花的动作也很轻柔，看着倒像个真正的爱花之人。

牡丹默想片刻，决定不去"打扰"这二人，不管喜郎是真还是假，她都打算让他暂时留下来。曹万荣那种阴狠狡诈的脾气她知道，假如他果然是曹万荣弄来的人，就算打发走了，还会有人再来，不妨就留着他在明处好了。

牡丹悄悄转身，绕到种苗园，问看门的婆子取了钥匙打开紧闭的大门，顺着垄间小道将她的宝贝们一一看过来，越看越喜欢。待到全部接过的花都被她检查完，雨荷也找了过来。

牡丹把喜郎的事和雨荷说了，道："我打算一回城就去四处看看，说我要预订明年的牡丹接头。"

雨荷皱眉道："倘若喜郎说的是假话呢？这么多的接头，咱们要得过来么？牡丹花贵，就算种出来也没那么多的人买得起。说不定他就是今年买得太多，也想要咱们跟着吃回亏心里才舒坦哩。"

牡丹笑道："不是真的要买，而是说我打算买。"曹万荣是真想预订明年的接头也罢，是哄骗她的也好，她都帮他加把火。两大园子"争"接头，如此一来，想必明年的牡丹价格会很好。

第三日清早，牡丹照例在种苗园里巡视她的宝贝们，不出所料，蒋长扬果然来了。他轻车熟路地进了种苗园，找到正在观察牡丹花伤口愈合情况的牡丹，笑道："那株什样锦长得如何了？"仿佛他是专程来看那株花的。

牡丹抿嘴一笑，手下不停，随手指了方向："在那边呢，自己过去瞧。"

蒋长扬在她身后默了默，轻轻走了过去，不过在草棚那里打了个蘸水，立刻又快步走了回来，也不打扰她，就在一旁静静地候着。牡丹也不管他，径自做自己的事情，直到过了约有小半个时辰，才算是把所有花木都观察完了。回过头，蒋长扬还在一旁站着，见她看过来，立刻绽放出一个笑容来。

雨荷在一旁候着，偷偷朝牡丹挤眼睛，示意她看蒋长扬的衣服。牡丹注意到他今日穿了件玉色的新袍子，没有带刀，腰间还垂挂了一个晶莹剔透的玉佩。头上的黑纱幞头虽不是新的，却打理得很有型，六合靴也是一尘不染。这可真是难得。

蒋长扬注意到牡丹在看他的衣着，唇角还含着笑意，微微有些不自在，索性拉拉衣服，笑道："我这身袍子年前就做的，我并不怎么喜欢这个颜色，可是邬三说还可以。我不怎么相信他的目光，正好穿来给你们评判一下。"

牡丹和雨荷差点没笑出声来。不喜欢还穿了来？这明摆着就是暗示她们快夸奖他嘛。牡丹忍着笑，认认真真地道："挺好的，看着很精神。"

蒋长扬忍不住扬起了眉毛。

牡丹左右一张望，不见邬三，便道："邬总管呢？"

蒋长扬不在意地道："他有其他事情来不了。"他边跟着牡丹往外走，边道，"我去问过了，我那朋友同样的花匠还养得有，愿意分一个给你。我替你挑了一个不会说话的，你觉得如何？"

牡丹一愣，这什么人，同样的花匠养了多少，还可以任意挑一个不会说话的。是不是各式各样的很多？

见牡丹迟疑，蒋长扬的神色反而显得更轻松，他力劝牡丹将人收下来："无儿无女的，又是个老头子。只要你肯给他养老送终，他必然不会做对不起你的事。先撑过这几年，到时候你自己挑选的人手也教导出来了。"

牡丹忍不住道："不知你可方便告诉我，你这位朋友是谁？"

蒋长扬犹豫片刻，道："不知你可曾听说过景王？"

牡丹茫然摇头："我对这些大人物并不熟悉。"

蒋长扬笑了一笑，温和地道："他不是什么大人物，原本也不出名，圣上十多个龙子中，他最名不见经传，相当于大闲人一个，不怪你不认识他。这花匠就是他养的，你敢不敢要？"

牡丹皱眉道："他是你的好朋友？"

蒋长扬认真地纠正她："是朋友。"是朋友而不是好朋友。

牡丹沉默片刻，道："若你觉得可信，我愿一试。"

蒋长扬的笑容越发温和，自信地道："我挑的，你尽可以放心。他的身价有点高，十万钱，但是非常值得。我听说十多年前，他曾经管理过芙蓉园，你见到人就知道了。"

牡丹从他眼里看到了一丝狡猾和得意，不由期待起这位哑巴花匠来，笑道："如果他真如你所说那般厉害，这可真说不上高，再多一点又何妨。"

蒋长扬一笑，二人默默低头前行，良久，蒋长扬突然轻喊了一声："丹娘。"

他微微有些低沉的声音犹如上好的丝绸，在牡丹的耳边轻轻滑过，留下异样的感觉。牡丹的心猛地一跳，直觉笑容都有些僵硬起来，低声道："什么？"

蒋长扬抬眼望着牡丹，在她白玉一般的耳垂捕捉到一丝美丽的红晕，虽然稍纵即逝，但他仍然很敏捷地捕捉到了这细微的变化。他眼睛闪着亮光，欢快地道："我过两天要请潘蓉夫妇俩来我庄子里住些时候，你可愿意过去陪陪白夫人？"不等牡丹回答，他又飞快地道，"主要是为了答谢上次白夫人帮忙。"

那还问什么愿不愿意的？答案就在那儿摆着呢。牡丹有些无奈地叹了口气："那我必须过去咯。"虽然她不怎么喜欢潘蓉，可是她喜欢白夫人。

蒋长扬欢喜地笑起来，低声道："我刚修了个水榭，也堆了假山，已经完工了，你正好也去看看。我种了重台莲和白莲，明年夏天一定会很美丽，到时你可以领了英娘和荣娘她们去玩。"

牡丹戏谑地笑道："那你收不收钱呢？"

蒋长扬敏捷地反问："你说收不收？"

牡丹突然觉得他的目光太过灼人，她不雅地白了他一眼："我怎么知道你收不收？"说完又忍不住把脸别开微笑起来。

蒋长扬沉默片刻，闷声笑起来。他第一次挨了她的白眼，也得到了一个脸红和一个羞涩的笑容。这身新衣服，还是穿得值得的，也不枉他费尽口舌缠了景王半日，再弄了那位花匠来。

牡丹听到他的笑声，越发不自在，特别是看到一旁嘴角一直往上翘就没放下来过的雨荷，越发有些羞恼，便假装东张西望："你笑什么？什么这么好笑？"

蒋长扬看穿了她的小伎俩，越发笑得大声起来。

甩甩仍然跟着英娘和荣娘在草亭子里玩耍，所不同的是，它今日是衔着一根树枝不住地啃咬。看到牡丹和蒋长扬过来，它扔下树枝照例往蒋长扬头上冲。蒋长扬站直不动，在它即将登陆的那一刻，手臂快速伸出，迅捷地抓住了它的脖子。

甩甩圆睁着一双乌豆似的小眼睛，惊恐地看着蒋长扬，不明白这个昨天还一脸憨笑的好好先生今日怎会突然变了脸。他捏着它的脖子，虽然捏得不紧，可是他仍然捏着它的脖子……它在他的手上使劲挠了几下，他半点反应都没有，手上的力气却也没有因此加紧或是放松。它张皇地看向牡丹，牡丹站在一旁似乎没有解救它的打算。它沉默片刻，用尽力气大叫了一声："蒋叔好！"

它的喙被蒋长扬闲着的另一只手用力弹了一下，弹得它晕头转向，不但疼，还有些怕，高亢的声音虚弱下来："牡丹，牡丹，甩甩，甩甩。"

它是在求救，牡丹心软了，蒋长扬却没有松手的打算。于是甩甩又换成了："蒋叔好，蒋叔好。"蒋长扬这才松了手，将它放在他的胳膊上："小东西，这才是你该待的地方。"甩甩蔫蔫地垂着头，半天不动。

第二十章 意外来客

蒋长扬并未在芳园多待，坐下来喝了一杯茶就告辞离去。他没有久留，倒让准备了许多吃食的林妈妈不高兴了。她不停追问牡丹，蒋长扬今天为什么走得这么早。

牡丹无奈地道："人家有事，该走的时候当然要走。"

林妈妈无话可说，便怪甩甩失礼，拿了银锁链把甩甩锁在架子上，又逼牡丹吃东西，要她把身子养胖一点。牡丹很郁闷，只好狠狠咬着糕点，拿眼瞪着在一旁调皮地看着她笑的荣娘和英娘。

次日中午，邬三就把那位哑巴花匠送了过来。那花匠姓李，约有六十来岁，头发胡须尽数花白，人又干又黑又瘦，一双眼睛也浑浊不堪，穿着件赭色的短衫，手里牵着条又肥又傻又大、不停往下滴口水的大黑狗。即便他进了厅堂去见牡丹，也没松开狗的皮环，一人一狗须臾不离左右。

李花匠立在牡丹面前沉默地注视着她，眼神漠然而且挑剔。牡丹开门见山："听说你曾经管理过芙蓉园的花木，手艺很了不起，我很需要你这样的人。"

李花匠没表情。

牡丹有些无趣，硬着头皮继续道："我的朋友告诉我，只要给你养老送终，真心相待，你就是能相信的人。我都能做到。"

李花匠还是没反应。

牡丹索性收了笑容，严肃地道："我的种苗园里接了一些珍贵的牡丹，需要一个能信任的有技术的人替我看园子、料理花。不知你能否做到？"

李花匠比了几个手势。

邬三解释："他问您，那个接花的人呢？为什么不让那个人来管理？"

牡丹笑道："那个人就是我。"既然不能利诱，就只有让他心服口服，让他知道她不是不学无术的傻蛋。

李花匠略微弯了弯腰，又比了两个手势。邬三道："老李说，请娘子带他去园子里，指给他看他要干的活儿。"

牡丹先领着李花匠看了几棵郑花匠嫁接的牡丹花，李花匠兴趣缺缺，她就又领了他去看什样锦。李花匠蹲下去，死死盯着那几棵什样锦，许久方回过头来看着牡丹，指了指那花。牡丹微微一笑："这是我接的。"

邬三笑道："这是我和我家公子一起看着何娘子接的。"

李花匠一笑，对着牡丹伸了个大拇指，又从腰间取出一个麂子皮包，里面宛然是一把闪着寒光的嫁接刀和一把剪子，还有一束细麻线。他把这些工具放在身边的地上，对着牡丹又比了几个手势，表示她的技术已经得到他的认同了，他也要露两手给她看。

牡丹笑道："这些花你都可以随意取用。"

快到晚饭时分，李花匠终于住了手。牡丹从他嫁接的方位和具体细节看出来，他做的是皮下接，做得很完美。而且他同样接了一株什样锦，不过是用的昆山夜光、葛巾紫、银粉金鳞相接，白、紫、粉，三色，晚花。

真的是个宝贝。牡丹满意一笑，伸了一个大拇指："这个园子以后就要拜托李师傅了。"

她真心实意地喊他李师傅，而不是老李，没有以买主和主人自居。这是给一个技艺高超的匠人应有的尊重。李花匠微微一笑，开始比画手势。邬三忙道："他说他要住在这园子里看守着，问房子在哪里？"

牡丹指着不远："那一排房间都是空的，你愿意住哪儿就住哪儿。"

说话间，郑花匠走了进来，睃着李花匠道："小人看见园子门开着，心想着往日娘子这个时候是在吃晚饭，便特意过来看看。既然娘子在，小人就先告辞啦。"

牡丹笑道："你来得正好，这是新来的李师傅，以后我不在，种苗园就由他管。"

郑花匠惊愕且不服。凭什么？他来了这么多天，最苦最累的时候是他帮着牡丹熬过来的，这园子之前多数时候也是他在打理。作为唯一一个能进种苗园的师傅，他俨然就是芳园众多花匠中的头领人物，谁见他不低头？突然来了这么一个名不见经传的糟老头子，就要夺走他的东西和他向牡丹学技术的希望，他当然不服气。

他看到李花匠身边那株才刚接好还未来得及施肥和浇水的牡丹，便笑着走过去："这是李师傅接的吧？好手艺。"手还未碰到那株牡丹，一旁又呆又傻又肥的大黑狗突然发出一声低沉的咆哮，闪电一般朝他的手腕咬去，白色锋利的牙闪着光，透明的口水带着一股腥味儿在半空中洒落下来。

"妈呀！"郑花匠吓得大叫一声，惨白着脸连连后退，但他哪里快得过狗？关键时刻，李花匠嘶哑地"啊"了一声，大黑狗停止攻击，将两只前爪搭在郑花匠的肩头上，黏的口水滴湿了他的前襟。

李花匠又"啊"了一声，大黑狗放开郑花匠，跑到他脚边蹲了下去。李花匠比了几个手势，邬三大声道："老李说，这狗从小就是养来看花的，谁敢不经主人允许就伸手碰花，必然挨咬。它刚才是误会了，请这位郑师傅别计较。"

原来还是个哑巴。郑花匠愠怒地擦着头上的汗，嫌恶地扯扯被狗口水浸湿的前襟，气冲冲地不说话。

牡丹忙打圆场："老郑受惊了，今晚让厨房给你加菜。下去看看可有伤着的地方，若有，去请大夫来看看。"她知道李花匠是故意的。这是警告。牡丹花匠的技术自有传承，轻易不会给旁人知晓。这刚接的牡丹，拆开之后就会知道接穗和砧木的处理方式，不到伤口愈合，不能让其他人碰。

郑花匠气冲冲地离去，李花匠淡然地收拾了工具，处理好花，由雨荷领着自去挑选屋子，又叫阿顺和他做伴做些小事。

邬三笑嘻嘻地道："何娘子，我们公子让和您说，后日潘世子和白夫人就到了，请您一定过去吃晚饭。"

牡丹应下，留他用晚饭。邬三不留，只说庄子里要备席，事情太多，不能久留，径自告辞离去。

晚饭后，大郎铺子里一个姓贾的伙计，领了个穿团花锦缎圆领袍子、戴黑纱幞头，约有二十来岁，长相端正的青年过来。

贾伙计笑道："娘子，这位是扬州来的卢公子。"

牡丹疑惑不已，她并不认得这什么扬州卢氏的人。

卢公子行了一礼，用带了浓浓扬州口音的官话道："在下卢全，族中行五，人称卢五郎，我母亲姓段，人称段大娘。之前，令兄曾使人送了一封信去，言道我的小姨秦三娘遭了难。家母因为随船在外行商，辗转到一个多月前才收到了信，故而派我来接小姨归家，并向府上致谢。"

秦三娘啊。当初大郎送了信给段大娘之后一直没有回音，她还以为信送错了。牡丹叹道："卢公子只怕是白跑一趟了，她第二日就走了，我现在并不知道她在哪里。"

卢全正色道："适才我去见了令尊，令尊也是如此说。可我来之前，家母曾经吩咐过，活要见人，死要见尸，有仇报仇，有恩报恩。您是最后见到她的人，想来她曾经和您说过一些话，可以从中找到一些线索。还请您将那日的情形与我说说。"

当日的情形牡丹倒是记得的。卢全听完，沉吟道："依您这样说，小姨只怕打定主意要报仇了。颜八郎没有倒霉之前，她不会离开京城，我打算到颜八郎那里去看看。"

牡丹道："今日天色已晚，卢公子是赶不回城了，不如在这里留宿，明早再去不迟。"

卢全抱拳谢过："谢谢何娘子。家母让我一定要答谢府上，我之前问过令尊，需要我们为府上做什么，但是令尊说当日全是您一个人的主意，让我来问您。您想要什么？"

"我就是请她吃了一顿饭，住了一夜的邸店，请了个大夫，陪她说了两句话而已。花的还是我父亲的钱，不必放在心上。"牡丹有些汗颜，她并没有为秦三娘做过什么，但是段大娘却这样郑重其事，说明心里还是牵挂着秦三娘这个妹妹的。

"当时街上来来往往那么多人，只有你一个人伸了手。"卢全微微一笑，"段大娘从来不欠任何人的情，为了不让家母这个名声从此没了，还请您不要再客气了。"

他的表情认真诚挚，不达目的不罢休。牡丹想来想去，笑道："我早就听说了令堂的大名，心里非常钦慕她，很想和她结交，不知有没有这样的运气？"

如果这次要了报酬，她就只有这一次机会；但她想和段大娘做朋友，将来可能得到的就远远不止这一点。同样地，卢家如果能在京城交上何家这样的朋友，也非常不错。卢全笑道："家母很喜欢交朋友。假如何娘子有机会去扬州，她一定会办最好的宴席请您。"

"卢公子人生地不熟，我家的人能领你去找颜八郎的居所。"牡丹指指雨荷，"她当时去过颜八郎住的通善坊，明日就让她陪你去。"

卢全谢过，跟着小桃下去吃饭休息不提。第二日一早，雨荷便领了他骑马进城，直往通善坊而去。牡丹整天都留在种苗园里看李花匠怎么打理花木，学习怎么和他沟通，又给那大黑狗起了个名字，叫它大黑，喂了它一堆骨头。

李花匠板着脸，整天只和牡丹比了不到三个手势，一次是牡丹问他，她想选几个年轻聪明、品行好的小厮和他一起学习护理牡丹，他摇手拒绝。但牡丹没打算听他的。

一次是牡丹叫那大黑狗"大黑"，喂那狗吃骨头。他生气地比了个手势，牡丹猜他是气她给狗乱起名字。她忽视了他的怒气，任由那狗在她的鞋子上滴口水，趁机抓了狗的头皮两把。

最后一次牡丹送了他两件夹袍和两双鞋子以及一瓶子葡萄酒、一盘炸谷雀，他比了一个谢谢的手势，收了东西。

牡丹走出种苗园，喜郎在外面不远处游荡，见她出来，立刻过来和她打招呼。牡丹就问他在芳园是否习惯，又问郑花匠哪里去了，因为她今天没见着人。

喜郎道："九叔今天都在湖那边修整花木，所以娘子不曾看见他。"又再三保证他会好好干活。牡丹夸了他两句，温和地道："听说你父亲去世了，若是家里有困难，能帮的我都会帮你。"

喜郎颇为吃惊，低低应了一声，垂手目送牡丹离开。

次日中午，邬三亲自过来接牡丹："白夫人已经到了，公子请您过去先陪她。"

牡丹皱了皱眉："潘世子没有跟她一起来？"

邬三殷勤地替她牵马："说是潘世子有事耽搁，会赶来吃晚饭。白夫人带了一位清河吴氏的十七娘过来，听说和您也是认识的。"

牡丹笑道："见过一面。"倨傲清高的吴惜莲，想必也许了人家吧！

牡丹骑马穿过被收割干净后显得光秃秃的稻田，一直走到蒋家庄子门口。围墙边的柳树已经黄了叶子，松树和柏树仍然青枝绿叶的，映得那高高的院墙格外白，墙顶上的蓝天也格外蓝。

进门是一大片整洁宽阔的场地，用青石方砖铺成，纤尘不染。不远处有一丛冬青树，树后是一条三尺左右、铺了鹅卵石的小道，小道旁的河水清亮见底，可以看见水底的彩色鹅卵石和郁郁葱葱的水草，偶尔还有一两条小鱼游过。河的另一边种着一排柳树，叶子蜷曲向上，落到水里犹如一叶叶的扁舟，很是漂亮。

牡丹问道："这个庄子有名字么？"

"以前它叫柳园，现在没名字。"蒋长扬站在小道的尽头慢慢地欣赏过来。牡丹今天穿的是一件银白色折枝牡丹锦襦，系着浓艳的紫色八幅罗裙，黑色的泥金缎子裙带，裙带上系了一对胡桃大小的金质镂空花鸟香囊，交心髻上插了一对素净的双股金钗，唇上还点了粉色的口脂，特别娇俏可人。

牡丹也在看蒋长扬，他今天穿了件青色的圆领窄袖袍，那块玉佩还在腰上，没有戴幞头，乌黑发亮的头发用一根玉质上乘的发簪固定起来，穿着双家常的青布鞋。他站在树荫下，斑驳的阳光犹如碎金，随着微风拂动不断在他的头脸肩上来回晃动，有时晃到眼睛，他就会微微眯了眼。他一直在望着她笑，非常亲切顺眼。

二人中间隔着两尺远的距离，一前一后沿着清澈的小河往前行，绕过一座高达丈余的灰色太湖石假山，一个碧波荡漾的池子带着清凉之气迎面而来，池子周围遍植垂柳花木，一座弯弯曲曲的石板桥从他们的脚下开始，穿过水池，一直延伸到一个高台之下，化作台阶。高台周围有溪流，溪水叮叮咚咚地从台上奔流而下，流入池中。沿着溪流往上一直到高台顶上，种满了斑竹和紫竹，竹林环抱中是一个石柱木栏围起来的宽大亭子，石柱和木栏都是本色，和谐幽雅。

真漂亮，真舒服。牡丹感叹不已："成风，这就是你新造的水榭？"

蒋长扬黑黑的眼睛熠熠生辉："这是我跟着福缘和尚做朋友学来的，我这个水榭与他设计的园林相比如何？"

牡丹有些发愣："是你自己设计的？"

蒋长扬快活地笑："是呀，虽然有些法子是从他那里偷来的，好歹是我自己的主意。"

"如果是福缘大师，他大概只会在上面设计一个小巧精致的亭子，而不是这么宽大的亭子。"虽然比不上福缘和尚的精巧，但是这个也很漂亮实用，最适合居家了。在盛夏酷热难当的夜里，抬了碧纱橱往这亭子里一放，纳凉休息，想必非常惬意。

蒋长扬笑道："对，那和尚注重好看，我注重实用。我只送你到这里啦，你自己上去。"他指指上面，一身绯衣的白夫人牵着一个粉妆玉琢的小胖娃站在阶梯尽头，温柔地笑。

牡丹和他挥挥手，拾级而上，一直走到尽头，蹲在小胖娃面前，与他对视微笑："你一定就是阿璟啦，我猜得对不对？"

潘璟睁着一双酷似白夫人的杏仁眼好奇地看着牡丹，突然把一只又胖又白的小手塞进嘴里含着，露出一个羞涩的笑容来。

"别含手。"白夫人将他的手拔出来，用帕子给他擦拭口水，温柔地道，"阿璟叫丹姨。"

潘璟害羞地看了牡丹一眼，回头紧紧抱着白夫人的脖子，把额头贴在白夫人的下颌上来回摩擦。白夫人抱了他跟着牡丹往前走："这孩子见生人的机会不多，害羞。"

牡丹绕到前方，从袖中摸出一个穿彩色丝绸小衣的人偶，对着小奶娃做个鬼脸，晃晃人偶，拉一拉绳，人偶便挥动起了两只手。

潘璟吃惊地睁大眼睛盯着人偶瞧，眼巴巴地看着牡丹，小脸上充满了渴望。白夫人笑道："想要就要喊丹姨。"

潘璟为难片刻，低低喊道："丹姨。"

牡丹把耳朵侧到离他不远的地方，夸张地笑道："什么？我听不见，大声点啦。"

潘璟抿嘴笑起来，交握着两只小胖手大声地喊道："丹姨欸！"

牡丹哈哈大笑，将手里的人偶递到他手里，摸摸他粉嫩的脸颊："阿璟真乖！"

白夫人宠溺地看着被人偶吸引了所有注意力的潘璟，笑道："这是演傀儡戏的人偶吧？难为你还记着给他带礼物，谢谢你啦。他可从没见过这种人偶。"

牡丹有些吃惊，傀儡戏那么流行，侯府的长房长孙竟然没见过。

白夫人淡淡地道："他祖母认为他年龄太小，这些东西太过喧嚣，会惊吓到他。"

这大概也是潘璟很少见到生人的缘故。牡丹一时对白夫人充满了同情，却不敢表现出来。

白夫人带了几分厌憎，讥讽地道："我说怎么会呢？侯府的公子是什么能吓得住的，比如他父亲……"她顿住话头，抱歉地道，"我希望他比我快活。"

牡丹看着无忧无虑的潘璟，低声道："一定会的。"

穿着玉色披袍、粉色八幅罗裙的吴惜莲拿着把象牙丝编的扇子优雅地走过来，上下打量牡丹一通，矜持一笑："丹娘越发精神了呢。今日这身打扮很好。"

"十七娘也很精神。"牡丹注意到吴惜莲手里那把象牙丝编的扇子，和吴十九娘当日出席李满娘的乔迁喜宴时拿的一模一样。这让她想起了吴十九娘和崔夫人，还有一些非常不愉快的事情。

吴惜莲道："恭喜你终于摆脱刘畅那个浪荡子啦……"

封大娘突然低咳了一声，牡丹抬眼看过去，不远处俨然就站着三个男人：一个是表情淡然的蒋长扬，一个是嬉皮笑脸的潘蓉，还有一个脸如黑铁的刘畅。

刘畅怎会在这里出现？可真是晦气！原本很久没看见这个令人不悦的人了，却在这样本该很愉悦的场合里倒了胃口。牡丹看向蒋长扬，蒋长扬给了她一个抱歉的眼神，以目示意潘蓉，表示是跟着潘蓉不请自到的。

潘蓉倒是若无其事的，先对着白夫人挤挤眼睛，然后对着一旁拿着人偶又扯又咬的潘璟夸张地大叫："哎哟，儿子，快过来！爹爹给你骑大马！"

"爹爹！"潘璟高高举着手里的木偶朝潘蓉冲过去。潘蓉也冲上来，在半道上接住了潘璟，将潘璟小小的身子高高举过了头顶，骑在他的脖子上，疯子一样地围着亭子跑起来，边跑边大声地喊："冲啦！阿璟骑大马啦！"潘璟发出一连串欢快的笑声。

吴惜莲拿起扇子挡了半边脸，轻蔑地扫了刘畅一眼，望着蒋长扬微微一笑："蒋公子，你这个地方很雅致，也很舒服。"

蒋长扬微微颔首："吴娘子谬赞。"

白夫人则静静地看着潘蓉父子俩，脸上没什么多余的表情。牡丹则稍微不那么讨厌潘蓉了。假如他平时不爱陪潘璟玩，孩子是不会这么亲近他的。

刘畅也没想到会在这里遇到牡丹。他不过是因为日子过得太无聊烦躁且令人抓狂，听说潘蓉要来黄渠边蒋大郎的庄子里小住几日，想着能避开因为发现刘承彩居然敢养外室而日日吵闹哭骂不休的戚夫人，还有总爱争风吃醋、脾气日渐古怪暴躁的清华，一有机会就抱着儿子守着他哭、脸上还带着疤痕的碧梧，他便跟着潘蓉来了。

当然，他也幻想也许会在这附近遇到牡丹，毕竟他听说她的庄子就在这附近。在路上，他东张西望，因为没能遇到牡丹而失望；可当他真的如愿以偿地看到牡丹，他又突然怨恨起她来了。

她打扮得这么娇艳美丽，悠闲自在地坐在这样幽静美丽的地方，和女伴轻松交谈，喝着上好的茶汤，还有男人献殷勤……她应该比他过得凄惨才对。凭什么她这样悠闲自在，他却这样心劳劳累得犹如一条精疲力竭的狗？

她之所以能好好地活着，在这里逍遥自在，完全是他的缘故；而他之所以落到这一步，也是因为她！他恨她。刘畅想到这里，本想狠狠地瞪牡丹一眼，可看到牡丹对他视若无睹的样子，又不由勃然大怒。她看不起他是不是？他还更看不起她呢！于是便也装作没看到牡丹，冷冷地看向高台下的水池。可是日光反射着水面，白茫茫的一片，刺痛了他的眼睛。他的心情越发烦躁起来。

白夫人看看阴沉着脸、不知又在打什么坏主意的刘畅，暗里握住牡丹的手，低声道："有我在，别怕。"

吴惜莲凑过来道："我也在。"

牡丹微微一笑："我不怕。"

"到底已是深秋，再过些时辰天气就要凉了。既然人已到齐，不如我先让人送酒菜上来，我们边吃边聊，如何？"蒋长扬将亭子里几个女人的对话听在耳里，不以为意地笑了，这可是他的地盘！言罢屈指弹向亭子上方挂着的铜铃，铜铃发出清脆悦耳的声音，将所有人的目光都引了过来。

吴惜莲奇道："这是什么？我适才还以为就是个风铃。"

蒋长扬道："这里离大厨房远，若是由得他们从那边送菜来，许多菜都冷了，没什么意思。故而，我在水榭背后，竹林深处另外建了一座小厨房，铃声一响便送酒菜上来。"

吴惜莲见这亭子不曾挂了匾额，便道："听风听水、听铃听竹，若是在此抚上一曲，更妙！蒋公子，你这亭子可有名字？我看不如就叫听音亭如何？"

蒋长扬还不曾回答，刘畅走过来坐下，肆无忌惮地看着牡丹，嘴里淡淡地道："什么听音亭，俗！我看这水是要种莲花的，夏风送莲香，爱煞此间人，便叫惜莲台好了！"

吴惜莲自来貌美，又自恃身份，即便为人矜持高傲，在京中上层年轻男子中也始终很受欢迎，就没遇到过敢这样直截了当说她俗的人。当下羞怒交加地瞪着刘畅道："刘子舒，你这人好生无礼！编派我做什么？"

刘畅故作惊讶地一翘嘴角："我哪里编派你了？蒋兄，难道这里不是要种莲花的么？我分明听说这里已然种下白莲与重台莲了，建这么个高台在这里，难道不是为了夏日纳凉观莲？惜莲台，需怜她，哪里错了？"

吴惜莲怫然冷笑："刘尚书教的好儿子，随意拿女子闺名来开玩笑，真是让人不齿！我不屑于与你这种人坐在一起，起开！"

刘畅做大惊状，起身深深一揖，无比诚恳地道："恕罪，我从来只知你叫十七娘，却不知道你的闺名，唐突冒犯之处还请你原谅则个！你自来高风亮节，应该不会和我这样的人计较吧？"三言两语就逼得这些所谓的名门贵女失态，实在是件很让人愉悦的事情，这让他心里的阴郁散了不少。

牡丹轻蔑地弯了弯唇角。刘畅倒是越来越有出息了，用吴惜莲的名字来命名蒋长扬家中的水亭，真会安排。

刘畅很敏感地捕捉到了牡丹唇角的讥讽和轻蔑，不由新仇旧恨一起涌上心头，暗恨道，何牡丹，让你难过的还在后面呢，让你笑，让你笑，叫你很快就笑不出来！

吴惜莲见他戏弄了自己还不认账，气得额头的青筋都暴了起来，白夫人劝道："都少说两句，主人还没开口，客人倒先吵上了。"

蒋长扬将越州瓷茶瓯分别递到吴惜莲和刘畅面前，朗声笑道："都是好名字，不过这水台的名字已然有了，就叫相和。"

潘蓉抱着潘璟击打那几只铜铃玩耍，打趣道："相和？蒋大郎你要和谁相和？"

蒋长扬微微一笑："想与谁相和就与谁相和。"

潘蓉怪笑一声："哎呦，难得你如此直白啊。我倒是好奇起来了，这是谁呢？"

蒋长扬淡淡地道："我自来如此直白，莫非你不知么？"

潘蓉忙跑过来挨着他坐下，眼珠子乱转："那人在这里么？"

蒋长扬并不理他。

刘畅敏感地在蒋长扬和牡丹脸上来回睃巡，希望能看出点什么蛛丝马迹。蒋长扬低着头弄茶，牡丹和白夫人低声劝慰怒气冲冲的吴惜莲。二人表面上并看不出什么特别的不同，可他就是觉得不对劲。于是清清嗓子，挺起胸膛，望着牡丹微微一笑，刻意温柔地道："丹娘，好久不见了，你还好么？"

又打什么鬼主意？牡丹惊讶地看了他一眼，随即笑了："谢刘奉议郎关心，我很好。"

吴惜莲在一旁淡淡地道："丹娘，你弄错啦，如今该称刘寺丞才对。"

牡丹从善如流："啊，我不知道您升官啦，刘寺丞。"

"丹娘，刘寺丞怎会怪你？你一天有这么多正事儿要做，哪有空去管这些闲事。刘寺丞也挺忙的，不知清华郡主可能下床行走了？听说你日日都过去探望伺候她，很是孝顺，哦，说错了，很是贴心才对。刘寺丞，我口误，请别和我这个小女子一般见识。"吴惜莲很不厚道戳了刘畅的心窝子一下，然后得意地笑了。小人，敢惹她，她就叫他知道厉害。

按着刘畅以前的脾气，牡丹以为他一定会不顾一切地发怒，或许还会把他面前的那杯热茶汤泼到吴惜莲脸上去。

出乎她的意料，刘畅竟然没有，而是面不改色地道："谢谢十七娘的关心，清华虽还行动不便，好歹已能下地走动了，想来在你大喜之日，她一定能登门祝贺。我若没记错，你未来的夫家是太原府的岑家吧！岑十郎曾在京里待过两年，我们常在一起喝酒论诗。你知道，就在平康里，那里的酒很不错，总是比其他地方的酒更加香浓一些。他每每总是醉得马都上不了，不得不在那里长住下去。"

吴惜莲眼里的亮光突然黯淡下来，装点成石榴娇妆样的朱唇控制不住地颤抖起来。平康里那是什么地方？妓女云集的地方。她愤怒地瞪着刘畅，想把手里那杯还滚烫的茶汤浇得他一头一脸都是，但她终究按捺下来，撇过脸，不肯再看刘畅一眼。她是出身高贵的五姓女，她的身份和教养不允许她做这种泼妇行为。

刘畅欢快地欣赏着吴惜莲的表情，呵呵，什么名门世家女，也不过如此，高贵正义的白夫人、高贵冷艳的吴惜莲，她们都不敢把自己心里的怒火真正地发泄出来。她们不敢像牡丹那样敢当着人不顾形象地朝他吐口水，当街大声辱骂他；也不敢像清华郡主那样肆意妄为。她们好面子，她们道貌岸然，她们表里不一，虚伪。他也虚伪，不过他就是要学着做个虚伪冷酷的人，他才能得到他想要的东西。

刘畅刚才喝下的是明明带着咸味儿的茶汤，可他却觉得喝下的是酒，唇舌、咽喉、胃，火辣辣的一片。他狠狠地看着牡丹，她夺走了他的一切，所以有朝一日，他必定要她十倍偿还。

牡丹静静地与刘畅对视着，除了怕他用武力伤害她之外，他对于她来说什么都不是，甚至比不过牡丹花叶子上的一条虫子。

蒋长扬半起身子，将一杯茶汤递到她面前，轻声说："没有放盐的。"他高大的身体阻断了刘畅的视线，身上的青草味将刘畅身上传来的浓浓熏香味儿阻断。牡丹捧着那杯茶，一度错觉，蒋长扬就像一座紫檀木座的六曲屏风，厚重宽大，把她不喜欢的东西统统阻断在了外面。

没有放盐的茶汤，在座的所有人都听到并看到了蒋长扬的举动。牡丹不爱放盐的茶汤，之前没有人听说过，但是蒋长扬递给她这样一杯与众不同的茶汤，是什么意思呢？

刘畅把这个举动视为挑衅。他垂下眼帘，目光透过睫毛缝，落在了牡丹手上和她捧着的那只刻莲花纹的越瓷茶瓯上。青瓷美如玉，素手纤若兰，但青瓷不是他的，素手也不是他的，它们都有可能被另外一个男人握在手里。

他深吸一口气，笑道："丹娘，你什么时候喜好上了喝这不放盐的茶汤？我们一起三年，日夜相对，也曾恩爱无比，我从不曾知道你有这样的怪癖。莫非是从李荇那里学来的？你变得可真快，先是我，然后是李荇，现在又是谁？难怪人家说，女人心，海底针。"他不肯承认，他是痛恨着她轻易就变了心，也痛恨着她的无情无义。

亭子里一片寂静。吴惜莲惊异地看着牡丹，却只是从牡丹的脸上看到一片不能称之为表情的表情。吴惜莲赶紧看其他人，看其他人是不是和她一样，从刘畅的话里行间听出了同样的信息。蒋长扬专注地分茶，看不出什么特别，潘蓉在苦笑，白夫人的眉头紧紧皱在了一起。而封大娘和恕儿，眼里已经喷出了怒火，于是她又把目光投向了牡丹。

牡丹端起那杯没有放盐的茶轻轻啜了一口，淡淡地道："既是怪癖，你不知道并不稀奇。一起三年你都不知道，现在就更没必要知道了。"她没有解释吴惜莲想知道的，因为刘畅不配提问也不配听。李荇也好，其他什么人也罢，统统都和他没有半点儿关系。

白夫人道："子舒，一日夫妻百日恩，百日夫妻似海深。你们已然和离，你得到了你想要的，好合好散不好么，纠缠这些又有什么用。"

在场的人中，刘畅痛恨的人绝对不少白夫人一个。她答应替他劝说牡丹回心转意，却背着他联合了康城长公主和清华郡主，把他卖得干干净净。他有今天，白夫人脱不了干系。因此他声线平板地说："白夫人是很仗义的女豪侠、女诸葛，为了朋友不惜两肋插刀，不顾一切，所以我一直很敬重你。"

潘蓉嘀咕了一声，把潘璟放到白夫人怀里，挨着她坐下来，轻轻拍拍桌子，瞪着刘畅不满地道："哎哎，我说刘子舒，我说你未免管得太宽了，我家夫人爱怎样那是我们两口子的事情，你可管不着。"

"那是自然。"刘畅看向蒋长扬，想看他会对刚才那番话做出何种反击或是反应。何牡丹，你以为有美貌就够了么？不够，远远不够。门第、才情、权势、金钱，缺一不可，容貌却是次要的，这天底下，如此身份的，愿意给你保留正妻身份的，只有我一个人。不碰南墙不回头，碰了南墙你会不会回头？

蒋长扬直视着刘畅，笑容亲切，语气坚定、不容辩驳："刘寺丞，你是潘二郎的朋友。吴娘子是白夫人的朋友。潘二郎夫妇、何娘子则是我的朋友。我愿意尽最大努力招待好你们每一个人，但若是谁敢欺辱我的朋友，便是欺辱我。"

欺辱主人的客人被驱逐便是顺理成章的事情。这个话大家都能听明白，虽然他拉上了潘蓉夫妇做陪衬，但谁都能明白，他是专指的谁。

刘畅冷笑了，他的确抓不着蒋长扬任何破绽。可是他清清楚楚，蒋长扬和牡丹，绝不是表面上那么简单。

精心烹制的水陆珍馐被装入镏金动物纹银盘或是银质折枝石榴纹折腹碗中，源源不断地从竹林深处的小径中送过来，热腾腾地摆满了众人面前的桌子。酒是上好的乌程若下酒，筷子是金平脱犀头筷，还有一对穿着绿罗裙的美丽少女在一旁弹奏琵琶，唱歌助兴，技艺高超，歌声清越。从食品的种类味道、食具到表演的歌伎，无一不是精心准备的。

潘蓉很是满意，摇头晃脑地道："成风，你这次为了我花了不少心思。若非因为地点不对，种类不够，器皿太过珍贵，我几乎要以为是关宴了。我怎么值得你这样盛情款待？"

蒋长扬微微一笑："你自己也觉着不值得？"

潘蓉眨了眨眼，哈哈大笑起来："我当然值得，谁说我不值得？"他把目光投向一旁的牡丹，暗道原来如此，果然如此。

蒋长扬淡淡地道："但愿你永远都值得我这样招待你。"

潘蓉朝他举起酒杯，露出一排白牙齿："我值得的，蒋大郎。"

刘畅微不可见地皱了皱眉，白夫人却是轻轻松了一口气。

宴会直到日暮时分才结束，气氛勉强还算融洽。席散之后，蒋长扬领着男人们去看他的马，白夫人、吴惜莲、牡丹三人则在花园里散步消食。

吴惜莲忍不住道："丹娘，刘子舒真讨厌，他那样说你……但你晚饭吃得真不错。"

牡丹道："不吃饱饭就没有力气，没有力气我就不能站起来。"不吃饱怎会有精神战斗？不但要吃饱还要吃好。她不能缝上别人的嘴巴和耳朵，但她可以对自己好一点。

吴惜莲惊讶地看着她，小声道："他说你和李荇……"

白夫人沉下脸："阿莲，她是我的好朋友！刘畅是什么人，难道你不清楚？"

吴惜莲坚定地说："不行，事关十九娘，我必须问清楚。"

牡丹止住白夫人，坦然而大方："如果你是想问我和李荇有没有私情，那么我告诉你，没有！"

吴惜莲皱眉道："你敢发誓么？"

牡丹好笑地弯起唇角："发誓？凭什么？要是有人天天造谣，我是不是得天天发誓？十七娘，无论你信不信，我都是这个回答。"

"可是……"

牡丹正色道："以后我不会再回答这种问题，若你再提，我会直接泼你一脸的水。"

吴惜莲有些恼怒："分明是刘子舒，你该泼的是他。"

牡丹俏皮地挤挤眼："他不配，你稍微好一点儿。"

吴惜莲的脸瞬间变得通红，说不清是恼怒还是羞愧。牡丹略过她，对着满脸歉意的白夫人挥手："天色晚了，我家两个侄女还等着我，我必须回去啦。有空可以带阿璟去我的庄子里玩，邬总管知道路。"

白夫人低声道:"阿莲,你到那边去等我,我有话要和丹娘说。"

"随便吧。"吴惜莲垂头丧气地走开。

白夫人与牡丹并肩往前走,低声道:"我本来是想帮你,但好像反而帮了倒忙。你不想过来就别来了,下次我专程去芳园找你。我还有件事要和你说,我们来之前,京中传言,王夫人要再嫁,对方是安西节度使方伯辉。"

牡丹皱了皱眉:"所以呢?他知不知道?"

白夫人微微一笑:"你说呢?他是王夫人的儿子,方伯辉的义子,你说他知道不知道?"

那就是肯定知道了,不过牡丹没看出蒋长扬有什么不高兴的意思。牡丹懂白夫人的意思,再嫁不是稀罕事,蒋长扬能容许他的母亲再嫁,或许也不在意他的妻子是再嫁之妇。

白夫人点到为止:"好啦,我不送你了,早些回去,蒋成凤那里我替你说明。"

牡丹与白夫人辞过,领了封大娘与恕儿沿着河道旁的鹅卵石小道一直前行。走至半途,冬青树后突然钻出一个脑袋来,看着她道:"小人秋实,给何娘子请安。"

不认识……牡丹疑惑地皱了皱眉,还是恕儿眼尖,低声道:"这是刘家的秋实。"

牡丹心里有了数,淡淡地道:"你是刘畅的随身小厮?"

秋实见她认出自己来,兴奋地眨眨眼:"是,小人正是。"

牡丹看看他身后:"惜夏哪里去了?"

秋实小声道:"他一家子都被卖了。"

牡丹点点头,侧身要走,秋实急道:"娘子,我家公子让小人和您说,朱国公有意请圣上给长子赐一门体面的亲事,让长子承爵。"

牡丹禁不住回头看向秋实。

秋实怯懦得像只耗子,半垂着头,双手紧张地绞在一起,偷偷地瞟向怒火中烧的封大娘,突然间拔腿就开跑。步子才迈出去,就被封大娘一把抓住腰带扔下了河。

河水并不深,秋实手忙脚乱地刨了几下,站起身来仰头尖叫:"救命!杀人了!救命!"

封大娘叉着腰,中气十足地骂:"狗崽子,狗腿子,瞎了你的狗眼,竟敢到我家娘子面前乱嚼!老娘泡死你!"

恕儿拍手叫好:"狗东西活该!"

牡丹见秋实性命无虞,便拉了封大娘和恕儿继续前行。

"老奴让人备马。"封大娘大步流星往前走,险些撞上迎面赶来的邬三。邬三笑嘻嘻地给她作揖:"大娘这是往哪里去?"封大娘狠狠瞪他一眼,使劲推开他继续往前走。

邬三夸张地晃了两晃,本以为会逗得恕儿发笑,却得到小丫头一张冷脸。他郁闷地摸摸头,望着牡丹嘿嘿一笑:"何娘子,这是要走了?"

牡丹微笑道:"天色晚了,是要走了。"她指着河里扑腾尖叫的秋实,"他不小心跌入河中,烦劳邬总管把他拉起来。"

邬三早就认出来是刘畅的贴身小厮,便道:"没事儿,小孩子贪玩呢,让他多玩一会儿好了。何娘子,时辰还早,我们公子请您多玩一会儿,他稍后送您回去。"

"谢你家公子好意,府上有客,我不给他添麻烦了。请邬总管替我向你家公子转达谢意,谢他盛情款待。"牡丹言罢,绕过邬三快步前行,很快消失在冬青树后。

邬三困惑不已。何娘子莫非是气恼刘畅也来做客?但那不是自家公子的错啊,先前也没见她有多生气,现在却是再也不想多留一刻……便吩咐小厮:"去找公子爷,就说何娘子走了。"

"救命!救命!"秋实抓着长满青苔、滑溜溜的河沟壁,几次想要爬上来,却总是笨手笨脚,只好向邬三求救。邬三惊愕地道:"哎哟,孩子,这么宽的路,你是怎么掉进去的?这河沟不深,看,连你头没淹到,自己爬出来吧?"

秋实哭丧着脸："滑得很，上不来。"

邬三蹲下看着他叹息："再没见过比你笨的孩子了，是自己淘气跳下去玩的吧？"

秋实差点没哭出声来："不是。"

邬三一直在笑，就是没伸手："那是什么？"

秋实不敢说，顾左右而言他。

邬三便笑嘻嘻地伸了手："来，伸手给我，得了伤寒可不是好玩的。你好像是叫秋实？"

"是。"秋实抓住他的手借力往上爬，抱怨道，"府上这条河好生古怪，看着不深，可这河沟壁却修得这么高，又陡又滑，好难爬……"

邬三心不在焉："那是，我得找个机会和我家公子说一说，重新修修，修得再深一点儿才好。"

秋实爬到一半，手上骤然一松，"啪嗒"一下重新跌入水中。

邬三含笑道："怎么不抓稳？重新来。"

秋实不笨，他明白邬三想做什么，但他无论如何也不敢出卖刘畅，只好四处寻找沟壁矮一点的地方。

邬三见他眼珠子乱转，低声道："这水越晚越是冰凉刺骨，你刚才做的事，我总会知道，到时我会把你扔到黄渠里去喂鱼。"

秋实坚定摇头："我真的什么都没做。"

那就泡着。邬三转身就走，行至冬青树后，蒋长扬走了出来，潘蓉和刘畅如影随行。邬三使个眼色，往大门努努嘴，示意牡丹已经走了，蒋长扬不露声色地抬抬下巴。

邬三便上前给刘畅行礼："刘寺丞，请问您是不是有个小厮叫秋实的？"

刘畅点了点头："是，他怎么了？"

邬三垂手笑道："说来让刘寺丞见笑，适才这孩子说了不该说的话，做了不该做的事，冲撞了何娘子，心里害怕，掉到河里去啦。"他用的是肯定语气。

刘畅惊讶地道："是么？他做了什么？还请邬总管说给我听，我好重重惩罚这奴才。"他的表情很自然，如今他越来越能熟稔地根据需要转换面部表情。

邬三为难地叹道："那些话不说也罢……就是请刘寺丞莫见怪，刚才小人就拉过他，不过可能是他心里害怕的缘故，手脚发抖弄不上来。"

"这个不成器的奴才，真是给我丢尽了脸面，他在那边是不是？"刘畅装作很生气、很丢脸的样子往河边走，心里暗自高兴，牡丹被气走了，真好。

话说他最近最长进的就是把京中各重要府邸的私秘事摸了个七七八八。现在朱国公是还没这个举动，但将来呢？至今还未定下蒋二公子做世子，还不能说明问题么？王夫人传出再嫁的消息之后，朱国公定然不会容许蒋长扬再在外面自由自在。刘畅联想到李荇的例子，不由心情飞扬。

秋实才刚从河沟里爬出来，刘畅就阴沉着脸一脚踢过去："狗奴，你到底做了什么好事？赶早说出来，爷饶你不死。"

秋实趴在地上委屈地哭道："公子，小人真不是故意的。"

刘畅扫了蒋长扬一眼，怒喝道："想要活命就赶紧把你做的好事说出来。"

秋实只是哭着摇头："小的没有。"

蒋长扬厌恶地看了这装腔作势的主仆二人一眼，示意潘蓉跟他走到一旁："要么你自己解决干净，要么我替你。"

潘蓉为难道："的确是我考虑不周，可他是我最好的朋友，也帮过我忙……那时他家办宴席，我带你去，他也盛情款待了你。现在城门已经关了，叫我这样赶他走，我做不到。给我个面子好么？到底我俩也算打小的交情，我没做过什么对不起你的事吧？"见蒋长扬不为所动，便咬咬牙，祭出杀手锏，"你好歹看在我哥的面子上，就这一次。"

蒋长扬的嘴唇紧紧地抿起来，看着潘蓉沉默不语。

潘蓉看到他的神情，暗自松了一口气，晓得这事儿算是成了，面上却做嬉皮笑脸状："不提我哥，都是我的错，好吧？不过成风我说，你好歹装一装，让他再住一夜，我保证明早就让他走。就一夜，多得罪一个人对你并无好处。他一直就跟我们在一起，不长眼的是他的小厮，要不，打那小厮出气？他一样会觉得很没面子的。"

"我不明白他有什么好，值得你这样对他。"蒋长扬定定地看了潘蓉一眼，沉声道，"潘二郎，你记好了，我不是三岁的小孩子可以任由你们哄骗。我也不是你们，我打那小厮做什么？"

看着蒋长扬高壮的身影快速绕过冬青树丛，穿过青石方砖场地而去，潘蓉收起笑容，肩膀也软软地垂了下去，面无表情地看着脚下的鹅卵石。潘璟不安地轻晃他的手，奶声奶气地道："爹爹？"

为什么和刘畅好？蒋成风当然不明白，因为他俩是一丘之貉吗。潘蓉的笑容瞬间灿烂起来，他蹲下去摸摸潘璟的脸，指着地上的鹅卵石笑道："儿子，你看这鹅卵石好不好看？你看，这块还是彩色的，这叫红色，红色。"

潘璟只知道父亲和他玩，也跟着蹲下去用手指戳了戳脚下的鹅卵石，很可爱地噘着小嘴道："红色？"潘蓉哈哈大笑起来，看着邬三道："我赌他根本还不懂什么是红色，你信不信？不然我们打个赌？"

邬三恭敬地一笑："世子爷，小公子还小，总有一天他会懂的。"

潘蓉轻轻摸了摸潘璟的头，叹了口气："是呀，他还小，小得想哭就能哭，想笑就能笑。"他抱起潘璟朝刘畅走去，道，"子舒，算了吧。"

刘畅回头，见蒋长扬不在，很容易就明白发生了什么事，便道："我马上就走。"

潘蓉微皱眉头："这个时候你能去哪里？"

刘畅淡淡地道："只要有钱，可以投宿的地方多的是。"他还不至于沦落到要靠旁人求情，死皮赖脸地赖在人家里的地步。离了这里，正好四处去走走看看。

潘蓉沉默片刻，难得正经地道："子舒，听我的，已经到了这个地步，还是算了吧。别惹他，好么？"

他才不怕蒋长扬。刘畅抿紧嘴唇，不回答潘蓉的话，只道："我先走了，回城后记得去找我。"看戏的人已经走了，没必要再演下去。

邬三大声吩咐下人给刘畅牵马出来。

又走了一个。潘蓉摸着下巴想，他其实也该像蒋长扬一样很强硬地表示，欺辱他的朋友就是欺辱他，然后很傲气地跟着刘畅一起走掉，可惜不能……所以他只好看着邬三嬉皮笑脸地道："今天的菜不错，听成风说都是你一手采买的？"

太阳刚被远处的群山湮没了最后一点影子，长庚星挂在墨蓝色的天幕上，一眨一眨的，仿佛是在笑刘畅被人不留情面地赶了出来，但是又有什么关系呢？反正他也不是什么无辜的，要成事就必须付出代价。

刘畅把披风扔给秋实："做得不错，回去后给你增加一缕钱的月例，再做两身好衣裳。"

秋实感激涕零："公子，现在咱们去哪里呢，不如找个庄子吧？一般庄户人家只怕是脏得很，不好住。"

刘畅看向周围被收割一空的稻田，还有前方蜿蜒的路，放马慢行，低声道："一直沿着路往前走。走到哪里算哪里。"

秋实在一旁看着，觉得公子其实也不知道该往哪里去。

蒋长扬放马狂奔，没多少时候就看到了放马缓行的牡丹主仆三人。牡丹坐姿优美地骑在枣红色的马背上，黑色发髻间双股金钗在暮光里闪闪发亮，越发显得发髻漆黑，苗条结实的腰肢随着马儿的动作很有规律地晃动。她走得不快不慢，偶尔还会和封大娘、恕儿交谈。

蒋长扬加快速度追上去，前面三人听到马蹄声，都回过头来看向他。蒋长扬小心地打量牡丹的表情，她望着他微笑，勒住马停下来等他，看上去很正常，不像是生气的样子，于是他迅速回了她一个大大的笑容。

他精确无误地在距离牡丹一个马头远的地方停下，努力让自己的语气更轻松："怎么不说一声就走了？"

牡丹笑道："见你忙着呢，不好打扰，所以请托邬总管替我转达谢意。"

不知是否心理作用，蒋长扬觉得她这句话很不顺耳，笑容也有些不一样。但他挑不出来毛病，只好闷闷地道："我送你们回去。"

牡丹笑道："不必啦，天色还早，这里离芳园也不远，附近的庄户都认识我们，安全得很。你庄子里有客人，丢下他们不好，还是赶紧回去吧。"

蒋长扬直觉她很不高兴，便皱起眉头直截了当地道："我听邬三说，刘畅的小厮做了不得体的事？"

牡丹微微一笑："他有些无礼，所以被封大娘扔到你家河沟里去了，给你添麻烦了吧。"

"没有。"蒋长扬摇头，"你明天还会过来么？不会看到不想见的人。"

"我接下来几天都会很忙，工程紧得很。李师傅那里也要挑几个机灵的小厮过去跟着学。"牡丹真诚地感谢他，"李师傅就是我要找的人，谢谢你啊。"

她越感谢，蒋长扬的笑容就越僵硬。他沉默片刻，固执地道："我送你们回去。"

牡丹看了看他的神情，没有表示反对，拨转马头继续往前缓行。

路很短，很快就到了，又似乎很长，因为他们一直沉默——一个是不想说，一个是想说却不知道该怎么说。

芳园的大门映入眼帘，牡丹回头望着蒋长扬笑道："你先回去吧，我这里安全无虞了。你有客人要招待，就不请你进去啦。"

蒋长扬盯着她的眼睛沉声道："丹娘，我们还是朋友么？"

牡丹睁大眼睛，眼珠黑白分明，微微带了点惊讶和无辜："当然是啊。怎么了？"

蒋长扬很失望，看来她是不会把刚才的事说给他听了，虽迟早可以查明，但他更希望她亲自告诉他。一切仿佛又退回了原点，他想跟她说，其实他一点都不在乎刘畅说的那些话，他自己有眼睛，有耳朵，但他们之间远远没到那个地步，如同今日，他想表达关心和好意，却只能在合适的范围内。因此他只能颓然干笑："那就好，你进去吧。"

"路上小心啊。"牡丹微笑着和他摆摆手，很快消失在柳树环围起来的围墙后。

蒋长扬拨转马头，折身往后。天色越来越朦胧，前方出现了两个小黑点，然后慢慢变大，是刘畅主仆。

刘畅定定地看着蒋长扬。蒋长扬腰板挺直地坐在高大健美的紫骝马上，一手持缰，一手以一种熟稔的、看似随意其实却很牢靠的姿势握着马鞭，目光沉沉地从对面看过来，与他的目光从半空中相撞。这里没有女人，也没有共同的朋友，所以两个人都没打算退让。

两个人对视的时间有些久，谁都没眨眼。刘畅觉得眼睛有些酸，眼皮在抽搐，仿佛一不小心就会合拢去，他告诉自己不能输，他的眼睛会酸，蒋长扬也会酸，他使劲睁大眼睛，狠狠地瞪着蒋长扬。

蒋长扬并没有刻意让目光变得更凶狠，也没有使劲瞪眼，只是沉默地看着刘畅。刘畅穿戴得一如既往地华丽精致，高头大马，锦绣华鞍，散发着浓香，身边跟着狡诈胆小的小厮，与京中的权贵子弟没大差别。唯一的差别是，他是牡丹的前夫，是个当众欺辱发妻并将发妻逼入绝境，又啰啰嗦嗦、纠缠不休的恶毒小人。他幼稚又可笑，可悲而自私，配不上牡丹，除了能冲喜一无是处。

秋实小心翼翼地缩在一旁，鼻腔总是发痒，忍了好几次之后，他终于很响亮地打了个喷嚏。

这个喷嚏来得如此突如其来，又如此响亮，刘畅苦苦支撑的眼皮被吓得一跳，就再也收不回来，他先眨眼睛了！刘畅神经质地从蒋长扬黑亮的眼里看到一闪而过的笑意，不由恨得要死，忍了好几忍才没将鞭子抽到秋实身上去。

他及时堆起笑容掩盖尴尬："成风兄这是从哪里来？"

蒋长扬漾起一个淡淡的笑："子舒兄这是往哪里去？"

刘畅笑得更为自然："随便走走。"

蒋长扬也道："我也是随便走走。"

明明是去追何牡丹了！刘畅不甘心且愤愤地往他来的方向扫了一眼，主动邀请："既然都是随便走走，一个人独行未免太寂寞，不如结伴而行？"

蒋长扬颔首道："我正有此意。"

他们并马顺着土路前行，马蹄敲击在硬泥地上，发出沉闷的"哒哒"声。也许是有意，也许是无意，他们的腰身都比平时挺得更直。

刘畅生气地发现，自己好像没蒋长扬高，也没他壮……不过是一个只会骑马砍人的莽夫罢了！长得高壮做什么？牛还更壮呢。精通六艺才是值得称道的。刘畅暗自咒骂一声，堆起笑容："我前些日子见过朱国公，他老人家曾向我问起成风兄，很关心你呢。"

蒋长扬淡淡地"哦"了一声，再无下文。

刘畅继续道："令弟二郎也曾与我们一起喝过酒，他文采不错，挺有血性，还很讲义气，有其父其兄之风。"

蒋长扬又"嗯"了一声。

刘畅笑容越发灿烂："我听到一个消息，先在这里恭喜成风兄。"

蒋长扬总算多说了几个字："喜从何来？"

刘畅侧身看着他，笑眯眯地道："听说朱国公向圣上上表，请封成风兄为世子，待他百年之后承爵，还请赐名门望族的女儿为世子夫人。这不是大喜是什么？双喜临门呢。"

蒋长扬算是明白秋实和牡丹说什么了。他侧首望着刘畅，认真地道："刘寺丞的小道消息真多。这消息从何而来？可靠性有几分？"

刘畅收起了笑意："蒋兄难道不知此事？我是好心提醒蒋兄，男儿前程当自重，不要自毁前程。"

蒋长扬放声大笑："敝人的前途无需刘寺丞操心，刘寺丞只管操劳好自家前途就行！你还有话么？"

刘畅当然还有，"听闻你是个忠义之人，虽说我与丹娘已经和离，但我还是希望她能平安度过下半生。她是个心高气傲之人，受不得气……"

话未说完，"离她远点儿！"蒋长扬一声断喝，鞭子直指他的面门，"若你还算男人，就离她远点儿！"

这就急了？刘畅惬意地拨开蒋长扬的马鞭："何必呢？蒋兄，我不过好心说出事实罢了，你即便不领情也不用这样粗鲁无礼吧。"

蒋长扬收回鞭子，拨拨马头，贴近了看着刘畅微微一笑："粗鲁无礼？"他猛地挥出一拳，重重打在刘畅左边脸上，"我就粗鲁无礼了怎么样？打的就是你这不知所谓的小人！"

刘畅不防他说动手就动手，根本来不及闪避，正觉眼前金星直冒、耳朵嗡嗡作响，右边又挨了一拳。

无耻的小人，竟然偷袭！刘畅险些一头栽下去，牢牢抱住马脖子才算坐稳了。

"别打了！"秋实连滚带爬地扑过来抱住刘畅的腿，发出震耳欲聋的尖叫声，"公子，公子，你怎样？"

"闭嘴！"刘畅晃晃脑袋，看到眼前的人影变成了好几个。他徒劳地伸手去揪蒋长扬，蒋长扬却早已拨马退开，得意而笑："还能骂人，看来死不了。"

刘畅愤恨得无以复加，死死瞪过去："蒋长扬！你这个卑鄙的小人，竟敢偷袭我。有本事正大光明地和我打。"

蒋长扬淡淡地道："这叫教训。先前我和你讲道理，可你不和我讲，我只好用拳头教训你！听好，丹娘的事和我的事，都轮不到你来置喙！下次再敢多管闲事，我不介意再教训你一回。"

"你算什么东西，轮得到你来教训我？"刘畅按上了腰间的剑。蒋长扬冷睨着他，讥讽地弯起唇角："还是省省吧！我的刀可不是用来宰马的，是宰人的。"

刘畅一下子想起了那日在宁王庄子上，那匹被他当众用短剑宰杀的、把清华摔下背的马。巨大的耻辱感让他脸色雪白，手在剑柄上松了又紧，紧了又松，最终告诉自己，忍吧，忍吧，以后的日子还长着呢。他抬眼看向蒋长扬："你没什么好值得炫耀的，不过就是比我身高体壮，在军中的时日比较久而已，若我似你这般，我也能，说不定比你还好。"

"的确不值得夸耀，我不过以其人之道还治其人之身。丹娘也只是个弱女子，你又有什么值得在她面前夸耀的？我替你脸红。"蒋长扬轻磕马腹，与刘畅擦身而过。

刘畅低声道："我们拭目以待，看你将来会落到什么下场。"

蒋长扬回头望着他自信而笑："我怕你会气死掉。"

邬三站在青石砖场地上等候蒋长扬，看到他就迎上去嚷嚷道："公子有没有追上何娘子？"

蒋长扬将经过说了一遍，只隐了打刘畅两拳的事。邬三叹道："只怕经过此事，何娘子会避着公子了。您是怎么想的？可拿定主意了？"

蒋长扬进了中门才道："我前几天给夫人写过一封信，你明日送出去。"

果然是这样，邬三在蒋长扬十三岁时便跟着他，知道他不是轻浮之人，倘若没有那个意思，没拿定主意，是不会几次三番主动去找牡丹的。便道："如今已然深秋，要收到夫人的回信，只怕是明年春天的事情了。小人斗胆猜测，夫人那里约莫是没有什么问题的，但若是夫人许了，这边又黄了，怎么办？还有国公爷那里，不管怎样，你始终姓蒋……这一关怕是有点难过，还得防着有人捣乱做手脚。不如先把这里定了，再一举成事。"

蒋长扬想到牡丹先前谢他的样子，有些闷闷不乐："我心里有数。要先定下她这里只怕是有些难，先别说何家不会光凭我一张口就应下，她也不可能随便就信了我。即便能成，再去准备也伤人，不如两头并进。将来她这里实在不成……"他默了一默，"大不了让人笑话我一回罢了。"说到这里，他有些不确定起来，只觉得越发烦躁。

邬三笑道："那小人就着手去办，忙过这段，您有空还该多往何家铺子里走走才是。对了，潘世子在书房等您呢，说是要找您下棋。"

蒋长扬踏入书房，只见潘蓉闲闲地披了件青色绫子夹袍，半歪在榻上，对着半局残棋冥思苦想，听到他的脚步声也没抬头，而是拿着一颗棋子比画过来比画过去，半晌落不下。

蒋长扬不客气地道："你的棋艺什么时候这样厉害了？这半局残棋就连和尚都破解不开。"

潘蓉皱眉道："别吵，别吵，刚才我差点就想通了。"

蒋长扬给自己倒了一杯茶汤，一饮而尽："那恭喜你了，我试过几回，反正我是暂时无法的。"

潘蓉抬起眼来看他："你确定你无法解开？"

蒋长扬道："那是自然。"

潘蓉将手里的棋子随意往棋盘上一扔，将棋局打乱，拍了拍手，嘻嘻一笑："那我就悬崖勒马，不浪费精神了。"

蒋长扬觉得他是意有所指，便皱了皱眉头："我刚才在路上遇到了刘畅。我打了他两拳，以后算是撕破脸了。说给你听，你心里有数，省得以后又拿你哥哥出来说事。"

"好，我不提，我不提。"潘蓉叹了口气，"他又故意惹你了，是不是？"

蒋长扬算是默认。

潘蓉起身在房里踱了几步，道："我真不明白他，原来视如敝屣，现在如愿以偿，却又放不下，是魔怔了。还有你，蒋大郎，你是怎么想的？来真的啊？我看她也就是皮囊好一点，懂得种牡丹，嫁妆丰厚些而已。"

蒋长扬很不高兴地道："我不喜欢你用这种口气说她。"

潘蓉眨眨眼："我自来都是这种口气啊。阿馨也喜欢她得紧，让我心里很不舒服。我就是奇怪，到底为什么啊？"

蒋长扬沉默片刻，道："我觉得你应该去做点正事，别总这样无所事事的。"

潘蓉往榻上一倒："真无趣。就你这都能绕到这儿来，我敢打赌何牡丹不怎么喜欢你这性格脾气。她定然始终对你彬彬有礼，对吧？我跟你说，女人对你越有礼，就越是不喜欢你。"他叹了口气，快快地道，"就和阿馨对我一样。她俩倒真是一路的。"

蒋长扬不由一阵微恼，自己的脾性哪里差了？

潘蓉自顾自地道："有时候我想，阿馨若肯骂我两句，打我两巴掌还好，她偏不肯，像块冰，怎么逗都没反应。今日还沾你光了，总算得了句骂，让我跟着刘畅滚，我真荣幸。"

蒋长扬听不下去："你若是肯上进些，把你那些莺莺燕燕遣了，少做点荒唐事，又何至于？"

潘蓉半晌冷笑："奇怪了，我又不是我哥。她看不起我，不肯对我好，我为何要对她忠贞不贰？"

蒋长扬看着他认真道："终有一日，你会后悔的。"

"我经常都在后悔。"潘蓉无所谓地摸了摸刚留起的短髭，"算了，不说这个，糟心。我是要告诉你，先前刘家传出过很多难听话，其中包括何牡丹不会生孩子，只怕到时候都会被翻出来，你得自己有个数。"

蒋长扬隐隐约约听邬三说过一些，但都没放在心上，无所谓地道："既是讹传，何必在意？"

潘蓉笑道："讹传？只怕三人成虎，众口铄金。她的确是没生过孩子，身体不好也是事实。外人不知，但两家的至亲好友都认得她是半死不活抬进刘家去的，若非她爹有钱，她还能活在这世上？还有李家，李行之为她做了那么多事，我们都以为一定能成了的，为何偏就闹到这地步？亲戚都不做了。固然李家想攀高枝儿是真的，嫌弃她身子不好不能生才是最真的吧，那个可是和她家知根知底的人家。出身人品咱不说了，刘尚书家娶得，你家也娶得。和离守寡再嫁的，当朝官夫人中屈指一数多了去，也没啥稀罕的。但不能生孩子，你爹你娘能同意？她自是不会给人做妾，但若为正妻，以后你便无嫡子，她又凶妒，你还可能绝后，这些你真的都想好了？"

明知潘蓉说的是大多数人的想法，并没有添油加醋，但蒋长扬心里就是很不高兴，皱起眉头道："讹传就是讹传，谁知道她在刘家过的是什么样的日子？刘家自是怎么对她不利就怎么传，她现在身体好着呢。"

这世间，真不重视子嗣的能有几人？就算蒋长扬视爵位财富为粪土，却也不想绝后吧？听听这话，典型的外强中干。潘蓉微微冷笑，将一把棋子抓在手里，随意在棋盘上布局："我话说到这里，你自己去想。无论如何子嗣开不得玩笑，否则怎么下功夫娶到她都没意思。"

从书房出来已是半夜时分，蒋长扬无心睡眠，索性就在院子里打拳，一直打到天边微亮，他才就着井里的凉水擦了身，进屋去睡。

不过睡了一个多时辰，就听邬三的声音在窗外响起，蒋长扬翻身坐起："邬三，你进来。"

邬三挑帘进来，见他神情萎靡，不由微微诧异："公子，适才白夫人传话过来，说是要去芳园，让派个人引路。小的使人去芳园传信，何娘子便使封大娘过来接人，白夫人、十七娘领了潘小公子已然收拾整齐，吃了早饭就要走。"

蒋长扬皱了皱眉："怎只是他们三个？何娘子没顺便邀请潘世子？"她昨日不是说和他还是朋友么？怎地今日就只请白夫人他们，把他给排除在外了？

其实是想问怎么没请你吧！邬三觑着他的脸色，道："自是都请了的。只是潘世子还没起身，白夫人也没让喊他。小的想着潘世子在，您也少不得要留下陪他，便没让人来喊您。可要小的去将潘世子叫起？"

"不必了，兴许她们几个女子有私密话要说，我们跟了去倒是没眼色。"蒋长扬的神色略松了一松，下床穿衣，"你领几个人，亲自送白夫人他们过去。"

邬三道："您不再睡会儿么？今日左右无事。"

蒋长扬边穿靴子边道："左右睡不着，不如把手里的事情处理妥当。让有源进来伺候我盥洗。"

邬三亲手打了水来，将帕子拧了递过去。蒋长扬看他一眼，默不作声地接了帕子。

邬三待他洗漱完毕，方道："公子手上的事其实都不急，可以缓缓。倒是小的听几个庄户小子说，此地往东行十里，有片山林，兔子、野鸡都肥着呢，公子爷不如与潘世子一起去猎两只来，刚好可以赶上芳园的晚饭，也正好接白夫人他们回来。"

蒋长扬道："也好，你去安排。"

邬三本想问他那封信还要不要发出去，静立片刻，又改变了主意，转身自去安排其他事情。蒋长扬抓起一本书翻了两页，又烦躁地将书放回原处，起身去了鹰房。

雨荷讲述秦三娘的事情："去了通善坊，并没有找到颜八郎，连房子都给卖了。卢五公子使人多方打听，才知道一个月以前颜八郎新近娶的妻子与人私通，他又休了妻，之后在平康里与人酒后争风，杀了人，当场就被拿住了，如今正在牢里羁着等死呢。出了这种事，他家中老父觉得无颜见人，便将房子卖了，全家都搬去了外地。颜八郎如今在牢里，探望的人都没有。"

牡丹震惊不已："秦三娘呢？有没有问到她的消息？"

雨荷道："有街坊说半月前曾经在西市的珠宝铺子门口见过她，说她和她的丫鬟都穿着绫罗绸缎，骑着高头大马，带着五六个身高体壮的侍从，出手极为阔绰，不知交了什么好运。那街坊本想上前招呼，但侍从并不许靠近，又凶又恶。现在大家都在传秦三娘因祸得福，说若非颜八郎休弃了她，她还交不上现在的好运，还有人羡慕她呢。卢五公子担忧得很，另寻邸店住了下来，又去请托了老爷，打算花大价钱打听消息，就怕她被歹人骗了去，再不能回头。"

牡丹倒不认为秦三娘是被歹人骗了，颜家倒霉多莫就是她的报复。出手的人有计划、有目的，还有权势，秦三娘付出的代价很可能就是她自己；至于能不能回头，只怕根本就不在她的考虑范围内。倾尽所有报复这样一个男人，值不值？牡丹没经历过秦三娘的事，无从评价这事做得对不对，只希望她能过好余生。

恕儿给雨荷使了个眼色，示意她出去说悄悄话。牡丹晓得一定是说昨日之事，也不去管，埋头继续清算账册。刚把这个月的开销看完，便听说白夫人等到了大门口。

牡丹赶紧带着英娘和荣娘去迎接，远远就看见白夫人、吴惜莲一路走，一路张望，便有些紧张。芳园还未经过世家女子们的评判，她们的喜恶风评往往会带来意想不到的效果，很大程度上左右着世人。譬如宫中流传出来的风尚一定就是最高雅的，哪怕它其实丑得一塌糊涂，也会得到热烈追捧。在她心目中芳园固然是那最好的孩子，但不知是否能入白夫人和吴惜莲的眼。遂快步上前，试探道："我这园子粗陋，只怕入不得你们的眼，让你们见笑。"

因昨日之事，吴惜莲颇有些不自在，闻言忙道："哪里的话，虽只大概成型，我却觉着很有神韵，也极雅致。水流蜿蜒，亭台楼阁倒也不必说了，这些石头可真是少见，更别说你那些珍稀牡丹。待到两三年之后，草木丰茂，必成名园！"

牡丹察觉她的求和之意，便也笑道："一直担心不能入你们的眼，听你这样一说，这颗心总算放下去一多半了。也别光说好的，提点意见，趁着工匠还在，也好及时补救。"

白夫人笑道："她把我要说的都说光了，这园子真不错。你就别担心了，等着财源滚滚吧。"

财源滚滚这样俗的话都能从白夫人口里说出来……吴惜莲神情古怪，嘴却不由自主地道："嗯，阿馨说得对，丹娘就别担心了。"

白夫人赞许地看了吴惜莲一眼，笑道："丹娘不妨引着我们走走看看，只怕以后人多了，就没今日这般清静了呢。"

得到她们肯定，牡丹的兴致高起来："以后啊？我专为你们关一日门，只招待你们又如何？"

吴惜莲今日很不同，待英娘和荣娘极亲切，引得牡丹几次怀疑她是不是吃错了药。主人殷勤，客人讨好，又都是年轻女子，气氛比之昨日不知好了多少。一行人在园子里绕了将近半个多时辰，方才去了撷芳亭喝茶说话玩耍。

话说到一半，潘璟睡着了，牡丹引了白夫人去客房，留下荣娘和英娘陪伴吴惜莲。白夫人安置妥当潘璟，拉了牡丹在一旁坐下，屏退下人，道："丹娘，阿莲要我替她向你赔礼道歉。她说她错怪了你，请你别和她计较。她这个人自小被人捧惯了，养成了个直脾气，想到什么就说什么，其实没什么恶意，也不是坏人。她不好意思说，叫我替她说。"

难得吴惜莲愿意低头，被她追着发誓的时候很讨厌，但知道赔礼道歉也不算太差。牡丹笑道："她是你的朋友呢，怎会是坏人？她既赔礼，我自不会再气。"

白夫人笑道："就知道你不会计较。她是想着十九娘是她族妹，她既然听到闲话，便该讨个说法，否则对不起族人，却没想到会伤到你。你一点面子都不给她留，威胁要泼她一脸的水，反倒叫她清醒过来，觉得是她自己理亏，上了刘畅的当。她和我说，你好凶，凶死了。"

牡丹笑道："我可不是威胁她，逼急了我真敢。"

白夫人亲昵地捏捏她的脸颊，笑道："我也和她说你绝非只是威胁，是以她今日和你说话颇为小心，随时看你眼色行事……刘畅昨夜就走了，我听潘蓉说，他被蒋成风打了两拳。他又对你做了什么？"

牡丹的心情有些沉重，沉默片刻方将秋实的话说了出来。

"这刘子舒实在太过可恶，他就见不得你好。"白夫人握住她的手，皱着眉头道，"但这种可能不是没有，关键是你怎么想。"

牡丹沉声道："我和他远远没到那个地步。"蒋长扬那日固然说了他的事情自己能做主，但他们并没有挑明，更何况，此一时彼一时。那时王夫人并未另外婚配，这个儿子跟着独居的母亲尽孝也说得过去，蒋长扬要娶谁，大概是真能做主的。可现在王夫人马上就要嫁给别人，朱国公肯定不会再由着王夫人任意安排长子。

白夫人叹道："其实这种事情关键看男人。比如当年的汾王妃与汾王，倘若他果真有意，且有能力不叫你受委屈，何乐而不为？蒋长扬是很好的婚配对象，他护得住你。"

"难道崔夫人刚去，又换个朱国公么？"牡丹苦笑道，"这种事情要讲究缘分的，咱们不提了。"

白夫人愣住，好一歇才伸手摸了摸牡丹的头发。心中暗自决定，倘若蒋长扬果然有意，定要竭尽全力促成此事。

牡丹看到白夫人眼里的怜惜之意，忍不住笑道："阿馨，其实我很挑剔的。我要他护着我、尊重我、不干涉我，不纳妾，不许在外面乱来，还要对我的家人和朋友好。能满足这些条件的男人真不多，他现在看着是好，却不一定做得到。我还是先看看，说不定更好的在后头。"

白夫人忍不住笑了起来："那我不劝你了，以免害你错过这种绝世好男人。我们前头去。"

二人走至撷芳亭，但见吴惜莲与荣娘、英娘正坐着玩樗蒲，雨荷领了宽儿、恕儿在一旁伺候，甩甩在一旁撷树枝、怪叫，吴惜莲的侍女正与阿桃和英娘、荣娘的小丫鬟在亭下斗草，热闹得很。

吴惜莲想着白夫人大概把她的歉意送到了，便带了羞意看着牡丹微微一笑，牡丹挨着她坐下："现在谁赢？"

荣娘得意道："是我赢了。"

吴惜莲将手里的矢一抛，道："你们来，我输得最惨了，得转转运才行。"

牡丹与白夫人刚加入战团不久，阿桃就双眼发光地进来道："蒋公子领了一位公子爷，提着好些野物，带着一对雪白的猎鹰来了！奴婢听工匠们说，那鹰是白兔鹰！现下一大群人在外面围着看那鹰呢。"

荣娘和英娘一听，立刻激动地站了起来："在哪里？"

"他们去打猎了么？"牡丹诧异地看向白夫人，白夫人也有些诧异："我们出门时潘蓉还睡着呢。这附近什么地方能打猎？"

阿桃笑道："夫人有所不知，这里往前行将近十里路，有片山林，大的野物没有，野兔、野鸡极多。"

吴惜莲笑道："咱们也去瞧瞧。"

牡丹起身道："你们去看，我去厨房安排晚饭。我这里没有招待过这么多贵客，有些不放心呢。"

白夫人没有勉强她，领了其他人出去。牡丹倒也不是想特意避开蒋长扬，但如她所说，刚去了一个崔夫人，她不想再来个朱国公。她需要好好想想，未确定应对方向之前，尽量减少彼此接触最为妥当。

蒋长扬和潘蓉今日所获甚丰，但相比他们拿回来的那堆野兔和野鸡、野鸭子，众人对那对雪羽紫目金脚的白兔鹰更感兴趣。潘蓉得意扬扬地炫耀介绍，仿佛那鹰是他的一般。蒋长扬这个主人倒被挤到一旁抱着手看热闹，他心不在焉地看着众人，觉得无聊之极。

忽见封大娘出来赶人："小娘子们都要来看呢，该做什么都做什么去。"众工匠一哄而散，蒋长扬只觉得心口突然一紧，忍不住就抬眼朝门那儿看过去。

但见白夫人、吴惜莲、荣娘、英娘等人依次而出，每看到出来一个人，他的心都忍不住跳一下，不想始终不曾看见牡丹的身影。客人来了，她倒避到一旁去，难道还打算就这样慢慢和他撇清了？蒋长扬非常生气，只觉昨夜起就一直聚集在心中的忐忑不安不确定、不舒服全都搅在了一起，让他恨不得立即爆发出来。

他冲动地问在一旁踮着脚看热闹的阿桃："你家娘子呢？"

阿桃所有心思都在那两只鹰上，头也不回地道："去厨房安排晚饭了。"

蒋长扬见众人都在看热闹，没人注意他，便朝着厨房走去。走了两步，又回来捡了两只活野鸡提在手上，方才昂首挺胸地离开。

牡丹在厨房看过周八娘准备的饭菜，还算满意，想着前面大概差不多了，便出了厨房，顺着碎石小道往前面去。绕过一块太湖石，雨荷指着前面道："丹娘，您看那不是蒋公子么？他这是要往哪里去？"

牡丹抬眼一瞧，果见蒋长扬提着两只尾巴极长的野鸡，大步流星地走过来，嘴唇紧紧抿着，脸色很是不好看。见着她就停下来，皱着眉盯了她瞧，嘴紧紧抿着，明显是在生气。

牡丹仔细一想，她好像没得罪过他，那么就是别人招惹了他，于是很坦然地笑道："蒋成风，你这是要去哪里？这是去厨房的路。"她弯腰去看野鸡，笑道，"哟，还是活的，是用置网捕的？你不会是要去厨房放生吧？"

蒋长扬见她笑得眉眼弯弯，还有心情说笑，不由越发生气。潘蓉说过，女人越是对你彬彬有礼，越是说明她对你不感兴趣，没把你放在心上。刘畅使了那种坏，她但凡对他有点心思，都不会笑得这般开心。还有刘家那样欺负她，传出那种几乎可以说是毁了她的恶毒话，她竟然半点不急，有什么是她在意的？恐怕只有何家人以及芳园和这满园子的牡丹花吧！

蒋长扬越想越气，越想越觉得没意思。枉他昨夜几乎没睡，一直在想这事到底是真是假。他自然知道子嗣是大事，也知道母亲早就想抱孙子的心情，也想将来娇妻稚子，和乐美满。可是如果两者难以两全，又该怎么办？

他想起当年他长大成人后，母子偶尔闲谈，他曾经问过母亲为何轻易抛弃了过往的一切。母亲说其实下这个决心很不容易，但是她眼里实在容不下，也骗不了自己的心，所以必须离开，懦夫才会故意欺骗自己的心。她听从的不是命运，而是她的本心。

什么都可以欺骗，就是不能欺骗自己的心。假如他的眼睛的确十分喜欢看到她，假如他的心的确只会因她而激动，假如别人不能给他这种感觉，而他又不能离开这种感觉，那么他便要接受现实，听从本心。于是他听了邬三的建议——打了猎后来这里见牡丹，或许见到她，他就能知道自己的本心是什么了。

他打猎的时候试着幻想，他与牡丹其实只是袁十九那样的朋友，而他另外有个妻子在家等他。但他每次幻想家里那个妻子，都是牡丹的眉眼和笑容。看到芳园的大门，他想第一眼看到的人是牡丹；察觉她有意躲避他，那一刻的怒气让他明白，他的心的确是想要她，他必须试试。

他听从他的心，但她根本不知道，而且她大概也不在意。蒋长扬难过地看着笑容灿烂的牡丹，胡乱猜测到脑子里一团糨糊。要让这团糨糊变得清爽，最好的办法就是单刀直入，他必须试试。蒋长扬的心情渐渐平静下来。

牡丹见蒋长扬微皱眉头、不错眼地盯着自己，仿佛越来越生气，笑容渐渐有些维持不下去，遂把脸侧开，强笑道："怎么不说话？这样瞪着我做什么？"

"我没瞪着你。我是在想事情。"蒋长扬终于眨了眨眼睛，把手里的野鸡高高举起，"你刚才说什么？我要去厨房放生？是这样说的吧？"

野鸡被缚住了翅膀，绑住了脚，被人提在半空中，夌着毛拼命乱蹬，扑起一层呛鼻的细灰。提着它们的人神色莫测，两只眼睛瞪得很大……牡丹忙笑道："和你开玩笑的。"

蒋长扬却认真道："不知送它们去轮回，算不算另一种放生？"

终于正常了些。牡丹严肃地回答他："倘使它们做野鸡厌烦了，想重新投胎做人的话，那就算。"

蒋长扬将野鸡往雨荷面前一递，不容置疑地道："那你送它们去厨房放生。"

"去吧。"牡丹打发走雨荷，带着笑意继续往前走，"听阿桃说，你和潘世子今日猎到了许多野物，你还带了一对白兔鹰来，非常漂亮。"

"嗯。"蒋长扬应了一声，紧跟在她身后，迅速转入正题，"昨日我回去时遇到刘畅，打了他两拳。"

牡丹字斟句酌："先前听白夫人说了。这人自视甚高，爱找事儿，不用理睬。"

蒋长扬侧头看过去，但见牡丹浓密卷翘的睫毛微微颤着，神色一派平和，既无愤慨激动，亦无惊奇不安，这不是好现象。他决定再直接些："秋实做的事我都知道了。他说的那个话，其实……"

牡丹打断他："刘畅就喜欢胡乱猜测使坏，你不必在意……"

"丹娘。"蒋长扬注视着她的眼睛，严肃地道，"倘若有人到处说你的坏话，恶毒地想要置你于死地，试图害你一辈子，你在意么？"

牡丹沉默片刻，轻轻道："要看是什么，有些非得争个明白不可，有些不必在意。"

"什么才是你在意的？"蒋长扬不等她回答，径自道，"刘畅说的那个话，我很在意。"

又绕回去了。牡丹有些心烦："不是什么大事，你不必如此在意。只是既然动了手，以后须得多加小心，他很记仇。"她几乎是央求地道，"不提这个，讲讲你们今天去打猎的那个地方吧？好玩么？"

蒋长扬将她的神色变幻尽数收入眼底，又见她几次打断自己的话头，心里有了数。并非不在意，恰恰就是因为在意，才不想让自己总提这件事。这个认知让他有些雀跃，忍不住低低喊了一声："丹娘。"

牡丹很不自在，把眼睛侧开："嗯？"

蒋长扬越发肯定自己的猜测，底气也足了许多："打猎不好玩，我一直在想事，心情很不好。"

牡丹没吭声，静待下文。

蒋长扬追着她问："你不问我在想什么？"

牡丹叹了口气："你在想什么？"

我想了关于你的很多事，但是以后我不会再提起了，只要你肯，我就会去做。蒋长扬挡在她面前，缓慢而认真地道："就算有些事真的会发生，我也不会接受。如果不想要，没有人能够强迫我。"

这是间接的表达？牡丹不知道该怎么应对才好，头脑更是乱麻麻一片，想了很久才挤出一丝笑容："嗯，是，听说你惯常很有主见。"

她笑起来真好看，但这个笑容很艰难。蒋长扬想到关于她的那些流言和她遇到的那些事以及她将来可能遇到的艰难，突然就很难受——总这样强撑着笑，脸一定很酸吧！他轻声道："丹娘，你才十七岁，没必要这么累。在我面前，想笑才笑，想说才说，不必为难勉强，我希望你能更自在。"

牡丹一愣，随即鼻子控制不住地一酸。

牡丹侧脸深吸一口气，竭力忽略鼻酸的感觉。蒋长扬的示意，她能听得懂，但并没有任何实际意义。要她因为这几句话就踏出一大步，她做不到，尽管她很想。

他们起点不同，所处位置也不同。她没有他的信心和实力，更清楚自己的立场和生存环境，成日张张皇皇的，怎么能自在起来？情爱很重要，却不是生活的全部，和李荇类似的事情不该再发生。即便管不住心，她也可以管住自己的人。

牡丹回头看着蒋长扬："有时我的确有些累，但多数时候远比你们都以为的更快活。因为刘家和李家的事，你们同情我、可怜我，可实际上，他们之于我，只是昨天下过的一场雨。也许曾经弄脏弄坏了一些东西，但我还在，我的家还在。相比同情，我更需要尊敬。我并非只有嫁人这条路可走，我还可以做很多事。"

蒋长扬使劲点头，表示赞同："你说得很对，就要这样才好。不过嫁了人也可以很好，关键是看嫁给什么人。"

牡丹有些无奈，他到底懂不懂她要表达什么。好吧，是她说得太隐晦，比他还隐晦。她沉默片刻，破釜沉舟地说："实际上，蒋长扬，你的一些行为不是正常朋友该做的事，就是这个最让我不自在。倘若你真的希望我自在些，以后别再迫着我说我不想说、不该说的话。你年龄不小，想必经过的事也不少，既非少不更事，便该清楚说什么话，做什么事最适当。我不会和所谓的朋友这般含糊纠缠，更不想重复发生同样的事，那才是真的累。"

蒋长扬没料到自己一番真心表白竟会引出这样一席冷酷的话。她凭什么翻脸比翻书还要快?他呆了片刻才反应过来,高声道:"你说什么?我让你不自在?我强迫你?我这个所谓的朋友含含糊糊地纠缠你?是我让你累?"

"就是这样。"牡丹毫不迟疑地点头,转身就走,"之前你帮过的忙,我真心感激,也不会忘记。但是现在你真的让我很不自在,很不舒服。我要和你做的朋友不是这种朋友,我玩不起。"

玩?她把他当成什么人了?这话说得好像他从始至终就是一个厚脸皮的、居心不良的坏坯。还走得这样干净利落,仿佛他是什么不干净的东西一样……见牡丹飞快离去,蒋长扬只觉从未有过的愤恨,一片好心被她当成驴肝肺,踩在地上毫不容情地践踏……他撩开步子,三两步追上去,高大的身躯堵住牡丹的去路,阴沉着脸道:"何牡丹!你给我说清楚!我把你怎么了?"

他的脸色阴沉得可怕,仿佛要吃人一般,牡丹心虚地后退一步,外强中干地抬眼瞪着他:"说什么?要说的我都说清楚了。你看,你看,你又强迫我了。你们男人是不是都以为,帮了女人的忙就有这种权力了?"

强词夺理,忘恩负义,蒋长扬从来没有像此刻这般恨过一个人。他紧抿着嘴唇,恨恨地瞪着牡丹,一言不发。

牡丹觉得他的眼睛似乎闪着绿光。因为太过紧张,她的牙齿有些发颤,于是咬紧了牙,挺直背脊,毫不示弱地和他对视。倘若他真要从她这里得到答案,倘若今天必须彻底解决这事,那就这样干净利落地解决了吧!年轻气盛,血气方刚,经受不住打击,赶紧掉头走吧!

但她惊异地发现,蒋长扬脸部的线条竟然慢慢柔和下来,眼里也露出了一丝笑意。他抬着下巴,挑衅地看着她:"何牡丹,你不就是怕吗?何至于如此!"

牡丹歪了歪嘴角:"我怕什么?"

"怕什么你自己清楚。我不是会被三言两语激得掉头就走的人,不如换种方式和我好好说,可能效果更好。"蒋长扬超强的自信心令他以不同寻常的眼光,去看待牡丹强硬的拒绝背后隐藏的东西。若不在乎,若不在意,若无感觉,怎会突然变得如此不通情理?

牡丹沉默片刻,低声道:"我当然怕,虽然我的名声已经被人坏得差不多了,但我还是觉得名声很重要,而且也招惹不起权贵。"

蒋长扬点点头:"我明白了。我不会让你为难的。"

牡丹听到这句话,突然间怅然若失。她怔怔地站在那里,生硬地道:"谢谢。其实你是个好人,我那些难听话你别放在心上。"

好人?蒋长扬扫了牡丹一眼,突然提步用力从她身边挤过去。牡丹不防,被他挤得一个趔趄,晃了两晃,差点摔下去,揪着他的衣角才站稳。蒋长扬及时站住,斜了她的手一眼:"你揪我做什么?不怕坏了你的名声?"

算了,给他出出气,我忍。牡丹忍气吞声地缩回手:"我不是故意的。你刚才险些把我撞倒了。"

蒋长扬忍住笑,淡淡地道:"我的话没说完。你听好了,其实你先前说那些难听话,还可以视为另一个意思。"他缓慢而清晰地道,"不愿含含糊糊的纠缠,不愿同样的事再次发生,那就是说,你不满意我现在的行为方式。我应该换一种让你满意的方式,那你怎样才满意?"

牡丹皱眉看向面前的男人,觉得他与她印象中的蒋长扬比起来实在是很陌生。

蒋长扬见牡丹呆呆望着自己,颇满意:"不必说了,我知道该怎么做。我给家母去了信,准备妥当就上门提亲,在此之前也会妥善处理好一切,你还怕不怕?"

这是孙悟空的筋斗云,瞬间十万八千里。牡丹发了片刻的傻,随即沉脸不语。

蒋长扬见她阴沉着脸不说话,强大的自信心与强大的自尊心便又起了冲突。他扫了周围一眼，静悄悄的，没有人，于是抬起下颔，提高声音："还是不愿意？看不上我？我哪里不好？"

牡丹道："我……"

他却又不想听她说话，强硬地摆摆手："不说我也知道。等着瞧，就这样了。"言罢大步往前，快速消失在石头花木后。

牡丹看着天边的晚霞，长长叹了口气。这什么人啊，脸皮真不是一般的厚，也不是一般的霸道。

雨荷提着两只野鸡从石山后跳出来，笑得欢天喜地："丹娘，丹娘。若他真能做到，那该多好！"

牡丹无精打采地道："你都听见了？"

雨荷连连点头："奴婢怕他藏了坏心，也怕会有不知数的人撞过来。"

难怪一直没人过来。牡丹道："功过相抵，不追究你偷听偷看了。赶紧把鸡送到厨房去，耽搁太久了。"

雨荷笑道："哪会只等这两只鸡，早就有人送去做着啦。现在您打算怎么办？"

牡丹忧郁地道："他不是要我等着瞧么，除了等着还能做什么？这事谁都不能说，以后他若是再来，平常待之，不能留下任何话柄。"除了这样，她实在想不出还有什么办法。

雨荷忙道："知道啦。您赶紧往前头去，奴婢把鸡送去厨房。"

牡丹步履沉重地往前走去。她很纠结害怕，但是，她的心也在偷偷唱歌。

蒋长扬悄无声息地回到外面，看热闹的人已经散去，只剩潘蓉领着几个随从在那玩鹰，见他过来就道："你到哪里去了？到处找你不到。"

蒋长扬若无其事地道："去解手，迷了路。"

潘蓉怀疑得很，见他将嘴紧紧抿着，俨然还是闷闷不乐的样子，便不再多问，转而抱怨："怎么还不开饭？饿死了。"

第二十一章　越人歌

一时饭菜上桌，众人推杯换盏，倒也其乐融融。酒酣耳热之际，潘蓉醉眼蒙眬地道："丹娘，你这里可有什么乐器？"

牡丹摇头："没有。"

潘蓉失望地建议："将来你这芳园还得养几个技艺精湛的歌舞伎才是。"

牡丹只笑不语，白夫人皱眉道："丹娘是个女子，不用弄得这么复杂。"

"我就是那么一说，听不听在她。生意上的事我原本也不懂。"潘蓉开口就被顶，深感无趣，一气灌下一大杯酒，道，"成风，你吹叶笛，我唱歌。咱们自娱自乐。"

蒋长扬偷眼看去，但见牡丹只顾和白夫人说话，仿佛不曾听见潘蓉的话，也并不想听他吹叶笛，便有些不情愿。可耐不住潘蓉央求，英娘和荣娘起哄，吴惜莲也道："我给你们击节助兴。"

她越不想听，他越要让她听。蒋长扬略一思索，便应了下来。潘蓉赶紧使人去摘竹叶，又和众人夸口："你们不知，成风从小吹得好叶笛，那时候我们……"他略缓了一缓，瞟一眼白夫人，"我们一群人中，谁也没他吹得好，谁也没我歌唱得好，今日让你们开开眼界。"

少顷，阿桃摘来竹叶，蒋长扬挑了两片，吹了一首欢快的曲子，众人听得津津有味。潘

· 055 ·

蓉笑道："吹得不错嘛，比以前还要好。我也唱唱，你听听退步没有。"

他清清嗓子，皱眉阖目唱道："今夕何夕兮，搴舟中流。今日何日兮，得与王子同舟。蒙羞被好兮，不訾诟耻。心几烦而不绝兮，得知王子。山有木兮木有枝（知），心悦君兮君不知……"

歌声一出，除蒋长扬外，众人皆惊。潘蓉的歌声和外表十分不搭，他本长得眉清目秀，装扮也是光鲜亮丽，却有一把略带苍凉嘶哑的好嗓子，唱得愁肠百结，婉转凄凉。

吴惜莲听得忘了击节，牡丹感叹的同时，看到蒋长扬表情颇有些不安，不时偷看白夫人。再看过去，但见白夫人面无表情地看着面前的酒杯，手指用力握紧筷子，骨节泛白。

"蒙羞被好兮，不訾诟耻……"潘蓉唱了一遍又唱第二遍，清脆的杯子破裂声打断了歌声，却是蒋长扬起身带翻了杯子，沉声道："时辰不早，我们该回去了。"

潘蓉仿佛才从梦中惊醒过来，他睁开眼，眼里有泪："是该回去了。"他笑嘻嘻地又灌了一杯酒，借着举袖时偷偷拭去眼角的泪，涎着脸往白夫人身边挨过去，"夫人，为夫唱得好不好？"

白夫人面无表情地道："唱得极好，好极了。"

他叹了口气："唱得好也不见你赏个笑脸，其实还是唱得不好啊。你喜不喜欢？我再给你唱一遍啊，阿馨？"

"你醉了，咱们尚在做客。"白夫人紧抿着唇，几欲将他挥开，又吩咐碾玉，"把阿璟抱下去。"

蒋长扬赶紧将潘蓉拉开，低声劝道："二郎，有孩子们在呢。"

潘蓉哈哈大笑，斜睨着脸色惨白的白夫人说道："阿馨，阿馨，我又丢你的脸啦。我这副样子啊，儿子都不能看，看了都会替我害羞。"

蒋长扬忙与邬三将他夹着使劲往外拖，好一歇众人还能听见他的笑声和问话："阿馨啊，今早你为何扔下我独自走了？"

事发突然，颇尴尬，白夫人愣愣地看着面前晃动的烛火，久久不发一言。牡丹满心疑问，却什么都不能问，只能握住她的手低声安慰："男人醉了都这样，我还见过比这样更夸张的，别生气啦。"

吴惜莲附和："我爹和哥哥们醉了也经常发酒疯。"

牡丹笑道："正是。早上你没叫他，他这会儿才说出来，已是能忍了。还唱歌给你听，唱得也不错，挺好。"

白夫人幽幽一叹，苦笑着起身："我不在意。丹娘，今日承蒙你盛情款待，多谢了。我得去照顾他，不能把他丢给蒋成风。"

潘蓉醉得一塌糊涂，只能坐了檐子回去。相比先前他那惊天动地的几声"阿馨"，此时却是没了任何动静，静悄悄地蜷在檐子里一动不动。

白夫人沉着脸过去，看到他那样，便让碾玉取了披风给他盖上。火把照射下，牡丹看到潘蓉的睫毛轻轻动了动，眼睛睁开一条缝怔怔地看着白夫人。感受到她的目光，他漠然地看过来，缓缓闭上了眼睛。

这对夫妇到底怎么回事？牡丹看着神情冷硬的白夫人、在檐子里装睡的潘蓉，百思不得其解。潘蓉不像是对白夫人无情，白夫人也非不知好歹，为何就到了这个地步？两个人都不开心，却又生生绑在一起。

蒋长扬骑马过来，大声道："何娘子，回去吧。有我在呢，放心好了。"然后用只有他二人能听见的声音低声道，"夜深露重，风冷，进去。"不等她回答，他便打马往前，大声吩咐众人把火把打好，小心招呼女眷，又叫抬檐子的人走得稳一点。

次日一大早，碾玉就骑着马赶了过来："世子爷感了风寒，已经回城。夫人不能亲自过来道别，让奴婢过来和何娘子致歉。"

牡丹忙道："不必客气。你们世子爷病情如何？你们夫人还好么？"

"您别担心，世子爷还好……他只是最近脾气有些怪，过得两日也就好了。"碾玉忧虑地道，"何娘子，若您有空，不妨常找我们夫人说话玩耍，可以么？昨日奴婢看她玩得挺开心的。"

牡丹自是满口答应："那是自然。你也替我带句话给你们夫人，还有十七娘，请她们有空时多来玩。我随时欢迎她们。"

碾玉欢喜道："奴婢一定将话传到。"

忽忽几日过去，其间蒋长扬再未上过门，也没有任何消息传过来。牡丹整日忙里忙外，夜里一沾枕头就睡着了，倒觉得日子快得不像话。眼看就要回城，少不得又去种苗园请托李花匠多上心，看好园子。李花匠不识字，她也看不懂他的多数手势，只能连蒙带猜，交流很不顺利，只好又将雨荷留在芳园看顾。

途经蒋家庄子，牡丹忍不住回头看过去。这一看不要紧，但见蒋家庄外的柳树上拴了许多马，有好些人进进出出。

英娘和荣娘很好奇，低声问封大娘："大娘，这里就是蒋家的庄子么？"

封大娘正要回答，忽听远处有人大声喊道："二公子！您慢些！这紫骝马不比寻常的马，欺生得很。"

有人厉声斥道："狗东西！爷骑爷的马，干你何事！"接着一阵马蹄疾响，三人三骑从蒋家庄前的岔道奔出，转入大道，飞也似的朝着牡丹这个方向奔过来。当头那匹马正是蒋长扬的紫骝马，马上的人却是一个十七八岁、穿玉色团花锦袍、戴着小金冠，肌肤如玉、满脸戾气的年轻公子。

那人只顾挥鞭纵马向前，风一般从众人面前掠过，只余下浓重的香风一阵。

封大娘道："适才那骑紫骝马的公子戾气好重，这般不管不顾地拼命打马，只怕会把马儿弄得发狂。若是遇到什么沟坎阻拦的驾驭不住，怕是难逃一劫。"

英娘道："我见蒋叔和邬总管皆宝贝这紫骝马得紧，也不知是什么人，竟如此糟践这马。"

片刻后，又见三四个锦衣大汉骑马追了过来，见到牡丹等人，其中一个缺了半只耳朵、满脸胡子的胖子打马上前，倨傲地粗声道："刚才有位公子骑马出来，往哪边去了？"边说边只顾盯着牡丹看。

牡丹厌憎他无礼，却又担心若是出事会影响蒋长扬，便示意封大娘回话。封大娘举起鞭梢往前一指："往前方去了。"

那人也不道谢，招呼其余三人跟上，纵马追上前去。

恕儿啐了一口："哪里来的莽汉，忒无礼了。"

牡丹道："人有千百种，理他作甚。赶路要紧。"

又行得约有盏茶工夫，身后又有人喊，这回是直接点了封大娘的名，却是邬三领了四五个灰衣小厮骑马上前行礼，又是问的那位年青公子的去向。

邬三听说有人追上去了，索性缓下脚步，笑问牡丹："何娘子这是要回城去么？这次怕是要在城里待一阵子了吧！"

牡丹笑道："父兄要出远门，要陪他们几日。"

邬三微微皱眉："这次莫非是要出海？可定下什么日子出行了么？"

荣娘快言快语地接口："就是这月二十六。"

邬三思忖片刻，抱拳告辞："适才那位公子乃是朱国公府的二公子，他随同朱国公来此做客，出了事儿不好，小的得追上去看看，何娘子慢行。"

"你忙着。"牡丹这才知道那人便是蒋长扬的异母兄弟，那模样不是个好相与的，而朱国公此时出现在蒋长扬的庄子里，多半也与王夫人再嫁有关。牡丹想起秋实那番话来，不由轻轻叹了口气。

到得宣平坊，已近中午时分，牡丹等人进了门，李氏牵着芮娘笑眯眯地迎上前来："说曹操，曹操到。爹和娘正念叨若你再不回来便要使人去接，可巧就回来了。"

牡丹讶异道："爹没有去铺子里么？"

李氏道："今日家中有客，除了你四哥和六哥去了铺子里，其余人等都在家中。"

荣娘奇道："是谁呀？"

白氏领着几个捧着果品茶水的丫鬟走过来，笑道："是卢五郎。"

牡丹也没放在心上，只问："是否有秦三娘的消息了？"

白氏低声道："有些眉目了。爹请人在西市四处打探，有人识得那日跟秦三娘外出的侍从中有一个是景王府的，其他人却是眼生不识得。现下就是拿不准人到底和景王府有没有关系。"

景王？这个名字有点熟悉。牡丹沉思片刻，猛然想起这就是先前蒋长扬所说的那位养了许多好花匠的大闲人。如若秦三娘真与景王府有关……人生果然变化莫测。

李氏与白氏交换一番眼色，然后道："前两日，李家父子过来赔礼道歉。"

牡丹默了默，道："怎么说？"

李氏道："还能怎么说，人家小意上门赔礼，爹和娘总不能将人赶出去，自是还做亲戚，留他们吃饭喝酒，欢欢喜喜地送出去，还约定了二十六那日来替爹和你哥他们钱别。李家表舅说，孟孺人被宁王怒斥责骂，降为正六品媵，再不得自由出入府邸，府中奴仆也被处置了一大批。"

牡丹奇怪道："罚得还真重。"

白氏笑道："杀鸡儆猴，数罪并罚，具体是为什么，李家表舅自不会和我们细说，但想来那种人做的坏事不会少。至于其他奴仆么，早就该好生整饬一番了，随便一个庄子里的小管事都敢胡作非为，何论其他人。"

牡丹只当闲话听，须臾进到后院见过岑夫人，闲话过后，便说想挑几个机灵能干、人品端正的小厮跟着李花匠学习打理花木。岑夫人道："挑几个家生子去，稍后让你大嫂拿了名册挨个儿挑，不够买。"

话音刚落，甄氏就道："丹娘，我的陪房潘五家的正好有一对小子，一个七岁，一个九岁，聪明着呢，手脚也干净，正好跟了你去。"

她一开头，白氏和孙氏等人都有些意动。都想着芳园那里的活轻松，开春就可待客，去的都是有钱人，只要人机灵，少不了丰厚的赏钱，又是家生子，去了还不得做个管事什么的。最妙的是，若是芳园果然好赚钱，手下人习得一门好手艺，将来便是个发财的途径，因此都想往里塞自己的人。

牡丹早料到会有此种情形出现，已是想好对策，爽快地应了。见她应了，其他人便都纷纷开了口，有些还不是何家的人，甚至有人问牡丹芳园有没有总管事，人数转瞬间便到了十多个，还有继续往上涨的趋势。

这已经不是她挑人，而是别人替她挑了，这些人拿去能用么？卖身契不在手里，什么时候被人来个釜底抽薪，还不倒霉去？岑夫人不好当着几个有私心的儿媳说这话，只能间接提醒女儿："你用得了这么多人？"

牡丹笑道："芳园那么大，当然用得着，买人的钱再多几倍我也出得起。但只是，嫂嫂们替他们打算，我却生恐他们不肯答应呢。毕竟芳园清苦寂寞，不见繁华，还得挖土担水、施肥除草，做到头也就是个管花木的，哪里比得去铺子里做伙计好，既能学本事，又有前途。"

甄氏一听，不由睁大眼睛："什么买人的钱？"

牡丹含笑看着她，理所当然地道："李花匠和我说过了，要他教导徒弟不难，但必须是签了死契给我的人，否则他不教。这老儿脾气古怪倔强，经常还要我听他的，不听就要作气，偏生又有一门好手艺，离他不得。又因我新招的几个花匠都只是短契，很不听话，我便决定今后凡是要进芳园栽种牡丹花的都必须是死契。最后呢，我不好意思白用家里和嫂嫂们的人，亲兄弟明算账，这钱必须给。"

甄氏本就怀了二心，只想着将人借给牡丹，身契还在自家手里握着，有啥好处也是自家得利，如今却是不愿了，便干笑道："丹娘说得有道理，这事儿还得先问过他们娘和老子，省得怨我拆散骨肉。"

"正是。"牡丹若无其事地饮一口茶，又问白氏和孙氏等人："嫂嫂们要不要也先问一问？"

白氏和孙氏对视一眼，笑道："自然要问。"

牡丹微微一笑，晓得此事算是揭过，之后不会再有人胡乱伸手。

日暮时分，牡丹等到卢五郎告辞离去，便去寻了四郎商量，想要请托张五郎放话出去，说她在此时便要预订明年的接头，借以试探曹万荣的态度。

何志忠见着女儿很是欢喜，开口问的便是什样锦。牡丹莫名多了异样之感，含含糊糊地应道："长得极好，蒋公子也满意，又帮我寻到一个好花匠。"然后迅速岔开话题，"爹爹此番带哪几个哥哥去？要去多久？"

何志忠见她眼神闪烁又不愿细说，心知急不来，便顺着她的意思笑道："我此番带你大哥、三哥、四哥一同去，留你二哥、五哥、六哥在家。你有事多与他们商量。多则年余，少则七八月，总会回来。"

牡丹很是不舍："去这么久？都要经过哪些地方？"

何志忠一一告诉她："由广州东南海行200里到屯门山，往西二日到九州石；又往南边，二日到象石；西南再走三日便到占不劳山；拐南行二日又至陵山；再走一日，到门毒国；又走一日，到古笪国；然后半天可以到奔陀浪洲，过两日，到军突弄山，继续前行，五日后就到海峡。海峡北边是罗越国，南面是佛逝国，然后还要继续往前……"

牡丹满头雾水："啊呀，我记不住，爹爹告诉我最远可以到哪里就是了。"

何志忠捋着胡子笑道："若是风向好，去得远了，从广州出发约有八十七天便可到乌刺国，若是还想去得远，可以换小船，陆行千里直到大食国都城。"

牡丹没想到会去这么远，便有些担忧："去这么远？"

何志忠笑道："我们不去大食国都城，就在沿途采买一些香料和珠宝，若是天气好，风向好，很快就回来了。"

大郎笑道："说不定我们回来，你的芳园已经赚得够本了呢，到时非得让你好生招待我们一回不可。"

牡丹笑道："哪有这么快？我算了一下，回本最少也要三年。"

六郎道："那也不一定。若是遇到贵人去游园，看着喜欢了，一次赏赐千金万金也不是不可能。我听说张五郎弄斗鸡，每日里进账真是不少。贵人子弟去玩，他便替人家选斗鸡，赢了就能分到不少彩头，还能得到赏赐。"

牡丹道："坐等贵人赏赐终是虚无缥缈之事，不能算到利润里去。"

何志忠便说六郎："听听你妹妹怎么说的。我早和你说过多少遍，莫要总盼着天上掉金子；休说不可能，就是真掉了，也要看你有没有福气，会不会被砸死！"

六郎无所谓地道："知道了，我就是那么一说，这不是盼着丹娘能交好运很快就能挣着钱么。"

何志忠皱眉道："我们去了，你要好好跟着你二哥、五哥做事情，没事儿别到处乱晃，多陪陪你媳妇。"

趁着何志忠教训六郎，牡丹拉了四郎商量寻张五郎帮忙的事。四郎笑道："这个简单，明日一早我便领你寻他。"

六郎立即来了兴致："我也去！"

何志忠皱眉道："你去凑什么热闹？"如若不是六郎至今没有子嗣，此番便要将他带去学本事长见识，哪会留他在此？

六郎赔笑道："从前东市这边的香料铺子一直是四哥打理着的，我人头不熟，只怕有人欺生。我若与张五郎交好，那些不长眼的东西自不敢多来，我也是为了生意。"

何志忠始终不放心，威胁道："总而言之，若你自己不成器，莫要怨我不念父子情分。"

六郎闻言十分不悦，半是撒娇半是埋怨地道："爹爹莫要总是想着儿子贪玩，儿子已是这个年纪，轻重缓急都是晓得的，您手把手教出来的，还不放心么？再说了，不是还有二哥和五哥盯着我么？"

何志忠叹口气，回头看着牡丹道："我不在家，你要多小心，莫要太劳累，多陪陪你母亲。"他顿了顿，爱怜地摸摸牡丹的头发，低声嘱咐道，"罢了，其他的我也不多说了，你自己有数。咱不刻意高攀，却也莫要委屈自己。若是人好，该把握的就要把握好了。"

牡丹一时忍不住，揪住他的袖子低声道："爹爹，我现在慌得很。"

何志忠便道："走，咱父女二人去书房细说。"

牡丹将近来之事大致说了一遍，道："我先前也想着若他真的不错，便慢慢相处着……可是如今这情形，我实在害怕又同李家那样……而且，我也不知他到底是个什么样的人，总觉着不踏实。"

崔夫人的势力远不能与朱国公相比，且她总觉着还不够熟悉蒋长扬，他能对她做到什么地步，会不会伤害她，都是未知数。

何志忠背着手来回走了两圈，道："这事儿不难办。有些话你不好说出口的，待我去问。先前他没有明确表示过，我也不好多说，既然他已经和你说了这话，便交与我处理。"

牡丹有些犹豫："会不会不太好？就好像我迫着他似的……"

何志忠笑道："有何不好？他既然敢对我女儿说这种话，做这种事，我这个做父亲的理所当然该去问他到底什么意思。他若是诚心，也果然如他所说般有能力解决，你便静待佳音。他若是胆敢戏弄我的女儿，你哥哥们照样揍得他满地找牙！"

牡丹想起当初大郎怒打刘畅，忍不住抿嘴笑起来，伸手抱住何志忠的胳膊撒娇："有爹和哥哥真好。"想想又补上一句，"他也打了刘畅两拳。"

"敢打刘畅不是什么稀罕事，张五郎也曾打过他。只是你说得对啊，人心隔肚皮，少不得让你爹爹放亮这双老眼，好生替你看一看。已是错了一回，不能再错二回。"何志忠揉着牡丹的头发道，"我的丹娘哟，人生能有几个三年？青春年华眨眼就过去了。爹爹我记得才出过几次海，你们就大了，我和你娘就老了。爹爹替你着急啊。"

牡丹只觉心头又软又酸又暖，将头伏在他膝盖上，轻声道："爹爹，我真舍不得你们出远门。"

何志忠低笑道："这么大的人了，还总是这么腻人，也不怕被侄儿侄女瞧见了笑话。"

次日一早，六郎果然跟着四郎、牡丹一道去寻张五郎。张五郎还未曾起身，他家中老娘听见有客来，便扶了个梳着丫髻、十来岁的小女孩出来待客，见是四郎，喜不自禁，请入屋内坐下，推了小女孩去叫张五郎起床并洗茶瓯，自家小心翼翼地从裙带上取了钥匙开锁取好茶来煎茶汤。

牡丹趁机打量一番，但见是个两进的院子，青石砖铺地，正中一棵老枣树，沿着墙边种了几株紫的、黄的、橘红色的菊花，墙粉得洁白如新，中堂里的桌凳家私屏风都是簇新，虽五花八门的不成套，倒也顺眼。

张老娘笑道："小娘子，这都是我儿近日才买的，又新又好，你来坐这月牙凳，上面铺的是蜀锦呢，你这漂漂亮亮的小娘子最合坐了。"

六郎差点没笑出声来，牡丹瞅了他一眼，谢过张老娘，依言坐在那月牙凳上，顺势夸了新家什几句。四郎也夸张五郎出息了，张老娘听得眉眼弯弯，又搜出一碟子酸枣待客。那碟子却是个镏金镶瑟瑟的银碟子，张老娘特意拿给三人看，也说是张五郎挣来的。

水还未开第一滚，张五郎便半敞着衣袍、趿拉着鞋，边走边系裤带，打着呵欠走进来："何四哥怎地这时候来寻我？今日不做生意么？"一眼看到坐在六郎下手的牡丹，唬得倒退一步，忙忙地跨出门去躲在檐下整理衣服，顺便拍了小女孩的头一巴掌，低声骂道："打死你个臭丫头，有女客在怎地不先与我吱一声？"

小女孩嘴刁刁地脆声道："你又没问。谁让你不穿好衣服就出来的？"

这么大的声音，屋里的人想不听见都不行。张五郎气得脸都红了，抖着嘴唇小声道："嘿！你个吃白食的，还敢这么凶！小心我打死你。"

小女孩伸出舌头冲他做个鬼脸，一溜烟地跑了。张五郎没法子，只好厚着脸皮进屋与众人见礼，只与牡丹见礼时不敢看她，虚虚一揖便缩到何四郎身旁藏起来，估摸着牡丹看不到他了，方笑道："今日吹的什么风，把你们兄妹三人都吹到我这狗窝里来啦？我昨日睡得夜深，怠慢了客人，还望莫要见怪。"

"不怪，不怪。"四郎笑道，"你这是狗窝？我们进狗窝里来坐着，那我们也是和你一样的。"

张五郎微红了脸道："我非是这个意思。"

六郎道："张五哥就莫要谦虚啦，我看你这小日子过得极好。这些日子手气好吧？"

张五郎笑道："还好，前些日子得了一只好鸡，连胜七场，赢了五十万钱和一只镏金银盘。"

六郎的眼睛一下子睁得老大："岂不是比丹娘的牡丹花还要值钱？"

"她是稳赚不赔，我是有输有赢。"张五郎呵呵大笑，"再说我这是俗物，她那是雅物，岂能相提并论？不说了，不说了，你们今日过来所为何事？我晓得你们都忙得很，不比我这个闲人。"

四郎道："有两件事相求，一件是我要出远门，东市的香料铺子暂交六郎打理，他想请五郎的弟兄们吃顿便饭，交个朋友。另一件，却是丹娘要求你帮忙。"

"前面这事儿简单，六郎挑了日子定好时辰和我说一声就行。"张五郎把眼看向牡丹，牡丹忙将来意说明，笑道："过后少不得好生答谢一番诸位哥哥。"

张五郎将大手豪爽一挥："都是小事情，丹娘只管放心，我自会料理妥当。但你还是应当四处去问问走走，做个样子给人看，才不至于失了真。"

牡丹笑道："早有这个打算的，这里出去立刻就去。"

四郎起身告辞："要出远门，要准备的事情多着呢，我们先告辞了，今晚去我家喝酒。"

张五郎打着呵欠送他们出门："你们忙，我就不去添乱了。等你们回来，我再替你们接风洗尘，到时候想多少喝多少。"

四郎停住脚低声道："我们船上还可以多带几个人。"

张五郎沉默片刻，道："我不是那块料。我就只能做点斗鸡走狗的事儿，何况家里还有老娘，我走了她怎么办？谢了，谢了。"三两把将四郎推出去，把门紧紧关上。

四郎叹了口气，六郎不以为然地道："四哥管得真宽，姻缘天定，这人天生吃哪碗饭也是命中注定。我看他现在未必比我们过得差，至少不必去冒出海这么大的风险，又玩又挣钱，何乐而不为？"

四郎皱眉道："爹爹的话你是没放在心上。你没听见他说么？有输也有赢。他经常赢，是因为他是设局的，多数时候不下场。真要去赌，有几人不输？而且赌来的钱始终……"
　　六郎待他可没那么客气，当下便不耐烦地打断道："什么钱不是钱？你们逛着，我去铺子里。"说完便扔了牡丹与四郎二人，径自去了东市。
　　四郎叹道："你六哥这脾气总改不了，你将来有什么事别指望他，多和二哥他们商量，该瞒着的也要瞒着些，他靠不住。此番爹爹本想带他去，可又想到他至今也没个孩子，一来二去再耽搁上两回，杨姨娘又要哭。"
　　牡丹一时无言，跟着四郎绕了几个道观、寺院，做足了声势，见日过午间，方才归家。行至门前，见自家门口拴着两匹马，便道："似是有客来？"大步进了门，便看到邬三坐在门房里与门子低声说笑，一颗心不由激烈地跳动起来。
　　邬三见了她，赶紧起身问好："我们公子听说何老爷子要出海，本该届时去灞桥设席饯别，折柳相赠。但那日公子恰好有事脱不得身，故而提前来府上送别。"
　　牡丹笑道："实在太客气了。府上不是有客么？"
　　邬三道："客人今早走了，我们便是送客人进城来的。"
　　牡丹不由暗想，蒋长扬能亲自送朱国公进城，约是父子关系有所改善？又或是因为承爵之事，所以引得蒋二公子如此暴怒，拼命折磨蒋长扬的爱马？越想越觉得有道理，又想起门前拴着的马中不见紫骝马，便问："紫骝马怎么没来？"
　　邬三道："紫骝马受了点伤，怕是这一两个月都不能行路，要好生养着了。"却未提蒋二公子的事情。
　　牡丹不好多问，便吩咐好生招待邬三，自进了后院。因挂心着蒋长扬和何志忠的谈话结果，忐忑不安地洗了脸换过衣服，心烦意乱地歪在榻上逗甩甩说话混时间。
　　也不知过了多少时候，前面仍然没有消息传来。牡丹再也躺不住，起身对着镜子捋了捋头发，想想又取了白夫人送的一管粉色甲煎口脂薄薄涂上一层，对着镜子照了好几照，方往岑夫人的房里去。
　　到得外面，只听里头笑成一片，牡丹掀开帘子走进去，见是林妈妈、封大娘、杨姨娘三人陪岑夫人坐着说话，四人皆眉开眼笑的，便道："什么事这样开心？"
　　林妈妈笑眯眯地道："杨姨娘在讲扬州的风土人情呢，恰好说到了开船击鼓，浇酒祭神，保佑平安。"
　　牡丹笑道："好端端地提起扬州做什么？"
　　林妈妈别有深意地看了她一眼，笑道："不是正好说到卢五郎么？正好和杨姨娘是同乡，这就说起来啦。都说扬州水土养人，繁华富庶，可惜没机会见着。"
　　牡丹此时对扬州全无半点兴趣，一心只牵挂着前面，咧咧嘴角应景笑笑，挨着岑夫人坐下一边绕她的裙带玩，一边假意道："爹今日不在家中么？怎地不见？"
　　岑夫人却是昨夜就听何志忠说了事情经过的，也不戳穿她，只将裙带从她手里拉开，给了她一个名正言顺的理由："你爹在书房陪蒋公子下棋呢，我正要使人去问他们要吃什么，好让厨房做。你既闲着，便去瞧瞧。"
　　"是。"牡丹强作镇定，不想越是靠近书房越不自在。

　　书房外无人伺候，只有棋子落下的声音从里头传出来，显然谈话已经结束。牡丹举手轻轻敲了敲门，她大概已经知道结果了。假如蒋长扬没有过关，何志忠是不可能心平气和地陪着他一直下棋的。
　　何志忠好一歇才道："进来。"

牡丹推门而入，一眼就看到了窗边榻上与何志忠盘膝相对的蒋长扬。蒋长扬自她进门开始就一直望着她笑，牡丹灿烂地回了他一个笑，然后扭头看向何志忠："爹爹，娘让我来看看你们可要用点什么吃食？"

何志忠给了她一个安心的笑容，回头看向蒋长扬："成风想吃什么？莫要客气。"

蒋长扬笑道："什么方便就来什么，我不挑。"

何志忠道："倘若不饿，不如留下吃晚饭。丹娘，让厨房好好准备一桌酒菜。"

牡丹抬眼看向蒋长扬，静待他点头，蒋长扬却摇头笑道："谢过世伯的好意，但我还是不叨扰了，随便做点什么来吃就好。"

何志忠也不勉强，捋着胡须道："也好。丹娘，让厨房像上次那样做碗馄饨送来。"

牡丹应了，转身去了厨房，不多时，馄饨做好，便又亲自送了过去。推开房门，却只蒋长扬独自坐着，何志忠不见影踪，便道："我爹呢？"

蒋长扬抬眼看着她道："世伯说是要拿件宝贝给我看，让我等着。"

牡丹"哦"了一声，将食盒放下，上前收拾桌上的棋子。她拾白子，蒋长扬拾黑子，两人从棋盘的两头开始收拾，动作都很慢，一直拾到中间交汇处，二人的手不可避免地碰到一起。牡丹将手伸到左边，蒋长扬也将手伸到右边。

几番碰撞，他的指尖轻触她的指尖，温热而轻柔。牡丹几次让开，他又跟了上去，始终不离她的左右。牡丹迅速缩回手，微红了脸，抬眼看着他。

蒋长扬却是一派的沉静，只垂着眼专心捡拾黑子，仿佛刚才都是意外，是她想太多。牡丹暗自泄气，又继续拾白子。这次她挑了处没有黑子的地方，她倒要看看，他还怎么把手伸过来。

可她刚拾了两颗，某人的手又跟了过来，却是跟着她一起拾起了白子，仍然不时地碰触她的手指一下，只是轻轻一触，又如游鱼一般滑开。

她又不是小孩子，总这么逗！牡丹不由微恼，索性张开两只手，将棋盘上剩余的棋子全都扫在一处。正要将其全部捧起时，蒋长扬的两只手轻轻落到她的手背上，一本正经地道："里面还有黑子，我替你拣出来。"

话虽如此说，他的手却犹如被胶黏住一般放在她手上就不动了，而且瞬间掌心里就出了一层细汗。又热又烫又湿，牡丹犹如触电一般，指尖轻轻颤了一下，下意识地就想收回去，他却猛地将她的手牢牢握住。

牡丹低垂着头，轻声道："放开。"

蒋长扬怎肯放开，看到牡丹通红的脸和轻轻颤动的睫毛，又是得意又是兴奋，只顾牢牢捧住那两只手，暗自感叹，这手可真小，可真滑。本已是秋日，他却觉得比三伏天还要热。窗外的秋阳透过还未换下的天青色窗纱照射进来，落在牡丹脸上，越发将她的脸照得艳如桃花，红唇鲜艳欲滴。他有种冲动，极度渴望伸手去轻轻触碰她脸上那层细细的绒毛，看看是不是比丝绸还要细滑，但他终究还是不敢，只能握紧掌中柔荑，低低喊了一声："丹娘。"

牡丹垂眸不语。她的掌心也是潮湿一片。

一片静寂，她闻到不远处悬下来的银镂空香球散发出淡淡的柑橘清香，看到浮尘在阳光下欢快地舞动，听到自己的心跳得激烈，呼吸声时轻时重。

只听得蒋长扬在耳边轻声道："丹娘，你别怕。"

"我才不怕你。"她脸上犹如火烧一般滚烫，低声道，"快放手，我爹要来了。"

蒋长扬轻轻道："世伯说要拿一件和他的命一样重要的宝贝给我看。我一直等着，接着你来了。"

牡丹心中一颤，这意思是说，何志忠已经认可他了？她抬眼看向蒋长扬："没错，我爹爹说，如果你敢戏弄我，他和我哥哥们绝不会轻饶你，不管你是谁。"

蒋长扬泰然自若地盯着她的眼睛缓声道:"我没有戏弄你。我说过,我有能力做到,也有决心做到。我从前十多年不曾靠着他,之后几十年我也不必靠着他。你所担心的那些,都交给我去解决。不过在这之前,我不能经常去见你了,因为不想让人打扰你,但你若有需要,随时可以去找我……你能理解么?"

他远比她所想象的更加慎重小心,牡丹沉默片刻,低声道:"所以你不能留下来吃晚饭?"

她想要他留下来吃晚饭。这个认知让蒋长扬的心飞扬起来,但想到他即将要做的事情,便很坚定地道:"丹娘,来日方长……"他恋恋不舍地松开牡丹的手,从食盒里取出已经有些糊了的馄饨,快乐地开吃,"你瞧,我不是已经吃了么?等着,那一天很快就会到来。"何志忠已经答应,只要他能由父母出面,三媒六聘风光上门提亲,即便是只有岑夫人在家,也会答应他。

牡丹看着他微微笑了起来:"蒋长扬,你我相识的时间并不算长,我的脾气性子、好多事情你都不知道,过日子可不是你想的那么简单,你确定将来不会后悔?"

蒋长扬听到这话,欢喜地扬起眉毛:"我早就想好了,最坏的可能都想到了,想好了才开的口,我从来不是轻率下决定的人。我不知道将来会怎样,但既是自家的决定便要承受,没有多话讲。"

"你说得很对,不做就不做,做了就要承受后果,没得多话讲。"牡丹喜欢这种说法,她抬了抬头,注视着他的眼睛道,"我不做妾,也不喜欢妾,还不喜欢被人束缚着不许这样,不许那样,和则一起,不和则离,你确定能接受?"

蒋长扬早听过潘蓉的描述,已是想得透透的,孩子的事,实在不行就过继一个,没什么大不了的。她若是肯委曲求全,也就不是他认识的何牡丹了。于是微微一笑:"我娘也不喜欢妾。这世上悍妇何其多?不多你一个。"

这世上悍妇何其多?不多你一个。

一丝甜蜜迅速将牡丹的心紧紧包裹起来,她忍不住将蒋长扬面前余下的半碗馄饨端走:"别吃了,都糊了,我让人重做。"

蒋长扬不给:"还好好的呢,别浪费。"心里却在想,真是两种截然不同的待遇。

牡丹见他吃得香,不由暗想,是了,他不是那些衣必华服、食必精美的公子哥儿,爱吃就由得他去,这是摸手的代价,于是坐过去重新收拾棋子:"我听邬三说,紫骝马受了伤。"

蒋长扬狠狠地将最后一个馄饨咬烂:"孬种,有脾气不敢对着人发,只敢对着什么都不能做的牲畜发。"

牡丹沉默片刻,道:"你今早是送朱国公和他回来?"

蒋长扬将碗放下,叹道:"确切地说,是送他进城来寻大夫的。他被树枝把脸给刮花了,怕毁了容,整夜地嚎叫,说我专养了一匹马来暗算他,就是那马儿将他带去那里的。若非他马术了得,早已摔死了。又怪我没有及时带人去寻他,居心不良。也不想想,他有多大的面子,配么?"

"那朱国公怎么说?"这是个什么人呀?牡丹想起蒋家下人之无礼,猜着当时的难听话应该更多。

蒋长扬抿嘴一笑:"怎么说?他只会抡鞭子教训不听话的人。我不喜欢有人在我那里摆威风,索性借机一并将人全都给送走了。"

牡丹见他虽然在笑,眉头却是蹙着的,便放柔声音安慰道:"总会过去的。我再让人给你煮一碗?"

蒋长扬恋恋不舍地看着她:"不必,今日在你家待的时辰够长了,我必须走了。"

"回去吧。"蒋长扬在月亮门前回过头来看着牡丹微微一笑,转身大步离去。牡丹默默目送着他，直到再也看不见方收回目光。

微风吹过树梢，发出一阵悦耳的沙沙声响。她抬眼看向枝头，但见金黄的、枯黄的、半绿半黄的树叶打着旋儿落到地上，褐色的泥地竟然也被点缀得有了几分亮色。她上前拾起一片落叶，吹去浮尘，用指尖顺着凸浮的叶脉轻轻描摹着，望着瓦蓝的天空弯起了唇角。

何志忠与蒋长扬在外院别过，漫步走入小院，见牡丹独自立在树下沉思，神情恬静美好，不由轻笑一声："丹娘，现在放心了么？"

牡丹回头灿烂一笑，上前挽住他的胳膊："爹爹，你们先前都说了些什么？"她想知道蒋长扬是怎样打动何志忠的。

何志忠故作讶异："他没告诉你？"

牡丹将额头轻轻抵着父亲的肩膀，撒娇道："没有啦，他就是说您要给他看一件珍贵如命的宝贝。"

"他与我说，他知道所有有关你的流言。"何志忠抬眼看向天边的流云，缓缓道，"有人和他说你的身子病坏了，不能生育，也不会答应纳妾，但他想着，实在不行，将来就过继一个……我虽然并不是很相信他能从始至终遵守诺言，但确实因此对他更满意。"

"爹，我……"牡丹一时怔住。猜来想去，没料到会是这样，毕竟从始至终她就没把这流言当回事。

"我当然知道你不是。"何志忠叹口气，轻抚着她的肩头道，"爹爹也曾年轻过，那时做事但凭一腔意气，不计后果，但日子一天天过去，想法也会慢慢改变。有很多人，心爱着时缺点也是优点，可一旦不爱了，优点便也成了缺点。这时品行尤为重要，善始善终和反目成仇可是两回事。我本可以告诉他实情，之所以不说是因为还没到可以深入谈论的地步——他既然这么认为，便由得他，左右他要请父母上门提亲还得花些功夫。在这段日子里，他还有很多余地可以仔细思量。深思熟虑之后始终坚持，他便是你一辈子的良人，到时再告之实情不迟。"若非真心求娶，真相说出来更像是一个笑话。

牡丹点点头："我明白。爹爹看重的不是他的承诺，而是他的品行。"

"好的品行比金银之物更为难得。"何志忠看着女儿单薄的身子，暗想，牡丹现在是想着自己能生，所以不在乎，但若是她真的坏了身子，不幸生不出来孩子，天长日久，谁也难说会有怎样的改变。作为父亲，作为男人，他很清楚什么事可信可行，什么事不可信不可行，所以只需知道无论如何蒋长扬都会尽力照顾牡丹，不会发生刘家那样的事情就足够了。

转眼到了何志忠父子出远门这日，一家人团团围坐话别。何志忠本早将家中的事情安置妥当，此时却又不放心起来，又絮絮叨叨地将紧要的事情和岑夫人、二郎等人念叨了一遍，再叮嘱六郎要如何如何。

六郎烦不胜烦，勉强笑道："爹爹记性不好啦，这些事儿您早就交代过好几遍了。"本还想再说，得到杨姨娘一个白眼，方将话收了回去。

何志忠一愣，随即感叹："我确是老了，待此番归来，以后再不跑远路了。"

岑夫人本想劝他此番也莫要去了，但想到他的性子，便将话咽下，见天色大亮，忙催促道："快些收拾了出门，只怕诸家亲朋好友都在灞桥等着了的，让人久等不好。"

一大群人簇拥着出远门的父子四人出了门，出城又走了许久，方到了灞桥附近，远远就看见马匹成群，屏障绵延，人来人往。只因今日是个宜出行的好日子，故而送别的人也极多。

何家一行人刚出现在路口不久，早就候在路旁翘首以待的李家的小厮便飞速迎上来，道是李元领了至亲好友在前方设了席为何志忠等人饯行。

这是早就说好的，何志忠道："前面引路。"

到得地头，众人纷纷上前行礼致意。待所有人都寒暄完毕，李荇方才上前行礼。寒暄过后，他便半垂着眼迅速退下，并不敢抬眼往何志忠身后看。他知道牡丹就在那里，但他已经远远地看过她了，知道她好就够，他不敢也不愿在此时再与她目光相对。

牡丹立在岑夫人身后看着李荇。不过二十来天的工夫，他便如同换了一个人。虽仍然衣着光鲜整洁，时髦清新，也还在笑，也在和人打招呼说话，但更多时候都在沉默，任谁都看得出他很不开心。他似乎感受到牡丹的目光，有些不安地挪了挪身子，将自己隐藏到人群最深处。

牡丹收回目光，不再看他。虽然很怀念从前那些轻松自在，但她知道，那个李荇永远不会回来了，那种日子也永远不会再有了。

饯行之后，何志忠父子正要起身，又见卢五郎带着两个小厮也赶来送行。何志忠少不得将卢五郎介绍给众人相识，除了李元父子，其余人等多是经商的，都听说过段大娘的名号，对卢五郎很是礼遇。卢五郎如鱼得水，周旋在众人中间，谦恭圆滑讨喜。

忽听不远处传来一阵欢笑，七八个衣着华丽的妇人从一组屏障中走出来，其中一个妇人的声音特别清脆好听，格外突出："本该折柳相赠，让你留下，但这柳树叶子已是掉得差不多啦，难不成送你一根光秃秃的枝条？你要不要？"

牡丹不经意回头，却是看傻了眼。那妇人姿容娇艳，肌肤赛雪，衣着更是华贵撩人，五彩鹦鹉抹胸在鹅黄色的披衫下时隐时现，宝石蓝的金缕长裙拖曳得极长，发上的结条金钗步摇翠翘随着步伐轻轻晃动，配着她那张妖艳中又带点天真娇憨的脸，让人一看便难相忘。

若非她的丫鬟阿慧紧随其后，牡丹简直不能将眼前这张谈笑风生、妖艳动人的脸与印象中那张清水出芙蓉的脸联系起来，这不是别人，正是那杳无音信、卢五郎四处寻找的秦三娘。

秦三娘陪着那几个妇人，轻快活泼地从众人身边走过，留下一阵幽香和一道引人遐想的曼妙背影。倒是阿慧看了牡丹一眼又一眼，附在她耳边轻声说了几句话，但秦三娘始终也没有回头。

牡丹不信秦三娘没有看到自己，但人家既然不肯相认，那便罢了。于是回头看向卢五郎，结果卢五郎眼睁睁看着人从面前经过，全无半点反应。她只好小声提醒："那就是秦三娘。"

"我从未见过她，所以不识。"卢五郎大吃一惊，"她怎么没和娘子打招呼？"说着便要上前，牡丹忙道："别去。她大概不方便，咱们贸然上前，只怕给她添麻烦。"

卢五郎点点头："那我从她身边下手。"左右一张望，但见前方有几辆骆驼车，几个车夫坐在那里闲聊，便提步往前，随意寻了一个，作揖问好，将话去套。那车夫嘴却极紧，问不出丝毫消息。卢五郎无奈，只好在一旁候着。须臾，秦三娘与几个妇人携手回来，径自上了骆驼车，扬长而去。卢五郎便悄悄缀在后面，准备寻机相认。

送走何志忠等人，众人一道回城。何家众人男女老少一大群，走得奇慢。岑夫人心想其余人等都是有事在身的，不好叫人久等，便叫二郎去说，请他们先行。

李元看了无精打采的李荇一眼，便道："我正好还有要事在身，就不客气了。"言罢与众人辞过，率先离开。从始至终，牡丹与李荇没有说过一句话。

张五郎很快将牡丹要高价订购明年接头的事传扬出去，牡丹则每日去那些种有名贵牡丹花的寺庙、道观游荡，尤其是那些今年被曹万荣订了接头的寺庙和道观，她去得最多，言谈中露出对这些牡丹品种的向往和痴恋。但除了她特别需要的品种外，基本没给定钱，只是口头表示自己要，也没和这些人写契书。

待到第五天，她寻访到一户花农家中。这户人家据说有一株叫粉狮子的牡丹王，每次开花可达好几百朵，比较有名。她才跨进这家人的门，当家人就亲自迎了出来，张口就喊出她的名字，笑问是不是要订接头。牡丹心中一喜，知道自家目的基本已经达到了。

这株牡丹王果然名副其实，丛围达到 4 丈余，高近 5 尺，看着就已经很醒目。花农得意扬扬地介绍："何娘子来得不是时候，若是枝繁叶茂之时，这株牡丹可达 6 尺余高，今年开了五百多朵，每朵半尺大，两寸高以上，花型特殊得很。不是小人吹牛，这京城中似它这般大，开得这般好，这般多的绝对数不出来几棵。您要是要，给的价好，自然给您挑最好的留着。"

牡丹即便没看到花开，也知道这粉狮子是什么样。花是牡丹中少见的托桂型品种，中花，花色淡粉色转白色，外瓣2轮，瓣基具大型墨紫色斑占据整个花瓣基部，紫斑周围的紫纹呈辐射状，内瓣狭长略扭曲，墨紫斑更是占了花瓣的四分之三到五分之三。且不说花色花型，光它一年可开几百朵花，她就对它极感兴趣。

沉吟许久之后，她开了价："你这棵牡丹，固然开得不少，但相比名贵品种也算不得什么。我给你三十五万钱，另外贴两棵嫁接好的姚黄和魏紫，你整棵卖给我。"

那花农犹豫得很，无奈牡丹给的价格诱人，他考虑再三终于应了。牡丹又由他介绍，在几户不同的花农中买了好几株已经长大成形的牡丹。一天之内，她一口气花了一百万钱，都是一手交钱一手交货。

然后她便歇了下来，又过了两天，张五郎派人来和她说，曹万荣又开始了行动，这次不光是在寺庙和道观中广泛预订接头，更是深入到了许多花农家中。他是真打真的出钱预订，还和人家写了契书，而不是如同她那样只是口头约定。

牡丹立刻又出门抢着预订了两家，曹万荣更是疯狂，甚至有人找上门来退牡丹的定钱。她也不计较，收了钱就将人送出门去，从此不再理会此事。

当冬天快要来临的时候，芳园的牡丹花集体被施上当年最后一道肥。于是那几天里，芳园一直飘散着一股农家肥味道，用恕儿私下里抱怨的话来说，自家的头发丝儿都是农家肥的味道，再好的熏香都没用，这么臭。难为牡丹竟能天天守在一旁盯着，必要之时还能挽起袖子亲自上前示范，真是半点不嫌恶心的。

花匠和庄户也用异样的目光看待牡丹，干干净净、漂漂亮亮的小娘子，在这里闻臭不说，还拿着粪瓢走来走去，不但教导人骂人，还随时自己舀上一瓢，这可真是……

牡丹穿着旧粗布衣裳，手里拿个又脏又臭的粪瓢，亲自给那群才来不久的半大小子做示范。这群半大小子，都是她从何家挑来的，平时倒也还好，听话规矩，就是到施肥这一步骤时，这些城里长大的孩子就皱了眉头，甚至有那夸张的还忍不住恶心作呕。郑花匠等人教过几次后，便不耐烦再管，都去找她诉苦，说是这些家生子没有吃过苦头，不适合干这个活，建议她另外买人。

牡丹清楚得很，这些家生子固然怕脏，不太听话也是有的，但郑花匠等人定然也不是真心教导这些和他们无亲无故的孩子。既然如此，她只有亲自教导他们这些最基础的东西。想要培养出一个优秀的牡丹花匠不容易，培养出真正忠于自己的一群花匠更不容易，她必须舍得在他们身上下功夫。

有她带头示范，这群孩子再不敢多话。毕竟主人都不怕脏臭，他们还敢么？牡丹做过示范后就在一旁看他们干活。她把目光投向队伍最前头的满子，他是这群人中身形最瘦小的，也不是何家的家生子，而是张五郎得知她要用人，便建议她买的。满子本姓赵，他爹与人斗鸡输光了家产妻儿，自己跑去上了吊，债主凶猛，恶名在外，可以想见这对母子的悲惨下场。

张五郎日日见惯了这种事情，自不是什么慈悲菩萨，也不爱管这种闲事。但不知这孩子怎么求动了他，他便出面去寻牡丹。牡丹半句没问，便依着他的意思将这对母子高价买了下来。这孩子也的确好用，不怕脏累，无论什么事，只要她开口，他一定是不声不响第一个往前冲的人。

为此他平时没少受其他孩子的排斥欺压，偏他忍得住，不诉苦，不流泪，始终最勤奋。这几日，当其他人捏着鼻子嫌弃的时候，他就一直提着半桶粪跟在郑花匠身后，郑花匠怎么做，他就跟着怎么做。

牡丹把一切看在眼里，却并不出手干涉孩子间的事，而是由着满子自家解决。她会给他机会，倘若他能通过考核，便是她重点培养的对象。

等孩子们手里的事情做完后，牡丹宣布："我早有打算在你们中间挑一个人出来管事，但不知你们中谁最好，现在看来，满子最好。以后你们都由满子来管，有什么不懂的就问他。"

此言一出，众人哗然，满子不敢置信，牡丹微微一笑："你们都听好了。我知道你们之前在家中没吃过什么苦，但既然来了这里，便要按我的安排做。我不可能总这样盯着你们干活，还是要靠你们自觉。从今天开始，我会分任务给你们，然后请师傅做示范。谁若是做不好，满子来和我说。谁嫌脏怕累，说明他不是吃这碗饭的。芳园不养闲人，既然不能做花匠，便去扫地挑粪挑水；若还做不好，只好走人。"

其他的难听话她就不说了，但这些孩子瞬间都明白了。她满意地看到平时与满子有矛盾的几个孩子都目光复杂地看向满子。满子微红着脸，双眼闪闪发光。

安置妥当，宽儿过来禀告，说是李满娘与窦夫人、雪娘来了。她们不肯在厅堂里喝茶等候，直接就往这边来了，牡丹忙迎过去："怎不提前让人过来说一声？"

"啊呀！"雪娘捂着鼻子皱着眉头不停地扇，"何姐姐，你臭死了。养着这么多的人，却要自己动手。他们都吃白饭的啊。"

牡丹不好解释，只能抱歉地和她们保持距离："这是精细活儿，马虎不得。嫌我臭就在厅堂候着，等我收拾好再来，不就香喷喷的啦？"

"是找你去打猎。"李满娘笑道，"使人去你家，说你来了这里，我想着若是先使人来说，白白耽搁工夫，不如直接来寻。其他人已经先去了，我们特意过来接你。"

她很久没有见过牡丹了，李荇定亲那日，何家二郎去了，白氏去了，岑夫人推病，牡丹更是不见影踪。虽然何家礼数周到，让人挑不出半点毛病，但明眼人都看得出来，这情分始终不可能和从前相比了。现在就是，如果李家不主动去寻何家，何家绝不会先贴上来，亲戚亲戚，越走越亲。她若再不主动些，这情分迟早要断。

已是午间，牡丹不由有些犹豫："现在就走？来得及么？"

李满娘道："去得远呢，当然是现在就走，今晚就在外面搭设毡帐歇一夜，明日一大早才开动。"

牡丹笑道："可我什么都没准备。"

雪娘也不嫌弃她臭了，上前去推她："不许拒绝，快去洗澡换衣服，我等这天很久啦。你只需要换身方便骑射的衣服，其他什么都有我替你张罗，快去，快去。"

窦夫人也笑："丹娘就如了她的愿吧。"

牡丹笑着应了，到了地头才发现，现场有好些熟面孔，甚至还有她想不到的人。

营地设在一个平坦开阔的上风区，二十多顶青毡帐一字排开，马儿嘶鸣，人来人往，好不热闹。

除了上次郊游同去的黄氏等人外，牡丹还看到了兴康郡主。兴康郡主与几个衣着华贵的年轻男女坐在一顶毡帐前肆无忌惮地说笑，她的气色好得很，轻松又自在，可见清华堕马之事最终对她造成的影响很小。

雪娘见牡丹观察兴康，以为她厌恶这些宗室贵人，便解释道："本没打算请她，但因此番请的人多，关系不一，你喊我，我喊你，她便知道了。她听说是李夫人牵的头，便追着说要来，李夫人只好应了她，结果她又叫了好些人来。你别担心，我与她接触过几次，她不似那清华，并不难处，也不会没事儿来找咱们的麻烦。"

"我不担心。"牡丹知道，自从李满娘救了兴康郡主的表妹后，兴康郡主这边的人便与李满娘有了往来。她也不担心兴康郡主会找麻烦，一来彼此没有矛盾，二来兴康郡主得给李满娘面子。

雪娘笑道："那就好，咱们别操这些闲心。夜里我与你同住一顶毡帐，现下先让人搭着，咱们去瞧猎鹰、猎豹、猞猁呀。有一只猎豹，不知是谁家的，长得可真好。"

二人便去了搭建在下风处的另一个营地，这营地专供下人住，同时也是烧火做饭、拴马养鹰，关猎豹和猞猁、猎犬的地方。

雪娘熟门熟路地撒了两把钱下去，便有一个年轻的小厮领她们去了一个毡帐，进了内里，一个黄发黄髭的胡人驯豹师起身迎上，疑惑地看着牡丹和雪娘，那小厮笑道："这两位小娘子想看看咱们家的惊风。"

那胡人友好一笑，做了个"请"的手势。牡丹探头看去，但见角落里放着一只大笼子，一只黄皮黑斑的猎豹懒洋洋地匍匐着，看见她们立刻"呼啦"一下站起身来，警觉地龇着牙发出低沉的威胁声。

雪娘调皮地冲着那豹子做怪动作，围着笼子打转："哟哟哟，凶得很嘛，有本事你来咬我呀。来呀，来呀。"

那豹子不高兴地冲着她龇牙咆哮，团团打转。牡丹笑道："雪娘别调皮了，看你把它逗急了。它的脾气可不怎么好。"

雪娘哈哈大笑："豹子脾气自然不会好，可是急躁的猎豹是打不好猎的，我这是帮它训练耐心。"

忽听有人在毡帐门口笑道："是么？我的惊风打不好猎？待我把它放出来试一试如何？"紧接着，一个穿天青色圆领缺胯袍、系黑色犀皮腰带、足蹬高勒靴、肤色如玉、笑容满面的男子手提一根镶金错玉的马鞭大步走了进来，目光灼灼地看着牡丹与雪娘。竟然是那蒋二公子。

驯豹师和小厮齐齐施礼："小人见过公子。"

蒋二公子理也不理，倨傲地看着牡丹和雪娘道："二位很懂猎豹？所以看着我这惊风不好？"

牡丹大概知道他的脾气，无心招惹，便笑道："自然是极好的，所以我们才会特意来瞧。刚才不过是女子间的戏言而已，请公子不必在意。"

蒋二公子心中舒坦了些，又看向雪娘："你懂得驯豹？不如我请你来替我驯？"

雪娘噘起小嘴："你这人好生小气，不都说了是戏言么？我若是觉着它不好，怎会巴巴儿地来瞧？"

蒋二公子见她表情可爱，一派小儿女的天真娇憨，牡丹也是美丽温柔，又着意说了好话，便也笑了起来："我也是戏言，两位小娘子不必当真。"

雪娘见他态度好转，便胆大地歪头看向他："你能放它出来让我摸摸吗？"

蒋二公子微微一笑："有何不可？"立即命那驯豹师："阿克，将惊风放出来。"

他侧脸之时，牡丹瞧见他左脸有几条淡红色的疤痕，从眼角一直拉到下巴。便猜着，这大约便是他骑了紫骝马被树枝刮花的地方了。要说这蒋二公子，眉毛、鼻子、脸的上半部轮廓都与蒋长扬颇像，但蒋长扬的下颌是方的，他却是有些尖，加上肤色如玉，便与蒋长扬的英武阳刚完全不同了。

"它脾气暴躁，你们可别乱伸手，我叫你们摸才能摸。"蒋二公子回头叮嘱，察觉牡丹似乎在看他的脸，立即不自在起来，眼里闪过一丝愠怒，侧过身去将好的半张脸对着牡丹和雪娘。

牡丹赶紧收回目光，假装什么也没发现，应允道："不会乱伸手的。"

驯豹师将豹笼打开一条缝，闪身入内，将嘴套皮套尽数给惊风戴上，方命小厮将笼门打开。门才打开，那豹子就"轰"的一下往外蹿，险些将驯豹师拉一跟斗。驯豹师一声厉喝，那豹子缩了缩脖子，似有些害怕。

不想蒋二公子哈哈笑道:"好威风的惊风!过来,乖孩子。"豹子立时壮了胆,硬生生拽着驯豹师走到他面前,讨好地拿头蹭着他的靴子,围着他直打转。

蒋二公子对着牡丹和雪娘自得地道:"我与旁人不同,他们要豹子绝对听话,但我觉着,这豹子还是要有野性才好。"

牡丹和雪娘出于礼貌,都点头表示赞同。正说着,那豹子一不小心蹭到了蒋二公子的袍子,蒋二公子勃然变色,一脚踹过去,骂道:"不长眼的畜生,又把你那杂毛蹭得小爷一身都是。"豹子立即害怕地趴下去表示臣服。

雪娘惊异地"啊"了一声,道:"哎呀,它好听你的话啊,你真厉害。我常听人说,这豹子更听驯豹师的话,可它明显更听你的,你是怎么做到的?"

蒋二公子哈哈一笑,挠着豹子的头皮扬扬自得:"不用怎么做,本公子就是有这本事!"原来他所谓的野性,是针对其他人,非是对他。他要求的是这豹子只听他的话,对其他人则要保持"野性"。

牡丹顿时明了,刚才他踹这一脚,原来是为了向她们炫耀,想得到这一句夸奖而已。这人这性子,可真是……

雪娘也觉得这蒋二公子性情骄傲,便不以为然地悄悄撇撇嘴,上前去挠那豹子的头皮,见那豹子匍匐在蒋二公子脚下,动也不敢动,突然间失去了所有的兴趣,敷衍两句便叫牡丹走人:"我们出来太久了,怕我娘着急。"

牡丹连忙附和:"我们回去。"正要告辞,蒋二公子却不满意地看向她:"你不是要摸么?我把惊风放出来,你又不摸了?莫非你看着我这惊风不入你的眼?"

牡丹一愣,分明是雪娘要摸啊,自己不摸也会得罪人?唉,算了,惹他做什么,不过动动手的事,便上前摸摸那豹子的背:"是我胆子小……"

话音未落,但见蒋二公子突然松了手中皮绳,那豹子猛地拧身蹿起,不过眨眼工夫,两只爪子便搭在她的肩头上,两只眼睛凶狠地盯着她。豹子的嘴被嘴套套着,可是爪子仍然很锋利,搭在肩上,透过夹衣顿生疼痛,腥风扑鼻而来,让人几乎窒息。

牡丹听见雪娘发出震耳欲聋的尖叫声,她想叫,却叫不出来,只傻傻地与那豹子对视着,双腿都忘了颤抖。

雪娘扑上去拉住蒋二公子的胳膊使劲晃:"别吓我何姐姐,她身子不好,求你了。"

蒋二公子见牡丹虽然脸色煞白,却不动不抖的,也觉着没什么意思,便打了声唿哨。那豹子方松开牡丹,转身作势又要去扒雪娘的肩头。雪娘吓得惊慌大叫,松开蒋二公子的胳膊,奔过去一把抱住牡丹,把头埋在她的肩上不停颤抖。蒋二公子猛地一抽鞭子,那豹子方收势乖乖趴下。

牡丹扶稳雪娘,低声道:"莫怕。他不敢把咱们怎样的。"雪娘这才回过神来,打量着她道:"何姐姐,你还好吧。"

"还好。"牡丹此时方开始颤抖,她自问没得罪过蒋二公子,难道就因为没表现出对这豹子十分的兴趣,他便要如此惊吓她么?但看那豹子有的动作神情,简直就是轻车熟路,可见做这种事不是一次两次。

蒋二公子假意问牡丹有没有被伤到,然后道:"这该死的畜生,野性难改,其实是你吓着它了,幸亏未曾造成伤害,小娘子莫要与这畜生一般见识。"

牡丹淡淡地道:"我自然不会与畜生一般见识。"

蒋二公子脸色微变,随即厉声喝道:"正德!将这两位娘子送回去,再将我们带来的橘子送些给她们赔礼压惊。"

"是。"一个肥胖的身影从帐外进来,对着牡丹和雪娘抱了抱拳,"两位小娘子请。"

牡丹定睛看去，却是那日在蒋长扬的庄子外盯着她瞧、毫无礼貌问路的那个缺耳朵。此人显然也认出她了，迅速垂了眼睛。

牡丹心回电转，迅速回头，只见蒋二公子站在阴影里斜眼看着自己，表情莫测，目光意味不明。她恍然明白，遇到蒋二公子是巧合，但被这豹子扑到肩上却不是巧合。只吓唬她，却没有吓唬雪娘，说明他知道她好欺负。

虽然自上次别过之后，蒋长扬只让邬三送过几次小东西，但她之前和蒋长扬有来往的事，只要有心，必然能打听到。毕竟蒋长扬端午节时救她，那可是万众瞩目，怎么都瞒不过去。蒋二公子大约是猜到一点，却拿不准实情，不然光凭他对蒋长扬的恨意，就不只是吓吓她这么简单了。

牡丹沉默片刻，脸上漾起一个笑容，望着蒋二公子道："不必了，说来也怨我，豹子野性难驯，我不该贸然伸手。这豹子训练得极好，虽然被我吓着了，却也只是搭着我的肩头，并未伤人。公子不必送橘子，也不必派人送我们，我没事，还能自己走回去。"

蒋二公子歪了歪唇角，淡淡一笑："不妨，送你们回去是应该的，就当是我赔礼道歉。二位就不要推辞了。"

牡丹见他执意如此，便不再多言，牵了雪娘的手往外走。

出了毡帐，迎面遇到李满娘家的小厮，一眼看出牡丹与雪娘的样子不对劲，又看到她们身后的缺耳朵，不由惊异道："两位娘子这是怎么了？"

雪娘正要开口抱怨，牡丹抢在前头道："我们来看表姨养的猞猁，听说这里有豹子，顺道进来瞧瞧。猞猁在哪里？"

小厮听说要去看猞猁，忙笑道："是在这边，请二位娘子随小的来。"

牡丹便和缺耳朵道："不好意思，我们还要去看猞猁和猎鹰，这位大哥你忙着，不必管我们。"

那缺耳朵却是掀眉一笑，笑容狰狞："小娘子莫客气，小人既然奉了我家公子之命，自然要将二位一直护送着。你们自便，不必管小人。"

爱跟着就跟着呗。牡丹不再搭理他，径自跟着李满娘家的小厮去了另一个毡帐。她是第一次见到猞猁，见了才知道，那猞猁长得很像猫，只是比猫大得多，约有四尺长，短耳朵。两只大耳朵高高竖着，耳尖上长着长长两簇毛，两颊长着一圈犹如围脖似的漂亮长毛。眼睛特别漂亮，犹如黄金镶嵌了绿宝石一般。它威风凛凛地趴在地上，警觉地看着牡丹和雪娘，此外并无多余动作，安静得很。

雪娘和牡丹经过养猞猁的人的允许，都摸了摸它的头。它没什么反应，懒洋洋地斜睨着她们，一脸的无所谓。牡丹觉得，它比蒋二公子那只豹子更有王者风范，看来是什么样的人就养什么样的动物。

出了毡帐，雪娘见缺耳朵还在外面候着，便有些不耐烦，耐着性子道："看了半日的豹子，我们还不知道你家公子贵姓呢？"

缺耳朵淡淡地道："我家公子姓蒋，是朱国公府的嫡长公子。"

雪娘和牡丹俱是一愣。雪娘是没想到刚才那个不讨喜的竟是大名鼎鼎的朱国公的嫡长子，一时表情有些复杂。牡丹则是没想到他们在外面这样介绍蒋二公子，真有意思，真正的嫡长子谁会特意和旁人介绍自己是嫡长子？于是暗自一笑，跟着雪娘又去看了猎鹰、雕、鹞以及猎犬等物，一直逛到缺耳朵不耐烦了，方才回了宿营地。

李满娘和窦夫人迎上来道："你们去了哪里？我们适才到处找你们。"

雪娘道："我领着何姐姐去看猎豹和猞猁呢。"

李满娘道："别乱跑，畜生不长眼睛的。"今日来的人有些复杂，小心为妙。

雪娘险些冲口而出，道不是畜生不长眼而是人不长眼。转眼又想到身后还跟着一个缺耳朵，便回头去瞧，却见缺耳朵早就不见了影踪，这才诉苦："朱国公家的公子也来了，那人好生可恶，竟然放豹子吓唬我们。"

窦夫人皱眉道："可伤着哪里了？"

雪娘噘嘴道："我没事儿，倒是何姐姐，被那豹子扒在肩头上，难为她竟然不叫不抖，胆子真大。"

"你没事儿吧？"李满娘忙拉着牡丹检查，诧异道，"他是跟着兴康郡主等人来的，我先前见着他还好，对我们还算有礼节，丹娘怎会招惹了他？"

牡丹无从解释，只好摸摸脸，调笑道："大约是我长着一张惹是生非的脸吧。"若她未猜错，蒋二公子果然知道她是谁，无论如何都会招惹她的。

窦夫人一笑："你倒是个大度想得开的，这事儿必然又是雪娘惹出来的。也不问清楚是谁家的，看得看不得就贸贸然往里闯，你这性子迟早要惹大祸。"

雪娘委屈道："我是先看过一回见没什么事，才领着何姐姐去瞧的。谁知道他会突然跑进去，又是这般小气。不过看看而已，这样都要惹祸，您干脆把我关起来好了。我也去瞧了别人的，怎么就没惹祸呢？可见并不是我们的错。"

李满娘正要开口，却见那缺耳朵突然冒了出来，手里抬着半筐金黄的橘子，行礼笑道："适才我家公子养的豹子不懂规矩，惊吓了两位小娘子，这是他让小人送来给二位小娘子压惊的。他此时有事在身，稍后再亲过来赔礼道歉。"

李满娘命人接过橘子，客气道："误会而已，请你家公子莫放在心上。"

缺耳朵也不多言，又看了牡丹一眼，抱拳告辞而去。

李满娘对着牡丹和雪娘道："既然已经来了，便去和兴康郡主打个招呼，把这筐子橘子带上。"

牡丹立刻懂了，将橘子带过去给兴康郡主，等同间接地将此事告诉兴康郡主，蒋二公子是跟着兴康郡主来的，她自然明白该怎么办。当下也不推辞，牵了雪娘的手跟着李满娘和窦夫人朝兴康郡主走去。

却说那缺耳朵远远看着李满娘命人托着那半筐橘子，领着牡丹和雪娘朝兴康郡主等人走过去，又盯着看了一会儿，转身朝另一个毡帐走去，同守在帐外的三个锦衣汉子低声说了几句话，大声道："小人正德见过公子。"

帐内，蒋二公子正跷着腿坐在榻上，迎着光擦拭一把镶金错玉的匕首，听到他的声音便懒洋洋地道："进来！"

正德掀开帘子走进去，忽然听得耳旁风响，下意识地将头一侧，但见一把珠光宝气的匕首擦着他的耳朵扎入毡帐门框，他刚才若是慢了些儿，说不定就会挨上一下子。

蒋二公子端坐榻上，笑得没心没肺："正德呀，我这下子如何？越来越好了吧？你这个师父都差点没躲过去哟。"

正德默不作声地取下匕首，用袖子擦了擦，上前双手递上："公子好手段，正德甘拜下风。"

蒋二公子哼了一声，也不接匕首，轻抚着脸上的疤痕道："如若不是你们不把我放在心上，去得那么晚，我也不至于落到这个地步。被毁了容貌不说，还被人嘲笑。"

正德忙道："是小人失职。"

蒋二公子尖酸刻薄地道："我知道，你是觉着自己太丑，巴不得我也同你一样，是不是？"

正德低头不语。

蒋二公子却又突然转换了话题："你说，那姓何的女人真是他的相好？"

正德字斟句酌："小人不知。这些天打听来的消息都只说他曾为这女子出过头……其他却是不好说。"

蒋二公子一把夺过匕首，不耐烦地道："管她是不是，反正干净不到哪里去，不然为啥他不帮别人，专只帮她？"

正德道："公子，其实倘若真是这样，对您只有好处没坏处。"

蒋二公子饶有兴致地道："我娘也是这么说的。若都听老头子安排，真让他娶了高门大户的女子，家中哪里还有我们的位置。"

正德的眼睛一亮："所以说，公子目前要做的不是吓唬她，折腾她，应该博得她的好感，让她乖乖听话，撮合他们才是。"

蒋二公子哼了一声，道："还用你提醒我？我自然知晓，不然你以为刚才惊风只是搭在她肩上玩玩就算了？我还会让人送橘子去赔礼？我不过为了试试她的胆量，看她到底是个什么货色，胆子还真不小呢，那样也没让她变颜色。"

正德道："小人适才见那窦夫人、李夫人命人拎着橘子，领着那两位小娘子往兴康郡主那边去了。您要不要跟过去瞧瞧？"原本朱国公是不许二公子出来的，勒令他在家面壁思过，若非夫人想法子替他求了情，他还没机会出来参加这次狩猎会。这次狩猎会看着普通，实际有许多军中人士的家眷在，还有一位夫人盯上许久的人也在。若是二公子在这些人面前留下个难看的印象，可就白白糟蹋了夫人这番计算。

蒋二公子起身道："当然要去，我要去赔礼道歉呢。他越压着我，我越要叫他知道我的好。一个野人也能和我比？"

正德谄媚地道："那是，公子文才武略，温润如玉，少有人及。"

蒋二公子斜睨着他道："正德，这些谄媚话少和我讲。我娘喜欢，我不喜欢。你与其和我说这些谄媚话，不如多上点心，护得我周全才是正理。"

正德晓得他的脾气，重话听不得，好话又假装不爱听。却也不戳破，乖乖在前面引路。

另一边，兴康郡主满面兴味地看着牡丹："丹娘，好久不见，你还好么？"

牡丹笑道："谢郡主挂怀，我很好。"

兴康郡主上下打量她一回，笑道："果然是不错。我听说你建了个园子，请的福缘大师设计，还买了袁十九的石头，又种了许多名品牡丹，可有这回事？"

她怎会如此清楚？牡丹有些诧异，仍然回答："的确如此。"

"你这园子，还未开张却已名声在外。许多人都期待着呢。"兴康郡主哈哈一笑，"你倒是越来越好过，有人却不好过啦，明明伤已经好得差不多了，却不敢出门，生怕出丑。可见这天理昭昭，善恶有报，不是不报，时候未到。"虽未提到清华，在座的人却都知道指的是谁。

牡丹不好接话，只低头微笑不语。

兴康郡主笑了一回，抓个橘子扔给身边一位穿橘红色胡服、眉目浅淡、樱桃小口的女子，笑道："阿溪，吃橘子。"再和旁人道："蒋二郎养的那只猎豹，我是见过的，看着还不错，实际根本没我四哥养的那只好。这猎豹，养来本就是为了狩猎，紧要的是听指挥。它不听驯豹师的话，性子又急躁，只怕还不如好的猎狗。"

那女子轻轻推了她一下，兴康郡主抬眼看过去，但见蒋二公子领着几个锦衣大汉似笑非笑地站在人群外看着她，她无所谓地一挥手："蒋二郎，你来得正好，我说你那猎豹没有教好，远不如我四哥养的那只，还该好生调教调教才是。"

如今这京中，已然有许多人知晓了朱国公府的事，可蒋二公子母子却仍然以嫡长自居。蒋二公子最恨最忌讳的就是被人当众称呼他蒋二郎，家中仆从谁也不敢叫他二公子，叫了就是一窝心脚。偏生这兴康郡主先说他的豹子不好，然后还叫他蒋二郎，真是叫人气死了。

蒋二公子眉毛一挑，强压怒气："郡主说得是，我的惊风的确没有调教好，不然也不会惊扰了两位娘子。"说着满脸堆笑地上前给牡丹和雪娘赔礼道歉，当众深深一揖到底，"都是我的不是。还请二位娘子莫要计较，待得明日猎了鹿，再送给二位赔礼。"

牡丹和雪娘对视一眼，虽不明白他葫芦里卖的什么药，仍是起身还礼："公子言重。"

蒋二公子仍是满脸诚恳难过状："二位这是不肯接受我的赔礼道歉么？我本想立刻送上些好物表明诚心，奈何出门在外，实是没有好物件在身边，唯有这筐橘子还算拿得出手，故而……"他有意顿了顿，"不管怎么说，今日都是我不好，二位想要什么只管开口，但凡我能做得到，必然应允……"

他装得十分像，其他人纷纷劝道："不是什么了不起的事情，你那豹子不是还戴了嘴套的？二位小娘子都不是那小气的人，你一个大男人也就莫总挂在嘴边了。"

牡丹若不是知道他的脾性，只怕都要以为他真的十分过意不去。凡事反常必为妖，她打起十二分的警惕笑道："蒋公子莫要太在意，我真没放在心上。"

兴康郡主挑眉道："蒋二郎，如今你的脾气好多了嘛。从前我们不怎么和你玩，是因为朱国公管得紧，你的脾气也有点……"她笑了笑，继续道，"现在看来却是不一样了。出来玩就是寻个开心，别学有些人有事没事总爱生事。误会解开就好啦。"

"郡主，我爹管得严。你们不知道实情也是有的，我其实向来就不是个爱惹事的。"蒋二公子笑眯眯地坐下听众人说话，不时插上一两句，又总偷偷去瞧兴康郡主身边那个穿橘红色胡服叫阿溪的少女，那少女察觉了，却也没有什么不高兴的神色，反而将下巴抬了抬。不光蒋二公子总偷看她，言辞中吹捧着她，就是另外几个宗室子弟对她也多有客气之意，她显然也很受用。

牡丹悄悄问李满娘："那个穿橘红色胡服的女子是谁？表姨认识么？"

李满娘轻声道："听说是赵郡萧氏族长的嫡长孙女，叫做萧雪溪的。她父亲刚升任了吏部尚书，她则刚刚及笄，正是目前京中最热门的婚配对象。"

不多时，天色黑尽，四处燃起篝火，众人围着篝火吃过晚饭，各各寻了相熟的人把酒谈笑。牡丹有些乏累，便带了恕儿起身去毡帐中休息。走到半途，忽听有人笑道："哎呦，这不是何娘子么？真是巧啊。"

却是蒋二公子领着那缺耳朵站在一棵树下，望着她笑得热情万分。牡丹吃了一惊，左右一看，周围人都在顾着玩，没人注意到这里，略一思忖，想着他也不敢把她怎么样，便笑着福了福："原来是蒋公子。"

蒋二公子听她如此称呼，饶有兴致地挑了挑眉，围着她和恕儿转了一圈，笑道："我其实排行是二，蒋长扬是我兄长。"

牡丹皱了眉头疑惑地道："这样啊，还请公子恕我眼拙，不曾识得恩人之弟。令兄对我有救命之恩呢，我曾去他那里道谢，却不曾见过公子。幸亏公子提醒，不然真是怠慢了。"

蒋二公子呵呵一笑："我不和家兄住在一起，何娘子不认得我也是正常的。不要说你，就是京中许多人都不知道有这回事。"他皱着眉头幽幽叹了口气，"说来真是遗憾，我与家兄本是这世上最亲近之人，他却从不曾在外人面前提起过我，还视我为仇敌，实在让人格外心痛。"

牡丹谨慎地没有作答。

蒋二公子却不打算就此放过她，目光灼灼地道："何娘子，难道我哥哥不曾与你提过我和我爹的事么？"

"我只知他从安西府护府来，其他都不知道。"牡丹难为情地道，"蒋公子，这样的事，令兄恐怕只会和他的至交好友说吧。"言下之意就是她和蒋长扬不是至交好友，蒋二公子找错了人。

蒋二公子哈哈一笑，突然压低声音凑过去道："你别怕，我不会害你，只会帮你。某种程度上，我们的目标是一致的。"

牡丹抬眼看着他："我不明白蒋公子的意思。"

蒋二公子胸有成竹地一笑："你看到兴康郡主身边那位小娘子了么？那就是我未来嫂嫂的人选啊。"

第二十二章 夜会

牡丹不动声色地笑笑："是么，那要恭喜蒋公子了。"她看出蒋二公子对萧雪溪有意，却不知还有这般因由。想来，蒋二郎亦是看上了萧雪溪的身份、地位以及生怕蒋长扬娶到萧雪溪吧？

蒋二公子见她面色如常，不由暗自纳罕，莫非弄错了？可既已出手，断然没有半途收手的道理，便道："何娘子，这里不是说话处，我们往那边去说。"

牡丹装作紧张又害怕，左右张望着讪笑道："蒋公子，这样不好吧。这黑灯瞎火，孤男寡女的。"

蒋二公子见她紧张地揪着衣角，一副生怕吃亏上当受骗、被人占便宜的模样，她身后那个小丫鬟更是用看登徒子的眼神警惕地盯着自己，不由暗自唾弃了一声。把他当成什么人了？他可没有喜欢残花败柳的嗜好。

缺耳朵轻声劝道："公子，小心谨慎为要。这是关键时刻，不能出岔子，传出闲话不好。"

蒋二公子这才道："何娘子，你别怕，我是正人君子，对你断然没有任何歹意。你豹子都不怕，又怎会怕我呢？"

"公子自是高风亮节，就怕小人嘴碎，污了名声，那可是千金都换不回来的。"牡丹暗想，一般说自己是正人君子的都不是好人，就像使劲儿说自己是嫡长子的人通常不是嫡长子一样。

蒋二公子高兴地笑起来："你知道就好。何娘子，你可能不知，这位萧娘子出身非同一般，五姓女，貌美多才，她爹又是新任吏部尚书，实是男儿再好不过的婚配对象，不是一般女子比得上的。"

他说到这里，特意停下观察牡丹的表情。可牡丹却只顾点头："的确是个好姑娘。"此外仍是一派莫名其妙的愣怔模样，什么被打击、嫉妒、丧气、难过的样子半分全无，他不由有些丧气："偏生家兄看不上这门亲事，我爹却又非把他们凑一处去。俗话说得好，强扭的瓜不甜，两个彼此无意的人硬凑到一处，还能得了好？我真替他们担心呢。"

牡丹转身就走："蒋公子，实在对不住，你说的这事儿我实在无能为力，更管不上。听多了，只怕会对那位姑娘的名声有损害，更怕让我那恩人生出误会，告辞。"

蒋二公子最关键的话还没说呢，见她转身就走，不由大急："哎……你别走啊，我话还没说完呢……"

忽听有人在旁笑道："蒋公子有什么话要同我家丹娘说？"却是李满娘偕同窦夫人、雪娘走了过来。

蒋二公子暗骂一声，笑道："我在向她赔礼道歉。还有就是，替家兄向她转达一句话。"不管是不是，先把话传出去，让萧雪溪厌憎蒋长扬就对了。

李满娘皱起眉头："敢问令兄是？"

蒋二公子狡猾地笑："家兄蒋长扬，夫人应该认识。他端午节时救了何娘子那事无人不知呢。"

雪娘惊愕地指着他："什么？蒋大哥是你兄长？"

"雪娘！"窦夫人一声轻斥，雪娘及时闭嘴，只管盯着蒋二公子暗自嘀咕，好奇怪哦，缺耳朵说他是朱国公府的嫡长子，兴康郡主又叫他蒋二郎，莫非蒋长扬其实是庶长子？老天真是不公，这么个玩意儿占了嫡长，难怪蒋长扬从不提及身世，是她也不平死了，坚决不提。

蒋二公子挑眉看着雪娘："原来黄娘子也认识家兄。你与何娘子交好，我说给你听也是一样，烦你替我转达。"

雪娘不假思索："什么？"

窦夫人忙道："雪娘，何娘子不肯听，自有其道理，你非要说给她听，便是强人所难，她生你的气怎么办？"

雪娘暗道自己险些又犯了错，于是甜甜一笑："蒋公子，我娘说得对，何姐姐脾气大得很，我不敢惹她。您还是自己和她说吧。"说完奔奔跳跳地往前走了。

蒋二公子懊恼万分，还想追上去纠缠雪娘，缺耳朵劝道："公子，这事儿上不得台面，机会错过只能再等……此刻起，您得和先前一样谦谦如玉，若有人问起大公子，您就要不停地夸他，千万不能说任何不好听的话。"

蒋二公子烦躁不堪，低声骂道："烦死了！这个虚伪的小人，他为什么不死在安西都护府？说是啥都不要，干吗回来捣乱？"他看向不远处，见萧雪溪被三四个年轻男子团团围在中间，笑容灿烂，不由酸道："我去和他们坐坐。"只要萧雪溪看上了他，老头子还有什么可说的？

缺耳朵道："公子，时辰不早，与其喝酒聊天浪费精神，不如早些休息养足精神，争取明日猎会一鸣惊人，拔得头筹。到那时，谁还敢小瞧了您去？那几个宗室子弟，说起来好听，论及人才家底，谁能和您相提并论？"

蒋二公子沉吟片刻，展颜一笑，使劲拍着缺耳朵的肩头道："你说得对！这么多的人，一人说我一句好，我爹也不能说我不好！我听你的。那这件事儿？"

缺耳朵正色道："这事交给夫人，她一定比您周到妥当。"

夜色深沉，山风呜咽着帐外呼啸而过，雪娘睡得死死的，不时像小孩子似的咂吧两下嘴。牡丹裹紧被子，半闭着眼一动不动地想心事。

先前李满娘把她找去，低声问她蒋二公子的事情，她如实以告，却未提到蒋长扬。李满娘道："他们兄弟间争斗得很厉害，你小心被牵扯进去。慎重起见，若是没事，就暂时别和蒋公子来往吧。"

她很清楚，这不是小心或不小心的问题。从蒋长扬和她有了约定，他俩就拴在了一起。他虽许诺不会让那些纷扰打搅到她，但只要别人有心，总能弄出点什么来。毕竟他回到京城后，与他来往最密切的女性就是她了，躲是躲不过去的，传出去就传出去吧，她等着接招。

朦朦胧胧间，牡丹听到帐外传来一阵异响，仿佛是有什么在轻轻敲击刮擦毡帐。她害怕地坐起身来，警惕地看了看周围，但见雪娘睡得沉沉，睡在门边的两个丫鬟也睡得极香，似是没有人听见这异响。

大约是她多想了，这外面一直有人守夜，若是看到什么定会示警。牡丹又躺下去，可过了不多时，又听到几声轻响。绝对是有什么东西在外面挠毡帐。她正想推醒雪娘，就听到一声叶笛声响。

她打了个激灵，以为自己听错了，紧接着又听到几声叶笛声响，像是鸟叫，却又不像，更像是在喊"丹娘、丹娘"。她不由心跳如鼓，有心立刻起身出去，又怕吵醒其他人露了行踪，只好僵着身子不动弹。

又过了片刻，毡帐被抓挠的声音再度传来，她试探着回挠了几下。随即一片静寂，叶笛声也没了。

牡丹快速穿上衣服，裹上兜帽披风，又静坐了片刻，确认周围三人都睡得很死后，方鼓足勇气，蹑手蹑脚地从两个丫鬟的脚边绕过去，轻轻拉开毡帐的门，跨了出去。

不远处几堆火燃得正旺，五六个守夜的男人喝着酒低声说话，夜风穿过山林"呼啦啦"地响，天空一片漆黑。牡丹立在毡帐门口，一时不知该往哪里走。

"丹娘……"有人在她身后不远处的黑暗里轻喊出声。

牡丹急速回头，只见一个高大的身影站在那里，探头探脑地看着她。果然是最不可能出现在这里的蒋长扬！她惊喜地捂住口唇，左右张望，看是否有人注意这里。蒋长扬朝她招手，轻声道："来，只管来。"

他在前面走，她在后面跟。走出营地，漆黑一片，他自然而然地牵着她的手拐入附近一片林中，被踩碎的落叶"沙沙"作响，仿佛乐章。走了约有半盏茶工夫，他停在她面前低低喊了一声："丹娘。"

牡丹紧张地裹紧兜帽披风，轻声应道："你怎么来啦？还这个时候？又是怎么找到我的？"

蒋长扬逼近她，极小声地道："丹娘，你说什么，我听不见，咱们靠近点说。"

光线极暗，牡丹看不清他的脸孔，但她能闻到他身上那股熟悉的青草味，能感觉到他灼热的气息几乎穿透她的兜帽，将她的脸和脖子吹得又痒又酥。离得太近，她本能地感觉到危险，下意识想往后退，却被一双铁臂紧紧搂住了肩头，她低声道："唉，你别……"这个无耻的家伙，又在一本正经地占她便宜了。

"丹娘……"蒋长扬的气息有些不稳，他听见自己的心跳得无比剧烈，几乎要冲出胸膛来，他稳了稳神，低声道，"这几日情形有些不稳，我听说他也来了，很担心你，你还好么？"

他很担心她，所以他半夜三更找来了。牡丹觉着先前被豹子扒在肩头上的恐惧、被蒋二公子拦路的不快全都不算什么，她欢快地道："放心吧，我很好。半夜三更的，走山路不安全，有没有多带几个人？天越来越凉啦，穿这么少，冷不冷？"

"当然冷，替我暖暖。又冷又累。"蒋长扬猛地将她搂入怀中。牡丹没有挣扎，静静地伏在他的胸前，听到他的心在她的耳下有力地跳动着，体会到一种前所未有的宁静和幸福。蒋长扬发现她的安静顺从，越发加重了手臂上的力气。

二人都不说话，就这样静静地依偎着，阴冷的山风一阵一阵从他们身边盘旋而过，二人却都不觉冷。良久，牡丹方推了推他："你怎会知道我来了这里？"

蒋长扬将一只大手插入她的兜帽中，恶作剧似的抓着她的头发胡乱揉了揉，停在她的后颈上流连不去，轻声道："我自然知道。我还知道他今日让豹子扒在你肩头上吓唬你了。"这样大的事，她却不提，先问的是他冷不冷，带的人多不多，是否安全。得到这份体贴关心，他再跑多远也是心甘情愿。

牡丹一愣："你怎会知道？"

"我就是知道。"蒋长扬揽着她的肩，亲昵地咕哝道，"好姑娘，真勇敢。"

得到夸奖，牡丹得意地笑了起来："快说，你怎么知道的？"

蒋长扬就是不说，故意拿乔："你猜。"

"不说算了。"牡丹去拽他的手，"拿开啦，我要走了，雪娘她们醒来若是找不到我，闹起来不好看。"

"那边我留人看着的，再待一会儿没问题。"蒋长扬顺势将她的手握住，低声道，"我今日本是去芳园寻你的，有好事要和你说，去了才知道你来了这里，知道他也跟了来，很担心，所以追着来了。"另外就是那萧雪溪的事，他犹豫要不要说。

牡丹道："蒋二公子非常同情你呢。他说朱国公硬要将你和萧雪溪拧到一块儿去，真是苦了你啦。"

蒋长扬想起那日她不过听刘畅说了句闲话，就不再理睬自己，今日她见着了人，又听蒋二说了这些，表面上笑，不知心里气成什么样，便紧张地道："他即便背着我论定，我也敢找到萧家去退了，你……"

"我信你。"牡丹打断他的话，笑道，"虽然我没听蒋二公子说完，但我猜，他大概是想与我合作各取所需——他看上了萧雪溪。"

蒋长扬一怔，随即轻笑道："这下子可好啦，只怕没两日就会有人找上门来寻你了。"也不知道她会不会嫌烦？

牡丹低声道："那天我答应你之后，就有准备了。你要我怎么做？"

蒋长扬心里一暖："我不要你怎么做。还是老样子，不管他们说什么都别回应，既不承认也不否认，只管装糊涂。咱不给他们当枪使，任由他们蹦跶好了。"他顿了顿，"芳园没有得力的壮丁，回去以后买一个吧！"

牡丹抿嘴笑道："要多少钱？贵不贵？贵了我可不买。"

蒋长扬叹了口气："以前我怎么不知你如此吝啬，我倒贴，可以了么？"

牡丹轻轻一笑："刚才不是说有好事？"

蒋长扬道："你还记得福缘和尚曾经出过一趟远门么？他帮我捉拿了一群妖僧。"

牡丹心念一动，忙问道："是不是陆浑山的事？"她那些日子曾听说过，陆浑山中有一群妖僧，专门骗人财命，死了几百人。此案轰动一时，不想竟是蒋长扬解决的。

蒋长扬微微一笑："正是。"

牡丹感觉到他暗藏的得意，不由微微一笑，柔声道："你从没和我说过你这么有本事。现在说给我听听么么？"

是男人，都希望自己心仪的女人觉得自己有本事，蒋长扬也不例外。不过他生性沉稳，轻描淡写地道："没什么好说的，不是我一个人的功劳，是大家伙的功劳。"

牡丹不依："你告诉我他们是怎么行骗的嘛，以后我也能多个心眼。"

蒋长扬只好简明扼要地道："他们穿了金箔袈裟坐在暗室中，从外面看去金光闪闪，称是佛身放光，又在崖底烧了火，命人穿纱衣在崖上走动，远远看去，轻纱随风飘扬，就像是仙人在飞翔。骗信众吃下带有茛菪子的斋饭，骗他们登崖。信众吃了药后神魂不清，看到对面的仙人在飞，便也跟着去飞，落崖之后正好摔入崖底的火中，必死无疑。然后他们就正好将信众的家产财物侵占干净。我们一共从崖底找到焦尸残骸几百具。"

牡丹沉默片刻："实在太过可恶。"

蒋长扬点头："是，这回案情、罪名已经全数查清并定下，相关人员按功行赏，我也得了封赏……"

蒋长扬看着牡丹进了毡帐，回头看着苍茫夜色中的群山，轻轻吐了一口气。这次他数功并论，得了正四品下阶明威将军，仍然直接听从皇帝的指示行事，虽说距离目标还很远，但总有一天，他会得到想要的一切。

第二日一早，牡丹听见外面有了动静，忙把雪娘推醒。待得二人收拾妥当出去，众人都已收拾得差不多了。大家匆匆吃过早餐，纷纷上马，放狗遛鹰，朝着山里去。

牡丹紧跟在李满娘身后，不时和她马背上匍匐着的那只猞猁互瞪眼睛玩。她大着胆子将马鞭伸过去轻挠它的皮毛，它大抵是知道她没有恶意，便只是盯着她看，并没有其他的动作。

李满娘笑道："如花脾气极好，你若是喜欢，我给你弄一只幼崽，打小养着玩，挺不错的。"

"如花。"牡丹"扑哧"一声笑出来，真会起名。不过这猞猁长得是真漂亮，只这名字也太容易引人遐想了。

李满娘也跟着笑："你是觉得我这名字起得古怪吧？"

牡丹道："人家都喜欢取个将军、惊风、雷暴什么的。"

"不是非得起个威风的名儿才会威风，等会儿你看它的手段。"李满娘悄声道，"如花一定比惊风厉害。"

正说着，蒋二公子的驯豹师阿克骑着马走了过来，惊风坐在他身后，身下垫着花纹精美的厚垫子，眯着眼睛，悠哉乐哉，一副贵族派头。从牡丹身边经过时，它似乎闻到了她身上的味道，记得这小娘子昨日曾被它扑过来着，便猛地睁大眼睛回过头来盯着牡丹，似乎想有所动作。

李满娘身后的如花突然乍了毛，瞪着惊风，发出一声低沉的威胁声。

李满娘得意一笑，朝牡丹使了个眼色。牡丹很是惊异，如花果然识得清谁和它是一伙儿的。

惊风也乍了毛，腰一弓，就从马背上半站起来。这个时候可不能让它们打起来，李满娘轻斥如花一声。如花虽然趴下表示臣服，却仍虎视眈眈，紧绷着背脊半点不放松。阿克更干脆，回头就是一鞭子，然后望着李满娘和牡丹抱歉一笑。

牡丹发现，阿克这一鞭子下去，惊风就彻底安静了，完全臣服地趴在垫子上，放松了腰线，与昨日那种丝毫不惧怕阿克、只怕蒋二公子的样子完全不同。这说明什么？牡丹疑惑地看向阿克。

阿克大大方方地迎着她的目光轻轻一笑，径自打马往前头去了。

李满娘见牡丹表情有异，便道："丹娘，你看什么？"

牡丹将昨日的经过细说了一遍，李满娘低声道："蒋二公子平时只怕脾气不好，手下的人为了哄他高兴，骗他来着。这豹子，从小就是跟着驯豹师，吃住都在一处，最听的就是驯豹师的话，怎可能听他一个十天半月不露一次面，想起来才去逗逗，不高兴就挥鞭相向、拳脚交加的公子哥儿的话？怕，兴许是真的，但只怕是怕这驯豹师。倘若这驯豹师不守在一旁，只怕他两鞭子下去豹子就要暴起伤人。"

牡丹不由道："这样说来是极其危险的了？"

李满娘笑道："这些东西本来就是危险之物。倘若它不危险，这京中的贵胄子弟只怕还看不上呢。有只豹子跟着，多威风啊，小娘子们都要多瞧两眼呢。"

牡丹不由轻笑："那表姨呢？你领着这只猞猁，威风不威风？"

李满娘哈哈大笑："我这纯粹就是为了消遣，可不是为了让小郎君们多瞧我两眼。在幽州，你表姨夫和表哥们不在家，我若是不给自己找点事儿做，便要闷死了。"

忽听前面一声号角响，李满娘连忙催马："快，前面发现猎物了。"牡丹不及细想，打马快速跟上。

这一日，如花大显身手，兴康郡主等人带去的鹰、鹞、猎狗也极不错，偏那看着最威风、名头最响的惊风收获只是中平，虽然不似兴康郡主所说的那般不堪，却也让一心想要拔得头筹的蒋二公子大失所望，他想猎到的鹿更是丝毫不见影踪。他心里不痛快，仍然牢牢记着正德的话，要在萧雪溪的面前表现出好风度来，自然是一直装笑。

兴康郡主只当他脾气果然好，见此情形自是调笑了几句，又提点他的豹子该好好训一下才是，萧雪溪和几个宗室子弟也跟着笑。本来都是年轻人，这种善意的调笑算不得什么，偏蒋二公子并非心胸开阔之人，无论善意或恶意，任何嘲笑他都忍不下。只缺耳朵一直提醒小不忍则乱大谋，他才强忍着没翻脸，僵硬地咧着嘴干笑，可明眼人都能瞧见，他握着酒杯的手是抖的，笑容更是比哭还难看。

众人瞧见，有那讨嫌的，越发去撩拨他。几个宗室子弟提及蒋长扬十五岁就上阵杀敌，斩敌十余人；十七岁时更是带着三十人小队纵马奔袭上百里，夺得敌首首级，打猎更是小菜一碟。又说朱国公年轻时如何神勇，如今也丝毫不输于年轻人。言下之意就是只有蒋二公子一人不行。气得蒋二公子暴跳如雷，差点跳将起来。正德死死拽着他的衣襟要他忍，直忍得额头和脖子上的青筋暴起约有筷子粗细，一副生吃人肉的表情。

后来还是萧雪溪打了圆场，众人才算放过蒋二公子。众人的谈话内容五花八门，从东家扯到西家，从某人的爱好怪癖又扯到某人的新宠，或者还说谁家是夫人当家，谁家的宴会最豪华，谁的脾气品行又如何，等等。牡丹坐在一旁安静地吃东西，竖耳细听，牢牢记住提到的各色人等——她潜在客户们的忌讳和喜好。

雪娘对这些不感兴趣，吃完烤肉便缠着牡丹去别处，牡丹不想去，轻声道："听听这些对你也有好处。"

"实在听不下去。"雪娘瞥到蒋二公子闷声不响地起身往下人待的地方去了，立即来了兴趣，假说要去瞧李满娘的猞猁，大摇大摆地跟了去。

这边众人吃饱喝足，又在火边说了会子闲话，言道都累了，又因第二日还要赶早再猎一日，便都散了。牡丹回到毡帐，刚收拾完毕，雪娘就气喘吁吁地跑了进来，叫道："哎呦，何姐姐，你猜我刚才看到了什么？哎呦，渴死我了。"

牡丹递一杯水给她："你看到什么了？"

雪娘将水接到手里，却不忙着喝，只道："蒋二公子在出气呢，那鞭子抽得，啧啧……"

牡丹下意识地就想到那驯豹师阿克，忙道："他打谁了？"

雪娘喝了一口水，含糊不清地道："还能打谁？谁让他丢了脸就打谁呗。先抽了惊风几鞭子，惊风脾气果然不好，一边躲闪一边咆哮，我瞅着简直就是目露凶光了，亏得是戴着嘴套，又被人拉着。驯豹师才上前求情，他便劈头盖脸地朝那驯豹师抽去，说那驯豹师和惊风若是明日不能替他扳回面子，回去就要驯豹师走人，再剥了惊风的皮做褥子。那驯豹师好可怜，平白无故挨了打，转头还要安抚惊风。"

牡丹不由回想起李满娘的话来——惊风怕的不是蒋二公子而是驯豹师。她越想越觉得这蒋二公子实在是被娇惯吹捧狠了，连真相都看不清楚。这样的人，就算承了爵，只怕迟早也会被褫了爵。知子莫若父，朱国公一定要拉回蒋长扬，约莫除了愧疚之外也是从长远考虑吧。

雪娘道："这还不算呢。他出来后看见我站在外头，凶得像什么似的，大声问我在看什么，是谁让我去看他笑话的。那个缺耳朵一直拉他，他倒踢了缺耳朵一脚。我就回了他一句，这又不是他家，我想站在哪里就站在哪里，谁也管不着。他便死死瞪着我，要吃人似的。可萧雪溪远远喊了他一声，他立刻就变了张脸，望着她笑得和朵花儿似的，轻言细语的就更不用说了。萧雪溪问他和我说什么，他竟然大言不惭地说我在问他怎么让豹子更听话。我呸！什么东西啊。哪有这种变脸如翻书、说假话张口就来的人？"

萧雪溪主动向蒋二公子示好？牡丹想了一回，不得要领，便劝雪娘："何必去招惹他？若是吃了亏，没人能替你疼。早些睡吧。"

次日早上，牡丹惊异地发现蒋二公子竟然与萧雪溪坐在了一处，言笑晏晏。蒋二公子神采飞扬，哪里还有半点颓废之色？待到众人将要起身行猎之时，她很清晰地听到萧雪溪道："蒋公子，祝你今日拔得头筹。"

蒋二公子笑道："借你吉言，不如咱们一起？"

萧雪溪笑得灿烂："我笨手笨脚的，骑射功夫又不好，若是和你一处，只怕是要耽搁你。"说完像条游鱼似的跟着兴康郡主去了，留下蒋二公子一人站在原地怅然不已。

牡丹在人群中找了许久才看见阿克带着惊风，骑马走在人群边缘。他今日脸上没有笑容，沉静而冷漠。惊风却是烦躁不堪，旁人靠近一点都会引得它爹毛，只有阿克的触摸才能让它安静柔顺些。

天近黄昏之时，众人收队回营，待到清点完战利品，晚饭也要做好了，却始终不见蒋二公子一行人。有人道："蒋二公子说起，今日他必然要猎得鹿，莫非是往山里更深处去了？"

兴康郡主看看已然完全黑尽的天际，皱眉道："人是我带来的，须得去找找才是。倘若出了什么差池，我没法子和我表姑交代。"

恕儿轻声道："奴婢听说，朱国公夫人是已故金池长公主的独女。"

牡丹这才知晓，原来现任朱国公夫人与兴康郡主是有亲的，还是位皇亲国戚。不过想想也是，能得皇帝亲自出面横插一脚的，自然不是普通人家的女儿，只不知当年的八卦狗血到底是怎样上演的。

不看僧面看佛面，众人都去点起自家的人马猎狗，燃起火把等物，准备前去寻找蒋二公子。这里人马才拉扯起，那边却有人喊起来了："回来了，回来了。"

随着这声喊，蒋二公子带着蒋家的一众人马渐渐走入火光下。他扬扬自得地走在队伍前端，志得意满，看见众人整装待发，惊奇地大声玩笑："你们这是要去哪里？莫非是这里闯进老虎来，所以要连夜开拔换营地？"

兴康郡主道："因迟迟不见你回来，是要去寻你。"

"多谢各位啊。"蒋二公子心情很好地朝众人拱拱手，笑道，"我不过是追着一头鹿，跑得有些远了，结果又遇到一头，便走得更远了些。倒叫大家伙儿替我担忧了。"

萧雪溪笑道："这样说来，是猎到鹿啦？"

蒋二公子笑而不语，只示意随从将驮着猎物的马牵上来。火光下，众人看得清楚，竟然是两头鹿并一只麂子，还有若干七零八碎的野鸡兔子等物。

萧雪溪脆声笑道："哎呀，蒋公子今日果然拔得头筹呢，不枉你跑那么远的路。"

蒋二公子扬扬吐气地含笑看着她遥遥作揖："还要多谢萧娘子吉言。"接着看看众人，热情地笑道："不知各位可否吃过晚饭啦？剥头鹿来烤上如何？"

雪娘不服气地轻声道："真是想不到哦，他还真拔得头筹了。狗屎运也忒好，这么多的人，竟就只他遇上两头鹿。"

牡丹道："兴许他昨日教训了豹子，还真起作用了呢。"

不只是雪娘一人嘀咕，许多人也都有此想法。蒋二公子越发得意，想了想，突如其来地道："今日是借了萧娘子的吉言，我才猎得这两头鹿。为表示感谢，除了咱们今晚吃的，另一头就送给萧娘子了，还请萧娘子不要嫌弃。"

缺耳朵闻声，满脸懊恼之色，奈何话已出口，已然来不及阻拦，只能在一旁干着急。众人全都看着萧雪溪，蒋二公子送头死鹿给她，其含义值得遐想。

"野有死麕，白茅包之。有女怀春，吉士诱之。林有朴樕，野有死鹿。白茅纯束，有女如玉。"当众求爱，蒋二公子真自信，就凭人家昨夜和今早和他说了几句好话，他就敢不留余地。牡丹饶有兴致地看着眼前这场戏，坐等结局。不过依着她想，萧雪溪是绝不可能给他这个机会的。

萧雪溪大方自然地微微一笑："蒋二公子今日一共猎得多少头鹿？"

蒋二公子不明所以："就是这两头呀。"他听到萧雪溪的称呼突然从蒋公子变成了蒋二公子，微微有些不喜，却也只能将这点小小的不快暂且放下。

萧雪溪煞有其事地摇摇头："那你这鹿可不够分。"

蒋二公子皱眉道："怎生说？"

萧雪溪纤手一指，在人群中点了几个人，笑道："我不敢一人独占这功劳，预祝你今日拔得头筹的人不只是我一个人呢。你要送鹿，可得一起送，不能厚此薄彼，不然大家可都要说你不仗义呢。"

她固然是在装糊涂，但也相当于是拒绝了。蒋二公子倘若识趣，就不该再纠缠。偏巧蒋二公子就是个执着的，转身高高举起一头死鹿递到萧雪溪面前，大声道："我已然留了一头给大家分食,这一头,我就想送给萧娘子,想来没有人会因此和萧娘子过不去。你不会不给我这个面子吧?"

萧雪溪面色不变:"那我注定要辜负蒋二公子的好意了。我最近身子不妥,怕上火,不吃鹿肉。我若收了就是浪费,所以坚决不能收。"她顿了顿,饱含歉意地给蒋二公子行了个礼,担忧地道,"蒋二公子,您不会因此怪罪于我吧!"

蒋二公子眼里闪过一丝戾气,还想再说话,兴康郡主已然高声道:"好啦,忙累了一天,都过来吃饭,明日赶早回京。"缺耳朵也紧紧拽住了他的胳膊,萧雪溪更是瞬间躲得不见影踪,他这才恨恨地算了。

雪娘没忍住,将头埋在牡丹的肩头上,忍笑忍得全身都颤抖起来。

冲动生猛的蒋二公子带来的这个小插曲很快就被众人有意识地淡忘了,众人喝酒吃肉,载歌载舞,玩得不亦乐乎。除了蒋二公子,人人都很欢乐。萧雪溪仍然被众星拱月似的围着,悠闲自在,笑得灿烂之极。

一夜无话。

清早,牡丹和雪娘起来没多久,就听得外面一阵喧嚣,有人高声斥骂,还夹杂着鞭子抽打的声音。牡丹和雪娘对视了一眼,走出毡帐。

但见昨夜残存的篝火旁,两个穿灰衣的奴仆跪在地上,正在承受蒋二公子的鞭子,惨叫连连。几个服饰与那二人相似的奴仆围在周围,敢怒不敢言。又有好些个其他家的奴仆远远站着窃窃私语。

此时天色尚早,除了奴仆外,多数人尚未起身,或者是听见动静却懒得理睬,自然无人上前去阻拦。牡丹和雪娘认得这两个奴仆是与萧雪溪走得最近的一个名唤九郎的宗室子弟的,却不知到底发生了什么事情,只好叫人去打听。

下人尚未回话,九郎就披着袍子,打着呵欠优哉游哉地走过来,抓住蒋二公子的鞭子道:"蒋二郎,大清早的你发什么火?可是昨日鹿肉吃多了?有什么火冲着我来就是,打下人做什么?"

蒋二公子使劲往回拽鞭子,怒目而视:"九郎!你底下的人干的好事,竟敢说这种败坏我名声的话,今日你要给我个说法!"

九郎唇角含着一丝慵懒的笑容,眼神冰凉:"敢问二郎,他们都说什么了,说来听听?"

蒋二公子的嘴唇翕动了两下,恼羞成怒地红了脸,大声道:"你自己问他们!"

九郎看向自家的奴仆:"到底怎么回事?"

一个挨鞭子的奴仆猛地往前一扑,大声道:"回禀郎君,有人说蒋二公子带回的鹿是与山中猎户买的,不是他自己猎的。那鹿上的牙印可是狗的,不是猎豹的。小的们也没说怎样,只是说了句二公子运气好,就挨了打。"

这下子,听见动静从毡帐中走出的众人全都面面相觑。有人已是认定蒋二公子做了此事,微微不屑地道:"就说了,他运气怎么那么好,这么多好手都没遇着,就他一人弄了两只,原来是这么个缘故。""朱国公这儿子真是聪明……"

蒋二公子大怒,脸红脖子粗地瞪着眼睛道:"谁乱嚼舌头我就打得谁。想往我身上泼污水,也得拿出证据来!"

"蒋二郎,打狗还看主人面,就算我手下的人真有错,也该让我处理。你这样,可真是不给我面子。"九郎语气森寒地说完这席话,突然又哈哈一笑,"你虽然不懂事,但我看在朱国公的面子上,不想伤了和气。你看这样如何?我不计较你打我的下人,你也莫要为两句闲话就和两个没见识的下人斤斤计较。反正说也说了,打也打了,真的假不了,假的真不了,证据什么的就不说了。"

· 082 ·

他这话说得巧妙，蒋二公子越是闹腾，越是显得心虚。众人都笑起来，出声相劝："算了吧，何必为了这么点事儿伤了和气？"却也有人悄悄问："证据在哪里？看看去。"

蒋二公子连围观的人都恨上了，只不敢得罪太多人，便勉强忍着，厉声对着九郎喊道："你是站着说话不腰疼，荣誉名声如山重，你来试试？"

九郎调笑道："我没那个本事，也没那个运气，打不着两头鹿，想试也试不了。不过说真的，二公子不愧出身朱国公府，骑射功夫果然了得，如此手段非是我等能及。改日教我两招呀。"

其余几个宗室子弟闻言，都挤眉弄眼地附和起来："名誉可不是弄虚作假就能弄来的。"

蒋二公子红着眼睛看向萧雪溪，但见萧雪溪远远站在一旁，只顾低声和侍女讲话，唇角带笑，表情闲适，似是压根没把他放在眼里。被美女瞧不起了，这个弄虚作假的名声他也当不起！他严重地受了刺激，血"噌"的一下往头上冲，猛地往前一扑封住九郎的衣领，咬牙切齿地道："今日你若拿不出来证据，我便与你白刀子进去、红刀子出来！"

九郎拂去灰尘一般不屑地将他的手扒开，讥笑道："好大的口气！不见棺材不掉泪，那就试试呗！"

蒋二公子一口气堵在喉咙里，只张着嘴呼哧呼哧喘粗气，手摸向腰间，他要用鲜血来捍卫他的尊严！

九郎瞳孔一缩，也摸向腰间。两边人马立刻剑拔弩张，刀剑出鞘。

兴康郡主见势不好，忙上前劝道："听我一句劝，以和为贵，这闹将起来，谁也得不了好。"

萧雪溪、李满娘、窦夫人等人也纷纷上前相劝，然而两个已经彻底发怒、誓要一决雌雄的男人怎么都不肯听劝。一个自以为天衣无缝，别人就算猜到也拿不出证据，拿不出证据就是诽谤，必须死扛到底；另一个则是胸有成竹，定要将对方虚伪的嘴脸给撕破，将对方踩到尘埃里。最后的结局就是，被众人拖开，然后用事实说话。

当一块被人妥善保留下来、带着明显动物撕咬痕迹的鹿肉放到众人面前时，蒋二公子呆了，摸向腰间的手也软了。他无助而恐惧地看向缺耳朵，缺耳朵满脸惊愕，随即朝他眨了眨眼睛。他定了定神，确信当时痕迹已然处理干净，这块肉不过是别人试探或者事后弄的罢了，便冷笑道："欲加之罪何患无辞，这算什么？随便留块鹿肉，扔给狗撕咬一下不就行了？九郎，我二人无冤无仇，你为何如此处心积虑陷害于我？"

缺耳朵也上前行礼道："九爷只怕是有误会。这个死后咬的和死前咬的，经验丰富的猎手和仵作是能看出来的。不如咱们寻人来看，把这误会解开如何？"

九郎微微一笑："我不是和谁过不去，也不是刻意陷害谁，只是不小心知道一些事实。本想息事宁人，可是有人不识好歹，非要与我白刀子进去红刀子出来。我为了活命，也不想担着这个陷害人的罪名，不得不请大家伙儿评评理了。"

听到此话，蒋二公子与缺耳朵都有些心惊，不知道九郎到底掌握了什么证据，便嘴硬地道："拿出来！别光说不练。"

九郎鄙夷地扫了这主仆二人一眼，掀起嘴唇冷冷一笑："真是不巧，我恰好认得这山中几个猎户，从这里骑马过去大概就是两三个时辰的工夫。要不，大伙儿再歇一日，咱们去请他们来看看，评评理，还或是我一个清白……"

他才说到这里，众人就看见蒋二公子脸色惨变，心里便都有了数，纷纷议论朱国公一世英明，怎会养了这么个货。

蒋二公子苍白着脸，茫然四顾，脑子里嗡嗡直响，跟着嗡嗡声又化为讽刺讥笑声，每个人的表情都是轻蔑的、鄙夷的、看不起他的，他长这么大，何曾受过这种耻辱？想离开，觉得不甘心；不离开，又实在待不下去。他不由眼圈儿全红了，泪水也汪在了眼眶里。

先前冲动不听劝告，此时又是这样一副孬样，他但凡敢应承下来与猎户对质，设计拖延一下，总有办法让大面上稍稍掩盖些去，不至于弄得这么难看。可他这样子，分明就是心虚了，不敢对质。失了先机，自己想补救也来不及。缺耳朵失望地叹了口气，上前去扶蒋二公子："公子，真的假不了，假的真不了，既是成心陷害，浑身是口难分辩。咱们先回去，再寻一个公道。"

这分明就是给自家找台阶下，可是敏感、善于联想的蒋二公子却从中听出些另外的味道，不由握紧了拳头，一派狰狞之色，哽咽着嘶声道："我和他没完！咱们回去！"言罢不看众人，大步离去。没人知道他说的这个"他"是指的谁，牡丹却是心里一沉。

有人嘲笑说蒋二公子奇笨无比，却也有人低声道："做这种事必然万分小心，这是被有心人给算计了。须知日防夜防，家贼难防。"

听到此言，众人一阵沉默，不知是想到了什么。

牡丹心中的不安更加重了。虽说蒋二公子弄虚作假在前，事泄丢人是活该。但她并不认为蒋二公子和他身边的人都是蠢材，起心动意做这件事，不过一夜工夫就露了馅，必是有人故意泄露。是蒋长扬么？为了报复蒋二公子吓唬她？莫非他还隐藏在这附近？她回头看向远处雾气笼罩中的山林，否定了之前的猜测。蒋长扬个性沉稳，即便想要替她出气，也不会选择这个时机。不经意间，她看见驯豹师阿克抱着手站在远处的营地上，冷冷看着蒋二公子等人，眼神让人很不舒服。

阿克很敏锐，牡丹不过多看他两眼，他立刻就察觉到了。他回眸望着牡丹亲切友好地一笑，一如前天见到她时那般亲切。刚才那个阴冷的人，仿佛从来就没出现过。

因为朱国公府的人全都走光了，众人没有忌讳，蒋二公子的事情便成了回去路上最流行最热议的话题，连带着朱国公府的事情都被翻出来说了一遍。牡丹在一旁静静听着，知道了朱国公蒋重虽然脾气有些暴躁，但平时为人很低调，并不热衷于与众权贵们来往，连带着府里的人也很少出门晃。

府里人口简单，排在最高位的是说一不二、被封为忠勇国夫人的老夫人，而那位现任朱国公夫人姓杜，生了一个儿子。长子就是这蒋二公子蒋长忠，今年十九岁，品行大家都看见了，文不成武不就，自小便被祖母、外祖母和母亲娇惯得不成样子。

此外还有两房杜夫人为了显示贤惠而抬成的妾室，都是她的陪嫁，一人生得一子，便是这次子蒋长义，今年十七岁，半点不爱舞刀弄棍，只爱读书。一人生了个女儿，女儿今年十四岁，叫做蒋云清，平时难得出现。朱国公对于自己的这两个儿子都不是很满意。

众人把朱国公的两任夫人翻来覆去地比较，说王夫人脾气太倔，不敌杜夫人，不受婆婆喜爱，最终败走。却又感叹，王夫人也不是一盏省油的灯，这么大的年纪，还能拿下安西节度使方伯辉。虽是继室，但安西节度使这个位置向来敏感重要，是圣上最信任重视的人之一，想要什么年轻貌美的小娘子不能有？可见王夫人定有过人之处。

议论完母亲，又把蒋长扬和蒋二公子作对比，有人如数家珍地把蒋长扬的事迹说了一遍，然后捂着嘴无情地嘲笑蒋二公子；有人甚至下了断言，蒋长扬此番归来就是为了替母亲一雪当年的耻辱，假以时日，朱国公府一定是蒋长扬的天下。

后面的话题又扯到了其他上面，牡丹听着没有意思，便打马绕开。这日天气不好，有些阴冷，她裹紧了身上的兜帽披风，将帽子往下压了压，挡住无孔不入的冷风。她有些想蒋长扬了，他这个时候在做什么呢？

"何娘子，你好。"清脆悦耳的声音从左后方传来，牡丹回头，但见萧雪溪拥马跟在后面笑眯眯地看着自己。萧雪溪穿着一身华贵的紫色织锦胡服，头上戴着缂丝浑脱帽，披着件玉色披风，腰间的蹀躞带上镶嵌了金玉，配着一把小巧玲珑的弯刀。胸部丰满，骨肉匀称，眉如远山，笑容恬淡，有一种看着娇柔却很骄傲的美态。

她找自己做什么？牡丹甜甜一笑："萧娘子，你好。"

"何娘子，早就想和你说话亲近来着，只是这两日太忙，一直找不到合适的机会。你不会嫌我唐突吧？"萧雪溪的目光锁在牡丹的身上。牡丹穿一身海棠红的缂丝毛织翻领胡服，腰间系着黑色蹀躞带，足蹬黑色高筒靴，披淡青色的兜帽披风，兜帽下一张莹白如玉的脸，眉不描自翠，唇不点自朱，最妩媚动人的当属那双凤眼，适才回头轻轻一瞄，便是秋波荡漾，勾魂难耐。

牡丹笑道："哪里会？萧娘子客气。"

"我虽是初次见到何娘子，早先却好几次听说过你。"萧雪溪暗自叹了口气，往日她只是远远看过这个因为和离而名声很响的女人，知道是个美人儿，近了才知，实在不是好看两个字就可以形容的。见到自己主动和她打招呼，她也没什么惊喜交加或是巴结的神情，坦然自若，气质风度很不错。要说有什么遗憾，就是稍微瘦了点。

牡丹诧异地挑眉："是么？原来我这般出名？"

"我听说过你的许多事情……"萧雪溪见牡丹没有不快的意思，胆子便也大了几分，"你这样的人，人见了只会怜惜的，不知蒋二郎怎会如此狠心。"

牡丹神色不变："误会而已，蒋二公子也道了歉，我并没有放在心上。"

萧雪溪沉默片刻，略过这个话题，笑道："蒋二郎与他哥哥蒋大郎差别真大，是吧？"

来啦，来啦，真是多方位的考察呢，看来蒋二公子说的是真的，不光朱国公有这个意向，萧家和萧雪溪本人也有这个意向。打听就打听呗，干吗引着自己说这种容易招惹是非的话？真不是个好人！牡丹淡笑道："人和人就没有相同的。"

萧雪溪笑道："说得是。蒋大郎才回到京中没有多长时间，就声名鹊起，实在是英雄出少年。"

牡丹有些想笑，蒋长扬这个年纪不算少年了吧？面上却还是一本正经："说得是。英雄。"

萧雪溪的眼里自然而然地流露出向往和兴奋："我第一次听说他，就是端午节之后，能在那种情形下救人，又做得如此漂亮的，我认识的这些年轻公子中没有几个。"

牡丹只好应道："是的，他是我救命恩人。"

萧雪溪眼睛一亮："你也觉得他好吧？"

的确是好，不过不关你事。牡丹皮笑肉不笑："少年英豪，自然是好的。"

萧雪溪的笑容又甜美了几分："光有骑射功夫，胆识过人，并不算得最好，边关将士多的是。"

"是。"牡丹闭紧了嘴。按照常规，她应该马上不住口地夸赞历数救命恩人的各种优点，但她就是不想和萧雪溪说蒋长扬的其他优点。

萧雪溪等了片刻，不见牡丹把她想要的信息说给她听，只好失望地打马走开了。

雪娘低声道："何姐姐，她总问你蒋大哥做什么？昨天她才和那些宗室子弟一起说笑，然后又和蒋二公子凑在一起，现在又来问蒋大哥的事，她到底想干吗？"

牡丹道："可能就是好奇吧。"

雪娘道："蒋二郎真是活该！蒋大哥真可怜，我还以为他是庶长子来着，谁知会是这样的。你最近见到他没有？"

牡丹突然想起了黑夜里那双温暖有力的手，还有耳边那跳得咚咚响的心脏，那股清新的青草香味。一日不见如隔三秋，她虽然还没达到那个境界，却也在常常想他了。她有些恍然地摇头："没有，很久没有见过他了。"

这副恍然的样子落到雪娘眼中，却是另一种情形，雪娘同情地道："那你……"

牡丹微微一笑："我怎么啦？"

雪娘心情复杂地摇摇头："没什么。"随即往她身边靠了靠，柔声道，"何姐姐，我最近得了两块雪狐皮，又厚又软又漂亮。要入冬啦，我分你一块，你经常骑马出门，正好拿去做个帽子戴，剩下的可以缝个手筒。不许推辞，不然我要生气。"

牡丹笑道："那先谢你了，你要什么？可别客气。"

雪娘眯起眼睛甜甜一笑："我什么都不要，就当是上次你帮我弄那个浴室的答谢啦。"她做了好几件错事，给牡丹惹了好些麻烦，但牡丹从来没有怪过她，唯一一次沉下脸来教训她，归根结底也还是为她好。窦夫人常和她说，朋友就是要交这样的人。

众人一起进了城，各自别过。李满娘送牡丹回家，行至昭国坊附近，但见浩浩荡荡来了一群人，一乘八人白藤檐子被围在中间，檐子帘幕低垂，内里的丽人看不清容貌，但跟在一旁骑着高头大马、穿着深绿色官服、面色阴沉、目光阴鸷的人不是刘畅又是谁？

见着了他，牡丹不用看也知道檐子中的是那清华郡主。她如今成了瘸子，自不会再如从前那般骑着马到处炫耀她的花容月貌和娴熟的鞍马技艺。若不是非得出门不可，她是不愿意给人看笑话的，这檐子的帘幕自然不会打起来。

刘畅早就看到了牡丹，他不屑地将下巴高高抬着，冷漠地从她们身边走过。朱国公府有意和萧尚书家议亲的消息虽然还未散布出来，时刻关注着的他却是知道的。就算这门亲不成，刚受了封赏的蒋长扬也会是许多人家心目中的贵婿人选。他的嘴角忍不住勾起一丝冷笑，何牡丹，我等着看你的结果。想到牡丹失声恸哭的样子，他的心狠狠撕扯了一下，随之而来的却是另一种快感。

清华郡主烦躁地半躺在檐子中，透过帘幕阴冷地看着刘畅的侧脸。刘畅有一张好脸，也有一副好身材，坐在马上腰背笔直，看着很是引人。曾经她最爱的就是与他鲜衣怒马、并肩执辔，奔驰在宽阔的大街上，郎才女貌，羡煞旁人，如今却是不一样了。他太招惹女人了些，自己又是这个样子……她难过地狠狠掐了自己那条短了两寸的腿一把，剧烈的疼痛让她心里的酸楚少了些许。

再过两个月，她就要嫁给他了。她本想和他独自住在郡主府，他却一定要她去住尚书府。若是她腿脚还好，她就不信他会如此……分明就是嫌弃她。随便吧，她冷冷地想，正好收拾那群贱人和贱种。她不是何牡丹，可以任人拿捏，走着瞧！

第二十三章　母子

蒋二公子蒋长忠蔫蔫地站在朱国公府大门前犹豫不决。猎鹿之事最多两三日就会传遍京中的上流圈子，若被父亲知道，逃不掉一顿好打。一想到被鞭子抽，他身上某些地方就又隐隐作痛起来，挨鞭子的滋味真是不好受。

他开始愤恨不平，上次分明是蒋长扬庄子里的人不把他放在眼里，故意挑衅他，偏偏父亲那么偏心。他在父亲面前长了那么多年，尽孝是他，膝下承欢是他，挨鞭子最多的也是他，凭什么到头好处尽是蒋长扬得了去？骑个烂马出去溜达溜达，回来也要挨一顿鞭子。他心酸难过极了，他在父亲的心目中，还比不上蒋长扬的一匹马么？父亲怎能那般对待他？

从小到大，父亲最喜罚他，蹲马步、端酒杯，和丫鬟亲个小嘴也要被鞭子抽抽抽！想到鞭子"咻咻"的破空声，父亲愤怒、失望的眼神，蒋长忠的腿肚子忍不住抽搐起来，掌心满是冷汗，几乎握不稳鞭子，便回头望着缺耳朵道："我不想回去，咱们去庄子里住段时间吧！"

缺耳朵提醒道："公子，还有老夫人和夫人呢。若是去了庄里，老夫人年老体迈，只怕是赶不及。"躲得过初一，逃不过十五，这事儿哪能躲得过去？若让二公子仓皇逃走，自己少不得要跟着，过后再被国公爷拿住，只怕要被赶出去，那可不行。

为今之计，确实只有依靠祖母了。之前无数次，他都是靠着她老人家才从父亲的魔爪下逃出来……蒋长忠狠狠瞪着缺耳朵道："就是你个狗奴给我出的馊主意，我都说不行，你偏说行。我此番若是得不了好，你也休想逃脱。"

　　分明是你不听人言，非要赶时间一鸣惊人，事后又沉不住气才惹出的大麻烦，这会儿倒是别人的错了。缺耳朵暗自腹诽，低头认错："都是小人的错。"接着又附在蒋长忠耳边轻声说了几句。

　　蒋长忠凶狠地看着身后的侍从，怒吼道："今日之事谁也别想逃脱，叫我查出来是谁背主，定然叫他死无葬身之地！正德，进去就把他们统统关起来！"

　　众人敢怒不敢言，唯有惊风焦虑地在笼子里来回走动，不时龇牙发出低沉的咆哮声。

　　正德有些不耐烦地道："公子，等下国公爷就要回家了。"

　　蒋长忠的屁股立刻犹如被火烧了一样，飞快进了府门，赶往后堂去寻忠勇老夫人。想着朱国公狰狞的样子，他的眼圈就红了，表情绝望又害怕。

　　已经七十高龄的老夫人坐在佛堂里，闭着眼睛严肃认真地敲着木鱼诵经，求大慈大悲的观世音菩萨保佑朱国公府繁荣昌盛，人丁兴旺，万事遂意。

　　佛堂外突然传来一声哀鸣："祖母救命！孙儿要死了！"

　　老夫人手里的木槌被吓得敲了个空。她睁开已然混浊了的老眼，侧过头看向门口。藏青色的夹帘被人高高掀起，门口站着她最心爱的孙子。蒋长忠红着一双眼睛，粉嫩的脸上还带着上次受伤没消散的粉红色疤痕，噘着一张鲜红的嘴，神情十分可怜。

　　老夫人颤巍巍地伸出手："乖孩子快过来，和祖母说说这是怎么啦！"

　　蒋长忠听到这温柔的声音，眼圈更红了，鼻头一酸，猛地往前一扑，跪倒在老夫人面前，把头埋入她怀里一边拱一边嚎啕大哭："祖母救命！孙儿被人陷害了！您要给孙儿做主啊！"

　　老夫人拍着他的肩头安抚道："不哭，不哭，快说是怎么回事。"

　　蒋长忠舔舔嘴唇，先夸自己两句："孙儿去打猎，昨日猎了两头鹿，谁也没我做得好。"

　　老夫人赞道："好呀！我孙儿好样的。"

　　"可是有人见不得孙儿好！就想要孙儿出丑，让朱国公府出丑。"蒋长忠悲愤地将事情经过大致说了一遍，略去自己做了的丑事，只着重渲染九郎如何陷害他，众人如何对不起他嘲笑他，总结道，"孙儿冤枉！分明是有人设计故意买通山中的猎户陷害我。那些人嫉妒我让他们丢了脸，跟着来踩我。我浑身是口都说不清，有心要和九郎算账。正德又说他是宗室子弟，轻易招惹不得，我若是动了手，会给家里惹麻烦。孙儿少不得打落牙齿和血吞，生生忍了这口恶气。"

　　这个脸果然丢得不小，只是此时不是追究他到底做了什么的时候，而是要看到底是谁在背后使坏。老夫人缓缓道："你这段日子都得罪了谁？"

　　蒋长忠差点脱口而出就是蒋长扬那个野种，话到口边，及时改口道："孙儿自那日从大哥的庄子上回来后就谨遵父亲教诲，深居简出，安心读书骑射，这段日子见过的人屈指可数，哪会得罪谁？孙儿真不明白，是谁这么处心积虑和孙儿过不去？"

　　老夫人沉默半晌，提高声音道："你果真没有得罪过人？平白无故的，九郎怎会与你这般过不去？"

　　蒋长忠缩了一下脖子，低声道："萧雪溪与我多说了两句话。"

　　老夫人的眉毛突然挑了起来："萧雪溪与你多说了两句话？！她也去了？"

　　蒋长忠一挺胸膛："是，她经常找我说话来着。大抵就是这个原因，我听见九郎他们私下议论说，我们朱国公府的人不过一介武夫，不配。"

　　老夫人叹了口气，摆摆手："你先下去。"

蒋长忠大急，眼圈又迅速红了："祖母，父亲一定会打死我的，我真冤枉啊，我该怎么办？"

老夫人皱皱眉头，眼里闪出一丝精光："你父亲像你这般大的时候已然上阵杀敌好几年，立刻把泪收了！这事儿我自有主张，你回院子里老实待着，等你父亲召唤。"

蒋长忠牢牢抱住她的膝盖："我不去，父亲不会听我解释，就先会拿鞭子抽死我的。我就在这儿陪着您、孝敬您，祖母千万别不要孙儿。"

自从失去长孙，这孩子刚出生就被她抱在臂弯里。她看着他的头发从黄变黑，从稀疏到浓密，牙齿一颗颗地长齐，个子一点点地长高。她对他寄了无数的希望，可是怎么就成了这么一副模样？老夫人想归想，祖孙俩的感情到底非同一般，见他这般可怜，她不由想到自家儿子打起孩子来果然重手，这孩子只怕是被打怕了。

想到此，老夫人无奈地吩咐身边最信任的叶妈妈："去把夫人请过来。"然后威严对蒋长忠斥道："起来！擦把脸，换身衣服，看看你这样子，哪有半点国公府公子的模样？"

蒋长忠半点不怕她，见她愿意出手相护，立时精神起来，起身去了隔壁摊开手任由丫鬟伺候。老夫人抓起木槌继续敲打木鱼诵经。

不多时，披着五彩晕罗银泥披袍，发绾高髻，插着金结条花钗步摇，已近不惑之年仍然花容月貌的杜夫人稳稳地走进来，束手立在一旁静候。待到老夫人睁开眼睛，方才温文贤淑地上前笑道："母亲有何吩咐？"

老夫人扫了她一眼，威严地道："你不知道？"

杜夫人早就得了缺耳朵的通报，心中清楚得很，然而她深谙老夫人的秉性，自不会坦承，只微笑着轻轻摇头："母亲说笑，儿媳怎会知晓？"

老夫人狠狠瞪着她道："你做的好事！"

杜夫人讶异而委屈，语气却十分温顺："请母亲教诲。"

老夫人往榻上坐定，接过儿媳双手送上的参茶，轻轻啜了一口，不知为何，往日里喝惯了的参茶此时觉得特别苦，十分不对味。她的心情越发不好，将茶盅往矮几上重重一放，道："你为何让忠儿去接近萧家的闺女？"

杜夫人十分讶异："母亲，这话怎生说？忠儿见着萧家的雪溪了？"

老夫人冷冷地道："你就莫在我面前装糊涂了，莫要以为我不知你打的算盘。当着我的面倒是说得好听，你明知那是公爷打算为老大迎娶的姑娘，还让忠儿去招惹。这是想要兄弟阋墙么？这就是你的贤惠？这回偷鸡不成蚀把米，不仅害了忠儿，还累了国公府的名声，让人看够笑话，你满意了？"

杜夫人愣怔片刻，顷刻间泪流满面，跪下去道："母亲，忠儿做错了事，便是儿媳没有教导好，请您老人家责罚就是，儿媳断然没有半句怨言。可忠儿他到底做了什么事？还请母亲告诉儿媳，也好先行补救，儿媳再负荆请罪。"

不辩解，不喊屈，一来就认错，然后直指问题的要害处，这个儿媳当真是没有什么可说的。老夫人揉揉额头，也没心思去追究真相，将事情经过说了一遍，道："忠儿被人挖坑给埋了，脸丢得够干净，还无法辩解。我看短时间内他是没脸出去见人了，就是他老子弟妹只怕也要被人笑话。"

杜夫人擦着眼泪道："母亲，您要说儿媳有私心，那也是有的。儿媳本是想着，这孩子被管得有些发蔫，天真软善，不知好歹，这样下去不是法子。恰好听说有这么一场围猎，去的又是军中的家眷，本性纯良忠义，才会让忠儿跟去多认识几个人，学学做人处世，对他将来也有好处。怎会想到萧雪溪和宗室子弟也会跟去？

"不然儿媳怎么也不会让他跟这些人混到一处，惹出这样的祸事。至于老大，儿媳心中对他只有愧疚，恨不得想个什么法子好生补偿一下，但愿他不要怨恨我们，将来也能到您和国公爷面前尽尽孝，疼爱他的手足兄弟，哪里又会特意去坏他的事？您也知道国公爷多年以来的念想，我怎敢惹他不高兴？我这些年与那边的亲戚几乎断了来往，为的就是让他高兴些，怎敢做这种糊涂事？"说完泪如泉涌，伤心不已。

老夫人沉默不语。

蒋长忠正在换衣服，忽见一个丫鬟进来低声道："公子爷，夫人让您出去后什么都不要管，只要认错就好……"

蒋长忠出去，见他母亲哭得梨花带雨的，立即往前跪倒，大哭道："娘，都是儿子不孝，害您为难了。"

杜夫人流着泪狠狠将他一推，厉声骂道："孽畜！不争气的东西！你好大的胆子，竟然做下这种没脸没皮的事！不必等你父亲回来，我先收拾了你！大家便都清净了！"与蒋长忠隐瞒死赖到底的想法不一样，她清楚这事瞒不住，一查就能清楚，与其此时替他遮掩，过后又被揭穿再被臊一回脸皮，把她一起拖进去，不如这个时候就将他的态度端正了，把老夫人争取过来。

蒋长忠听她这意思竟是断定他做了不体面的事，不由"啊"了一声，喊屈道："娘，真不是儿子做的，儿子冤枉！"

杜夫人恨铁不成钢，一掌扇在他脸上："闭嘴！孽子！还敢狡辩！苍蝇不叮无缝的蛋，你若是肯听你爹的教诲，听我的话，踏踏实实做人做事，哪会招致如此羞辱？不自重者，自取其辱。你还敢叫屈？还敢隐瞒欺骗你祖母？如今全家的名声都被你拖累了，你这个不孝不悌的东西！我打死你！"随即一边心酸落泪，一边使劲捶打蒋长忠。

蒋长忠趴在地上失声痛哭："儿子知错了，再不敢了。儿子长这么大，自来不被爹爹瞧得起，他们都嘲笑说我不如大哥，是孬种。儿子一时糊涂，便想让他们看看我的厉害，哪承想刚巧入了人的圈套……"

老夫人心中的那点陈年隐痛被杜夫人的一番倾诉和她母子二人的哭声勾起，一时心痛如绞，挣扎着一声断喝："都给我闭嘴！现在不是哭的时候！"

杜夫人与蒋长忠都闭了嘴，老夫人沉稳地道："现下第一桩事，马上登门去向九郎赔礼道歉，若他肯出面澄清是误会，那是最好。就算不能，也不能叫这仇更加结深了，他闭了嘴就好。第二桩便是去查这后面到底是谁在捣鬼，把跟着忠儿去的所有人都锁起来，查不清楚不放松。第三桩，忠儿将这几日的所有经过一一说来，不准有半点隐瞒。"

杜夫人暗自松了一口气。这些她都想到了，只不过老夫人性格好强，自己又有嫌疑，无论怎么说怎么做，在朱国公眼里都落不了好，不如老夫人出面统筹安排，查出来无论是谁捣鬼都和她无关。

蒋长忠跪在地上，只比先前说的版本多增加了一点点，能够隐瞒的统统隐瞒干净，包括他用豹子吓唬人、约牡丹算计蒋长扬和萧雪溪、主动勾搭萧雪溪，等等都是一字不提。老夫人听得累了，闭上眼睛，"下去吧，我歇歇。等国公爷回来，让他马上到我这里来。"却是不留蒋长忠在这里了。

蒋长忠正要撒赖，杜夫人使个眼色，瞪着他道："孽畜，还不赶紧跟我回去，让你祖母清净会子！"

蒋长忠蔫蔫地行礼告退，杜夫人给老夫人身边一个丫鬟使了个眼色，才转身离去。如果不出她所料，老夫人这是要背着她母子二人与朱国公谈论蒋长扬的事，想必是有所怀疑。

老夫人想念蒋长扬这个长孙不假，但痛恨不原谅王夫人也是真。兴许她是想补偿蒋长扬，喜欢蒋长扬的能干出息，但她绝不会喜欢一个离开十多年，满怀仇恨，刚回来就把整个家搅得乌烟瘴气，已经和他们不是一条心的人。杜夫人给蒋长忠理了理头发，她就不信，这个几乎由老夫人一手养大的孩子在老夫人心目中会没有蒋长扬那个陌生人重。

母子二人穿过冬青树环绕的小径，将要走到杜夫人住的院子时，迎面来了一个眉清目秀、身材高瘦、举止儒雅的少年。那少年见了二人，立刻脸上含笑，上前亲热恭敬地行礼问好："母亲万安，哥哥好，你们是才从祖母那里出来么？"正是蒋三公子蒋长义。

杜夫人望着他温和一笑："义儿这是要去哪里？"

蒋长忠也伸手扯扯他的衣服："书呆子，穿成这个样子，是要往哪里去？"

蒋长义笑道："我与几个同窗约好，要去曲江池芙蓉园荡舟吟诗，特过来拜别母亲。听说母亲去了祖母那里，正要过去。"他见蒋长忠眼圈发红，却并不问是怎么回事。

杜夫人叹道："乖孩子，难为你这般懂事，你哥哥倘若有你一半，我就不会如此操碎心了。"

蒋长义疑惑地看看杜夫人，又看看蒋长忠，犹豫片刻，小心翼翼地道："哥哥比我强多了。咱们朱国公府靠的军功起家，我却连最普通的弓都拉不开，更不要说别的……"

杜夫人叹了口气："罢了，你去吧，湖上风凉，记得带个厚披风。"

蒋长义应了，却不忙着走，而是站在原地目送杜夫人和蒋长忠进了院子，又默默站了片刻方转身离开。

杜夫人进了院子，最得她信任的大丫鬟柏香过来道："夫人，线姨娘又犯病了。"

杜夫人的脸微微抽搐了一下，抬眼看向蒋长义消失的地方，若有所思地道："还不赶紧去请大夫？"柏香领命而去，杜夫人严厉地看着蒋长忠："来，把这几天发生的事情说给我听，若是漏了一个字，我便不管。"

听得蒋长忠说到让豹子扒在牡丹肩头上吓唬人，又找牡丹说过那种话后，杜夫人面色凝重地低声道："你实在太蠢了，不知我怎会养出你这个儿子来。我少不得要亲自上门替你赔罪，顺便会会这位何牡丹……"

而此时，朱国公面色凝重地听老夫人说完，握紧发抖的铁拳，怒道："这个敢做不敢为的孽子……我这辈子的脸面都给他丢光了……查什么查？也不必掩盖。他自家若是站得端正，怎会给人可乘之机？这事母亲不必管，待儿子处置。"

老夫人叹道："我老了，手心手背都是肉，是不想看到兄弟阋墙的惨剧。必须得拿出个章程来才行。"

朱国公猛地瞪大眼睛："母亲此话怎讲？"

老夫人沉默片刻，沉声道："忠儿平日并不常出去与人结交，你这些年也谨慎得很，不曾有仇家，我不信他会把谁得罪到非要和我们过不去。这分明是有心人的算计，是要他丢尽脸面，从此坏了名声……"她见朱国公只是皱眉，十分茫然，索性点明，"坏了名声，谁家还肯把好闺女嫁与他？便是前途也堪忧。他坏了事，谁最能得利？"

朱国公算是听明白她的意思了，不由生气地道："母亲是说这是大郎干的？他不是那样的人！"

老夫人摇头："我没说一定是大郎干的。我只是觉着，这事必须查清楚，孩子的名声也要设法挽救，不然会影响到其他两个孩子。还有大郎，这孩子从安西都护府回来，从不曾来瞧过我，也不肯踏进府里半步，只怕是心中有恨。人是会变的，你我都不知道，王氏这些年都和他说了些什么。你我认识的只是小时候的大郎，不是现在的大郎。有些事情，咱们必须做到心中有数。"

朱国公皱眉不语，良久方道："这世子之位本就该是他的。他是我的嫡长子，人也出息，前几日才得了圣上的封赏，做了正四品下阶明威将军，赏了金刀两柄，其他金银布帛若干。论才干眼光，其他两个孩子远远无法和他相比。"

老夫人不赞同地道："两个孩子还小，接触的人和事也不一样，自有长处。收起你那臭脾气好生调教,假以时日必然有所长进。我是听说大郎的脾气和他娘一样,又臭又硬,端午时那件事,只有他才做得出来!照这样下去,迟早要吃大亏!他得罪了宗室,这次的事说不准就是那事招惹的祸端……"

朱国公叹道:"您对阿悠的成见太深了。她不是那样的人,她脾气固然不好、认死理,却始终明白大是大非。大郎也不笨,他明白着呢,我听说好几个亲王拉拢他,他都没有理睬。圣上几次和我夸赞他来着。"

"这就对了,这说不定是个警告!"老夫人沉下脸来,"说到那个女人,你还在怪我是不是?杜氏哪里不好?温柔贤淑,当年若非她割肉给我做药引,我早就死了,哪能活到今天?这些年她孝敬我,对你更是百般迁就,贤良大度,把家里打理得妥妥帖帖,无可挑剔。而那个女人马上就要另聘高官了,哪里顾念半分旧情?你趁早死了这条心。"

话不投机半句多,朱国公不欲再谈此事,起身道:"您累了一天,且歇着吧,我去看看那个孽子。"

老夫人忙道:"不许打孩子,那孩子就是被你打狠了才养成那个性子。你越是逼得厉害,越是害了他。他还小,年轻气盛,谁不会犯点错?过了这次以后就不会了。"

朱国公不置可否地点点头,老夫人不依,拽着他的袖子道:"你今日须得答应我,不然就是要我的老命。我已经没了大孙子,这个再不能由着你来。"

朱国公只得耐着性子哄道:"我答应您。"

老夫人又道:"你去和大郎说,叫他行事谨慎沉稳些,别不知天高地厚,得罪了不该得罪的人。还有,让他过两天无论如何回来一趟,兄弟俩好好说说话。萧家那个女孩子,你还是着人再去打听打听,她怎能招惹了忠儿又去招惹宗室子弟呢?可别弄个行为不端的进来。"

朱国公闷声应了,起身往杜夫人的院子去。才到门口,就见蒋长忠只着中衣,披散着头发,脸色青白地跪在院子里。杜夫人穿着素服,面色沉静地站在一旁,见他过来就上前行礼问候。

朱国公心中有气,便不看杜夫人,只面沉如水地看向蒋长忠。蒋长忠哆嗦了一下,战战兢兢地拼命磕头,颤抖着青白的嘴唇,话却说不出来。

朱国公看到他这厌样就不由得怒火上涌,上前戳着他的额头怒斥道:"孽障!你干的好事!可真长本事!自己做了丢人现眼的事,还敢往你哥哥身上推。我看是上次的鞭子抽得不够狠,没有让你记住教训!"

杜夫人的脸色极其难看,事情真相还未查出,他凭什么一来就认定与蒋长扬无关?蒋长忠糊涂愚蠢不假,但若非有人成心下套,也不会弄到这个田地。这么多年,就是块石头也该焐热了,他怎能如此无情无义?她的心凉了半截,随之而来又是另一种愤恨和不甘。当下也不上前去劝,就在一旁静静地看着,看他要做到何种地步。

却说蒋长忠见朱国公脸色铁青,杀气腾腾,食指比自己两根手指头并在一起还要粗,杜夫人又在一旁观望不说话,不由又急又怕,最不妙的是腹中突然一阵酸胀绞痛,两种急凑到一处,忍都忍不住。他拼命夹紧菊花,抖成一团,好容易才喊出声来:"儿子知错了,父亲饶命!"

朱国公咬牙切齿地道:"还敢让你祖母替你求情,我今日必要叫你好生记住这个教训,不然以后你只怕胆子更肥,更不知道廉耻!来人!把这个孽畜给我绑起来!"

话音未落,蒋长忠凄声叫道:"母亲救命!"随即眼睛往上一翻,身子一软,往地上瘫倒,一股臭味随之散发出来。

杜夫人见状,挖心挖肝地疼,也顾不上脏臭,连忙上前去招蒋长忠的人中,焦急地喊:"忠儿,我的忠儿!"又一迭声喊人,"快把公子抬进去收拾干净,去请大夫!"

朱国公一怔,随之而来的是一种深深的厌恶和难过。这样的人,怎会是他的儿子!他愤怒地瞪着杜夫人:"起开!这个时候还要娇惯他,这孽子死了更干净些!谁都不许动他,就让他自生自灭！"说罢一脚踢开上前去扶蒋长忠的柏香。

杜夫人看看阴冷的天空，多年来的怨气瞬间爆发，上前抓住朱国公的袖子，将一双美目瞪得老大，恶狠狠地道："蒋重，你好狠的心！儿子变成这样子难道你没有错，就只会怪我娇惯？这些年，你经常外出，又管了他多少？你去看看这京中，哪家的儿子会对自己的父亲怕成这个样子！你要他的命是不是？要我们母子给人让路是不是？行！你先打死他，再来打死我，一了百了！是，你不舒坦，但这些年来，我一直对你百依百顺，什么都不要了，你还不满意么？你要真这么狠，有本事当年别答应娶我进门！"

杜夫人向来是温柔高贵娴雅的，从未有过这种泼辣凶恶的样子，但这样的她，却拥有另外一种美态。朱国公看着这张再熟悉不过的脸，不由想起老夫人的话。当年老夫人病重，说是要人肉做药引，娇娇女杜夫人二话不说就从手臂上割了一块肉下来，至今还有老大一个疤。她百依百顺，唯他是从，对家中的姬妾子女下人以及他的袍泽弟兄亲切友好，什么都好，就是儿子没有教好……但诚如她所说，不是她一个人的错，子不教父之过……那个人已经要嫁了，从前再也回不来，无法改变。

他的眼神渐渐柔和，良久，长叹一声，道："让人把他收拾干净，明日我就送他去军中。"

晴天霹雳。杜夫人不敢相信自己的耳朵，嘶声道："你说什么？送谁去军中？"

朱国公沉声道："他丢了这么大丑，即便拼命掩盖也瞒不过有心人，前途、姻缘统统都成问题。更何况，他这样下去，这一辈子休想能有出息，不小心还会惹来杀身之祸，贻害家族。你若真想他像个人样，便听我安排。唯有鲜血才能叫他真正像个男人！"

杜夫人呆若木鸡，儿子被送走，她一系列的精心安排还有什么用？等到儿子回来，黄花菜都凉了！她不甘心！她祈求着，软弱地白着脸上前抱住朱国公的手臂，哀声道："阿重，阿重，边疆艰苦，最近又不安宁，他从没吃过苦头，他会没命的。我求你，都是我的错，我会好好教导他，让他改邪归正，要不，你好生打他一顿？我求你了……"

听到她喊出年轻时的昵称，朱国公颇为不忍，语气却十分坚定："不行！别人的儿子上得战场，我的儿子也上得！我宁愿他死在沙场上，也不愿他这样！我心软太久了，想着能教好他，反是害了他。你若真心疼他，就不该再溺爱下去，这是害他！"只有远离家中这两个妇人，远离周围那群阿谀奉承之人，才可能把蒋长忠拧转过来。

杜夫人捂着脸哭得声嘶力竭："都是我的错，我没教好他，我不该叫他去围猎，不然也不会惹出这事丢了府里的脸。你怪我吧，别让他去，他只是个被惯坏的孩子，什么都不懂。"

"就是因为他不懂，所以才要叫他学。"朱国公叹道，"我固然生气他丢了我的脸面，但他也是我的骨肉，我总是为了他好的。你别哭了，他过得几年回来，若是侥幸得功劳，得了一官半职，可不比现在好得多？就这样定了。你有什么话，今夜可以和他说个够，明日一早，我便要送他出去，现在我先去请个假。"

他见杜夫人还想开口，冷冷地道："如果你一定不同意，还有另一条路可走。我明日就领了他挨家挨户去赔礼，承认他做下的丢人事，请大家看在他年轻不懂事的分儿上，都忘了这事儿，再给他一次机会。你觉得怎样？"

那和直接毁了蒋长忠有什么区别？杜夫人绝望地捂住嘴，不让哭声传出去。柏香指挥人将蒋长忠抬进去，回头见她还呆地站在原地，便上前劝道："夫人，要不，去求老夫人让国公爷改变主意？"

杜夫人脸上的泪痕已经干了，取而代之的是沉稳冷静。她抬眼看着院中那棵落光了叶子的朱李，静静地道："不必了，他已经下了决心，谁也无法改变，老夫人也不行。"朱国公过来之前，老夫人一定已经替蒋长忠求过情了，自己再怎么吵闹挣扎都于事无补，只会让他更加厌烦，觉着是她害了儿子，日后更不愿与她商量事情。

柏香道："那怎么办？难道就这样……"

"去军中，未必不是一条出路。"杜夫人进了屋，研墨铺纸，提笔写信，须臾，写好了信，小心翼翼地吹干，封好，递给柏香，"你马上出去，把这封信交给舅爷。"

柏香小心地将信收入怀中，杜夫人淡淡地道："回来时顺便去一趟曲江池芙蓉园，看义儿是否还在那里。如果在，就让他回来和他哥哥别；若是不在……"她没有再说话。

柏香行了个礼，悄悄退了出去。

杜夫人又坐了片刻，喊道："来人，伺候我梳洗！"待到换上精致华贵的衣饰，她方稳稳地走到蒋长忠的榻边坐下来，轻声道："忠儿。"

蒋长忠早已经醒了，只是失禁之事让他无颜见人，只恨不得自己死了才好，便侧身向里，一动不动地装睡。

杜夫人温柔地探手摸摸他的额头，轻声道："忠儿，适才你爹说了，要把你送到军中去历练两年……"

话音未落，蒋长忠"呼"地翻身坐起，尖叫道："我不去！我不去！我才不要和那些浑身是汗、到处长虱子的莽汉在一起！"边说边将瓷枕扔到地上，狂乱地道，"这是阴谋，他把我赶走，就什么都是他的了！娘，你要戳穿他的真面目，不能咽下这口气。"

杜夫人难过地扶着额头道："这件事没有转圜的余地。你别怕，我已给你舅舅写了信，他会照顾你的，你绝不会有任何危险。你安安心心地待上两年，好好上进，将来只有好处……"

蒋长忠听她这意思竟是站在朱国公那边，立刻翻身下床，赤着脚往外面冲："我会死的。我去找祖母！她老人家一定舍不得我被人任意欺负！"

杜夫人冷喝道："把他拦住！"

几个婆子立刻将蒋长忠拦住，蒋长忠疯狂地踢打着她们。杜夫人上前用尽全身力气打了他一个耳光，骂道："不成器的东西！你是要我的命是不是？我现在只恨从前太娇惯你些，不然也不会落到今日这个地步。好，我不拦你，我也不会再管你，你爹爱把你怎样就怎样！你去！你去！"

蒋长忠喃喃道："祖母……"

杜夫人冷笑："祖母？那可不是你一个人的祖母。她若是能帮你，早就帮你了。"

蒋长忠红了眼圈："外祖母，若是外祖母还活着，我……"

杜夫人的鼻子一酸，声音越发尖利："你外祖母已经死了！"

蒋长忠梗着脖子站了片刻，慢慢地蔫了，杜夫人叹道："你不争气，现在只能先退一步，来日方长……你要活出个样子来，不能再叫人瞧不起，不然这辈子永远别想承爵。他和我们有深仇大恨，等他承了爵，你就等着他把我们娘儿俩死死踩在脚底下，永世不得超生吧！"

蒋长忠听到她肯定的语气，想起蒋长扬那张酷似朱国公、冷漠没有表情的黑脸，猛地打了个寒颤："娘，我都听你的。"

杜夫人缓缓道："那好，你要是还想保住命，保住爵位，就要听我的。等你父亲回来，你就和他说，你愿意去军中。若是你祖母舍不得你，你也要亲自和她说，你丢了家里的脸，也想学学真本领，是自愿的。"难道以为把人挤走，就有机会了么？兵来将挡，水来土掩，她有的是办法让封世子这件事缓延下去，只要蒋长忠争气，她迟早能翻身。

曲江池芙蓉园畔，朱国公只带了一个随从，骑马缓步往蒋长扬的居所走去，到得门口，随从上前敲门。门子探头一瞧，忙不迭地将大门打开，请朱国公入内，飞也似的往里去报信。

邬三正和蒋长扬禀告："何娘子今日午间到的，小的已经让人请她明日去西市看人。无名酒楼那里也定了雅间。"

蒋长扬正要开口，忽听有人来报："国公爷来了。"

他皱了皱眉头，起身迎了出去。

朱国公站在中堂里，负手盯着那架蝶栖石竹六曲银交关屏风瞧得入神，以至于蒋长扬走到身边方才惊觉，匆匆回神。

父子二人也不寒暄，各自找地方坐了，奴仆将茶汤奉上，蒋长扬方道："有什么事？"

朱国公很是讨厌他这种态度，却又无可奈何，沉默片刻方道："前两日，你二弟去围猎，做了件丑事。"

蒋长扬轻吹着滚烫的茶汤："不算太丑。"

朱国公道："你听说了？"

蒋长扬没装糊涂："听说了。"此外不予任何评论，也没什么幸灾乐祸之意。

朱国公艰难地道："你对此有什么看法？比如，你觉得怎么处理此事最好？"

蒋长扬淡淡地道："不干我事。"

朱国公大怒，猛地站起身来，双手紧握成拳。蒋长扬无动于衷地看着他，朱国公终又缓缓落座，垮下肩膀："不干你事？"

蒋长扬无所谓地道："当然。第一，不是我干的；第二，还是不干我事。"

朱国公惊异于他的敏锐，对上长子那双沉静坦荡、不躲不闪的眼睛，终是完全相信此事与他没有任何干系，便字斟句酌，小心翼翼地道："不管你肯不肯，血脉关系是断不了的。你是我的长子，他是你的兄弟，将来你还要……"

蒋长扬打断他的话："我约了人，是要事，正要出门。"

朱国公猛吸一口气，抓着马鞭站起身来："你行事小心一些，不要卷进去。你祖母想你，你看什么时候有空，过去看看她。"见蒋长扬不吭气，又重重地道，"你非去不可，不然我就和圣上说，你大不孝！"

蒋长扬淡淡地道："知道了，你什么时候在？"

"最近我都不会在，我明日要送你二弟去军中，回来就让人来接你。"朱国公松了一口气，他竟然这么容易就答应了，不由得让他怀疑蒋长扬葫芦里卖的什么药。

蒋长扬不再言语，甚至没有多问一句关于蒋长忠的事情。朱国公无奈，只好走人。

待朱国公主仆走远，邬三上前道："公子爷，您打算去国公府？"

蒋长扬道："明日见过何娘子，咱们就去。"

邬三道："你不等国公爷在家啦？"

蒋长扬笑道："就是要他不在才好行事。那小子去了军中，倒是可以清净一段日子了。你去瞅瞅，是谁做的好事？"

第二十四章　犯痴

无名酒楼一大早就接到了一桌上等酒席的订单。若是往日，掌柜的必然认为这是好兆头，预示着这一整天生意都会很兴隆。然而今日他却是高兴不起来，因为来人的要求极高，态度又恶劣，点了无脂肥羊、驼峰、鲙鱼、单笼金乳酥、巨胜奴、玉露团、天花饆饠、生进鸭花汤饼这些菜倒便也罢了，唯有这罂鹅笼驴，是要将鹅用草木灰水清洗干净肠胃后，放在铁笼中，在笼中生炭火，再放一个盛满五味汁的铜盆，鹅绕着火盆走，渴极便饮五味汁，一直到被生生烤死，烤熟为止。驴也是一样的处理方法，唯因体积庞大，所花时间更久。

按理，这两件东西本是无名酒楼的招牌菜，平时总准备得有，以备不时之需。但今日这位客人，却点名要现做的，且还要在两个时辰之内拿出来。这可真是急坏了掌柜的，鹅倒也罢了，唯这驴，他是真没法子。

穿着男装的牡丹进入无名酒楼之时，正好看到掌柜的卑躬屈膝、满脸堆笑地和一个豪门奴仆说情。那豪奴却只是高高跷着二郎腿，自顾自地喝着茶汤，充耳不闻。

牡丹暗自替这掌柜的掬一把同情泪，跟着堂倌上了二楼雅间，先叫小二给恕儿和刚买来的小厮贵子弄个地方，弄几个小菜安置妥当了，方才推门而入。

蒋长扬穿着一身华贵的朱色圆领窄袖衫，头上戴着最新式的官样圆头巾子并长脚罗幞头，独自坐在窗前的茶几前聚精会神地分茶汤，听见声响，抬眼望着她微微一笑，示意她坐到对面："天凉，喝杯热茶汤暖暖身子。"

牡丹捧起一杯热茶，好奇地拿着他上下打量，又弯腰去瞧他靴子上的靴带，果不其然，靴带上还钉了金花银饰。她斜睨着他，坏笑道："今日你打扮得挺贵气的嘛。哎呀呀，朱袍啊，朱袍。"

蒋长扬微微一笑，大方地将脚伸长给她瞧："御赐之物。"又将腰间的金刀解下递过去，"还是御赐之物。"

牡丹含笑赏玩一回，道："你不会是特意拿来给我瞧的吧？"

蒋长扬正色道："才不是呢，我另有妙用。"说着却将牡丹递回的金刀放在她右手边，并不打算收回，接着眼睛黏在了她身上。牡丹被他看得不好意思，忍不住伸手去掐他眼皮："看什么？"

"第一次见你穿男装。"蒋长扬轻轻一笑，不躲不让反而将脸凑过去，牡丹却只是轻轻戳了他一下，便收回了手。她温柔的手指只在他眉眼上蜻蜓点水一般，一触即走。他不甘心，索性探手替她整理衣领，"这里没弄好，皱了。"

他粗糙的指腹放在她的颈动脉上，感受着指下的勃勃生机，声音放低，微微带了些沙哑："丹娘，这金刀是一对，我拿去做聘礼，你看如何？"忍不住，他的指尖就在她的脖颈上画起了圆圈。

"你爱拿什么做聘礼，我怎么管得着？"牡丹脸红得犹如被煮熟了的虾子，她轻侧脖子，躲开他不安分的手指，顾左右而言他，"外面是怎么回事？"

蒋长扬恋恋不舍地收回手指，强作镇定："蒋二公子要去从军，他家里要为他饯别，他嚷嚷着要吃这里的招牌菜，于是便有人千方百计要替他达成这个小小的愿望。"

牡丹确认蒋二郎是因为围猎之时出的丑才不得不去的军中，便道："我见掌柜的很是可怜，这做不出来能怎么办？既然要吃，为何不提前来订？"

蒋长扬拍拍手，示意堂倌送饭菜上来："他们只管吃，哪里管人做得出做不出？这世上许多人都是如此，但凭一己之好，哪顾他人死活？"他沉默了一下，挑了挑眉毛，"派来的这个人八成是昨晚误了事儿，不曾提前来订，又是个不懂事的，不知道这罾鹅笼驴的具体做法，以为一开口要就来了。你等着瞧，马上就要出事儿。这无名酒楼是有背景的。"

果不其然，他们这里菜才刚上齐，不及品尝，外面就传来一阵喧闹声和叫骂声以及碗碟落地的破裂声。蒋长扬振衣而起："来了！想不想看热闹？"边说边将临向大堂的窗子打开一条细缝，示意牡丹过去。

窗缝太小，二人紧紧挨着站在一处，彼此的体温透过秋日的夹衣传导到彼此身上，烫得吓人。牡丹强作镇定地按捺住心跳，没有躲开。蒋长扬扫了她一眼，欢喜地翘起了嘴唇，偷偷将手爬过去放在她的肩上，又趁机捻了觊觎已久的白玉耳垂两下。牡丹不语，狠狠掐了他的腰一把。

大堂里乱成一团糟，朱国公府的刁奴一边乱砸东西，一边破口大骂。无名酒楼的掌柜不住口地哀告："真是做不出，这生意小人做不了，不做了。"

正在吵闹间，二楼一间雅座突然被人打开，三四个锦衣汉子"噔噔噔"下了楼，不由分说，几拳招呼上去，瞬间将人变作乌眼鸡，再流水行云般将人叉翻在地。当头一个蓝袍汉子一脚踏上其背脊，骂道："打死你个不长眼的狗东西，青天白日的胆敢滋事，扰了贵人清净，活得不耐烦了是不是？"

掌柜可怜巴巴地上前求情，说的话却是别有意味："几位大爷饶了他吧。他是朱国公府的，我们小本生意惹不起。"

蒋长扬因为得以一亲芳泽而露出的笑容瞬间收了，他皱起眉头看向掌柜，掌柜却是一脸害怕和哀求，并看不出来什么特别的神情。

蓝袍壮汉一挑扫帚眉，粗声粗气地道："天子脚下竟有此等凶徒作恶，真是反了！管他是谁家的，都该送到京兆府去治罪！"说着脚下更加用力。

朱国公府的刁奴顿时杀猪一般惨叫起来，掌柜满头是汗，不住替他作揖求情。

忽听一条温润的声音响起："这是做什么？这样大呼小叫的，成何体统？"接着一个中等身材，穿紫袍，戴紫金冠，白面微须，年约三十的贵人气定神闲地从楼梯上缓步而下，举手投足间贵气逼人。

几个打人的锦衣汉子一见了他，立刻上前规矩行礼。那贵人示意众人起身，走过去用靴尖钩起朱国公府下人的下巴，笑道："你是朱国公府的奴仆？"

那奴仆只觉着一股上等龙涎香的味道充盈了整个鼻腔，只看那紫色衣袍便知不是普通富贵之人，当下头也不敢抬，蚊子哼哼似的应了一声。

那贵人却笑道："朱国公向来恪守礼法，哪会有这样不知体统、为非作歹的下人？分明是有人不怀好意，故意借了朱国公府的名头出来做坏事。来人，把他给我绑了，送到朱国公府去，请朱国公定夺。"他扫了一眼地上破碎的杯盘碗盏等物，云淡风轻地对着掌柜的道，"这些损失都算我的，记在我账上就是。"

掌柜犹如见了活菩萨，跪下行礼道："多谢闵王殿下体恤！"

闵王？牡丹吃了一惊，原来这就是那位闵王。此时，闵王抬起头来，有意无意地扫了二人站立的这个方向一眼。牡丹想往后退，蒋长扬稳稳地托住她的腰，低声道："别动。他看不到我们。"

闵王果然又收回了目光，待旁边一个白面无须、面容姣好的少年郎用雪白的丝帕替他仔细擦拭过靴尖后，方带着那几个锦衣大汉，拖着被绑成粽子的朱国公府奴仆扬长而去。

蒋长扬轻轻合上窗子，若无其事地让牡丹坐下："吃菜，凉了就不好吃了。"

牡丹沉默片刻，道："最近是不是很不太平？"

蒋长扬的筷子顿了顿，笑道："你怎会这样以为？"

"上次蒋二公子出丑的事情看似合理，实则很蹊跷，我听有些人的意思，似乎是怀疑你。今天这事儿更是凑巧，既然是要送二公子出远门，满足他一个小小的愿望，自该派出妥帖的人办理，怎会让这么个二愣子来？朱国公自来低调，手下的人怎会如此胆大妄为？又刚好给闵王遇上，实在太巧。"牡丹苦恼地摸了摸自己头上的幞头，"恰好，你又刚好在这里，我担心有人在背后算计你。"

蒋长扬的眸色一深，笑道："没有的事儿，不过就是凑巧，你想多了。"

牡丹见他笑容轻松，眼里满是柔情蜜意，便也笑起来："反正你多加小心就是了。"他既不愿说，她就由得他。

蒋长扬点点头："我得了一个消息，听说明年圣上有意办一场牡丹会，胜出之人奖赏万金，还会赐号。"

牡丹双目放光："真的？你不会骗我吧？"

一听到和牡丹花有关的事就这样，实在过分！蒋长扬不满地轻轻叹了口气："当然是真的。但这些事情只在一念之间，说不定突然就改了主意。"

牡丹笑道："我知道，我先做好准备，到时若是不办了，我也要想得开就是了。是不是？"

蒋长扬笑着夹了一箸驼峰放在她面前的小银碟子里："就是这个理儿。"

牡丹亦回了他一箸鱼："多吃点。"

蒋长扬将鱼尽数喂进嘴里，笑得眉眼弯弯。牡丹突然沉了脸道："萧雪溪让我向你问好。她说你年少出英豪，真是太崇拜你了，有夫如此，妇复何求？"

蒋长扬一滞，差点被呛住，但见牡丹的眼睛眨了眨，嘴唇不受控制地翘起来。他才恍然明白过来，忍不住探手捏住她的鼻子："你是不好意思说出心里话，转借他人之口说出来吧？"

牡丹白他一眼："看不出你原来还是个自恋狂。"

门外传来几声轻响，邬三在外低低喊了一声："公子。"

蒋长扬飞速收回手，正了神色："进来。"

邬三进来，贼眉鼠眼地打量着，但见二人隔着桌子面对面地正襟危坐，表情都是一本正经地严肃，不由暗暗撇了撇嘴，暗道装什么装，口里却严肃地道："公子，时辰差不多了。朱国公没有等这里饭菜送去，适才已经带着人出发，与闵王走的两条路，大约碰不上了。"

蒋长扬默了默，看向牡丹，温柔地道："你吃好了么？"

牡丹放下筷子起身，嫣然一笑："吃好了。"

蒋长扬见她的唇角沾了点汁子，下意识地想伸手替她擦了，手伸到一半才想起邬三在一旁看着。他回头，但见邬三果然半弓着腰，一双眼睛却贼兮兮地看着自己那根手指，便在半空里转个方向，指着邬三道："你送何娘子回去，下去备马。"

邬三古里古怪地笑了一笑，出得门去。蒋长扬的脸不受控制地红了，牡丹忙道："不必麻烦邬总管，我带有下人，你不是说贵子挺厉害的么？让他跟着你更妥当。"

话音未落，某人的指尖已经快速从她唇角抹过，"你这个⋯⋯"牡丹恶狠狠地瞪着正在舔指尖的蒋长扬，一颗心不受控制地乱跳。她跺了跺脚，转身往外走，想了想，又折回来，双手捏在蒋长扬的脸颊上狠狠蹂躏一回，咬牙切齿地道："天气太冷，我替你活动活动，以免冻坏了。"

蒋长扬也不喊痛，反而双眼放光，紧紧地盯着她。牡丹惊觉不妙，才要松手，就被他捧住了脸颊，低声道："我也替你活动活动。"牡丹下意识地闭上了眼睛。温温热热的，带着一股淡淡的酒香，他的唇轻轻落在她的额头上，辗转不去。

牡丹暗暗叹了口气，也不知道他有没有亲过旁人。这个样子好像是没有哦。

蒋长扬偷眼看着牡丹小扇子似的浓密眼睫，挺翘的小鼻子，还有那他早想很久的红润诱人的唇，恨不得一口咬下去才解恨。以前是机会不对，今天好像机会合适，不过从哪里下口比较合适呢？

正在犹豫间，牡丹已然睁眼，她踮起脚来，飞快地在他脸颊上落下一口，随即将他猛然一推，快速跑下楼去了。蒋长扬快行两步，却只看到她的背影。他忍不住摸着那半边脸咧嘴笑了起来，下一次，下一次！

邬三看白痴似的看着蒋长扬——这人骑在马上，脸上带着梦幻般的微笑，不时用手摸摸脸颊，又用那只手摸摸嘴唇。邬三翻了个白眼，平日不容易犯痴的人一旦犯痴病，这症状比谁都严重。

朱国公是铁了心要将蒋长忠送去军营，在派出来订酒席的仆从没有按时将酒席送到后，守时的他不由分说就押着人上路。这可苦了娇生惯养的蒋二公子，因他不肯吃府中先前送上的饭食，只能空着肚子哭兮兮地上了马。

蒋长扬与邬三在金光门附近等了不久，就看到黑着脸的朱国公带了十多个人，把蒋长忠团团围在中间。蒋长忠穿着件普通的青色圆领缺胯袍，畏畏缩缩地骑在马上，双目赤红，恋恋不舍地看着这繁华的京城。而穿了白色圆领窄袖衫的蒋三公子则骑了一匹枣红马，不远不近地跟在众人身后，不时看向蒋二公子，满脸同情。

出了金光门，朱国公停马叫蒋三公子上前："义儿，我送你二哥此去一月半左右就会回来。我不在家中，你要好生读书，落下的弓箭兵马也不能荒废，更不要胡乱交结，要孝敬你祖母和母亲，知道么？"

蒋三公子规规矩矩地应了。

朱国公又道："我已嘱咐过你母亲，这些日子闭门不出，约束家人，小心从事，不要惹祸。若是发生不能解决的事，你就去曲江池芙蓉园畔寻你大哥帮忙。"

蒋三公子沉稳地道："父亲放心，儿子省得。"

朱国公看了他半晌，伸手拍拍他的肩头："你年纪不小，也该承担责任了，这些日子，就要全靠你了。"

蒋长义小心翼翼地道："儿子惭愧，长这么大从未为家中做过任何事。"随即打马行到蒋长忠身边，背对着朱国公，将个油纸包快速塞进他袖中，说道："二哥保重！"

蒋长扬在远处将这父子几人的动静看得一清二楚，同邬三道："三公子对二公子还真体贴，现在除了朱国公，所有人都知道他偷偷给二公子带了吃的。这样贴心的弟弟，真是少见。"

邬三道："国公爷用得着亲自送二公子么？让哪个得力的家将送去不就行了？反正二公子也不敢半途逃走。"

蒋长扬嗤笑一声："你怎知他不是特意出去避开的？他要是不走，就得被闵王堵在家里。跟上去看蒋三公子去哪里，我们先看看三公子，再去国公府，时机正好。"

蒋长义从金光门进城，经过群贤坊，径直进了西市。东逛逛，西逛逛，在一间书店里待了约有一个时辰才提着两本书出来，往国公府去了。

蒋长扬轻磕马腹，快跑片刻就追上了儒雅的少年。他并未和蒋长义打招呼，而是沉着脸与其擦身而过，然而他身上的朱袍和腰间的金刀以及胯下高大的枣红马、脚上钉了金饰的靴带都在吸引蒋长义的目光。

几乎是一瞬间，蒋长义就惊喜地喊了出来："大哥！"

蒋长扬勒住马缰，沉着脸看向他，再茫然地看向邬三。邬三假意介绍："公子爷，这是国公府的三公子。您没见过。"

蒋长义仿佛没看到蒋长扬的冷漠与不耐烦，兴冲冲地道："是，大哥，您没见过我，我却是见过您的。大哥这是要到哪里去？真是太遗憾了，刚刚小弟才和父亲、二哥分开，父亲还让我有空去找您呢。"

蒋长扬淡淡点头："我正好要去府里，一道吧。"

蒋长义脸色微变，垂下眼眸，沉默片刻又抬起眼来，温和纯净地一笑："好呀，求之不得。"再吩咐小厮，"赶快回府去报信，老夫人若是知道，不知要高兴成什么样子呢。"

蒋长扬淡淡地道："我虽未见过你，却是听过你的许多事情。据说你很有才情，书读得很好，交游的才子也不少。明年可要参加科举？"

蒋长义微红着脸道："我读得不好，去考试也只是丢人现眼而已。"

蒋长扬"哦"了一声，不再言语。蒋长义倒有些失望了。

须臾，到得国公府门口，几个奴仆一拥而上，牵马的牵马，引入的引入，还不时往蒋长扬光鲜的衣饰上打量。到了二门处，就见杜夫人笑吟吟地迎了出来。

"哎呀，是大郎呀，快请进，你祖母早就盼着这一天了。这下不知该有多高兴呢。"杜夫人用一种看似和蔼热情，实则优越、挑剔的目光打量着蒋长扬。长得还是更像朱国公些，下巴一模一样，但是五官线条又远比朱国公精致许多，个子也更高，完全没有她所想象的那种蛮横粗野劲儿。可是他这身装扮，实在让人一看见生气，生怕旁人不知道他升官得了奖赏么？穿给谁看！

杜夫人见蒋长扬的小厮抬来一个大箱子，不由愤愤不平，暗自骂了一声没见过世面的乡巴佬，显摆什么！

蒋长扬淡淡地扫了杜夫人一眼，抱拳喊了一声："杜夫人。"然后就闭上了嘴，目不斜视地往里走。

杜夫人心里不舒服，便很温柔地同蒋长义说道："义儿，你们是在哪里遇上的？"

"回家的路上遇到的。"蒋长义小心翼翼的，目光落在杜夫人的盛装华服上，轻声道，"母亲，适才可是有客人来过？"

杜夫人遗憾地道："是闵王，才刚走呢。你们要是早来一步，就能遇上了。"听她的口气，似乎朱国公府面子极大，闵王是专来做客一般。

蒋长扬没什么表情，充耳不闻，目不斜视地跟着引路的仆人往前走。

蒋长义满脸惊讶、好奇和遗憾："闵王殿下？"

杜夫人"嗯"了一声，将他脸上的惊讶、好奇、遗憾统统收入眼里，回头看向蒋长扬："大郎啊，你这次来家里可要多住些时候。我们一家子好好团圆一下，只可惜你父亲和二弟出了远门，不然今夜定要好好吃顿团圆饭。"

蒋长扬淡淡地道："既然国公爷和二公子不在家，我看看老夫人就走。夫人不必准备晚饭了。"

杜夫人焦头烂额，自是没心情好好招呼蒋长扬，干笑着将人送到老夫人那里，示意心腹眼线听好看好，便找了借口迅速溜开。

蒋长扬行过礼后，将那一大箱子衣料绸缎药材等物放到老夫人面前，说是孝敬祖母的，之前不曾来瞧，是因为功不成名就就，不好意思来。

器宇轩昂，落落大方，老夫人上下打量着他，除去打扮张狂了些，挑不出来什么毛病。于是亲亲热热地叫他到身边坐下，瘪着没牙的嘴不停问东问西。蒋长扬好脾气地回答着，听得她哈哈大笑。

蒋长义独自坐了些时候，无聊之极，便也寻了借口躲出去。庶妹蒋云清带着两个丫鬟赶来，见着他便轻声道："听说那位来了，夫人让我过来拜见，怎么样？"

蒋长义笑道："穿着朱袍，腰挎金刀，靴带都是金的，又给祖母带了好些礼物。这会子祖母留他说话正高兴呢，你我不如过会儿再去好了。"

蒋云清道："也是，这会子进去没意思。三哥送父亲和二哥一直到哪里？怎不早些回家？先前闵王爷来了，倘若你在该多好。"

蒋长义只道："我送他们到金光门，又去西市买了两本书。闵王来家里是做什么？"

"我也不知道，只听说是来找父亲的，兴许是什么好事吧？"蒋云清左右张望一番，极小声地道，"有人说你奸，昨日公子挨训，你倒跑到外头去避风头，情都不曾求一个，就巴不得他被赶走呢。你这几日不要乱出门了。"

蒋长义脸色煞白，吃惊地看着蒋云清，蒋云清朝他挤挤眼睛。语气快活地大声道："三哥，我们进去吧。"

蒋长义敛去神色，温和一笑："走吧。"

二人刚走到门口就听见一声脆响，忙跨进门槛，险些没撞上人。蒋云清还是第一次在老夫人这里遇到这种莽撞不知事的人，赶紧往后退一步。正要开骂，却发现此人身材高大，穿的正是朱袍，腰刀也是金光闪闪。她忙将那句喝骂咽下去，绽放出一个甜美的笑容，与此同时，蒋长义也开了口："大哥，这是云清。"

蒋长扬却是哼了一声，满脸不快地大踏步去了。

"这是怎么啦？"兄妹二人面面相觑，转身快步往里走，但见地上一摊水印，老夫人歪在榻上，胸脯气得一起一伏的，恶狠狠地瞪着蒋长扬带去的一箱子财物，一张老脸简直拧得下水来。

蒋云清干笑着上前去替老夫人捶腿："祖母，您老人家可要躺躺？"

老夫人猛地抬起头来，声音尖锐地道："我还没死！一个个就巴不得我死了才干净！"

蒋云清不敢说话，飞速站起，与蒋长义一边一个垂手肃立。又过了好一会儿，老夫人方哼哼道："来人，把这些东西给我抬了扔出大门去！谁稀罕他的破东西，吃了用了都不养人！"

蒋长义大惊失色："祖母，不可！大哥他做了什么事惹您老人家生气了？"

老夫人不答，只捶着榻道："牛不知角弯，马不知脸长！他真以为他不得了，我们这一大家子都只能靠他了？我还没死，你爹也还没死，你们几个也还活得好好的！这种孽障，他也配做你们的大哥？！扔出去，扔出去！"边说边拿着拐杖打丫鬟抬箱子。

蒋长义和蒋云清都是一样看法，这东西怎能扔出去呢？扔出去还不知旁人会怎么编派自家。于是商定由蒋云清哄着老夫人，蒋长义去请杜夫人。

却说早有人将此事知会了杜夫人。杜夫人笑得合不拢嘴，欣喜地看着来送信的丫鬟："到底怎么回事？怎么就吵起来了？"

丫鬟道："奴婢也不知。先前挺亲热，挺高兴的，说着说着，扯到安西都护府，又说起一位什么王夫人，然后不知大公子说了句什么，奴婢没听清，老夫人突然就发作了，怒气冲冲地摔了杯子，骂大公子不孝不悌，又说王夫人如何、方伯辉如何。大公子什么都没说，沉着脸起身就走。老夫人更生气，叫他把东西拿走，大公子让老夫人扔了。"

杜夫人沉默片刻，轻声道："我一直在这边处理家事，正好到了关键时刻，坚决不见谁。老夫人那边，她怎么吩咐的，你们就怎么做好了。不许气着老夫人，要按老夫人的指示行事，谁敢忤逆老夫人，我剥了他的皮。"

那丫鬟会意，自去办理不提。出得外面，见蒋长义过来，赶紧地躲开了。不到两盏茶的工夫，蒋长扬带去的箱子就被无情地扔了出去，引得众人一阵围观。最要命的是，里面的好绸缎扔出去就变成了陈年货，黯淡无光不说，还被耗子咬过，药材也是生了虫的。

又过了半个多时辰，杜夫人又指挥人捡了回去。次日一早，京中许多人家都晓得了，蒋长扬与国公府的老夫人产生了不愉快，老夫人把孙子送上门去的礼品都扔出府去，而杜夫人夹在中间左右为难，两边都惹不起，只好千方百计打圆场。

于是一个版本开始流传，蒋长扬因为之前其母与朱国公府的私怨，对朱国公府一直不满意，这回刚得了封赏，就迫不及待地上门炫耀，故意送些不好的东西去，硬生生气得老夫人不认孙子还病了。又有人扯出蒋长忠出丑、被送去军中的事情，人家都说，好巧啊！那件事指不定就是蒋长扬干的。

有意散布下，牡丹当天中午就听说了。她不清楚状况，只下意识地为蒋长扬觉得冤屈。和岑夫人说过之后，仍着了男装，带上恕儿和贵子往曲江池芙蓉园去寻蒋长扬。到了地头，门子开门，方才知道蒋长扬一大早就被召进宫里去了。

牡丹不由暗自心惊，只怕与刚发生的这件事有关。门子见她脸色不好看，忙请她进里面去候着。牡丹心想，如今这个情形，他不在家，她巴巴地跑到他家里蹲着，若是给人瞧见，说点什么出来更不好。便谢绝道："我在曲江池附近游一圈，半个时辰后过来。"

初冬的曲江池，委实没什么看头，只岸边枯黄的草皮上还可以坐着晒晒太阳。牡丹选个蒋长扬回家的必经之道，将一块厚厚的毛毯铺在草坪上，从旁边的小吃摊上买些零嘴，晒太阳吃东西。见有人放风筝，便又买了一只蜻蜓风筝，打算放着试试玩。

忽见湖面上一只画舫越靠越近，船头坐着个穿桃红薄纱襦子，着柳绿鹦鹉抹胸，系石榴红银泥裙子，穿绿缎小头鞋，怀抱琵琶，浓妆艳抹的女伎。那女伎自弹自唱，歌声悦耳，引得许多人抬头去瞧。

牡丹与恕儿也跟着看热闹，却见一曲终了，船舱中走出一个穿湖绿色圆领窄袖袍、钩鼻鹰目的络腮胡来，正是曹万荣。曹万荣手里举着一只双耳银杯，笑嘻嘻地朝那女伎说了句什么。那女伎抱着琵琶弯弯腰，由着他将那一大杯酒喂到她嘴里喝个干净。

曹万荣收回杯子，将她喝酒的位置转过来，伸出舌头给她留下的口脂舔了。船舱中众人发出一阵笑声，那女伎大大方方取个素绢儿帕子来，在上面印了一口，再把帕子扔到曹万荣怀里，又理着裙带摸出一盒口脂，自家补妆。曹万荣拿了那方印着朱唇印记的帕子，陶醉地嗅了又嗅，惹得女伎笑得花枝乱颤，又拨了几个高音。

恕儿"呕"了一声，厌憎道："这人好生淫邪。光天化日之下行此伤风败俗之事，实在太恶心了。"又点评那个女伎，"这么凉，还穿薄纱，啧啧啧……"

牡丹收回目光："不喜欢看就别看，看远处。"

那女伎回眸，恰好瞧见他们，只当是几个俊俏小公子，便朝着他们招手。恕儿骂道："看看，真不是个好人，还敢叫我们？呸！"

牡丹正要说话，贵子突然道："老少爷儿们寻欢作乐，逢场作戏的多了去，正常得很。恕儿妹妹你记着，不见得寻欢作乐、逢场作戏的都是坏人，一本正经、道貌岸然的就是好人。这世上，操贱业的人多极，难不成都是坏人？"

牡丹看着这个才买来的小厮，微微笑了起来。

贵子不过二十刚出头，中等身材，看着不壮却也不瘦弱，眉目普通得很，属于那种丢到人堆里就难得找出来的。但她亲眼瞧见，他一个人撂倒了三四个壮汉，马术也极好。她一直可惜他不会读写，没想到竟能发出这样一番言论，实是居家旅行之必备良药。

恕儿不服："好人家的女儿会做妓女么？不会！好人家的男儿会来找妓么？不会！所以都不是好人！"

"说了你也不懂，懒得和你说。"贵子把脸侧开，不耐烦和这个小丫鬟胡扯。

牡丹笑道："别说了，文人雅士在平康坊住的人多着呢。你能说他们不是好人家的男儿？管管自家人得了。"这世道本就狎妓成风，谁好或是不好还真扯不清。

"哎呀，原来是何七公子。这可是真巧啊！"曹万荣竟然指挥画舫朝牡丹等人靠了过来，他的表情和蔼得很，甚至有些巴结讨好的意思，"何公子，这里都是几个同道中的好友，不如上来一起喝酒游湖，谈论一下大事？"

牡丹笑道："多谢曹园主，我今日另有要事，就不打扰了。"她和恕儿若是着了女装，曹万荣断不可能如此轻慢地叫她上船，但她们着的是男装，此举倒是有些故意逼迫她的意思在里面。曹万荣话音未落，船舱里就钻出三四个男人来，为首一个须发皆白、清瘦挺劲，穿了身赭色的丝质圆领窄袖衫，戴黑纱幞头，笑得和蔼万分，仿若邻家长者。另一个二十来岁，穿件茶色丝质圆领窄袖衫，身材颇似那老者，清瘦挺劲，长相也颇清秀，一双黑白分明的凤眼格外引人。另外二人，牡丹曾瞧见过和曹万荣一处，估计是一伙儿的。

此时爱着男装的女子不少，且众女子穿男装赶的是时髦，并不需要装得像。故而，众人都瞧出牡丹与恕儿乃是女扮男装，觉着叫她们上船不妥。

曹万荣却道："何七公子，你可能不知道，这两位……"他指着那穿赭色圆领衫和茶色圆领衫的两个男子，用一种格外抑扬顿挫的声音说，"这两位可都是洛阳来的。吕醇吕老乃是有名的品花、种花高手，这花儿呀，什么好，什么不好，他清楚着呢。"

牡丹虽不知他葫芦里卖的什么药，仍抱拳行礼，恭敬地道："何七见过吕老。"

那老者捋捋胡子笑道："好，英雄出少年。"

曹万荣又指着那年轻男子："这一位是吕老的幼子，吕方吕十公子。他年纪虽轻，却已尽得吕老真传，同龄人中，论眼光技术，无人能及。他们吕家的牡丹园，在洛阳是首屈一指的，敢说是甲天下。"

听着果然很厉害。牡丹也含笑抱了抱拳："吕十公子年少有为。"

吕方扫了她一眼，不悦地看着曹万荣道："曹兄又胡说，天下之大，能人异士多不胜数，只求不是末流便已意足，我怎敢托大？"

曹万荣哈哈大笑："哎呦，我的十公子，您就不要太谦虚了，适才吕老也说您是吕家的千里驹嘛。我说的可是实情，这洛阳，除了吕家的牡丹园，的确再无一家敢称牡丹园，只能称花圃……你们若是果真在京中开园，我看这京中诸园只怕也是如此咯！"边说边拿眼睛去瞟牡丹。

牡丹淡淡地立在那里，只管将蜻蜓风筝翻来覆去地瞧。洛阳有个吕家牡丹园久负盛名不假，听说乃是祖传技艺，人多力量大，又是多年的家族，她的芳园定然有不及之处。吕家父子来京，莫非是为了蒋长扬日前说的那个牡丹会？若是，明年春天这个牡丹花会，必然是要举行的，届时不知会有多少奇人异事涌现出来。

曹万荣看不惯牡丹那云淡风轻的样子，便大声同吕家父子介绍牡丹："诸位，这何七公子，呵呵……"他用袖子捂了一下嘴，开玩笑地道，"其实就是一位娘子，她贪玩，所以着了男装。适才我竟然没想起，就邀请她上画舫，幸亏她记得，不然可是我的错了。"

牡丹冷睨着曹万荣笑道："曹园主，你这口气不妥哦，不知道的定然误会，当你是个登徒子！幸亏你还记得。"

曹万荣本想嘲笑牡丹女人做男人事，又故意当着这些人笑话她不自量力，戏弄她一回。哪知牡丹毫不留情反讽回来，脸色便有些难看，借机道："何娘子，你我虽是同行，但我一直都抱着向你学习，和谐共处之意，反倒是你一直与我过不去，处处针对！我男子汉大丈夫不与你小女人计较，但你也别太不把前辈放在眼里了。"

牡丹被他的连番指责弄得莫名其妙，待看到吕家父子用审视不喜的目光看着自己，便有了数。这牡丹会，只怕与这吕家父子二人有着莫大的关系，曹万荣在拼命巴结他们打击自己。只怕吕家父子二人已然被他哄得差不多了，反正都要留个争强斗狠的印象，与其忍气吞声，不如畅快淋漓。当下微微一笑："曹园主，您不说我还不知道。原来我的人品这般低劣，就总和您过不去。可是您在这样的情况下，仍然把画舫从那么远的地方摇过来和我打招呼，好意把两位吕先生介绍给我认识。实在让我好生惭愧……"

她装模作样地用袖子挡了一下脸，朗声道："圣人云，知错能改善莫大焉。今日听了曹前辈的教诲，心中恍然大悟了。日后前辈若是看上放生池边哪株牡丹，只需和我说一声，叫我别去，我一定不去，省得我看到了就舍不得转让；再然后，这寺庙和道观中，我也不去订接头啦，您看上哪家，在门上写个曹，小女子转身就走，省得最后还要劳动小和尚来退我定金，我还得额外搭上小和尚的跑腿钱。"

曹万荣的脸色越来越黑，吕老皱起眉头，吕方却是忍不住翘起了唇角。

"我是最尊敬前辈的，但现在这情况……哎呀，真不好意思见人，不敢耽误你们，船家，快开船啊！"牡丹侧过身，再不理睬曹万荣等人。贵子闻言，竟然真的将手里拿着的哨棒探出去推画舫。

"走！"曹万荣回头看着吕老道，"吕老，您看她，惯常生来的尖牙利嘴，我百般忍让，好意与她说道，却成个什么人去了？"边说边使劲跺了一下脚，一个五大三粗的男子汉做这种动作，看似真是委屈到了极点。

吕老皱眉道："你说她家中大富，父兄极宠她，来往权贵极多，所以她天不怕地不怕，还让两个男人当街为她大打出手？"

曹万荣使劲点头："对！对！一个是她前夫，一个是她表哥。啧啧……那时她离书还没到手，就帮着旁人谋害亲夫了……这还不算，她与好几个王府都沾亲带故的。她说了，这天下的牡丹奇品很多，但最绝最妙的必然出自她手中。也不知是谁给了她这般大胆！吕老，您此次出山，一定要把这种不知天高地厚的小人好好教训一顿！"

吕老果然大怒："这种败类也配种牡丹花，也敢说自己爱牡丹花？还叫牡丹？真是糟蹋了这个好名字！"

曹万荣趁机道："吕老，小人愿把自家那个小园子送与您，只求您……"

吕老扫了他一眼："我说过不在京中开园子的。"

曹万荣万分惊喜："别呀，这京中就缺您这样的行家里手老前辈坐镇，才会妖魔四起……"

吕老喝一口酒，缓缓道："不急，慢慢再说。"

吕方看了曹万荣一眼，又抬眼看向岸边的牡丹。她手里拿着的风筝已经飞了上去，但她明显是个不会放风筝的，竟然在树边就放了，上升的风筝自是被树枝挂住。她跺着脚喊，那个小丫鬟指手画脚的，来来回回地跑。那个小厮则拿着哨棒使劲儿地往上戳，试图将风筝解救出来，不想一棍子将蜻蜓风筝戳了个大洞。

小丫鬟气急败坏，手指头险些戳到小厮的鼻子上去。她却打开小丫鬟的手，一人塞了个红澄澄的橘子。那小厮此时得意地望着小丫鬟笑起来，炫耀似的将橘子瓣抠出来，一瓣一瓣地塞进嘴里甜甜地吃了。小丫鬟哭了，她却笑着去捏丫鬟的鼻子。丫鬟忍不住，哭得更是大声。她有些惊慌地松开手，小丫鬟却趁机踢了小厮一脚。

这样的人，会是曹万荣说的那种人么？吕方有些奇怪。正百思不得其解之时，忽见几骑人马过来，当头一个穿朱袍的从马上跳下，三两下爬上树去取下风筝递到何七手里。何七拿着风筝比画，微笑着不停说话。那人只是看着她笑，并不多话。小丫鬟和小厮收拾好东西，她便翻身上马，跟着那穿朱袍的人向着远处去了。

虽隔得远，但吕方从小就有副好眼神儿，他能看到何七的一颦一笑灿若朝霞，论相貌是当得起牡丹二字的，就不知人品到底如何，他必须去芳园看看才行。

"公子在看什么？奴家唱首曲儿给您听。"娇艳的乐伎扇着阵阵香风，蹬掉小头鞋，伸出未穿罗袜、蔻丹鲜红的脚不时撩一下吕方的小腿，半透明的蓝色薄绫裤子随风飘荡。

吕方呆呆地看了一会儿，突然道："我家中配有一种香膏，皮肤似您这般干裂枯燥的，值得一用！"

乐伎一愣，悄悄收起了脚，娇笑道："公子吹牛！"

吕方很认真："吕方从不吹牛。"

乐伎一挑眉毛，将脚从一个意想不到的地方钩上他的大腿："那你拿来给奴家瞧，再替奴家涂上如何？"

吕方不动，微微笑着："太累了。旁人只需擦一次就好，姐姐可能要擦上十年才会有所好转。不过那个时候，已经晚了呢。"

乐伎脸一红，松开了脚。吕方转身离开，一颗金珠落到了乐伎的怀里，冲淡了她适才的悲伤和气愤。

牡丹与蒋长扬寻了个隐蔽的茶楼说话，她轻声将自己听到的事说了："我们全家都听说了这件事，我娘让我来瞧瞧。适才听说你一大早就去了宫里，我还担心是不是受了这事牵连，看你还穿着朱袍回来，就想着应该没事儿了。"不孝乃是大罪名，便是皇帝也经受不住这种舆论，倒在这上面的人真不少。

蒋长扬握起她的手微微一笑："我来的时候就猜，这事儿传得沸沸扬扬的，不知你会不会来看我，哪承想竟是等在半路上。早知道你果然来了，我就该跑快些，天色已晚，你坐不多会儿又要回家。"

牡丹挨个捏着他的手指玩："怎会闹到这个地步？他们也太毒了，知道你的人，都晓得你绝不会拿坏了的东西孝敬老人。你再不喜欢她，也不是那样的人。"

蒋长扬被她捏得舒服，不由微微眯起眼来："我早猜到会这样的啊。从此以后，人家都知道我和朱国公府不和，就不会因为我的关系去找他们的麻烦；同样，朱国公府的麻烦也轻易不会找到我头上来。有得必有失嘛。"

牡丹用力捏了他一下："但是不孝这个名声，你怎么担得起？他们也太恶毒了些。"

蒋长扬轻笑一声，将脸放在离她不过半尺远的地方，定定地看着她道："现在就这么替我着想了啊？"

牡丹伸手去推他的脸："满脸的油，离我远点儿。"

蒋长扬将她的手拉起在他脸上擦了一道："对极了，就是油，我陪圣上射了半日的箭，出了许多汗，脸都没来得及洗就跑回来了。"

牡丹只觉得手心里油腻腻的，挣脱开来，用帕子一擦，啧……她简直看不下去，嚷嚷着用这只手剥橘子给蒋长扬吃。

蒋长扬也不嫌弃，递过一只橘子在她手里。牡丹终是不可能那般，另取了一张干净帕子托着剥皮："听你的意思，圣上没有怪你？御史台那边……"

蒋长扬微微一笑："没人治他们的罪就好了，还敢说那些东西不好，有些可是御赐之物，私吞的人等着掉脑袋吧。所以我今早是替他们求情，而不是替我自己求情。"

牡丹皱眉："你没告诉他们里面有御赐之物？"他绝对是故意的！

蒋长扬叹道："我还没来得及说就被赶走了。竟敢在我面前侮辱我的娘，身为人子，怎能忍受？我今早已在圣上面前发过誓，这一生不会继承朱国公府任何东西，包括爵位。但血脉亲情不能断，故而我把她们昨天做的糊涂事情承担下来，替祖母挨了几板子。"

牡丹的眉头越发皱得深："你挨打了？哪里？疼不疼？"

蒋长扬捂着腰："疼得厉害，若是你肯帮我上药，一定好得快。"牡丹轻轻踢了他的小腿一脚："疼死你算了。"

蒋长扬灵巧地让开，低声笑道："你等着，她们马上知道上了当，就会在朱国公那里坐实我的罪名，我是来害他们的，坚决不能让我回去。朱国公很快就会怀疑上我了。"

牡丹焦急地道："圣上怎么说？"

蒋长扬轻轻叹道："圣上并不喜欢我与朱国公府走得太近，我娘和方伯辉……所以，我越和朱国公府走不到一处，他越开心。"所以虽然他挨了打，皇帝心里是高兴的。

第二十五章　斗鸡

伴君如伴虎。牡丹想起李荇曾经找过蒋长扬，还有昨日在无名酒楼出现的闵王，还有那位景王，心下了然，郑重地道："你要小心，什么都没有安然健康更好更宝贵。"

蒋长扬微笑着掐掐她的脸："我有数，别担心。"

牡丹反掐回去："总之你小心。我走了，还要去一趟东市。"

蒋长扬送她到门口，直到看不见她的身影方折转了身。

牡丹一到东市，直奔何家的香料铺子，伙计瞧见她，满脸堆笑地迎上来："娘子今日怎生有空过来？"

牡丹笑道："我有事找我六哥，他在里面么？"

伙计犹豫了一下，摇头道："先前卢五爷过来找他说事儿，他请卢五爷往酒肆去了，说是天色不早，让我们到时候直接关铺子回家就得。他不回来了。"

"去了多久？"牡丹看看天色，此时不过申正。当初何老爹遇到重要的客人，会在比这样还早的时候就去酒肆。但若是卢五郎之类，就会直接带回家。不过想来他们年轻，喜欢看胡姬表演也是有的。但是，卢五郎什么时候和六郎这般要好了？

伙计躲闪地说："今日有些忙，小的没记，好像没多大会儿。"

牡丹见他为难，便不再追问，只问掌柜的："东叔，最近生意可还怎么？"

东叔是何家用了多年的老人，听见她问，便笑道："都是老顾客。"

牡丹心中一沉，就是说香料铺子的生意不如从前。四郎管的时候，除去老客，每日里还有许多新客上门，才会供得起这一大家子人锦衣华食。如今只剩老客，新客便是被其他香铺拉去了。她沉吟片刻，笑着道了辛苦，问了东市斗鸡场所在，在隔壁铺子买了几匹适合老年妇人和小女孩儿穿的好衣料，往斗鸡场去。

斗鸡场在放生池附近，牡丹人还未靠近，就已听到震耳欲聋的叫好声。放眼望去，但见斗鸡场也是分了雅座和普通座位的。雅座便是一间前面下光了隔扇门，内里摆放着桌凳茶具之类的屋子，观赏角度自然最好，还高高在上，好些衣着华贵之人坐在里头饮茶观战。

普通人则是毫无章法地围成一圈，你推我，我挤你，拼命往前面挣着去看场地中央那两只不停扑棱着翅膀冲撞抓咬，互相用距劈击对方，打得难分难舍、鲜血淋漓的斗鸡。只要其中一只占了上风，众人必然大吼大叫，拍着大腿，挥舞着胳膊，每个人都旁若无人，投入又狂热，眼睛瞪得比铜铃大，青筋暴起，眼睛、脸颊、耳朵、脖子一样红。

牡丹先看场中那两只鸡，其中一只暂时占了上风的，全身羽毛闪着青绿色的光，打斗中，不时露出底下白色的细绒。另一只稍微柔弱些的则是颈项和背毛为红色，群边毛为灰褐色，尾巴则是黑色。

贵子主动给她介绍："七爷，斗鸡的毛色非常讲究，青、红、紫、皂四色为上乘，那只青毛、底绒为白色的叫乌云盖雪；那只红的也是极品，叫白绒。您看到那鸡距没有？那上面装了尖刺，鸡翅膀上也扑了芥末粉。一扑一啄一劈，都可能会吃亏。"

牡丹奇道："明明是红色，为何要叫白绒？"

贵子道："红色斗鸡小鸡崽儿刚出壳时绒毛是白的。"

牡丹笑道："你懂的还真不少呢。"

贵子微微一笑："小人长在市井之中，三教九流的事情自然是知晓一些的。"

恕儿大感兴趣："贵子，贵子，你说哪只能赢？我也去下注。你去么？我借钱给你。"

"这会儿押不了，得等下一场。"贵子淡淡地摇头，"谢恕儿姐好意，我从不赌钱。"

牡丹看着贵子那不卑不亢的样子，想起了雨荷。

此时两只鸡打得乏了，渐渐没了先前的精神头。一个麻衣汉子提着一桶凉水过来，往两只鸡头脸上喷凉水，那两只鸡立刻又兴奋起来，越发斗得激烈精彩。

牡丹低声吩咐贵子："去寻张五郎，若是他有空，烦劳他过来一叙；若是无空，我便等着。"

牡丹选个相对僻静的树荫下站着四处张望，她总觉得能在这里找到六郎。不多时，贵子将张五郎领了过来。张五郎披着件绿色的锦缎半臂，内里穿着月白色的圆领窄袖衫子，袖子高高挽着，走一步当贵子走两步，瞧见牡丹就呵呵笑道："何……七郎，真是稀客呢。"

牡丹忍笑给他行了礼："七郎见过五哥，我有事要请您相助。不知您此时可有空闲？"

张五郎看一眼狂热的人群，道："过了这场还有一场，斗鸡已经选好，自有人办理，我没事儿了。这里不是说话处，那边我有个居处，你若不嫌脏臭，可随我来。"

牡丹笑道："我怎会嫌脏臭？"

张五郎望着她嘿嘿一笑，当头领路。

几人一前一后绕过狂热的人群，从雅座旁的小径往里走。旁边有好几个大门紧闭的小院子，里面也爆发出不亚于外面的热闹叫好声和焦虑的吼叫声。张五郎笑道："这里面是些有钱人，出手都很大方，不欲与外面锱铢必较的凡夫俗子们同流合污。"

牡丹微微一笑。斗鸡是真，还有其他勾当也是真。她曾听蒋长扬说过，诸王爱聚在宅中斗鸡，被圣上得知，明令不许。其实怕的就是诸王私下结交罢了，那么此处正是搞地下活动的好地方。

不多时，张五郎在一间嘈杂的小院前停住脚，道："你们先候着。"他才进去不久，里面就没了声息，一个眉清目秀的女孩子打着呵欠走出来道："何七爷，里面请。"

牡丹定睛一瞧，却是那日在张五郎家中见着的那个伶牙俐齿的小女孩子，想起她给张五郎吃瘪，张五郎那样凶悍的人却那般让着她，便笑道："原来是你呀，你叫什么名字？"

女孩子一笑，露出两颗白花花的兔子牙："我叫……"

张五郎走出来，瓮声瓮气地道："她叫吃白饭的，就叫她饭粒儿。"

饭粒儿闻言大怒，翻着白眼叉腰骂道："老娘哪儿吃白饭了？在家里浆洗煮饭，夜里给娘子暖脚捶背；白日里给你送饭，还帮你算账，老娘……"

一个小人儿口口声声老娘长、老娘短的，众人忍不住笑起来。饭粒儿的眼睛瞬间红了，只管恶狠狠地瞪着张五郎。

张五郎不理睬她，只请牡丹往里面走："乱七八糟的人都被我赶开了，进来说话。"

牡丹摸摸饭粒儿柔软的头发，笑道："饭粒儿的垂髻是自己梳的么？梳得真好。"

饭粒儿红着眼睛看看她，突然冒出一句："我不自己梳，谁给我梳啊？我可不是有钱的娘子，养得起奴婢下人伺候。"

这个年纪的孩子全身是刺。牡丹微微一笑，转身进了正中一间挂着蓝底白花布帘的屋子，屋里有个铺着蓝底白花布褥子的小坐榻，几个月牙凳，一张矮几，几上零零散散放着几张纸，一管半秃的笔，一把旧算盘。

张五郎撇撇嘴："就是饭粒儿弄的。这鬼丫头，嘴巴毒，半点不讨喜，幸好还认得几个字。丹娘别跟她计较，她就是那讨人恨的死德行。上次你六哥来，笑话了她两句，被她一杯滚茶从裤裆上淋下去……"说到这里，他猛然住了嘴，有些尴尬地看着牡丹。

恕儿更是大惊小怪地看着张五郎，又看看贵子，又看牡丹，结果贵子面无表情，仿佛什么都没听见。牡丹神态自若："脾气是不怎么好，但我六哥必然也是活该。不过幸亏是我六哥，若是你院子里那些贵客，可不好对付，也不会管她是不是年岁还小。"不就是说个"裤裆"么，值得一个个如此大惊小怪？

张五郎侧开脸道："那是，我说过她了，不许她出去乱走，平日里只在这屋里，若非你来，也不叫她出去。"

牡丹点点头："说起我六哥，我先前从香料铺子里来，不见他，听说是和一位朋友去酒肆了。我还担心也把你一起叫了去，我来会扑个空呢。"

张五郎道："他倒是喊过我几次，但我哪里有空陪他去喝闲酒？后面就再没来过。某日我有空，想着他几次相邀都不曾去，便去请他吃酒，也说不在，去了酒肆。"

牡丹明白了张五郎的意思。六郎大概是有点问题了，但不在张五郎这里晃，还可能因此和张五郎不欢而散，为此挨了饭粒儿一杯滚茶，可这事儿她在家中却从不曾听谁提过。自己的家务事不该扰人，知道个大概，其他的回去和家里商量就行。

想到此，牡丹转了话题，说起正事："五哥，我今日过来是有其他要事请托你，听说明年春天可能举办牡丹花会。"她将今日遇到曹万荣的事情说了，道，"我想请五哥替我安排两位兄弟，查一查那洛阳吕家的底细，还有曹万荣的目的是什么。按行规，这是定金。钱不好带，就拿这个抵。"

恕儿将一个银碗放在桌上。

张五郎皱眉道："你这是做什么？不过小事而已。上次不过说了那几句话，你就给了每个弟兄一匹绢，他们都说你太过大方。这次的事……"

牡丹含笑道："五哥，行有行规，若只是您一人，我倒是不客气，但其他兄弟都是要养家糊口的。这不值当什么，就是一点心意。而且，若是牡丹花会果然要办，要麻烦您的多着呢，总不能叫人总白跑腿不是？"

张五郎沉吟片刻，道："行，我会把你的意思转给各位兄弟知晓，叫他们把事儿给办妥了。"

牡丹笑着谢了，让贵子将先前买的衣料拿过来："上次去五哥家中，承蒙伯母盛情款待，有心请她老人家去做客，奈何我经常不在家。这是一点心意，正好给伯母和饭粒儿裁件冬衣。"

四匹衣料，一匹天青色，一匹暗枣红色，一匹嫩绿，一匹桃红，都是上好的锦缎。张五郎默了片刻，猛地吸了一大口气，大声吼道："吃白饭的，还不过来感谢你何七哥！"

才刚喊了一声，饭粒儿的头就从帘子下伸了进来，睁着一双黑白分明的眼睛不屑地道："我耳朵又没聋，学什么牛叫。"

张五郎被她气了个倒仰，她却自顾自地走过去看料子，然后露出非常满意的神色看着牡丹福了福，笑道："何姐姐，挺好瞧的，比某些人买的好看多了，我承您情了，再替我家娘子给您道谢。先前我挨了骂，心里不舒坦，拿您乱发脾气，请您见谅。其实我就想做个有钱的娘子，养奴婢下人伺候我。"

牡丹忍不住笑起来："真有志气，你一定会有钱的。"其实她现在的钱也不是她的，而是何志忠和岑夫人给的。真正属于她的钱，明年春天才会有。一定会有的，她握紧了拳头。

张五郎起身送牡丹出去："时辰不早了，我送你出去，不然等会儿众人散了归家，又脏又乱，啥人都有。"

牡丹回头看去，饭粒儿正聚精会神地拉起一块衣料对着光看，又拿起摩挲了一下脸颊，笑容甜蜜而幸福。挺可爱的小姑娘。

张五郎磨着牙道："讨死人恨的死丫头。"

牡丹笑道："挺有趣的，是你家亲戚么？"

张五郎叹了口气："不是，也算是。我娘不知从哪里弄来的，简直就不客气，把我家当她家。听说是个穷措大的女儿，爹娘都死了，认得几个狗爬字，就自以为不得了。惹我啥时候烦了，提着衣领扔出门去，看她不哭爹叫娘！"他的眼睛有些红，用一种烦躁却又带着点亲昵的口气说，"一老一小两个拖累，害得老子什么地方都去不得。你四哥让我跟他们去出海，你大哥让我去从军……我说我就只是吃这碗市井饭的，做生意都关张，唯有这个还赚钱……"

牡丹第一次听到他说这些，便笑道："其实我觉着五哥现在挺自在的，也没跟着沉迷进去。这热闹，也真热闹。"

张五郎翘唇一笑，铁塔似的往墙边一站，抬眼看着瓦蓝瓦蓝的天空，道："这人生百态，可比戏场好看，经常看人悲欢离散，家破人亡……只到底不是积阴德的事，我养着饭粒儿，就当是积阴德吧。对了，你六哥爱去最大那家胡人酒肆。"

牡丹记得那家酒肆，那时她才从刘家出来，跟着张氏和孙氏来放生池边看花，在那里见着美人玛雅儿，还有被潘蓉调戏……那时张氏就说过六郎最爱去那里。

张五郎确认牡丹安全离开这块地头方才转身，才一转身，就被饭粒儿一脚踩在脚背上，挽着袖子叉着腰拧着眉道："看什么看，往哪里看？我是穷措大的女儿，就认得几个狗爬字？原来养我是为了积阴德？你要提着我的衣领把我扔出去，让我哭爹叫娘？！娘说过，等我及笄就拜堂！等我长大了，看谁哭爹叫娘！"

她才多少岁？十岁。他却是要到三十的人了。张五郎无奈地看着面前那搓板儿似的、身高只到他腋下的黄毛丫头，叹了口气，提着她的衣领往房里轻轻一扔，道："等你长大再说，吃白饭的。"

"我不是吃白饭的！"饭粒儿哭红了眼。

"你娘给你取名儿叫饭粒儿，不就是希望你能吃白饭还是整粒的白米饭粒儿么？饭粒儿就是吃白饭的。"张五郎回了她一句，扬声往旁边喊道，"来个人，做事儿！"

一块还带着墨汁的砚台穿过蓝底白花的布帘子，精准无误地砸上了张五郎的背脊，崭新的绿色锦半臂上顿时开了一朵黑花。爆笑声从周围几个先前还安静成一片的房间里响起来。张五郎的脸色越来越难看，暴怒地冲进去，却见饭粒儿高高站在榻上，身上披着牡丹新买的衣料，眼眶红红地道："我不穿了，我会好好地给娘子做衣裙。等你将来有了新娘子，这个留给她，我给她做。我针线很好的，别赶我走。"

张五郎哀叹一声，捂着头走了出去："你自己穿吧。"

牡丹主仆几人走了没多远，忽听后面闹哄哄一阵乱响，却是最后一场斗鸡散了场，有人赌光了家产，被当场拿着剥衣服，要押着去清算赌资。那人哭天抢地，半裸着上身，将头往树上撞，喊着不如死了，撞得血肉模糊又被人拖开，半点不容情地拖着往前走。一大群看热闹的人闹哄哄、过节似的围着追着往前面去了，扬起一片尘土和难闻的馊臭汗味儿。临空还能听见那人凄凉的哭喊声："兰娘我对不起你，儿子啊……让我死了吧……我鬼迷心窍了啊……"

牡丹打个寒颤，情不自禁地跟着那些人走了几步。贵子忙道："娘子！天色不早啦。"

牡丹这才惊醒过来，说道："回去后就明确规定，芳园的人谁都不许赌钱。"

回家途中，从那间最大的胡人酒肆下经过时，牡丹看到一个穿着翡翠色薄纱衣裙的女子靠在二楼窗台上轻拨胡筈篌，一条穿了绯色灯笼裤的长腿轻轻晃悠着，洁白如玉的脚上未着罗袜，纤巧的足踝上挂了一串精致的金铃。见她过来，女子便笑看着她抛个媚眼，碧绿的眼眸妖冶而迷人。

是玛雅儿，她可真美丽，牡丹看得目不转睛。

恕儿推了推她："娘子，要进去么？看啊，那胡姬将您当成年少貌美的公子啦。"

牡丹摇头，六郎的事情还没拿准，贸然跑进酒肆做什么？

牡丹正要收回目光，忽见两只手探上来，稳稳抱住玛雅儿的腰，将她抱起放在空中晃悠。玛雅儿尖声地惊叫着，笑着，求着饶，手里的胡筈篌却不曾放开过，抓得死紧，并没有因为害怕而松手去搂惊吓她的男子的脖子。

你们在玩弄我，我也在玩弄你们。不知怎地，牡丹突然想起这句话来，便只怔怔地看着玛雅儿。

玛雅儿望着吓唬她的那个人大笑，而抱着她的那个人，穿着黑色的丝质圆领袍子配玉色里衣，光洁的发髻上插着羊脂古玉发簪，浓眉秀目，唇角含着一丝讽刺的笑容。他抬起微醉的双眼，似是在看怀中惊慌尖叫、妩媚得滴水的玛雅儿，实则是在看楼下的那个人。

他第一次看见她穿男装。

她在看这里。

刘畅使劲往玛雅儿粉嫩的脖子上亲了一口，就拥她在窗边，含着玛雅儿的脖子拼命吮吸。见鬼去吧，他才不在乎，不过一具臭皮囊而已。

牡丹转过头，轻轻一磕马腹，不疾不徐地离开了东市。

刘畅越发热情，玛雅儿的笑声越发开怀，可是谁又在乎呢。玛雅儿不在乎。别人也不在乎，刘畅猛地将玛雅儿推开，跌跌撞撞地下了楼，纵马而去。

"刘寺丞，刚来就要走么？你个没良心的。"玛雅儿娇嗔地喊着，摸出一块手绢擦去他留下的口水，扬手将手绢扔到了窗外。

牡丹回到家中，问明二郎、五郎、六郎都还未曾归家，便换了衣服往岑夫人房里去。岑夫人见了她便道："怎么样？可见着了蒋公子？"

杨姨娘也在，牡丹不好多说，只道："去了宫里，等了许久，在路上遇到了，说是误会，已经解决好啦。"

"那就好，好人有好报。回来的路上可遇到卢五郎了？"杨姨娘对着牡丹挤眼睛，发上插着的一把金筐宝钿的犀角梳子在阳光下熠熠生辉。

"不曾。"牡丹见她挤眉弄眼的，不明白她要干吗。

"他要回扬州了。今日是来辞行的，本想见你一面，可你不在。他从未时一直等到适才，见天色晚了才走的。"杨姨娘有意顿了顿，道，"说是明日还要来，让丹娘在家里等着，有事儿要和你说。"

卢五郎自那日替何志忠等人钱行后，牡丹就再也没见过，听说倒是会常常去找二郎和五郎。非得要见自己，怕是有事相求，并与秦三娘有关吧！牡丹忽略了杨姨娘话里话外的暧昧："我记着了。姨娘头上的梳子真好看，以前没见过。"

杨姨娘有些不自在，伸手摸了摸，笑道："前些日子，老爷走之前，我过生日时给的。"

牡丹又赞了两句好看。她很清楚，老爹是给了杨姨娘一把犀角梳，却不是这把。何志忠在这方面分得很清楚，这样豪华精致的梳子，岑夫人都没有，杨姨娘又怎会有？

岑夫人扫一眼杨姨娘头上的梳子，道："阿杨，孩子们快回来了，你去瞧瞧，饭食做好没有？"

这便是赶人走了，定是要和牡丹说卢五郎的事。杨姨娘没心没肺地对着牡丹比了个动作，笑眯眯地走了。

岑夫人这才道："说吧，什么事儿？"

牡丹字斟句酌："我去香料铺子里，原本想请六哥陪我去找张五哥帮忙办件事儿。但是六哥不在，伙计说，卢五郎去找他，二人一起去酒肆喝酒了。那时候是申正。"

然而卢五郎自未时起就一直在何家，岑夫人的神色严肃起来。

牡丹接着道："老掌柜的说，生意还平稳，都是老客户。张五哥说六哥找过他好几次，都是约去喝酒，他忙就没去。后来有空去约六哥，六哥却不在铺子里。听说，六哥最喜欢去东市最大那家胡人酒肆。"

岑夫人抓起瓷茶瓯满满饮了一大杯，用帕子擦拭干净唇角后方缓缓道："多亏你爹不曾将铺子里的银钱过他的手，只信老掌柜，不然要翻了天。这事儿你先别提，只装作不知，他回来必会试探于你，你随便胡诌一个理由就是了。待我与你二哥、五哥商量，拿实在了再说。"

暮鼓响起后，二郎、五郎先行归家，听岑夫人说了六郎的事情，二郎皱眉道："明日我去见见老掌柜，看看是怎么回事。"

五郎道："我看他最近心情很好，应当是挣着钱了。"

岑夫人想到杨姨娘头上的犀角梳子，忧虑道："此时赢钱还好说，只怕到时候输了钱，便要打铺子的主意。虽则铺子里收钱点货自有一套规矩，日日都要对账，但他若是有心，总能找到法子。我最怕是他以次充好，赚取差价，败了店里的名声。你们兄弟二人拿个章程出来，没拿实在之前不得轻举妄动，莫要伤了他的心。"

二郎应道："知晓了。"

忽听六郎的笑声在门口响起："咦，今日又是我一人最后归家。"

众人就都住了口。六郎先给岑夫人行了礼，又同众人打过招呼，方在牡丹身边坐下，笑眯眯地道："丹娘，听说你今日去铺子里找过我？"

牡丹闻到他身上有股淡淡的酒味儿，便笑道："是呢，伙计说你招呼客人去了酒肆。六哥要不要来碗醒酒汤？"

六郎看着她的眼睛笑道："不用，六哥有分寸，生意重要，怎会那么早就喝醉了？我只和卢五郎喝了一会儿酒，他来我们家，我去了另一家胡人铺子看降真香。店子里的降真香不多了。"

看来是和杨姨娘对过话了，牡丹笑道："看着了吗？"

"品质不太好，我没要。"六郎坦然自若地和其他人说了会子闲话，又像模像样地说了些生意，哪个客人如何挑剔，他又如何应对，等等，表现得淡定自若。

一夜无话。

次日一早，二郎兄弟几人刚走不久，卢五郎就来了。果然不出牡丹所料，他是来拜托她的。原来秦三娘真是跟了景王，却不曾入住景王府，而是住在丰乐坊中，无名无分。

"我初时与小姨相认，她装作不认识我，让人把我赶出去。可第二日，却又派了人来，引我去见。她说她日子过得不错，让我们莫要担心。我看也果然不错。便决定回扬州去……可前两日她的丫鬟来传话，说她最近身子不太好。"卢五郎对着牡丹深深一揖，"我本想上门去探，却不方便去，思来想去便想到了您，拜托您去看一看，也好叫我放心，回去后和母亲有个交代。"

牡丹沉思良久，断然道："卢五哥，你看见的，上次她就不愿认我，我去不合适。上次她既能悄悄引你去见，这次也能悄悄引你去见。你不如多在京中待些时候，她总能找到机会引你去的。"

卢五郎沉默片刻，再次深深一揖："是我对不起您，我说了假话。她不肯与您相认，其实是有苦衷的。这次……"

牡丹淡淡地道："这次她又有难了，是不是？"

卢五郎有些尴尬："景王与她有些误会，许久不曾去她那里了。她有了身孕，不能自由出入，所以我想请您去……"

牡丹打断他的话："卢五哥，对不住，我只是个小百姓，能力有限，不敢掺和王府的事，何况我是吃过大亏的。若是您手头不方便，我倒是可以设法，唯独这事儿实在没法子。"

"不需要钱，不需要钱。"卢五郎虽然很是失望，却没什么不高兴的意思，默默坐了片刻，到底没有再说什么，告辞走了。

岑夫人道："丹娘，你为何拒绝他？你果真是因为上次秦三娘不曾与你相认，生了气么？倘若只是上门替他看看人，并不会如何。"

牡丹道："不是。我是觉得不对劲。"

牡丹没忘记李荇曾经找过蒋长扬，没忘记前天突然出现在无名酒楼、奔着朱国公去的闵王，也没忘记蒋长扬和她说过的话，更没忘记从景王那里高价买来的李花匠。假设景王其实并非传说中那个没有存在感的人，而是那个不声不响就把颜八郎逼得家破人亡的人，他一定知道她与蒋长扬关系匪浅。

再假如秦三娘真的如同她自己所说那般，总有一日会报答自己，那么，她之前一直都不肯认自己，也不肯认卢五郎，必有其原因。而卢五郎早先一直请何家帮忙，与何家关系还算密切，待到与秦三娘有了接触，却一直不曾与何家提过，如今却突然找来，还把秦三娘有了身孕、与景王有误会的这种私密话说给自己听。前后态度变化之大，由不得牡丹不怀疑，这其中有猫腻——当然是冲着蒋长扬和他身后的人去的。

只是这些怀疑，牡丹并不敢和岑夫人细说，只能道："有些人飞黄腾达之后，最不愿见的就是看过自己最落魄悲惨之时的旧人。秦三娘若是想认我，早就来了。她肯认卢五郎却不肯认我，按我想来，应当就是这个原因。卢五郎一厢情愿，我去了以后也不会得到秦三娘的好脸色，何况此事涉及王府姬妾、子嗣争宠之事，我们还是少掺和的好。如今爹爹、大哥不在家，更该小心谨慎。"

岑夫人微一沉吟，道："你说得是，小心驶得万年船。她既然愿意给景王养在外头，就该有所准备，你去了也无益。"

牡丹点点头，笑道："娘，前日您不是说天气凉了，脸上、手上越来越干燥，要做香膏么？今日正好，咱们做呀。多做些，我拿去送人。"岑夫人年纪不小，却保养得极不错，手上的保养方子不少。近日她精神倦怠，引着她弄弄这些东西消消乏比较好。

岑夫人果然来了兴致，笑道："这有何难？想做就做了。我教你。收拾两只猪蹄，洗一斗白粱米，放五斗水，慢火煮熬，待到猪蹄和米都烂了，取清汁三斗备用，这是第一步。然后把白茯苓、商陆各五两、菱蕤一两、白芷、藁本各二两，切碎熬成三斗药汁备用，这是第二步。最后将桃仁一升研碎，与药汁、清汁一起煮，熬得一斗半，滤去渣子，置入瓷瓶中，投入甘松香、零陵香末各一两，搅拌均匀，冷却之后用丝绵将瓶口盖严实，每日夜里睡前取些涂脸和手就好。"

牡丹兴奋地叫宽儿拿钱去厨房，让人准备猪蹄，恕儿则取钱去库房要其他药材等物。

"见者有份！"吴姨娘和杨姨娘携手进来，笑道，"难怪夫人一直这般白净滋润，原来是有秘方的。既是丹娘自掏腰包，那便多做些，让我们也沾沾光。"

牡丹笑道："人手一份好么？"

杨姨娘拍手笑道："好。好。"然后左顾右盼，摸着自家的脸颊，讨好地看着岑夫人笑，"婢妾虽然比夫人年纪小，肌肤却没夫人这般细致光滑白净！"

非常明显的讨好，约莫是心虚了。岑夫人淡淡一笑："你比我和阿吴小了十多岁，又是扬州人，我们怎么比都比不过你。"

杨姨娘干笑："夫人又挤对我。"

牡丹看时，她头上那把金筐宝钿犀角梳已然不见了，取而代之的是一把很普通的银镏金插梳。

不多时，薛氏等人也闻讯来了，一齐坐下亲手研磨药材杏仁等物，一家子说说笑笑的，好不热闹。唯有孙氏坐在角落里，抓着一把杏仁翻来覆去地看，魂不守舍。

牡丹见状，挨到她身边笑道："六嫂在做什么？"

孙氏被唬了一跳，抬眼望着牡丹淡淡一笑："没什么，只是觉得这么大的杏仁儿不多见。"

相比杨姨娘的春风得意，四处讨好卖乖，孙氏还是穿着半旧的家常衣裙，头上也只插了几根双股金钗并两朵珠花，粉和胭脂都没上，人瘦了许多，显得心事重重。牡丹便道："六嫂怎么瘦了？"

孙氏抚了抚脸，淡淡一笑："是么？约莫是没有搽粉的缘故？"随即起身嚷嚷道，"小姑子嫌我瘦了，待我照照镜子去，若果然是，晚上多吃点。"去了就再没来，却是故意躲着牡丹。

孙氏和杨氏明显晓得一些，只是不肯说，说到底，还是嫡庶之分，防着他们的缘故。牡丹歪头想了一会儿，埋头继续做事，恕儿进来附在她耳边轻声道："信已经交给贵子了，他骑马去的。"

牡丹点点头，虽然一切都只是她的直觉，无凭无据，她也不清楚那些错综复杂的关系，但她还是希望蒋长扬能多掌握一些情况，保护好他自己。

却说卢五郎出了何家，直奔丰乐坊而去，七拐八弯转到一所大宅子的后门前下了马。小厮上前用马鞭柄轻轻敲了两下门，好半天门才轻轻开了一条缝。一个老苍头探出头来，扫了卢五郎一眼，立即打起精神让开了路，满脸堆笑地上前牵马："表公子来了啊？"

卢五郎轻车熟路地沿着一条冰裂纹石小道，绕过雅致幽静的假山流水，走至一座小楼前站定，低低咳嗽一声。

石青色的夹帘被打起来，阿慧探出头来笑道："表公子来啦？夫人等您许久了。公子此行还顺利么？"

卢五郎摇头，秦三娘清脆悦耳的声音从楼上响起："五郎，上来。"

阿慧不动声色地立在门边当起了门神，蔡大娘替卢五郎打起帘子："公子要喝什么茶？"

卢五郎道："随便。"

"就将我喝的紫笋给他一瓯。"秦三娘坐在窗边抱怨道，"这天儿越发凉了呢，弄得人半点精神都没有。"

卢五郎远远坐在水晶帘边的月牙凳上，捧着银镏金双耳茶瓯，拘束地道："姨母身子不同平日，不该坐在那里吹凉风。"

秦三娘笑了一笑，紧一紧紫色莲纹披袍："事情办得如何了？"

"果然不出您所料，她拒绝了。"卢五郎将经过说了一遍，问道，"姨母，她若是答应了，您又怎么办？"

秦三娘转动着手里的茶杯，盯着氤氲上升的水汽轻轻道："她与我本是陌生人，她又才经过那种事，差点吃了大亏，听到你说我有了身孕，还与景王生分了，除非是傻了才会来。你放心，我说过的话算数，她若是真傻，果然来了，我也会尽量不叫她吃亏。"

卢五郎道："姨母，这事儿办不成，景王那里您怎么办？"

秦三娘笑道："怎么办？凉拌呗！鱼儿不上钩不是我的错。他自己出过几次手，不都是老样子？若他因为这个怪我，活该他成不了事儿。"轻轻巧巧地将一句寻常人根本不敢听也不敢说的话说了出来。

卢五郎不自在地握紧了杯子，他不小心掺和到这种事情里来，也不知道回去后会不会被母亲打死。可是想到富贵险中求，万一侥幸成功，整个家族的前景一片光明，他又有些兴奋。

"你不必担心，他若真是想拉拢那个人，自然会另外想法子，下大力气的。"秦三娘看着卢五郎发白的指关节，温柔地道，"让你做这种事，真是难为你了，待到今晚见过殿下，你就启程回扬州吧。你母亲若是问起来，你就实话实说，该怎么办，她心里自然有数。我原不想要你掺和进来，可是你我运气都不好，恰好给他撞上了。是我拖累了你们。"

卢五郎大着胆子道："姨母，大约不是运气不好，而是迟早都会如此。"被狼盯上了，怎会逃得过？除非那狼自动放弃目标，改了主意，或者就是能把狼杀了。

秦三娘一愣，随即微微一笑："约莫是吧。时辰差不多了，你下去休息一会，我也要梳妆了。"

第二十六章　探

慢火细熬，猪脚美容膏直到下半夜方才成了。第二日一早，牡丹刚起身，恕儿就兴高采烈地拿了一只婴儿拳头大小的瓷瓶给她瞧："娘子您瞧，成了呢。您快试试，用了赏点给奴婢们试试。"

细瓷瓶子里的乳白色香膏看着闻着都还不错，牡丹笑道："你十四五岁的人，正是花骨朵儿似的，肌肤娇嫩得很，急什么？"

因为天冷待在房里的甩甩听到牡丹说了一个"花"字，便想起了雨荷，在一旁起劲地喊："死荷花，死荷花。"

牡丹被它吵得脑仁疼，随手从银盘子里抓了一颗松子仁儿朝它扔过去："大清早的，闭嘴！"

甩甩灵巧地接住，一口吃了，兴奋地大叫着："牡丹，牡丹，牡丹真可爱！"

"真是聒噪。"宽儿赶紧给它换水食，"不说话谁也不会把你当哑巴。"

恕儿打水伺候牡丹洗漱："按您的吩咐，昨日夜里守着熬膏子的人都打赏了，各房的也都按着人头分好送了过去。还剩下十六瓶，都在这里了。"

牡丹侧脸瞧过去，果见桌上一溜放着十六只婴儿拳头大小的白瓷瓶子，瓶子口都用五彩丝绸蒙着。便随手用银簪子挑了些涂在手背上揉开，果然挺滋润的，气味也好闻。便吩咐道："给林妈妈和封大娘每人一瓶。剩下的给白夫人、李满娘、窦夫人每人送两瓶。你们想要，就每人一瓶呗，阿桃也给她一瓶，冬天治手脚皲裂不错。"

恕儿假意推道："可是都给了咱们，您可只剩下四瓶了。"

牡丹撇撇嘴："要是不想要，就把你的留给我。"

恕儿干笑一声，飞快地道："奴婢去给您寻匣子，找纸研墨好写帖子。"

牡丹笑啐了一口："口是心非的坏东西！"

甩甩立即接口："坏东西！"

"你这坏鸟！"恕儿对着甩甩比了个掐脖子的动作。

甩甩突然恼羞成怒，扑腾起来，却被链子扯了回去，只好气冲冲地站在架子上竖起翎毛示威："坏东西！坏东西！"

恕儿得意地冲它做了几个怪动作，方才心满意足地去取东西。

牡丹把东西装好，写了帖子，还未封匣子，前头岑夫人身边的丫鬟桂烟笑嘻嘻地进来行礼问好："有客来，夫人请娘子出去。"

牡丹忙起身净手："这大清早的，早饭都还没吃呢，谁赶这么早？"

桂烟笑道："奴婢不知呢。只看到穿得极好看，人也美丽，亲切极了。就是身边跟着的姐姐们，也着绫罗绸缎，穿金戴银，个个都漂亮得很，带了好些礼物，说是来向您赔礼道歉的。"

牡丹马上就猜到是谁了，她还以为蒋长忠被送去军中，朱国公府又被蒋长扬算计着发生了那样的事，那人不会有时间有心情来呢，哪承想还是找上门来了，还这么快。

桂烟见牡丹皱起眉头不说话，忙笑道："娘子不知是谁么？"

牡丹对着铜镜打量自己的发型衣饰，答非所问："她带来了多少人？"

桂烟扳着手指头算了算，道："不多，估计就是二十来个。四个丫鬟，两个婆子，还有八个护卫，八个舆夫。门房里都塞满了。"

恕儿没好气地道："这还不多？是来打老虎的吧？这到底谁呀？赔礼道歉搞这么大排场。"

牡丹道："不是打老虎的，而是养豹子的。"

主仆几人到得前面，果见两个穿着天青色绸襦裙的婆子立在中堂门口，眼观鼻，鼻观心，站得那个笔直，一丝不苟。就是牡丹从前面经过，她们也没抬抬眼皮。牡丹扫这二人一眼，满面笑容地跨进中堂。

但见一位徐娘半老，我见犹怜的美人儿端庄大方地坐在上首，含着笑亲切地看过来，身后一溜站着四个穿水红襦裙，梳垂髻，如花似玉的大美人儿，也是个个眼观鼻、鼻观心，庄严肃穆，像观音菩萨面前的龙女儿似的。

岑夫人陪坐在一旁，笑道："丹娘，还不快过来给夫人行礼。"

牡丹往前疾行几步，福了下去："夫人安好。"话音未落，就被一双温润暖和的柔荑稳稳托起，鼻端立时传来一阵淡淡的冷梅香。

杜夫人笑道："不客气，我本是替我那不成器的犬子来赔礼的，怎地倒叫你给我行礼了？"声音温和又快活，非常悦耳。

牡丹微微一笑："您是客人，年长，身份尊贵。给您行礼本是应该的。"她眼前的杜夫人生得肌肤如玉，花容月貌，漆黑发亮的头发梳成一尺高的峨髻，插着九树花钗。那花钗做得极其精巧，纯金打造，结条工艺，叶片巍巍，上面还有成双成对用宝石镶嵌或是雕琢成的小鸟。随着杜夫人的举动，似展翅欲飞一般，生动活泼。再配上银红色织金锦披袍，鹅黄八幅小团花罗裙，整个人显得高贵美丽，却又观之可亲。

杜夫人也在打量牡丹，牡丹穿的是茜色织锦滚白兔毛边短襦，配同色的八幅罗裙，没什么花巧，唯有腰间配了一条巴掌宽的碧色裙带，裙带上系着一对晶莹剔透的碧玉琢成的牡丹花压裙，长长的碧色丝绦一直垂到足踝处。发髻虽然梳得简单，然而头发浓密亮软、黑中泛蓝，唯一的发饰是一对双股金钗，钗头上配着两朵红宝石攒成的牡丹。宝石极好，行动之间，似有流火闪过。但这简单的衣饰，却将牡丹的明艳端丽完全衬托出来。

杜夫人一时有些失神，透过牡丹仿佛见着了另一张脸，当年，那个人也是明艳如朝霞，简简单单一身衣饰就可以穿出与众不同的感觉，无论站在哪里都让人只能看见她……如今，她想必正等着看自己的笑话吧。她的儿子成才了，轻易就将朱国公府弄得鸡飞狗跳，丢尽了脸面，自己的儿子却成了扶不起的阿斗……最可恨的是蒋重的态度。杜夫人心口一阵刺痛，眼里闪过一丝利芒，不由握紧了牡丹的手。

牡丹轻轻一笑："夫人？"

杜夫人恍然回神，收回手亲切笑道："哎呀，看到你们这些漂亮的小姑娘，才惊觉自己老了。十多年的光阴，弹指之间就过去了。"

"那是因为夫人的日子好过，才会觉得快。"牡丹客气地请她坐下，转身走到岑夫人身后站定，笑道，"我娘也经常和我们兄妹说，几十年的光阴闭闭眼就过去了，快得很呢。"

言谈举止坦然大方，竟然毫不怯场。杜夫人对牡丹这样的态度和举止说不出是失望，还是满意。她既希望牡丹与蒋长扬有情，把蒋长扬迷得神魂颠倒，非卿不娶，从而断绝了与高官显贵结亲，平添助力的路子；却又遗憾牡丹怎么生成这个样子，家里还有钱，蒋长扬就该得个又丑又讨厌又没地位又穷又没见识的妻子才好。她暗自苦笑了一下，也知道那不可能，目前要弄清楚的是这二人的关系到底如何，然后才好拿捏。

杜夫人想到此，便笑道："丹娘，我那不成器的儿子不懂事，做了那样可恨的事情，本该让他亲自上门来给你赔礼道歉，奈何他已经被他父亲送到军中，以示惩戒了。故而，只好由我来赔这个礼。我教子无方，希望你看在他年轻不懂事的分上，不要计较。"说完手一招，一只紫檀木盒子就被放在岑夫人面前，"这是一支百年老山参，给你压压惊。"

"我不能收这样贵重的礼物！"牡丹惊慌地睁大眼睛，露出担忧的神情，"是因为我被惊风吓呛那件事二公子才被送去军营的吗？我当时就和大家说过了是误会，是我的错，与二公子无关的。怎么还会像这样？"

杜夫人此时方露出哀戚的神色，轻叹一口气，欲言又止，一副为儿担惊受怕的慈母形象，让人看着就心软得不得了。

牡丹不安地道："夫人一定非常难过吧！要不，让我哥哥骑马去追国公爷，说明真和二公子没有关系，您看好不好？"

杜夫人猛然抬眼直视牡丹。这是为了给自己留面子，故意装不知道，抑或是为了不叫自己怀疑她与蒋长扬别有渊源而装得过了头？

杜夫人看着牡丹久久不发一言，牡丹黑白分明的凤眼里渐渐流露出害怕，怯怯地看着她小声道："夫人，我真没怪过二公子，若我适才说的法子不好，那您看看我能做什么，请您吩咐就是……"

杜夫人轻轻一笑，笑容温暖如春："乖孩子，看把你吓得。国公爷已经走几天了，追不上啦。这事儿啊，和他让惊风吓唬你有点关系……"她有意顿了顿，看到牡丹的眼睛急速眨了几下，嘴唇也微微翕动，仿佛有话急着要说的样子，立即来了个转折，"但是……怪不得你。并不只是因为这件事情，最让国公爷伤心的是他猎鹿作假那件事！你知道的吧？"

牡丹明显松了口气，礼貌地道："我当时只听到闹哄哄的。我认识的人不多，也不敢多惹麻烦，没敢多问，并不清楚事实，但我想，一定是有误会。"

杜夫人半真半假地道："我是个女人家，当时也不在场，弄不清楚这其中的弯弯绕绕。可我心疼儿子的心是真的，不愿他年纪轻轻就背负着这样的骂名。我今日上门来，一是为了向你赔礼，二是希望你能看在他哥哥救过你的分儿上，把你所知道的事一字不漏地说给我听。但凡能有一分希望刷清他的恶名，我总要去做的。"

岑夫人威严地道："丹娘，我和你爹平时就教导你，做人要知恩，晓得大义，把你所知道的事都说给杜夫人听吧，不许有所隐瞒！"

牡丹字斟句酌地道："蒋公子的救命之恩，我时刻放在心上，不敢相忘，只苦于没有机会报答他。又怎么会不愿把自己所知道的事说给夫人听呢？但是夫人也知道当日去的都是些什么人，我是跟着表姨去的，所亲近者就是她和黄将军家的雪娘二人而已，其他人并不熟悉也不敢亲近。那日被惊风吓着了之后，更是不敢乱走。我不会打猎，行猎之时就紧跟着表姨，回了营地，除了吃饭就一直躲在毡帐中。"

她苦笑了一下，"实不相瞒，这行猎对我来说实在是苦差一件，但为了表姨的盛情却不得不去。我自小身子不好，养得娇气，在野外住着实在不舒坦，恨不得早点回来才好。骑了一日的马后，浑身骨头都似散了架，躺下就不想起来，可是又有蚊虫，夜里风还会怪叫，睡榻也太硬，又是和人同住……"

杜夫人哪里肯听牡丹抱怨这个，听她越扯越远，不得不皱着眉头打断她的话："都说我家忠儿是被人陷害的，而且一定是和他交好的人，他单纯，说不出什么来，相反倒是旁观者清。你看到他和谁走得最近，或者爱和谁说话，和谁说的话最多？"她似笑非笑地瞟着牡丹，"我听说，他事后又找过你赔礼？"

杜夫人最想听的，就是听牡丹说蒋长忠爱和萧雪溪待在一起。

牡丹垂下眼眸抿紧了唇，一言不发，暗骂杜夫人真是毒夫人，一张口就设了个套。自己若是不想扯到萧雪溪，不管说谁和蒋长忠比较接近，在这样的语境下都会意指那个人就是陷害蒋长忠的。将来杜夫人完全可以和人说，就是那个何牡丹和我说的啊。

而自己要是不回答她第一个问题，就必须面对她的第二个问题，就是蒋长忠曾经和她提过萧雪溪这件事，还是要牵扯出萧雪溪。不过所幸她当时并没有听蒋长忠把话说完，此时正好朝着另一个方向推脱。

杜夫人见牡丹垂着眼不说话，挑了挑纤长的眉，将手里的茶瓯不轻不重地一放。茶瓯是上好的越州瓷，与银茶托相击，发出一声清脆悦耳的响声。若是朱国公府的人，看到她这个动作，便该知道她是不高兴了，要发怒了，识相的就要赶紧从实招来，以免让贤良淑德的夫人破功。

可这不是在朱国公府，岑夫人母女也不在她的治下，当然会被无视。岑夫人毫不掩饰自己的不高兴，牡丹也仍然垂着眼抿紧了唇不说话。

杜夫人不耐烦地看向柏香，柏香腿都迈了出去，杜夫人又突然想起自己这是在人家做客，自己是来赔礼道歉、替蒋长忠重塑形象的，不能仗势欺人，更不能堕了名门公卿的风度，损了自己温柔贤婉、有礼大度的形象，便又将柏香看了回去。

她再度温柔地一笑，柔声道："好孩子，你别担心，你今日说的话，我一个字都不会说给任何人听；而且呢，你帮了我们的大忙，我也不会忘记你的好处，以后有什么事儿，我自然都会替你担着。说吧，知道什么就说什么，说错了我也不会怪你。"

这一回牡丹的脸红了，扭扭捏捏，目光躲闪地看向其他地方，用手指绞着裙带小声道："我真是不知道。"

杜夫人微沉了脸，看向岑夫人不疾不徐地道："看来这孩子是没有消气呢，等我回去，先把那豹子剥了皮给她送过来做褥子。她消了气，什么时候想起了，想说了，再和我说，您看如何？"

牡丹忙道："夫人您别生气，我怎会如此小气？都说过那件事不怪二公子的，我又怎会想要那豹子的命？我不是那样小气狠毒的人。二公子为人和善得很，那日他当众向我和雪娘道歉，大家伙儿都夸赞他谦和有礼，都说他好，很喜欢他。"

杜夫人坚决不肯放过她："我听下人说他事后又单独找过你道歉，还和你说了好一会儿话？你们都说了些什么？"

牡丹看向恕儿，淡淡地道："夫人，当时公子身边跟着那位缺耳朵的侍卫，我身边跟着这丫鬟。他们都知道我们说了什么的。"

恕儿立即上前行礼，脆声道："夫人容禀，奴婢那日就在一旁。当时天色已晚，我们娘子正要去毡帐休息，半道上遇到了公子和那位侍卫大哥。公子先道了歉，然后说，何娘子，这里不是说话处，我们往那边去说。"她把蒋长忠的口气模仿得惟妙惟肖，听着就如同蒋长忠本人在面前似的。

杜夫人的脸色顿时变了。见恕儿还有继续往下说的趋势，忙制止住她，干笑道："我家忠儿就是这样的天真赤诚之人，平日里被他父亲和我管得太严，有些不谙世事了。"

"我们娘子……"恕儿还要再说话，牡丹喝住了她，一本正经地道："正是，夫人说得是。所以二公子一听到那位侍卫的劝告，便立即和我道了别。之后，我就再也没单独和他说过一个字了。我前面说过，蒋大公子是我的救命恩人，你们是他的家人，我只要能做的，都会尽力去做。只是这件事，实是无能为力，还请夫人海涵！"牡丹言毕深深一福。

滴水不漏。杜夫人定定地看了牡丹两眼，倒微微笑了。来日方长，不急在这一时。荣华富贵，年少英俊、能干稳重、前途光明的男人，会是所有女人都想要的良人，特别是何牡丹这样的女子，经历了那么多事，怎会是一盏省油的灯，白白放过这个机会？

不急，不急，慢慢来，只要诱饵放得多、放得妙，鱼儿总会自己咬上钩。这人呢，还是聪明点儿好，不然也不好拿去引上蒋长扬。试想，蒋长扬为着那个位置，再喜欢也不过就是给个侧室的位置，可是那根本不够……所以这杆枪一定要锋利，所向无敌。只要牡丹动了心，肯为她所用，最后的结果到底是什么，她根本不关心，她只要赢。

杜夫人微微笑着："我还以为你多少会知道一点，看来真是不知道，我适才失礼了。请你看在作为母亲替儿子担忧的分儿上，不要和我计较才好。"

作为一位一品命妇，对着一个十七八岁的平民女子姿态摆得这样低，态度这样和蔼，真的是太难得了，是非一般的教养和品性。牡丹自然不会计较，不然就是不识抬举。

杜夫人云淡风轻地看着何家的女人们将她送到门口，看她前呼后拥，风光万分。她的白藤八人肩舆，她的九树花钗，人们对她的毕恭毕敬，都是女人们所想要的荣耀。

富而望贵，特别是何牡丹这样的女子，家族父兄曾经用金钱替她打开过刘家的大门，奈何她无福，遇上了清华郡主，所以不得不退出。但既然尝过既富且贵的滋味，怎甘富而被轻贱？越是美貌年轻，野心就越大。她也许比较小心谨慎，但只要有合适的机会，必然不会放过！

而这个机会，不管蒋长扬有没有给何牡丹，她都会给。杜夫人亲热地执着牡丹的手："我虽是第一次见到你，但实在喜欢你。若是有空，不妨来我们府里陪我说说话。我家中有个女儿，年纪比你略小几岁，也是个爱弄花花草草的，性情也温和，一定和你谈得来。"

牡丹温柔地笑着："谢夫人好意，有空我一定登门拜访。"

杜夫人恋恋不舍："一定啊。"

目送着杜夫人率领着二十多号人马浩浩荡荡地离去，甄氏撇撇嘴，道："哪有这种赔礼道歉的？事先也不让人先来说一声，大清早的，害得人饭也没吃好，一点都不诚心。"见没人理睬她，就又回头望着牡丹哂笑，"丹娘哈，我看着杜夫人对你可真是热情啊，你总是那么讨人喜欢。"

热情？喜欢？黄鼠狼当然是喜欢鸡的，对待鸡也是很热情的。牡丹淡淡一笑，转身扶岑夫人入内："吃饭，吃饭。饿死了。"

到得朱国公府，杜夫人一下肩舆就直奔老夫人的居处而去，还未进门，就听见老夫人"笃笃"的敲击木鱼之声，便冲着迎出来的丫鬟红儿小声道："老夫人又在诵经？今日的早膳进得可好？如今天气一日比一日冷，她年纪大了，你们可得小心伺候。"

红儿笑道："回夫人的话，老夫人身子好着呢，吃了一碗饭，半碗鸡汤，又用了好些羊肉。"

杜夫人满意地道："那是不错。"忽听木鱼声住了，老夫人在里面道："媳妇，你回来了？"

"是的，母亲。"杜夫人赶紧抢步入内，亲自扶起老夫人来，又接过红儿手里的参茶递到老夫人手里。老夫人慢吞吞地饮下一口茶，问道："姓何的那个女子怎么说？"

杜夫人故意停了一停方道："人挺不错的，我才一提，她就说一直都记着大郎的恩情，知无不言言无不尽，话说了不少，只可惜没问出什么有用的来……"

老夫人皱了皱眉，突然冷笑了一声："她当然是要帮着她的救命恩人的。本来也没指望她能起多大的作用，不过是不想让人认为咱们国公府不讲道理而已。"

杜夫人听得老夫人这句明显带着意气的话，心里暗喜："母亲，今日儿媳还遇到了杨御史的夫人，她说现在外面都在传前几日那件事，说得很不好听。"

老夫人越发不高兴，重重地将手里的茶碗一放，道："不是已经说清楚了么？是下人作怪，扔的也不是御赐之物，东西也都追回来供着了。圣上都没说什么，御史台倒有话讲？"

这件事老夫人相当生气。东西是她叫人扔出去的，可她没想到里面会有御赐之物，也没想到众人真的扔出去了！更不曾想到会有下人如此胆大妄为，竟敢趁机侵吞私占御赐之物与值钱的东西。她也有些怀疑杜夫人趁此机会借她之手算计蒋长扬，但令她最震怒的还是蒋长扬。这小子阴险恶毒，非但和她说里面有御赐之物，还激她说出那种话来，用心险恶，真正可恨，果然是有其母必有其子！

杜夫人知晓老夫人此刻最恨最恼的人就是蒋长扬，少不得也在怀疑和怪着自己，只是找不到理由责怪自己罢了。于是不肯说蒋长扬半句不是，小心翼翼地道："倒也不是那么回事，只是人言可畏，朝中有多少人眼红着国公爷的圣眷呢，这样放任着谣言愈演愈烈，实在不好。我们忍点气受点气倒也算不得什么，就怕大郎听信了这些谣言，认为我们故意陷害他，心生怨怼，越发与我们生分就不好了。"

老夫人冷笑道："他早就对我们心生怨怼，还差这一点？这谣言还不知是怎么传出来的呢。"

杜夫人低低地道："大郎的脾性本就生得倔，这样含含糊糊地下去不好，让外人看笑话，有些误会还是要澄清，别让人钻了空子。让人说我们府里内斗，且不说大郎，就是对国公爷和忠儿、义儿、云清他们的影响也不好。再说，打虎亲兄弟，上阵父子兵，他解开了误会，帮着府里，可不比指望外人的好？"

老夫人斜睨她一眼，道："那你说该怎么办才好？"

杜夫人道："儿媳想，这事儿本是咱们的家务事，只因牵扯到了御赐之物才会闹大。既然已经闹大，便不能私下解决了，得当着众人将此事和和美美地解决好，叫人再不找到半点可说的才行。"

老夫人点点头："怎么解决？"

"办一个家宴，请的人也不要多，就是府里的至交好友和族里的老人们。让大郎来，我当众给他赔礼道不是。"杜夫人见老夫人的脸一沉，忙急急地道，"是我没有管好家，才让这些狗奴钻了空子，做出这种丑事，我理应赔礼。"

杜夫人一认了错，就把责任全部承担了，这件事和老夫人就半点关系都没有了，她还是慈祥和蔼、公正严明的老夫人。有这样的好儿媳妇，老夫人心里非常舒坦，神色也柔和下来，很领情地说："好孩子，就是你吃得亏，让得人，分明就是他不怀好意，不念亲情算计咱们，该受惩罚的是他！可你为了国公府还得给他赔礼，实在太委屈你了。这件事情也是因我一时嘴快糊涂而起的。我是年纪大了，要不然我一定要去求见圣上，说明真相……"

得了吧，这话也就是哄哄人而已。杜夫人哪里会不知道老夫人的德行？国公府的利益才是排在第一位的，平日里在家中怎么做怎么说都是一回事；可如果到外面，不到万不得已，她绝不会舍了那张老脸，也不会当着外人指责蒋长扬。杜夫人暗自冷笑着，感激地道："母亲待我比亲闺女还亲，我们是一家人，说不得什么算计、惩罚、委屈的，只要家和万事兴就好。忠儿不争气，义儿文弱，我惭愧得很，将来这国公府的希望说不得还要在大郎身上。只要他消气，以国公府为重，顾念他的弟妹，我给他赔礼道歉又算得什么？何况……本就是我对不起他们母子。"

老夫人立刻掀了掀眼皮子："谁对不起他们母子了？要说对不起他的，便是他那自私自利、泼辣悍妒，眼里只有她自己，完全没有父母、宗族、丈夫的娘！什么国公府的将来要全靠在他身上？现在说这些还为时过早。他这样的品行，就算此时圣上被他蒙蔽，终有一天也会被识破，风光绝不会长久。忠儿和义儿不好？宁欺白须翁，莫欺少年穷。忠儿不是去军中历练了么？过得几年总能出个样子来！还有义儿，尺有所短、寸有所长，他既然爱文，你也莫再听他爹的话，非得拘着他去弄什么骑射，给他请个好先生，好好补习一下，明年春天让他去参试！将来一文一武，互有倚仗，哪会不如人？"

杜夫人越听到后面越沉重，笑容却越发灿烂："母亲吩咐得是。我正想和您商量这件事呢，我早就听说我哥哥家中替孩子们请的西席不错，早有打算让义儿去拜师，奈何和国公爷提过一次，他没理我，就一直没敢和母亲提。"

老夫人叹道："你什么地方都好，就是对厚德太顺从！这是大事，你早该和我商量！你哥哥给自家孩子请的西席，想来也不可能差的，又是亲家，知根知底，我放心，不怕孩子过去受气，也不怕给人给带坏了。我允了！他回来要有什么话，就让他来找我！你明日便给义儿备下拜师礼，送他过去。"她想了想，又喊红儿，"去开了我的箱子，取两支百年老山参出来，送去给孩子们的舅母。"

杜夫人忙道："母亲不必，礼由我来备。"

"这是我的心意。"老夫人和蔼地道，"为着厚德那怪脾气，这些年你基本没去走动，突然有事儿了才去求人，本身已很失礼。我这里礼数若是再不周到些，你难做。"

杜夫人的鼻腔突然酸了，红了眼圈低头不语。

老夫人看到儿媳委屈却又隐忍的样子，不由暗想，当年王氏若是有杜氏一半儿的乖巧胸襟，事情也不会到这个地步："这些年委实委屈你了，可是你嫁过来时就该知道，府里是什么情况，厚德每行一步，如履薄冰……你放心，将来无论如何，我都不会薄待忠儿。"

杜夫人吸吸鼻子，诚恳地道："母亲休要说这些，儿媳自从嫁过来开始，便是蒋家妇，一切当以蒋家为重。"

老夫人赞许地点点头："你去忙吧，不必陪着我了。"

杜夫人出了院门便低声叮嘱柏香："去问问，老夫人怎会突然想起三公子读书考试的事。"

柏香领命而去，杜夫人回到日常处理家事的偏厅，吩咐人重重地备了一份拜师礼。待到东西准备好，柏香也回来了："给夫人回话，只有大公子曾经提过，三公子既然这么爱读书，为何不让他去应试？其余再无人提过。三公子虽日日去给老夫人请安，每次都只待不到一盏茶工夫就会告辞。"

杜夫人咬紧了牙，沉思良久方道："去把三公子请过来。"

听完杜夫人的话，蒋长义傻傻地看着杜夫人不说话。

杜夫人抿嘴一笑："哟，傻了？是不是不想去？"

"不是，不是。"蒋长义激动地搓着手，失态地道，"儿子是怕跟不上，丢了母亲的脸。"又猛然拍了自己的头一下，掀起袍子给杜夫人跪下磕了个响头，喊一声"母亲"就哽咽得说不出话来。

杜夫人严肃地受了礼，道："你听好了，既然去了，便是代表国公府的脸面，也代表着我的脸面。不求你飞黄腾达，却一定不能失了君子之道。"

蒋长义流泪道："孩儿谨遵母亲教诲。孩儿自知没有天赋，不能替家族增光添彩，但孩儿一定会好好做人的，绝对不会辜负母亲对孩儿的一片苦心和维护之意。"

杜夫人点点头："好，你记着你今日说过的话，莫要让我失望，去吧。"

蒋长义又给她端端正正地叩了三个响头，起身退出。杜夫人面无表情地目送着他单薄的背影，端起早已冷透的茶汤一饮而尽。

天色将晚，太阳如同一个暗红色的蛋黄挂在灰蓝的天际，懒洋洋地散发着最后的余光。蒋长义心情灰暗地快步走出杜府，门房很是殷勤地替他将马牵过来，笑道："表公子您慢走。"

蒋长义的脸上立即反射性地蹦出一个笑来，笑容可掬地命随身小厮小八打赏门房，翻身上马，才一拨转马头，脸就又阴沉了下来。小八见他脸色不好看，忙低声问道："公子，可是受气了？"

蒋长义淡淡地道："别瞎说，我可是他们的表兄弟，有夫人亲自领我上门拜师，舅爷再三交代，舅母悉心照料，谁敢给我气受？这府里从上到下，一个个待我可都殷勤得很。"

先生是好先生，也没把他给隔开来教，只是教的根本不适合他罢了。

本朝科举最重进士，其次为明经。进士重诗赋，明经重帖经、墨义。俗话说，三十老明经，五十少进士，明经只需熟读经传和注释就可中试，而进士一途难度非常之大，诗赋不但需要把基础打得牢靠无比，更需要文学天赋。当然，中了进士之后就是不一样的风光坦途，旁的不说，本朝的宰相就大多都是进士出身。

本来北方大家子弟多考的是明经，南方来的寒门子弟们才爱考进士。偏杜家世代功勋，又是宗室姻亲，子弟们根本不愁出路，便不肯随这大流，偏要子弟们学诗赋、考进士，锦上添花。故而，先生是杜家兄弟自小时起就教授着的，讲授的也主要是诗赋，前段时间也许还讲经史，但临近考试的这段时间却基本都是讲诗赋、出题给他们做诗赋，每日里要做诗赋若干，在学堂里做，回去后还要做。杜家兄弟倒是如鱼得水，蒋长义却是有苦说不出。

朱国公府重武轻文，他自小根基就不牢靠，光靠死记硬背，怎可能与杜氏兄弟相提并论？

他有自知之明，不敢指望进士，早就想好考明经，抓住这次难得的机会为自己谋一条出路，可偏到了此时却不能得到高手指点，就连死记硬背的那点时间都被先生布置的诗赋作业占用了。

假如他不能在这短短的几个月内，在明经一途上有所提高，那他就算是千方百计，使尽了力气，借了那人的名头，瞒过那一位才争取到这次宝贵的机会，也等于是白白浪费，事后必然还要遭人耻笑……遭人耻笑都是小事，最可恨的是机会稍纵即逝……真是请的好先生，真是好手段……想到此，蒋长义的心顿时揪成皱巴巴的一团，嘴里也干得发苦。

小八自小跟随蒋长义，只看他神情，听他这一句淡淡的话语，便知他此时已是难过之极，有心想安慰他两句，却苦于自己一个下人实是说不出任何可以起到实质性作用的宽慰话，便沉默下来。

主仆二人各怀心事，默默地前行不久，小八兴奋地指着前面道："公子，您看那不是刘寺丞么？"

蒋长义抬眼望过去，果见前方有一人，宽肩窄臀，穿着银蓝色的圆领缺胯袍，昂首挺胸地骑在一匹锦绣雕鞍、金玉彩饰的高头大马上，看着很是傲气豪奢，在熙熙攘攘的街头显得格外打眼，不是刘畅又能是谁？

小八道："公子，要上前去打招呼么？"

蒋长义只是沉吟不开口，小八道："要不，您上去和他打个招呼？上次小的见着他待您挺和气的。他认识的人也多……"话音未落，就听身后一人道："这不是蒋三公子么？小人秋实给您问好啦。"却是刘畅的小厮秋实笑眯眯地从斜后方打马奔上，不待蒋长义反应过来，便大声喊前面的刘畅："公子！是蒋三公子！"

蒋长义避无可避，索性轻轻一踢马腹上前去赶刘畅。

刘畅听到声响，立即勒住马，回过头来望着蒋长义微微一笑："蒋三郎，这么巧？我今日才和我一位朋友提起你来，可巧的就遇到你了。"

蒋长义笑得灿烂如同一朵粉色喇叭花："那是真够巧的，刘寺丞，你怎会在这里的？"

刘畅笑道："我今日休沐，便来这里拜访一位长辈。你这是往哪里去呢？"

蒋长义道："我才从杜府出来。如今我在那里随着表兄弟们一起读书，准备明年的科举。"

刘畅点点头："如果我没记错的话，杜家的西席最擅的是诗赋吧？看来明年曲江宴上你要风光一回了，还不知要羡煞多少人。"那口气，仿佛已然认定蒋长义一定会中进士一般。

蒋长义苦笑起来："刘寺丞你就别取笑我了，似我这样的半吊子，哪里敢抱什么指望，不过是小打小闹，给诸位才子们做个陪衬罢了。"

刘畅不动声色地道："三郎太过自谦了，我们都知道你自小爱书，我那位长辈还说你可惜了呢。"

他今日连着提起这位"长辈"两次了，蒋长义心中一动，羞涩地说："敢问刘寺丞，不知我可认识你这位长辈？他怎会知道的我？我自小都不怎么出门的，也是这几年才认得几个酸书生朋友，都算不得什么，徒惹你们笑话了。"

刘畅呵呵一笑："我这位长辈啊，说起来你可能也认得的，他姓张，名凤驹……"

蒋长义的眼睛突然亮了："真是凤驹先生吗？"张凤驹，本朝有名的饱学之士，出身官宦之家，精通明经。自己是吃得苦的人，也不是笨人，若能得到他指点精要，前途必然光明。而他早就想拜张凤驹为师，却始终不得其门而入。今日乍然听得刘畅提起这个人，还似有意将其介绍给他认识，指点他学问，正是搔到了痒处，叫他怎么能不惊喜，满怀憧憬？

刘畅不动声色地观察着蒋长义的神情："如假包换。"

蒋长义道："他怎会认识我的？"

刘畅缓慢而清晰地道："是我向他提起的你。我和他说，你是个人才，只可惜被耽搁了。"

蒋长义高兴得一塌糊涂："说来真是惭愧，不知小弟何德何能，让刘寺丞如此牵挂我？"

刘畅露出苍茫之色，看向在寒风中微微颤抖的槐树枝，模棱两可地低声道："前些日子，我曾与令兄成风、楚州侯世子一起喝酒，令兄曾经和我们提到过一些事情。我少时曾被父母一意孤行平白耽搁了许多年，每当午夜梦回之时总是不胜唏嘘。我能体会到你痛苦、失落、不平，却又不知该怎么才能找到出路的那种苦。"

他的表情太过苍茫怅然，眼里又微微露了些恰到好处的恨意和不平，几乎是在一瞬间，蒋长义就信了他。于是忧伤地皱起眉头，长叹一口气："唉……"

刘畅越发忧伤："说起这个，我心里真是又难过起来啦……就想喝酒。不如我们同去凤驹先生那里混酒喝好不好？"他拿马鞭斜斜指了指蒋长义，"你不许扫兴。"

已经有了考试的机会，再有一位名师指点，还有什么能阻拦得住他的脚步？蒋长义心里乐开了花，却为难地道："我不太会喝酒。"

刘畅见他上了钩，轻轻一笑："不需要你有多会喝，咱们喝的不过是个意境罢了，干脆点，给我句准话，你到底去不去？"

蒋长义忙道："去！"

刘畅翘起唇角："这就对了嘛，男子汉大丈夫，岂能总拘泥在那小小的一片天地里？当多认识几个人，交游满天下才是。看看你哥哥，认识的人天南海北，从西到东，男女老少，什么都有，那才真是厉害。"

蒋长义崇拜地道："我真是非常敬佩我大哥……"

刘畅接口道："那是自然，放眼这京中，有几人能似他这般视国公府的世子之位为粪土的？实在找不到咯。"

蒋长义沉默良久，轻轻道："那是因为他什么都有了，所以才不在乎。"

刘畅哈哈大笑，使劲拍了他的肩头一下："说得对！所以你要努力呀。我领你去了凤驹先生那里，你一定要拜师成功！明年春天更不要让我们失望！"

蒋长义笑笑没吭声，不用刘畅说，他自然知道该怎么做，不前行，便是永远都被踩在尘埃里……他不要过这种日子，人挡杀人，佛挡杀佛！

刘畅冷眼看着蒋长义年轻的眼睛里控制不住流露出的踌躇满志与狠意，淡淡地想：我的就是我的，蒋长扬，只要我还有一口气在，你就什么都休想得到！

且不说一众人等各怀心思，都奔着自己想要的方向去。此时楚州侯府的别院里一派安静柔和，牡丹斜依在熏笼上，惬意地微微眯了眼，笑看着对面的白夫人和一旁逗老猫玩儿的潘璟，任由暖香自熏笼下冉冉升起，沾染了衣袖发鬓。

白夫人仔细地把猪脚美容膏细细涂在手背上，凑到鼻前去闻，笑道："闻着挺不错，感觉也挺滋润的。丹娘你可真有闲心。"

牡丹道："天气越发凉了，我娘年纪大了，心里记挂着我爹爹和哥哥们，成日里总想着礼佛诵经，贪暖躲在熏笼边越发地没精神，少不得引着她做点旁的事情，分分她的心。"

白夫人仰面躺在榻上，命碾玉将美容膏给她涂满整个脸庞，闭着眼道："我真羡慕你那么自在，每日里想做正事便做正事，想做闲事便做闲事。我却是想好好清净一下也得称病才躲到这里来，想找你说话，又怕你忙。多亏碾玉回去拿东西，正好遇上恕儿，晓得你这些日子是空着的，这才将你请了过来，不然我此刻连说话的人都找不到一个。"

牡丹道："有事便该使人去和我说，怎会如此多的顾虑？不管我有多忙，陪你说说话，探探病的工夫总是有的。你住到这里来有多久了？"这美容膏，李满娘和窦夫人那里她都是让林妈妈去送，唯有白夫人她很久没见着了，便让恕儿来跑这一趟，也有询问白夫人过段时间有没有空去芳园玩一趟、二人见见面说说话的意思。谁知白夫人早独自带着潘璟来了别院里"养病"，她要知道，早就来了。

白夫人的睫毛微微翕动着："不久，也就是半个月左右的事情。"

联想起上次在芳园聚会时这夫妻二人的古怪情形，牡丹暗猜这二人是不是又闹别扭了，便道："那你打算在这里住多久？"

白夫人沉默片刻，道："具体没打算过。看情况吧，难得这么清净，不如好好享受一下。"碾玉的手顿了顿，面上露出担忧的神色，欲言又止。

牡丹心知这夫妻二人必然是出了问题，而且是大问题，正想怎样宽慰白夫人时，忽见一个婆子用一团花金平脱大碗端了碗饽饪进来，笑道："这是小公子先前要的饽饪。"

白夫人道："拿过来我看。"

那婆子忙上前几步递到她面前，白夫人扫了一眼，道："煎煮得不错，不过别给他吃多了。"正说着，猛然捂住了嘴，翻身坐起，一阵干呕。碾玉眼疾手快，赶紧递上盂盒，白夫人眼泪都出来了，却只是呕出了几口清水。

婆子吓得赶紧端着碗后退了好几步，有些惶恐地道："夫人可是不喜欢这味儿？"

碾玉道："放下碗，你出去吧。"

那婆子行了一礼，悄无声息地退出。潘璟吵嚷着要吃东西，他的乳娘却不敢给他吃，只询问地看着白夫人。白夫人漱了口，有气无力地摆摆手："带他出去吃，只准吃半个，不许吃多。"

待到乳娘抱着潘璟出去，牡丹方轻声道："你怎么了？"

白夫人将手轻轻放在小腹上，皱着眉头不说话，良久方低低叹了口气："大概是又有了。"

牡丹笑起来："那是好事儿啊。阿璟有个弟妹陪着他玩儿，也不至于太孤单。请过大夫没有？"

白夫人好一歇才低声道："没有，还只是猜测。"

牡丹看得出白夫人的心情非常恶劣，这个孩子似乎并不怎么受欢迎。她沉默片刻，轻声道："请个大夫看看吧！如果是，该养着的就要养着，不要动了胎气。如果不是，有病也要早治。"

白夫人接过碾玉递上的帕子，慢吞吞地擦脸上的美容膏，擦到第三下的时候，她突然将帕子盖在脸上，捂着脸不动，只有肩头轻微地颤抖起来。

碾玉见状，惊慌失措地看着牡丹。她自小跟着白夫人，还是第二次看到白夫人似这般情形……

牡丹赶紧上前拥住白夫人的肩头。也不说话，只轻轻抚着白夫人的背脊。这一摸不要紧，她才发现白夫人的背上全是骨头。

约莫过了半炷香，白夫人的颤抖渐渐住了，仍将帕子捂着脸不动，瓮声瓮气地道："丹娘，趁着天色还早，你赶紧回去吧。我心情非常不好，想独自待会儿，今日不能招待你了，还请你见谅。"

碾玉焦虑地看着牡丹，轻轻摇了摇头，意思是希望牡丹留下来。牡丹微一沉吟，轻拍白夫人的肩膀，柔声道："那你歇着，我回去了。总之，你凡事多为阿璟和自己，还有碾玉她们想想。若是有事，我这里随叫随到。"

出于尊重，白夫人不愿说的，牡丹便不刻意打听。尽管她知道此刻一定是白夫人最痛苦的时候，但她也知道白夫人此刻最需要的是独处，一个人肆无忌惮地宣泄情绪。

白夫人果然使劲点头："嗯，好的。"又赶碾玉走，"替我送何娘子出去。"

"是。"碾玉嘴里虽然答应，却担忧地看着白夫人一动不动。牡丹轻轻拉了她一把："走吧。"

碾玉一步三回头地跟着牡丹出了门，招手叫小丫鬟去旁边茶房里唤恕儿和宽儿过来，又叫人去给牡丹牵马、叫贵子，牡丹忙道："你别忙乱了，赶紧回去替你们夫人守着门……"

如果不出她所料，此刻白夫人一定在大哭，"若是她始终不快活，时间太久的话，就让阿璟去喊她……我这几日都在城里，有事儿就赶紧让人去和我说一声，我马上就到。"

碾玉匆忙奔回去，但见门窗紧闭，一片静寂，便心慌地轻轻推了推门。门是从里面闩上的，纹丝不动。碾玉害怕起来，却又想起了牡丹的话，便将耳朵紧紧贴着门缝，屏声静气地听……里面传出了一阵低低的压抑的抽泣。

牡丹一路上放着马儿慢行，只顾低头默想白夫人的事情。想要帮助白夫人的念头前所未有地强烈，必须了解到底是怎么回事，蒋长扬明显是知道的，便问贵子："你上次去芙蓉园送信，可知蒋公子这几日公务可忙？在不在城中？"

上次她让贵子去和蒋长扬说卢五郎上门来找她的事情，蒋长扬只口头上回了一句知道了，让她放心，此外就再无半句多话。之后杜夫人上门，她虽然没有特意去和他说，但她知道他清楚这事儿，可他偏偏还是没什么话传过来，这都好几天了，她出门也没遇到过他。想到这里，牡丹忍不住微微噘起了嘴。

贵子"啊"了一声，目光有些躲闪，四处张望一番，道："应该在的吧？"

牡丹道："这样，你先往前头去芙蓉园瞧瞧，若是蒋公子在，你就和他说，让他往这个方向来，我有事儿要和他说。"

贵子抓耳挠腮："娘子，这里离城还有些路程呢，丢您和宽儿、恕儿在这路上，不好吧。还是再走些时候又再说。可否？"

牡丹皱眉道："你不想去？"

贵子干笑："哪里会？"他拽着脖子往前看，眼里突然露出一丝喜色来，"娘子，说曹操，曹操到，您瞧那是谁？"

既然都这样说了，那还能是谁？牡丹抬眼一瞧，果见远处有两三骑人马过来，虽还看不清脸孔，却可以瞧见当先那人穿着件宝蓝色的圆领袍子。这袍子她记得清楚，蒋长扬第一次和她结伴回城，穿的就是这样一件衣服。于是心口一阵狂跳，高兴地抽了马臀一下，迎着来人奔了上去。

行到一半，却不是蒋长扬，可对方也看到了她满脸堆笑迎上去的样子。牡丹尴尬万分，勒住马回过头瞪着贵子："你干吗谎报军情啊？"

贵子缩了缩脖子，道："那不是看着像么？您也以为是了。"

"公子，那女子望着您笑呢。"小厮康儿好奇地大声喊吕方，"您认识她么？"

吕方愣愣地看着前面笑得一脸灿烂的牡丹，不知怎么地，他的掌心里沁出了一层细汗。他当然认得这是谁，还一心想着要设法去她的芳园里瞧瞧，可他也没想到她见着了他会这般热情。他只愣了片刻，就迅速绽放出一个灿烂的笑容。

康儿却又道："咦，她停住了。"随即又道，"一定是认错人啦。瞧，看她尴尬得。"

管她认错人没有，这正是攀谈的好机会，反正是她先向着他笑的。吕方打马迎上前去，笑着朝牡丹行了个礼，道："这不是何娘子么？您安好。"

牡丹匆忙回礼："吕十公子，您安好。"

吕方听见她准确无误地说出自己的排行，很是欣喜："在下来到京中之后，常常听到您的名字，那日在曲江池畔偶遇，很是欣喜。只可惜太过仓促，没来得及详谈，一直想着若是能登门拜访，向您讨教就好了，可又怕您嫌我唐突。恰好，今日却是遇上了。"

"讨教不敢，互相学习而已。"牡丹斜瞅着吕方身上那件宝蓝色的圆领袍子，不由暗想，这衣服怎会如此相像？竟然是同样的花色，同样的款式。也不知蒋长扬的衣服是请裁缝上门定做的，还是家里的针线房做的？

吕方见牡丹悄悄打量自己的衣服，越发肯定她是认错了人，却也装作不知，只道："实不相瞒，在下听说您嫁接了几株什样锦，非常感兴趣，很想去您的芳园看一看。"

牡丹抬抬眼皮，淡淡地道："您消息挺灵通的。"

吕方一笑，毫不避讳："是听曹先生说的。"

牡丹毫不客气地道："那您想必也知道，更想看的人是他吧？您也瞧见了，那日他见着我时是什么光景。他让我在这京中几乎买不到花，差点没让我的芳园开不起来，所以我也不想让他知道我的事儿。您既然是做这行的，便该能体谅我的心情和不易之处。对不起了。"

吕方不急不躁："何娘子少安毋躁。您放心，我此次并不参与牡丹花会。"

果然是与牡丹花会有关，看来是势在必行了。牡丹微微一笑："您不会只是来观摩的吧？您可是翘楚呢，不参加岂不是太可惜了？"

吕方清俊的脸上露出些微得意："参加的人是家父，我只是旁观品评。"

"那就更不能给您瞧啦！您到时候再品评吧。我还有事在身，先告辞了。"牡丹轻磕马腹，从吕方身边绕了过去，只留下一股淡淡的冷梅香味儿。

自己还是第一次遭到这种冷遇。吕方苦笑着还了个礼："您慢行。"

康儿亦同样为自家公子不平，恨恨地道："公子，这女子忒傲了，竟然都不肯给您看看。她却不知，在洛阳，在这京中，这些天有多少人争相想请您帮他们看看花儿，指点一下。您主动要看她的花儿，她还当宝一样地深藏着，真是不识抬举。待到牡丹花会，公子您品评时，一定要毫不容情地评，叫她下不来台！看她还怎么傲气。"

吕方淡淡地道："我岂是那样的人？我若是那样的人，此番谁又会让我来做这评花之人？好就是好，不好就是不好，休要说旁的，就是家里送去的花我也不会徇私！"他口里如此说，心里却想着，看来这女子不但傲气而且底气也足得很。与那些苦苦哀求自己指点一二的种花之人不同，她所追求的，必然是极致。一个年纪轻轻的女人，却懂得种什样锦，这可真是太难得了。她越不让他看，他还偏就想看了，而且等也等不得，得好生想个法子混进芳园去才行。

恕儿生气地道："娘子，他竟然知道咱们种了什么花！曹万荣是怎么知道的？分明是咱们芳园里有内奸！得好好查一查，把人揪出来……"

牡丹淡淡地道："揪出来又怎样？赶出去，又招一个来？这天底下就没不透风的墙，总会有人知道的，兴许是不小心说出去了，也兴许是有心人特意打听的。可那又怎么样，他知道了又能如何？他同样学不去！况且，你以为就是我一人有什样锦？你等着，参加牡丹会的人必然大多数都有什样锦！"最多不过好坏之分罢了。她的她不敢说是绝对的第一，却也敢说定在前三甲，当然，如果真的公平的话。

蒋长扬的声音突然从后面响起来："那你可知道，他就是这次牡丹花会的主评之一？"

"咦？！"牡丹惊喜地回头，但见蒋长扬穿着件竹叶青的圆领窄袖袍子，戴着软脚青纱幞头，腰间挂着那把黑黝黝的横刀，虽然笑得温柔精神，然而两腮和下巴、嘴唇周围却都多了一层青色，也不知道几天没刮胡子了。她有许多话想和他说，一时之间却不知该从何说起，便只是望着他微笑，反倒一句话都说不出来。

恕儿、贵子等人见状，自动放缓速度，往后和邬三说笑话去了，任由他二人前头自在说话。

蒋长扬看到牡丹又惊又喜的样子，心里又软又暖，驱马赶上与她并辔而行，低低地道："怎么，没想到会瞧见我？咦了一声就不说话，可是高兴得傻了？"

"你才傻了呢。我早就知道你要来的，所以才会认错了人！都是你害的，幸亏是个稍微算是认得的人，否则丢脸死了。"牡丹白了他一眼，随即却又忍不住笑起来，拿马鞭柄轻轻戳戳他的胳膊，轻声道，"你怎会来的？我可不信你是刚巧遇上我。"

蒋长扬促狭一笑："你不是早就知道我会来的么？那我当然就该在这里才对呀。"他把声调一降，严肃地道，"自家认错了人还敢怪我？不但不认错，还敢推卸责任，简直不像话！我就从来不会认错你！你在二十丈开外我就能认出你来。"

"二十丈开外？吹什么牛！我才不信！"牡丹才不怕他那张装出来的黑脸，嚷嚷道，"谁叫你要做那么一件和人家一模一样的衣服，再加上贵子那眼神儿，我不认错才奇怪。"

蒋长扬摸了摸下巴，突然探过头来低声笑道："其实是你想我了，看着件眼熟的衣服都以为是我，所以才会认错人的，是不是？"

他凑得有些近，牡丹觉得他呼出的热气都喷到了她的脸上，弄得她的心跳有些不正常，她往后仰了仰，轻轻一让："呸！谁想你了。"

蒋长扬看着她白玉般的耳垂渐渐变红，呵呵笑起来，在牡丹恼羞成怒之前及时停下，低声道："不管你信不信，我真的很远就能一眼认出你来，无论隔着多少人。丹娘，我想你了。"

牡丹使劲抿紧唇，却怎么也控制不住笑意蔓延开去："你这些天一定很忙吧？"

"还好。我新接了一个差事，大概要跑上一段日子才行。"蒋长扬停了停，道，"过些日子，我可能会不在京中，你自己要小心一些。"

"危险吗？"

蒋长扬轻描淡写地道："算不得什么。我不怕。"他做的这些事儿，又有几件是不危险的？都是些圣上拿着无比棘手，却又不得不去做的事儿。还是那种不是件件都可以公之于众，做好了就有功，一旦做不好还要担过的事儿。可是风险与回报也是成比例的，想要达到自己的目标，就要敢于抓住机会拼搏奋斗。

那就是说其实是有危险的，这皇差就没那么好当的。牡丹心里一阵难受："那你要去多久？"

蒋长扬笑看着她："还说没想我？我出去办件事儿都舍不得。现在就是这样，将来可怎么办？"

"说你胖你就喘上了！"牡丹扬起鞭子轻轻抽了他一下。

蒋长扬虚虚挡了一下，道："说正经的，我刚才和你说那吕方是此次牡丹花会的主评之一，可不是开玩笑的。"

牡丹道："我知道呀。我早就请人打听过了，吕家是洛阳最著名的种牡丹的能手。他青出于蓝而胜于蓝，名声已经超过了吕家的当家人。他十六岁时就培育出了一株千叶黄花，人称吕黄，那株花这时候就种在皇后宫里呢。是不是？"张五郎打听得可详细了。

蒋长扬挑眉道："既然知道，还故意惹他？"

牡丹撇撇嘴："他自家的爹参加了，曹万荣也要参加，无数的人都在吹捧他。我再吹捧他也不可能像那些人一样，陪他去平康坊里歌舞狎妓，再亲也亲不过他爹去。他要自觉，就不该问我提前看花。再说啦，你也说了，他只是主评之一，除了他还有其他人呢。我与其捧他不如将我的花儿好好弄弄，到时候艳惊四座。他就算是想打压我，也得找到合适的理由和说法才能服众，否则以后他的名声就完了。反正我就是不给他瞧。"

一说到牡丹花的事情，她整个人就变得骄傲又自信，蒋长扬微微一笑："当然不可能只是他一人，公平还是有的。你爱怎样就怎样吧，我只是怕你到时候听人说你的花不好生气。"

牡丹道："众口难调，怎么都会有人说不好的，我想得开。不提这个啦，我刚才从楚州侯府的别院里来，白夫人的情况很不好，我担忧得很。我问你，她和潘蓉到底是怎么回事？方便和我说么？"

第二十七章　交心

"他们夫妻的事，是说不清理不清的一团乱麻。他三人从小就认识，算是青梅竹马，白夫人更是自小就定给潘蓉的大哥潘芮的。潘芮当时还是楚州侯府的世子，无论是做世子，还是做儿子、未婚夫、兄长、朋友，他都做得很好，几乎无可指责。相比较而言，潘蓉就显得默默无闻，无人关注。潘芮与白夫人也算是情投意合，两边父母家族都很看好他们这一对，后来潘蓉惹了不该惹的人，导致潘芮出了事。

"其实也不全是潘蓉的错，他年少贪玩，不受家中重视，便有些自暴自弃。常与京中纨绔子弟一起斗鸡走狗。一次斗鸡中，因为不堪受辱与一位皇子大打出手，他狠狠揍了那人，那人便叫了一大群宗室子弟来阴他。当时他正和潘芮在一处，两兄弟都挨了打，伤得极重。过后他活了下来，潘芮却是伤重难治，就这样没了。楚州侯跪在宫门前三天三夜，圣上虽然惩治了凶手，却只是找了替罪羊，真正的罪魁祸首此时正风光无限。事后，潘蓉虽被封了世子，也娶了白夫人，可他一直非常内疚，又觉着大家都怪他，瞧不起他，都是他的错。"

蒋长扬唏嘘一声，"我得知这个消息，特别悲痛。潘芮本是我最好的朋友，我和家母离京之时，只有他兄弟二人真心去送，后来也一直通信。而其他熟识的人包括亲人，不是看笑话就是冷眼旁观。我曾与潘芮约定，我在安西都护府，他在京中，一起建功立业，谁知他竟是这样窝囊的死法。"

牡丹愣怔片刻，问道："那人是谁？"

蒋长扬阴了脸道："闵王。他比潘蓉大了好几岁，却打不过潘蓉，做的也是上不得台面的事。以前更是嚣张，经过此事之后倒是更阴险了。"

牡丹想起闵王做的几件事，不由暗叹皇家就没几个好东西："后来呢？白夫人就嫁给潘蓉了？我听说她与楚州侯夫人的关系似乎不是很好，在侯府很不快活。"若是白夫人爱着潘芮，那她一定怨过潘蓉，也不想嫁吧？

"家族间的联姻，除非果然没法子了，否则不会轻易改变。哥哥没了嫁弟弟，姐姐没了妹妹接着嫁，为了大伙儿，个人的意愿算不得什么。"蒋长扬讽刺而笑，"潘蓉行事荒诞，侯府先前还指望白夫人将他管起来，帮他理上正路，可他根本听不得劝。白夫人一劝，他就说他不是潘芮，他是潘蓉，做不来潘芮的事。

"谁禁得住这般再三被捅心窝子？白夫人索性不管他，可这样一来，他又变本加厉地往房里收人。白夫人性情骄傲，怎可能去求他别收姬妾？自是不闻不问，任由他去，他越发放荡不羁。这又引起了楚州侯夫妇的不满。楚州侯夫人中年痛失爱子，性情颇怪。她自己待潘蓉也是冷眼相看，却又怪白夫人不肯尽力。对儿子媳妇没了指望，便把全部希望寄托在小潘璟身上去，但她的管教方式与白夫人又不一致。白夫人虽然恪守礼节，却不是轻易低头的人，婆媳矛盾在所难免。"

这就像是一个恶性循环，但终究根源都在潘蓉身上。牡丹皱着眉头道："如果潘蓉肯改变一下，虽不能让所有人满意，却不会都痛苦。我想知道，他对白夫人到底有没有心？我看他似是对白夫人有心，可若是有心，却偏要这样折磨人，这不是自己找罪受么？真是作。"

蒋长扬道："他们是青梅竹马，具体要他们自己才知晓，但我可以肯定，他非但不讨厌白夫人，还很喜欢。他有些自卑，总觉着自己差潘芮太远，故而白夫人无意间的一句话，都有可能激起他极大的反感和痛苦。该劝的不该劝的我都劝了，可他还是这样……你若心疼白夫人，我便再约他出来劝一劝。他若还是不听，便只有你多陪白夫人了。"

牡丹叹道："只能如此了。"

二人沉默地前行了一段路，蒋长扬见牡丹一直皱眉沉思，心知她为白夫人担忧，便有意转移她的注意力："和我说说杜氏去你家的详情。"

牡丹将经过详细说了一遍，低低抱怨道："我不喜欢她，看着倒是笑得和气，似是非常谦恭有礼，实则都是装的。挖坑给我跳，见我不上当，便忍不住露出真面目，使劲儿磕我们家的茶碗，送的什么劳什子老山参，我才不稀罕呢。"

蒋长扬见她既娇且俏的样子，一时手痒难耐，恨不得只有他二人在，好伸手过去揉揉她的头，奈何邬三等人隔得近，路上行人也很多，只得悻悻地忍耐住，使劲儿捏了鞭子两下，笑道："莫睬她，她是冲着我来的，不会把你怎样，最多就是想利用你来对付我罢了。"

"兵来将挡、水来土掩，我并不怕她。"牡丹担忧地看着蒋长扬，"我是替你担忧。你到底在做些什么？她防备你也就罢了，为何那几个人都在打你的主意？你总拒绝他们，不会把人全都得罪狠了吧？这些事我不是很懂，但我想，倘若你要继续往这条路上走，还想走得更远更好，总得有所侧重，有所取舍，不然将来会很艰难……"

她对政事并不太懂，只知道在复杂的人事纷争中，不可能独善其身，必须有所侧重，有所选择。

蒋长扬含笑看着她，低低地道："怕不怕和我一起吃苦？万一……会不会后悔？"

牡丹不假思索地摇头："不怕。只要你真心待我，我能陪你一起吃苦，不会后悔。"凡事要想收获必然有所付出，以真心换真心，她愿意。

蒋长扬见她一双眼睛黑幽幽的，表情认真又慎重，且答得飞快，半点犹豫都没有，便觉着有什么充满了胸腔，满满的、暖暖的，控制不住地要溢出来。他终于忍不住，急速将她的手握在掌中，沉声道："你放心，我不会让你吃苦。我知道自己在做什么，也有足够的能力自保。"

忽听背后几人一阵压抑的低笑，蒋长扬赶紧缩回手去，小声道："我先说些事儿给你听，省得你担忧。我现在虽然隶属内卫，但他们都不过是看上我的另一层身份，想替自己拉点助力而已，一是蒋家这边，朱国公虽然小心又小心，但禁不住他在军中的声望还是很盛；二是我义父那边，现下圣上春秋正盛，有些事儿还为时过早，情况并不明朗，故而我取的是圣上的信任。至于以后，我自有打算，也有分寸。"

他还是没和牡丹说得太详细，那些事太危险。实际上，他自被选拔进京后，就只听从皇帝的指挥，专查有些人的丑事与逆谋之事，还管官府查不出的案子。恨他的人肯定有，但只要想做事，想往上走，就避免不了。对于要紧的事，谁能得罪，谁不能得罪，他有数得很。只是深陷其中终非长久之计，幸亏办完手里这事便可脱身。牡丹只需快快活活种她的花，等着嫁给他就好。

牡丹看出他未完全坦诚，颇不喜欢被隐瞒的感觉，索性低声道："你其实对景王有点意思吧？"

蒋长扬讶异地挑了挑眉，随即笑起来，露出一排雪白整齐的牙齿："你为何这般认为？"

牡丹知道自己猜对了，斜瞟着他道："我就是知道，可我就不和你说。而且我还知道，你在观望，待价而沽。就像我种花似的，得在许多个花芽中选出最独特、最茁壮的那一个，马虎不得。"

蒋长扬失笑："那我们便一起种花好了。"他温和地看着牡丹，"要学会巧妙地借助外力。有时候要请人帮忙，却不能上门去求人，得等着人家上门来求你让他帮你。他帮了忙，却欢天喜地；你还情，更是欢天喜地，皆大欢喜。"

城墙就在眼前，分别在即，牡丹恋恋不舍："你自己小心。"

蒋长扬点点头："你也要小心。我会尽快约潘蓉，再让贵子和你说。你有事儿也可以告诉贵子，他有办法找到我。"

牡丹瞪了贵子一眼："他就是内奸。早就偷偷和你说了我在这里，却不和我说，故弄玄虚。"

贵子闻言缩了缩脖子，蒋长扬笑道："莫怪他了，他也拿不准我是否能赶来。"

第二十八章 心悸

蒋长扬远远看见自家门边蹲着个东张西望的褐袍汉子，那汉子见到他就笑眯眯地迎上来，拦在马前行礼笑道："大公子，小人名唤正德，以前是跟在二公子身边的，曾经见过您几次，不知您可还记得小人？"

蒋长扬将目光自他那只缺耳朵上收回，淡淡地道："你有何事？"

正德恭敬地递上一封书信："这是老夫人口授，夫人亲笔写的信，请您过目。"

邬三接了信，蒋长扬淡淡地道："我知晓了，你去吧。"

正德等了好几天，就等着他回话交差呢，哪里肯走，便赔笑道："公子爷，老夫人为着上次的事格外不安，忧虑得吃不好睡不好。夫人也觉着委屈了您，生怕为了这些小事儿让一家子生分了，故而特意设了家宴，邀请族中德高望重的族老以及国公爷的至交好友赴宴，为的是把误会说开……其他人早就说好了，就等您方便定下日子呢。"

这是霸王硬上弓，先把什么都定死了才来通知他，还他什么时候有空就什么时候去，不去就是不尊重人是吧？蒋长扬接过信来撕开瞧了，意思和正德说的差不多，只是口气越发委婉而已，便淡淡地道："我忙得很，择日不如撞日，就明日吧。"

正德眉开眼笑地深深一揖，也不敢要赏钱，站在原地恭送蒋长扬进了门方才回去报信邀功。

杜夫人闻言，暗自冷笑一声，他以为定在明日，她就没法子了么？她决心要做的事，还没有做不成的，当即吩咐道："柏香，传我的话，马上分头送帖子，其余人等今晚就是不睡觉，也要把活儿赶出来。"

少顷，柏香回来道："夫人，都安排好了。"

杜夫人埋头坐在案前，把玩着一只小小的素面云头银盒，笑道："柏香，你过来瞧。"

柏香忙上前凑过去道："夫人，这是什么？"

杜夫人不语，只将盒子递与她。柏香小心翼翼地打开盒盖，但见盒里放着半盒子白色粉末，凑上去闻，没有任何味道。她心里涌起一种特别怪异的感觉，强笑道："夫人，这是宫中新出的粉么？"

杜夫人悠悠道："那你倒是说说看，这是什么粉？"

柏香只觉口干舌燥："奴婢见识浅薄，看不出来。"

杜夫人瞥她一眼，目光锋利如刀："你当然看不出来，这是可以让心悸病人犯病的药。"

这家里，有心悸毛病的人只有一个。柏香手一抖，险些没把盒子打翻。她愣愣地看着杜夫人，裙子下面的双腿筛糠似的抖了起来。

杜夫人望着她缓缓道："柏香，前些日子你曾和我说过，你想陪我一辈子，我知道你忠心，但我不忍心让你陪我一辈子。平白误了终身。我说过，只要这事儿告一段落，我便给你脱了奴籍，给你寻个好人家，你还记得么？"

柏香垂头道："奴婢记得。"

杜夫人一字一顿地道："你明日将这个挑指甲盖大小这么一点，放在参茶里，明白么？只要做好这件事，轻轻一挑，一晃，就什么都好了，从此你和你的儿女都不必再给人为奴为仆，荣华富贵也未必没有。"

银盒子热得烫手，柏香恨不得将它能扔多远就扔多远，但她知道自己不能。她的娘、老子、哥、弟、姐、妹统统握在杜夫人手里，她竭力想让自己显得沉稳些，然而她整个人都颤抖到不能言语。

杜夫人镇定自若，待到柏香终于缓过气来，方轻轻地道："放心，只要掌握好分量，养上个三两天，两服药一下去，她自然会好。"

柏香大着舌头道："真的不会怎样？"

杜夫人一双美目里含了笑，亲切地道："傻孩子，我是那样狠心的人么？我连肉都舍得给她吃，怎会做这种狠心事？我只需要她小病几日而已。日后忠儿需要仰仗祖母的地方还多着呢。"

柏香相信这话，二公子需要老夫人的地方的确太多了……她颤抖的双腿渐渐定了，捧紧银盒低声道："夫人放心，奴婢一定做好。"

杜夫人回身打开镜袱，拿起一把紫竹篦子细细抿着乌黑发亮的鬓发："做得干净些，就在开席前。"

"是。"柏香拧紧盒盖，仔细收入怀中。

"除了这个，你还得这样做……"杜夫人低声吩咐两句，抿好头发，又补了脂粉，对着镜子左顾右盼，起身笑道，"走吧，该侍奉老夫人用晚膳了。"

老夫人听说蒋长扬答应过来，威严地吩咐杜夫人："你一定要把事情都安置妥当，好好想想该怎么说，莫要叫人笑话咱们家。"

杜夫人娇笑道："母亲只管放心，儿媳定然不会误了大事。"随即给老夫人布菜，"您别总吃油腻的东西，大夫说了，您吃素点儿比较好。"

老夫人不依："我不爱吃这个！"

杜夫人坚决不让步："您就是骂死儿媳，儿媳也不能依着您。忠儿、义儿都没成亲，您还没见着重孙子呢。"

老夫人叹了口气："唉……算了，就你管得宽。"

红儿笑道："还别说，若非夫人这些年一直盯着，老夫人的身体哪会这般安泰？"

杜夫人忙道："快别说，这都是老夫人福缘深厚，行善积德，菩萨保佑的缘故，我不过就是尽点儿孝心罢了。"

老夫人笑眯眯地拍拍她的手："佛祖固然保佑，也是你的功劳。"

杜夫人说起笑话来，听得老夫人开怀大笑，婆媳宛若母女。柏香心里又安定了几分，大约夫人说的是真话。只是她的手摸到那盒子时，总觉得那盒子会咬人。

次日傍晚，杜夫人立在门前迎客，笑语如珠又不失谦恭地将客人们请进了花厅，忽听下人报道："萧尚书到。"

杜夫人唇角浮起一丝阴笑，热情地迎了上去，却见萧尚书身后跟了个秀气纤巧的小厮。这小厮个子瘦小，脸却长得耐看，眉目淡淡，与众不同，见她看来，立即将脸藏到萧尚书身后。

杜夫人收回目光，让人将萧尚书领进去。那小厮跟着萧尚书走了几步，左右张望一番，轻扯萧尚书的袖子。杜夫人笃定地笑了，这不是萧雪溪乔装的又能是谁？还真看上了，找这样的机会来瞧心上人？小姑娘，等着心碎吧。

蒋长扬卡的点儿刚好，客人来了约有三分之二，既不需要他单独与朱国公府的人接触，也不会让人等他。与那日高调登门不同，此番他穿了件普通的青色圆领窄袖袍，笑容谦和恬淡，见着杜夫人，虽不甚热情，行动举止间却也让人挑不出理来。见到老夫人更是没得说，干净利落地当着众人行了大礼，道："孙儿一时意气，害得祖母担忧了。都是孙儿不好，还请祖母莫要计较。"

老夫人没想他竟然这么给面子，措手不及的同时又觉得倍儿有面子。无论蒋长扬真心或是假意，对国公府都有好处，她实在没必要和他过不去，便慈祥地笑道："好孩子快起来，过去的事儿莫要再提。来，我给你介绍一下诸位长辈。"

哪承想，在场的大多数人却都是认得蒋长扬的。

看着众人与蒋长扬微笑交谈，有些人还勉励地拍着他的肩头，萧家那个小丫头更是目不转睛地盯着他看，满脸欢喜之情。萧尚书更是热络，拉着蒋长扬就不放。杜夫人心中非常不是滋味，她看向站在墙角里的柏香。柏香有些慌乱地朝她点点头，表示已经做了。

杜夫人见老夫人端起参茶一饮而尽，便自得一笑，高举酒杯，朗声道："第一杯，我先替厚德敬诸位，感谢诸位百忙之中抽空光临寒舍。"众人饮下第一杯酒，她便举步走向蒋长扬，"第二杯，我要向大郎赔不是。"

杜夫人高高举着酒杯，小心翼翼："大郎，都是我管家不力，让你受了委屈。我只希望你能看在你父亲和兄弟的面上，饶了我这一遭。"

继母专门设宴，当众给继子赔礼道歉，这可少见。纵然大家都知道些根由，但没想到杜夫人竟会做到如此地步。众人屏声静气，杜夫人的心思没人猜得着，只需等着看就是，倒是蒋长扬的态度很值得关注。

蒋长扬站了起来，含笑道："恕我不能受夫人这杯酒。"

众人讶异极了，杜夫人姿态极高，他若与她斤斤计较，反而失了风度。无论如何，杜夫人占了继母之位，是长辈，他应该尊敬，她主动赔礼道歉他也该接受。

杜夫人并无被扫了面子的沮丧和气恼，只更为忧伤："大郎还是不肯原谅我么？那你说，要我怎样做？我只是希望家和万事兴罢了。只要能把误会解开，让我做什么都可以。"

有人暗自点头，道是杜夫人果有大家风范，也有人觉着她做得太过，反而显得假了。然而，无论真假，蒋长扬这样不留情面的拒绝，还是过分了些。

蒋长扬含笑道："夫人言重，我从不认为我们中间有误会。这酒我无论如何都不敢喝，喝了反倒像是我生了夫人的气，当日那事虽出乎意料，我却未曾放在心上，也向圣上禀明乃是小人作怪，且罪魁祸首已被处置，实是无需再提。本该上门说明，奈何实在太忙……确是不曾料到夫人如此看重，还劳累各位长辈走这一趟，倒是我的不是了。这样，我敬各位长辈一杯，给诸位赔不是！"

蒋长扬顺理成章地将杜夫人晾在一旁，举杯面向众人："我先干为敬！各位随意。"

杜夫人有些发怔，众人面面相觑，年龄最长的族老率先笑道："果然大度！我蒋家的子孙正该如此，这种小事儿哪里值得放在心上！干了！"

众人附和着喝了手中的酒，蒋长扬笑道："实不相瞒，我还有皇命在身，马上就要走。既然误会说开，我也可以放放心心去办差了。我敬各位。"言罢，亲自提了酒壶，从座中最年老者挨个儿敬了过去，不拘是谁，都是满满一杯，豪爽利落。时人豪饮，最爱他这种脾气，一时之间，花厅里热闹成一片，蒋长扬成了主角。

杜夫人被扔在一旁，窝火万分，以目示意。柏香往老夫人面前走去，挨着红儿低声说了几句。红儿一沉吟，凑到老夫人耳边轻声说了几句话，老夫人的眉头顿时皱了起来。

蒋长扬替萧尚书满上酒杯，正要替自己倒酒，却见萧尚书身后一个清俊小厮上前接过酒壶替他斟酒，轻言慢语地道："将军是英雄，这等活计应由我等来做。"

那小厮一双手雪白细腻，骨骼纤小，挨得近了，一股茉莉花香直钻入蒋长扬的鼻腔里，言语举止又还大胆。他不由多看了那小厮一眼，这一看不要紧，刚好对上那小厮的眼睛。小厮看着他羞涩地甜甜一笑，退下去将半边身子藏到萧尚书身后，却又大胆地抬起头来看着他笑。

这分明是个女子，蒋长扬收回目光，对着萧尚书举杯。

萧尚书饮了酒，笑道："成风，真是年少出英豪。好好干，前途不可限量啊！"

蒋长扬谦虚地推了几句。

萧尚书越看越喜欢，道："听说你喜欢下棋？我也好此道，犬子越西更是如痴如醉。闲时不妨来我家中手谈一番何如？"

萧越西，当时最有名的围棋圣手之一。年方二十五，却已经有了"棋圣"之称，为人高雅清华，乃是时下年轻人最爱交往的人之一。蒋长扬含笑抱了抱拳："一定。"

萧雪溪见他这就要走开，忙悄悄扯了扯萧尚书的袖子，萧尚书忙道："成风，荆州那个案子……"

忽见一个丫鬟过来道："大公子，老夫人听说您要走了，请您过去说话。"

蒋长扬抱歉地朝萧尚书抱了抱拳："家祖母使人相唤，不知是何急事。失陪，请容改时再叙。"

萧尚书笑道："请。"

蒋长扬含笑穿过人群，往老夫人面前而去。老夫人年纪大了，怕吵，是单独坐在一旁的，面前没几个人伺候，一看到他就沉着脸低声道："听说你娘明年春天要进京，还要在京中成亲，方伯辉已经派人进京为她修整园子房舍了！"

蒋长扬心中一阵火起，面无表情地点了点头。

老夫人见他不喜，冷哼一声："我本不想在这个时候说这事儿，但实在是难得见你一面，不得不抓住机会说了。你去和她说，让她稍微有点分寸。再嫁也就算了，还大张旗鼓，生恐天下人不知她一女二嫁么？"

蒋长扬淡淡地道："子不言母之过，何况我觉得我母亲没什么地方做得不对，再嫁的人比比皆是。祖母这样说，宫中的贵人听见了要不高兴的。"

老夫人怒道："虽则民间再嫁之风盛行，朝廷始终还是倡导从一而终的。我……"

蒋长扬直视着她道："无论天下人怎么说，我都不在乎。她生我养我，为我吃尽了苦头，有人说我两句又算得什么？"

老夫人被他看得心头发噎，无奈地扫了萧尚书那边一眼："算了，不说这个。我和你说正事儿，我听说萧尚书的闺女儿跟着他来了，就是穿灰白袍子的那个，你好好看看。虽然她也不是什么守规矩的，但家世人品总比那个和离过的商女好！你自己要拿好主意！"

她怎会又知道了牡丹？蒋长扬猛然回头看看杜夫人。

杜夫人焦虑地看着老夫人，为什么还不倒？为什么还不发病？这中间出了什么差错，莫非时辰不够？骤然察觉到蒋长扬的目光，无心假装，淡淡地瞥了他一眼，再紧紧盯着老夫人，眉头皱成一团。诸天神佛在上，让老女人快点发病吧，快点倒吧，早登极乐！只要蒋长扬当众气死了祖母，就永世不能翻身。

蒋长扬突然望着老夫人笑了，大声道："祖母的教诲孙儿都记在心上了，您老人家安安心心地将养着吧。孙儿告辞啦！"说着毕恭毕敬地行起大礼。

众人的目光全被吸引过去，老夫人无奈，只好挤出一个慈祥的笑容来："乖孩子，你小心些，一定要办好差，也要注意身体。"

蒋长扬又对着众人团团作揖，大摇大摆地要走。杜夫人急了，忙三步并作两步，上前拦住蒋长扬："大郎你不急吧，我和你祖母还有事儿问问你，耽搁不了多少时候。"

蒋长扬为难地问邬三："什么时辰了？"

邬三也不答什么时辰，只躬身道："回公子的话，适才孟都尉已然使人来问，道是都等着您了。"

杜夫人忙道："我就是担心你二弟，问问军中一些事儿，耽搁不了多久。"边说边可怜兮兮地看向老夫人，眼里全是哀求。

老夫人本觉得她多事儿，可见她那样，仿佛又是有什么要紧事，似是想拉拢蒋长扬或是做点什么似的，便顺水推舟地道："大郎，你过来，耽搁不了多少时候，我再问你两句。"

杜夫人紧张极了，见蒋长扬沉默片刻便点了头，心中不由一松，紧紧跟着蒋长扬到了老夫人面前，破釜沉舟地小声道："大郎，你二弟的事儿我一直没机会和你说分明。他自己不成器，还总推到你身上去，说你几次三番害他，为的是想承爵。我和你祖母实在担忧，就怕你们兄弟相残……"按她的想法，蒋长扬听到这话，怎么也该解释几句，只要拖住他，让药发生作用，后面的事儿就好办了。

蒋长扬断然举手，冷冷地道："我来不及了。"言罢转身就走，连解释都懒得解释。

杜夫人大急，看向老夫人，老夫人忙道："大郎，你站住！你听好了，只要我活着一日，这种事情断然不许发生！"

蒋长扬头也不回，大踏步而去。

老夫人虽然生气，却仍端坐在那里，并没什么特别的反应，甚至有客人看过来时，面上还能维持微笑。杜夫人一颗心直落谷底，只顾冷厉地看向柏香。柏香一张脸又青又白，害怕极了。

杜夫人深吸一口气，暗自握紧拳头，再使劲掐了自己几下，方将那股怒火按了下去。再抬起头来，又是笑得如同春花晓月。

众人虽然都注意到这边有些不同寻常，可蒋家人的声音都压得很低，蒋家几个族老又下意识地劝酒，加上杜夫人片刻后也如沐春风地含笑过来招呼，便没人再去刻意追究关心。反正就是做个见证，既然双方面上已然和好，他们的任务也就完成了。

杜夫人耐着性子送走最后一个客人，又耐着性子伺候老夫人歇下，好不容易才回了自己的房间。才一进门，柏香就跪了下去，拼命磕头："夫人饶命。"

杜夫人坐在榻上，淡淡地将手从右手看到左手，从大拇指看到小拇指，听到柏香磕头的声音渐渐铿弱下来，没有先前铿锵有力了，方轻轻道："怎么回事？"

柏香抬起血肉模糊的头，惶恐地道："回夫人的话，奴婢都是按着您说的去做的，没有哪里错失一步，也不知道怎会发生这样的事。"

杜夫人温和地一笑："这么说来，是我运气不好了？我辛苦了这一场，结果倒是白费功夫了。"

柏香张着嘴，任额头上淌下来的血落入口中，满口的腥咸。杜夫人却一改往日的体贴，冷漠地看着柏香脸上的血污，灿烂的笑容里满是寒意。她不相信是她的谋算出了错，必是柏香办事不力。或是背叛了她。

看着杜夫人冷漠的眼神，柏香不敢多话，继续拼命磕头。

也不知过了多少时候，柏香头昏眼花、耳朵嗡嗡作响之时，突然有人喊道："夫人，夫人，老夫人犯老毛病了。"

柏香松了一大口气，虽然迟了点，好歹证明她真做了这事。她不傻，老夫人死后，下一个必然是她，所以她擅自调整了剂量。老夫人不至于死，也不是她的错，是药量不够。

杜夫人坐着不动，淡淡地看着柏香："你起来吧。大约是药力不足。"药和病人之间个体会有差异，毕竟她也只是听人说，不曾有亲自试验的机会，下次定要再多放些。

柏香含泪道："奴婢一点不敢多，一点不敢少，就怕误了夫人的大事。"

杜夫人不置可否："下去歇着吧，这几日好生将养着，让人看到你的伤处不好。"

柏香伺候她穿披风，低声献策："夫人，这个时候也还不晚，奴婢让人放出风声去，反正老夫人是日间被气着了。"

杜夫人淡淡地道："机会已经错过，再闹腾出去就是画蛇添足，兴许人家还会说是我弄张弄乔，为着我自己的名声，累着了老夫人。"看来这条路走不通，还得另外想法子。

这一夜，杜夫人衣不解带，伺候老夫人一直到天明时分，方才得以睡下。才睡了两三个时辰，又被管家吵醒，道是萧尚书夫人上门来了。杜夫人只觉得头突突地跳着疼，鼻塞喉肿，强撑着起来应付萧尚书夫人，听到对方是为蒋长扬而来，不由气得倒仰。却半点不敢表露，满脸堆笑地推说等朱国公回来再说。好容易打发走萧尚书夫人，回到房中一头栽倒就再也爬不起来。

贵子将书信递给牡丹："蒋公子昨日未曾寻到潘世子，下一次得等他办好差事回来才行了。"

牡丹道："让人备马，你跟我走。"本来蒋长扬出面最妥当，既然他忙不过来，她便只有亲自去试一试了。

到了楚州侯府附近，牡丹将钱和名刺一并递给贵子："你去门房上问问。若是潘世子在家，就将名刺递进去；若是潘世子不在，便问去了哪里。"

少顷，贵子回来道："娘子，说是好几日前就出去了的，大约在东市胡人酒肆。若是不在那里，便不知了。"

牡丹立时猜到去了哪里，当下拨转马头去了东市，果然玛雅儿在陪潘蓉吃酒。便命贵子将名刺拿给堂倌："还请你拿去给潘二郎。就说我有事要找他，让他下楼来。"

少顷，堂倌回来禀道："小郎君，潘世子说了，他此刻正忙着给美人奏箜篌凑兴。您若是要找他办事儿，便上去凑个热闹；若是不行，您便走人。"

牡丹沉默片刻，撩起袍子大步往上。恕儿跳道："娘子，不妥吧？"

牡丹摇头。白夫人可以为了她的事来回奔走，她为白夫人走这一趟又算得什么？还未到门口，就听得箜篌声响。牡丹隔着珠帘望去，但见潘蓉一身绯衣，盘膝坐在茵席上，怀抱胡箜篌，拨弄得正急，玛雅儿旋转如飞，跳得正在兴头上。

牡丹也不入内，就静悄悄地立在门口看着。玛雅儿旋转过来，望着她嫣然一笑，抛个媚眼，继续旋转。潘蓉则是装作没瞧见她，径自弄得高兴。

一曲终了，玛雅儿方才一个急旋，停在潘蓉面前，娇娇地举着一只手对着潘蓉笑道："二郎，我跳得如何？"

潘蓉摸了她的脸颊一把，将一粒珠子放入她掌心，笑道："跳得真好。"

玛雅儿笑道："可惜了，不能再跳呢，您有客人来了。"

潘蓉斜瞟牡丹一眼，指指身边的座位，回头吩咐玛雅儿："不妨，你继续跳。"

玛雅儿道："不妥吧？"

潘蓉道："她既然来这种地方找我，便是来欣赏歌舞喝酒的。你该让她见识你的才艺，否则才是真不妥。"

牡丹大步走过去，大方入座，笑道："早就听闻美人芳名，今日总算得以一见。"

玛雅儿抿唇一笑，回身起舞。

潘蓉挑衅地使劲拨着箜篌弦，只等牡丹先开口。牡丹却不言语，只专注地观赏玛雅儿跳舞，然后鼓掌赞叹。玛雅儿跳完，笑道："跳不动啦，脚疼了，不如奴家为两位郎君斟酒，奏箜篌给二位听。"言罢取了干净杯子，给牡丹斟满一杯龙膏酒。

牡丹谢过玛雅儿，捧杯在手："不知潘世子现在可有空了？"

潘蓉见不惯她镇定自若的样子，冷笑："你能有什么事儿找得上我？我看不惯你，你也看不惯我，何必呢？"

牡丹道："世子明知故问，若非阿馨的缘故，我不会和你多说一句话。"

潘蓉冷笑道："这样说来，我得感谢你赏脸来找我，和我说话了？你有这功夫，不如去给你的牡丹花泼点儿粪，省得在牡丹花会上被人笑死。"

牡丹嫣然一笑："我觉得有时候，人比花儿更需要泼粪。"

潘蓉皱起眉头："你什么意思？"

牡丹瞪着他道："我问你，你可知道阿馨有了身孕？你可知道她非常不舒服，伤心又难过？"

潘蓉一惊，张大嘴愣怔片刻方道："你说什么？"

"你什么都不知道，是不是？有你这种做丈夫的吗？"牡丹抬酒往他脸上一泼，讽刺地道，

"我恨不得这是粪才好。可惜似你这样的人,泼再多的粪也不会长得更像人样。"

潘蓉大怒,狠狠地擦了一把脸,先看玛雅儿,但见玛雅儿抬眼望着窗外,轻轻拨弄着箜篌低声吟唱,并不曾看这边一眼,便强忍着怒气道:"我看在蒋大郎的分上不与你计较,你别得寸进尺!"

"你无需管他。没有他我也会来寻你。"牡丹冷笑,"我不知道你们到底怎么回事,我只知道,似你这般,实在配不上阿馨。你真的不配!你连她一根脚指头都配不上。"

潘蓉一双眼睛顿时变得血红,猛然起身死死瞪着牡丹:"你再说一遍!"

牡丹推开贵子,望着他一字一顿地道:"似你这般,永远都配不上她,也别想得到她的尊敬,她迟早要被你害死!"

潘蓉长这么大,还没人这样毫不容情地说过,而且一下子就戳中了他最痛的地方。他死死瞪着牡丹,握紧了拳头。牡丹毫不退缩,直视着他。

半响,潘蓉紧绷的下颌终于放松了一点,"哈!"他怪笑一声,"你这个泼妇!可真管得宽!自己的稀饭都吹不冷,还有闲心去管别人的事。阿馨喜欢你,蒋大郎看重你,你还真就把自己当盘菜了?在我眼里,你什么都不是。"

牡丹淡淡地道:"你说得对,我只是一个普通的小人物,无权无势,不能强迫别人改变意志,甚至自己经常遇到很多无法解决的困难,不得不求助于人。但我一直都在努力,希望有一天需要向人求助的事越来越少。我真心对待身边待我好的人,我不总记着他们的不好,多记着他们的好,我为他们做力所能及的事。到现在,我能做到问心无愧,你能么?"

潘蓉默然无语,握紧的拳头渐渐放开了。

玛雅儿停下箜篌,行个礼,不声不响地退了出去。

潘蓉见玛雅儿退了出去,方道:"是她告诉你的?"他本想问是不是白夫人让牡丹来寻他的,转念一想又迅速否定了,白夫人怎会让人来寻他?她但凡愿意低低头,服服软,他们又怎会落到这个地步?

"不是。"牡丹见他态度软和,便也放柔语气,"你们是夫妻,阿馨是怎样的人,你和她相处多年,定然比我这个才认识不久的人更清楚。已然这样,她仍是不肯和我细说。是我尝过苦日子的滋味,不忍看她受尽煎熬却无法解脱罢了。"

潘蓉猛然拔高声音道:"别拿你和她比!你自己和离了,就见不得别人好是不是?你要是敢和她乱出主意,我才不管你是谁!我定然不会叫你好过!"

"她比我好过么?我实在没看出来。"牡丹镇定地道,"你也不用威胁我,阿馨是有主意的人,她自己知道该怎么办。我若居心不良,何必来寻你?你既不想和离,便是想要好好过日子了,既然如此,两个人中总有一个要低头。你不肯,她也不肯,便是渐行渐远……"

潘蓉不语,良久方苦笑一声,低声道:"她站得太高了,我仰着头才能看到她。她本就看不见我,我再低头,更是卑贱到了尘埃里。你说得对,我连她一根脚指头都配不上。她这样的人,本该配的是名士才子、英雄豪杰,怎奈造化弄人,摊上我这样一个不学无术之人,实在是大不幸。我知道她成亲时不情愿,奉的是父母之命;成亲后不甘心,看不起我这个膏粱子弟……"

他扬起眉来望着牡丹轻佻地一笑:"既然你这么关心我们夫妻间的事,肯主动替她来劝我,为何不替我劝劝她呢?你去问问她,我们自小认识,这些年来,她眼里心中,可曾有过我半分?那时候,我哥还活着,她是他的,我也不说了,也没资格说。可成亲后,她眼里心中又有我几分?"他的声音猛地拔高,"我一个大活人难道还比不过一个死人吗?"

牡丹突然觉得潘蓉很可怜。被人瞧不起不可怕,只要有一颗强大自信的心,那些就是浮云,怕的是自己先就瞧不起自己,总要在别人身上找自信,还会有什么好日子过?

潘蓉吼过之后，声音又低了下去："算了，活人是争不过死人的，何况我现在的一切本就是偷来的。我是个胆小如鼠、敢做不敢当的小人，老天不公，为什么死的不是我？若是我当时死了，就谁都不用受苦了。"

牡丹实在忍不住，沉声道："你有没有问过阿馨到底是怎么想的？"

潘蓉道："有些事情自己明白就好，何必再去听一遍假话？怄自己也怄别人。"说到这里，他有些发怔，他怎会莫名其妙就和这个不相干的女人说这些事儿？干她什么事？平白让她看笑话。想到此，他的唇角挑起一个不怀好意的笑，"就像你和刘子舒似的。当初你家死乞白赖地把你嫁给他，你心里明白是怎么回事。你会对他示好，你会忍受他的不是，但你会去追着问他心里有没有你么？他的行为就说明了一切。你再去问，就是自取其辱。"

牡丹微微一笑："你不必和我说从前的事，我知道你心里不好受，巴不得让我也跟着你一起难受。实际上，你和我说这个，我真的半点都不难过，我只是越发替你难过。你连问她一声的勇气都没有，实在是可怜。你说得对，对方的行为就说明了一切。我不问刘畅，是因为他不值得，我没有任何期待，至于阿馨值不值得，她有没有做过对不起你的事，你比我有数。我也不会替你去问阿馨，你的所作所为就让她看了个够。"

潘蓉眯起了眼："笑话！我可怜？你可怜我？我用不着你可怜！你有这闲心不如多可怜可怜你自己！"

牡丹摊摊手，道："我父母心疼我，兄长爱护我，朋友尊敬我，还有……我看重的人也同样看重我，我没你可怜，潘世子！是你自己过日子，不是我，阿馨……我没其他办法帮她，便多陪陪她解解闷吧。"她起身看看窗外，"天色不早，我该走了，就不耽搁你看歌舞了。你继续。"

牡丹已走到门口，潘蓉突然叫住她："阿馨真的有身孕了？她很不好么？"

"她瘦得全是骨头，一个人躲在别院里，想找人说话都找不到。"牡丹严肃地看着他，"她把所有人都赶出去，躲起来哭……你却在这里花天酒地，你觉着她过得好不好？至于有没有身孕，你这个做丈夫的，难道不该更清楚么？你口口声声说着她高不可及，瞧不起你，实际上你无时无刻不在践踏她，把她踩到尘埃里。"

潘蓉的脸色瞬息万变，抬眼看向面前的琉璃盏沉默不语。阿馨也会这样么？她不是无坚不摧么？长大以后，他只看到她流过一次泪，就是潘芮死的时候，她一直默默地流泪。他恨不得将她拥入怀中温言安慰，但他知道最不配的人就是他，是他夺走了她的一切。他只敢远远地偷看她，偷看他的父母，甚至羞愧得不敢出现在众人面前。

他不曾想过会娶到她，成亲以后，他就没看见过她流泪。不管他做了什么都不曾见过，她就坐在那里，淡淡地看着他，无悲无喜。他觉着是她看不起他，看不上自然不会伤心，也不会流泪。他曾经最渴望看到她流泪，可她终于流泪了，他却感觉不是那么一回事。

牡丹走到楼梯口，玛雅儿斜倚在扶手上，媚眼如丝地看着她笑，操着一口怪腔怪调的官话道："奴家以为适才你该泼我酒才对。"

牡丹默了一默："我只泼该泼的人，泼你做什么？"

玛雅儿笑道："的确不该泼奴家呀，该泼的是男人。"她神色一肃，道，"请问您可是开香料铺的何家么？奴家只听说何家有六位郎君，不曾听过有位何七郎。看到了才知道，原来是位美娇娘。"

恕儿见不得她与牡丹搭话，便拉着牡丹的袖子示意赶紧走人。牡丹朝玛雅儿点点头，抬步往下走。

玛雅儿跨前一步笑道："六郎出手可大方，他就在这后头呢，七郎要不要奴家替你叫他一声儿？奴家也好讨几个赏钱做件衣裳穿。"

牡丹皱起眉头看着玛雅儿。二郎和五郎悄悄查过铺子，生意确实没有原来好，但金钱货物却是没什么大问题；六郎仿佛也是察觉到不对劲了，不再经常外出，小心得很。二郎和五郎让人跟了几次，到底也没抓住他的现行，便只是旁敲侧击地说了一说。他不服气，还与二郎、五郎拌了几句嘴。

杨氏守着岑夫人掉泪，大意是二郎和五郎趁着何志忠不在家，故意为难、排挤六郎。二郎和五郎都有些心寒，便想着反正铺子里管得严密，又有老掌柜盯着，索性不再管六郎，只小心提防不提。没承想，今日倒让她给碰着了。

玛雅儿微微一笑，指着楼梯下方一道不显眼的小门，低声道："要不，七郎自己去唤六郎？"

难怪好几次有人跟着他进来却又跟丢了，原来是在那里藏着的。牡丹一笑，朝玛雅儿抱了抱拳："不必了，我还有其他事儿。谢您了。"

"谢倒不必，有朝一日我若是求着七郎，七郎莫要翻脸无情啊。"玛雅儿将手抚上牡丹的肩头，含情脉脉地一笑，仿佛牡丹真是个俊俏的少年郎一般。

牡丹似笑非笑地看着她："与人方便，自己方便，但只怕我能帮上的忙有限得很，会让您失望。"

"不会太为难您的。只是讨个小人情而已。"玛雅儿目送牡丹下了楼，笑容渐淡，忽听身后脚步声响，却是潘蓉急匆匆地走了出来，便挥挥手绢，"二郎最好换身衣服，洗漱一下再去哦，否则只怕还会再挨一盆凉水。这寒天冷地的，不是要处。"

潘蓉"嗯"了一声，快步下楼，急匆匆地骑马去了。

另一边，牡丹领着恕儿往何家香料铺子的方向去。贵子则又转身进了酒肆，要一壶酒，几碟菜，就在楼梯附近坐下静等观望。

六郎果然不在铺子里。牡丹和老掌柜说了会儿闲话，得知六郎这些日子心情好得很，连着请铺子里的伙计们吃了好几次酒。那便是手气很好，赢得够多了。若是有人做套，必是先要让他赢个够本，叫他放心大胆地，手脚越放越开，之后才好猛地给他一击，一击必中，只怕难以翻身。

牡丹忧心不已，再三拜托老掌柜多看着点儿。老掌柜笑道："娘子放心，没事儿，我时时都盯着的呢。"

这一日贵子和六郎都不曾归家，六郎派了个小厮回家来说，他遇到一个生意上的朋友，要与人家说说话，坊门关闭前回不来。牡丹也不与岑夫人说，只埋头做自己的事情。

第二日将近中午时分，贵子才回来："一直都有人往那道门里走，小的几次想混进去都没成。听说都是些背着家里去的富家官家子弟，没熟人领路不能进。里面除了斗鸡也赌别的，赌注随意，但数目巨大，若是输了轻易赖不得账。今日早上才瞧见六公子出来了，也没见他身边跟着什么熟识的人。小的打听了一下，听说他手气极好，十赌九赢，如今落入他手中的大概已经有了将近几百万钱，绢布金银器也不少。单只昨日下午到夜里，便到手上百万钱。"

"你确定属实？他的钱都在哪里存着的？"牡丹倒抽了一口凉气，六郎可不是什么赌神，越看越像是个可怕的圈套。纵然铺子里管得严，律法也禁赌，可到底禁不住有心人算计。该了断时便该了断，莫到后面刹不住，拖累了一大家子人。

贵子认真道："绝对属实。不会有错，钱都存在那里面呢，还可将它放印子钱。适才小的又去了一趟张五郎那里，请他帮忙打听过了，的确没错。只是那边不是他的地盘，轻易插不进手去。"

牡丹赶紧起身，领了贵子去见岑夫人。

岑夫人大吃一惊，气得发抖。

牡丹轻声将自己的想法说了，岑夫人沉吟片刻，道："便依你所说。立即着手吧。"

次日一早，碾玉带了两盒糕点登门拜访，见着牡丹便要行大礼。牡丹赶紧拦住了，因见她眉目含笑，便知潘蓉与白夫人的事大约是有了进展，便道："夫人回府了么？"

碾玉笑道："没呢，这回只怕是要在别院一直住到元宵节前后，待胎稳了才会回去。世子爷陪着她住，不许府里的杂事来打扰。"说着又对牡丹行了一礼，开心地道，"还多亏了您。"

牡丹按住她："别总行礼了，累不累呀。没想到潘世子会听我的，也怕夫人怪我没和她商量就自作主张。他二人如今算是和好了？说开了么？"

"您关心她爱护她，夫人感谢都来不及，怎会怪您呢？"碾玉叹道，"冰冻三尺非一日之寒，哪能说好就好，何况此番不同以往，他做得实在是太过了些。不过好歹是说话了，但愿以后会越来越好吧。"

牡丹压低声音道："有了身孕本是喜事，可我瞧着你们夫人似是非常不喜……他到底做了什么？"

碾玉倒也不瞒："他们之前常不在一起，从蒋公子的庄子里回去后更是话都不说，直到那日世子又醉了酒，和夫人大吵一架，把我们都赶了出去……他倒是起床就走人了，该玩就玩，夫人却是躺了两天。"

牡丹皱起眉头，这孩子竟是这样来的，难怪白夫人忍受不住。

碾玉见她脸色不好瞧，忙红着脸道："也不是那么那个……我替夫人沐浴时看过，也没伤着，只是夫人心里不舒坦。接着又为了一个姬妾的事儿，被老夫人说了几句，更不高兴，所以干脆避了出来。本是去散心的，只是越住越不开心……昨日世子天黑了才赶到，拍门的时候吓了我们一跳，还道是什么歹人，听见喊声才知道是世子。"

潘蓉进了门，也不管其他人，问了白夫人在哪里，直直就朝房里去了。白夫人正在教导潘璟自己吃东西，见他进去也不管，也不问，就当他不存在。

若是往日勉强还好的时候，潘蓉定然是嬉皮笑脸挨着她说上几句，见她不理也就径自走人；若是不好，进去看着白夫人不说话，便是只坐片刻就起身便走；偏这日有些奇特，进去以后也不聒噪，也不做脸色，就寻了个角落坐下来，静静地看着白夫人母子二人。

白夫人不理睬他，潘璟和他可没仇，勉强熬了一会儿便伸手要他抱。潘蓉往日里定然是要趁这个机会和白夫人黏糊的。这日他一反常态地抱了潘璟在怀，由着潘璟自己吃东西，糊得他一身都是，并不主动招惹白夫人。

夫妻二人相对无言，一直坐到潘璟困了，奶娘抱走潘璟。白夫人自顾自地命碾玉替她散了头发梳洗，准备睡觉，潘蓉方试探地喊道："阿馨？"

白夫人不理睬，他便一直喊："阿馨？阿馨？阿馨？"

一连喊了几十声，白夫人烦了，忍不住回头道："你要做什么？"

潘蓉挤出一个笑来："阿馨，知道你讨厌我，这会儿最不想看到的人也是我。不过你好歹看在何牡丹替你奔走操劳的分上，平心静气地听我说句话，好么？"

白夫人想了想，叫碾玉出去。

"后来他们二人在房里说了什么，奴婢却是不知道，没多久世子爷也就从夫人房里出来了，安排人次日一早就去请大夫，回府里取东西，与侯爷、老夫人说分明，又特意让奴婢过来向您道谢。"碾玉笑了起来，"今早夫人比往常多睡了些时辰，胃口也好了许多。奴婢瞧着她精神了，心里欢喜得很。方才奴婢跟着世子爷一起回了府，老夫人也欢喜得很，商量着要送走几个不安分的姬妾……这会儿正在处理，只怕奴婢从您这里回去，就处理得差不多了。"

牡丹笑道："也不是我的功劳，倘若你们世子果真无情，就不会理睬我。但愿以后越来越好吧。"虽然只是两三个而非全部，潘蓉也算走出第一步了。

碾玉心情很好，找了潘蓉的优点说给牡丹听："其实我们世子爷虽有点不着调，可他有一点还是很好的,府里养了那么多姬妾,除了夫人,就没人有过身孕……"

牡丹一时哑然。瘦地里选大麦穗,好歹也算是优点,比起那些姬妾、庶子、庶女一大群的,至少白夫人不用操心谁和潘璟争抢什么。

碾玉絮絮叨叨地说了好一歇话,惊觉天色不早,方惊惊慌慌地告辞离去。

牡丹与岑夫人、薛氏等人坐着做了会儿针线活,满儿突然来了,禀道:"娘子,这些日子小的们按着您的吩咐,闲来无事就四处巡视,一切安好。只这两日总见着几个陌生面孔在外头瞎转,又背着人拿钱给胡大叔,花言巧语想混进园子里来,被阿桃拦住了。又对着围墙比高度,正要追的时候,腿脚却利索,跑得飞快。周八娘说总有人在村子里打听芳园的结构是怎样的,郑师傅和喜郎都说大概和牡丹花会有关系。雨荷姐姐很是担忧,让小的来请您示下,该怎么办才好。"

牡丹禀过岑夫人,除了贵子以外,另点了几个强壮有力的家丁,先让他们零零散散地往前头去了,分头进入芳园。她自己换了身黑色的男装,尽量打扮得不起眼,抢在天黑关城门前才出了门,悄悄回了芳园。

夜里的乡村漆黑一片,寂静得很。两个黑影抬着一架梯子,跌跌撞撞地走在芳园附近田埂上。走不多远,其中便有人要歪一下,个子矮的那个不住嘴地低声抱怨:"公子爷,不是小的多嘴,这事儿不妥,被人拿住了要吃大亏。哎哟我的娘欸,这路可真难走,田埂咋那么窄?"

个子高的虽也跌跌撞撞,却很高兴:"小点儿声,仔细给旁人知晓了。我只是看看,又不动她的东西。"正是吕方。

康儿不赞同地道:"这样的宝贝必有专人守着的,被抓住了挨打可是活该。"

吕方笑道:"这种事情我也不是第一次做,从没失过手。"

康儿叹道:"您从前都是白日里乔装打扮混进去的,此番夜里翻墙做贼倒是第一次。她家这院墙子可高,小的实在担心您上了墙就下不去。且这园子大着呢,您可知晓她那宝贝在哪个方位?进去逛一大圈找不着怎么办?"

吕方信心满满:"按我推算,我先前看的那个方位绝不会错。只看院墙最高之处,下面必然有宝。"

二人沉默着走到芳园的围墙外,吕方指挥康儿将竹梯子靠上墙,低声叮嘱道:"听着点儿啊,要是我出了事儿,就赶紧跑回去找老爷来赔礼,别让我真被打死了。"

康儿借着夜色的掩护翻个白眼:"您怕挨打,就别进去了。"

吕方一笑,将袍角别在腰带上,又摸摸腰后挂着的装备,抬步往上。边爬边暗自抱怨,这院墙原本可以修得更美,弄几个花窗什么的,让人在外头就可以瞧见里面的风光不是更好?偏生弄这么高,难爬死了,不过越是难得看到他就越期待,想到佳人就在前方,他的手脚越发快速起来。

不多时便到了墙头,他小心翼翼地用手慢慢摸了一摸,果然摸到一堆倒竖着的碎瓷片,于是得意一笑,将腰后的装备拿出来,开开心心地放在墙头上垫好。多亏他早有防备,她越不让他看,他越要看。

又厚又宽的棉垫隔绝了锋利的碎瓷片,他放心大胆地骑在墙头。先往下扔一包放了蒙汗药的香酥鸡,等了许久不见动静,便将梯子理上去转个方向,往芳园里头一搁。探实在了,翻身下梯,临行前不忘将装备继续挂在屁股后头。

脚踩了实地,吕方竖起耳朵左右听了一回,见悄无声息,方从腰间取出火折子打亮。他惊喜地发现自己果然没有走错路,这里的确就是芳园的苗圃。

他兴奋地转了个圈,小心翼翼地摸索到一棵牡丹面前,还未看清楚,就听身后"哈儿"一声,屁股跟着挨了一下。隔着厚厚的棉垫,他没什么感觉,但冷汗一下子就冒了出来。

吕方太清楚这是什么东西了，咬人的狗不叫，这叫缩头狗，这东西一击不中必然还会有第二下。趁着那狗使劲儿撕扯他的装备，吕方娴熟地从腰间摸出第二个油纸包往前一扔，香酥鸡的香味儿随风飘散开来。那狗却只是停顿了一下，也不叫唤，换个方位朝着他的手臂一口咬了过去。

手臂上的疼痛远远不及内心的恐慌，吕方苦笑了一声，今日算是踢到铁板了，遇到一条不收贿赂的狗，再不反击只怕要被这狗给咬死。他从腰间取下另一样装备，却是一把小巧玲珑的铜锤。

忽见一只手横空里伸来，劈手将铜锤给抢了，接着他的脸上重重挨了一巴掌，打得他眼前冒出一串金色的小星星，一头栽到泥土里，跟着大腿又挨了一口。吕方暗叫不妙，迅速伸手捂住要害处，紧接着四处灯光亮起，好几个壮汉奔出来，口里大呼拿贼，冲上前去一阵踢打。

那条狗此时方显露出真容，却是条吃得油光水滑的大黑狗，见众人上来便不再扑咬，而是立在一旁"汪汪"大叫，顿时整个芳园响起一片此起彼伏的狗叫声，好不热闹。

吕方才知自己这些天的行径早就落了人家的眼，这是早就设好圈套等着自己入彀，今日算是彻底栽了，便抱了头大叫："住手！我有皇命在身！打死我要抵命的。"

那些人果然停了，吕方大喜，忽听一条清脆的女声道："按律，诸夜无故入人家者，笞四十。主人登时杀者，勿论；若知非侵犯而杀伤者，减斗杀伤二等。可你就是来侵犯的，被咬死、打死都是活该。"

吕方抬头，但见牡丹穿着件青色圆领窄袖衫子，就将一把青丝绾起，清清爽爽地用根羊脂白玉簪子簪了，提着一盏灯笼立在不远处，淡淡地看着自己。

"可我奉了皇命，就算行为不妥，也挨了罚。"吕方见牡丹一出现众人就住了手，心知她不会要自己的命，忙挣扎着起身，准备拍去身上的尘土，却被人一脚踢在膝弯里，跟跄着又倒了下去，被狗咬到的手臂和大腿钻心地疼。他咧了咧嘴，挣扎着将血肉模糊的手臂和大腿递给牡丹瞧，"你瞧，你瞧，肉都去了一大块，快看到骨头了。"

谁想牡丹眼睛都没眨一下："吕十公子，原来你奉的皇命是夜入人家行盗窃苟且之事？恕我孤陋寡闻，不曾听说过这样的事儿。今日我打死你算是活该，但我不想平白要了一条人命。你说奉了皇命，可有凭证？若是拿不出来，我只好把你送交官府了，到时数罪并罚，你只会更难。"

一个硬心肠的恶女人，吕方给牡丹下了定义。送官府他自是不怕，只是更加没机会看到这花儿了，不如趁此机会赖在这里寻机偷窥。便赔笑道："是我不对。是我太过爱花，才动了这等心思。还请何娘子大人大量，不要与我计较，饶了我这遭吧。你与我同是爱花种花之人，应当能理解我的心情。我真没什么坏心思，就是想看看。若有半句假话，天打五雷轰，叫我全家都不得好死。"

这个誓发得够毒。这人看着斯斯文文的，忍痛功夫却是一流的，这样的情况下竟然还能笑出来……牡丹望着吕方兀自沉吟不说话。

吕方心知她大概已经相信自己的话了，便挺起胸膛道："您要实在不信，先把我关起来，去问问，我这些年虽然看多了旁人的花，却从没做过伤天害理之事。"

忽听旁边一个黑瘦老头儿"啊啊"地吼了几声，拿着他那个铜锤，对着大黑狗的头比几下。牡丹的眼神顿时冷了下来，吕方暗叫不好，忙道："这个……我还是第一次用，也只是想把它敲昏而已，总不能叫我被它活生生咬死吧……"见牡丹的脸色变了一变，赶紧又道，"是我的错，我强词夺理，我夜闯你家，怎么都是活该，要不，敲我一下解解气，替这大黑狗报仇？"说着将头伸到黑瘦老头儿面前。

牡丹本该觉得他可恶至极，可看到他这样儿却忍不住有些想笑，便只看着李花匠。

李花匠竟然真的将那锤子高高举起来，吕方吓得一抖，赶紧叫道："慢着，冤有头，债有主，让那大黑狗来敲我。"

李花匠眼里闪过一丝笑意，将锤子丢给旁边一个少年，望着牡丹比了两个手势。牡丹便道："给他处理一下伤口，关到柴房里去，明日送交官府。"

吕方大叫："别呀！我做贼，已然挨一顿打了。我对着你家的狗比画了一下，也要挨回来，可你们就没想过，它咬了我该怎么办？关柴房也就算了，多少天都行，别送官府行不？"

牡丹道："冤有头，债有主，不然你给它咬回去？"说着喊了一声，"大黑！"

那又肥又呆又傻的大黑狗立时小跑着过去，将耳朵放来贴着顶花皮，摇着尾巴去蹭牡丹。牡丹摸摸它的头，指指吕方。大黑狗立即竖起两只耳朵，虎视眈眈地看着吕方，嘴里淌出的口水清亮又绵长。

与狗互咬？吕方打了个寒颤，忙道："不了，我不报仇了。我活该。"

牡丹笑起来："你活该啊？不送官府也行……"

吕方忙道："要怎样？"

牡丹扫一眼他被狗咬过的伤处，缓缓道："你写个生死文书给我，出了这道门后要是出了什么事儿，别赖我。"

吕方鸡啄米似的点头："那是自然。"

牡丹这才让人将他抬出去，又叫人用清水给他冲洗伤处，洗了一遍又一遍，洗完又用酒来冲洗，还不让人包扎。吕方疼得死去活来，想叫又觉得跌份儿，便一直死死忍着。

"好了。"牡丹满意地收起文书，有了这东西，将来吕方若是不小心死了，便可证明他是咎由自取；若他想在花会上捣鬼，更可证明他曾做过这不光彩的事，说出来的话自要大打折扣。

吕方苦笑道："姑奶奶，你让我做甚我就做甚，如今也算是落了天大一个把柄在你手里，可安心了？好歹替我包扎一下伤口呗，这样血淋淋的怪吓人。"他却不知道，被狗咬伤的地方，不单要清洗干净，还要将伤口裸露在外头才好。

牡丹并不理睬，吕方无奈，只得叹道："罢了，好歹让我瞧瞧你那花儿呗？我只看一眼。"

牡丹道："不是摸过了么？还不满足？"

"没看清楚呀！"吕方急了，"你怎么这么小气呀？"

牡丹道："我就小气怎么啦？你是贼！这次给你瞧了，以后再来一个，我也给他瞧？"

吕方气得发疯，暗道真是亏大了："难道你不知道我此刻的心情？明知前方有个绝世大美人，近在咫尺，偏偏半遮半掩看不清楚，那真是眨眼的工夫都等不得！又好比快要渴死的人见着了水却不得饮用，会急死人！"

牡丹只是抿嘴微笑，又听外面一阵喧哗，几个半大小子扭着康儿进来道："娘子，他还有同伙。"

康儿看到鼻青脸肿的吕方，又瞧见那两个血淋淋的伤口，不由嘴巴一瘪，犟着往前冲，大哭道："可怜的公子……"又瞧着牡丹吼："你这个毒妇！你要吃官司的！你可知我家公子是什么人？"

"做贼还有理了？"牡丹淡淡地看了康儿一眼，"要么马上闭嘴留在这里伺候他，要么关到狗舍去。等到天亮把你送官府，看谁吃官司。"

康儿道："我没做贼！是你们把我强拉进来的。"

贵子冷笑道："你家公子在这里面做贼，你在外头接应，合伙儿偷我家娘子价值万金的花，只是我们防备得紧才未得逞，还敢说不是同伙？"

康儿狡辩："谁说我在外头就是同伙？谁说主人做了贼，下人便也是贼？你们还有没有王法了？"

牡丹笑了一笑："放开他。明日让你家老爷过来把人领回去。"

吕方没料到她这么爽快地放他走："就这样？"

牡丹奇怪地道："不这样还怎样？难道你还要赖在我这里养伤不成？我家柴房可不宽敞。"

吕方提醒她道："你今日算是彻底得罪了我，就不怕我在花会上给你难堪？你需知道，虽则评审不止我一人，但最精此道的人便是我，他们多少都会听我的意见，你真不怕？"

牡丹笑道："被狗咬傻了吧？你刚才不是写了那东西给我，试试看谁更吃亏。"

吕方认真道："我自然记得有把柄在你手里，我是提醒你，若是你的牡丹花不好，不管怎么威胁我，我都不会替你说好话的！好就是好，不好就是不好，包括我父亲的花也都是如此！"

牡丹哂笑："倘若你真有自己说的那么公正，我更要你口服心服地说好！"言罢转身离去，一把大铁锁"咔哒"一声将吕方主仆俩锁在了柴房里。

吕方皱起眉头，这样自信骄傲，到底是什么样子的花？

雨荷不解地道："娘子，他已经记恨了您，便该多扣他几日，为难为难他，为何轻轻放过？"

牡丹笑道："先前怀疑他不是好人，自然要狠打，后来确信他没有歹心，便不想再折腾。只是此风不可长，曹万荣等人因为我是个女人，便存了轻视之心，这几日在外头闲逛的必有曹万荣的人。我要借着这个机会告诉这些人，就算是花会的评审，我也照样不留情！该打就打，该关就关。放他，一是留不住，他家里很快就会找来，曹万荣也不会放过这个机会，我既已达到目的，不必节外生枝；二是他想赖在这里瞧花，我不让他瞧，他才有所期待。但不是白白放他悄无声息地走，你得和贵子一道护送他回去，若是有人问起，可要好好说道。"

天明时分，阿桃提着食盒进了柴房，往吕方主仆跟前一放："吃吧，吃了赶紧去城里头报信。"

康儿打开食盒，但见里面装着热腾腾的两大碗汤饼，看着做得倒还精细。还未伺候吕方食用，吕方倒先响亮地打了个喷嚏，恹恹地道："我病了……不行了……"

康儿也道："我得留下来伺候我家公子，哪儿也去不了。"

阿桃赶紧禀上去，牡丹道："给他找大夫。雨荷，你和贵子赶去城里通知他家的人来接他，就按我昨夜说的办。"

吕方正昏昏欲睡，忽见一大群人涌进来将他和康儿抬去一间房。跟着，牡丹笑吟吟地提着一坛子酒，和个长着山羊胡的老者一起进来，指着他道："米大夫，还是用酒洗？"

山羊胡子点头："对，不但要洗还要洗得干净些。"

吕方想起昨夜所受的折磨，颤抖得像风中的落叶，弹跳起来就想开逃，却被两个壮汉上前按住。那米大夫毫不客气地又挤又刮，将他狠狠折腾了一遍，待到弄完，他早已疼得冷汗浸湿衣衫，被风一吹，又是一个响亮的喷嚏。他看着牡丹娇美的容貌，甜糯的笑容，怎么看怎么可恶。

牡丹笑道："米大夫，这位十公子貌似感染风寒了，还请您给他开服药。也不怕苦，药效好就行。"

米大夫开完方子，吕方要过去看了一回，见药方果然不错，方厚着脸皮递给牡丹："有劳了。"

少顷，阿桃抱着身短衣进来放在床上，牡丹道："十公子，我这里没有好衣服，你将就了吧。好歹是干净的。"说完领着众人退了出去。

吕方哪里还敢挑剔，由着康儿伺候着换了衣服。才躺下不久，一个婆子又拿着把大剪子进来，不由分说将他伤口处的布料给剪了两个大洞。吕方欲哭无泪，颤巍巍地挣扎着将新熬来的药喝了，瘫在床上装死。

中午时分，好饭好菜招待。只是主仆二人吃了东西下去，有点精神了，于是康儿瞅着吕方身上的那两个大洞，越看越想笑："公子，说不定是她想看您，才找了这个法子。"

吕方一筷子敲在康儿头上："胡说八道！"这何牡丹此番作为定然是故意要让他出丑。他这种猜测一直到外面热热闹闹地来了一群以他爹吕醇为首的人接他回城去，无数双眼睛都盯着他身上那两个洞时到达了顶峰。虽然做雅贼不是什么丢脸的事情，可是这般模样出场，却可以叫他被人笑话一辈子。何牡丹果然够小气。

忽见牡丹过来笑道："吕十公子，您也别以为我是故意凌辱您。您若是信我的话，回去后这伤口最好也晾着，别包扎，待到伤口结痂再说，对您只有好处。"

吕方一呆，莫非还是为了他好？这治疗方式真是别开生面。

忽听吕醇一声厉喝："孽障！还不赶紧过来跟我回去？你要丢脸到什么时候？"

吕方硬着头皮迎着自家老爹要吃人的目光和众人想笑又不敢笑的目光以及芳园仆人们的指指点点，挺着胸膛，满脸微笑，温文尔雅地维持着风度上了马车。

吕醇恨透了牡丹，又恨自家儿子不争气被拿住了，连招呼都不打一个就叫马车夫开路。

"吕老，十公子，你们慢走。"牡丹对着吕醇行个礼，又笑眯眯地对着那群跟来的人道，"各位慢行，今日来不及，改日做东。"

吕醇"哼"了一声，礼也不回，挤上马车扬长而去。吕方趴在窗口看着牡丹的身影越来越小，问道："爹，干吗来了这么多人？"

"我那里向来人多，这死女人派了个大嗓门的丫头和个大力气的小厮去，嚷嚷得所有人都知晓了，都要陪我来。"吕醇使劲戳吕方的头，恨道，"你什么时候才能省点事？得到钦点评审牡丹花会，这是何等荣耀！多少人终其一生无法企及，你却拿着不当回事！"

吕方不在乎地道："这算得什么？不能钦点牡丹花会我也照样能种出好花儿来。"

吕醇大吼："我在乎！我不想赢了还被说是你四处偷窥，又给我通风报信，还在会上徇私才赢的！这也就罢了，关键是你，你要自毁前程气死我么？"

吕方顾左右而言他："今日怎不见曹万荣？"

"他与这女人本就是死对头，只是给我派了马车，没跟来。"吕醇看着儿子的伤处，心疼得要死，"曹万荣说得没错，这毒妇实在太过恶毒，都不肯给你包扎，先去医馆瞧瞧。"

吕方心不在焉地道："有人去我们家园子里盗花，不也是同样下场么？包不包的，倒也没那么要紧。"

吕醇一时无话可说。

父子二人回到住处，曹万荣早在外头候着了，看着吕方的惨样，目光复杂地寒暄问讯了一回，又请大夫来忙乱了一回，道："我没说错吧，这女人恶毒胆大得很。知道你是什么人，还敢下这样的毒手，实在不可原谅。却又狡猾，让人抓不着她的错处。"

"罢了，我怨不上她。"吕方心不在焉，不置可否地望着那两个伤口发呆。何牡丹想必是杀鸡儆猴，做给人看的吧？她一个女人，想来极不容易，也是自己够倒霉，恰好撞到刀口上去了。

经过此事之后，芳园内外都很是安生了一段时间，陌生面孔也没了。喜郎等人遇到牡丹，都情不自禁地带了些害怕和敬畏，做事儿利索多了。

第二十九章　惩

暮鼓响起，坊门四闭，华灯初上。

东市诸胡人酒肆尽都关了门。然而在那众人看不见的地方,却是灯火辉煌,热火朝天,香味、汗味、炭气混杂在一起,拧成了一股难闻的怪味儿。

何六郎与十多个锦衣华服的子弟围在一丈见方的一个竹篱笆外头,红着眼、跺着脚、握着拳头、声嘶力竭地对着篱笆里头正在扑打踩啄,斗得头破血流仍不罢休的两只鸡拼命鼓劲吼叫。

楼上,刘畅惬意地饮着葡萄酒,微眯着眼道:"时辰差不多了。"

秋实应了一声,"噔噔噔"往下去了。不多时回来禀告:"公子,都安置妥当了。"

随即楼下一阵喧嚣,有人高声笑闹,有人高声叫骂,却是一局终了。刘畅放下琉璃酒杯,振衣起身,慢吞吞地往外去了。

玛雅儿道:"可是何六郎又赢了?"

秋实笑答:"正是呢,他想不赢都难。"

玛雅儿摸了秋实的小胸膛一把,瞅着他骤然红透的脸漫不经心地笑:"他又赢了多少啊?"

秋实望着她碧波一般妖媚魅惑的眼睛和饱满的红唇咽了一口口水,颤抖着伸出一根手指,再伸出一根手指:"今夜是特别调教出来的鸡王,赌注特别大。他胆子小,可是布帛金银等物算下来也值两千万钱。"

玛雅儿眯了眯眼:"两千万啊,那可真不少了。"

秋实大胆地摸着她雪白细腻的手,涎着脸笑道:"是不少,可他接下来就会连本带利全还给公子,输到哭。"

玛雅儿竖起眉毛,"啪"地打开他的手,趴在栏杆上饶有兴致地往下看:楼下又一场斗鸡开始上演,旁边又开了一场樗蒲,参赌的正是何六郎和几个有名的纨绔子弟。何六郎满面红光,声音格外响亮,一边掷矢,一边高声呼卢,好不春风得意。刘畅抱着双臂立在阴影里,面目阴沉。

渐渐地,何六郎笑容变淡,细密的汗珠密布额头、鼻尖。他死死咬住唇,眼神须臾不敢离开樗蒲棋盘,喉结随着吞咽动作一上一下,显然已经紧张到了极点,他的对手却是笑得轻松灿烂。

约莫是要输光了。玛雅儿悲悯地移开目光,却在刘畅斜对面的阴影里发现了几个陌生人。

那几人站在门边,都很年轻,穿得花团锦簇的,携带腰刀,面容普通,或是抱臂看热闹,或是东张西望低声说笑,目光却随时关注着在场所有角落和人,其中一人留着小胡髭,目光冷厉。

玛雅儿往更偏远处瞧去,看到有个人袖手缩在阴影里睡觉,头上的搭耳胡帽将脸遮了大半,似是谁家小厮不堪等候贪赌的主人,累得先睡了。可那身影实在熟悉——是何家小女儿身边的侍从。

突然,何六郎起身叫道:"我不赌了!"他的对手则冷笑:"我还没说停,你就停了?你从我手里赢了多少钱?今日爷的手气正顺,哪容你坏了?"

何六郎怒道:"还带强迫的么?"

对方嘿嘿一笑,从靴筒里拔出一把锋利的匕首,用力插在他面前:"你说什么?"

他适才已经输光了所有,还欠下一笔不小的债,再赌就要输得裤带都没了……何六郎脸色煞白,央求地看向往日交好的赌友们,希望有人能替他说说情,却见所有人都在看着他无情地笑。

忽听有人厉声喝道:"内卫在此!都不许动!"

律令曰:诸博戏赌财物者,各杖一百;举博为例,余戏皆是。赃重者,各依己分,准盗论。输者,亦依己分为从坐。

但各处或明或暗的赌场实在不少，朝廷也没管那么宽；况且这场子向来以隐秘著称，又说是有后台，众人才会如此放心大胆。可今日内卫却在这里出现了！

看清楚小胡髭手中的腰牌，全场顿时大乱，众人似那无头的苍蝇一般乱撞，或是抓起财物不要命地往门前赶，或是糊里糊涂往楼上逃，也有被吓傻了呆立不动的，例如何六郎。

玛雅儿往阴影处看去，刘畅早就不见了影踪。她淡淡一笑，此番刘寺丞也算是阴沟里翻了船，损失巨大。

小胡髭等人从楼下扫荡到楼上，将所有人赶到角落里，将斗鸡用的竹篱笆围起来，又将场内财物一扫而光，再把大铁柜砸个稀烂，把里头的票据、债条拿得干干净净。

办完这一切，小胡髭一手提刀，站在篱笆边上点人，每点到一个，就把人拖将出去。落入内卫手中不死也得脱层皮，哭喊声中，何六郎也如烂泥一般被强行拽了出去，他绝望地喃喃着："我赌得不多，我全输了，还有其他人……"

小胡髭冷冷地扫了他一眼，将他的后半句话吓得咽了回去。他不明白为何场子中那么多的人都没被挑出来，噩运偏偏就落到了他头上。

"输五匹之物，为徒一年从坐，合杖一百。"他输得不少，同样要判刑，要挨打。为不走漏风声，他都没带小厮，被内卫拿进去，家里人不知他去了哪里，他要死在里面了……良久，小胡髭终于让手下牵着一串人，抬着几口装满金银器物、珠宝锦帛的大箱子，扬长而去。

天大亮，响亮的钲声响起，东市开门。贵子混在一群垂头蔫脑的赌徒中走出酒肆，小心翼翼地东转西拐，不时回头看看，确定无人跟梢，方才回了宣平坊何家。

何家一如既往的平静安详，二郎与五郎早就去了铺子里，女人们则围坐在正房说话做事儿。牡丹与岑夫人一夜不曾睡好，随时竖起耳朵听外头的动静，还不得不强打精神应付其他人。

忽见帘子轻轻一掀，恕儿探进头来，牡丹与岑夫人交换了眼神，找个借口起身往外。贵子独自坐在厢房里，围着炭盆，捧着一大碗热汤饼吃得欢畅，见牡丹进来，立刻放碗起身行礼。

牡丹忙道："累了整夜，辛苦了。不急，先填饱肚子。"

贵子憨厚一笑，飞快吃完汤饼，将经过说了一遍，低声道："郭都尉说，他原本想替您狠狠出了这口气，但查封那里实在不可能，只能做到这个地步。他让小的来问娘子，要留人多久？您说了算。"

"我原也没想查封那里，这样已是很好了。"牡丹沉静地道，"且先留他一个月，让他好生吃吃苦头，务必叫他永世难忘，不敢再犯。"

"小的知晓了。"贵子低声道，"那姓刘的也在场，可惜溜了，约是另有暗门。"

牡丹紧抿着唇，果然冤家路窄。

贵子见她脸色不好瞧，忙又道："不管谁设的圈套，总之是破了，算是偷鸡不成蚀把米，铁柜子里的票据债条都被拿光了，得值多少钱呀！"

牡丹轻嘘一口气："你先歇着，明日将我之前许给郭都尉的东西送过去，玛雅儿那里也送份礼去。"

贵子应了，行礼退出。

牡丹拿了铜箸轻轻拨弄着炭灰，为了解决这事儿，她是绞尽了脑汁，与岑夫人、二郎、五郎商量过后方定了计策，然后四处请托人。却没想到贵子这样一个人，认识的人真不少，很快搭上郭都尉这条线，虽然花钱不少，却将事情办得干净利落。郭都尉是内卫的人，这次的事儿他赚得不少，各取所需，她并不怕赌场背后的人找过来。

牢房里看不见天光，不知晨昏，也无人送水送饭。何六郎饿瘫在冰冷的地上，半睁着眼睛，虚弱地喘气。他要死在这里了，他绝望地想着哭着，昏死过去。

再醒来，他惊喜地闻到了食物的香味，摸到半碗熬煳的菜粥。他颤抖着一口气喝个干干净净，觉得这粥前所未有地香甜，只可惜太少，牙缝都不够塞。他伸长舌头，将碗舔得干干净净。

腹中有食，便有了力气咒骂。他骂开赌场的人没本事，坑了他；骂内卫不是人，待他不公平；也骂家里人没良心，他失踪那么久，都没人管他的死活；也骂他的赌友们没良心，都是些见利忘义的恶毒小人。

骂完之后，他又开始低声抽泣，要是何志忠在就好了，家里断然没人敢这么对待他。他恨孙氏没出息，又恨杨姨娘不顶事，接着又恨岑夫人狠毒……把所有的人都抱怨一回之后，他才算舒服些，浑浑噩噩地又睡了过去。

半梦半醒间，忽听得门响，他赶紧睁开眼，但见两个狱卒高举着火把，立在门口道："带你去行刑。"

何六郎惊慌失措："我罪不至死！"

两个狱卒闻言乐了，挤眉弄眼好一歇，方道："行杖刑。你小子好运气，本来要打一百杖，一次就可将你打得屁股开花，但你家里人使了钱，每日就打你五杖。你且慢慢熬吧。"

何六郎顿时出了一身冷汗。也就是说，他得熬上二十日才能熬完这一百杖。

傍晚时分，庭院里没有半丝风，只有余晖洒落窗棂，落下一片金黄，一派静谧。

刘畅面无表情地端着一杯热茶汤，静听清华郡主的长兄魏王世子抱怨并质问他："子舒，是你说的，这是一本万利的生意，绝无问题，我才听你的话入的股。如今怎会惹上了内卫？折本不说，内卫查到我头上怎么办？若是再牵扯上我父王，那又怎么办？"

想赚钱就要担风险，扔几个钱给他便撒手不管，见到一点风吹草动就鬼吼鬼叫，哪有这个道理？刘畅皱着眉头，按捺住性子道："放心，你我从未亲自出面，也没几个人认得是我们的。内卫想找麻烦早就来了，这都好些天了，没见人来也不曾听见任何风声，可见无碍。"

魏王世子冷笑一声："你没经过事，哪里懂得内卫的脾气？这会儿看着倒是风平浪静，但只怕是什么时候一不小心惹着了，立马就甩出来砸到脸上了。"因见刘畅垂眼坐着不动，便急道，"你别光坐着，赶紧拿个章程出来。"

刘畅将手中茶盏一丢："拿什么章程？我自己不也牵扯在里面么？我是使了几拨人去打听，可都没问出什么来。要不，你去问问？你好歹是亲王世子、宗室子弟，人情面比我更熟更宽更广，你一出面就是马到功成。"他顿了顿，试探道，"说到怎么会牵扯上内卫，我也不明白，思来想去，我没做过任何与内卫有冲突、有瓜葛的事。不知你们那边……"

魏王世子的脸色果然微微一变，道："这是什么时候？我们可没做过什么不该做的。要我说，定然是来赌的人中出了岔子，谁想借机报复。要我去办这事儿不是不可以，但我手头最近有点紧。你先垫点出来给我周转周转？"

果然魏王府也不干净！刘畅沉吟片刻，道："要多少？"

魏王世子盘算半晌，道："那边胃口大得很，怎么也得五万缗，你先垫给我用着，分红时再折给你。"

刘畅沉默不语。他并不信魏王世子的话，此番合作不过各取所需罢了，怎么可能平白给出这么多钱？

魏王世子见他神色阴晴不定，心里也有些没底，仍道："不是我故意为难你，你算算账，那些账簿条子落到他们手里有多麻烦？若能拿回来，远不止这个数。马上就是一家人，难道你还怕我赖账？"

刘畅淡淡地道："我赔进去的比你还要多。这几日还有许多人来问那印子钱的事儿，我还得把它们一一摆平，拿不出这许多。你若实在急用，我设法从其他地方挪一点，不过只有五千缗，要不要？"

魏王世子气极反笑："我要五万缗，你给我五千缗……五千缗够做什么？还不够请他们吃喝玩乐几顿的,办得成什么事儿?你也太过精明了些。"

"我前些日子分给你的红利不少,尽管你从不曾管过半分,也没少你一文。"刘畅坐着一动不动,"现下我就只有这点,还是把铺子进货的本钱挪出来的。杀了我也没法子,不信你去翻账簿,不然,你去和清华商量商量?她手头的钱不少,光是聘财我就给了她不少呢。"

魏王世子果然有些动心:"可那是她的嫁妆。"

刘畅哈哈一笑:"嫁妆怎么了?她就是一文钱没有地嫁过来,我也没想法。这是大事,周转而已,她定然是肯的。将来分红时,我再折给她,不也一样?"

魏王世子想了想,便起身告辞,往清华郡主府上去了。

刘畅对着残阳慢慢地转动水晶杯。葡萄酒在水晶杯中折射出美妙的光芒,他却觉得晃眼睛,看得人累,索性一饮而尽。一杯又一杯,直到酒力上头,觉得有些昏沉了,方将杯子往玉儿手里一塞,往后一仰,倒头便睡。

随着婚期临近,他夜里非常难以入睡,睡眠又浅,被惊醒后就轻易入不得眠,白日里总是疲倦困乏,脾气越发暴躁。加上最近不明不白亏这一大笔,不但将他设的局一举击破,还带来无穷无尽的麻烦。他也曾怀疑是不是何家发现了端倪,通过蒋长扬出的手,然而问了才知蒋长扬这些日子一直不在京中,可见与此事并无多大关联。

短时间内无法弄清楚到底是谁搞的鬼,更让他成日里兜着一肚子的火气,看谁都不顺眼。见他似有困意上头,玉儿小心翼翼地给他盖上锦被,静守一旁大气也不敢出。过得约有小半个时辰,忽听得外头轻轻一声响,女儿姣娘小小的脸蛋从帘子下头伸进来,带着不符合年龄的稳重与小心,胆怯地先看了刘畅一眼,转而渴望地看着玉儿,眼里含了泪,伸出两只小手来,却不敢开口喊人。

刘畅不喜欢孩子,琪儿与姣娘从小到大就没被他抱过几回。见着了也是淡淡地哼一声,更别说抱着玩乐逗笑,弄得这两个孩子见着他都是躲躲闪闪,埋着头话也不敢多说。玉儿看着姣娘的可怜样儿,心里一揪,瞅了刘畅一眼,小心起身去抱女儿。手刚摸到孩子,孩子一时忍不住,低低抽泣:"想姨娘了。"

玉儿忙给女儿擦泪,忽听得身后的刘畅翻了个身。母女俩同时被吓了一跳,僵硬地回头去看。但见刘畅紧紧皱着眉头,大大睁着眼,生气地瞪着她们,沉声道:"做什么!哭哭啼啼的。"

玉儿忙道:"姣娘约是不舒服。"话音未落,姣娘已是被吓哭了。玉儿赶紧将她搂入怀中,轻抚头顶,无声安慰。

刘畅烦不胜烦,正想发脾气,对上母女俩如出一辙的惊慌失措、含满泪水的眼睛,突然觉得很没意思,喟然叹口气,摆手道:"出去!"

忽听下人禀道:"公子,郡主来了。"

跟着清华郡主立在门口,高抬着下巴冷声道:"刘子舒,你是什么意思?"

玉儿赶紧领着姣娘行礼问候,清华郡主瞧着这母女二人格外扎眼,却笑着去摸姣娘的头顶:"姣娘乖。"

刘畅按捺下不耐,淡淡地道:"又怎么了?你们兄妹还要不要人安生?挨个儿来找我算账是不是?"

清华郡主一瘸一拐地走到他身边坐下,先叫玉儿:"给我端杯热茶汤,要蒙顶石花,别的我不喝。"吩咐完毕,方才回头望着刘畅道,"你为何让我哥问我借钱?"

刘畅讶异挑眉:"他问我借钱,可我没钱啊。他是你哥,我怎么都得替他这个办法不是?"

清华郡主生气地道:"他要借钱,从哪里不是借,干吗让他问我借?我会生钱么?那么多钱,借给他我用什么?叫我倾家荡产啊?"她只是稍微推了两句,就被说得不如刘畅一个外人对王府尽心。

刘畅不动声色地道："我又不知晓你家兄妹的事儿，你不肯，不应就是了。我也奇怪呢，若是前些日子那件事，用不了这么多，也没这么急。可他急得很，不听劝，骂了我好一歇，不依不饶，我没法子才推给你。你给他了？"

"给他？笑话！他从前为着我与闵王府稍微近了一点儿，我还在病中就找上门去那样骂我！对我不理不睬，现下看着闵王风光了，便又巴巴儿地吹捧。分什么红？来来去去不都是我们的钱？我才不给他！钱在我手里，要讨好谁我自己不会去？谁晓得我父王是什么主意，过后又要骂我。"清华郡主哼了一声，"你出的好主意！害得他又恨上了我。"

"不给就不给。别担心，亲兄妹哪有隔夜仇？过后自然会好。"刘畅闭着眼不再言语。他早猜到清华郡主记仇，无论如何都不会给世子这么多钱，果然不出所料。只没想到，魏王世子竟然又被闵王拉了过去，虽不知魏王的想法，倒也不打紧。无论魏王府最后是什么下场，清华休想站在他头上一辈子！

清华又默坐了半晌，道："我去看看你娘，一起去么？"

刘畅没有任何声息。

清华郡主恨恨地起身，往正房去了。

到得正房，戚夫人靠在美人榻上，含笑看着琪儿玩耍，时不时嘱咐一句小心。碧梧替她捶着腿，不时爱怜地看看琪儿，正是其乐融融。

清华郡主笑眯眯地道了好，戚夫人淡淡点头，并不招呼她坐。她也不需要人招呼，径自寻个最好的位子坐了，指挥碧梧去弄茶汤。碧梧不情不愿地停下手，起身出去净手煎茶。

戚夫人看到她旁若无人的样子就来气，淡淡地道："天气冷，你们也快要成亲了，你腿脚不利索，少跑两趟。"

清华郡主的笑容一下子凝固在了脸上，猛然间觉得全身疼起来，特别是旧伤处钻心地疼。她阴沉地看向戚夫人，戚夫人视若无睹，喂了琪儿一瓣核桃，再响亮地亲一口："我的乖孙子欸！怎么这样招人疼欸！"

琪儿噘着嘴亲一下戚夫人的脸，奶声奶气："好祖母。"

戚夫人搂着琪儿笑："哎呦，真是聪明又可爱。"

清华郡主缓回表情，不在意地道："长得真好真聪明，可惜是个庶出的。"

戚夫人沉下脸道："怕什么？我把他养在身边，一样出息！"

要亲自教养啊？果然招人疼呢。清华郡主暗自冷笑，朝琪儿招手："好孩子，过来我瞧瞧。"

琪儿紧紧贴着戚夫人不动，只偷偷打量她。

清华郡主摸出个玉蟾递给琪儿："来，给你这个玩儿。"

琪儿看看玉蟾，接过去扔在地上，踩了两脚，缩回戚夫人身边紧紧贴着不动。戚夫人赶紧看向清华郡主，却见清华郡主歪一歪唇角："真是个倔强孩子。天色不早，我走了。"随即起身走了。

见她走远，碧梧害怕地捏着琪儿的手低声骂道："太不懂事了。"

戚夫人哼了一声："怕什么？有我呢。"

清华郡主出了刘府大门，回头恨恨地看看刘府门前挂着的大红灯笼，死老太婆，小破孩儿，都去死！她进门前，再也不要看到这小破孩儿在她面前晃。

牡丹眼看着最晚一个品种的花芽完全分化完成，方才放放心心地从芳园回了城。走到岑夫人的房前，但听里头传来高一声低一声的哭声。封大娘立在廊下，朝她伸出六根手指。牡丹会意，晓得是杨姨娘和孙氏又在里面守着岑夫人哭，便悄悄进了屋。

但见二郎、五郎、几个嫂嫂和吴姨娘都在，岑夫人手边上还放着一张纸，所有人的脸色都很不好看。

杨姨娘泪眼婆婆地跪在地上，哭道："婢妾也不知道他到底在外头做些什么，只当他是老老实实地按着老爷的嘱咐做事儿。哪承想他会在外头做下这种事情？他再不争气，也是老爷的骨肉，夫人看在婢妾这些年辛勤伺候您的分上，可怜可怜婢妾吧。"

孙氏则是跪在一旁垂着头流泪，伤心不已。

牡丹有些奇怪。从六郎出事儿到现在已经半个多月了，前头那几日，从六郎不见了开始，杨姨娘和孙氏还是千方百计地隐瞒，只背地里偷偷请了孙氏的娘家人去找。待到后来岑夫人发了脾气，接着又有"好心人"将六郎赌钱，被内卫带走的消息送了来，家里算是炸开了锅。

岑夫人发脾气归发脾气，仍然派了二郎和五郎去打听并花钱。可内卫门槛高，他们始终"无法"见到人，也"无法"将人弄出来。杨姨娘和孙氏闹腾了一阵，知道六郎还活着，便稍稍放了心，加上甄氏等人动辄就把六郎的事说给孩子们听，让他们别跟着学坏了，她二人觉得不光彩，也就不再嚷嚷。这才安静多久，便又闹上了。

牡丹挨着五郎坐下来，低声道："又怎么啦？"

五郎指着岑夫人手边的纸张道："有人寻上门来，道是你六哥借的钱。"

牡丹讶异地道："有多少？是赌债么？真的假的？"当日六郎将手里的钱全输光了，又欠了旁人部分赌债，然而小胡髭等人却是及时出现，并未留下借据欠条。这借据又是从何而来的？

五郎叹道："不多，也就是一千万钱，条子是真的，利息不高却也不低。我们估摸着，大约是他前面和人借了做赌资，后面却因赢了的钱可以放印子钱，利息远比他和人家借的这个高。他见有利可图，索性留着赚钱。"

忽听岑夫人将手里的茶盏重重一放，提高声音道："就因为他是老爷的骨肉，所以我才肯管他，不然早就赶出去了！你和六郎媳妇果真一点不知他在外头做了什么？我问你，你那些值钱的新衣首饰果真都是老爷给的？还有六郎媳妇，你最近捐给寺庙的钱财多得很，又是哪里来的？也别想着说假话，总有水落石出的一日，到时我再禀了老爷，让他自己处理，他定然比我更公平。"

何志忠临出门前对赌博的痛恨和警告犹在耳畔，杨姨娘和孙氏一怔，齐齐住了声。

岑夫人恨道："才出事时，你二人隐瞒不报，私底下背着我做了多少小动作，我也不曾追究。想着事情已经到了这个地步，他吃过苦头，出来后总会收敛一二。你们也当知晓，什么事儿纵得，什么事儿纵不得，浪子回头金不换，我为他花钱找关系托人情也就不提了。哪承想现下还有人拿了条子上门要债，我倒是想替他把事情全管了，可惜我管不了！老爷的儿子不只是他一人，这个家也不是他一个人的，何况原来老爷就说过，家产将来每个人都有份儿，我替他还了这钱，其他人就少了，怎能服众？且是赌债！这个口子一开，以后大家有样学样，怎么办？"

她拧起眉毛指着杨姨娘和孙氏："你们若是晓事，自己种下的恶果就该自己尝！他赢钱时，得享受的人是你们，如今要还钱了，就该你们来承担！这一千万钱，还有利息，你们自己想法子还！"

杨姨娘呜呜咽咽地道："夫人这是要我们的命哩，我们两个妇道人家，从哪里去筹这么一大笔钱？莫非要我们典衣服卖首饰么？我们典衣服卖首饰，丢的也是何家的脸面……"

岑夫人巍然不动，冷静地指着众人道："你们都给我听好了，何家的脸面不是靠赌棍和不务正业的人撑起来的，也不是赌棍和不务正业的人能丢掉的。今日我把话说到这里，你们若不肯还，也行，我来替你们典当处理！不够就从公中借，慢慢扣了还！你们是自己动手还是我来？"

杨姨娘"啊"了一声，见岑夫人这里没有任何转圜余地，便又眼巴巴地看向吴姨娘。吴姨娘满脸同情，表示爱莫能助，其他人则是什么表情都有，就是没人愿替她们说情。于是她嘴巴一瘪，哀哀地哭起来："老爷啊，老爷啊，你在哪里啊？快回来吧！你再不回来我们都要被人生生逼死了！"

吴姨娘赶紧去捂她的嘴："别瞎说！夫人哪里对不起你？可不能说这种没良心的话。"

"我竟没看出来，你还有这种脾气。"岑夫人冷笑，"放开她，让她叫，我倒要看看她能叫出个什么名堂来！你觉着是我不肯帮你是不是？好，我叫你心服口服！在座的，谁家都有在场的，我问你们，你们可愿替六郎偿还赌债？愿意的，我不拦着你们。"

又有谁会愿意替人填赌债这种无底洞呢？薛氏等人全都低着头不说话。

杨姨娘见状，扑上前去抱住吴姨娘的腿："吴姐姐，你好歹替我说句话，我一辈子都记你的情。真是没这么多钱。"

吴姨娘为难极了，不知该怎么办才好。甄氏扇着帕子阴阳怪气地道："哎呦，爹和大哥他们几个在外面餐风饮露的，吃尽了苦头；二哥和五郎日日早出晚归，累到说话的力气都没有，娘和大嫂、二嫂勤劳操持家务，这日子才会过得这样舒坦。你们倒好，一个个游手好闲，吃香的喝辣的，大手大脚地花钱，还听不得家里人的忠言相告。吃穿用尽，总给家里人添麻烦，竟然还想让我们帮你们还赌债？怎么不来抢呢！反正我是没有半文的，谁愿还谁还，别扯上我们！"边说边起身往外头去了，还嘟嘟囔囔地丢下一句，"我有那钱不如给叫花子呢，好歹算是善行，这是肉包子打狗也……"

荣娘和英娘几个女孩子听她说得好笑，都捂着嘴偷偷笑起来。杨姨娘没法子，又看向牡丹，才喊了一声丹娘，牡丹便道："姨娘不必说了，若是生病或其他正事，砸锅卖铁都好说，这个就别想了。我没有，也不会替你说这个话。"

杨姨娘无奈，哀哀地哭着准备退场，孙氏不服气地道："我又管不住他，总不能叫我拿嫁妆替他还债吧？娘平日里管家，两位哥哥是长兄，难道不该管教六郎？怎地他出了事儿尽是我们承担？丹娘有事时阖家老小都上阵，这会儿六郎有事就一个个袖手旁观，无非嫌我们是庶出罢了，实在叫人齿寒！"

杨姨娘见她说出自己想说却不敢的话，又痛快又害怕，假意拉着她的手，小心翼翼地打量岑夫人等人的脸色。

岑夫人气得发晕，睁大眼睛指着孙氏道："你的嫁妆是你的，你不愿拿出来替他还债是你自个儿的事，没人逼你！你管不住你男人，倒是我们大伙儿的错了？庶出的？他是庶出的我们就该忍气吞声地由着他胡来，由着他拖累这一大家子人，那才叫公平？你们始终没个孩儿，他要纳妾，是谁拦住他的？是谁特意将他留在家中陪你的？他和你的吃穿用度，什么地方不如人？平日里是谁给你气受了还是苛刻你了？

"你敢说我们没有管过他？发现不对，我们问时，是谁替他打的掩护？是谁替他鸣不平？告诉你，若是我自己生的不管是谁如此，我一样对待，还一定将他打个半死才算了事！我再问你，你是不是他的妻子？你有没有得到他赌钱得来的赃物？只要敢说一句没有，你立时与这件事没有任何关系！杨姨娘生了他，无论如何也脱不离这个关系，夫妻好说得很！我不强迫你，也不委屈你！你们爱干吗就去干吗！"

杨姨娘见岑夫人发了大脾气，又有些害怕，赶紧拉了孙氏赔笑道："她也是急的。口不择言了，说到哪里都不知道。还不赶紧给夫人赔礼道歉！"

孙氏垂下眼皮，也不说话，就静静地行了个礼。

岑夫人将脸撇到一旁，淡淡地道："债主三日后上门，别想着全部推给公中，给你们两天时间，明日傍晚我若见不到筹来的大多数钱，就亲自替你们筹。到时候我可不知道什么是谁的嫁妆。"然后命封大娘跟了她二人一道去，不再过问。

众人散尽，牡丹见岑夫人心情不好，便陪了她说话："马上就是年底，火候也差不多了，这钱还完就让他回来吧。"

"也行。"岑夫人揉着额头道，"等你爹回来就让他们搬出去住，该分就分了吧。"

牡丹笑道："娘要是嫌闷，等这事儿了结，便跟我去芳园住几日散散心如何？把家里丢给嫂嫂们管，您轻松几日。"

岑夫人叹了口气："也好。我昨夜里做了个噩梦，心情很不好，过两日你陪我去法寿寺敬香。"

牡丹应了，开解她道："也别放在心上。您做的这个梦，说不定就是应在六哥被人上门讨债这件事儿上了呢。"

岑夫人叹了口气："但愿是吧。"

牡丹轻声道："娘，今日六嫂的话特别难听，是不是我的主意不妥，做得过分了些？"

岑夫人摇头："不，你是为了这个家好，也是为了他好。这人一旦有了赌瘾，很难戒掉。吃屎不记臭……要叫他永世难忘才行。你爹和我年轻时曾经见过多少赌徒，割过耳朵砍过手指，都说不赌了，可一旦见着就什么痛都忘了。钱她们自然筹不齐，但必须给她们教训，不能叫她们心存侥幸，更要借此机会给家里其他人教训，不然这家就乱了。"

牡丹靠着她，低声道："我就想我们一家子人平平安安，顺顺当当的。"

岑夫人笑道："那你到时也好好敬敬香吧。也要求佛祖保佑，让蒋大郎平平安安地回来，把你们的事儿顺顺当当地办了。"

牡丹脸一热，一头埋在她怀里，小声笑道："我才不管他。一去这多天，信都没一个。"

岑夫人爱怜地揉着她的头发，调笑道："出门在外，多有不便，哪能天天给你带信？不然叫他赶紧让人来提亲，好生守着你，哪儿都别去好了。"

杨氏和孙氏一旦发现没有任何转圜的余地，手脚倒也快，很快就将值钱的衣物和首饰以及房里头的值钱摆设拿出去换了钱。孙氏果然不肯拿自己的嫁妆出来，只将从六郎、何家得到的东西拿出来。杨姨娘虽然不满，却因岑夫人有话在前，便默默地忍了气，打算等到六郎回来后再说。

二人弄了许久，也还差了将近四百万钱。岑夫人也没多说，当众让她二人写了借条，从公中取去一并替六郎还了债，然后通知薛氏，从此后将杨姨娘、六郎夫妇的吃穿用度全都减了，直到还清公中的钱为止。

杨姨娘脱下华服，穿着家常的袄裙，戴着寻常的钗环，一与家里其他人比就生气，索性饭都不出来吃了。孙氏的嫁妆还在，却因刚发生了这样的事，也不好意思盛装，便借口娘家老母病了，要回去小住一段时日。岑夫人也不刁难她，给她备齐礼物，盛情款待她家里的人。孙氏有些惭愧，走的时候悄悄去给岑夫人磕了个头。

牡丹陪着岑夫人在大雄宝殿敬了香火。岑夫人又抽了签，却是支下签，当下脸色就变了。牡丹赶紧笑道："还是听听师父们怎么解，而且一定有解的。"

正说着，慧生和尚过来了，接了签一瞧，笑道："这签不差，且是好签。有惊无险，绝处逢生，游人一定会平安归来，没事，女檀越不必担忧。"岑夫人的脸色这才好转起来。

牡丹忙道："娘，您不是说有几处经文看不明白么？今日慧生师父正好有空，不妨请他替您解说一二呀。"

岑夫人果然有些心动，慧生和尚忙叫小沙弥引了她往后殿去，牡丹抢前两步赶上去，双手合十行了个礼，恳求道："家母最近心烦气躁，多有忧思，夜不能寐，还请师父借佛理开导于她。小女子不胜感激。"

慧生和尚笑道："女檀越放心，这是分内之事。"忽听不远处有人低咳一声，恕儿侧目一瞧，却是如满小和尚提着个食盒站在那里探头探脑地往这边看，见她瞧过来，嘴巴一咧，露出两颗大白兔门牙。

恕儿看得好笑，忙和牡丹说了一声，跑过去找如满说话。牡丹自陪了岑夫人去听慧生说佛论经，听到一半，忽见恕儿立在门口朝她招手，便领着宽儿往外头去。

恕儿神色严肃地道："娘子，奴婢说件事儿，您听了可别生气啊。"

牡丹笑道："什么事儿？这么认真。"

恕儿低声道："适才如满小和尚与奴婢说，这些日子，总有两位萧公子来寻他家师父说话手谈，一坐就是老半天，每次都问蒋公子来不来。年长那位公子下棋可好，年幼那位像个女人似的娘娘腔。奴婢悄悄跑去看了一回，您猜是谁？就是上次行猎时遇到的那个萧雪溪，穿着男装还挺俏的。福缘师父根本不认得他们，却厚着脸皮这么天天地蹭。"

宽儿笑道："哎呀，人家正主儿都没急，你倒急上了。佛门四开，谁不能进？"

恕儿推了她一把，道："娘子要不要过去瞅瞅？"

牡丹道："我本来就要去探访福缘师父的。"说完当先往前头去了。

主仆三人还未到得福缘和尚住的草堂，便听琴声悠悠。如满小和尚坐在草堂门前，怀里抱个金黄的大橘子，将一张嘴塞得满当当的。看见她们过来，笑嘻嘻地跳将起来，翻个白眼才将口里的东西咽下去了，急吼吼地对着屋里大喊一声："师父，何娘子来了！"琴声顿时断了。

福缘和尚走出门来，行礼笑道："女施主许久不见。"

牡丹还了礼，命宽儿将东西递给如满，笑道："里面是些茶叶、香料、纸笔、墨锭、糕点等物，不成敬意。"

福缘一笑："女施主客气。里面请。"

牡丹抬步进了屋里，但见正中靠墙一张茵席上盘膝坐着身着雪白圆领窄袖衫、作男装打扮的萧雪溪，她膝上放着的琴还未收起；靠窗的棋盘前坐着一个二十四五、眉眼酷似萧雪溪却又深刻粗犷了些的棕袍年轻男子，手里还捏着一粒棋子。

见牡丹进来，那年轻男子淡淡地扫了她一眼，漠然垂下眼眸，萧雪溪则饶有兴致地挑了挑眉："真是人生何处不相逢，何娘子，您好呀。"

牡丹微微一笑，行了个礼："萧娘子好。打扰您的雅兴了。"

萧雪溪将琴抱开，往茵席一边挪了挪，请牡丹坐下："您请这里坐。"

"何娘子，您坐这里。"如满却已另外抱了床茵席过来，就在萧雪溪身边放了，笑嘻嘻地低声道，"您送来的糕真是太好吃了。"说着情不自禁地咂巴咂巴嘴，又偏心地将萧雪溪面前的炭盆往牡丹面前挪。

牡丹笑起来："贪嘴的小和尚。"

萧雪溪在一旁笑吟吟地道："何娘子和福缘师父、如满师父很熟啊？"

牡丹微微一笑："说不上很熟，但一定不陌生。毕竟我那园子还是仰仗了福缘师父才能有今天的样子。"

窗边那个年轻男子闻言，抬眸看着牡丹道："原来你就是芳园的主人？"

牡丹一笑："是我。听公子这话，莫非芳园很有名么？"

"嗯。"那年轻男子上下打量牡丹一回，却又什么都没说，转过头继续研究棋盘去了。

萧雪溪骄傲地介绍："这是我大哥萧越西，他不见着棋的时候还好说，一旦见着棋，心里眼里便只有棋，说话做事可就有些糊涂的，天马行空，说到哪里做到哪里都不知道。"

牡丹随口道："天才么，总有些怪癖的。"

萧雪溪得意地道："你认得我大哥？"

牡丹摇头，老老实实地道："不认识，第一次见到，第一次听说。"

萧雪溪不爽："你说他是天才……"

牡丹笑道："难道不是么？他下棋定然很厉害。"

"何以见得？"萧雪溪不服气，坚决认为牡丹要么是认得萧越西的名头，要么是听如满小和尚说了什么，却跑到这里来装神弄鬼。

　　牡丹指着四处张罗的福缘和尚，笑道："只看福缘师父就知道了。福缘师父是个棋痴，下起棋来就什么都不知道；可是今日他竟然能在琴声中听到如满的喊声，还亲自起身出来迎我，说明他的心思早就不在棋上了。这样有两种可能，一种是对手太弱，赢得太轻松，实在没意思；另一种是对手太厉害，几乎没有赢的可能，也没意思。若是前者，福缘师父一定会三下五除二将令兄击杀干净，结束棋局；若是后者，他便会故意拖延，找些事儿来做，迟迟不肯接上。"

　　福缘和尚闻言，回头笑道："你说对了，和尚也怕输。输怕了。一连下了十多天，天天输，次次输，神仙也会觉得没意思，何况我这个吃五谷杂粮的和尚。"

　　"你还观察得挺细致入微的。"萧雪溪笑起来，骄傲地道，"何娘子，你猜对了！我大哥是有名的棋圣，自小时候起就颇有贤名……你喜不喜欢下棋呀？正好请我大哥指点指点你，回去以后在闺阁密友中一定能占上风！"

　　牡丹对萧雪溪的扬扬自得颇有些不顺眼："说来惭愧，真是浪费好机会了，我不会下棋。"

　　"你不会？"萧雪溪做出一副惊觉失礼的样子，转而温婉地笑道，"下棋不是什么要紧事，不会也没什么大不了的。"

　　牡丹随意地"唔"了一声，她不喜欢这种故意做作出来的谦虚、大方和体贴，全是赤裸裸的炫耀。

　　恕儿恨铁不成钢。牡丹是会下棋的，小时候病弱，除了爱花之外，常跟着何志忠下棋。何志忠棋艺不差，她自然也差不到哪里去。不想下棋与不会是两回事儿，怎能在萧雪溪面前弱了一样才艺呢？便故意道："娘子又不好意思啦！您虽下得不好，萧公子也不会笑您的……"

　　萧雪溪微微一笑，只当是为了保住面子故意说的场面话而已，并不当真，倒是萧越西抬眼认真地看向牡丹，却见牡丹淡淡地笑着摇头。

　　萧雪溪又将琴抱了放在膝上，轻拨两下，讨教地道："我日常弹琴，总遇到一个指法问题不能解，今日正好与何娘子商讨一下……"

　　牡丹又笑了："实在不好意思，我不会弹琴。"她一心就想着自在、种花、发财、挑男人、过好日子，这些全都丢到了一旁去。

　　萧越西讶异地看向牡丹，这可真是怪了。听说她家庭富足，又是独女，这般好容貌，寻常人家定然是要严格教养的，这些功课一样不会落下。寻常女子被人问到不会或是稍差的才艺，都会觉得羞窘。她倒好，不会，还承认得挺顺溜，挺理所当然的，半点羞愧都没有，仿佛会的人还不如她一般……古怪啊。

　　福缘和尚走到萧越西面前坐下，道："我们还是继续吧。贫僧虽然总是输，但权当是在苦修了。"

　　萧越西颔首，拈起一枚棋子，想敛神专心下棋，却忍不住侧耳去听一旁的对话。

　　萧雪溪再次讶异地挑了挑眉，害羞抱歉地道："实在对不住，我不是故意给你难堪。何娘子一定有自己最拿手的绝活，教教我吧？"

　　牡丹一笑："萧娘子太过客气认真了，不过偶尔遇上，趁机闲谈，问两句话实在算不上故意难堪。我啥都不会，只会种花。你已然精通才艺了，用不着和我学这个。"

　　什么都不会……但是牡丹的样子太过淡漠，太不在意了。萧雪溪反而慎重起来，端起一个标准的假笑道："何娘子实在是我所见过的最谦虚之人。"

　　牡丹笑看着她："萧娘子也实在是我见过的最体贴的人。"

　　萧雪溪继续假笑："哪里哪里，谬赞。"

　　"当之无愧。"牡丹起身告辞，"家母还在前头，我这就要回去了。"

萧雪溪虚虚一礼："请。"

福缘和尚忙与萧越西告了罪，起身道："贫僧送何施主出去。"

眼瞅着二人一起出了门，萧雪溪的脸沉下来："福缘和尚对她倒挺客气的。我们来了这么多天，可没见他送过谁。"看来何牡丹确与蒋长扬等人关系匪浅。

萧越西将棋盘打乱，随意摆个棋谱："你不服气？我们本就是厚着脸皮赖在这里的，他早就烦了，没把我们赶出去就算客气了，你还想他对你再客气些？你只看小和尚的举止，就该知道他们关系远比我们亲近。"

萧雪溪道："不说这和尚。大哥觉着她怎样？她真的什么都不懂么？我怎么觉得不是那么回事。"

萧越西道："你要听实话还是假话？"

萧雪溪急了："肯定是实话啊！"

萧越西认真地道："我不知她会不会。但我看她的样子和丫鬟的表情，应该是会的。就算不能和你比，也不会什么都不懂。但她很懂得藏拙，也不愿轻易与你争比。还有，她远远比你更美丽。"

听自家大哥说牡丹比自己远远更美丽，萧雪溪不屑又嫉妒："红颜易老，韶华易逝，什么都不懂的纸美人算得什么？蒋大郎可不是浅薄的人。她不敢和我比……算她识相，否则一定输得很难看。"

萧越西不客气地道："假如说，她与蒋大郎果然有情，蒋大郎喜欢她……那么，你再比她精通这许多才艺又如何？而且她很会种花，蒋大郎的母亲最爱牡丹，我还听吕方说过她的脾性，估计王夫人会更喜欢她。只人心这一条，你便已经输给她了。她着实不再需要其他的了，其他的有也只是锦上添花。她自然不屑于与你比这些没用的花架子，这是小姑娘玩的把戏。"

萧雪溪生气地看着他喊道："大哥！你怎么能这样！精通才艺是每个大家闺秀所必备的才能，只有这样才能配得上……"

萧越西打断她的话，认真地道："我是男人，我比你清楚。若是喜欢，什么都不会也是憨得可爱；若不喜欢，什么都会也还是不喜欢。感情与是不是才女无关。"

萧雪溪的脸一下子白了，哀愁而沮丧地看着萧越西："哥哥……那我是一直在做无用功了？我不甘心。"

萧越西一笑，怜惜地替她整了整幞头："一切都是假设，并没有证实。除去这些以外，你其他方面的确比她更合适蒋大郎。你既然喜欢他，觉得只有他才配得上你，那就试试看，不战而逃最可耻。"

萧雪溪又有了力量，坚定自信地道："对！我还什么都没做，怎么能就此认输呢？我一定要赢！一定会赢！"蒋长扬会明白谁更适合他，是她，而不是那个和离过的、只会种花的商人之女。

福缘和尚将牡丹一直送到前面方才住了脚："听说成风约莫要过了元宵节才回来。"

牡丹一直不知福缘和尚知道她和蒋长扬多少事，此刻才知他是知晓的，便不刻意隐瞒情绪："只要他平安顺利就好。"她还想着元宵节时与他一同观灯游玩呢，看来是泡汤了。

福缘和尚双手合十："佛祖一定会保佑他的。"

出了法寿寺，岑夫人道："我们去东市的香料铺子看看。"那铺子自六郎出事儿后，便由二郎一人将西市那边管将起来，五郎则来管理这个铺子，试图在年关香料大卖之时将生意弄得兴隆些，多多赚一点，将前段日子六郎放走的客人拉回一个算一个。这些日子忙得昏天黑地的，岑夫人心疼得很。

到得东市，从玛雅儿的酒肆前经过时，牡丹特意仔细看了一回，见门虽然还开着，但门可罗雀，早已不复当日车水马龙、胡姬当垆卖酒的热闹样，再一抬头，更是不见玛雅儿的身影。

贵子道："街道尽头处新开了一家米记酒肆，远比这家更豪华，客人也更多，玛雅儿是往那里去了。"

牡丹行到街尾处，果见"米记"黑底金字招牌高高挂着，玉勒雕鞍的骏马在外头拴了不少，人来人往，热闹非凡。二楼正中窗口最醒目处，一身胭脂红袄裙的玛雅儿含笑坐在那里招呼客人，见着牡丹主仆，微微一笑便过了。

牡丹回头问贵子："可知道是什么人开的？"

贵子道："听说是一位米姓胡商开的，此前名不见经传。只知道先前是在西市开酒肆的，不知怎地就突然开了这么大一间，还将好几间酒肆的貌美胡姬都弄了来充门面。"

到得香料铺子，五郎与老掌柜的并不在前堂，来往几个客人，都是小伙计出面应付。另有一个面生的客人，穿着件小团花锦袍，捧着茶盅坐在堂里气定神闲地喝茶，倒似是无人招呼一般。

岑夫人忙叫了一个伙计来问那二人哪里去了，听得五郎正与老掌柜的在后头仓库里对账清货，不由奇道："怎地这个时候对账清货，却留着客人在一旁无人照管。是何道理？"边说边上前去招呼客人，"敢问客官要什么？"

那客人笑道："我不是来买东西的。是在等五郎。"

岑夫人有些不好意思，忙道了声抱歉，让牡丹去把五郎叫出来。牡丹寻去仓库，见五郎与掌柜的一人抱本厚厚的账簿，顺着货架往下对货，便叫了一声："五哥。"

五郎回头一笑："丹娘怎么来了？不是陪着娘去法寿寺敬香的么？"

牡丹道："出来了，娘挂心着你，过来瞧瞧。前头有人等你，她让你往前头去，这里交给我来做。"

"是简老三吧，他早就来了的。不过我往前头见娘去。"五郎笑着将账簿递过去指给她瞧，"已经对到这里了，你和老掌柜继续顺着货架往下对就是。"

牡丹依言捧着账簿顺着货架往下对货，老掌柜惊诧于她的记忆力与灵敏，叹道："若丹娘是个男子，家里头就没这么累了，人手就不紧啦。几位小公子只顾着读书，也不来店子里跟着学学，将来可怎么办哦。"

牡丹笑道："人各有志，他们能博得功名是最好，若是不能，总有人会折回来经商。我爹年纪不算太大，哥哥们也正当壮年，还可以教导他们好多年。怎地挑了今日对账清货？可是出了什么事？"

老掌柜的道："是好事。外头那位客人家里有个叔叔在宫中当值，说是今年除夕，宫中四处都要大燃燎火，需要大量的香料。宫里库存的不够，会在外头各大香料铺子里采购一些。往年我们家也曾供过，还供得不少。若是货好，价钱不错，故而我与你五哥一起清点清点，看能拿出来多少。若能做成，便可将前些日子的亏空全都补上，可以过个好节。"

牡丹笑道："那是好事儿呀。那我们铺子里的香料够么？"

此时除夕夜，有两件事必然要做：第一件是逐除疫鬼的驱傩，第二件则是必然在庭院里燃起燎火，在居室内四处点上灯烛，唱歌跳舞，饮酒守岁。寻常百姓会在居室中焚些香，庭院里的燎火却必然只是寻常柴木，可是宫中和达官贵人的府里，燃的燎火却是一定要放入许多香。她曾听说过有那奢华到了极点的，燃的整个燎火用的全是沉香，再加甲煎，焰起数丈，香闻十里。

老掌柜道："旁的都好说，就是沉香不够。偏这沉香要得最多，而前头一段日子里，还恰恰被六郎把大半卖给一位客人了。"

怎么又是六郎？牡丹皱眉不已，转而一想，六郎那时候也不知道后面会有这事儿，有生意不做是傻子，也怪不得他。便道："那没有其他法子么？要不，四处找些备上？那些规模小的铺子大概是有的，他们没机会卖给宫中，我们可以买来再转手，少赚一点不打紧，能借机打打名头就好。"

老掌柜的道："适才我与你五哥也是如此商量，只还要再与简三爷商量。不过想来问题不大，从前与他打过好多次交道。"

果见五郎与岑夫人快步进来，五郎带了些喜色道："他倒是答应给我们四十车的份额，还有将近一个月，现下咱们得赶紧分头去寻沉香。西市附近住的胡商、各个小铺子里、周围的州县，说不定还能凑齐。赶紧的，别让旁人抢到我们前头去。"

岑夫人道："一定要小心，别弄些不好的滥竽充数，那可是大祸。"

五郎认真道："我晓得。"

大计初定，五郎、老掌柜便分头行动，势必要将这四十车沉香木凑齐。岑夫人也不闲着，自去寻几家亲戚好友凑货，大家还可一起赚钱，正是皆大欢喜，牡丹少不得陪着。

一家子忙碌了好几日，却还差着十多车凑不齐。眼瞅着是有些麻烦了，五郎便又收拾好行李往附近州县去寻。

二郎要管其他生意，便由牡丹去守香料铺子。牡丹谦虚和气，与铺子里诸人处得很好，生意平平稳稳地做着走，偶尔雪娘领着几个小姐妹来买香料，或是饭粒儿又来缠缠她，忙着便觉日子过得极快。

头夜下了一场薄雪，牡丹感了风寒，略略起得迟了些，到得店铺，只见秋实立在门口东张西望，见到她便蹿将过来，讨好地笑："何娘子，小人秋实有礼了。"

牡丹皱起眉头："你来干什么？"

恕儿上前去推他，骂道："小兔崽子，好大的胆子，还敢到我家娘子面前来晃，上次怎么没泡死你？"

秋实见铺子里好几个伙计面色不善地晃着膀子赶出来，赶紧道："别动手！小的只是下人，又能做得什么主？只是传句话而已，说完就走。"

恕儿骂道："满肚子坏水，谁耐烦听？赶紧滚！"

秋实见牡丹抬步往里去了，连忙喊道："何娘子，关系着府上六公子和您的事，不听可别后悔！"

牡丹看一眼贵子，头也不回地走掉。

"何娘子！您可真狠心！明明有机会可以救得您家六公子出来，您竟然不肯听……"秋实见伙计们全都看了过来，不由暗自得意，正待再嚷嚷几句难听话出来，肩头便被一个面生小厮揿住，说道："小兄弟，你真不懂规矩。"

跟着，秋实肩膀一沉，膝弯一软，控制不住地跪了下去，"哎哟"叫了一声，嚷嚷道："你干什么？光天化日之下竟敢行凶！"

贵子拎着他的衣领，几耳光甩去，骂道："不要脸的狗东西！我们何家的事和刘家有什么关系？狗嘴里吐不出象牙，这是上门来找打的。再胡乱嚷嚷，把你的舌头割了！"

秋实被打得眼冒金星，满嘴血腥，挣扎着大喊道："你敢！"

贵子提着他的衣领要往店铺后头拖："试试就知道了！"

秋实害怕，杀猪一般尖叫起来，死命往地下坠："放开我！放开我！我不进去。"

贵子边甩他耳光边喝问："还敢乱说么？"

秋实吃痛，哀哀告饶："不敢了！"

"懂得规矩了么？"

"懂了。"

"下次见着我家娘子还敢这般无礼么？"

"不敢了。"

几个伙计捂着嘴只是笑，恕儿笑道："贵子，娘子说把他扔出去，别打疼了你的手。"

众伙计一拥而上，抓住秋实的手脚，前后荡了几下，使劲丢了出去。秋实砸倒在大街上，好一歇才哭出来。众人抱着手哈哈大笑，秋实丢下一句狠话，抹着泪给刘畅报信去了。

牡丹将炭灰拨了拨，眼瞅着那炭燃得红彤彤的，便有些失神。贵子进来禀道："娘子怎么看刚才这事？似是漏了风声。要不，小的去问问郭都尉？"

"不用去问。"牡丹道，"姓刘的多半是故意来试探的，我若是惧怕那小厮嚷嚷，他说不定越发怀疑我们。郭都尉那里，他若是果然卖了我们，找他也没用；若是没有，便叫他寒心；下次再有什么事儿，就不好开口了。即便要找，也要先把事情弄清楚，看看错漏出在哪里，才好请他帮忙善后。"

贵子道："现在怎么办？即便是姓刘的胡乱猜测，这样瞎嚷嚷也不好。传到家里，只怕杨姨娘等人要说您见死不救……外面知晓了，闹起来也是麻烦。"

"先等着。姓刘的倘若真知道什么，片刻后就会找上门来；倘若只是试探，便不会来。"牡丹发狠道，"我赌他不敢在外面乱说，除非想与我两败俱伤！"

正说着，外头有人来报："娘子，有位客官说是要买一车沉香木。听说没有，便坐着不走，说这么大的铺子怎会没有沉香木。"

明显是刁难，还故意挑着要买沉香木，似是个晓得内情的。牡丹皱眉道："是谁？"

伙计有些作难："是刘畅。"

牡丹眼皮一跳，道："告诉他，何家不和他做生意。"

伙计依言去了，贵子、恕儿都沉默下来，这正应了牡丹适才那句话呢，刘畅手里有把柄，故而片刻后就杀上门来了。

恕儿忧虑地道："娘子，怎么办？"

"不怕。先晾晾，看他到底想要怎样。"牡丹做此事之前便已想清楚，倘若有朝一日事情泄露，六郎、杨姨娘等人要怨恨她，她也承受了——总得有人做恶人，反正她是不能眼睁睁看着六郎拖累了这个家的。

接着老掌柜亲自进来了："丹娘，你先回家去吧。此时外头客人正多，他说要么你见他一面，要么他让人在街上喊何家的香料铺子是空架子，没有货。你回家去他就没话说了。"

牡丹笑道："他存心要找麻烦，我不在也会继续闹腾，闹上一天，这生意也没法子做了。莫担心，让他进来。"

老掌柜同情地叹了口气，出去亲自引着刘畅往后堂去。

刘畅还是第一次来何家这个香料铺子，以往从门口经过无数次，何家人热情地招呼他进来，他从不理睬。现如今要进来，还得想了法子才能进。一个商铺的门槛就那么高……他带着些酒意，恨恨地想着，无视庭院里正开得灿烂的腊梅，大步穿过庭院，一把撩开淡青色夹帘。

一股暖香味扑鼻而来，但他没看见牡丹。他首先看见的是一脸厌烦的恕儿，然后是一个年轻壮实的面生小厮，那小厮胆子奇大，抬着眼肆无忌惮地上下打量他，半点退让的意思都没有。这二人将门给堵住了，不让他看牡丹。

这定然就是将秋实打得鼻青脸肿的那个人了，刘畅眯着眼盯着贵子看，本来冷静的情绪瞬间被挑了起来，含着气冷笑道："何牡丹！你藏头露尾地做什么？做了亏心事不敢见人么？"

"让他进来。"牡丹的声音平静得很，听不出任何情绪。贵子和恕儿往两边退开，让出了路。刘畅抬眼看去，但见牡丹穿着一身茜色镶了白狐皮边的袄裙，坐在软榻上，手里握着根亮铮铮的铜箸，脸儿被炭火烤得红通通的，突然间又捂着口鼻打个喷嚏，眼睛水汪汪的，格外娇俏可人。

刘畅一时有些失神，他记起那一年她刚嫁过去的冬天，头天夜里下了雪，他从外头回来，才进书房就看见她在亲手为他安置炭盆。那时她还小，虽没有现在美丽，却一样可爱惹眼。只是眼神不一样了，那时候她是害羞、欢喜、期待地看着他，此刻却是淡漠地瞅着他，满脸不耐烦："你又想怎样？"

"你心里难道没有数？非得我给你说出来才晓得害怕？"刘畅一阵烦躁，收回目光，大步走过去，想找个合适的地方坐下来，以免在牡丹面前失了气势。然而找来找去，竟然找不到一个合适的地方。

别家铺子的后堂是招待贵客大客户的地方，总会摆几把椅子，大家平起平坐才好谈生意。牡丹这里却怪得很——她自己坐了个软榻，只对面有个小机子能坐，他若是坐下去就平白要比她矮了半截……可是站着说话……刘畅瞅瞅贵子和恕儿，站着回话的人是下人……他生气地瞪着牡丹，这个坏东西，总是没完没了地和他作对！这种小事儿也要他心里不舒坦。

牡丹哪里晓得刘畅在想些什么，也不叫人给他斟茶，闲闲地道："刘寺丞真闲，不去办差，成日里到处乱串管闲事，一会儿要买香，一会儿派条狗来狂吠，就是不做正事，拿着俸禄也不害羞。"

刘畅往窗边一站，斜睨着她冷笑道："你别和我扯这些！我是听说了一件事，事关你六哥和你，不敢相信你竟然如此胆大妄为，特意来求证的。"

牡丹不搭腔，慢条斯理地喝着茶，眼皮子都没抬，也没有叫身边人出去的意思。

刘畅无奈，只得压低声音道："你怎么敢做出这样黑心的事情来？！你六哥贪赌，叫你母亲、长兄好生教训他一顿就是了，为何要做这种狠毒的事？勾结内卫，端了人家的场子，把人关进去弄得生死不明，你倒好意思在这里烤火喝茶赚钱，过得优哉乐哉……天底下没有不透风的墙，你就不怕你六哥知道了，晓得你的黑心烂肝，就不怕外头那些吃了亏的人知道了，把你撕得粉身碎骨？你这是跟着蒋大郎待久了，也跟着变得黑心肠了。"说到这里，他突然发现自己的语气有些不对劲。他明明是来威胁她的，他不露痕迹地摆了一下头，死女人，这些天没事儿天天从他的酒楼下晃过来晃过去的，看得人厌烦。

牡丹好笑极了："真是奇怪了，刘寺丞是我什么人？我家里的事与你有何相干？这话又是从哪里听来的？倒是你这样巴巴儿地来管闲事，让我越发相信一个传言呢。"

刘畅气得冒烟，使劲一拂袖子，怒道："何牡丹，你别敬酒不吃吃罚酒，你以为我怎会找上门来？我手里有证据！"他猛然逼近一步，将头低下去，靠近牡丹，咬着牙低声道，"你家里的破事儿我不管，你是不知道那场子背后还有些什么人吧？我只要轻轻透出一点去，你就等着粉身碎骨吧！"话未说完就闻到牡丹身上传来的暖香气息，不由心头一阵乱跳，迅速往后退了一大步，深呼吸之后才算慢慢平静下来。

"证据？"牡丹闻到他身上传来的酒气，厌恶地横了他一眼，冷笑，"你别乱套罪名，吓不着我，这世上不是你一个人长着头脑长着嘴。我也有证据，说你身为朝廷命官，却不务正业，诱拐良家子弟赌博，放印子钱，逼得人家破人亡呢。这事儿要是传到御史台，只怕讨不得好呢，也不知道会落到什么下场？"

刘畅先前只是打听到一点，加上他自己也很是怀疑，几经推论，觉得就是何家人搞的鬼，蒋长扬是内卫的人，牡丹与内卫搭上线最方便。此时听牡丹这样说，几乎完全认定就是她干的好事。不由一股怒气从心头生起，快速游遍四肢百骸，全身都充满了暴怒，张嘴就来："何牡丹！你好大的胆子，果然是你！"

牡丹嗤笑一声："别乱说话，民不与官斗，我可没那么大的胆子去招惹你家，也没那么厉害可以支使内卫。我只是借机告诫你，人在做，天在看，当心有朝一日死无葬身之地！死了都没人替你掉一滴泪，也没人给你送终！"

刘畅的脸一阵青白："你再说一遍？"

好像咒他死儿女，是恶毒了点。牡丹哼了一声，侧过头不再说话。

刘畅这才把要说的话说出来："去和你家里人说，这次宫中要用的香料，不许你们参与，还要把你们手里的香料全都卖给我！"

牡丹将铜箸往火盆里使劲一砸，溅起火星无数："你凭什么？！"

刘畅见她终于发了脾气，瞪着自己气得胸脯一起一伏的，心里稍微好过了些，一边做出傲慢的样子，却又忍不住瞟着她的胸脯，冷笑道："不凭什么。你若不答应就等着瞧吧！信不信？我只需要放出点口风去，没得几日，就叫你何家的铺子关张大吉！"

牡丹见他偷盯着自己的胸脯瞧，气得一脚踢翻了火盆。火炭落到刘畅的靴子和袍子上，瞬间散发出一股焦臭味。刘畅吓得往后连退几步，先夺了牡丹的茶瓯用茶水灭火，又抓了窗台上养水仙的瓷盘，将水仙提着一把丢开，将水淋下去，手忙脚乱拍了好几下才算了事。恕儿看得哈哈大笑，被他狰狞地瞪了一眼，吓得住了嘴。

牡丹冷笑道："我可不是任人拿捏的软柿子，明和你说了，你尽管试试看！要做只管去做！掂量着来！我何家的铺子关张大吉，你刘寺丞的仕途也一定玩完！听说内卫的牢房很不错，关过的大人物可不少，你正好去沾沾仙气。说不定正好就在里头飞升了，棺材都免了！"

话才说完，就见刘畅的眼睛血红一片，双手紧握成拳，死死地瞪着她，似是随时要发作，去掐她的脖子一般。牡丹赶紧往后退了一步，贵子赶上前来将她护在身后。

刘畅正要去拉贵子，忽见秋实鼻青脸肿地跑到门边，带着哭声道："公子爷不好了，不好了公子爷！"

刘畅大怒，抬脚要踢秋实："你爹才不好了！"

秋实哭得鼻涕连着口："公子爷，真是不好了，琪公子没了。"

刘畅呆若木鸡。他纵然不喜欢孩子，不重视两个庶出的孩子，可是他每天从戚夫人那里总能看到两个小东西。琪儿虽然怕他，却总会巴巴儿地讨好他。今早他出来时，琪儿又讨好地递了一瓣橘子给他。他嫌脏，随手赏了下人。可是这会儿秋实却和他说那个小东西没了。

只听得秋实絮絮叨叨地道："家里刚派人来说的，不过是片刻的工夫，说是要吃糯米团子，不知怎地，吃了就没咽下去，怎么都弄不出来，不多一会儿脸就紫了……夫人和碧梧姨娘都哭得昏厥过去了，老爷也回了家，就等着您了。"

刘畅浑浑噩噩地往外头走。他说不出心里的感受：他这一生，仿佛都在追寻得不到的东西，总也抓不住想要的。从前拥有的时候，他不在乎，不觉着重要；可当它们消失的时候，却又觉得它们其实早就是他生命里不可缺少的一部分，只是来去如风，他还没准备好接受，就已经失去。他走到庭院里，突然回过头来望着牡丹，脸上带了种非常奇异的微笑："你如愿了，我唯一的儿子死了。"

牡丹低头不语，她诅咒刘畅没人送终，也从没喜欢过他那两个庶子庶女，都没想过琪儿会小小年纪就突然死掉。

刘畅见她不语，又道："你想要他死一定很久了吧！今日总算是如愿了，高兴吧？"

牡丹听到这话，刚才的不忍瞬间变成了烦躁讨厌："你这人简直莫名其妙！你儿子死不死关我什么事？！有这功夫，不如去瞧瞧你儿子到底怎么死的。"说着又是一连串的喷嚏，便眼泪汪汪地扬着手叫恕儿，"赶紧把帘子放下来，冷风刮得我不舒服。"

刘畅定定地看着牡丹，直到帘子被放下来，再也瞧不见她，方快步离开。

牡丹低声吩咐贵子："趁着他无暇管这边的事情，赶紧往郭都尉那里跑一趟，准备把人接出来。"

刘畅阴沉着脸出了何家铺子,瞪着犹自嚎哭的秋实冷冷地道:"闭嘴!马上跟我回酒楼去。"

秋实吃惊地张大嘴:"不先回家么?"

"人死不能复生,大事要紧。"刘畅赶到"米记",先往楼上去,直接推开一间雅室的门,望着里头的人道,"何家一定会想尽一切法子做成这笔买卖,你可以着手准备下一步了。"

里面的人笑道:"你怎知道一定会?他家是老生意人了,稳重得很。"

刘畅笃定地道:"我自然知道。你只管按着我说的去做就是,别的不用多问,事成之后少不了你的。"人都有脾气,他不跑这一趟,何家还不一定非要做成这笔生意。如今他表示要争,何家定然不会轻易放弃。以牡丹的反应来看,基本可以断定,这事儿是一定要成的。何家人手空虚,此时不下手,更待何时?

刘畅将这边的事情布置妥当了,方才打马回去。才一进门,碧梧就嚎啕大哭着扑将过来抱住他的腰,披头散发,泪流满面地仰着头道:"爷,您一定要为琪儿做主啊!一定是她!一定是她!我可怜的琪儿,你死得好冤……"

刘畅安抚地拍拍她的肩头,看一眼琪儿的小身体,忍不住心里一酸,沉着脸道:"是谁煮的糯米团子,又是谁喂的?拖出去给我狠狠地打!"

戚夫人红肿着一双眼睛,阴冷着脸道:"不用问了,都是奶娘干的,人已死了。"

刘畅一呆:"怎么死的?"

戚夫人难过得要死,既恨清华,又恨下人无用,还恨刘家父子不听她言,招惹得这许多是非。心灰意冷地懒得回答他,只垂眸转动念珠,低声念佛。玉儿紧紧抱着姣娘立在一旁,小声道:"小公子刚咽气就碰墙死啦。"

这就是说,无迹可寻了?好一个干脆利落的意外。刘畅咬紧了牙,此仇不报非君子!

碧梧疯魔似的扑过来,使劲扯着他的衣袖,大声道:"我的琪儿活得好好的,何牡丹在的时候一直没事儿,为何长得这么大了,她要进门才突然出事?一定是她,那天琪儿得罪了她……她先是要了雨桐那一胎的命,又要了琪儿的……她是个毒妇啊!不能让她进门,你一定不能让她进门。"她指着姣娘,语气森寒且肯定地道,"不然你等着瞧,下一个就是姣娘!"

玉儿打个寒颤,越发搂紧了姣娘。

"住口!"刘承彩担心地看了刘畅一眼,生怕他又突然犯拧不肯与清华成亲了,便皱眉斥道,"琪儿就是被噎死的,无凭无据的乱嚼什么?这是钦赐的婚姻,岂是你一个无知妇人捕风捉影乱说得的?"

碧梧想着自己容貌已毁,儿子也死了,已然没了指望,还顾忌这么多做什么,便一改往日的畏惧,大声道:"老爷、夫人,琪儿虽是庶出,也是你们的亲孙子。他死得不明不白,是人都知道,天家又如何?你们若还是男人,便该为自家骨肉讨回公道……"

刘承彩断喝一声:"住口!我念你遭逢丧子之痛,难免神志不清,不与你计较,来人,把她带回房去!没我的话不许放出来!"

碧梧嚎啕大哭,看向刘畅:"公子爷,婢妾跟了您多年,自来便是小意儿地应承,从不曾拂逆您半分心意。琪儿更是自会说话始,哪一日不喊几十声爹爹!您不念婢妾多年的心意,也要想着他是您的骨肉,小小年纪就枉送了性命……"

刘畅看她哭得可怜,想起往昔欢爱之情,也觉心酸,硬着心肠道:"把姨娘扶下去,请大夫来瞧。"言罢再不看碧梧,只吩咐人准备丧事。刘承彩几次与他说话,他也装作没听见。刘承彩无奈,便也往后头去了。

玉儿与纤素、雨桐一道去瞧碧梧,她只看着众人嘿嘿冷笑:"你们总会与我一般下场的。"边说边瞅着玉儿看。玉儿被她看得胆寒,找个理由走了,其余二人见状便也走了。

碧梧又埋在枕上哭得一塌糊涂,忽听得脚步声响,却是刘畅进来淡淡地道:"你跟了我一场,

159

我总不会让你白白吃亏。我且问你，你若想走，便拿了银钱布帛自去；若要留下，便要忍得气，自家小心。总有一日，能替爷我的儿子出了这口恶气。"

碧梧没承想他会说这样一席话，便也不哭了，愣愣地看了他半响，大声哭道："我的爷！婢妾不要钱，出了这道门又能往哪里去？只要您最后一句话，便什么都成了。"

刘畅见她哭得眼睛似核桃一般，脸色蜡黄，便取了巾帕替她擦脸。擦着擦着，碧梧突地往他怀里靠了，低声道："公子爷，婢妾自此之后只有您了，无依无靠，您再给婢妾一个孩儿傍身。"

儿子刚死，她却还有心思做这种事。刘畅厌恶至极，却又无话可说，仿佛她失去一个，再给她一个也是情理之中的事，且他也的确需要一个不是清华生的儿子，可他此刻的确不想做这事儿。正在想如何婉拒之时，忽听下人禀告，道是清华郡主听说琪儿没了，特意上门来瞧，请他出去。

刘畅忙将碧梧攀缠在腰上的手推开，起身道："现在不是时候，你把身子养好，来日方长，定然再给你一个。"又叫丫鬟进来伺候碧梧用药。

刘畅到得外头，但见清华郡主打扮得素素净净的坐着，刘承彩客气地陪她说话，戚夫人却是不见影子。见着他，清华郡主便怜惜地道："碧梧呢？怎会发生这种事？这般乖巧的孩子，真是太可惜了。"

刘畅冷眼瞅着，硬是从她眉眼里看出几分掩饰不住的猖狂得意之色。他心里恨不得将她撕成碎片，只淡淡地道："这是他的命，没有福气，怨不得旁人。"说着靠倒在椅子上，把玩着羊脂玉扳指，顺带扫一眼阿洁。

阿洁瞅了他一眼，垂下头拨弄着衣带。

清华郡主见刘畅不甚在意，并无追究之意，越发轻松猖狂，便道："我去瞧瞧碧梧。"

这不是上赶着去找打么？刘畅一哂："你去。我在这里等你。"

刘承彩想拦，被刘畅凶狠地横了一眼，索性拂袖往后头去了。

清华一走，刘畅也起身往后头去。不多时，阿洁遮遮掩掩地过来，刘畅一把抓住她的手腕，低声道："你好得很！这么大的事都不和我打招呼。你的心肠也与她一般狠毒！也想帮着她把我压得死死的，断子绝孙是不是？"

阿洁叫屈："她谁也没说，暗里安排下去的。今早奴婢才知道，奴婢担忧她已经有所怀疑了，防着呢。"

刘畅一滞，当机立断："最近不要再使人递信，都断了。有事我自会让人寻你，赶紧回去。"

阿洁忙忙地走了。

刘畅立了片刻，听说潘蓉来了，便又去了前头。但见潘蓉唇红齿白的，似是过得十分滋润，不由酸溜溜地道："最近一直不见你，派人去寻也不来，只听说你处置了几房貌美的姬妾，突然间就清心寡欲了，到底做什么去啦？"

潘蓉道："阿馨有了身孕，嫌在家闷，便去了别院住着。难得她肯给我好脸色，我自是要好生陪伴着她。"边说眉眼里露出快活幸福的神色来。

这事刘畅一直知晓，原本是难兄难弟，如今潘蓉过得舒坦，自家后院却是一团糟，扯也扯不清。刘畅不由一阵黯然，强笑道："恭喜你终于得偿所愿，琴瑟和鸣。先前不是还不消停么？是如何好了的？"

"多亏何牡丹在中间相劝。我原也没想着她还有这般好心，有这般性情，到底是沾了她的光。"潘蓉见刘畅脸色古怪，忙停住话头，低声道，"这是怎么回事？怎地突然成了这个样子？我瞧着郡主的车驾也在外头，怎不见人？"

什么都跟何牡丹有关。先是碧梧说若何牡丹还在，琪儿必然不会死，此时潘蓉又说多亏了何牡丹居中相劝……刘畅沉默片刻，冷笑："青竹蛇儿口，黄蜂尾上针。她此刻正忙着安抚碧梧，装扮好人呢。"

二人相交已久，潘蓉无需多说，便已明白，不由睁大眼睛道："还没进门呢，这是破家灭门的恶妇。你就这样忍着？"

刘畅心里越发不爽："不然你叫我怎么办？无凭无据，就算有，这种事情还少见么？有谁受了惩罚？"

潘蓉一时无言，同情地道："那你以后怎么办？"

刘畅阴阴地道："且看谁熬得过谁。"他要叫她求生不求死不能，身败名裂。

潘蓉默了片刻，低声道："早知如此……"

刘畅不耐烦："早知如此，我若是早知还会如此么？"

二人相对无言，只是吃茶，不多时，又有好几个刘畅的狐朋狗友听说了此事，都上门来瞧，一群人便都围坐吃茶。忽见念奴儿在帘子外头闪了一闪，秋实出去片刻回来附在刘畅耳边轻声道："碧梧姨娘拿剪刀去刺郡主，被郡主身边的人拿下了，绑在后头问夫人怎么处置呢。因着郡主的手果然被刺破点儿油皮，夫人作难得很，请您后头去一趟。"

刘畅一阵气短。他本想着让清华郡主去碧梧那里吃点亏，谁知清华打的竟是这个主意，斩草除根。他一时不察就着了她的道，绝不能让这毒妇如愿。当下略一沉吟，低声吩咐几句。秋实领命而去，他自己坐着没事儿似的不动。

不多时，外头闹将起来，却是将事情扯出来了。碧梧疯疯癫癫地披散着头发跑将出来，跪在他面前痛哭求饶，又去抱着琪儿嚎啕大哭。清华郡主没露面，她身边几个嬷嬷倒是穷凶极恶地奔出来，要拿碧梧治罪，要刘畅表态。众人一时面面相觑，是走是留都不妥。

刘畅趁机替碧梧求情，说是她初逢丧子之痛，先前本就有些疯魔了，还请清华郡主体谅她，莫要计较。那几个嬷嬷却是坚决不松口。

碧梧跪在地上哀哀地哭，哭得肝肠寸断，好不可怜。以潘蓉为首，众人纷纷替她说好话，都让请郡主出来说话。那几个嬷嬷也只是推清华郡主受了惊吓，不敢出来。

众人叹息不已，都道宗室贵女果然碰不得。清华郡主听人报了信，坐不住，只好装作惊吓过度的样子，歪偏偏地走出来，当着众人的面亲口饶了碧梧，却要碧梧搬出去住，省得她疯魔了再刺伤其他人。

碧梧抱着琪儿哭得死去活来，说的话也古怪，众人听了都心生怀疑。刘畅一脸憋屈，任由清华郡主作威作福，颐指气使，弄得每个客人走时都同情地看着他。

好容易挨到晚间，清华郡主走了，戚夫人又是一腔怒火发作起来，又哭又骂，说刘畅不是个男人，护不住自己的老母、儿子和女人，任由他们被毒妇欺侮至此。刘畅一口气上不来，摔帘子走了，途中遇到刘承彩，也不说话，只瞪了一眼便侧身而过。

到得玉儿房中，又是喝得酩酊大醉。半夜时分醒过来，但见一盏冷灯如豆，映照着窗边独坐的玉儿，看着好不凄凉，便软了声气道："怎么不睡？"

玉儿回过头来望着他，红着眼眶，低低地道："公子爷，婢妾求您件事儿。"

刘畅见她神色有异，不由拔高声音道："有话快说！"

玉儿起身跪倒，低声抽泣："公子爷，今日郡主身边有位嬷嬷来问婢妾，这些日子您是不是总歇在婢妾房里……"话未说完，就听得"砰当"一声巨响，却是刘畅砸了玉枕，血红了双眼，咬着牙不说话。

玉儿待他气息平了，又道："婢妾自己是不怕的，可是姣娘，她还那么小……"说着眼泪流了下来，插烛似的磕头，"求您保全她。"

刘畅目光狰狞："那你要我怎样保全她？"

玉儿小声道："碧梧姐姐在外头一个人住着，孤零零的也可怜，让婢妾去陪伴她吧。"

刘畅冷笑道："你跟她去了外头，就不怕有人断了你们的嚼用，再捏个罪名不得翻身？"

玉儿小心翼翼地道："只要您看在往日的情分上，看顾着婢妾们，想来不会到那地步。再说，只要能保全女儿，婢妾心甘情愿。"

各奔前程去避祸，这个家很快就要被清华只手遮天了，想宠谁他竟然不能做主。想当年，牡丹在时，这些姬妾谁不是望穿秋水地盼望他往房里去，更别说各出手段，花样百出地捧他爱他，惹他怜惜，只盼他多留一夜？他到哪里不是众星拱月？如今可好，反而成了负担，成了人家最怕的事……

刘畅屈辱又痛恨，心中的怒火熊熊燃烧，怒视着玉儿道："不光是为了保全女儿，也为了保全你自己的性命吧。这主意是她身边的嬷嬷与你出的？你既然投靠了她，什么都听了她的，又何必来求我？"

玉儿流泪道："公子爷，婢妾跟了您多年，是什么品行您不知晓？当初何娘子在时，万众欺负她一人，婢妾也从不曾欺负过她，恪守本分。她去了，大家都有心思，婢妾也还是恪守本分。如今这个情形，婢妾又能怎样呢？婢妾领着姣娘避开，遇事您也少作难。您可怜可怜姣娘，婢妾十月怀胎生了她，又养她到现在，一千个日夜不容易。您是婢妾的夫主，婢妾怎会去投靠郡主？您若不肯，婢妾陪您到最后就是了。"

刘畅突然觉得没意思，摆摆手，无力地道："都去吧。"

玉儿赶紧跟他磕了几个头，也不敢收拾东西，就在一旁陪他坐着。二人对着一盏冷灯，一直看到天边微亮方各奔东西，各了各事。

埋了琪儿，刘畅自去与魏王府商谈婚礼，只字不提府里的事，只说会一心一意地对清华好，人前人后做功夫做足。魏王很是欢喜，留他吃晚饭，二人又谈了许多事。刘畅曲意讨好奉承，魏王惊喜之至，言道怎地从前不知刘子舒是个人才，与他竟然兴味相投。

清华郡主听说，得意一笑，只当刘畅服软低头了，与身边人笑道："男人天生就是贱，与他一个笑，他便学猴儿跳，竟不知天高地厚了。我若似何氏那般待他，他必然不把我当回事。如今叫他晓得了我的厉害，方好慢慢收拾他。不说让他像他爹似的喝尿，也要叫他不敢轻易胡来。"

这话又传到刘畅耳朵里，气得三尸神暴跳，风也似的在屋里走了无数个来回，方将这口恶气硬生生咽了下去。便不常在家中住，每日里出了官署，便总拉了几个同僚或是权贵宗室子弟前往"米记"推杯换盏，听歌观舞，盘桓关系。

这日傍晚，众人刚进了酒肆，才分宾主坐下，秋实便把刘畅叫到窗边低声道："何家六郎适才被接回去了。"

刘畅眼睛一亮，挑了挑眉："明日你只在这里看着，且看来香料铺子里守着的人是谁。"正说着，但见牡丹裹着件大红色的织锦镶貂皮兜帽披风，气定神闲地骑着马从酒楼前经过，看来是赶回家吃团圆饭。

刘畅目送着牡丹的身影，道："明日就让人去和何六郎说道说道这笔生意，他欠着这么多钱，又丢了这么大的丑，定然想抢在他兄长妹子的前头，把钱和面子一并赚回来。"何家的爪牙是钱，没了钱，何家还敢嚣张么？

却说牡丹回到家中，但见家里人都在正堂里团团围坐，岑夫人高踞堂首，六郎瘦骨嶙峋地匍匐在地上痛哭流涕，赌咒发誓，只说以后再不敢犯了，求岑夫人还让他回去守着铺子做生意，将功折过。

岑夫人淡淡地道："你出来，养好身子再说。"杨姨娘一听急了："让他去看着，总比丹娘一个女子风里去雪里来的好，就要多跑跑身子才壮得起来。"

六郎闻言，立即看向牡丹，原来牡丹已经接了香料铺子的生意？

第三十章 喜

牡丹笑道："可曾请了大夫来替六哥号过脉？省得落下病根就不好了。"

杨姨娘立刻又被这话吸引了注意力，喊道："说得是，赶紧去请大夫。"随即想起自己母子是戴罪之身，便拿眼去瞧岑夫人。

岑夫人并不在意，吩咐薛氏："丹娘想得周到，让人赶紧去请大夫过来。"

六郎只当全家舍不得让他重掌生意，借故推托，颇不高兴，只是理亏，不敢多言，只能闷闷不乐而已。因不见五郎，便问哪里去了。杨姨娘想着若是六郎没犯事，此刻便该是他在忙，立下功劳也是他的，现下可好，立功赚钱统统都是旁人的，自家只有错处，赎不完的罪，便带了几分意气道："你还说！除夕夜宫里头要许多香料，问我们家要四十车沉香木，价钱好得很；却被你将库存卖掉大半，害得五郎不得不四处奔波去凑这香！一家子都被你害惨了！"

六郎气道："我先前怎知后头宫里会要这香？人家来买，难道不卖？我要早知道，早就发了，还在这里窝着受气？"口里是对着杨姨娘嚷嚷，那态度却是对全家人发作一般。

杨姨娘使劲儿拧了他的大腿一把，喝道："哎哟喂！你还敢嚷嚷？害得我为你操碎了心，成了穷光蛋，又和公中借了若干钱，还不知何日才还得清呢。说你一句就不高兴了，哪里的道理？我看你赶紧回牢里蹲着才好，眼不见心不烦。"

六郎听她这话里话外的意思不少，当下皱眉道："怎么回事？你怎地就成了穷光蛋？"

杨姨娘瞅着刚回来的孙氏道："问你媳妇儿。我是穷光蛋，她倒是还有点钱傍身。"

岑夫人皱眉道："行了！都少说两句，吃饭！"

众人不敢再多言，埋头吃饭。六郎看看什么都想吃，只因肠胃坏了，并不敢多吃。杨姨娘心疼不已，只是咒骂内卫。甄氏讥讽道："自家人不争气，骂人家作甚？许多人还没得机会进去一游哩！"杨姨娘方怏怏地住了口。

次日牡丹仍旧往香料铺子里去，六郎讪讪地看她出门，颇不是滋味。他关了一个月，早就发了霉，正想蹴着骑马出门去放松放松，便被岑夫人叫去叮嘱他好好将养，不要轻易出门。

六郎越发生气，瞧见孙氏在岑夫人面前曲意讨好，想到孙氏不肯拿嫁妆给他还债，不由恨得牙痒，夜里往死折腾孙氏。过了两日，孙氏受不住，又不好意思与妯娌婆婆说，便叫身边的丫鬟回娘家去说，假托娘家母亲病了想她，来接她去住两日。岑夫人不作多想，照旧应了。

六郎便说要送孙氏回家，要去岳家磕头行礼。这理由合情合理，岑夫人拒绝不得，便叫跟班的小厮盯紧了他，不叫他与些不三不四的人多说话，放了小两口出门。

六郎将孙氏送回娘家，立即寻了个借口往东市去，刚进坊门没多久就被人盯上了。却不是赌友，而是一个开绸缎庄子叫方二的，说要替他打酒洗晦气，小厮见是正正经经的生意人，便由着他去了。

方二却是刘畅故意请托去使坏的，专拣些六郎运气不好的话来说，又夸五郎、牡丹运气如何好，牡丹一个女儿家，这般作为，怕是要跟着继承家业了之类的话。

听得六郎怒气冲冲，只埋头喝酒："我倒是想翻身，可也要有机会。"

方二这才说出宫中要沉香木的事，挑唆道："想要翻身也不难，现下就有一个好机会。你家兄长凑不齐香料，你来将它凑齐了，便是一份大功劳，分红之时也多一份，谁还敢小看你。"

六郎皱眉道:"能够想办法的家里都已办过,我哪儿还能寻得着?"
方二笑道:"说起来真真是巧。我这里便有个现成的人情。不与你家五郎说,是因为他看不起我,从来不懂得敬我,现下这个人情便留给你好了。"
六郎怀疑地道:"有这般好事,你不去寻旁人,偏来便宜我?"
方二奸笑道:"你难道不明白么?旁人哪有你这般急着要的?谁会舍得给我那许多的好处?"
六郎心下明了,道:"我要先看过东西,不好不要。"
方二拍着胸脯打包票:"晓得你家做生意向来最重信义,哪里敢拿不好的给你?还怕大郎、四郎回来打杀了我呢。"
二人说说笑笑的吃了约有一两个时辰,醉醺醺地约着去看那沉香木。六郎一见之下,酒都醒了大半:"这分明就是我家卖出去的东西!这是谁买的?将我家的东西反过来赚我家的钱,亏他想得出,让他出来见我!"
方二冷笑道:"是你家卖出去的东西不假,可如今它比从前更值钱了。你早知道,为何不留着?就算你按着这价拿回去,送进宫中还是可以多赚得一份。再有你家其他那几十车,难道就不赚钱了?没有这个,你家一车都卖不出去!丢了这笔生意,日后再有这样的事,只怕没人再来寻你家了。"
六郎无话可说。方二又轻声道:"你回家去就说要按宫中的价来买,多的那一份,直接付给你。大家伙儿都图个方便,你看如何?"
六郎沉吟不语,方二微笑着道:"不勉强,你自己想。东西是从你家出来的,好坏自知。三天之内你不要,我便出手了。此刻有的是人要,能将你家挤下去,别家还更欢喜呢。"
六郎心事重重地回了家,恰逢五郎回来,赶紧上去问怎么样。五郎叹道是只凑齐四车,还整整差着十一车。
六郎眨眨眼,道:"难道就没有其他办法了么?"
五郎只是叹气:"能想的法子都想了。往年这沉香木不是什么稀罕的,偏生今年却是稀缺,也不知为何。"就有些想打退堂鼓,与岑夫人道,"娘,实在不行就不做了。"
岑夫人道:"不行,这事儿至关重要,不到最后一刻绝不能放弃。错过这个机会,只怕以后再也没了我家的位置。"
六郎在一旁听完看完,静悄悄地回了房。等着何家人上上下下跳了好几日,急得不可开交之时,他方出面说自己遇到往昔一位跟着何志忠认识的生意人,人家里有货,但价要高许多,基本与宫中给的价持平。他又怕事情不成,主动将价往下压了半分,以便促成此事。
二郎与五郎商量后去看了货,认定是好的。兄弟三人检查一回,钱货两讫,将东西拉回库房去。六郎将所得钱财小心藏起,只怕被家里发现。众人见他平白谨慎了许多,还当他突然转了性。
方二先将钱给刘畅送过去,恭喜他道:"恭喜您报了仇。"
这就叫报了仇?他可不是贪图这蝇头小利的人,好戏还在后头。刘畅待到方二吃得烂醉,清清爽爽地骑马出了门,先去离皇城最远的永阳坊看了要买的大院子,高高兴兴地付了钱,叫人收拾干净,照着最贵最好的重新打了家具,幻想着不久的将来佳人在怀,温柔风流,然后又去寻人,准备进行下一步。
过不得几日,刘畅与清华成亲之时,何家与其他几家大香料铺子一道,各各将自家的各种香料分批次打上各家的标记,顺利交割给简老三,只等节后一并算钱。
接下来便是准备过节,五郎归来,六郎的心性似乎也在好转,牡丹便不在香料铺子里待着了,命人买了酒、猪羊鸡鸭鹅鱼、干果等东西,取了钱财布帛,亲自将东西送到芳园。叫雨荷开了正堂门，四处烧起炭盆，叫众人进去领赏钱、分酒肉、备宴席，也要过个好节。

第二日一早，贵子领个面生的男人进来递了封信，却是蒋长扬使了回京送信的。牡丹问了几句，得知蒋长扬一切顺利，快要回京，便放心下来，让贵子将人领下去打赏招待，她自己迫不及待地拆了信，看得眉眼弯弯，唇角忍不住地带了笑容。

雨荷、恕儿纷纷笑起来，问她可是有什么好事。牡丹抿唇微笑不语，半响才道："元宵节观灯，你们去不去？"

这意思是蒋长扬约她在元宵节观灯，两个丫鬟拍手大笑："去，自然去的。"

牡丹便叫二人："赶紧把园子里的事安置妥当，午间还要宴请肖里正和几个乡老，不许出任何差错，不然你们都留在这里看园子得了。"

二人笑闹着去了，牡丹又将蒋长扬的信拿出来捧在手心里，反复看了两三遍，摩挲许久方小心叠好收入荷包。又起身净手，取了针线对着光细细地做。她做得极慢，可是一针一线全都用尽了心思。

雨荷从外头进来，笑道："这个荷包还要绣多久？眼瞅着就要到元宵节啦。"

牡丹头也不抬，不错眼地道："快了，快了，就是这一两天的事。"

雨荷凑过去瞧，但见鱼戏莲纹的花样绣得中规中矩，只色彩搭配得醒目大胆，看着另有一种感觉罢了。便调笑道："娘子这花样实在绣得不咋地。"

牡丹的脸色一变，背转身去对着她悻悻地道："就是绣得不咋地，照样有人要。"一边说，手上的动作就慢了下来。

雨荷吃吃地笑起来："知晓了。不是看花样绣得如何，关键是看绣花的人是谁。要绣得好，花大价钱买一个不是更好，可那一样么？不一样。我若是得了这样一个荷包，必然是要贴身收藏的，千金不换。"

牡丹害了羞，索性起身去挠雨荷："迟早把你嫁出去，看你还来笑话我。"

午后，牡丹前往大门口去接人，却见肖里正牵着自家的小儿子，身边紧紧跟了一人看着她讨好地笑，正是吕方。

牡丹不由微皱眉头，吕方立即往肖里正身边靠，可怜兮兮，忐忑不安地道："肖伯伯，我还是回去算了。"

肖里正也不知得了他多少好处，立时拉住他道："何娘子，老夫晓得你是个宽宏大度的。人非圣贤孰能无过，他也是太贤爱花才会做下糊涂事。冤家宜解不宜结，他早就想来与你赔礼认错，奈何不得其门而入。几次上门去求老夫做这个中间人，大过节的，你便看在老夫的面子上，饶了他这遭。"

强龙难压地头蛇，牡丹还真不能不给肖里正这个面子，只好笑道："看您说的，不就是多个人多双筷子的事么？别说是他，您随便领个人来我也要好生招待。"

多个人多双筷子，仿佛他就是来混吃混喝的，吕方暗里翻个白眼，抬步往里走，四处张望，不浪费一点时间。忽听得牡丹假惺惺地道："吕十公子，伤口可复原了？我几次想去看您，又怕被令尊赶出来，没敢去。"

吕方立时觉得伤处开始发疼，干笑道："托您的福，不过是开了两朵牡丹花而已。"

牡丹眨眨眼："伤口竟然如此之大？"

吕方只是笑，肖里正家的小儿子道："我瞧着啦。是在伤疤周围刺了一大朵牡丹花，好看得紧。手臂上是赵粉，腿上是魏紫，含苞待放，娇艳可人，对不对？吕哥哥，我没说错吧？"

这分明是吕方的语气，牡丹一愣，扑哧一声笑出来："吕十公子果然爱花成痴。"

吕方面红耳赤，行礼作揖："我真不是故意来捣乱的，也没有坏心。此番为了与您赔礼道歉，下足了功夫，何娘子莫与我计较了吧。"

牡丹摆手笑道："罢了,肖里正不也说了,冤家宜解不宜结。只要你不记恨,从前的事便不再提了。"

吕方顿时一喜："那可不可以……"

牡丹正色道："不可以。不过你可以看看其他花。"

且不说牡丹与吕方说起牡丹花来都是相见恨晚,兴味相投,她从芳园回来没几日便到了除夕。这一日,家家贴春书,桃符,共烧纸钱,在庭院里燃起燎火,居室内堤岸上灯烛,唱歌跳舞,饮酒守岁。吃过年饭,饮了驱寒祛湿的花椒酒后,但听得外头一阵喧嚣,却是一年一度的驱傩活动开始了。

孩子们一阵嚷嚷,全都往外头去看热闹,牡丹也随了众人一起往外。但见无数人戴着狰狞的假面具,扮作各种鬼神的形状,居中两位分别戴着老人面具,一为傩翁,一为傩母,率着众人歌舞喧腾,跳笑欢叫,一片沸腾,好不热闹。

过去一群人之后,又来了一群,却是衣着同色同款的红衣黑裤,都拿着牦牛尾拂子,明显比适才那群人更加整齐。其中一人停在门口,掀起面具,望着何家诸人一笑,孩子们大笑起来,纷纷喊道:"是张五叔。张五叔要去哪里?"

二郎抱拳笑道:"五郎这是要去哪里?"

张五郎看着身后欢腾一片的诸人笑道:"这些都是要往宫里的护僮侲子,稍后要随乐吏入宫驱傩。"他挤挤眼睛,道,"听说圣上与贵人们照例都要出来观看,正是难得的机会。"其实也就是偷窥宫中生活的最佳时机。

二郎笑道:"许久不见你有此种雅兴了。"

张五郎不好意思地笑了笑,道:"这次进宫的人约有一千人之多。有许多人是趁此机会想混进去看看,因着我与乐吏面熟,便央了我帮忙。"

众人心领神会。每年里这个时候,总有许多人四处寻觅侲子之衣,想方设法混入驱傩队伍之中,偷看宫中后妃公主贵人美人,其中不乏富贵子弟以及读书人。张五郎定然是与乐吏勾结了,利用这些人的猎奇心理,好收取钱财。

何濡、何鸿等人见状,都想跟了去看热闹,不敢自己去求父母,便去歪缠牡丹。牡丹想着也不是什么大事,便去同岑夫人说了,于是四个最大的孩子便都跟了张五郎同去。何家众人又看了一会儿热闹,转身往里准备继续守岁。

天将要明时,众人正要睡下,忽听得外头脚步声响,伴随着一阵欢笑声,却是四个男孩子回来了。进了屋里,众人相询,何鸿兴高采烈地道:"真是不枉走了这遭,宫中各处锦绣幄张,明设灯烛,盛奏歌乐。庭中燃起火山数十,焰起数丈,明亮如白昼,香气四溢,绮丽无比。只可惜后来燎火暗了时,宫人推入载了沉香木的车来添加,离我们最近的那座火山有一股子怪味。分明是里面烧的沉香木不妥,也不知是怎么搞的。"

二郎不在意地道:"总是有胆大的奴才,浑水摸鱼,换了好的,拿坏的去滥竽充数,赚钱呗。那就没有人过问么?"

何鸿道:"有人问啊,不过不影响大局,又加入了大量的甲煎去掩盖而已。上面的人似乎也没闻到。"

五郎笑道:"这是什么时候,就算闻到了也要装作没闻到。过后才去慢慢理会。"

一家子睡到中午方才起身准备开饭,还未举起筷子,就见门子急匆匆地跑进来道:"有客人到。"

都是从初二才开始访的客,初一就来真少见……岑夫人奇怪归奇怪,仍叫人快请。

片刻后,一个穿鸦青色兜帽披风、水红色袄裙的年轻女子疾步进来,看到牡丹便福身道:"何娘子,奴婢是阿慧,您还记得么?"

牡丹忙叫人给她安置座位，上热茶汤，笑道："记得，这是什么风把你吹来了？我适才还以为看错了呢。"

阿慧扫了众人一眼，压低声音道："奴婢是来传话的，不知何娘子可否方便？"

牡丹心想秦三娘这时候突然派了人来，说不得真是大事，忙请阿慧往后头去，阿慧却又道："事关重大，还请夫人和二公子一起。"

岑夫人与二郎惊诧地对视了一眼，薛氏便立即起身领了众人退下，阿慧语气急促地道："我家三娘让奴婢来告知，府上有祸！"

众人皆是惊异万分，岑夫人见过的场面多，面不改色地道："祸从何来？还请慧姑娘细细分说。"

阿慧见她面色如常，应对自如，暗自赞了一声，道："府上之前是否曾向宫中交过四十车沉香木并各色香料等三车？"

二郎不觉绷紧了身子，道："是有此事。"

阿慧叹道："昨夜宫中燃燎火，只用沉香木与甲煎。有一堆燎火，添入的沉香有问题，臭气难闻。当时许多人都闻到了，只不敢惊动贵人，勉强按了下去，过后追查，说是府上送去的四十车沉香木中的十车，里头掺杂了次品假货。若是分开了往其余火山里烧也闻不出来，偏生全都凑到了一处……"

众人顿时大惊失色，他们先前就听何鸿提过此事，不过谁也没想到会与自家有关。二郎断然道："不可能！我家送去的香料，无一不是经过我们兄弟的手，仔细勘查，确认无误之后才当面交割给简老三的！若有问题，在简老三那里就被打回来了，哪里到得了宫中！"

阿慧道："何家是多年的信誉，自然没人怀疑府上的诚信，可到底经不住小人作祟。那车上还有府上的印记，如今简老三已经推得干干净净，说是正因你们是多年的交道，从未出过错，所以没有仔细察看。还暗示说，本想多给府上一些份额，但府上的沉香木不够，所以才给了四十车，又有人作证，说府上前些日子曾四处奔波，到处寻找沉香木凑足那四十车，甚至周围府县都跑过来了，也不曾凑齐，还差得十一车，后来还不知怎地，突然间就凑齐了……我家主人让奴婢先来说一声，待得后面有人上门问讯之时，府上也好有个准备。"

二郎晓得中了圈套，且那简老三也是被收买过的，又想到六郎牵头弄回来的那十一车香料，当下气得要死。牡丹和岑夫人也想起刘畅跑上门去闹的一回，都有些变色。

阿慧忙安慰道："黑的白不了，白的黑不了。府上果然没有做过此事，原也不怕他查。我家主人记着何娘子的情分，已然外出奔走，希望能早日水落石出，还府上清白，但只是力量有限，只怕还是要吃些苦头。"

岑夫人请阿慧向秦三娘转达了谢意，又重重封赏，才叫牡丹送客，转身便吩咐薛氏等人赶紧往夹墙里藏财物，以备不测。

走至无人处，阿慧望着牡丹行了一礼，轻言细语地道："好叫何娘子得知，我们三娘子从来不敢相忘您的援手救命之恩。只许多时候身不由己，却从未息过报答之心，还望您莫要计较。"

牡丹叹道："我当日帮她，也不曾指望过报答。只是随心所欲，见景生情而已。今日得她人情，便是抵过了，让她不必放在心上。"

阿慧见她绝口不提上次卢五郎的事，只说谢过今日之情，并没有打蛇随杆上，挟恩相报的意思，暗道她是个知趣之人，微笑着道："何娘子大方，可我家三娘子却不敢忘恩。她有句体己话儿要奴婢单独传与您听，这事儿还在蒋将军身上。"

牡丹苦笑不语。果然景王是要蒋长扬明确表态才肯帮忙，可蒋长扬现下并不便表态，且他此刻在哪里她都不知道，怎么指望得上。少不得先承受着，另寻他法。

阿慧见牡丹不语，了然一笑，道："我家三娘子还说了，她体会您的难处。若是蒋将军不便，她也自当为您使力。只是她人微势单，要费些心血和时辰，府上要操心和耽搁的时间也会更久。"
　　牡丹听音辨意，晓得秦三娘的意思是要绕开景王替她使力，虽不敢全信，却也有些高兴，便行礼谢过。
　　送走阿慧，牡丹便使贵子去寻郭都尉，她自己骑马去寻白夫人。紧接着二郎使人去喊六郎，又把何鸿、何濡几个喊去细细详询当时的情景。六郎自然是抵死不认，只道那十一车沉香木是二郎、五郎一道检查过、确认没有任何问题的，这会儿不能把责任全推到他一人身上。
　　正说着，门又被砸响，呼啦啦进来一个看铺子的伙计，说是香料铺子被查封了，从库房里头找出来一百多斤假沉香木和劣质沉香，一时之间仿佛是坐实了何家果然有假货。二郎一掌打在六郎脸上，怒道："怎么回事？最后两天是你守的铺子，你到底放了什么人进去？"
　　六郎心虚，冷汗浸透衣衫，只打死不认，推说不知。他接了方二的钱后，方二说想看看何家仓库里藏的名香好香，让他行个方便。库房重地，轻易不许外人进入，他因有了把柄在方二手里，不好推辞，便偷偷领了方二入内。事后还去方家喝了一回酒，醉到傍晚时分方才醒来，此时想来，说不得问题就在这里。他不敢说实话，只一味咬死不认，还道："大祸临头，赶紧跑吧。"
　　五郎安抚地按按张氏的肩头，冷笑道："跑？跑到哪里去？我们跑了一家老小怎么办？"
　　接着又是一阵喧嚣，呼啦啦进来一群官差，不由分说，也不要送上的钱财，只将链子往二郎、五郎、六郎脖子上一套，绑了人还要往里翻箱倒柜地乱翻一气，岑夫人大叫一声："慢着！拿人便拿人，这是要抄家么？先拿出公牒批文来！"
　　封大娘等人纷纷将二门挡住，不许那些人入内，他家人缘自来就好，周围的邻居见状，便纷纷出来劝说，围了里外好几层。
　　为首那官差冷笑："这是要谋逆造反哩，全都给我拿下！"
　　忽听得有人在门前道："呦，这是怎么了？大初一的闹得不能安生。"却是刘畅穿得光鲜靓丽、施施然地走将进来，含笑扫了岑夫人、二郎、五郎、薛氏等人一眼，不见牡丹，微微有些失望，转身对着为首的官差笑道："孟三儿，你不在家里过节，跑出来乱什么？"
　　孟三儿望着他眉开眼笑地道："原来是刘寺丞，弟兄们办差呢，您老人家怎会到了这里？"
　　刘畅笑道："这里住着我一个老熟人，这几日放假，便过来闲逛，谁承想正好遇到这事儿。到底怎么回事？"
　　孟三儿如此这般说了一回，无非是说何家奸商，竟敢以次充好，把假货卖入宫中，犯了欺君之罪，要拿去问罪，岑夫人等人又抗旨谋逆之类的话。
　　刘畅假惺惺地惊叹几回，道："这其中必然有误会的吧！何家可是出了名的讲诚信的生意人，与宫中送香也不是一回两回了，怎敢做这胆大包天的事情？"
　　那官差与他一唱一和，冷笑道："利欲熏心心渐黑，谁说得清楚？如今好几个人指控他家，又从他家铺子里搜出假货，难道还有假？"
　　刘畅便上前去朝岑夫人行个礼，假意询问是怎么回事，可有什么帮得上忙的地方？岑夫人晓得与他脱不了干系，只冷冷地撇过脸不语。
　　刘畅便扶着额头叹道："我本想厚着脸皮做个人情，不叫女眷孩子们受到惊吓，既然伯母您不领情，我也没脸……"言罢转过身，给孟三儿使个眼色。
　　孟三儿立即狞笑一声，叫手下将人全都绑起来，大言不惭地道，有事儿他担着。于是乱七八糟地闯进一群人去，胡乱搜了一气，却没搜着什么太值钱的，只将正堂里摆着的香山子、几个金银碗盘、一些绫罗锦缎、女子首饰等当作赃物收了。
　　刘畅在门外袖手站着听热闹，心情说不出的好，眉眼飞扬。昔日里，他家以财压得他无还手之力；和离时，他家一家子打上门去，将他好一顿胖揍；又在东市、端午节时、斗宝会上，叫他丢尽脸面，吃了无数哑巴亏，落到如今这个地步。且看着，立即就有人来求他了！想到牡丹会梨花带雨地哀求他，他拒绝，她又求，他再拒绝，直到他心情好了他方才应了她，到那时……他忍不住微笑起来。

不多时，除了大腹便便的张氏和吴姨娘、杨姨娘等人以外，官差将岑夫人、薛氏、白氏、甄氏、封大娘等几个女人，当头的何鸿、何濡等几个大些的男孩子绑了，一连串地牵了去。才出门没多久，就见牡丹引着潘蓉、贵子引着个黑脸汉子骑马奔来。一时瞧见这种惨样，牡丹脸色煞白地跳下马来，眼里含了泪，先就扑过去抱住了岑夫人。

潘蓉与那黑脸汉子则上前与孟三儿打交道，好说歹说，想要孟三儿放了女人和孩子们。孟三儿只是沉着脸不答应，说得急了便大呼小叫起来，一时之间，潘蓉与那黑脸汉子也没什么法子。

刘畅远远看着，巍然不动。他知道牡丹认得的人多，也晓得她必然会请动许多人来，看看，连潘蓉都请来了。但今次不同往日，他布局许久，请了好些人帮忙，真凭实据拿在手里，不榨干何家、压死何家不会收手，看以后何家人还拿什么来狂。

何家人挤在街口处闹腾了一歇，到底被牵着去了。黑脸汉子与潘蓉都骑马跟了上去。牡丹孤零零地立在人群中，傻兮兮地看着何家人的背影动也不动，突然捂着脸蹲了下去，久久不曾抬头。好几个女人上前去劝，她只是拼命摇头。

刘畅的心顿时狠狠抽搐了一下，随即又是一阵酣畅淋漓的快感。他握紧了手里的马鞭，就立在阴影里一直看着牡丹。约莫过了一盏茶的工夫，牡丹慢慢站了起来，望着周围的邻居挤出一个比哭还要难看的笑容，扶着她一个姨娘的手转身朝何家的大门走去。

刘畅忍不住向前走了一步，正好挡在牡丹面前。他想告诉她，他可以帮她，他也不要她怎么求他，只要她开口，对他好言好语地说上一句话，如了他的愿，他便可以让她的母亲、嫂嫂、侄儿们毫发无伤地回来。

牡丹却只是略微一停，就漠然从他面前走过去，甚至没有多看他一眼。刘畅忍不住跟上去，再次堵住牡丹，重重地咳嗽一声，道："丹娘！我可以帮你。"

牡丹抬眼定定地看着他，并不言语，刘畅被她看得难受，正有些烦躁了，忽听她开口道："你能帮我到什么地步？能替我家洗净冤屈么？"

刘畅一喜，忍住雀跃缓缓道："你家哥哥们果然大胆，做下的事情是板上钉钉，人证物证俱全。香料铺子是断然无法再开的了，我现下能做的便是先将你母亲、嫂嫂、侄儿平平安安地保出来，再叫你哥哥他们少吃点苦头，定罪轻一些。不能做香料生意，还能做珠宝生意嘛。"

牡丹眯了眯眼："你怎知他们人证物证俱全？"

刘畅道："我怎不知？这事儿上面已经有了定论，如今过堂只是走个过场而已，你若不信，过上几日便知结局。我只是可怜你母亲年纪一大把，还有你几个嫂嫂和侄儿从没受过这样的罪。女人家，关在牢里头十天半月的，便什么都完了，你那几个侄儿前途也堪忧。还有你几个哥哥，少不得要皮开肉绽，吃尽苦头。"

刘畅见牡丹的脸色果然越发见白，眼神却是若有所思，便讽刺道："你也别想着还有蒋长扬，他鞭长莫及，等他回来什么都晚了。不过你朋友多，也可以去试试，看看他们能帮你到什么地步。白夫人不说了，她保胎要紧，潘蓉的能力就是那样儿；你要找的什么郭都尉，也是告假回了家；你家那几个亲戚、黄将军等人，只怕一时半会儿手伸不了这么长。至于其他几个你以往沾过光的贵人，此刻都在宫中，你找不上。你去试试看，不行再来找我不迟。"

牡丹胸中一阵翻江倒海，几乎想要吐出来，强忍着道："那你想要我怎样？"

刘畅的心一阵狂跳，盯着牡丹缓缓道："这里不是说话处。"然后摆出一副牡丹不让他进去，他便不说的样子来。

牡丹只是沉默不语，半点相让的意思都没有。

刘畅无奈，只得淡淡地道："少年夫妻老来伴，你我是结发夫妻，情分非同一般。我一直不肯与你和离，偏你气性大，非得与我和离，这才走到如今这个地步。你无情，我却不能无义，实话与你说，这次的事情与闵王府、萧尚书府都有关系，就是怨你惹上了蒋长扬，这才自取其祸。我呢，拜你所赐，与清华成了亲，日子过得非常不如意。但我也不想与你计较了。"

牡丹皱眉道："莫与我说这些！只说你到底想要如何。"

刘畅半提了心道："我在永阳坊买了个大宅子，里头的东西家什都是最贵最好的，只是差着个主人住在里头，空旷冷清得很。你若是肯去住着，我便不再与你计较从前的事，咱们还是一家人，我自然要使足力气去帮你家。我晓得你会觉得委屈，可这样的日子也只是暂时的，过得两三年，咱们还和从前一样。香料铺子，我来想法子，过些时候重新开起来。"再生个儿子，比琪儿还要可爱伶俐百倍的，他一定捧在手心里疼，等他弄废了清华，便可以重新过上从前的好日子。不期然地，刘畅的脑海里就浮出了这个念头。

牡丹气极反笑，简直找不着话可以和刘畅说，也想不通他的脑子到底是怎么长的。

刘畅见她只是冷笑不语，不由有些恼羞成怒，恶狠狠地道："你若不肯，我也不勉强，只是莫要后悔！你该感谢我不计前嫌，给你这个机会！"

牡丹收了笑，静静地道："是不是我答应了你，你马上就可以想法子先放我娘和嫂子他们出来？"

刘畅道："那是自然。"

牡丹道："先放出来再说，不然我怎知道你是不是记恨我们家的人，变着法子来羞辱我？应不应都在你，反正人已经进去了，我再等些时候也无所谓。"果然是他动的手脚，果然他图的是这个。

刘畅的脸色瞬息万变，最终狠狠地道："好，我先去办事，人一进门我就要看到你住到永阳坊去。若你胆敢骗我，叫你几个哥哥变成残废，再发配去岭南，一辈子回不来！我说到做到！"

"那不可能。我怎么也得看到我家里的事告一段落，不然我宁可看着他们受罪，也不要丢人又丢财；况且才刚发生这种事，我就不在家，未免太明显了吧。你是故意让清华来害我呢。"牡丹垂下眼眸，手握成拳，指甲掐得掌心生疼。

"你可以暂时不住永阳坊，但我要一个保证。"刘畅又定定地看了她一回，方转身大步走了。

他要的保证是什么，牡丹心里有数。只是此刻没有任何时间给她害怕和厌恶，她转身进了门，先命人清扫院子，又叫吴姨娘清理失去的财物有多少，再叫贵子、雨荷等人过来布置几件事。

第一件，让贵子拿钱去找相熟、能靠得上的内卫帮忙查找真相，最好能从六郎那里问清楚关键环节；第二件，替її背里去寻玛雅儿，看是否会有意外收获；第三件，让雨荷赶紧回芳园守着，小心有人知道何家出了事，趁机捣乱；第四件，让人去请张五郎过来，她有事相托；第五件，让恕儿去汾王府外候着，若是看到汾王妃回家，就赶紧来报。

不多时，张五郎来了，二话不说便陪着牡丹去了东市找人，先去找的方二，吃了个闭门羹。一问才得知，方二今早就作为人证被带走了，说的是六郎为了赚那不义之财，请他做的中间人，买了假货。他事前并不知道六郎是拿这东西去的宫里头。

二人于是又急匆匆地赶去找寻简老三，只见着他家一个管事，出来就气势汹汹地骂人，道是何家狼心狗肺，害惨了他家主人，也是被弄进去了。

一时之间，仿佛没了其他办法。

从法寿寺外经过时，牡丹突然想起刘畅说此事与萧尚书府脱不了干系，明知他也许是胡乱诌了吓唬她，仍然想往里头去走走，兴许和尚有办法联系上蒋长扬也不一定。

福缘和尚在做晚课，不曾见着，却见着了萧越西。

萧越西今日不曾坐在棋盘前，而是静坐煎茶，见着牡丹进来，便主动与她打招呼，请她坐下喝茶。

牡丹沉默着坐下，看他姿势优美地育汤花，分茶汤，然后把一瓯茶随意地递到她面前。她马不停蹄奔波了半日，着实也渴极了，当即举起茶瓯一饮而尽。

萧越西又递上一瓯，牡丹又是一饮而尽，再递，牡丹摇了摇头："够了。谢您的茶。"

萧越西也不再劝，自己端了一杯慢慢品着，道："很累吧？"

牡丹沉默不语。

萧越西抬眼看向草堂外的残阳斜影，缓缓道："生为美人，却没有相称的家世和能力保护，再不认命，便是悲剧，也容易给身边的人带来许多麻烦，这话可对？"

牡丹沉声道："对。但我觉着，容貌和出身无法选择，我身边人的麻烦也许因我而起，却不是我的错。被命运折腾捉弄，也不是我的错。除非是我个人行为不妥招致灾祸，那才是我的错。"

萧越西轻轻一笑："我第一眼看到你，就觉着你是个将烈性隐藏在温婉下的女子，果不其然。你家遭到这样的灾祸，的确不是你的错，却与你密不可分。当年令尊若不贪图你活命，千方百计将你嫁与刘家，之后你若不贪图青春自由，不与刘畅和离，不与蒋大郎暧昧不清，便不会招致今日之祸。"

他果然知道自家发生的事情。牡丹猛地坐直："你的意思是，我若是坐着等死，任人宰割，就对了？你不是名士？原来不过尔尔。我听刘畅说我家中遭的灾难与府上有关，我又是如何招惹到府上的呢？"

萧越西不急不躁，高高在上地看着牡丹："你不认命。"竟是毫不隐瞒。

赤裸裸的轻视。我就是欺负你了怎么样？你能怎么样？你敢把我怎么样？牡丹一时气得睁大了眼睛，前所未有地痛恨，痛恨自己没有用，痛恨这个万恶的世道。

萧越西见她气得满脸通红，轻轻一笑："不过我和刘畅不是一伙儿的，我瞧不上他的为人。我只是想给你一个机会罢了。"

牡丹咬着牙道："今日已然有两个人给我机会了。一个要收我做外室，还想侵占我家的产业；你又想给我什么机会，又是为了谁？"

萧越西忍不住笑了："你倒是坦诚。我有娇妻稚子，前途一片光明，钱权都不缺，绝不会想要收你做外室，也不想侵占你家的产业。我只是想和你商量件事，也算是给你一个忠告——你和蒋长扬不配，你将来会很大地拖累他。"

牡丹被狠狠刺了一下，语气尖锐地道："你管得可真宽！我不配，谁配？！这是替谁鸣不平呢？"

萧越西淡淡地道："我妹子配。夫妻不只是情投意合就可以，更需要能够互相扶持。他们出身相近，我妹子能给他你所不能的一切好处和帮助，所以他们一定会比你们过得更幸福。你若是肯听我的忠言劝告，我来替你解了这个难题！一切只在你一念之间。"

他替她解难题？他先帮着人挖个坑把她推下去，再逼她把他想要抢走的主动交给他，她答应就拉她上去，不答应就看着她死在坑里，这忠言果然逆耳！牡丹忍住怒火，道："你说得对，我们的出身不能比。可是有一点你弄错了，你妹子能给他的，我不见得不能给他；而我能给他的，你妹子却一定不能给他！"

萧越西笑了："你就这么自信？依我说来，应该是你能给的，我妹子统统都能给，包括你拥有的美色，天底下不缺美色，用钱可以轻松买到。一个两个兴许不如你，八个、十个加起来总能胜过你。而我妹子能给的，你却一定不能给！你若真是为了他好，便该放手，而不是自私地拖着他。"

牡丹也笑了："鸡同鸭讲，我懂你的意思，你却不懂我的意思。你听好了，我不会卖自己，也不会卖别人！你家果然有自信，便该亲自去问他，而不是背里做这样的龌龊事！蒋长扬若是需要女人给他一切的人，也不需要你同我做什么交易，我先就一脚踹了他，再把他赏给你妹子！"

萧越西半点不在意，"啪啪"鼓了两下掌，慢吞吞地道："真有志气！勇气可嘉！但你需知，我们平日里下棋都要布局，有守有攻，不能只把目光着眼在某一处，否则必输无疑。这和做人一样，孤勇是最要不得的。我敬佩你的志气和勇气，但也同情你的无知与冲动。你这是典型的为了争一口气就往火坑里跳的傻子行径。"

他笑看了牡丹一眼，心平气和地道："我来替你分析一下利弊。你不答应我的好意，出了这道门就只有两个选择，一是眼睁睁看着家人吃苦受罪，置之不理，然后与蒋长扬双宿双栖，却始终心怀愧疚；二是成为刘畅的禁脔，失人失财，这个离你的初衷就更远了。你现在的态度，就是宁愿选刘畅，也不愿选我的提议了，这又是为了争哪口不值钱的气？说你无知、说你冲动，你还不服气么？"

牡丹道："做人和下棋有关联，却也不一样。下棋没有人情，做人会讲人情，下棋输了可以重来，做人输了却再不能回头。你下棋是把好手，那是因为棋子没有生命，只听你意念起落。做人却未必，你不是神，不是你视作棋子的人都肯听你指挥，一丝不苟地执行你的意念。且收起你所谓的好意，我不认！害了人，还想扮好人，实在是比刘畅还恶心。"

萧越西微微一笑，将茶汤一饮而尽："实话与你说，刘畅此番不但想得人，还想得财。他过些时日便要在东市开个大香料铺子，你若信他，你家的香料生意永远也别想重新起来。我本可以坐等现成的，可我没有这样做，你还嫌我不够良善？我自认我比许多人都好心，我替你打算得最周到。要对付一个不知天高地厚的女人，可以有上百种法子，但我不屑为之，只要给我想要的，你便毫发无损。你家这案子，若是遇上往时，总要待到大家都收了假后才动，怎么也得拖个十天半月。这一回不同，有人等着要看结果，十天之内必然会定下来，若是有人往里头加一把火，说你家那香料有毒、心怀不轨什么的，你觉着会怎样？你气性大，一时半会儿想不通也正常，我不逼你，这些天都会在这里等你，什么时候想通了再回来找我。"

"那您可真是难得一见的高风亮节了。我遭遇恶人迫害，您路见不平，帮了我大忙，我自惭形秽，害怕了，便主动退出，进而成就了一段佳话。原来这名士的风度与名声就是这样来的，受教了。"牡丹大步向前，瞬间走得不见影踪。

萧雪溪从布帘子后绕出来，气得七窍生烟："不知好歹！她以为她是谁？她不要的再赏给我？枉我一片好心，想替她解了这个难题，脱了刘畅的手段，各有各的好处。既然她愿意上赶着给刘畅做外室，就去呗！"原本她也没那么好心，只是不想蒋长扬将她视作刘畅的帮凶，只是为了表明她曾经多么好心、多么努力地帮过他的情人。

萧越西垂眸望着面前渐冷的茶汤，淡淡地道："不必气急败坏，追究这些无关紧要的旁枝末节。原计划中，这也只是第一步，不管她与刘畅走到何种地步，你还按着我说的继续做就是。"

萧雪溪露出一丝微笑，在他身边坐下，道："哥，你确定有用？"

萧越西非常肯定："我确定。不如此，他若总想着她，你这日子也没意思，总要叫他心甘情愿才好。"何牡丹不是说这不是下棋，不是他想怎样棋子就怎样的么？他就要让她瞧瞧，绕了一个大圈之后，她是不是还得按着他的意思走。

出了后院，张五郎低声劝道："丹娘，为何不答应他拖一拖？也别觉着这样就对不起蒋大郎，他若真心疼你，便能体贴你的不易……"

"何娘子！我家师父请您往养病所里头去。"却是如满小和尚笑嘻嘻地跑过来，眨着眼睛看她手里是否有盒子之类的东西。

牡丹抱歉地道："今日来得匆忙，来不及准备……"

如满大度地一摆手："没事儿，反正萧公子带来的也不错，不吃白不吃，你的留着以后他们不来了再给我。"

牡丹没心思与他调笑，只"嗯"了一声，快步往养病所去："你师父不是去做晚课了么？怎地往养病所去了？"

如满道："我师父做早课和晚课并不讲究时刻，什么时候想做什么时候做。他是房子被人占了，没地方去，只好去养病所待着。"

不多时，几人转入养病所，进了一间小小的龛堂，福缘和尚正独自对着棋盘，见牡丹进来便亲切一笑，请她往跟前坐。

牡丹一时看着他，仿佛见了亲人一般，眼圈儿就热了，别过脸去忍了，情绪平定方才回过头来。福缘和尚道："我佛慈悲！和尚才知道这件事。先说说你如今是怎么打算的。"

牡丹道："我是这样想的，看似关键的人证物证都被人捏住了，但只要事情发生过，总会有迹可寻。"

福缘和尚道："的确如此。想好从什么地方下手了么？"

牡丹抬眼看着佛龛上笑得一团和气的佛，静静地道："不是有假货么？那么假货是从哪里来的？是谁做的，谁买的？又是谁把它掺杂进我家的货里，弄进我家仓库里去的？这个总能弄清楚。弄清楚这个，顺藤摸瓜，也就不怕了。只要能弄清楚其中的来龙去脉，我就有办法……"

张五郎悄悄起身往外，行至草堂处，站在门边定定地看着萧越西道："你帮她的条件是什么？"

萧越西淡淡地道："要她十日之内必须寻个门当户对、不是京城人氏的嫁出去，日后就算见着蒋长扬，也不能泄漏半点，还要彻底断了他的念头。作为回报，我可以保证她哥哥们完好无损。她若心存侥幸，要骗我，便会付出十倍百倍的代价。你告诉她，蒋大郎虽然能干，别人也同样有这个能力，且蒋大郎并不会为了她一个人与许多人为难。"

"我会劝她的。"张五郎默默转身，迎着了牡丹，低声将萧越西的话说了，道，"丹娘，你好好考虑一下？"

牡丹沉声道："张五哥，你放心，我一定会好好考虑的。"然后如此这般地与张五郎说了一回。

薛氏立在门首翘首相待，瞧见牡丹回来就红着眼圈赶过去握住她的手，道："总算是回来了。回家来不见你，真是急死人了。"

牡丹忍住泪意道："大家都还好么？全都回来了么？"

"都好。难为你请来的那两位，一直跟着我们走，一直四处打点，没多大会子便放了我们回家，这会子他们又去寻人了。只是你二哥他们还是没动静。"薛氏抹一把泪，小声道，"丹娘，我们才刚进门，姓刘的就跟来了，说是你要跟了他去。娘气得话都说不出来，这还躺着呢。"

牡丹疾步往里走了几步，就见刘畅背着手走出来，嘲讽地望着她道："怎样，出去忙乱这一圈，可找到什么人肯帮你了？汾王妃是不是还在宫里头没出来？根据可靠消息，她被皇后留在宫中，怕是要赏了灯才会回来。"

竟然像是她找过什么人都知道似的。牡丹索性道："我还真找着人帮忙了。萧越西道是

· 173 ·

看不起你的为人，所以想给我一个机会，做笔交易。"

刘畅的眉头一挑，淡淡地道："这交易肯定是没成了，不然以你现在的脾气，这会儿要么不与我说，要么就是张狂地赶我出去。"他表面上装作毫不在意，心里头却有些打鼓，不知萧越西是想做什么交易？按他想来，萧家希望促成萧雪溪与蒋长扬的亲事，更该巴不得他和牡丹做了一对，彻底断了蒋长扬的念头才好。插手又是想干什么？

牡丹也不装："我确是没想好。因为他实在太过目中无人，我忍不下这口气。我先去看看其他人。"说完径自往里走了。

随随便便一句话，就让刘畅遐想无数。她不肯去忍旁人的气，可至少表面上还愿意忍他的气。是不是她心里还是知道，他其实对她还是比旁人好的？她也还更愿意接受他，更愿意相信他？她要去看谁，还和他说一声，还算自觉。他这样一想，心情就舒坦了些，便叫在一旁沉着脸、仇恨地瞪着他的甄氏道："烦劳三嫂引路，我也去看看伯母。"

"谁是你三嫂？"甄氏翻个白眼，"后头女眷多，等我去问问。"甩甩帕子扯脚就走，明显是一去不复返的样子。

"牢都坐过了，还怕丢脸？"刘畅不耐烦，翻脸道，"马上要关坊门，谁有空等你？去把何牡丹叫出来！"他想着想着又有些心慌了，觉得不踏实，必须得快刀斩乱麻！

甄氏本想给他骂回去，却见白氏颠颠儿地过来，讨好地笑道："您等着，我去替您叫丹娘。"

甄氏又翻个白眼，暗骂一声没志气的，用肩膀使劲撞一下白氏，抢在前头大步往里走。

岑夫人半躺半坐在榻上，只默然看着牡丹不说话，目光幽暗，神容憔悴，突然之间像是老了十岁的光景。

牡丹被她看得难受，便垂了头走出去，叫人上来问话。贵子还没回来，恕儿含着泪道："奴婢一直在门口候着，不见王妃归家。因见天色晚了，要闭坊门，又怕娘子担忧，不得不回来。明日一早奴婢再去候着……"

牡丹道声辛苦，叫她下去休息。甄氏一阵风似的走将进来，道："丹娘，有人要见你，我是不肯替他喊你，但有人担忧她在牢里的男人，巴巴儿地做了摇尾巴狗……"紧接着白氏脸色微白地进来，道："丹娘，刘寺丞请你一定出去。"她重重地道了"一定"两个字。

这怪得谁？小姑子与丈夫，谁更亲？说不定白氏心里头还在怨她给家里惹了祸事呢。牡丹沉默着点点头，扶着林妈妈的手往外头去了。行到二门处，贵子满头大汗却面带喜色地快步过来低声说了几句话。牡丹赶紧叫人给他拿钱，贵子立刻又走了。

刘畅着急地看着天色，见牡丹好容易出来，也不管林妈妈在旁边，伸手就去扯着人往正堂里头拖。他突然在这里发蛮，却是没人想得到的。林妈妈和牡丹大吃一惊，牢牢抱成一团，忽听得外头发一声喊，却是何濡、何鸿几个高高举着扫帚门闩等物冲将进来，劈头盖脸地往刘畅身上招呼。

刘畅气急败坏，用力将何濡踢开，大吼道："小兔崽子！爷不与你们计较，再不住手，打我一下，我便还你们父亲伯父叔父十下。"白氏忙冲进来叫几个男孩子赶紧住手，牡丹也叫他们先住手，几个男孩子红了眼圈停住手，却都立在门口不走。

"把我当成什么人了？"他又不是没见过女人！刘畅哼了一声，从袖子里头甩出一张纸丢到牡丹面前："签字画押！"

牡丹看也不看，一把扯得稀烂，冷笑道："你当我是什么？卖身与你为奴为仆？我还不如答应萧越西呢。好歹还能是个囫囵人儿，用不着一辈子低人一等，还要连累亲人丢脸。我不与他置那不值钱的气了，明日就去应了他，与他做交易更划算。"

这前后变化可真大，分明是看见她的母亲、嫂嫂、侄儿无虞，这才突然翻了脸。刘畅气得发抖，咬着牙道："你这个反复无常，出尔反尔的小人！你把我当成什么人了？我才把你母亲嫂嫂弄出来，你就翻脸不认人。我要把你哥哥们全都……"

牡丹凉凉地道："全都弄死是不是？萧越西也是和我这样说的。他说只要我答应你，我哥哥们就全都别想着出来，我家的香料生意也别想再做起来。还说你要开一家比我家还大的香料铺子，是不是？你之前说得好听，这会却又这样侮辱我。我可不傻，你分明就是没安好心，想叫我丢人又失财。是你先算计我的，萧越西的提议挺好，不就是让我莫再与蒋长扬来往么？我要傻了才不答应他，偏要上赶着被你糟蹋。"

刘畅看着牡丹一张一合、利索无比的粉嫩唇瓣，恨不得一把给她捏住了，使劲扯几下，叫她疼得哀声告饶。好容易死死忍住了，冷笑道："你倒想得美！你以为他是什么好人？光凭一句白话就信了你？你若应了他，同样不会有什么好下场。会上你当的人只有我！"说着，已是恨透了萧越西，便盘算着要怎么收拾这个不知好歹的狗东西。

牡丹斜睨着他道："我不做怎么知道？他要维持他的名士风度，不屑做与你同样的小人事情。我倒是宁愿相信他，也不肯相信你。"

"名士？不过是个可笑之极的伪君子罢了！既做婊子又想树牌坊。"刘畅咬紧牙齿，狠狠踩了被牡丹撕碎的纸儿脚，冷笑道，"敬酒不吃吃罚酒，你给我等着瞧！明日我便让人送你哥哥的牙齿过来给你们好好瞧瞧！"言罢又狠狠砸了几个花瓶，气冲冲地去了。

白氏眼泪涟涟："丹娘！你这时候得罪他做什么？好歹哄着些，拖一拖也好。"

牡丹道："二嫂，我晓得你心里头怪我。你放心，无论如何，我都会把哥哥们救出来的。"

白氏哭得一塌糊涂："你一定要做到！你二哥从来最疼你，你的侄儿们还小……"

张氏扶着肚子出来，劝道："二嫂，这不是丹娘的错！你与其在这里哭给她看，不如明日跟着娘和大嫂四处跑跑，去寻往日与爹交好的人，讨要人情更有用。"

白氏抽泣着不说话，张氏又问牡丹："你明日打算怎么办？"

牡丹道："我去拜访一个人。"她要去见杜夫人。她要把这潭水给搅浑了，给贵子和张五郎他们争取时间和机会。

天刚蒙蒙亮，何家人便都静悄悄地起了床，包括以往赖床、需要大人和服侍的下人们左一遍右一遍地威逼利诱的孩子们都按时起了身，规规矩矩地收拾妥当，坐到饭桌前去吃饭。

岑夫人按时出现在饭桌前，虽然脸上露出了些苍老疲惫，可是她妆容得体，装扮也一如既往地整洁华丽。她威严地扫了家里人一眼，见白氏、张氏、杨姨娘的眼睛虽然是红肿着，神情也萎靡不振，可个个儿都还穿戴得很整齐，牡丹也是装扮得很精致，便满意地道："这就对了，我们何家还没倒，不能失了精气神。"又大致地通报了一下昨日吴姨娘统计出的失了的钱财有多少，故作欢快地说，"多亏早有准备，所以就算以后再不做生意，也还可以衣食富足。"

众人都配合地笑了一笑，岑夫人便又安排："不能光坐着不动，也不能只靠丹娘一个人在外头忙乱，饭后我们出去找相熟的人家走动走动。"

何鸿率先道："让我陪着祖母一起出门。"

何濡等人也都纷纷表示愿意跟着大人出门，英娘荣娘则表示要留在家里照看年纪更小的孩子和处理家事："虽然说不是很懂，但可以学。"

岑夫人的眼睛有些发红，随即含笑点头："好，好，平日没白教你们。"

孩子们懂事了，大家都振奋了许多。

饭吃到一半，李满娘并何家几个亲戚好友便都来了。李满娘道："看到你们这样子，我们就放了许多心。原本昨日就要过来，但是想要先打听清楚，便耽搁到了今早。"

"大过节的，给大伙儿添麻烦了。"岑夫人赶紧请他们坐下，三言两语转入正题，细细详述磋商。牡丹过来行了礼问了好，便告罪要往外头去。

"丹娘！"岑夫人忧虑得很，忍了几忍，终是道，"你小心，早些回家。"
　　牡丹心头一暖，点点头，默默出了门。
　　李满娘见她去了，低声对岑夫人道："行之昨日才一听说，就和他父亲一起赶过去，到时你们已经回家了。他们便又去了其他地方，今日一大早父子俩都又出去了，能做的都会想法子尽力去做，有确切消息就会马上使人来说。你看还有什么需要我们做的？"
　　岑夫人晓得李荇是为了避开牡丹，李元不方便直接上门，便使了李满娘做代表，便谢道："目前没有什么要做的，心意我们领了。"
　　李满娘叹道："要出门么？你去吧，这里我替你看着。"
　　岑夫人谢过，自收拾出门不提。
　　清晨的朱国公府一片静寂，不闻人语之声，只有蒋长忠原来在家时养的两只鸟儿不时发出一两声清脆的鸣叫。杜夫人疲累地从老夫人房里走出来，神色晦暗地看着墙边那棵光秃秃的柿子树，越发想念心疼被蒋重扔在军营里的蒋长忠。正在肝肠寸断，忽见蒋长义和蒋云清走过来与她请安，二人都穿着新衣，打扮得光鲜靓丽。
　　他们倒是过得舒坦……杜夫人心里顿时一阵不舒服，脸上仍做了十足的亲切样，和蔼地道："来给你们祖母请安的？"
　　"是。"蒋长义讨好地道，"母亲用过早饭了么？您连日一直忙累，该休息一下，祖母也不会怪罪您。"
　　蒋云清也道："这里就由女儿来照料，母亲去歇息吧。您实在太辛苦了。"
　　杜夫人这才舒坦了些，叹道："自上次你们祖母犯了病，就一直不见好转，我实在很担忧。"
　　蒋重背着手过来，也道："夫人受累了，去歇着，这里交给我们。"
　　这样热闹欢腾的场面，全家都在尽孝，怎能少得了她？杜夫人立刻要跟着一起进去。忽见柏香疾步进来，使个眼色道："夫人，外头账房里有些杂事，要请您出去看看。"
　　杜夫人疲累地望着蒋重等人笑了笑："我去看看。"
　　到了外间，柏香小声道："何牡丹来了，带了好些礼物。"
　　杜夫人一愣，随即凉凉一笑："这可是太阳从西边出来了，她来做什么？"
　　"没说呢。不过看着神气似是不太好。"柏香道，"夫人见不见？"
　　杜夫人挑挑眉："怎么不见？你把她领到花厅里头，好茶好果子伺候着，我这就来。"
　　柏香领命而去。
　　杜夫人回了房，慢吞吞地换了一身华贵的衣裳，弄得光彩照人的方才出去，此时离柏香向她报讯，已然过了半个多时辰。到得花厅外头，她站住脚细听，只听屋里只有柏香说笑的声音，良久方听得牡丹低低地回答一声，有气无力的。
　　杜夫人脸上堆了笑，声音爽利地道："稀客呀稀客！今日吹的什么风，把贵客吹到家里来了！"
　　但见牡丹穿着套粉绿色的织锦襦裙，头上插着几根双股金钗，脂粉不施，一见着她眼圈儿便红了，起身行礼强笑道："承蒙夫人不弃，上门去瞧小妇人。早就想来回礼，却一直没机会，这回趁着节下来拜会夫人。只怕是唐突了。"
　　杜夫人忙扶住她，笑道："说的什么傻话，我是诚心邀请你上门来做客的。只是你不来，我也不好意思强着你。"
　　便见牡丹欲言又止的，似是遇到什么为难事一般。杜夫人便亲热地劝着牡丹吃这个、拿那个，拣些无关紧要的事来说，故意要堵牡丹的口。
　　牡丹早知杜夫人这样的脾性最是会装，干脆起身行礼，一口气将事情说出来："实不相瞒，我今日是无事不登三宝殿，求夫人施以援手来的。"

杜夫人立时换了一副嘴脸，收起笑容，扶住牡丹，亲切而担忧地道："哎呀，这是做什么？有话好好说。说吧，只要能替你做主的我一定不会推辞！"

　　牡丹感激地道："就知道夫人古道热肠，这一趟没有白来。"随即将何家的祸事说了一遍，不提刘畅，只提萧越西，红着脸颤抖着声音道，"我不知萧家怎会产生这般错觉，认为我与大公子有那样的暧昧之事。我如今是走投无路，不得不厚着脸到府上来，还请夫人去替我分辩一二，别让我这么仓促地嫁到外地去，不胜感激。"

　　杜夫人不由火起，萧家真是性急，这女儿是嫁不出去了还是怎么地？上次她婉拒了萧尚书夫人，接着蒋重回来，萧尚书又请人上门保媒，是她劝了老夫人，说萧雪溪品行有待观察，又劝蒋重说，该与萧长扬谈谈再决定，省得萧长扬又犯倔，影响父子感情还得罪人，这便拖了下来。从此萧家便不曾上过门，她还以为但凡爱脸面的便不会再来。谁知道人家现在这情形，大概是打算绕过朱国公府，怎么也要攀上了，想必是打算从王夫人那边走吧？做梦！

　　想到此，杜夫人便义愤填膺地道："他们怎能这样不懂事呢！这样的事情也做得出来！"却不认真表态。

　　牡丹小心地打量着她的神情，略带了迟疑和不安，低声试探道："我惹不起他们家，只怕给家里人招灾，害了哥哥们。不得已求到夫人这里，不知夫人……"

　　杜夫人似笑非笑地道："这种行为果然属实，我是看不惯！但你也知道，这人情世故不是那么简单的。你要我帮你不难，但你要对我说实话，我才好做到心中有数。"

　　牡丹点头："您问。"

　　杜夫人目光锐利："无风不起浪，你和大郎到底是怎么回事？你若不说实话，我是不好拿捏轻重。想为你做主也怕失了分寸，反而不美。"萧家这么忌惮何牡丹，要说这二人清白，她是怎么都不信了。

　　牡丹直到杜夫人不耐烦了，方低声道："我一个商人之女，又是和离过的，配不上他。"

　　她果然看上了蒋长扬！杜夫人不露声色地道："配不配的，旁人说了不算，还得看大郎的意思。他是怎么想的？"

　　牡丹黯然道："他……他前程正是锦绣一片……"随即又不说了，只强笑道，"大公子是个好人。他救过我的命，我只愿他好的。"

　　好人！野心勃勃的好人！看来真是看上了这世子之位，美人、权势两手抓，什么都不耽误，真是个好人！杜夫人同情地看着牡丹道："回去等我消息，我会尽力而为，替你们消除误会。"

　　话说得很活泛，既没答应什么，也没拒绝什么。牡丹也不多言，起身告辞："夫人果然救得我家，有事但凭吩咐。"

　　"我呀，只希望大家都好。若有需要，我便使人来唤你。"杜夫人叫柏香送牡丹出去，坐着盘算起来，倘若这事儿属实，怎么才能叫萧家竹篮打水一场空，彻底死了这条心？一个萧家去了还有另一个……得想个法子永绝后患才好。

　　牡丹从朱国公府出来，扯直去了丰乐坊，请了阿慧出来低声说了一席话，听得阿慧不住点头。别过阿慧，途经西市，见往日里热热闹闹的何家铺子紧紧关着门，上面贴着封条，好不冷清，不由心酸又侥幸。幸好过节放假，好多贵重的东西没存在铺子里，又得秦三娘报信，提前收进夹墙里去了，否则岂是一个惨字了得？

　　忽听得有人喊道："那不是何家的娘子么？"

　　牡丹回头一瞧，但见一个身材高大、黑不溜秋的人笑嘻嘻地走过来，却是那次宝会时见着的奥布。他穿着一身雪白的圆领窄袖衫，越发显得黑白分明。牡丹便跳下马来，朝着他一笑："原来是您。"

　　奥布指着不远处几个穿得五花八门的胡商，同情地道："都听说了，不相信府上会做这样的事。以往没少得何老爹照拂，大家伙儿凑了点份子，正想给府上送过去，兴许喂饱了，二郎兄弟几个就可以放出来啦。现下您既然来了，您拿回去也一样。倘若需要作证，我们都可以去，老何家不是这样的人。"

见牡丹看过来，几个胡商便都对着她行礼，满脸友好关切。牡丹再一次眼圈热了，先还了礼，哽咽道："多谢各位好意，我替家父、家母、家兄谢过了，案子会有水落石出的时候，这些还请诸位先收起来，暂时用不着。"

一个白发苍苍的老波斯走过来，却是当初主持宝会的那个老者，将个玉牌递到牡丹手里，道："我们都商量过了，东西送到你家里去，太过打眼，就放在我的邸店里头。到时若是要用，不论是谁，凭这玉牌便可取用。若是用不着，再拿来退我也不迟。"

牡丹推辞不得，小心翼翼地贴身藏了，眼泪汪汪地谢过众人，又马不停蹄地往东市去寻张五郎。

本来节下许多铺子都不营业，可是许多人这个时候有空有闲钱，斗鸡场生意简直火爆得很。张五郎却不似往日一般在外头巡视招呼客人，只躲在房里低声与人商量事情。

饭粒儿穿身簇新的红绸棉袄裙，用帕子兜了一帕子瓜子，跷着二郎腿坐在门口，眯了眼睛嗑着瓜子，警惕地盯着大门。看见有人进来，辨别无误了，便略让一让；看见不适合的人，便使劲儿咳嗽一声，起身去大声招呼。

牡丹与宽儿将兜帽捂紧了脸，一头撞进来。饭粒儿见着，正要起身大声招呼，突然看见牡丹拉开兜帽朝她笑了笑，便指指里头，示意张五郎在里面，让牡丹进去。

牡丹打起帘子探头进去，喊了一声："张五哥。"就听得里头一阵静寂。张五郎跷着脚坐在榻上，贵子坐在一旁，另外还有好几个或是面生或是面熟的人望着她，不远处有个人背对着她坐在月牙凳上一动不动。

贵子率先起身行礼，张五郎也出声招呼，那人方回过头来，却是李荇。一直没见着他，却没想到他会找到这里来，多半也是碰巧了吧。牡丹一时感慨万分，不自觉地抓了兜帽一把，笑道："大家都在。"

张五郎便招呼她过去坐，李荇立时站起身来，默然将自己的月牙凳让出来。牡丹犹豫片刻，走过去坐了，月牙凳前燃得正旺的炭盆立即将一股暖气送了上来，再接过贵子递过的热茶汤饮尽，脸上身上的寒气顿时消去大半。

张五郎道："都按着你说的去做了，少不得两三天里就有消息传过来。"不单是查假货的来源，还查那两个关键人物的弱点。小人物长期混在市井间，反而知道许多秘密。

牡丹看向贵子，贵子点点头，表示内卫那边也靠着蒋长扬的情面请动了人。

牡丹舒了一口气。

"这个案子由京兆尹亲自来管。"李荇轻声道，"你六哥被打断了一条腿，掉了几颗牙齿。"

第三十一章 反攻

牡丹顿时想起了昨日刘畅的威胁，又想到刘畅大概是最恨六郎上次害得他失财，所以先拿六郎开刀的，一时便有些无语。

李荇见她目光黯然，便安慰道："也不要紧，一直在想法子的。"实际上试了好些法子，但是根本插不进手去，刘畅这回是花了大本钱了。

牡丹敏感地分辨出他的安慰之意，想想也是，刘畅那般张狂地找上门去，自然是底气十足。她低头笑笑："辛苦表哥了。总给你添麻烦。"

李荇也笑："我也不想这样辛苦，唯愿你过得顺顺当当的。"

牡丹低声道："我也希望你过得顺顺当当的。"

李荇目光复杂地看了她一眼，二人一时间又没了其他言语。半晌，张五郎道："丹娘回家去吧，你得养足了精神才好呢。你放心，姓刘的让跟着你的人，今儿一早已被我打发了。明日你照常行动，不会有人打扰你。"

牡丹辞过，起身拉起兜帽，大步往外走去。贵子跟上她低声道："玛雅儿说要亲自见您，明日早上她有空，让您明早来这外头等她。最好带点很值钱的东西来。"

牡丹翘了翘嘴角，道："很值钱的东西，要多值钱？"

贵子抓抓头："拿不准，开玩笑似的。"

牡丹默了默，道："行。你那边的情况怎样？"

贵子沉声将昨夜有人从六郎嘴里逼问出的事情说了一遍，牡丹深吸一口气，暗恨六郎实在不争气。

主仆三人踏进家门，就听得里头呼天抢地的，杨姨娘的声音显得极尖利，甄氏提着裙子出来，大惊小怪地道："丹娘！你可回来了！适才刘畅那个小厮送了几颗牙齿来，说是你几个哥哥的！"

牡丹正想说不是其他人的，只是六郎的，就见白氏眼睛红肿地走出来，将手绢子包着一颗还带着血迹的牙齿摊在她面前，道："丹娘！你二哥腿被打断了。还有这牙齿……"

牡丹忙安慰她："说不是二哥……"

紧接着，杨姨娘又哭嚎着奔出来，扯住牡丹的裙子，高高举起一颗牙齿来："丹娘回来了啊？丹娘，丹娘，你救命！你六哥的腿也被打断了……还有敲了一颗牙齿！"

这死刘畅！吃屎长大的搅屎棍刘畅！她若不是听李荇说了，还真被他唬住了。牡丹硬着心肠道："我适才听到确切消息，牙齿都是六哥的，腿被打断的也是六哥！因为假货就是他经手的！他吞了不该占的钱财！若要治罪，就是他首当其冲！"

杨姨娘吃了一惊，随即脸色煞白，松了手，扶着柱子摇摇欲坠，又羞又愧，嚎哭起来："我这是作了什么孽？养了这孽障……害了全家人……"

孙氏在一旁面无表情地看着，也不劝杨姨娘，也不找牡丹，自回了房，已是下定了决心要与六郎和离，只待事情一了，便要走人。

牡丹扯直往里头走，一头看到李满娘立在一旁，苦笑着看看她，张氏也牵着小何淳站在那里，便停下来与李满娘打过招呼，又喊了声："五嫂，吓着你没有？"

张氏望着她一笑："我没事，我就是听说你回来了，来看看你好不好。"随即握了握她的手，"丹娘，别难过，和你没关系。"又见英娘几个迎上来，纷纷问询："姑姑你饿了么？渴了么？给你做了好吃的。"一边说着，又往她怀里塞热手炉。

傍晚时分，岑夫人和薛氏、何鸿、何濡几个面色疲惫地回来了，道："有推托的，也有答应帮忙的，就是不知道能帮上多少忙了。"

牡丹忙道："爹爹提过的那位在御史台做中丞的本家呢？"

岑夫人道："没见着，说是访亲去了。"

牡丹皱了皱眉，怕是以为何家果然犯了事，故意避而不见的吧，便与何鸿道："把名刺给我。"何鸿不敢不给，牡丹收了放在怀里，只等隔日无论如何也要找到这何中丞不提。

次日众人依旧各自行事，牡丹穿了身月白色的圆领窄袖袍，戴了蹼头，将眉毛弄得粗了些，贴了小胡髭，认真做了男子装扮，径自往东市而去。在茶寮坐了许久，方见玛雅儿顶着个黑色的兜帽披风来了，笑吟吟地行了礼，道："七郎，奴家晓得好些事体。就看你拿来的东西值钱不值钱。"

牡丹拿出约有三两重的一对瑟瑟放在她面前："这个如何？不够还有这个。"又拿出一粒龙眼大小、泛着孔雀绿的黑珍珠，"这个可说是独一无二。"

玛雅儿拿过去把玩了片刻，道："不要这个，给奴家一个安身之所。奴家便遂了你的意。"她是当红歌姬，钱财不少，却不是那么容易摆得脱这伎者身份的。要人赎出去，倒也简单，可要看是什么人赎，她自己还满意或是不满意，日后又过什么样的日子。

牡丹晓得自家商人这种身份，怕是不好顺利赎出这惯常招待贵客的玛雅儿，弄出去了也是后患无穷，便道："怎会看上了我？"

玛雅儿微微一笑："是想请你托个人情，让蒋大郎赎我出去。"见牡丹的脸色突然就变了，便吃吃地笑起来，"我只有意与他做个侍妾，什么都不占，奉你为长，你可容得我？"

牡丹一时口里发苦，道："我想救家人，却也不想骗你，我容不得你。你们认得么？"

"怎会不认得？他打听消息也会到我这里来一两回。"玛雅儿眸色黯然地笑了一回，道，"和你开玩笑呢。就是想托你和他说，我累了，不想做这个了，想回老家。你答应我便好说，不答应便罢了。"

牡丹认真道："我可以尽力去做，但不知他是否会答应。他若不应，我也另外想法子帮你就是了。你家在哪里？"心里却忍不住嘀咕，这啥意思？就光找上他蒋大郎了。

不期然玛雅儿探身过来，在她脸上抹了一把，笑道："看你这认真的小样儿！就不会跟着人学学，满口答应，等我帮了忙再说么？不过我还就喜欢你这认真的小样儿！好了！你且听好了，我家在龟兹……"

与玛雅儿别过，牡丹又去了何中丞家里，亲自将门房给打发好了，递上名刺就坐着不动。门房进去递了名刺，出来道是主人一大早出门访友去了。牡丹笑道："不妨事，我反正没事，就在这里等。"

等到中午时分，她笑吟吟地叫贵子出去买了胡饼来吃，还分门房几个。门房哭笑不得，找个借口又往后头去，仍旧被拒，悄悄儿回来守着牡丹。眼看着天色将黑，暮鼓响起，门房开始赶人："小郎君，要闭坊门了，您赶早家去，我们要关门了。"

牡丹只是笑，就是不走。贵子从外头马背上取了一床被子来，就往长凳上铺。门房慌了手脚，又拉不下脸，苦劝一回，又往后头去，少顷，面带喜色地来道："原来主人回家了，因没从这道门进出，故而不知，请您过去一叙呢。"

牡丹不慌不忙地跟着他往后头去，少顷，到了一间四面透风的亭子外头，门房朝里头的人拱了拱手，自去了。

那人满面寒霜："你是何家的老七？怎没被拿进去？"却是那何中丞了。

比他官职更大、脸色更难看、更讨厌的人牡丹见了无数，怎会怕他？当下笑道："我是女子。"

何中丞吃了一惊，后悔不该放她进来。若她死赖着不走，可怎地好？

牡丹缓缓道："何中丞不用怕，我不是来为难您的。只是先前曾听家父说过您为人光明磊落，不惧强权，想请您指点一二。您且听我说完，若是觉着我家罪有应得，小女子便折身走了；若是觉着其中有蹊跷，便指点一二，出了这道门，便与您无关了。"

何中丞的脸色不见任何好转，但还是道："你赶紧说，马上要闭坊门，你说不完，我便使人将你扔出去，不管你是男是女。"

牡丹大致说了一遍案情，何中丞一听就知道其中有猫腻，脸色稍微松了松，道："若是有证据，便可呈来，否则难上加难！不是我不敢仗义执言，而是也怕误伤了人。"

牡丹不管他怎么想的，先行谢过，快速退出，飞也似的直奔汾王府，就在那坊里寻个邸店住下，就想着兴许能赶上汾王妃回来捡个漏什么的。

她这里一切都在按部就班地走着，只苦了刘畅。将六郎打落牙齿，打断了腿，扔到何家去吓唬人，又操心萧越西来捣乱，四处上蹿下跳地只防着萧越西，叫人盯紧了萧家那一头。紧接着又生怕牡丹寻不到他，看着天要黑了，回到家先寻了清华的不是闹了一场，再跑到永阳坊去高床软枕地靠着，等牡丹自动来求他，他正好把她给办了，把米给煮熟了再说。他香汤沐浴洗得干干净净，等得都有些迷糊了，却迟迟不见人来，一问才知派去盯梢的人被甩了，她白天去了哪里都不知晓。

一想到她白日里定然是去寻萧越西了，刘畅就不由心中暗暗生恨，咬着牙想，这个恶毒狠心的坏东西！他留着二郎、五郎不动，是还想着将来好见面。既然她无情，少不得他用点力气，叫她一次就怕了他。还有萧越西，用个什么法子收拾呢？不是自诩天才么？看不起他？还想把妹子嫁给蒋长扬？算了，反正都是嫁给蒋家做儿媳，蒋二郎隔得太远靠不上，不如便宜蒋三！想必蒋三得了萧雪溪，正是如虎添翼，去做世子吧，叫蒋长扬啥都得不到！至于萧越西，一定要他好好丢回脸！从此抬不起头来。

想到这些人的下场，刘畅心情顿时大好，在床榻上打了个滚。突然瞅着帐子的颜色和款式在灯光下不是那么好瞧，便皱着眉头喊人："来人！来人！重新换床好帐子来。"

管事的被丫鬟从温暖的被窝里揪起来，打着呵欠进来道："公子，这就是最好的。"

刘畅骂道："好个屁！没见识的夯货！你晓得什么叫好帐子么？七宝帐，紫绡帐，九华帐，玳瑁帐，连珠帐，听说过么？不论哪种，明日就去西市寻了胡商给我买来！还有这屏风！我曾瞧见过银交关鸟毛贴饰的盛装仕女屏风，你去给我弄一架来！不拘多少钱！"

管事忙忙地应了退下，刘畅盯着兀自晃动的水晶帘子，思绪不期然地又飘到了那个午后。他当时也是隔着水晶帘子，看着牡丹穿着豆青色的短襦，系着石榴红的罗裙，慵懒美丽地躺在窗下的软榻上，素白纨扇盖在脸上，浓艳的紫色流苏从凝脂般美丽的脖子上倾斜而下，胸前绣的金色花蕊反射着阳光，是那样晃眼睛。当时他其实是觉得看不够的，可是她一点都不招人疼，试般可恶，惹得他发作⋯⋯

可是⋯⋯如果那个时候，他没有和清华在一起，她没有看见，会不会一切都不同⋯⋯他第一次想到这个问题，一时心头有些酸软，又有些寒凉，彻底没了睡意，又发疯一般叫人把管事再次喊过来，亲自持着蜡烛，游魂一样地在院子里游了一圈，看到不满意的便叫统统换了最好的来⋯⋯折腾了大半夜，鸡叫时方才在葡萄酒的作用下睡着了。

一大早，他从噩梦中惊醒，先叫人去把牡丹接去京兆府看热闹，随即抓紧时间约见过蒋长义，再跑到京兆府蹲着，盘算先拿二郎或者五郎开刀好呢，还是继续折腾六郎？等了小半日，不见牡丹过来，接着又听说压根没见着人，不知什么时候去了哪里。

刘畅不由恶从心头起，怒向胆边生，先叫人狠狠抽了气息奄奄的六郎一顿鞭子，又要叫人去抽二郎和五郎，不好打残了，先叫他们吃点苦头总好吧？反正又不是他打的，是别人打的。

正要动手呢，就被潘蓉涎着脸给缠上了，硬要请他喝酒。刘畅晓得潘蓉打的什么主意，也不揭破，照常叫人去使力，自己跟了潘蓉出去。

他才离开，就有人拿了朱国公府的名帖找上了管事的，言道何家是蒋家的亲戚，暂且高抬贵手云云。

刘畅喝得昏天黑地的，突见秋实鬼鬼祟祟地摸进来，附在他耳边低声说了几句，于是心神荡漾，酒都醒了大半，忍不住暗笑一声，死女人，不见棺材不掉泪。再一看，天色都晚了，要关坊门了，她要寻他或是他要寻她，都似乎来不及了。立时踉跄着起身要走，却被潘蓉与玛雅儿一边一个，痴笑着死死拽住不放。只急得他要死要活的，翻了脸才出去，可是四下里坊门已然闭了，只好悻悻然又折回去。玛雅儿将袖子半掩着脸，故意装气，只是不理他。刘畅委委屈屈地住下,一整夜梦里都是牡丹。

清早,阳光灿烂,清华郡主的脸上却半点都不灿烂。自成亲一伊始,刘畅便半点不在状态,虽然也还往她房里来,却总不肯与她亲热,每每被她逼急了,不拘早晚起身便走。瞧瞧,这眼瞅着又是在大节下的连着两夜不归,把她当成什么人了?

清华郡主是有气就要出的人,当即去到上房摔了戚夫人最心爱的一个琉璃描金茶盏。戚夫人不敢惹她,便去揪着刘承彩的胡子,哭闹说要铰了头发做姑子去,弄得刘承彩也心火上升,一迭声叫人去寻刘畅归家。

这回合了清华的意,她便不闹了,笑眯眯地吃着酒等。刘畅本是瞒得死紧,怎奈有人故意递了消息出来,她立时晓得他在永阳坊置了一所大宅子,设的连珠宝帐、放的羽毛屏风、金银碗盏、绫罗帐幔,奢华得很,里头还有好些个貌美的年轻女子,怕是金屋藏娇。再一问,晓得他一夜宿在永阳坊,一夜是宿在了玛雅儿那里,又风闻有人要替玛雅儿赎身,立时怒火攻心,气势汹汹地命人备了车驾,奔出去,一心要把刘畅这个窝给烧了才舒坦。

刘承彩生怕出丑,上前去劝,反被她骂道:"呸!老的养外室,小的也跟着学!上梁不正下梁歪,还拦着我?"

刘承彩被她当众唾骂得老脸无光,怒气冲冲地往后头去了,发誓再也不管他两口子的事情。

却说刘畅清早起来就叫人去何家通知牡丹去永阳坊,他自己急抓火燎地往永阳坊去。快到自家宅子附近,只听得一片喝骂之声,有许多人围着看热闹,还蒸腾着一股青烟,不由觉得大不妙,忙赶上去看。

但见院门大开,清华身边的几个嬷嬷面目狰狞地守在门口,自己买来伺候牡丹的几个貌美奴婢被捆成一串跪在院子里头,满头青丝被剃成阴阳头,如花似玉的脸蛋上全是红掌印,差点被打成了猪头,伏在地上只是哭。管事的被抽得躺在地上只是"咿呀"乱叫。清华高高立在台阶上,冷冷地看着他,脚底下还踩着撕碎了的连珠宝帐,踩得稀烂的羽毛屏风。她身后的朱漆隔扇门统统被砸得个稀烂,后院里头煳臭一片,青烟直冒,不用问也晓得发生了什么事。

清华看见秋实,便又要叫人将这引着爷们学坏的小厮绑起来好生教训一回。秋实吓得抱住刘畅的腿鬼哭狼嚎,只喊救命。清华才不管,亲自上前去扇秋实的耳光,含沙射影地骂着刘畅,又骂小贱人、狐狸精云云。

刘畅气不打一处来,新仇旧恨一起涌上心头,狠狠骂了一声:"毒妇!我今日若是忍了这口恶气,我就不姓刘!"握紧鞭子便想朝清华抽去,清华尖叫一声,一瘸一拐地朝他扑过去,长长的指甲向着他白嫩俊秀的脸蛋儿恶狠狠地挠上去:"你做了丑事还敢打我?"

刘畅岂肯让她挠着,一把扯住头发便是一脚,二人顿时扭成一团,互扇耳光,又咬又踢,你来我往,谁也不让谁。

几个嬷嬷见状,赶紧将门关死,扑上前去拉架。只那二人死死抱在一处,谁也不饶谁,好容易分开。清华顶着个黑眼圈,发乱鬓散,钗横委地,肿着半边脸,嘴唇上还流着血,躺在地上疼得起不来身,手里牢牢攥着从刘畅头上扯下来的一把头发,也不流泪,只睁大眼睛仇恨地瞪着刘畅,呼呼直喘气。

刘畅则幞头被扔到一旁,发髻歪散着,衣带被扯断,衣领被撕烂,软哒哒地落下来垮在腰间,全身尘土,脸上好几条深深的血痕,脖子上老大一个血口子,却是被清华咬的,也是吃人一般看着清华,凶狠无比。

几个嬷嬷弄清楚清华嘴唇上的血是咬刘畅咬的,看似刘畅吃亏更大,便放了心,一人劝了一句,扶的扶刘畅,搀的搀清华。清华倔强,不肯说腹部吃了几脚,疼得抽筋,强忍着起了身,瞪着刘畅道:"我与你没完!"

刘畅捂着脖子上的伤口,豁出去地吼道:"你且去!娶了你这毒妇,我就断子绝孙了,全家老小日日受你腌臜气，自家弄个园子躲清净都不行？又烧又打又杀，走，我与你一同去见你父王！你守的什么妇德？遵的什么孝道？要打要杀悉听尊便！"心里头却有些打鼓，一闹闹大了，少不得拔出萝卜带出泥，扯出何家这事儿来，只能先吓唬吓唬，先安置下来。

清华怒道："谁怕你来！你养外室，错先在你！"

刘畅冷笑："捉贼捉赃，人在哪里？"

清华指着下头一串变了样儿的小美人，道："她们不是么？"

刘畅越发笑得阴险："是呀，是呀，就是呀。爷还没来得及收用呢。要不，收几个去伺候你？"边说边上下扫一眼清华，冷笑道，"让她们日日给你炖羊腿烤羊腿，好好补补。"又去拖清华，将手上的血糊了她一脸，"来来来，让人看看你的丑样儿、毒样儿！"

清华看他肆无忌惮的模样，晓得是抓不着他痛脚，想到自己这惨样落到昔日姐妹眼里，从此没脸见人，一时没忍住，一声哭了出来，拖着屁股死命赖着只是不肯去。刘畅拖得累了，将她扔在地上，气喘吁吁地道："说！是谁撺掇你来的？没脑子的蠢婆娘！"边说边朝秋实使眼色，让他去拦牡丹，只怕牡丹会来撞上。

秋实刚挪动脚步，就被清华一大声喝住："站住！作死的狗奴，这是要去给谁报信呢？"

刘畅和秋实的小心肝都颤了一下，刘畅忙道："我本与人约好今日要谈生意的，现下成了这样子，怎么见人？少不得叫他去说一声。"想想要叫清华不发声，便要叫她不得闲，就又发力去拖她，"你只顾管他作甚，我问你的话你还不曾回答！到底说不说？不说就去找你家的人评评理，看你进了我家后都做了什么！"

清华本已打了退堂鼓，见他又扯过来，实在躲不得，只好虚张声势地威胁："刘畅！你敢！再敢动我一根头发丝试试，我一定去宫里头，我也不要这张脸了……"

刘畅"呸"了一声，骂道："我还不要命了呢！正经公主娘娘也没你这么不知轻重……到底是谁说的？你说不说？不说我定然休了你！"却是没有再动手了，只暗自盘算，得弄件事，把清华的短处抓在手里捏着才好。

"你敢！我才要先出了你！"清华坚决不说，她越不肯说，刘畅越是怀疑与萧越西脱不开干系。

二人在那里纠缠不休，秋实趁机跑了出去。奔至半途，远远看见一个像是牡丹的身影跟着个年轻男子走了，立时迭起脚去追，没追上，打探无门，只好折回去报信。彼时刘畅与清华已经停止"练武"，只在修炼口才。

刘畅见秋实回来了，心急火燎要将清华撇开，一问究竟。怎奈清华发现他心急，偏就不放，二人便呈胶着状态，谁也奈何不得谁。几个嬷嬷也不劝，只在一旁袖手看着，谁都晓得这二人是轻易离不掉的，看着不出大问题就好。

闹到天将要黑，二人腹中空空，没了精神，方才借着下人相劝，各各回去。刘畅听秋实报了，气得晚饭都吃不下去，心急火燎地一打听，这才得知二郎、五郎有人插手暂且保下了。保的人不别的，又是朱国公府，立时想到与杜夫人有关。于是说不出的烦躁，又是朱国公府，又是萧家，还答应了他，也不知那死女人到底应了多少人的条件？果然好得很！

正在咬牙切齿，想要赶在天黑关闭坊门前施展下一步行动，魏王府却又来了人。来的却是魏王世子妃，拐弯抹角地将戚夫人和刘承彩暄了一回，又训刘畅。清华得意得很，刘畅不得已，忍气吞声，迫不得已错过了最佳反应时机。

且不说刘畅这边如何成了一团乱麻，牡丹天微微亮就在汾王府外头候着，守了一日不曾守到，倒是张五郎和秦三娘都分别派人来会过了她。第二日清早，她又在王府外守候，一边来回踱步御寒，一边与贵子说话打发时间，忽见一个麻脸汉子骑马过来，贵子忙跟去立在墙边低声说话。

不多时，贵子过来叫牡丹："娘子，这位是金爷，这次的事多得他襄助。万事齐备，只欠东风。"

牡丹大喜，忙上前去谢，金爷目光锐利地看着她，将一叠纸递过去，道："某已将所托之事尽数办妥，适才已然道与贵子知晓，郎君不用多谢，这本是某欠下的人情。"然后扬长而去。

牡丹津津有味地翻看着手里的纸张，戏谑道："虽则得了张五哥他们襄助，但若非你请动了内卫，也不会如此顺利。你这样能干，怎会卖身为奴？若去跟随王侯将相什么的，不说飞黄腾达，总比跟着我强。"

"这些人还的是将军的情分。"贵子笑道，"小的出身卑贱，护得您周全，将军定不会叫小的吃亏。"他欠了蒋长扬三条人命，说不得。

牡丹微微一笑，越发想念蒋长扬。忽听清脆的马蹄声从街口处传来，紧接着车轮辚辚声响，她立时振奋了精神，回过头去睁大眼睛看着，但见二十多号人马簇拥着一张双马拉乘的大车往王府这边行了过来。

牡丹狂喜，狂奔过去，大声喊道："民女何惟芳求见汾王妃！"

侍卫上前驱赶，牡丹仗着有贵子掩护，左冲右突一直往前头去。

马车停了下来，少顷一个垂髫侍女走过来，审视地看着牡丹道："哪里来的浪荡子！竟敢如此无礼，冲撞王府仪仗！王妃命打二十鞭子扔出去！"

浪荡子？牡丹突然想起自己上唇处还贴着的小胡髭，立时手忙脚乱地扯了一把，也不管扯干净没有，厚着脸皮大声道："我不是浪荡子！是王妃自己说我是她的小朋友，邀我来府里做客的！我姓何，上次是跟着白夫人去的福云观，烦劳这位姐姐替我向王妃禀报。"

侍女早得了吩咐，看着牡丹脸上残留的半边胡子忍着笑，故作严肃："好大胆子！王妃说了不认得你！"

牡丹睁大眼睛，一边躲避来拿她的人，一边大声道："外面人都说王妃体恤下情，古道热肠，常救人于危难之中，我这才来的，如今看来，却是假的，也只是沽名钓誉之辈！打了也好，叫我认清了才好。"

汾王妃在车里听见，倒笑了，与身边的侍女道："还是一样的胆大妄为，莺儿领她进府。"

莺儿跳下车，掩口笑道："这位长着半边胡髭，不知是男是女的小郎君，王妃问你，你认清楚了又怎样？"

牡丹心中大定，将另外一撇小胡髭撕下来，老老实实地道："不怎样，我就是想引起王妃的注意。"

莺儿笑道："倒是老实。王妃要见你，请随我来。"

牡丹将怀中纸张尽数递与贵子拿着，转身随莺儿进去，在一间小小的花厅坐下来候着。

过了两盏茶的工夫，便有人来领牡丹去了一间华屋，但见正中蜀锦七彩地衣花团锦簇，上头压着兽头银镏金香炉吐纳芬芳，四边帐幔低垂，一架素白屏风前设着张美人榻，榻上歪靠着的正是汾王妃本人。

牡丹上前行了礼，汾王妃淡淡叫她起身，道："我原定要元宵节观灯才回，你怎知我今日回来？"

牡丹老老实实地回答道："实不相瞒，一直守着的，昨夜里是歇在这附近的邸店里，就想撞个好运。"

汾王妃也不问她到底为了什么事，只问："为何不让白夫人领了你来，或是递上名刺等我通传，何必去闯仪仗？就不怕被打了扔出去么？"

"阿馨在养胎，不敢劳动她。等您召见，又恐误事，让兄长受罪。敢大胆闯王妃的仪仗，一是久旱逢甘雨，喜而忘形，二是知道王妃心善，不会与我计较。后来大胆说那些话，也只是听说您忘了我,仗着您心善,故意想引您注意,希望您见着了就想起来啦。"

"呵……"汾王妃哂笑了一声,道,"小嘴儿挺会说的,我要是惩你,倒是我不心善了。罢了,小朋友,你寻我何事?"

牡丹忙将经过说了一遍,汾王妃道:"你是说你家是冤枉的,被人陷害了?"

牡丹点了点头。

汾王妃慢吞吞地道:"可是据我所知,那事儿证据确凿,想要翻案那是万难,你是欺我不知实情,特意来引我替你去冲锋陷阵得罪人的?你心疼你的朋友阿馨,心疼你的家人遭罪,为何不感念我也曾帮过你忙?"

牡丹一时沉默下来,虽然她靠着秦三娘、张五郎、内卫、李芬等人相帮,已将事情大致经过弄清楚了,关键地方有了充分的证据,可是还需要一个人承头将它揭出来。到底牵扯到这么多人,民告官,就算告成功,解了一时意气,也是后患无穷。之所以找上汾王妃,就是想找一个对何家最好的解决办法。汾王妃是蒋长扬信任的人,也是她能想到的最合适的人,既然不行,那便只有走另一条路。

想到此,牡丹抬头笑了一笑,强忍着想要继续苦求的欲望,朗声道:"王妃说得是,谁都不易。谢谢您上次帮了我,这次又拨冗见了我,听我唠叨这半日。为难您了。"说完望着汾王妃深深一礼,便要告退。

汾王妃见她果然要走,道:"慢着,你既然言之凿凿说你家兄长是被冤枉的,应该有证据吧?你苦守这些天,空跑这一趟,难道就甘心么?不怨我?"

牡丹苦笑道:"我会失望,但不会怨您。"她从来不是那样的人,至于证据,没有十足的把握,她怎敢让它出现?

汾王妃垂眸不语,挥手让她离开。见牡丹离开,莺儿便问汾王妃:"王妃为了她匆忙赶回来,为何见了她又什么都不做就叫她离开?"

汾王妃泰然饮茶:"且试她一试,蒋大郎千里传书求我,我总得试试他的眼光如何,看她配不配。你这样做……"

牡丹行到汾王府大门处,想到此时外头不知有多少双眼睛盯着,断然不能露了实情——即便汾王妃不肯相帮,也要把一切运用到极致。于是收拾心情,笑得极为灿烂。贵子看她神情好,便问:"可是成了?"

牡丹只是点头,待到无人处方收了笑容道:"按着我原定的计划走,先将这个抄十份备用,送半份给何中丞,告诉他,我可能去敲登闻鼓。"这是试探何中丞的看法,也是利用他把风声传出去。

二人行到家门前,瞥见好几个鬼鬼祟祟的脑袋,遂置之不理。牡丹正要提步入内,忽听得有人喊了一声:"何娘子!"

却是吕方领了小厮康儿站在身后,便引入宅中奉茶。吕方也是上门慰问探望的,牡丹并不敢深谈,只谢了他的好意。

吕方自知交浅言深,便道:"实不相瞒,我也认得几个人,愿意替你设法拖一拖。不过事成之后,你得给我看那什样锦。"他也是与萧越西闲谈游玩,偶然得知此事。萧越西言谈之中表示愿替何家伸张正义,他才敢来讨这个人情。

牡丹看他似是胸有成竹,暗自揣度他与谁有关联,道:"谢十公子好意,我感激不尽。不瞒你说,我这几日东奔西走,寻了好些故交,现下也找到了一个万全之策,只等时机而已。不过,能多得一把助力也是好的。"左右到了现在,那群人也该知道朱国公府插了手,她还找过汾王府,不管吕方去寻谁,暗示一下,兴许会收到意外的效果。

吕方见她应了，高高兴兴去寻萧越西。

萧越西得了消息，不由暗忖，何牡丹应是得了汾王妃的保证，或是受了景王、何中丞的撺掇，她那样的性子，真有可能破釜沉舟去敲登闻鼓。如若闹到蒋长扬回来，变数太大，对己不利，不如由着刘畅去做。便哄吕方："此事简单，我一位友人得了两盆江南送来的冬牡丹，后天正要办个宴会。你让她着了男装过来，我引荐几个人与她认识，一定促成此事。"

吕方立即拿了帖子火速去寻牡丹，萧越西叫人进来："立时把痕迹全抹干净，不许再管这事儿。"

却说牡丹这边，吕方前脚刚走，柏香后脚就进了门："我们夫人说，这事果然是小人作祟，不过您也知晓，我们家原与萧家有过结亲之意。国公爷那里通不过，都是我们夫人私底下帮您，她使尽力气也只得案子暂且拖着。关键还要看您自个儿……"

牡丹感激地拉着她说好话："姐姐快告诉我该怎么办？"

柏香道："夫人心善，见不得人吃苦受累，更见不得小人得志，有心想要成全您。但只怕坏了旁人的好事，将谗言传到大公子耳朵里头，两下里一挑拨，她里外不是人。她倒是可以忍了，只怕大公子对您生出误会呢。"

"那怎么办？"牡丹担忧地道，"我没什么见识，还请夫人指点。"

"有个好机会，一劳永逸。"柏香如此这般说了一回，牡丹一一应下不提。送走柏香，便也跟着换了身衣服悄悄出了门，躲得无影无踪。

吕方奔到何家，得知牡丹不在，没人知道去了哪里，不由大急，少不得请见岑夫人，留下帖子，再三强调这个宴会的重要意义，请牡丹一定要去赴宴云云。

另一边，刘畅刚求了一个人，那人答应会制止萧西插手，也会管束着朱国公府。得了许诺，刘畅高高兴兴回去铆足了劲儿准备大干一场。跟着就听说萧家的人全部偃旗息鼓了，正在想动作真快，紧接着又说汾王妃突然回来，牡丹闯了仪仗，被请进了汾王府，出来的时候笑容满面；再听说牡丹的小厮偷偷找过御史台何中丞，出来以后神色轻松，他立时敏锐地嗅了一股不同寻常的味道，马上叫人再探。

牡丹并不知晓这一切，她藏身在张五郎斗鸡用的一个小院子里头，听贵子回话："何中丞赞成您去击登闻鼓，只要您敢做原告，他就敢豁出去。"

牡丹沉吟不语，半份材料，就鼓动她去敲登闻鼓……纵然这也是她希望得到的结果，但有些事情的真相委实难猜。她皱着眉头，试图从这些信息中找出最有利的办法，可她不过是个小人物，从前不曾遇到过这些事情，是摸着石头过河，很难。

秦三娘那边也使了两个人过来回话——阿慧和一个神情严肃的陌生妇人。

"我家三娘子赞成您去敲登闻鼓，到时她会想法子帮您。"阿慧说着，一直偷瞟同来的妇人。牡丹心知有异，便应了："既然如此，我便去敲。"

阿慧退了出去，却将头上一支钗掉落在地上。宽儿忙拾了还与她，便笑道："幸好是银的，若是水晶或玉，岂不粉身碎骨？"

那妇人抿着唇看过来，阿慧自若一笑，低头退出。

牡丹长吁一口气，看来秦三娘这边出了点问题——秦三娘不赞成她敲登闻鼓，秦三娘背后的人却希望她敲，希望事情闹大才好。

紧接着，又有人送了吕方的帖子过来，将原话传到。张五郎不由冷哼一声："这姓萧的真是见风倒，脸皮天下第一厚。"

次日牡丹穿了短衣，把脸抹得焦黄，装扮成小厮模样，由张五郎等人远远跟着，穿过延喜门，直达宫城正南的承天门外。她远远看着朝堂外东边立着的肺石，西边立着的登闻鼓，一时不胜感慨。

她抬起头来，用帕子将脸上的妆容擦去，露出本来面目，直视着登闻鼓，一步一步走将过去。张五郎扯开喉咙大喊："有人要敲登闻鼓了！"于是在场所有人都朝牡丹看了过来，有人跟着喊道："是个女子，还乔装打扮，大概是有奇冤！"

牡丹充耳不闻，稳步走到登闻鼓前，伸手去拿那两根鼓槌，忽有人喊道："妹子，三思！没有证据怎么争？"紧接着有人跑来拉住她劝个不停，要拉她回家。牡丹从怀中掏出一张纸抖着道："我有证据在手，今日就要拼了，谁都不许拦我！"

刘畅沉着脸远远站在一旁看着，和身边的人歪了歪下巴，示意赶紧趁这机会把人拦下。他才晓得萧越西给牡丹下了帖子示好，才晓得有人早就知晓牡丹要来敲登闻鼓，晓得牡丹掌握了证据，晓得牡丹有了靠山，人家都准备撇开了去，光丢了他一人撑着。

理智告诉他，他应该和她谈判，他也正是打算这么做的。可他觉得心底最深处有个地方非常冰凉，心灰意冷。她宁愿死，宁愿拿全家冒险，也不肯遂了他的意。

忽见一个内监走到他跟前，神态倨傲地道："是刘寺丞么？我家王妃要见你。"

刘畅回头，但见不远处一辆马车静静地停在墙角转弯处。他回眸看一眼牡丹，提起脚来，极其缓慢地一步步走向马车。

却说牡丹这边，有人看不惯了，出来道："朝堂之外岂容如此喧哗？兀那女子，到底击鼓还是不击？不击就速速离开，省得板子打下来不是要处。"

牡丹一时有些茫然，原本她该按计划"被人拦住"然后回去等人和她谈判，可她不是女诸葛，做到这一步，已是费尽了全力，她不知道后续是否如愿。她有种半疯狂的欲望，登闻鼓就在面前，只要她举起鼓槌击下去，她的状子就可以直接送到皇帝面前，她一定能胜了这场官司；可是她也明白，百足之虫、死而不僵，将来何家人在京中做生意和生活，都会平白多了许多麻烦。

一双温热的手落到她的手腕上，汾王妃含笑看着她道："你个何大胆！我倒小瞧了你。"

小小的茶楼隔间里，昏暗的光线，低矮的坐榻，陈旧的铺设，茶瓯透着年深日久的陈色，唯有隔间正中的铜火盆锃亮，里头的炭火燃得红中发白。

隔着一张低矮的茶几，刘畅与牡丹对面坐着，静默无语。到了这一步，已然成仇，再无多话可讲。

良久，隔扇门被人从外头轻轻敲了一下，内监特有的公鸭嗓子响起来："何娘子？"

"来了！"牡丹起身要走，不期然地，袖子被刘畅扯住。她停住脚步看向刘畅，本待出言讽刺，可看到他青白中带了几道深深血痕的脸，寡白的唇，两条越发显得凌厉的眉毛，包着细白布的脖子，不敢再刺激他，只是默默抽出了袖子。却也没有马上走，道："你该知道我的决心，我希望你遵守诺言，以后不要再来打扰我和我的家人。这样闹腾没有意思，对谁都没有好处。"

刘畅颓然垂下手，目光复杂地看着脸上还残留着黄粉残痕的牡丹，盯着她浓密卷翘的睫毛、挺直小巧的鼻子、娇嫩的唇瓣看了许久才慢慢转过脸，望着忽明忽暗的炭火几不可闻地道："你走吧。"

牡丹道："说好的事希望你紧着些办理，我没什么耐心。"

刘畅不语，待到耳畔的脚步声渐行渐远，他猛然回头，却只看见两扇刚刚合拢的门。他大口呼吸着周遭的空气，试图抓住一丝一缕曾经熟悉的芬芳，却什么都没有闻到。他举起那只刚抓过牡丹袖子的手，仿佛还能感觉到她冰凉中又带了点粗粝感觉的袖子才从那里滑过，但也只是仿佛，他徒然地握紧了空空如也的手。

良久，忽听得外面传来一阵喊声："下雪了！下雪了！好大的雪。"他方起身走到窗边，看着外面纷纷扬扬的大雪，空旷冷寂的街道，僵硬地站直了身子，越站越直。他将窗扇全部打开，任由北风将雪花吹送进来，落得他满头满脸，又化作冰凉刺骨的雪水顺着脸颊流入脖颈。

他闭了闭眼，大声喊道："秋实！"

秋实蔫头蔫脑地探进头来，有气无力地道："公子？"

刘畅抓起旁边的披风，一阵风似的走出去："牵马出来，走！"

秋实赶紧跟上："这大下雪的，您要去哪里？回么？"

刘畅淡淡地道："自然是去找人情托关系。"要将何家人弄出来，将沉香木事件抹平，一定得有人撑着。他除了要赔何家的损失外，必被秋后算账……而另外那两人只会推得干干净净，说什么都是为了帮他，一时之气可以忍，却不能忍一世。既然人家看不上他，他便自去寻他的伯乐。

秋实知道他要倒霉了，快快地道："明日的宴会不去了？"

决不能让萧越西如愿！刘畅咬牙道："去！已到这一步，不差那半点。告诉他们，再出差错我灭了他们！"言罢将兜帽戴上，一头扎进风雪之中……傍晚时分，走得疲累不堪的他在丰乐坊的一座宅子前停下，敲响了角门。

牡丹到得楼下，恭敬地给汾王妃行礼致谢。汾王妃示意她上车，牡丹看看自己身上的粗布衣服，含笑道："我这装扮……"

汾王妃不语，莺儿笑道："还推辞什么？"牡丹弯腰上车，突然觉得额头上一点冰凉，伸手一摸，却是一点清亮的水。她抬起头来，但见盐似的雪粒儿从天空飘落下来，越下越密。

莺儿欢喜地道："下雪了！"

汾王妃看向愣愣立着的牡丹，道："你准备在这里站一整天？我与你说完话还要进宫呢。除非你不想赶紧接你哥哥们出来。"

牡丹露出一个发自内心的灿烂笑容，利索地进了马车。汾王妃拉她坐在小炭炉前，道："接下来有什么打算？"

牡丹笑道："接哥哥们回家，挨着上门谢人，挑个好日子重新开张。"

汾王妃抿嘴一笑："那蒋大郎呢？"

牡丹猝不及防，垂下眼道："等他回来又谢他。"她已听莺儿说了，这次是蒋长扬千里传书，求汾王妃回来助她，他自己则在赶回来的路上。汾王妃淡淡地道："你们之间恐怕用不着谢吧？"

"我……"牡丹刚开了个头，汾王妃摆摆手："我喜欢上进敢拼、重情义、自重的人。愿你们心想事成。"

莺儿朝牡丹挤挤眼，牡丹忙道："谢王妃成全。"

汾王妃笑起来："谢我作甚？我又不是他家长辈，充其量能替你们做个媒人罢了。"

这个媒人可不好请，牡丹忍不住微笑起来。

何家早得了信，岑夫人领着一群人立在门口翘首以待，见车马过来，立即上前行礼道谢，热情邀请汾王妃入内奉茶奉饭。

汾王妃道："此案很快就会水落石出，你家蒙受的不白之冤自会昭雪，作祟的人迟早会受到惩罚。你可以准备压惊宴了。"又拉过牡丹的手递给岑夫人，"你养了个好女儿，真是有福气。"

岑夫人握紧牡丹的手，笑得合不拢嘴。牡丹也反过来握紧她的手，两母女依偎着，甜甜蜜蜜地笑。

汾王妃自要了何家损失的清单，转过马车去宫中收拾这事儿的须尾。何家众人欢欢喜喜地打扫房间，准备接二郎、五郎、六郎回家，又备下好酒好菜，宴请答谢一众亲朋好友。

天将黑时，三骑快马抢在城门落下之时飞奔入城，踩着暮鼓，踏着茫茫大雪，朝永善坊飞奔而去。见这三骑入了城门，立即有人分别前往朱国公府、萧府报信。

送走一众亲朋好友，牡丹回到房中躺在睡榻上，闭眼盘算明日的事。杜夫人要利用她，也不知萧越西打的什么主意,还有蒋长扬马上就要回来了……她捂住有些发热的脸,翻身趴在锦被上闷笑起来。

忽然听得外头脚步声响,英娘和荣娘差不多是尖叫着跑进来:"姑姑,姑姑!快出来!蒋叔来了!"

天黑屋暖,饭饱神虚,甩甩本是昏昏欲睡,乍听得这声尖叫,犹如被打了鸡血一般,猛地竖起翎毛来,连声怪叫:"蒋叔!蒋叔!"

牡丹猛地翻身坐起,一颗心咚咚只是乱跳,险些没冲出胸腔。她一手捂住了,起身要往外走,随即又折回去坐在镜前手忙脚乱地梳头。英娘和荣娘拉着她就往外头扯:"好得很了!快,快!"

牡丹低声骂道:"你们急什么?"英娘和荣娘只是笑,拉着她三步两步走到外间正堂门口,大声道:"姑姑来了!"

牡丹看到蒋长扬从座位上站起身来,死死地盯着她看,不由心跳加速,故作镇定地望着他笑:"回来了?"

蒋长扬心疼地道:"我回来了!"

烛火摇曳,暖香盈屋,蒋长扬边吃饭,边盯着对面的牡丹只是笑。牡丹半垂着眼,偷瞟一眼不远处的岑夫人等,再偷看一眼蒋长扬。二人目光对上,都是心领神会。

蒋长扬三两口将碗里的水晶米饭下了肚,递碗过去,示意牡丹再盛点。牡丹含笑接过,满盛一碗:"慢些,吃急了不好。"也不知他是几天没吃好了,狼吞虎咽的,这都第四碗了。

蒋长扬不在乎地道:"没事儿,我从前眨眼的工夫就可以吞掉一个蒸饼。"

牡丹不信:"你都不嚼呢!怕是猫儿吃鱼,狗儿吃肉……"正在说,脚就被钩了一下,接着某人的脚挨着她的小腿轻轻蹭了几下。牡丹的脸顿时滚烫发红,心跳慢了半拍,缩了一下腿,却又被钩住不放,不由抬眼瞪着蒋长扬只是不说话。蒋长扬没事儿似的笑着,显得他多光明正大似的。

牡丹低声威胁:"别太过分了,小心被我娘拿大棒子赶出去!"

蒋长扬无辜极了:"我怎么啦?"

牡丹一脚踢过去,蒋长扬不避不让,生生受了,明明眼里满是笑意,却假意紧张地道:"别胡闹。小心让她们听见,多不好意思。"

牡丹鄙视地道:"你还知道不好意思?登徒子!"

蒋长扬见她含羞带笑、薄嗔可爱,明艳娇媚不可方物,不由晕了晕,笑道:"我怎么是登徒子了?你给我说清楚。"

忽见岑夫人站起身道:"也不晓得邬三他们吃得可好,我去看看。"薛氏也道:"也不知道英娘几个丫头收拾的房间怎样了,我去看看。"然后都一本正经地吩咐牡丹,"好生招待成风,若是饭菜不够,或是想吃什么,马上让厨房做。我们稍后就过来。"

牡丹半垂着眼应了,蒋长扬眉梢眼角都险些飞起来,忙忙地放下碗,起身客气道:"给伯母和大嫂添麻烦了。"恭敬地送了岑夫人和薛氏出门,回头一瞧,但见牡丹斜瞅着他,鄙视地道:"你惯会装。"

蒋长扬看一眼昏昏欲睡的林妈妈,比个手势:"欠打。"

牡丹随手抓个橘子丢过去:"你才欠打!"

蒋长扬灵巧地接住橘子,比画着要扔去砸牡丹。牡丹侧着头,挑着下巴,威胁地瞅着他。蒋长扬扔出去,却又在半途抄入手里,盯着牡丹磨牙:"磨人精。"

牡丹不服:"我怎么磨人了?"

难不成要告诉她,他闲下来就总想着她,想极了就恨不得两肋生翅,飞回来,还有大家伙儿闲极无聊说起家里的女人或者相好时,他也满脑子想着她?蒋长扬脸红耳赤,沉默许久方道:"我一直很担心你,就怕自己回来晚了。"他顿了顿,强调,"真的很怕。"

牡丹看着他还没来得及换的脏衣服,想到他适才吃东西狼吞虎咽的样子,不由心头一热,低声道:"我好好的。"

蒋长扬的眼睛亮了起来:"贵子不住口地和我夸你。"随即却又有些黯然,"都是我的缘故,才会让你这么难。"

"若不是你,我也不会认得这么多人,更不会有这么多人相帮。"牡丹拿起碗筷塞到他手里,"赶紧吃完去洗洗,早些休息,明日一大早还要进宫呢。就算是铁打的身子,连着几天吃不好睡不好也熬不住。"

蒋长扬见林妈妈伏在桌上打瞌睡,遂大胆地握住牡丹的手,捧到唇边轻轻一吻,低声道:"丹娘……"

想到前几天经历的担忧、害怕、恐惧,牡丹眼眶顿时有些发热,一任他捧着她的手,垂下睫毛低声道:"干吗?"

蒋长扬不语,只是珍重地又连着吻了她的手好几下。牡丹眼眶潮湿,扭着手道:"你干吗?"

蒋长扬抬眼看着她,只觉千言万语一齐拥堵在心口,只道得一句:"我……"又低头吻了牡丹的指尖一下。

二人的心头尽是软软的、酸酸的、暖暖的,忽然听得林妈妈发出一声轻微的响动,便都吓得一起丢了手,一本正经地站好不敢动弹,脸红成一片。半晌,不见林妈妈有任何动静,蒋长扬大着胆子瞅了一眼,做个轻松的表情。二人忍不住,都一齐笑出来,重新往桌边坐了。

牡丹小声道:"我给你做了一个荷包和两双袜子,针线不好,你别嫌弃。"

"就是一块破麻布,我也稀罕。"蒋长扬的眼睛笑得眯成一条缝,"我也有东西给你。"

牡丹期待极了:"是什么?"

蒋长扬偏不告诉她:"你猜。"

自家老爹和哥哥们爱送珠宝、衣料、名香、稀罕的小玩意儿,可牡丹觉得蒋长扬会送她的东西一定不是这几样。便道:"猜不着。"

蒋长扬神秘兮兮地笑了笑:"你过两天就知道了。"

牡丹心痒难耐,带了鼻音撒娇道:"告诉我,快说……"

蒋长扬眼睛亮亮地看着她,低声道:"发现你比从前更好看了,是我眼花了还是真变好看啦?"

"不学好,嘴花花的。"牡丹心花怒放,没忍住笑了出来,"我倒是发现你比从前更老了。"

蒋长扬不自在地一僵,随即笑道:"我连着几天没洗脸,看上去自然老,等我好好睡一觉,用香澡豆细细洗干净就不老了。"

他也怕人说他老。牡丹哈哈大笑起来,林妈妈一惊,坐直身子道:"怎么了?"

蒋长扬忙道:"没事儿,丹娘听我说笑话呢。"

打量她不是过来人!林妈妈忍住笑,一本正经地道:"吃饭要紧。"随即不再装睡,坐直身体在一旁盯着二人。

蒋长扬暗怪牡丹:"就是怪你,笑那么大声做什么?"

牡丹笑道:"我高兴,难道不许我笑?"

蒋长扬叹道:"罢了,我说不过你。"一时忍不住,又笑了,"越来越凶了。"

待得吃好饭,牡丹将次日的赏花宴及这些天的事缓缓道来,说到玛雅儿所求,忍不住目不转睛地盯着蒋长扬。

蒋长扬并无心虚之意:"这样说来,实在多得她襄助。过了这个风口,我便使人将她赎出,待时机恰当再送她回去。"

牡丹有些轻松，又有些含酸："她说要给你做侍妾呢。"

蒋长扬诧异地道："有这回事？会有这种事？"

牡丹没好气："很激动吧？"

蒋长扬本是想笑，却晓得关键时刻笑不得，便叫屈："最难消受美人恩，她是害我呢，你那么聪明，可别上当。"

牡丹白他一眼："明日我还要去赴宴，看看你爹替你相看的那个门当户对的媳妇儿到底想出什么招。"

蒋长扬正色道："别拿她扯上我，我消受不起。"随即低声笑道，"我媳妇儿只有你才当得起。等我这边好了，就来接你。"

牡丹听得蒋长扬说"媳妇儿"三个字，不由瞟了他一眼："别乱叫，谁让你乱叫了？"

"叫不叫都是一样。"蒋长扬微微一笑，伸手讨要东西，"不是与我做了荷包和袜子么，还不拿来？稍后又忘了。"

牡丹便叫人去拿，道："难不成你明日就要穿？"

"难不成做出来就是为了放着的？"蒋长扬反问一回，道，"再说说那个女人要你怎么做？"

牡丹便知他说的是杜夫人："不太相信我，不肯说详细的，只说算着你在元宵节时必会回来，那一日让我去看灯，然后依照她的指示做。现在你既然提前回来了，也许她的计划会变也不一定。"只要有心，蒋长扬回来的消息是瞒不住的，只怕此刻许多人都知道他回来了。

兴许是想让他当众出丑，坏他的名声，也兴许是想坏了杜夫人自以为他所谋求的婚姻，总而言之就是为了谋夺朱国公府世子之位。蒋长扬沉吟片刻，道："不妨，任由她花样百出，无非求的就是那一样。倒是明日这个宴会要着紧些，我再派个人跟着，发现不对劲就赶紧走，不必与他们客套！"

牡丹应了，将荷包与袜子递与蒋长扬。岑夫人走进来道："时辰晚了，已然两更了，都歇了吧。"

二人方恋恋不舍地道了别，冒雪各自回房歇息不提。

蒋长扬回去瞧见隔壁的灯还亮着，便推门而入，见屋里只有邬三一人，便道："顺猴儿呢？"

邬三笑道："老毛病又犯了，不看清楚地形睡不踏实。"

蒋长扬正色道："这是人家内宅，怎能胡来！让他马上回来。都来我屋里，我有事要交代。"

邬三正要起身寻人，就听一个声音清脆婉转如黄鹂："公子当顺猴儿是什么人？我晓得轻重，非礼勿视，非礼勿听。"说话间，一个二十来岁，五短身材，面皮白净无须，五官秀美如女子，鬓边簪了一枝红梅的年轻男子笑嘻嘻地走进来，叉手朝蒋长扬行了个礼。

蒋长扬往榻上坐了，道："又去偷摘人家的花。"

顺猴儿掩嘴一笑，娇滴滴地翘了兰花指道："看奴家长得花容月貌，赏奴家一枝花戴，又怎么了？"

邬三狠狠打了一个寒颤，捂着心口道："我的娘喂，公子爷有事快交代，受不住了。"

蒋长扬淡淡一眼，顺猴儿便摘了花，束手站好，严肃认真地道："请公子吩咐。"

蒋长扬道："明日一早我要进宫面圣，邬三陪我去，顺猴儿与何娘子一道去赴宴。回来后要有问必答。"

晨鼓才响，牡丹便醒了，因见窗外隐有亮光，推窗一瞧，但见四处银装素裹，房檐子上垂下的冰钩子映着廊下还未熄灭的红灯笼，反射出温馨柔美的淡淡红光，真是美丽极了。

恕儿和宽儿提了热水进来，道："雪积了约有巴掌厚，是今年最大的一场雪。幸好蒋公子昨夜赶回来，否则不得被这场雪拦在路上？"

牡丹应了一声，取水洗面："夫人她们可起身了？"

分明是拐着弯问蒋长扬可起身了，恕儿与宽儿对视一眼，都明了地笑起来："起了！起了！蒋公子早早儿便起了身，吃过早饭，晨鼓一响就出门往皇城方向去了。"

牡丹用帕子拭了脸上的水渍，往镜台前坐了："替我梳男子发式，取前些日子新做那件豆青色圆领小团花织锦窄袖袍来。"

少顷，装扮完毕，恕儿拍手笑道："好个俊俏的小郎君！若是不知情的女子，少不得要看昏了头。"

牡丹亦是喜滋滋地对着镜子照了又照，端正了帽子，道："恕儿也装扮了随我一道去。"

吃过早饭，贵子又引了顺猴儿过来见牡丹。顺猴儿做的小厮装扮，言谈举止间却是娇柔美媚如女子，肌肤欺霜赛雪，声音清脆如黄鹂，看着竟是比恕儿还要像个女扮男装的。牡丹看得发愣，总是盯着顺猴儿的喉结处看："你叫什么？"

顺猴儿将衣领往上扯了扯，笑道："小的叫顺子。"

牡丹见他扯衣领，忙将目光收了，听得吕方来接人，便道："走吧。"顺猴儿束手立着："娘子请。"牡丹从他身边经过，闻得一股幽香沁人心脾，与寻常男子用的实在大不同，实在忍不住又看了他一眼。顺猴儿妩媚一笑，吓得牡丹只是尬笑。

"我听说你家的事已有眉目，还以为你不会去了呢。"吕方见到牡丹，不由喜出望外。

牡丹正色道："人不是马上就能放出来的，还得理清一些关系才好，况且我也想去瞧瞧江南来的冬牡丹。"因见吕方瞧自己的眼神有些不一样，便笑道，"看什么呢？"

吕方道："听说你去敲登闻鼓，实是没料到。幸好有人替你出了头，若是没有，你便得硬着头皮撑到底。那是万般无奈才走的路，我觉着你太心急冲动了些，已然接了我的帖子，便该再等等看才妥当。我是不知道，否则一定拦着你。"

吕方是局外人，不知这里头的弯弯绕绕，连他自己也只是一枚棋子罢了。牡丹黯然一笑："我是太心急了，因为家中收到了我哥哥们的牙齿。"

"你哥哥们的牙齿？"吕方立时觉着牙齿酥了，错眼见了顺猴儿，又是一愣，奇怪牡丹怎会带了如此娇媚的丫鬟在身边，殊不知扮作男子出门参加宴会，只会更招麻烦，便委婉劝道，"那里多是男人，还是多带两个真的小厮在身边方便些。"

真的小厮……牡丹瞟一眼笑嘻嘻的顺猴儿："已然够了。走吧。"

吕方不好再劝，只得暗想彼时多看顾着点就是了。

萧越西这位朋友设的赏花宴，却是在居德坊的一所宅子里。小厮引了牡丹与吕方踏着清扫干净的青石小径，直奔园中一座暖亭，亭中只有同样做了男子装扮的萧雪溪一人。她正铺了蜀纸，聚精会神地对着外头一株正在怒放的红梅挥毫。见二人进来，也不回头，只道："我哥哥他们去那边赏雪景去了，还请稍候片刻。"

吕方过去瞅了一眼，笑道："墨梅，凌雪傲骨，好生精神！"萧雪溪也觉得这是自己最好的一幅画，假意谦虚几句，微错开身，特意让牡丹看清楚。这画儿，最后可是要在蒋长扬那里出现的。

好个琴棋书画俱精的大家闺秀！牡丹一笑，自寻地方坐了，转眼却发现不见了顺猴儿。她知晓顺猴儿是蒋长扬的人，来来去去总有章法，只是捏着一把汗，生恐被人发现。

不多时，有人过来道："几位郎君在春晓湖那边赏雪高兴了，便将宴席设在那边，着小人来接几位郎君过去一同赏雪观景。"

萧雪溪忙将画上添了最后一笔，龙飞凤舞地写了一首诗："万木冻欲折，孤根暖独回。前村深雪里，昨夜一枝开。风递幽香出，禽窥素艳来。明年如应律，先发望春台。"随即落下墨款，将随身携带的小印盖了，叫小厮采儿守着等它干了再收起来交与她。牡丹看了她那方小印，却是"撷芳主人"四个篆字。

待得牡丹等人出去，采儿认认真真在一旁坐了，静候画干。忽听得一声响，接着外头有人骂道："请人做客却不打扫干净园子，什么道理！"

又有人低声温和劝道："小八，休要无礼。"

那小八委屈道："公子，您跌了跤，脏了衣裳，可怎么好？"

公子温和地道："无妨，不是还带了一身么？前面有个暖亭，且去借地方换了就是。你去问问，看里头可有人，可方便？"

采儿听见客人摔了跤，不敢怠慢，忙抢先打起帘子迎出去，问得是朱国公府的三公子，便殷勤引了入内："内里无人，唯有小的一人。"

蒋长义闻言，沮丧得紧。不是说萧雪溪一个人在这里么？怎地就走了？一眼瞧见桌上的墨梅图，看到撷芳主人小印，顿时来了精神。

蒋长义不动声色地坐下换衣，却又打了个喷嚏，让小八拿了钱赏给采儿，让帮自己去厨房要碗姜汤。

他给的赏钱很是丰厚，言辞又极温和。采儿心想堂堂朱国公府的三公子应该不会动一幅画的心思，便袖了钱往前头去了。

采儿前脚才走，蒋长义后脚就飞快地往桌前站了，运笔如飞，也画了一幅大致差不多的墨梅图，题上诗，留下随身小印，将萧雪溪的画作卷了交给小八。小八鬼鬼祟祟地出去，很快就有个穿白粗布衣裳的小厮上前接应，并与小八耳语了几句。

小八将画递给那白衣小厮，回身去禀蒋长义。白衣小厮自将一块旧布包了那画，往后头去了。顺猴儿从不远处的冬青树丛后探出头来，大摇大摆地跟了上去。

待到采儿回来，蒋长义已经换好衣服，坐等他的姜汤。小八见桌上的画原封不动，便不管它，送走蒋长义只缩在亭子烤火取暖。

却说牡丹跟着吕方等人踩着乱琼碎玉往后头行去，但见天色碧蓝，衬着园中的皑皑白雪，梅花怪石，又有一汪碧水缓缓东向西流来，自有一段旖旎风光。吕方不见了顺猴儿，便低声问道："七郎，你那小厮呢？"

牡丹尴尬地道："说是腹疼。"

吕方也有些脸红："许久还没回来，怕是迷了路。我这就让人去帮你找，冲撞贵人就不好了。"

牡丹谢了："没事，我这小厮做事稳妥得很，且再等等。"

萧雪溪回眸打量牡丹与吕方，兄长说得对，何牡丹这样的人与吕方才是门当户对。想到蒋长扬急着连夜赶回来，多半也是为了牡丹，心里便是一酸，越看牡丹越讨厌，故作亲热地笑道："你们在后面嘀咕些什么呢？也说与我听听。"

吕方道："就是觉着这院中的雪景不错。"

"不肯把你们的秘密说给我听就算啦。"萧雪溪哂笑一回，后退几步，与牡丹并肩走着，亲热地挽了牡丹的手，同情地道，"适才我没来得及与你说，你家里的事实在太过可怕了。也真难为你年纪轻轻的，在外抛头露面地跑。"压低了声音，关切无比，"说句得罪人的话，你如今虽有贵人襄助，可贵人也难得周全，有些须尾收拾不妥当，日后也难做人。"再拔高音量，欢快地道，"不过也不必担忧，有家兄替你设法，一定会顺利解决。"又隐晦地提起刘畅，义愤填膺，"怎会有那样的无耻之徒，趁火打劫……"

牡丹就不信萧雪溪不知此事，这副嘴脸与萧越西实在是没得差。论装，自己果然远远不是人家的对手。

这处宴席却是设在湖边的水榭之上，将水榭四周的隔扇窗子上齐了，只留一面正对着湖面雪景，四周架起黄铜大盆，燃起银丝炭，再用银镏金兽首香炉焚起香来，暖香袭人，赏雪享受两不误。内里坐着三四个年纪与萧越西差不多的宽袍大袖的男子，说笑间俱是引经据典，对着两盆牡丹吟诗作对，出口成章，显得个个都不是俗物，果然与刘畅搞的那些重点在吃喝玩乐的宴席档次不一样。

只是与牡丹先前预想的稍不一样——仆从不许入内，只能在外伺候。牡丹略一思索，便也进了。

萧越西见了牡丹，起身微微一笑："还怕你不来，幸好还给我几分薄面。"言罢对着众人道："这是何七郎。"又指着吕方："这个不用我说，你们都是认得的。"

身居主位的一个穿石青色袍子的男子立即起身热情招待牡丹与吕方入席，笑道："七郎的家事我们已然知晓了，萧兄的朋友便是我们的朋友，无需担忧。"

吕方与牡丹介绍："这位是席兄，此间主人。"又低声提醒，"京兆尹家的长公子。"

萧越西见他二人喁喁私语，便道："十郎，此间七郎不熟，还烦你多多照料她。"

吕方自然义不容辞，牡丹却瞧见萧雪溪望着自己微微一笑，那笑容实在让人讨厌得很，遂将脸撇过，与吕方一道近前去赏冬牡丹。但见那两株从江南来的冬牡丹，都是单瓣品种，其老枝貌似干枯，见花不见叶，一株花瓣紫色，瓣基有紫黑斑，另一株花瓣粉红，花瓣基部略有紫斑。

吕方看得津津有味，连声称奇，牡丹却不以为然。

萧雪溪朗声道："听说二位都是个中翘楚，我们都不知这牡丹的名字，还请不吝赐教。"然后看向牡丹，貌似替她争抢露脸的机会，"七郎先说。"

牡丹轻轻道："因其老枝貌似干枯，却能抽枝开花，开花时节见花不见叶，似枯枝开花，故而叫做枯枝牡丹。"

"原来你见过？"吕方大为惊讶，随即很是折服，可又看出牡丹的失望之意，心想她连这样稀奇的品种都看不上，不知藏着些什么宝贝，一时心痒难耐，恨不得与牡丹秉烛长谈，将她所知所晓全挖出来，便缠着牡丹只是讨论那牡丹花的事情。

萧越西与萧雪溪对视一眼，都是心领神会。

不多时，外头又来了个身材瘦削、笑容很是亲切恬淡的少年，席公子便拿了大杯子满装了酒要罚他："蒋三郎，你来得迟了！罚酒，罚酒！"

那少年也不推辞，接过杯子一口饮尽。众人起哄，叫他连饮三杯，他也都饮了。萧越西便笑："果然不愧是朱国公府的子弟，豪爽大方！"

牡丹不由仔细打量那少年一番，猜是蒋家第三个儿子蒋长义。果不其然，萧雪溪很快过来低声道："这是朱国公的第三位公子，叫蒋长义。不认识吧？"

牡丹摇头，却见蒋长义过来羞涩地给萧雪溪行礼问好，萧雪溪自是哄得他眉开眼笑，自觉深受重视。

便有人说用酒胡子劝酒，牡丹见席间的杯子统统都是大杯子，又晓得此间饮酒俱是豪饮，喜欢灌自己，也喜欢灌别人，便直言道："我不善饮酒，先行告退了。"

萧越西道："不强求，只要有人愿替你喝即可。"

吕方生怕牡丹就此离席，忙道："七郎莫怕，我替你喝！"听说他要替人饮酒，便有人掩口要笑，却被萧越西淡淡扫了一眼，硬将笑声吞回去了。

牡丹不肯，忽见顺猴儿蹿将进来，假意递块帕子给她，小声道："只管应了就是。"

于是那酒胡子转将起来，连着指了牡丹或是吕方好几次，不多时，吕方便灌下满满六大杯，喝得脑袋直晃。萧雪溪便笑："十郎不行了，七郎总得自饮一杯吧？"

"那是自然。下次我自己喝。"牡丹坐等酒胡子静止，不想接下来许多次都是指着旁人，其中又以蒋长义和萧雪溪居多。萧雪溪饮了三杯,脸儿红红地道:"我不行了,去后头吹吹风。"遂起身离席,往后头去了。

蒋长义又连饮了两杯,不胜酒力,只来得及告了声罪,就飞也似的往外头奔去。萧越西并不放在心上,只让人继续。不多时,有人送酒进来,贴在他耳边轻声道:"人出宫了,一请就答应,道是马上就来。"

萧越西点点头,示意那人还按原计划进行。他淡淡看了转酒胡子的人一眼,酒胡子便又指了牡丹和吕方好几回。

牡丹饮了两杯,吕方又饮了四大杯。他越喝越不正常,面如桃花,眼如寒星,笑容满面,就近抓了牡丹的袖子,凑过去憨态可掬地笑道:"哥哥,你教教我怎么种花儿认花儿,好么?我也有些看家本领,愿拿出来与你交换,定然不叫你吃亏。"

牡丹好气又好笑,扯出自家袖子道:"你醉了!"吕方却是笑嘻嘻地趴在席上,只顾爬着去扯她,也没其他动作,就是大声喊:"好哥哥,好哥哥,你教我么……"

"这家伙越发没样子了。"席公子一群人只是笑骂,假意上前去拉,却总也拉不住,他就是执着地朝着牡丹爬。萧越西见事情没有朝自己预料的方向发展,索性收手,叫人快拉住吕方,却又奇怪,按理牡丹喝了第二杯后就一定会醉,可她为何不醉?

牡丹狠狠踩了吕方的手一脚,又将一杯冷酒泼在挡住她去路的席公子脸上,起身往外,大声喊道:"贵子!顺子!"进来的却不是贵子,而是蒋长扬。

蒋长扬寒着脸过去,抓住还在大声嚷嚷"好哥哥,你干什么踩我?好疼!给吹吹……"的吕方,一抖一拧,将他狠狠摔在地上,然后望着萧越西冷冰冰地道:"好像令弟出了点儿意外。"

萧越西笑嘻嘻劝道:"蒋兄,这都是误会,吕十郎喝醉了酒就是这样一副赤子神态……"突然听得蒋长扬后面那句话,不由一怔,跟着就见自家侍从脸色煞白地在门口探了探头,心中便是一紧,勃然变了脸色,疾步往外头去了。

大家都清楚,萧越西的"弟弟"到底是谁。席公子等人面面相觑,一时拿不准该去瞧瞧到底出了什么意外,还是该留在原地按兵不动。毕竟个个都是明白人,晓得人生中总有些意外是不希望旁人知道的。便又偷眼看看蒋长扬,不明白他为何既然已经看到并知道萧雪溪出了意外,却不管不问,径自走到这里来,先揍了人,方慢吞吞地对着萧越西说。

蒋长扬才不管他们,只叫牡丹跟着自己走。牡丹见吕方趴在地上毫无动静,总觉得是被刚才那狠狠一摔给摔坏了,便戳戳蒋长扬:"看看他怎样了?"却见蒋长扬黑着脸看过来,不由唬得缩了缩脖子,随即又想,她有什么好怕的?便理直气壮地挺了挺胸,小声道,"他跟他们不是一伙儿的,他不是坏人。即便不想理他,好歹也该让他家仆从进来,你不喊我喊。"

她怎么就知道吕方和萧越西不是一伙儿的?怎么就知道吕方不是坏人?这家伙刚才对着她那样儿,就像是财迷见了金银财宝一样,说不定也是个浑水摸鱼,痴心妄想的!蒋长扬咬着牙,忍了又忍,将脸色和声气缓缓放软了,闷闷地喊人进来帮忙。

牡丹见他神色放软了,又低声补上一句:"我以前放狗咬过他,刚又狠狠踩了他的手,也不知道被我踩坏了没有。要是坏了手,以后不能接花,就算是被废了。"

蒋长扬的神色又软了些,大度地过去替吕方看了手,然后道:"没事。"再叫贵子帮着康儿送人回去,转头撞上牡丹赞赏的目光,别扭又去了大半,渐渐高兴起来。

牡丹觉着他没刚进来时那么生气了,便瞅着他甜甜一笑。蒋长扬使劲抿着唇,嘴角却控制不住地往上翘。忽听得外头闹起来,有人大喊救命,还夹杂着哭声。众人再也坐不住,纷纷看向席公子。

身为主人,这个糊涂怎么都装不下去了,席公子道:"我去瞧瞧是怎么回事,失陪。"意思是不要其他人跟着。

好奇之心人皆有之，众人虽心痒难耐，却也只得困在水榭内坐等消息。但这种情形并不是一些人想要的，先是一人飞奔而来，往蒋长扬面前跪了，捣蒜似的磕头，不住口地哀求："大公子，大公子，求求您救救三公子！当真不是他的错，他是被人陷害的！"却是蒋长义的贴身小厮小八。

蒋长扬默然。彼时他前往水榭，途经一座太湖石假山时，听见动静不对，便小心绕到假山后头，却见萧雪溪散着头发，面色潮红，神态娇媚，双眼迷离，衣冠不整地和个男人抱在假山洞里头……这是他完全没料到的场景，而且外头还没人把风，他怕被牵扯上，便急急地退了出来，并不曾看清那男人是谁。现在听来，竟是蒋长义。

恭喜萧雪溪能够如愿以偿嫁入朱国公府，恭喜朱国公添了个名门贵女的儿媳增光彩，恭喜杜氏以后再无安稳觉。蒋长扬有些想笑，生生忍住了，沉声骂道："你这狗奴胡乱嚷嚷什么？干他什么事？"

小八含泪道："萧家小公子给三公子送了张纸条，约他在假山后的藏春坞见面，三公子去了……然后就发生了后头的事情。"说一半吞一半，又拼命磕头，"来不及细说了，求您先去救救他。"

紧接着又见顺猴儿探进头来，含着两汪泪，一副被惊吓过度的样子，颤抖着嘴唇道："刚才出去的那位公子要杀人呢……好吓人……"

众人恍然大悟，什么事情会让向来优雅从容的萧越西要杀人，杀的还是朱国公府的三公子！一男一女会有什么事？便都劝蒋长扬："说不定只是点小误会，说开就好，出了人命要不得，先去看看吧。"也不管蒋长扬肯不肯，只簇拥着他往外头去。

蒋长扬示意牡丹跟上，稳稳当当地跟着小八往前走。一群人行到一座巍峨高耸的太湖石假山前便被拦了下来。席公子满头冷汗、团团作揖："小误会而已，已经处理好了，外面风寒，还请大伙儿回去饮酒、吃菜、烤火。"

蒋长扬冷笑一声，转身就走。小八又哭又跳："大公子，您不能见死不救！救了三公子，小的给你做牛做马！"忽见一个小厮从假山后绕过来道："请蒋将军过来一下。"

反正该知道的他都知道了，萧家和蒋家这团乱麻扯不到他头上，蒋长扬本待不管，想想又停住脚，拉了牡丹往前去看热闹。那小厮皱着眉头想拦牡丹，被蒋长扬凶神恶煞瞪过去，便有些迟疑，迟疑间，蒋长扬和牡丹已经并肩走过去了。

席公子便劝众人："都回去吧，都回去吧。"

众人哂然，暗想，先前闹腾得那么大声，又是发生在这路边，人来人往的，怎能瞒得住？那些下人一个个都似猴儿精，想知道什么打听不着？用不着三五日，只怕就要传遍的。便都纷纷离开。

牡丹只见一座巍峨假山，假山下方有个大洞，上头写着"藏春坞"三个字。萧越西铁青着脸站在洞口，蒋长义衣冠不整地被人绑着按在雪地上，死气沉沉的，不知死活，现场不见萧雪溪。

小八倒是忠心可嘉，猛地扑过去摇蒋长义，声音尖利得直插云霄："公子，可怜的公子，明明不是你的错，偏说是你的错，真是要命……呜呜……幸好大公子在，不然连个替你做主说话的人都没有，就这样被人欺辱，喊冤都不能……"

蒋长义痛苦地挣扎着抬起头来："你闭嘴！虽说……可到底也……萧大哥……有误会。不管怎样都是我的错，可是到了这个地步，你就成全我们吧。"

萧越西面如冷铁，使个眼色，身旁小厮立即上前踢倒小八，去捂他的嘴。蒋长扬上前一步拦住那小厮，淡淡地道："先不忙喊打喊杀，弄清楚到底怎么回事再论罪。"

"蒋家养的好儿子，竟然用这种下作手段害人，从今后萧家与蒋家势不两立！"萧越西猛然看向蒋长扬，眼里充满了恨意，牙齿咬得咯咯作响。好个蒋长扬，听到了，看到了，却不管不顾，不闻不问地走了，还好意思假装热心地和他说，好像令弟出了点问题！如若那时蒋长扬但肯管上一管，也不至于不可收拾。

他精心安排的棋局，莫名就被人搅了局。到底是谁？！到底是谁？！竟敢这样对待萧雪溪！让他知道了是谁，一定把那人挫骨扬灰！他二十多年的人生中，从来没有像此刻这样痛苦和愤怒过，萧越西心头一阵抽痛，痛得他几乎无法呼吸。

萧家和蒋家势不两立关他什么事？他只知道从此以后他与萧越西兄妹俩势不两立。蒋长扬毫不退缩地对上萧越西凌厉的眼神，带了点鄙薄和轻视，哂笑道："以责人之心责己，不要总认为都是别人的错。誓不两立什么的就别说了吧，你若真心疼你妹子，不如成全他们，何必棒打鸳鸯？"

以责人之心责己？棒打鸳鸯？狗屁鸳鸯！萧越西想骂人。然而想到适才看到的情景，又有些说不出话来。他是知道萧雪溪中了不知从哪里来的药，迷糊着不知人事，并不知道她自己在做什么，然而旁人瞧见萧雪溪的样子却是没什么不相宜的。蒋长扬看见的情形大概也是如此。

况且蒋长义竟说，是萧雪溪约他来的，问他要证据，他却不给，说要留着朱国公府的人来才肯拿出来。搜遍蒋长义的全身，却什么都没搜到。萧越西不是被哄大的孩子，可蒋长义那样有恃无恐的样子却让他犹豫不决。

他恶毒地看向小八，一定在这个狗奴才的身上！小八被他一看，立即暴跳起来躲在蒋长扬身后，尖叫："大公子救命！"

蒋长扬任由小八抓住他的袍子，巍然不动，神情淡淡。他虽未说话，态度却很明显——有他在，萧越西别想飞起来。

萧越西不甘心地收回了目光。所有计划统统被打断，之前所做一切全都付诸流水。事情到了这个地步，萧雪溪和蒋长扬再无任何可能。可是要叫他咽下这口气，平白便宜了灰兔子一样的蒋长义，他不甘心，萧雪溪也不会愿意！但要怎么办？棘手得很！

萧越西在痛苦轮回中挣扎良久，直到伺候萧雪溪的人从藏春坞里出来低声道："娘子清醒了。"他方恨恨转身入内。

萧雪溪裹着件裘皮披风，怔怔地坐在冰凉的石榻上，双目涣散无神。她不明白这样可怕的事情怎会落到她身上，不该落到她身上的。为什么刚才那个人会是蒋长义，而不是蒋长扬，还被蒋长扬给看了去……她想死。

萧越西一阵心痛，上前轻轻按住她的肩头，叹了口气。萧雪溪猛地一缩，尖声道："那酒有问题！你……"萧越西吓得冷汗直冒，一把捂住她的嘴，低声道："姑奶奶，小声点儿，都在外头呢。"

萧雪溪疯狂地抠着他的手，使劲地挣扎，满脸满眼都是泪。萧越西生生受住手上传来的剧痛，任由萧雪溪发泄，只低声道："阿溪，事已至此，再悲愤也无济于事。你放心，一旦查出是谁搞的鬼，我立刻替你报仇雪恨！"

萧雪溪哭得喘不过气来，抽搐一回，良久方缓过来了，低声哭骂道："是谁害的我？不就是你么？"若不是他在酒里下药，又没本事，让她误饮，她怎么会落到这个地步？萧雪溪悲从中来，又探手去掐萧越西的脖子，"你害我，哥哥你害我。你赔我，你赔我啊，我不依……哥哥，我不依……"

萧越西有苦说不出，只能使劲按住萧雪溪的手，小声抚慰。他自己最清楚，他要的是自然而然，干净利落，又怎么会用这种下三滥的药？给人一查就能查出真相来，平白堕了他的名声。

原计划中，他今日要做的是埋下怀疑的种子——让牡丹醉酒，利用吕方喝醉了酒就会发狂缠人的脾气先弄点不愉快给蒋长扬看看，再利用那幅画让牡丹心生疑虑，重头戏还在元宵节那日。待过了元宵，这二人间要不生隙也难。只要有了疑虑，有了误会，他再慢慢施展手段，神仙也难将这二人重新捏合在一起。

为了保护萧雪溪，所有不太合适的场面他都让她提前避开，留给他来处理。可是今日萧雪溪却因这个提前商量好的退出，反而落入别人的圈套却丝毫没有引起他的注意。该何牡丹喝下的酒何牡丹没喝，不该出现的下三滥的药出现了，还被萧雪溪给喝下了；又被人把她和蒋长义凑在一处，而且就在这人来人往的路边假山洞里。蒋长义言之凿凿，是萧雪溪请他来的……

萧越西一阵烦躁，沉声道："别哭了，蒋三郎说是你请他来的，可有这回事？"

萧雪溪声嘶力竭："怎么可能！他毁了我，还敢污蔑我，我要他死，我要他死！"蒋长义怎么配得上她！

忽见一个小厮探头探脑地道："朱国公来了。"

蒋重怎么会突然跑到这里来？绝不是巧合！萧越西猛地站起身来："可知他来做什么？"

他觉得背后有一双眼睛，一直盯着他的一举一动，贴合着他的安排，一步紧逼一步，将他逼入死角，手段卑劣，狠毒无比。但他不知对手是谁，这很可怕，萧越西越想越坐不住。

小厮摇头："不知，此时席公子正设法拖着，想问您的意思……"

若是见了，萧雪溪和蒋长义的事基本就是对手希望达成的结果；若不见，以后萧雪溪这事儿还要折回头去寻蒋家，到底是女方，吃亏得多。萧越西又在痛苦中轮回了一遍，最终做了艰难的决定："请他过来。"

萧雪溪含泪道："哥哥，我不要！我不要！我宁愿做女冠去！"

萧越西硬着心肠道："你好生歇着，我是你哥哥，能替你争取的我自会争取，即便我不行，也还有爹爹！"言罢不敢回头，大步往外头去了。

蒋长义还在老地方趴着，蒋长扬立在一旁和牡丹唧唧私语。小八提心吊胆地立在离蒋长扬不到三步远的地方，警惕地盯着周围的人，随时准备跳到蒋长扬身边去求庇护。萧越西咳嗽了一声："令尊来了。"他看见蒋长扬的脸上露出一丝讶然来，牡丹有些不安，蒋长义的脸色则看不清楚，不过小八脸上却是露出害怕惊惶的样子来。猜不透。

不多时，紫衣玉带的朱国公蒋重板着脸大步行来，先看见蒋长扬，再看到他身边明显是女子装扮的牡丹，想到他一出宫就急匆匆来见这个不知什么地方冒出来的女子，顿生不喜之意。又见蒋长扬表情淡淡的，丝毫没有半点儿子见了父亲后的尊重之意，心中更怒，还未来得及问蒋长扬话，就瞧见了地上趴着的蒋长义以及一旁满脸仇恨的萧家人，不由大吃一惊，问道："这是怎么回事？"

蒋长扬瞟一眼萧越西，不语，意思是要问萧越西。

萧越西淡淡地道："国公是听说了令公子做下的好事，才急匆匆赶来的么？"

蒋重不知情由，但直觉此事不简单，便道："我是有事找我儿成风，听说他往这里来了，这才过来的。敢问我家三郎怎么得罪了你？"

真巧。萧越西嘿嘿冷笑，使劲踢了蒋长义一脚，道："岂止是得罪，我要杀了这个没有廉耻的卑鄙小人！"

蒋长义吃痛，生生忍住了没叫出声来，只硬撑着抬头去看蒋重："爹，儿子错了！儿子不该来赴这个宴会，生生毁了家中声誉，让您失望了！"

"孽障！说，你到底做了什么丑事！"蒋重心头一沉，上前扯起蒋长义，不由分说，一巴掌拍了下去。蒋长义也不挣扎，闭上眼准备承受。蒋长扬往前抓住蒋重的手腕，淡淡地道："先问清楚了再打不迟。"然后问蒋长义："你有什么话还不说清楚？过了这村就没这店了。"

蒋长义一听这话有内容，仿佛是帮着自己一般，赶紧地叫小八："拿那张纸条给国公爷看。"

小八这才翻起几层衣襟，在内裤夹袋里摸出一张纸递给蒋重。蒋重皱着眉头接过去，不过寥寥几个字，约蒋长义在这里见面。笔迹娟秀，看得出是女子手笔。

蒋长义这才满脸羞愧地缓缓道："我因多饮了几杯，不胜酒力，怕失态丢丑，便往外头来打算醒醒再回去。突然有人用这纸条包着一粒石子扔到我脚边。我拾起来，见是萧……萧家娘子的笔迹，想到她待我向来很是亲切，便壮着胆子往这里来。她果然在这里，她待我很好，我一时鬼迷心窍，没把持住，我们……"

萧越西听不下去，一声断喝："上面具名了么？你怎知晓是她的笔迹？"

蒋长义犹豫很久，方道："我以前看过她写的诗词，先前在暖亭里头也看到一幅画，印象很深，所以认得是她的。"

萧雪溪在里头听见，忍不住扶着墙壁站起身来，哭骂道："你胡说八道！我什么时候给你写过纸条？你也配？！分明是你在我酒里下药，趁我昏迷，污了我的清白……"

蒋长义痛苦地道："明明你以前每次见着都待我极好，先前待我也那么好，大家都看见了的。刚才你也喊我蒋哥哥……我……罢了……都是我的错！"

萧越西脸红耳赤，狠狠使个眼色。随身小厮忙往里头去低声相劝，萧雪溪低声抽泣起来，却不出声了。

蒋重一时心思百转，事到如今，萧家这亲必须结，不结以后便是仇人。便握紧纸条，板着脸对萧越西道："若是这孽障的错，我必然叫他偿命，只是他喊屈，是否先取那画儿来瞧瞧？我好叫他死得心服口服。"

萧越西有心向蒋重讨要纸条一探究竟，却又觉着似乎反倒显得心虚了。沉默片刻，使了个眼色，他手下会意，去外头空转了一圈后回来，道："那画不见了。奉命守着画儿的小厮说只有蒋三公子去过。"

众人皆是沉默。萧越西目光锐利地看着蒋长义："还请三公子将那画拿出来。"

蒋长义暗自冷笑，不过区区一个仆从，怎就认得他留下的那幅画不是萧雪溪的？分明是故意不认，算定他拿不出来，日后好死死压着蒋家，压着他……幸亏他早有防备。但此刻与萧越西谈条件的人是蒋重，便闭了眼睛，默然不语。

蒋重自是不肯就此罢休，道："抓贼的事可以暂缓一步，不妨请萧娘子写几个字来看。"倘若真是萧雪溪的笔迹，蒋长义固然有错，萧家也脱不掉一个教女无方。之前老夫人和杜氏私底下议论萧雪溪有些行为不端，他初时不以为然，以为是那婆媳二人有偏见，此时却是深深怀疑了。

况且以萧家的作风，必会趁此机会提出很高很难的条件，替萧雪溪争取将来。可是那些东西，他注定给不了蒋长义，且他多年辛苦维持的名誉，绝不能因为蒋长义而丢失。

萧越西心头火起，一挥袖子冷笑道："黑的白不了，白的黑不了。我人微言轻，不敢与朱国公相争。待家父过来，咱们又细谈。"

他态度太过强硬，蒋重也有些拿不准，不由皱起眉头来。一时之间，仿佛陷入了僵局。

蒋长扬轻咳一声："论理，我不该管这事儿，不过既然见到了，便多两句嘴。现在争谁是谁非，并无意义，关键是看怎么解决这事儿最妥当。萧家娘子年少貌美，系出名门，我三弟儒雅英俊，也是贵胄之后，正是才貌相当，门当户对，是一桩好姻缘。何必为了些末小事，伤了两家和气？"

竟然撮合起来了！蒋重惊讶地看着蒋长扬，萧越西恨得咬牙，里头的萧雪溪哭得断了肠。牡丹抿嘴暗笑不语。

蒋长义长叹一声，沉痛地缓缓道："其实画的确是我拿了。那暖亭里此刻留下的画是我的。"见几双眼睛同时扫过来，他忙道，"之所以如此大胆，非是我妄为，实是那图就是送我的。就是这幅图，才让我有胆子敢来赴约。"

怎会有这样不要脸的自作多情之人！萧越西简直仿佛听到了天底下最可笑的笑话，却听

· 199 ·

蒋长义又道:"小八,你领他们去将那图拿来。"

小八得令,领了蒋重身边的人和萧家的人一道,在不远处一座亭子的石凳子下头取了图来,打开一瞧,正是一幅墨梅图,上头的印正是"撷芳主人"四字。

那图与先前牡丹瞧见的有所不同,角落里多了几个字:"赠三郎"。笔调、意态,竟与那诗作一模一样,一看就是出自一个人之手。蒋重展开手中纸条比对之后,沉重地看了萧越西一眼。萧越西惊觉不妙,伸手去要。蒋重轻飘飘一扔,他也顾不得此中的轻慢之意,拾起来一看,纸条上的字与书画上的字一模一样,不由气得七窍生烟,目露凶光,恨不得杀了蒋长义。定是这狗贼模仿萧雪溪的笔迹添上去的!

却说蒋长义见了这三个字,眼睛大放光彩,惊喜之极。纸条是早在计划之中的,但他来之前并不知萧雪溪会留一幅画在暖亭里头,彼时取了也是临时起意。刚才也是胡乱攀扯,只求核对笔迹,却没有想到刘畅会安排得这般妥当仔细!不但备下纸条,画上也添好了,手脚真快!

蒋长义暗自得意着,假意怅然道:"我早见过萧娘子许多诗画,很是仰慕她的才气,她待我向来很亲切,只我从不敢痴心妄想。直到今日,进来就有人叫我去暖亭,我在暖亭见了此画,简直不敢相信!狂喜之下,壮着胆子取了此画,留下自己的画……谁知后来……唉……都是我的错。"

被人害了清白与主动勾引可是两回事,萧越西咬着牙封着蒋长义的衣领道:"狗贼!是你添上去的!我妹妹自小端淑,断不会做这种事!即便她要送你,哪敢这么明目张胆!你这手段也太拙劣了些。"

"我人笨,不会推论这些。"蒋长义只是摇头,"我只知道我没这本事,只知道这就是她的笔迹。"

萧雪溪也不哭了,忙忙使人出来道:"我画画时何娘子和吕方都看见的,他们可以作证!"

众人都看牡丹,却听牡丹淡淡地道:"我不懂琴棋诗画,也不感兴趣,没看清楚。也许吕十公子知道。"

吕方,一旦他酒醒之后,定会明白今日吃了算计,恼恨尚且不及,怎会给萧雪溪作证?这事越描越黑,萧越西索性将画撕了,冷笑:"这年头,什么都有假。欲加之罪何患无辞?这样拙劣的手段都使出来了,我妹子今日被人暗算,认栽了!我萧家还养得起她。"

蒋重见萧家落了下风,方道:"我适才是糊涂了,争这些做什么?看来是有人在背后捣乱,就是想要你我两家结仇……"

萧越西挑了挑眉毛,没说话。

蒋长扬见这二人明显打算进入下一步,接下来便是谈条件说和,这亲事已然做定,没什么好戏可看,便叫牡丹走人。

二人刚走了没几步,只听萧越西凉凉地道:"何娘子!预祝府上生意兴隆,芳园开张大吉。"

牡丹晓得他不怀好意,淡淡地道:"只要小人不作祟,一定大吉大利。"

商女!蒋重已然明白了牡丹的身份,当下便沉了脸,冷冷地交代蒋长扬:"我稍后去曲江池找你。"

蒋长扬不置可否,只含笑看着牡丹道:"不妨,有小人作祟也不妨,全都灭了就是。"然后引了牡丹出去,丝毫不掩饰关切之意。

蒋重气得七窍生烟,蒋长义却是若有所思。

牡丹与蒋长扬出了那园子,放缓速度,并辔而行。蒋长扬生怕牡丹因适才蒋重的态度不高兴,变着法儿逗她欢喜,牡丹默不作声,只含笑享受他献殷勤。蒋长扬越发着急,低声道:"你莫生气,也莫理他,有我在,断不会让你受委屈的,再过几日,媒人定然上门!"

牡丹见他说得肯定,心中高兴,低笑道:"我才没想这个。我是觉着你三弟厉害,那字儿竟然写得一模一样，我是分辨不出真假的。他心思也真细腻，在萧越西眼皮子底下做成这事，不容易。"

蒋长扬道："就凭他一人，只怕做不到这个地步，有人帮他。"忽听得后头有人轻笑一声，顺猴儿讨好卖乖地道："公子真是神机妙算。小人那'赠三郎'三个字写得如何？"

牡丹吃了一惊。顺猴儿此时方将今日目睹的一切缓缓道来，拊掌笑道："小的就想，他们既然提前准备了纸条，又备下了药，啥都安排妥当，那小的再帮帮他们的忙，替痴情人完成心愿，也是一件积功德的事，便添了那三个字，表示顺猴儿到此一游。"然后自恋地看着自己那双手，感叹道，"手啊，手啊，你怎么就这么巧呢？"

蒋长扬轻轻抽了他一鞭子，低声骂道："德行！你添那几个字，实在太过拙劣。"

顺猴儿尖叫了一声，娇滴滴往牡丹身后躲了，道："公子，萧大公子好威风，小的看他不顺眼，替小的出出这口气吧。"

蒋长扬歪歪头，跷跷地道："允了。"然后讨好地看着牡丹，"丹娘，我们去看潘蓉和白夫人吧？"

牡丹正有此意，故意道："你不等你父亲了么？"

蒋长扬道："他找不着我，自会等着，我就想和你说说话。"牡丹心中受用，忍不住望着他甜甜一笑。

而此时，刘畅听人说完今日发生的事后，哈哈大笑一回，一口气饮了半坛子酒，扶着额头只是笑："萧越西，枉你自认算无余策，却不知人心难测，人为财死、鸟为食亡，所谓忠仆义友，这世上能有几人！"钱钱钱，真是好东西啊。

秋实提醒他："公子，那画儿上的字不是我们的人添的，仿佛是凭空就出现了。怕是走漏了消息呢。"

刘畅摆摆手："不妨，肯添这字的，必然也是与他家有仇的。"随即阴阴一笑，"收拾了小的，还有大的。"他这官职铁定是要丢了，不找个垫背的怎么能舒服？

转眼天色渐晚，牡丹和蒋长扬辞别潘蓉夫妇，回转宣平坊。巷道里已然有些幽暗，蒋长扬兀自不肯离去，牡丹挥了鞭子轻轻抽他："好了，送到地头了，还不赶紧走！要关坊门了！"

蒋长扬反手握住她的鞭子，进而悄悄握住她的手，低声道："我今晚还去你家吧？"

他的手温暖有力，带着一层薄茧，正好将牡丹的整个手掌全都握住。牡丹很喜欢这种感觉，调皮地翘起指尖，在他的掌心里轻轻挠了几下，语气异常坚定："不行！我娘不会答应的。"

蒋长扬原也没指望她同意，也能想象到他若是再赖在何家，岑夫人会是什么表情。当下叹了口气，揪紧牡丹那几根不安分的手指，使劲捏了几下，低声道："你说了算。你做的袜子很暖和，穿着很舒服。"

牡丹扬了扬眉，开心地笑起来："真的？"

"当然是真的，我什么时候骗过你？"蒋长扬露出一排白牙，挠挠头，"我其他袜子都破了，也没人补，简直没法儿穿，只有这两双换不过来。"

牡丹果然大包大揽："那我再给你做几双呀。"

蒋长扬心中暗喜，偷偷瞟一眼不远处的邬三，神秘兮兮地道："和你说个笑话，邬三娘子竟然给他在兜肚里头絮丝绵，逼着他穿。他做贼似的，不给我们瞧见，偏被我看见了。我笑他，他还说我不懂。"

"笨！"牡丹拍了他一巴掌，"这也是笑话？人家那是怕他出门在外凉着肚子。"

"哦！"蒋长扬恍然大悟，"原来是这样？"

真会装，想讨东西还要人主动说送他。牡丹好气又好笑："也有，只要你敢穿。行了吧！

可以走了么？"大红色绣老虎，敢不敢穿？

"你敢做我就敢穿。"蒋长扬呵呵一笑，左右张望一番，确定安全无虞，便做了件他昨夜就想做的事——飞快地在牡丹脸上亲了一下，再飞快逃开，"后日我去接哥哥们。"

都叫上哥哥了，真自觉！牡丹捂着被偷袭过的地方，严肃地道："站住！我早就想和你说件事了。"

蒋长扬回头一瞧，见牡丹板着脸，捂着被他偷袭过的地方只皱眉头，似是很生气，便有些莫名，又不是第一次，她也曾经亲过他的，值得这么生气么？不过她既然在生气，就该赶快认错，便道："丹娘……我错了。以后再不敢了。"

却见牡丹的眉头一点点地松开，眼里的笑意越来越浓，他恍然大悟，指着牡丹道："你这个坏东西……"

牡丹轻轻握住他的手指，垂头笑了几声，低声道："我有没有告诉过你，我很喜欢和你在一起？很舒服，很放心，什么都不怕。"

蒋长扬一愣，随即觉得喉咙里被什么堵住，又酸又沉重，什么都说不出来。他便望着牡丹一直笑，反手紧紧握住她的手，良久方轻声道："丹娘，我想一辈子都对你好，你也要一辈子都对我好。不然我饶不了你。"

牡丹看着他只是笑。暮光里，他们彼此看见对方的眼里有一个他，有一个她。

鼓声响起，牡丹轻轻抽手，笑道："天黑路滑，小心些。明天好好歇歇，后天我在家里做好吃的等你们。"

蒋长扬恋恋不舍："那我走啦？"

牡丹目送蒋长扬离去，直到看不见他了，方才含笑转身往何家大门走去。今天是个好日子，阿馨过得很好，潘蓉目前很体贴，潘璟很可爱；她亲眼见着萧家兄妹被人涮了，沦为了蒋长义的棋子；又亲眼看到蒋长扬为了陪她，没有去赴那个看着她瞪眼睛的朱国公的约。倒也不是她喜欢看人家父子因她而不和，只是她喜欢这种被放在第一位，非常受重视的感觉。

血红残阳一点点地落下去，墙垣上的残雪反射着暮光，寒凉的味道刺得蒋重历年行军留下的风湿发作起来，各处关节酸痛阴冷不已，再加上先前费尽心力与萧家讨价还价，又恨蒋长义不争气，委实心力交瘁。

从与萧越西分手，他已等了蒋长扬近一个时辰，眼看天色渐黑，却仍不见蒋长扬归来，这令他非常不满意。他带了几分焦躁，对着廊下正在点灯笼的小厮喝道："蒋大郎到底哪里去了？"

那小厮唬了一跳，差点没把灯笼罩子给点着了，稳了稳神，方停下手恭恭敬敬地道："国公爷，小的不知，公子自年前出去，就没回来过。"

蒋重气得吹胡子瞪眼睛，几番想就此走了，可又想着不能让蒋长扬这样错下去，便又坐下来等。想那女子是什么人？商女，身份低微，和离又病弱，还不能生孩子。这样子都能把人迷了去，定然是个狐媚子！他坚决不答应！这样门不当户不对的婚事，圣上也不会同意。于是他的腰板又硬了起来，神情也越发威严。

忽听得外头一阵喧嚣，有条女高音带了笑意，大声喊道："小兔崽子们，快出来磕头领赏。"接着就听见一阵脚步声响起，好几个小厮欢天喜地地从廊下快步经过，低声议论："夫人来了！快去领赏！"

是阿悠！蒋重如遭雷击，软瘫在椅子上半天不能动弹，她来了！毫无预兆地、像风一样地、静悄悄地、轻轻地就来了。许多年未见，不知她是否还是当初的模样？许多年未见，不知她心里眼里是否还有他半分？他的心一时狂跳如擂鼓，擂得他几乎喘不过气来。

听着那笑声带着热闹越来越近，蒋重按住被心脏擂得咚咚作响的胸膛，慌慌张张地站起身来，不知该往哪里走。那时候，她决绝地对着他把定情玉簪砸成齑粉，说了此生永不相见。他想避开她，双脚却像是被钉在了地上。

蒋重就那样傻瓜似的直直站在正堂里头，看着那紫衣黄裙、发髻高耸、雍容华贵、美丽快乐，完全不像四十多岁，只像三十出头的女人幸福骄傲、满脸是笑地被一群下人簇拥着走进来。正是蒋长扬的生母，王夫人阿悠。

蒋重忘记了呼吸，头脑混乱地将手从胸前取下，借着袖子遮挡，暗暗握紧颤抖的手，竭力挺直腰背，淡淡地看着王夫人，淡淡地道："你来啦？"

王夫人扫了他一眼，不在意地一笑，径自往主位上坐了，直入主题："本还想着要请你过来商量大郎的婚事，既然你恰好在，我正好省了这力。"也不等他回答，笑着吩咐小厮，"还不赶紧给我煎茶做饭去？累死了，饿死了。"

她眼里丝毫没有当年离开时的恨意，却也没有任何多余的情绪。她平静自若、举止得当、言笑晏晏，心情很好。这般云淡风轻，反倒是他自己，手脚颤抖，心慌意乱。

这样的重逢让蒋重说不清楚是失望，还是难过，于是他冷冷地道："你不用操心，他的婚事，我早有计较！"

这样生硬的态度，令王夫人吃了一惊，抬眼仔细打量蒋重。

蒋重被她看得越发不自在，简直不知该把手脚往哪里放。正有些坚持不住，王夫人终于收回目光，百花齐放一般灿烂娇媚地笑了："你的火气重得很啊！我招惹你了？"

蒋重阴沉着脸不说话，只觉有几千根细如牛毛的针刺得他想叫又想跳，想逃却不知该往哪里逃。

"既然我没有招惹你，那就是你还在恨我？不会吧？"王夫人笑得有些狡黠，看着却更迷人了。

蒋重见不得她这样子，冷哼一声："我恨你做什么？"其实他是恨的。他恨她当年任性妄为，丝毫不肯为他着想，不体谅他在孝道和忠义之间的痛苦为难。他痛恨她走得那般决绝，无情无义，一去就是那么多年，杳无音信，再见到就是另结新欢。还恨她把蒋长扬教成这个样子，毫不尊重他这个父亲，更不懂得什么是孝道。他还恨她，竟然再不恨他了，还能这样望着他笑，语气轻松地调侃他……

"那就好，咱们可以心平气和地说话。"王夫人轻轻抚了抚白玉兰花一样的手，露出皓腕上一对镶嵌了蚕豆大小般的上好瑟瑟、做工精美的赤金镯子，慢条斯理地理着绣工精致的金线绣边，缓缓道，"大郎和我说，他相中了一个女子，想娶那女子为妻。他做事情向来妥当，我便允了。可我想着，无论如何，你到底也是他的亲生父亲，还是该和你说一声的。"

蒋重气了个倒仰。什么叫做无论如何，到底也是亲生父亲，还是该和他说一声，只是说一声，通知他，而不是征求他的意见。这母子二人先定下了再通知他。况且蒋长扬到现在也没和他提过这事，而是直接寻了阿悠对付他，是可忍，孰不可忍！便冷硬地道："那女子是不是姓何？"

王夫人笑起来："你也知道啦？就是姓何，听说大名叫惟芳，小名儿叫牡丹。长得美丽端庄，温柔可人，善良又大度，还聪明能干，实在很不错。父母双全，兄长子侄众多，我非常满意。"

可他不满意！蒋重怒道："我不同意！你知道她是什么人么？你教的好儿子！"

王夫人眼里闪过一丝冷意，随即收了笑容："我当然知道她是什么人。你不同意，无非因为她不是名门贵女吧？"

"当然！她那样的身份，怎么配得上大郎？你糊涂了吧！你再恨我怨我，也不能拿孩子的前途开玩笑！"蒋重猛地站起来，声音都是抖的——这回是气的，不是激动的。

"我看你才糊涂了吧？"王夫人还坐着，笑容一点点地起来，"说得你们多亲似的，就你这个没养他的爹肯替他着想，我这个养大他的娘就是仇人。我为了恨你，所以要害他。你可真重要。"她笑眯眯地接过丫鬟送上的热茶汤，喝了一大口，满足地眯了眯眼睛，"我就他一个儿子，可比不得你，带着天家血脉的、尊贵无比的就有两个整。"

"阿悠，当年我……"蒋重听她这话，似乎是在怨他，心里头的火气不知为什么就降了温，像是那风中的残烛，随时都有可能被风吹灭。

但王夫人显然不想替他吹灭这小火，反而想让他的小火变成大火，她微微一摆手："不提当年。大郎是我身上掉下来的肉，你不是，所以你的想法远远比不得我重要。我就是知会你一声，肯或是不肯，都是你自己的事。这事儿就这样定了，你可以走了。"

蒋重心中的怒火又被撩拨得蹿起老高，颤抖地指着王夫人："你……你……你别忘了当初是怎样才能带着他一起走的，别忘了当初答应过我什么。你以为找到靠山了，他翅膀硬了，就可以为所欲为啦？我告诉你，他死也无法改变他是我蒋家子孙的事实，我不同意，你们就休想！如果你们非得这样，就永远别想那个女人进蒋家的祠堂！"

"不如连着大郎一起逐出蒋家好了，皆大欢喜！"王夫人轻笑一声，"要说当初，你好意思提！我答应你的事还有什么没做到？他没回京城，没叫你爹？他改姓了？要说我没教他，你能比我教得更好？他会赌会嫖？他靠着别人养活？看看他……"她骄傲无比，"二十三岁，正四品下阶明威将军，这次又立了大功，有几个人能做到？你教的儿子现在哪里？在做什么？还在吃奶吧！"

"我这辈子最后悔的就是不该心软，让你把他带走，教得他这样目无尊长的样子，学尽了你这狂妄样儿！"蒋重愤怒地瞪着王夫人，咬紧了牙关。

"我这辈子最后悔的就是你竟然是他爹！狂妄怎么了？可不是谁都能狂妄得起来的。"王夫人往蒋重眼前晃了晃手，"别瞪，本就已经很老很难看了，这样一瞪，更像个无趣的老朽。"

她怎么能说出这样伤人的话！她最后悔的事就是他是蒋长扬的爹！是可忍孰不可忍！"你……"蒋重的眼睛瞪得更大，所有血液都在"突突突突"往上冒，他有些喘不过气来，也有些发晕，差点就想砸了正堂中间那架屏风。但他知道不能，只能强忍着平静下来，不至于太过失态。

王夫人看到他目露凶光、脸红脖子粗的样子，笑道："瞧……当猪国公太久了吧，胖了，这眼睛再使劲儿瞪也没从前大。别发脾气了，你不高兴在这儿待着就回去吧，回去后好好想想啊。别到时候又觉着都是别人对不起你，不肯为你考虑。"

蒋重忍无可忍，暴跳如雷："你才要好好想想，那个女人不会生孩子！这样的儿媳你也要？"

王夫人心中一凛，这事儿是怎么说的？倒是从没听蒋长扬提起过。

总算扳回一局了！蒋重见她突然不说话了，不由暗自得意，施施然坐下来，语重心长地道："这孩子心思重，我就猜到他一定没告诉你。他若实在喜欢，可以收了做偏房，这是我能做到的最大让步。"

王夫人看不惯他那嘚瑟样儿，凉凉地道："你又错了，我们之间没秘密，他告诉我了。他说是居心不良的小人传言，你一向自诩聪明，竟然也信这个！还帮着传，可笑！偏房，哼哼！真可笑！还非得你允许才行？实在可笑！你看，我又后悔你竟然是他爹了。"

"你太过分了！"蒋重听得她连着三个可笑，又说了一遍那句难听到他不想再听第二次的话，一时竟然无言以对。他沉默片刻，觉着自己实在无法再对着这个女人坐下去，便起身道："随你便吧，反正我丑话说在前头，绝不会答应你们乱来。若是不信，咱们走着瞧！"

"我有些累，就不送了。"王夫人待到蒋重前脚出了门，便沉着脸起身道，"给我准备香汤沐浴，好酒好菜送上来，去街口候着，蒋大郎一回来就让他来见我！"臭小子要造反了，真是有了媳妇就忘了娘，还敢骗她，害得她差点丢脸。

却说蒋长扬、邬三等人踩着最后一声鼓点奔进坊门，眼瞅着坊门在身后关上，蒋长扬心情大好："这时辰拿捏得真是好。"

邬三不答，只望着他努努嘴，示意他看前头。蒋长扬回头一看，只见蒋重面如锅底、高坐在马上阴沉沉地看着自己。怎么还没走？不过人家是国公爷，大门朝着大街开的，进出不经坊门，自然自由许多。蒋长扬下马行个礼："有事来得迟了，让您久等了。今日已晚，不如改日再谈如何？"

经过这些日子的接触，蒋重也隐约摸到他一些脾气。他今日分明就是故意避开，好让阿悠来对付自己的。想到适才王阿悠那可恶样儿，蒋重也拧上了劲儿，冷冷地道："若要谈你与何氏女的婚事，我便只有今日有空。谈不谈在你。"

蒋长扬沉默片刻，道："那便去我那里说吧。"

蒋重倔强地道："跟我去国公府说！"他还有很多事情要问蒋长扬，比如上次的扔御赐之物事件，再如杜夫人的赔礼宴，还有今日蒋长义和萧雪溪的事，件件都和蒋长扬脱不开干系。

"我明日还要进宫，今夜须得再准备准备。"蒋长扬此刻却不想多说，明摆着就是要不欢而散的，他还不想太过激怒蒋重。

第三十二章　母子谈心

蒋重见蒋长扬拒绝，心中怒火更炽，正想出言狠狠训斥他几句，忽听得不远处有人脆生生地道："公子，夫人正发脾气呢，道是她远道而来，却不见你备下好酒好菜接她，人影子都不见。让您赶紧回去陪她吃饭，不然不饶您呢。"却是王夫人身边的贴身侍女樱桃。

原来已经到了？蒋长扬不由喜上眉梢，扫了蒋重一眼，心知他二人必然已经见过面，而且蒋重定然吃了瘪。当下呵呵一笑，朝蒋重抱了抱拳："我娘远道而来，许久未见，甚是想念，我得先去看看她。您慢走。"

蒋重眼巴巴地看着蒋长扬绕过自己，与那来接他的侍女低声说笑起来，发出一阵欢快畅意的笑声，喜悦之情溢于言表，明显就是非常欢喜他母亲的到来。

不自觉地，蒋重想到阿悠适才说过的那些话，他们母子间没有秘密，他们母子间的感情好得不得了，可蒋长扬一见到他，即便不黑脸，也是面无表情，更是从没有半句闲话。来来去去，事无大小，从不和他说，他要知道其行踪，还得从旁人口里打听，弄得所有人看他的眼神都怪怪的。皇帝还特别提醒他，让他不要太偏心，只顾着小儿子。

这算什么父子？甚至比不得一个外人。明明不是他的错，当年不是他不肯教养蒋长扬，他只是犟不过阿悠的以死相拼，这才答应阿悠将他带出去。可他也还指望着，阿悠从没吃过苦，等她四处碰了壁，知道了艰难，就会回头，他们还可以和从前一样过日子。但他没想到，阿悠从没回过头，还把他的儿子教成了这样子！这么多年，经过这么多事，也不见她的心胸开阔些，还是一般的记仇！

蒋重越想越生气。

蒋长扬含笑听着樱桃叽叽呱呱地描述一路上遇到的事情，又说本来方爷是要夫人遇到雨雪天气就停下来好好整顿再走，可是夫人不听，就想早点来看公子，所以下着大雪也没停下。雪太深，马车驶不动，夫人就弃车骑马，这才赶在日落前进了城。

· 205 ·

蒋长扬心头暖洋洋的，随口问道："方爷什么时候来？"
樱桃一愣："不知道呢。来之前夫人才和他吵了一架，夫人把做给方爷的鞋子都铰烂了。不过第二天早上，方爷还是来送咱们上路，一口气和夫人说了十句话，夫人都没理，马车启动时才和他说了一句，回去吧。方爷这才开开心心地回去了。"
蒋长扬想到自家老娘那得理不饶人的脾气，忍不住轻笑摇头："你这丫头，怎知晓方爷和夫人一口气说了十句话？"
樱桃认真道："奴婢数着的。他们一吵架，奴婢就害怕，不知该劝谁好，但总得找点事情做，便数他们一共吵了多少句。"
蒋长扬失笑："仔细夫人知晓，剥了你的皮。"
樱桃调皮地一笑："公子，适才那国公爷和夫人说了未来少夫人的坏话，夫人这才生了气。你想不想知道？"
蒋长扬心头一跳，随即道："他说什么我都不怕。"
邬三骂道："樱桃死丫头！越来越不知尊卑，有你这样和主子说话的么？还不赶紧招来？"
樱桃白了他一眼："熊嫂子也来了的。昨夜我看见她在磨针，说是要看看你老人家的皮子是不是又厚了。"
邬三不敢惹他妻子熊嫂子是出名的，眼看着蒋长扬和顺猴儿脸上的笑容暧昧起来，他脸上挂不住，便骂樱桃："死丫头！夫人宠得你不知天高地厚，赶明儿让公子给你配个大老粗，揍死你。"
樱桃吐了吐舌头："只怕不等我被揍死，你已然被熊嫂子的大蛮针给戳死了。"随即回头看着蒋长扬，担忧地小声道："公子，您听了别气，那国公爷说少夫人那个，那个……"
蒋长扬的脸色阴沉下来，摆摆手，示意樱桃不要再说了。牡丹是什么出身，他没有隐瞒王夫人，唯一隐瞒了的，就是关于牡丹不能生育那件事。要说有什么会让蒋重拿着当重锤敲，让王夫人生气的，也只有这个。
蒋长扬默然进了门，只见四处灯火辉煌，人来人往，仆役们欢天喜地地低声炫耀自己得的赏。与他之前一个人住的时候完全不同的两种感觉，到处都很热闹。
他穿过武康石小径，站在一丛被雪压得弯了腰的竹子旁抬头看着不远处那幢灯火辉煌的小楼。王夫人就在里面等他去解释，等他去说服她。他有些紧张，母亲平时很讲道理，很好说话，可一旦倔起来就像一头牛，万一她不答应怎么办？按他的打算，本是不想和她提起这件事的，等生米煮成熟饭再说，他就不信她会不喜欢牡丹。可是这个计划明显被打乱了。牡丹他是必须娶的，可他也不想要母亲伤心，那就必须得有充分的理由说服她。
蒋长扬背着手，围着那丛竹子来回绕了几圈，紧张地思索着该怎样说服王夫人，迟迟也没跨出那一步。他想得太过入神，甚至于王夫人蹑手蹑脚地摸到附近他都不知道。
看这皱眉苦思的小样儿，是很喜欢何如牡丹，是在考虑怎么说服她呢？王夫人撇撇嘴，就近抓住几根翠竹，使劲儿一摇，上面的雪扑簌簌地掉下来，洒得蒋长扬满头满身都是。王夫人还不解恨，团了一团雪，一把扯住对着她讨好地笑的蒋长扬，揭开他的衣领，尽数塞进他领子里头去。
蒋长扬被冷得打了个大大的哆嗦，委屈地看着王夫人，又夸张地打了几个哆嗦，却不敢从领子里头将雪拿出来，任由那雪化成了水，顺着他的背脊一直淌下去。
王夫人冷哼一声，扔下他甩手进了楼。蒋长扬忙忙地跟了进去，涎着脸去拖她的手："娘，亲娘！我好想你。算着你再快也得明日才能到，正谋算着一大早就出城去接你呢，哪晓得你老人家想儿子，这么快就赶来了。刚才听见樱桃的声音，欢喜得我跟什么似的。"
王夫人将他的手挥开："看不出来。我只看到有人不想见我，一直就在外头绕圈子。"

蒋长扬毫不气馁地又拉起她的手："娘，儿子知错了。"

王夫人不理他，往桌前坐了，径自拿起筷子准备吃饭，才看了一眼鸡，她最爱的鸡翅就到了碗里；看一眼虾，虾就被剥了皮放到她面前；刚想喝口小酒，温得刚好合适的酒就送到了唇边。

从小到大，他都很懂事，从不要她操心，但是这样狗腿，只有有求于她的时候才会做到这个地步。那个女人对他很重要？王夫人犀利地看着蒋长扬，但见蒋长扬一手执筷，一手执杯，纯洁可爱、天真无辜地看着她眨眼睛："娘，你一来这房子就热闹起来，你说奇怪不奇怪？"

二十多岁的人，都可以做爹了，还装出这副样子来。王夫人有些想笑，使劲忍住了，淡淡地道："你的意思是我很吵？"

蒋长扬笑道："我就喜欢吵！"

王夫人撇撇嘴："得了吧！看在你这么有诚心的分上，暂且饶你不死。"

蒋长扬立时挨着她坐下来，甜滋滋地喊了一声："娘……丹娘替你接了两株什样锦，都是外头买不到的。"

王夫人拍了他一巴掌："臭小子！这么大的事情，干吗瞒我？害得我今天措手不及，差点儿丢脸。"

虽然她是用这种方式说出来的，可她其实就是在委婉地问他这件事。蒋长扬沉默片刻，抬眼看着王夫人："娘，不告诉您，是因为儿子怕您不肯答应。"

王夫人冷下脸来："你打算生米煮成熟饭，逼着我不得不答应？难道你不知道我最恨的就是这种行为？"

蒋长扬垂下眼，低声道："我知道。您记得小时候我有一把小匕首么？是他送我的，我一直很喜欢，睡觉都抱着。走的时候，您什么都没拿，叫我也别拿，说咱们不稀罕。我舍不得，又怕您瞧见了伤心，就偷偷藏在怀里。一直走，一直走，您还是发现了。"他的声音有些哽咽，"我以为您会骂我打我，可是您没有。您说我是个傻孩子，您已经够伤心了，怎么会舍得我也伤心……既然我喜欢，就留着。"

王夫人的眼圈突然红了，她定定地看着蒋长扬："她很重要？"

蒋长扬认真、坚定地道："对我来说，你们一样重要。我舍不得你们当中任何一个人不开心。"

儿大不由娘，他有自己的坚持和追求了。她曾经最讨厌的就是那指手画脚、什么都想管、什么都要别人照着自己的意图来，否则就是忤逆不孝的老太婆。现在她总算能体会到这种复杂的心情了，可是她不要自己也变成那样讨厌的人。王夫人闭了闭眼："你确定了？"

蒋长扬满眼忧虑，却还是使劲点了头。

王夫人撑着额头，轻轻唔叹："我想，你知道这件事不是一天两天了，想必也是想清楚后果了。"

蒋长扬道："您说过，舍得，舍得，有舍才有得，不能十全十美都占全了。我想清楚了才给您送的信，只是担心您……"

王夫人摆摆手："和我没什么关系，我马上就要再嫁，而且等你老了，我已成了一堆白骨，看不见你是什么样子。"她的声音微微有些哽咽，便把脸侧开。他是她唯一的儿子、唯一的骨血，她对他的未来充满了憧憬，然而这个未来还没开始便已预示着结束，叫她怎么能不伤心！

蒋长扬默然无语，起身对着王夫人重重地磕了几个头。王夫人含着泪，仍然在笑："算了，我也曾听过有人成亲好多年一直没孩儿，分开后另娶另嫁便儿孙满堂。替她好生调养，总有一日会好。再不济，还可以过继。"

蒋长扬感激不已："母亲……"

"不说了。"王夫人擦擦泪，笑道，"饭菜凉了，让厨房再热热，赶紧吃了去歇着吧。有什么明日再说，我是真的累了。"

蒋长扬晓得她心里不好受，便起身替她捏肩。王夫人微闭着眼，一身的酸痛、疲倦渐渐消去。很多年前，小小的他也是这样犒劳辛苦劳累的她。

蒋长扬捏着捏着，发现王夫人的呼吸声渐渐加重了，垂头一瞧，但见她靠在椅背上早就睡得酣熟。便无奈一笑，唤樱桃进来帮着安置。

安置妥了，樱桃轻声道："公子别担忧，夫人只要还能睡得着，就说明没事儿。等着，明日起来一定活蹦乱跳。"

但愿吧。蒋长扬苦笑了一下，蹑手蹑脚地退了出去。

他才刚退出去，王夫人就睁开了眼睛，泪湿枕头。樱桃惊慌不已："夫人？"

王夫人仰望着帐顶，低低地道："樱桃，我真是伤心。明日咱们去会会这位何牡丹，我倒要瞧瞧，大郎这般待她，她待大郎又是何种心思。"

今夜对于朱国公府来说，也是一个不眠之夜。

蒋重一路纵马狂奔到国公府门前，将缰绳扔给闻声而出的门房，大踏步走进去。所过之处，人皆屏声静气，半点杂音不闻，气氛不同寻常，沉闷阴冷。

看来大家都知道这桩丑事了，蒋重越发气闷。他也不去看老夫人，径直去了书房，才到院子门口，就看见一人跪匍在阶前的残雪上，正是只着里衣的蒋长义。蒋长义见他过来，立即膝行几步，双手捧起一根马鞭递上去，低声道："儿子犯了大错，辱没家门，请爹爹责罚。"

他被冻得脸乌嘴青，瑟瑟发抖，看起来十分可怜，想必一直在这雪地里跪着等自己归来。蒋重的手已然抓住了那鞭子，却又舍不得抽下去，只狠狠踢了他一脚，沉声道："不争气的东西，看见女人就忘乎所以，能指望你什么？滚！"

蒋长义双目含泪，趴在地上只是磕头，半句也不敢辩解。蒋重愈怒，提起马鞭道："你滚是不滚？"

小八忙去扶蒋长义："三公子，别惹国公爷生气啦。"

"就是你这起子不学好的刁奴教坏了公子。"蒋重使劲一鞭子抽在小八脸上。小八怪叫一声，丢了蒋长义跪在地上只是哭。蒋长义爬过去护住小八，哽声道："都是儿子不争气，爹爹只管打儿子出气。没有小八，儿子真是无处伸冤，全凭萧家颠倒黑白。"

"公子……"见蒋长义以身相护，小八感激无比，主仆抱着哭成一团。

萧家想把萧雪溪嫁给蒋长扬，不是一天两天的事。今日之事说不得还是他家起的头，只是恰好被人使了计，这才落到了蒋长义身上。谁晓得和蒋长扬有没有关系？蒋重忍了几十忍，终是喝道："滚！"

蒋重回到房里，只管坐着生闷气，等杜夫人过来嘘寒问暖。然而等了许久，只等到一盏热茶和几碟精致小菜，不见杜夫人，反倒是一向病弱卧床的线姨娘气喘吁吁地扶着门框，想进又不敢进，眼儿红红、可怜巴巴地看着他。

蒋重便叫线姨娘进来："在化雪呢，冷得紧。不是还病着么？怎么就出来了？"

线姨娘红了眼，扶紧门框，摇着头不肯进："国公爷，奴婢说两句话就走。"

她自来是这样拘谨上不得台面的脾气，蒋重也不勉强："你是想说义儿的事吗？"

线姨娘使劲点头："正是。义儿不晓得轻重，犯下这样的大错，实在是让您和夫人失望了；可他是个老实孩子，至情至性，还请国公爷再给他一次机会。"

就算他不给，萧家也会给。萧家不会容忍自家女婿是个名不见经传的小卒。从这一方面讲，这桩婚姻对蒋长义是有好处的。蒋重沉着脸道："这事儿你别管，自有夫人和我，回去歇着！"

线姨娘战战兢兢地抖了一下，悄悄擦了擦泪，还想再说两句，就听见杜夫人在身后道："这么冷的天气，怎么出来了？有什么事，让丫头过来说一声不好么？自个儿的身体自家不爱惜。"

线姨娘犹如做贼时被人抓住了现场，猛地一缩，惊慌失措地行礼："夫人，奴婢只是……"

杜夫人似笑非笑道："你放心，义儿是我的儿子，我会薄待他么？这么多年你还不知道？"

线姨娘本就煞白的脸色更加惨白，沉默着轻轻一礼，幽灵一般飘了出去。

杜夫人板着脸一言不发，蒋重也晓得她为何生气，便道："今日之事是意外，不是故意不让你知晓。"

千防万防，就没防着蒋长义把萧雪溪得了去，平白占了这个大便宜。有萧家提携，春天这场科举无论如何他都会出人头地。这养不熟的白眼狼！杜夫人恨得咬牙，却噘着嘴带着鼻音道："我才不是气这个。"

蒋重今日受了严重打击，心情非常不好，懒得和她玩这个调调，直截了当地道："那你气什么？"

"发生了这种事，难道你不气？"杜夫人收了薄嗔之态，抱怨道，"萧家这个女儿实在是妇德有亏，害累了我们义儿。这也罢了，待她进门后，我严加管教也就是了。如今我只是担忧，长幼有序，义儿上头还有两个哥哥，萧家要他们早日成亲，可怎么好？忠儿是我亲生的，倒也罢了，就怕外头说咱们苛待了大郎。本来前不久因为那几桩事情闹得沸沸扬扬的，若是再闹起来，越发传得有鼻子有眼儿的了。"

一提这个，蒋重心头的无名火"呼"的一下蹿将起来，厉声道："明日开始，你好生打听一下京中都有哪些人家的女儿合适，赶在半月内把大郎的婚事定了！"小兔崽子，和他叫板，他倒要看看这小兔崽子能跳多高？至于阿悠，她马上就是方家的人，怎管得了蒋家的事！

杜夫人吃了一惊："这是怎么了？匆忙之间哪里能寻得好亲？"

"只要用心，怎求不得好亲？叫你去做你就只管去做，管这么多做什么？"蒋重不想和她说王夫人的事情，也不想说蒋长扬母子目中无人。他们可以不管不顾地由着性子乱来，他却不能坐视这样荒唐的事情发生。

她是他一家子的牛马么？想怎样使唤就怎样使唤？小的做了丑事还未遮掩完毕，又要替大的来回奔波。杜夫人忍着气耐着性子道："不怕你怨我，我这个继母不好当。若是我寻来的他不满意，将来就会落下话柄，说是十天半月里寻访来的，会好到哪里去，是故意害他……说不得还要连你也怨上。不如先私底下打听着，让萧家那边缓缓。"

蒋重哼了一声，重重地道："萧家那边缓缓不是不可以，但他这事儿必须抓紧办，半点由不得他！"本待与杜夫人说牡丹的事情，想想却又吞了回去。

这是防着她呢！杜夫人看出来了，不由暗自冷笑，这可不是吃瓜子，剥了就吃了，你有张良计，我有过墙梯。语气就异常温和："知道了，明日就去办，最后还是要娘和你来定。"

"那是自然。"蒋重疲倦地揉揉额头，"还有一件事，萧家希望老三成亲以后搬出去单住，你看一下哪里合适，给他们拨一处宅子，让人好生整理一下，莫失了体面。"眼看着杜夫人脸上的笑容一点点地淡下来，忙道，"你为他多年辛苦，不差这一点。"

萧家的小淫妇！还没进门就和她叫板作对，休想！她要不把这小淫妇握在掌心里头拿捏，她就不姓杜！杜夫人冷冷地拒绝："这个休想！"

蒋重没想到她会拒绝，便皱了眉头道："为何？"

杜夫人道："第一，我们没有分家，有高龄祖母要赡养，又有父母在堂，他搬出去住不能尽孝，违背人伦！第二，新妇刚进门就搬出去住，是我容不得她，还是她容不下我们？第三，萧雪溪生性不检点，老三老实巴交的，被她迷昏了头才做下这鬼迷心窍之事。江山易改本性难移，老三镇不住她，若你我不打点儿，日后再出大丑，丢的是我们府里的脸，还要毁了老三！"她降低声音，无限痛惜，"我辛苦了十几年，眼看着老三就要成才，险些被她毁了。无论如何，

· 209 ·

我绝对不答应老三被她毁了！"

"是我考虑得不周全。只想着他家是顾惜女儿脸皮薄。"蒋重连连点头，"就说他祖母疼惜孙儿，坚决不同意，不能叫老人家寒了心。这事情你去和他们细说，钱财上、小细节上就不要太计较了，左右要做亲，闹僵了不好。"

"你是男人，难免粗枝大叶，想不到也是有的。也别担心，他家翻不起浪来，又不是我家女儿不检点。"杜夫人暗里又是一阵冷笑。他自己出尔反尔，不好意思去和人家说，就推她一个妇道人家出面。论起来，从前这种夫唱妇随的事情他们没少做，可是自蒋长扬回来，蒋长忠出事之后，她心里就窝了一团火，看他越来越不顺眼，更别说又发生了蒋长义这件事。

蒋重哪里晓得她在想些什么，只暗自感叹，杜氏与阿悠比起来实在温柔识大体得多。看到杜夫人微皱的双眉，这段日子以来突然变老了几岁的模样，不禁暗想，这都是为了他和这个家操心的啊，不像阿悠没心没肺、自私自利，只顾自己快活，自然禁得老。便轻叹道："这次的事虽不好看，但对老三来说，未尝不是一次机会。若他能够成才，衣食无虞，你我也算对得起他了。"言下之意是不会再给蒋长义别的。

他的语气温和，言辞似乎也是给了某种暗示，可杜夫人心里仍是不好受。忠儿，她的傻儿子哦，真是前有狼后有虎。转念一想，蒋长义比蒋长扬好控制得多，萧家偷鸡不成蚀把米，想必也十分痛恨蒋长扬，便挑着他们兄弟二人斗吧，她只在一旁煽煽风、点点火就好。

清晨，天空一碧如洗，金红色的阳光照在墙头房瓦的残雪之上，反射出迷离的七彩微光，空气寒冷中又带了些清凉，沁人心脾，正是一个美好的清晨。

牡丹带着一群孩子，在花园里头你追我赶，捏了雪团你砸我，我扔你，你偷袭我，我明劫你，打得雪雾四散，鬼哭狼嚎，怪笑大喊的。岑夫人与薛氏等人看得直摇头："多大的人呢，还和个孩子似的，越来越爱闹腾了。"

忽听下人来告："外头来了一位夫人，说是姓方，有事要见咱们家娘子。通身的气派，就是脸色不好看，怕是来寻事的。"

"先请进来。"岑夫人奇道，"不认识啊，你听丹娘提过没有？"

"不曾。"薛氏使了丫头去请牡丹过来。

牡丹正被何淳和菡娘拉着往脖子里头塞雪，假意怪叫着求饶，逗得何淳、菡娘格格直笑，忽听得有人上门来寻她，貌似还是来寻事的，也是莫名其妙："我不认得。"

"兴许也不是来寻事的。"岑夫人替她理了理衣服，"赶快去换衣服，我先出去瞧瞧到底怎么一回事。"

牡丹迅速准备妥当，飞奔出去，到得正堂外，但见英娘和荣娘满脸担忧地站在道旁朝她招手，便过去低声笑道："怎么了？"

荣娘小声道："姑姑要倒霉了。这位夫人其实姓王，是蒋叔的母亲。"

"呃。"牡丹一呆，掌心冒汗，王夫人，竟然是王夫人！该死的蒋长扬，也不和她说一声，害得她半点准备都没有。难道这就是他要送她的礼物？可真是惊喜。

忽然听到一条女高音问道："何娘子怎么还不出来？"

荣娘便将牡丹往前头一推："迟早都要见的，快去，生气了。"

牡丹紧张地扶了扶发髻上的簪钗，又理了理裙子："我这样子妥不妥？"

英娘只是捂着嘴笑："好得很了，快去，快去。"

牡丹硬着头皮、僵着脖子往正堂里头去。才到了门口，就被客位上的那位穿着海蓝色小团花锦袄、系着黄色八幅金泥罗裙、下着高头五彩锦履，笑得不怀好意的中年美女吓了一小跳。这就是蒋长扬的娘，这笑容……

王夫人仔细打量着牡丹。

长相就不说了，身材高高瘦瘦，不过还好，该丰满的地方还是比较丰满的，衣着么，桃红色小袄配樱草色小团花八幅罗裙，发髻没有作怪地跟上最流行的发式梳得老高，也没有插得满头簪钗。看这表情，似乎有点着慌，也还能保持脚步呼吸不乱，目光也没有躲躲闪闪的。眼神安静温柔，又带了点羞怯，含着微笑，轻轻行下一个礼去，姿势优美端正，挑不出半点错。总而言之，不曾让她生出不喜欢来。

　　王夫人暗里叹了口气，起身扶起牡丹："百闻不如一见。总算是见着你了。"

　　牡丹想说几句好听话，临了却发现自己实在嘴笨，竟然找不到什么可说的，只好笑道："适才与侄子们在院中玩雪，衣衫狼狈，听得有客至，便忙着去换衣见客，故而来迟了，还请夫人恕罪。"才说出口，就见林妈妈狂挤眼睛，意思是万一王夫人喜欢那端庄稳重的，听到她和孩子们一起玩雪，可怎么办？

　　牡丹暗自叹息，已经说出口了还能怎么办，不然怎么解释她来迟的事？却听王夫人淡淡地道："这京中的雪，没有安西都护府大，不过倒是各有千秋，我好多年不见这雪了。"

　　岑夫人忙道："夫人约莫才到京中没多久吧？这般天气赶路，一定很是辛劳。"

　　王夫人笑了一笑，亲热地回答："是呢，我日天要黑时才赶着进的城。马车和多数行李都扔下了，只怕还要再过两日才能到。"

　　千里迢迢，顶风冒雪地赶了来，次日一大早就来见牡丹，可见是非常着紧这婚事的，多半是想单独和牡丹说几句话。岑夫人便笑道："难得您光临寒舍，留下来一起用饭吧。"

　　王夫人欠身谢了，岑夫人便告失陪，起身去安排饭食，交代牡丹："丹娘，好生陪着夫人。"

　　王夫人见岑夫人等出去，就将脸色放了下来："丹娘，你不介意陪我到园子里走走吧？"

　　"夫人请。"牡丹从善如流。王夫人抬眼盯着她，淡淡地道："不瞒你说，我今日就是来相看你的。做母亲的，听到儿子有了意中人，很是欢喜，却怕这个意中人与他不合适，所以要来替他把把关。"

　　她的目光锐利得紧，看上去似是非常不喜。牡丹很有些无奈，原来自己还是逃不掉不讨婆婆喜欢的命运，即便是这位传奇女子？不，她要试试，绝不能到了这一步还错过。便微垂眼眸，低声道："那您看过了，觉得如何呢？"

　　王夫人也是一怔。有多少女子，在未来婆婆已经放下脸来，明显不喜的情况下，就连问一声意见都不敢，只会觉着委屈，先就红了眼圈。何氏女倒是干脆，就这么问了。便也直截了当地道："你应该能看出我的心情很不好。"

　　"那是为什么？您不同意这桩亲事？"牡丹的脸上没有怒气，眼里有担忧，却无懦弱和退缩。

　　王夫人故意道："是。来之前，我就非常不高兴。"她指了指前面，示意牡丹引路。

　　牡丹沉默着往前行去，却也没有松开王夫人的手，而是小心地扶着她往扫干净雪的地方站定，方才松了手。

　　王夫人继续道："之前，我曾收到大郎的信，晓得你的一些事情，我当时还满意，也很相信大郎的眼光。可是昨夜有人告诉我……"她犹豫了一下，拿不定主意是不是该提起这件事。毕竟不能生育，对于任何一个女子来说都是悲剧。

　　牡丹平和地道："但说无妨，您一定自有理由。若是误会，能解释，我便解释；若是不能，也好知道问题出在哪里，看能不能解决。"凭蒋长扬和白夫人的描述，她不相信王夫人是为身份地位对她心生不满。那么，必然另有原因。

　　态度挺积极的，也挺冷静。王夫人有些感慨："大郎待你的情意，相信你心里有数。那么你呢？待他是怎样一种心情？"

　　牡丹有些发怔，随即抬头微微一笑："他很好。我愿意一直待他好，与他风雨同舟。"

王夫人道："我明白了。可是将来你们老了，他后继无人，连个扫墓祭祀的人都没有，你不可怜他么？还有，你不怕他将来后悔？你不怕铺天盖地的流言？"

原来是为了这个传言。牡丹的心一时"咚咚"乱跳，一时又有些如释重负，还有点好笑。假如她真的不能生育，她就不能得到一个完全属于她自己的家庭，得到一份真挚的爱情？这世间的感情有很多种，退让、牺牲、成全是一种；无论如何也要在一起，只求长相厮守的又是一种。

牡丹不知道如若她确实不能生育，会不会选择退让、成全蒋长扬，毕竟事情没有发生，谁也猜不到。但依着她现在的想法，是觉着只要蒋长扬敢，她就敢陪他起舞到最后。他不负她，她亦不负他。倘若他反悔，她便离开，不会有任何犹豫。

但上述一切都是假设，不曾发生。蒋长扬早已经做了决定，为人父母的心情也能理解，实在没必要让王夫人在这件事情上纠结。牡丹抿嘴一笑，低声道："我不想让您生气，但您既然问了，我若是不说实话，反而显得我不真诚了。"

王夫人倒想听听她要怎么说，便挑了挑眉："你说。我就要听真话。"

牡丹字斟句酌："这世间，人有百样，想法更是多种多样，有人退让委屈，有人半步不让。我不是突然间就愿意跟着他的，我也曾仔细思考过，分析过利弊。可他这般待我，实在很难得、很珍贵，我没有任何理由可以拒绝。如若真的不幸，他中途后悔，要走便走，我没什么好怕的，因为不是我的错。至于流言，我没少听过，却活得越来越好。"

半步不让，又倔强又大胆，也没玩哭哭啼啼那一套。好吧，她一定要嫁他，他一定要娶她。王夫人叹息着，把自家那对精致华贵的金镶瑟瑟镯子往牡丹手腕上套："当然不是你的错。既然你们都这样坚定，我希望你们能白头偕老。你的脾气，我很喜欢，希望你别为了刚才的事情介意。这是我给你的见面礼。"

牡丹见自己的话还未说完，刚才还咄咄逼人的王夫人已然软化了态度，说不吃惊那是假的，可是心情真的很好，说不出的好。她忍不住仰望着天空笑起来，然后垂头看着地下，用轻快得不能再轻快的声音说："我还有一句大实话没说，希望您听了以后不要怨我没有早说。您担忧的这些其实都不存在的，的的确确是流言。我的身体很好。"

王夫人有些吃惊，随即半点不掩饰自己的快乐："咳！这种话当然不好到处去解释的。罢了，罢了，我真是很高兴。"原本只是做好决定，顺从儿子的想法，接受一个无法生育的儿媳，可是无意之中却得了一个意料之外的惊喜。她使劲拍牡丹的手，"做婆婆的多少都有些让人不喜欢的啦，何况是我这样直来直去的人。你可以讨厌我刚才的举动，但最好不要讨厌太久，不然会影响感情，对大家都不好，所以我觉得，你还是不要讨厌我了。"

牡丹被她拍得生疼，却忍不住笑起来："我不讨厌您，也能理解您的心情。"

心上压着的石头被搬开，王夫人在何家开开心心地吃了饭，方由岑夫人母女送出门去。她话多，又在门口拉着岑夫人说了好一歇方才离去。

柏香立在何家大门不远处，好奇地看着王夫人从身边经过，待到牡丹等人进了门，方才上前去敲门，笑眯眯地说了要求见牡丹，再装作不经意地问门子："大哥，刚才那位夫人是谁？好生美丽。"

门子憨憨一笑："我也不知道呢。主人家的事情，哪里会告诉我们。"

柏香立即解了个荷包塞到他手里，笑道："我经常麻烦大哥，心中很是过意不去。些微心意，请大哥吃酒。"

"谢姑娘。些微小事不值一提。"门子却是精乖，既不肯说也不肯收东西，弄得柏香很是郁闷，越发对王夫人的身份好奇上心。因见恕儿出来接她，便又旁敲侧击地打听。恕儿只是笑："家里的亲戚。"

柏香见所有人嘴巴都紧得很，遂也换了其他话题，待见了牡丹，忧虑地把杜夫人的话传到:"……十天之内就要把这件事做成。也不知国公爷是怎么想的,这么大的事说动就要动,弄得儿戏一般……夫人很是担忧,却是拗不过。"

牡丹抿紧了唇一言不发。十天之内,还真急。这么急,约莫是与王夫人突然回来有关,想先下手为强。固然蒋长扬与王夫人定然不会由得朱国公做主,却也是极麻烦的,少不得示意恕儿,让贵子赶紧去送信。

柏香试探道:"上元节,您还会去看灯的吧?"

牡丹点点头:"自然要去。"

"其实夫人的意思,不一定非得等到上元节。大公子看着刻板,其实最是心软,有些话您要是不赶紧和他说,过后就没机会了。他这样的人,错过以后,可是打着灯笼也难找。"柏香热心地暗示牡丹该抓住机会多与蒋长扬接触,就算不能做正头娘子,也该讨个名分。见牡丹点了头,方心满意足地告辞,自回府去交差。

见了杜夫人,柏香先把事情经过说了一遍,然后道:"何娘子不如之前热情了……有件事有些蹊跷。奴婢在何家门口遇到一位貌美的夫人,不像是普通人家的女眷,可这京中的夫人们,奴婢多少都有点数,瞧着她却是眼生得紧。好奇了问,何家奴仆的嘴巴都和针缝上了似的,给钱也问不出半个字儿来。"

杜夫人突然来了精神:"是个什么样子的?"

柏香仔细描述:"三十出头,个子高高的,丰满,穿得很讲究,皮肤不是特别白却很细,眼睛很大,鼻梁又挺又直,爱笑,声音有点高。总之是个美人儿。"

和印象中的某人实在很像,不过论年龄,她比自己还要大,哪有这么年轻?!杜夫人心头一紧,沉声道:"她脸上有没有痣什么的。"

柏香忙道:"是,是,夫人这样一说,奴婢就想起来了,她下巴上有米粒大小的一粒胭脂红痣,一眼就能看到。"

果然是她!真的年轻得如同三十出头的样子么?难怪把蒋重勾得魂都不见了,巴巴儿地守在曲江池见了第一面,大清早的又不见了影子。十天之内就要替蒋长扬搞定亲事,说不定也是这女人让他做的吧?怕的就是蒋长扬一时色迷心窍,走了蒋长义的老路,坏了大事。这样还不放心,一大清早就去何家,妄图稳住何牡丹。何牡丹果然也是被哄住了,不然怎会对柏香爱理不理的?

呵呵,过了这些年,手段倒是见长了。卷土重来,是要再战一回?!她才不怕!杜夫人猛地抬头,恰好看到远处墙头上有根被雪埋了大半仍然随风飘摇的狗尾巴草,便想起了蒋重,恨恨地道:"这园子是谁管的?怎地墙头上都长了野草?让他赶紧将所有墙头打扫一遍,再自领二十棍子,扣两个月月钱!"

杜夫人越想越气,干脆去回禀老夫人,说要出去给蒋长扬相看亲事。她成全他们,四处招摇,四处打探,好叫所有人都认得,她在替蒋长扬相看婚事,看何牡丹急不急!

老夫人听说蒋重要半个月里就替蒋长扬看定一门亲事,怒道:"荒唐!他是鬼迷心窍了!你甭理睬他。等他回来我会和他说。"

杜夫人微红了眼圈,低声道:"大郎回京已是这许久,这般年龄还未有合适的亲事,萧家这事儿又成了这样子,说来都是我没做好。既然他发了话,我还是先出去试试看。"说着抹着眼泪固执地去了。她去娘家转了一圈,将要替蒋长扬相看亲事的消息请自家嫂嫂帮忙散布出去,喝了一回茶方才归家。回来听说蒋重刚回家,正在老夫人房里说话,便有意不要叫人通传,悄悄去听他母子二人说些什么。

只听得老夫人道:"你实在太过糊涂!难道你以为,用大郎的亲事逼迫,就能使得她转变主意,重新回头?绝不可能!她要回头早就回了,用得着等到今天?她恨透了我们,这次回来一定会想法子让我们出丑。你不着紧些，还有闲心去算计她，真是叫老太婆我没话说！"

原来蒋重这般折腾，竟是为了逼迫那女人回头？杜夫人气得肝疼，这女人的手段实在不可同日而语。

又听蒋重道："母亲，不是这样的。阿悠，唉，阿悠非得给大郎安排一桩亲事，那亲事对大郎的前程不好，我不能眼睁睁看着大郎的大好前程给毁了。所以我才……"

阿悠，阿悠，喊得多亲热呢。蒋长扬的大好前程是什么？不就是这个国公府么？蒋重，蒋重，你怎么能这样对我？杜夫人再也听不下去，紧紧按住胸口，吃力地转身离开。

杜夫人回到房里，昏沉沉往榻上一倒，闭着眼一言不发。良久，又翻身坐起，对着镜子慢慢梳妆，然后稳稳地往老夫人的房里去了，仍是言笑晏晏，说不尽的温柔小意。她绝不会让他们如愿的，这些都是她的，谁也别想抢去！

上元，自正月十四起到十六止，整整三日开放夜禁。彼时灯火耀地，亮如白昼，戏台夹道林立，角抵、百戏、杂技竞相演出，鼓乐喧天，热闹非凡。人们合家出动，贵贱同游，男女杂观，正是一年中最热闹最狂欢的节日。

何家这几日特别热闹，简老三、方二并宫中几个没什么轻重的内监被定了罪，担了责任。二郎、五郎、六郎尽都归家，发还被封了的铺子，只彼时被搜去的财物只回来了大半，其余杳无音讯。岑夫人倒也不气，只当消财免灾。

只二郎在狱中感染了风寒，六郎缺牙断腿，又挨了鞭子和板子，行动艰难，伤处溃烂。孙氏拒绝照料他，决绝地夹着包袱自回了娘家。不过一个时辰，孙家大舅就登门要求和离，要拿回孙氏的嫁妆。岑夫人见覆水难收，便劝六郎写离书，各得自由。六郎不肯，灌了黄汤下去，借酒装疯撒泼。杨姨娘又羞又气，闹了一场，弄得家中人都不太高兴。

为了这些琐事，十四这日就只有英娘、荣娘、何鸿、何濡几个与牡丹一道出门观灯。今年却又与往年不同，皇帝特命于安福门外做了一座灯树，高二十丈，锦绣绮罗、金玉装饰，上悬五万盏灯。又有宫女、数百名伎、民间年少妇女千余人，尽都衣锦罗、戴珠翠、施香粉，在灯下日夜踏歌，欢乐之至。

牡丹因与蒋长扬早约了要在此处会面，便直奔安福门。到得地头，放眼一看，黑压压一片人头。何鸿几兄弟仗着年轻灵活，游鱼儿似的挤进去，远远朝着牡丹等人大声喊叫。牡丹与英娘、荣娘只能摇头，光凭她们几个，别想挤近前去细看那灯，还怕被登徒子趁机占了便宜去。

英娘、荣娘咬着指头只是叹气，忽见顺猴儿笑嘻嘻地走过来问好，指着附近一处高台，道是汾王妃、王夫人在那里观灯，请她们过去。牡丹大方应了，到得台上，只见汾王妃、王夫人并汾王府的女眷坐在一处，却不见蒋长扬。少不得四处观望寻人，却总是瞧不见，不由多了几分懊恼。

汾王妃的长媳、嗣王妃艾氏笑道："如此枯坐，实属无聊。不如趁着天儿早，往街上行去，四处观游一回如何？"

众人纷纷应了好，便有人驶出来两辆大车，车厢高出地面许多，四面悬空，只以薄纱遮挡，前后左右视线统统无遮挡，坐在上头正好观灯。王夫人拉了牡丹挨着坐了，笑道："我正和王妃说起前些日子的事呢，听贵子说，那女人约你明日夜里去观灯？"

牡丹晓得她是指杜夫人，便道："说是崇圣寺的灯好看。"今日一大早，柏香便来告诉她，崇圣寺的灯好看，让她明日务必约上蒋长扬一道去崇圣寺看灯，还说成败在此一举。

王夫人与汾王妃会心一笑，道："既然说是崇圣寺的灯好看，那么我们便都去瞅瞅吧。"

汾王妃笑道："'以己之心度人之腹'，说的就是这种人了。听说她这两日大张旗鼓地到处为大郎相亲，夸下海口说是要替他选一位德才兼备的名门贵女，弄得许多人心里不舒坦，都道她贤惠过了头，却也有人动了心思，主动去攀谈的。我是不信她会如此好心，多半是和你叫板。看说话有分量的是她这个继母呢，还是你这个生母。"

"这是争得来的？"王夫人不屑地道，"咱们先看戏场，还按着咱们的来。"

说话间，到了朱雀街，但见车水马龙，丝竹之声不绝，四处高悬各种彩灯，白鹭转花、黄龙吐水、金凫银燕、攒星阁、浮光洞……无数造型精致绝美的彩灯将整条大街照得形同白昼，喧嚣无比。汾王妃来了兴致，道是要从头走到尾，慢慢看过去，王夫人自是没意见。她二人下了车，其他人便都跟在后头，簇拥着一同叽叽喳喳地往前行去，看到好笑的、新奇的，便驻足观望点评一回，望见小摊子上头有好吃的，也不忘买了尝上一尝，玩得个个眉开眼笑的。

忽然有人拉了牡丹的袖子一把，牡丹回头，正好对上樱桃的笑眼。樱桃朝她暗暗努努嘴，示意她看左后方。蒋长扬穿了件石青色的袍子，站在一盏大走马灯的灯影之下，望着这边抿着嘴笑。牡丹想了想，上前扯了王夫人的袖子，示意她看那边。蒋长扬焦急地皱起眉头，又讨好地望着王夫人笑。王夫人轻轻一笑，低声道："早去早回，我只看顾你的子侄一个时辰，过时不候。"

得了允许，牡丹便悄悄挪出人群，慢慢走到边缘，脱离了大部队。王夫人等人走了不到两丈远，蒋长扬就大步奔过来，牵了她的手，拉着她朝人多热闹处奔去。

牡丹跟着他疯跑一气，笑道："人家都在看我们呢，疯子似的。"

蒋长扬攥紧她的手，笑道："都差不多，谁管咱们？"

二人牵着手看了一回杂耍百戏，手心里头全是细汗，尽都觉得台上的表演没有任何意思，挺无趣的。蒋长扬低声道："怪没意思的，咱们四处走走说说话。"

这还是那个秘密说出口之后，二人第一次单独会面。牡丹总觉着中间有一层纸被捅破，见着他就不自在。便不看他，只笑道："我觉得还不错呀。"

蒋长扬有些失望，忍了一回，又觉仿佛有百爪挠心，便厚着脸皮道："我有许多话要同你说。咱们那边去。"牡丹回眸一瞧，却是不远处一条清净的街口，行人稀少，灯光也没这边亮，却是个约会的好地方，不由心口一紧，慢腾腾地摇头："就在这里说也挺好，我想看百戏。"

"这里不是说话处。"蒋长扬见她死活不应，不由恨得咬牙，转眼瞧见牡丹红了耳垂、假装镇定的样子，不由心中一颤，不由分说扯着她走，"什么时候不能看？过了今年还有明年、后年、大后年……你专爱和我作对！"

牡丹又紧张又欢喜，反手握住蒋长扬的手，跟着他脚步轻快地转进了那条街。夜色静好，路旁挂着的彩灯散发出温暖柔和的光，三三两两的行人嬉笑着从他们身边经过，空气中散发着兰桂的芬芳。二人低头牵手走着，反倒找不到话可以说。

良久，牡丹道："你娘只给我一个时辰，不是有话要讲？再不说我要去看百戏了。"

蒋长扬红了脸，抬头看着她，眼里亮晶晶的，哼哧了一回方低声道："那天我娘偷偷跑去找你，我不知道，过后听说时吓了一大跳，冷汗都冒了出来。"

牡丹就晓得他要提这件事，便觉得脸上一热，将头侧开："那又如何？也没见你急着跑来看看，就不怕我们吵起来，把事情搅黄了？"

蒋长扬干笑："我当时在宫中，回来才听说。她和我夸你，说你胆子大，不怕吓唬。又说……"

牡丹见他突然住了声，便道："还说什么了？"见蒋长扬双目含笑，平白从中看出些不对劲来，又羞又恼，狠狠踩了他一脚，"不许这样看我！"

蒋长扬吃痛，咧着嘴道："我看你怎么了？十九那日汾王妃就要上你家的门，待到写下通婚书，你就是我的人，我想怎么看就怎么看！"

牡丹一愣，挑眉看着他："你说十九那日？"

蒋长扬兴奋地看着牡丹："是，我娘才请人卜算的，道是那一日诸事大吉。她说既然旁人那么急，咱们就该体贴一下别人，早些定下来，免得让人家白操心。"

牡丹愁道："可也只是你们这里，我怕我娘不肯，我爹当初说过的……"当初何志忠要求父母双方都同意，正式请媒人上门，三媒六聘一样也不能少，否则免谈。现下蒋重明不答应，闹到后头少不得一片混乱。

蒋长扬微微一笑，引她转入崇德坊："我记得的。你放心，我不会让你受委屈，媒人一定是风风光光地上门，定然叫他无话可说。记得我之前曾说过要送你一件礼物么？明日夜里便送给你。"

牡丹见他领自己去崇德坊，想起崇业寺正是这里，便道："你引我来这里做什么？"

蒋长扬领着她走入一条安静昏暗的小巷："她不是打算明日在这里算计人么？我先带你熟悉一下，省得明日去了不该去的地方。"

"明日那寺里头会有什么地方是我不能去的？"牡丹不想走，就在墙角里停下了，"明日我不来。我就想叫她白等一场，气她一回，叫她不管是什么阴谋诡计都没机会施展。"彼时去寻杜夫人，那是没有办法，如今她还真不想再和杜夫人纠缠下去了，双方明显不是一路人。

早间柏香来见她，话里话外都在挑拨，叫她别被蒋长扬母子骗了，只有听杜夫人的话才有前途，不然就是镜花水月一场空，沦落到给人做外室、做小妾，受尽欺凌的地步。

蒋长扬见牡丹不想往前走，便也跟着停下来，揉了揉她的头发，笑道："你当初把我描述成那可恶样儿的时候，可是对着她赌咒发誓，说过一定要听她安排的。你若不来，就不怕发过的誓？"

牡丹哂笑："男人哄女人，发尽了多少誓？真的天打五雷轰了么？"

蒋长扬紧张地道："别瞎说。举头三尺有神明，乱说不得。你明日一定要来，只是看戏而已，没什么损失。"

牡丹见他煞有介事的，不由伸手捏捏他的脸，笑道："我突然想，你若真是杜夫人暗里描述猜想的那样，我明日就是被你们两家同时当作枪使，就我一人倒霉。"

蒋长扬听得好笑："你在胡思乱想什么？"

牡丹也笑："就是胡思乱想。"半明半暗中，她的脸莹白如玉，脸上的笑容甜美安静，眼睛亮得如同沙漠中夜里的星星。蒋长扬突然之间脑子里头一片茫然，伸手捧起牡丹的脸，低声道："丹娘，你笑得好好看。"

他的声音有些低哑，手指也有些粗糙，他的脸离她的脸不到半尺远，他的眼神不对劲。牡丹紧张地眨眨眼睛，故作轻松："你现在才发现我笑得好看？真够迟钝的。"

蒋长扬一笑："我以前怎么都不知道你脸皮其实也够厚的。哪有说自己好看的？"

"你脸皮才厚！还惯会装，都是引得别人主动夸你。"牡丹理理头发，又拉拉裙子，在他面前晃了晃，粗着嗓门道，"我这身袍子年前就做的，我并不怎么喜欢这个颜色，可是邬三说还可以，我不怎么相信他的目光，正好穿来给你们评判一下。"却是彼时他们还未明确心意时，蒋长扬特意打扮了跑去芳园找她，故意在她们面前比画的那一套。

蒋长扬很是有些恼羞成怒，叉着手上前去呵她："坏东西！你再学！你再学！"

"哎哟，恼羞成怒了，可真难得。"牡丹双臂环抱，紧紧护住自己，蹲在墙角下笑成一团，趁他不注意，又偷袭一回。蒋长扬眼看着近在咫尺的如花笑靥，鼻端缠绕着她身上传来的丝丝芬芳，不时又被她的发丝挠两下，不由得停下来，沉沉看向牡丹，低低喊了一声："丹娘……"

牡丹没注意到他的表情，还在笑："我以前就不知道你是这样一个人，还以为你严肃得很呢。"却见一个黑影朝着她袭来，后半句话被迫吞了下去。

牡丹的心不受控制地乱跳着，全身僵硬，有一种非常奇怪的感觉。约莫因为是天太冷，蒋长扬的嘴唇也有些凉，鼻子尖更是冰冰凉凉的，他有些急乱的呼吸吹得她的脸上痒痒的。青草味，这是属于他的味道。

蒋长扬的唇贴着牡丹的唇，小心翼翼地辗转不去。他想有下一步的行动，却又有些犹豫害怕——他不见牡丹有厌憎的表现，却也不见她有任何动静。好像不是太喜欢……不过也没有打他一个耳光，或是尖叫着跳开，仿佛也挺好。他扶住牡丹的肩头，小心翼翼地咬了咬她的唇。

他在试探她，这是牡丹被咬之后的第一个感觉。那么，既然她不讨厌这种感觉，为什么不试试呢？牡丹小心地伸出舌尖，轻轻舔了舔某人滚烫的唇一下，又大胆地碰了碰他的牙齿。她明显感觉到蒋长扬的身体僵硬了，呼吸也变得滚烫起来。牡丹甜蜜地笑着，轻咬他的唇。

所谓的吐气如兰，所谓的甜得像蜜，就是这样的？蒋长扬也觉得自己大概不会呼吸了，他的掌心下，是牡丹圆润小巧的肩头，他想把它们捏碎。她可爱芬芳的花瓣一样的唇，是世上最甜美可口的食物。他有一种冲动，想把它们连着面前的人一起全部嚼碎了吃下去，就从面前的花瓣开始吃。蒋长扬呼吸急促地推开牡丹，转身对着墙壁不敢回头，动也不敢动。

看着蒋长扬郁闷僵硬的背影，牡丹非常清楚发生了什么事情。还有什么事，会让这个脸皮厚的家伙能对着墙壁都不敢回头？她有些发窘，也低着头对着地上画圈圈不说话。她突然又觉得有些想笑，想忍住，偏就忍不住，于是捂着嘴低声笑起来。

蒋长扬愤恨地扔了一块碎石过来："不许笑。"

牡丹忍不住，越发笑得大声。

蒋长扬无可奈何，想了想，虚张声势地道："丹娘，你老实说，先前是不是吃糖了？我含了茶叶。能猜得出是什么茶么？"

牡丹一愣，握起拳头对着他宽厚的肩膀就是一顿猛捶："打死你这个登徒子！"

蒋长扬缩着脖子任由她打，见她不打了，方起身握了她的手，心满意足地道："走吧。"

崇圣寺，位于崇德坊西南隅，乃是前朝一位亲王舍宅而立。内里遍布亭台楼阁，假山碧水，是京中几座有名的大寺庙之一。这里的灯很有名，和尚们做得一手好斋饭，是京中名流贵人最爱来的地方。

崇圣寺有一个大花园，和尚们精心制作出来的花灯基本都挂在这里。从花园正中那座高高的藏经阁上望下去，园子里的情况基本一览无余。杜夫人躲在藏经阁顶层一个狭窄阴暗的房间里，静立在那扇小小的窗前往下看。夜色浓重，把她遮挡得严严实实。

她看见一群士人装扮的男子故作潇洒地从花园西北门走进来，站在彩灯下装模作样地吟诗，偷看一旁观灯的妇人。她也看见她的嫂嫂、侄女和一群贵夫人在一起，花团锦簇地穿行在花园的各处，偶尔发出一阵欢笑声，显得很是快活。

杜夫人有些惆怅，却知道自己不能参与到其中。今晚有个人会微服出行赏灯，最先去的一定是安福门，待欣赏完他花了大笔钱财建起的那盏旷古奇今的灯树后，就会来到这里。她把目光投向不远处那座漆黑一片的昙花阁，这里留着他最深刻的记忆之一。

幼时的她，曾和逝去的母亲陪着还不是皇帝的他来过这里。他在那里静坐了半个时辰，亲手在门前挂上一盏莲花灯。

大了以后，那一年上元节，她陪母亲出游，又在这里遇到已经做了皇帝的他，也遇到了蒋重。刚从边关回来的蒋重并不像她所认识的那些贵胄子弟。他的皮肤黑黑的，全身没有一丝赘肉，高大强壮，眼神锐利，站在她面前像一座沉稳可靠的大山。她从看到蒋重的第一眼，就挪不开眼睛。

她故意上前问蒋重从哪里来，蒋重彬彬有礼，并不像其他人那样刻意讨好她。蒋重越是这样，她越是不服气。

他把蒋重打发走,笑问她:"阿瓶可是觉得这蒋重看着就讨人厌烦,脾气又臭又硬?"

她点头承认:"的确如此。"

他笑了一笑:"百炼钢成绕指柔,他对家中妻室爱护依顺得很,对母亲也是十分孝顺。"

原来蒋重已经有了妻子,她的芳心碎了一地。他意味深长地说:"流着我们这样尊贵血统的人,应该更勇敢,想要,就去拿。"

她吃了一惊,随即就很高兴。这个舅舅是天下第一人,对她的宠爱非常重要。

和她的高兴不同,母亲似乎是很焦急、不乐意的。但他只轻轻瞥了母亲一眼,母亲便只是叹了口气,没有多余的话。

从那之后,她常被皇后召入宫中,参与各种宴会活动。她经常遇到蒋重,和他比起来,那些围着她献殷勤、爱搽口脂、穿着绫罗绸缎的贵胄子弟就像毛没长齐的小鸡崽儿。她爱上了他。她见过王阿悠,一个被宠得不知天高地厚的女人,嫁人几年也只生了一个儿子而已。她没什么地方比不过王阿悠,她比王阿悠更年轻、更高贵、更美丽,为什么蒋重的心里眼里就没有她?

因为难过,她失手摔断了及笄时父亲花了二十万钱才琢成的一根紫玉钗,哭得肝肠寸断。母亲问她许久,她只答了一句:"我恨王阿悠。"母亲听了一直没有说话。

没有多久,蒋家婆媳失和,蒋重夹在中间左右为难。见他憔悴下来,她忍不住想,如果是她,一定舍不得蒋重这样为难。于是她去问皇帝舅舅,要怎样才能得到想要的。皇帝舅舅只回了她一句:"给你一个炼化的机会,百炼钢成绕指柔。"

机会,舅舅会给。可是怎样才能算是百炼钢成绕指柔?她坐在屋子里想了几天,直到母亲取下一根水晶发簪,当着她的面重重一敲,"咔哒"一声发簪断成了两截,"这是王阿悠。"母亲如是说,然后又取了一根丝线,反反复复地折,轻轻绕在她的指尖上,"这是你。"

一阵寒风吹来,杜夫人打了一个寒颤,越发裹紧了身上的披风。是的,百炼钢成绕指柔,她终于把王阿悠打败并赶了出去,如愿以偿做了蒋重的妻,可他终是忘不了那个女人。不管她做得多么好,忍了多少委屈,他还是想把最好的留给那个女人的儿子。杜夫人双手合十,含着泪喃喃地道:"佛祖,佛祖,信女每年供奉那么多钱财给您,您不会让信女愿望成空的吧?"

背后传来轻轻的脚步声,她立时闭了嘴,低喝一声:"谁?!"

却是柏香立在门口,声音有些颤抖:"是奴婢。夫人,大公子和何牡丹来了。"

杜夫人赶紧扒在窗口往外看,果然看见东南角一株松树下,有两个熟悉的身影站在灯下嘀嘀私语,皆是着的男装。杜夫人轻轻一笑,将只荷包递给柏香,叮嘱道:"去和何牡丹说,让她把大公子引到昙花阁二楼去。就说那里清静,不会有人打扰。告诉她,机会只有一次,我到时会引了康城长公主过去为她做主。以后大公子只会恨我,和她没关系。别让人看见你。"永远也不会有长公主,这步棋里,赢家只有她。

杜夫人倚在窗前,亲眼看见牡丹单独离开了一会儿,然后又回来,和蒋长扬一前一后,慢慢朝夜色迷离中的昙花阁走去。想到即将出现的情景,她激动得直眨眼睛。不多时,柏香上来回话:"人进去了。是从后头您说的那道门进去的。奴婢亲自听着他们上了楼。"

杜夫人轻轻吁了一口气:"正德还在那里守着的?"

柏香点头:"是。"

夜深,游人渐少,崇圣寺中终于来了一队人。他们人不多,就只是七八个,中间一个穿枣红色袍子的,走路之时总显得与众不同,偶尔停留看灯还主动与人攀谈,格外亲切和蔼,像是个寻常富户。

杜夫人忙道:"赶紧把正德叫回来,我们马上离开。"柏香飞也似的冲下楼去喊人。

那群人在园子里兜了一圈之后，穿枣红色袍子的人东张西望片刻，漫不经心地朝着昙花楼去了。

杜夫人看得分明，轻轻出了一口气。她这位皇帝舅舅，最是狡猾，经常定下来的路线都会临时改变。今晚他微服出行，知道的人少之又少，能猜到他会到什么地方去的人，更是没有几个。她若不是仗着儿时的记忆，也猜不到他会到这里来。待得他到了昙花楼，想必第一件事情，侍卫就是要搜楼确认安全。

不知道蒋长扬与何牡丹被人搜出来，醒来以后会是什么样的表情？这还多亏蒋长义的事给了她灵感。杜夫人将兜帽戴上，转身下楼准备离去。

下了楼，只见柏香心急火燎地疾步而来，她惊觉不妙："正德呢？"

柏香只是摇头："奴婢没找到他。他没在老地方，奴婢想着他会不会偷偷进了昙花楼，本想进去看看的，可刚到门口，就听见有人来了。奴婢不敢久留，心想他大约是听到动静早回来了，便赶紧赶了回来。"

杜夫人眼前一阵发黑，心惊胆寒。她曾吩咐过正德，倘若牡丹没按照安排给蒋长扬用药，倘若这二人没有按照她的计划走，就无论如何也要把他们留在昙花楼二楼。难道，正德去做这事的时候出了差错？这可怎么是好？

柏香也跟着害怕起来，颤声道："夫人，怎么办？"

杜夫人的掌心里全是冷汗，强作镇定地道："赶紧走。兴许他在后门等着咱们也不一定。"说着便大步往后头去了。

柏香赶紧一溜小跑跟上，主仆二人一前一后，拣着阴暗的地方走，很快就消失在重重树影里。仿佛身后有鬼追一般，杜夫人即将走到园子后角门时，猛然被绊了一下，以狗啃屎的姿势猛地往下扑去。柏香隔她尚有几步远，眼见是救不得，吓得低低地惊呼了一声。

杜夫人也算着自己定会跌得够呛，哪知斜刺里伸过来一双手，稳稳将她扶住了。内监特有的声音响起："夫人小心。"却是个又白又胖、穿着件青灰色圆领缺胯袍，看着慈眉善目、五十多岁的男子。

晴天霹雳一般。完了……完了……杜夫人又惊又吓，甚至不敢抬头去看面前站着的人，只死死抓住柏香的肩头，控制不住地颤抖——她被何牡丹和蒋长扬这对贱人合伙儿算计了！

那人却在笑："元日时咱家才见过夫人，夫人这么快就忘了？"

杜夫人拗不过，只好抖着嗓子道："原来是邵公公。您怎么在这里？"不是说今晚只有几个人跟着出行？这角门关了多年，怎会有人守着？

邵公公笑道："夫人不知晓么？"

正德莫名不见了，邵公公又专门在此等候自己，这意味着什么？圣上兴许不会计较她算计蒋长扬和牡丹，却一定会痛恨她竟然胆敢借他的手。杜夫人心思百转，突然红了眼眶，一把抓住邵公公的手要往下跪，哀声道："公公救我！请公公看在我母亲的情分上，让让手。"

邵公公忙将杜夫人扶住了，笑道："哎呦……别，快别……咱家一介奴仆，怎担得起夫人这般大礼？有话好说。亏得没其他人瞧见，不然岂不是难看？"

杜夫人听说只有他一人，不由大定，忙拭了泪，低声道："公公怎会在此？"

邵公公叹道："圣人要召见朱国公和您……"

"公公……"杜夫人又是一阵紧张，声音都是抖的，泪珠儿一滴一滴地滑下去，落到邵公公的手上。

邵公公"啧"了一声，怜惜地握紧杜夫人的手摸了两下，低声道："夫人别怕……若要降罪，就不是咱家在这里候着了。圣人心里清楚着呢，不是什么大事。"

"那是什么？阿瓶害怕……"杜夫人又是一阵抽泣，梨花带雨、柔弱无依地靠在邵公公身上，暗自盘算稍后该怎么解释才好。

"别怕……别怕。"邵公公殷勤扶了她往后走，"待见了圣上，万事休要隐瞒，只管实说就好。"

意思是圣上全都知道了？杜夫人胆战心惊地被邵公公半拖半扶着，跌跌撞撞往后行去。

牡丹紧张地坐在昙花楼后的一间小屋子里头，有气无力地看着一旁表情镇定、一边下棋一边吵个不停的王夫人和汾王妃。灯花爆了第五次，她开始担心去了许久都不见回来的蒋长扬，起身往门前看了好几回，却只看到一片树影和彩灯。

忽见邬三急匆匆地赶来，与汾王妃和王夫人行礼道："请何娘子往前头去。"

牡丹紧张得不行，王夫人抿嘴一笑，起身替她整理好衣服，柔声道："别怕，就是走个过场，什么都准备好了的。"

牡丹将信将疑，却知道今日无论如何都得面对这一关。她深深吸了一口气，跟着邬三往昙花楼走去。先前她曾和蒋长扬摸黑进过昙花楼一次，什么都没看清就又出来了。这会儿，昙花楼前挂着一盏莲花灯，柔和的光线让她紧张的情绪得到了些许舒缓。

邬三将她交给一个年轻内监，低声道："小心。"牡丹点点头，头也不敢抬地跟着前面那双靴子稳步入内，待得那双靴子停了，她也跟着停下。

那内监低声道："拜。"牡丹也就拜了下去。拜了三拜，听到有人淡淡地道："起来回话。"她也就停了。她垂着头，看见不远处有双六合靴，上头的靴带朴素无华，认得那是蒋长扬的脚，心里就安定了许多。

忽听得有人缓缓道："抬起头来。"

牡丹抬起头，只见正中一张榻上坐着个六十来岁的胖老者，穿着最寻常不过的枣红色圆领窄袖袍子，眯了眼睛看着她，目光锐利无比。牡丹被他一扫，心便猛地一跳，不由连着眨了几下眼。

那人脸一沉，冷冷地道："你望着我眨眼做什么？"

死一般地寂静，蒋长扬的脸有些发白，他紧张地看看牡丹，又看看那人，轻轻往前一步，准备开口说话。却听牡丹轻声答道："民女害怕。"

那人的眼神越发寒冷，声音越发冷厉："怕什么？既然怕，还敢到这里来？"

牡丹看向蒋长扬，他正担忧地看着她，眼里却全是温柔和鼓励，她便略带了点笑容，低低地道："是因为他。"

又是一阵静寂，就在牡丹快要撑不住的时候，那人终于开了口："蒋大郎，但愿你说到做到。"

"谢圣上成全。"蒋长扬拜了下去，牡丹赶紧跟上。

那人兴致缺缺地道："起来吧，朱国公夫妇到了，你们一起见见。"

第三十三章 初识

虽然从始至终，皇帝表现出的都是一副对这件事既不反对，也绝不赞成的样子，可到底算是过关了。牡丹与蒋长扬飞速望了对方一眼，随即翘起唇角，露出了微笑。牡丹毫不怀疑，倘若不是在这里，蒋长扬一定会把她抱起来抛几下。

皇帝扫了他们一眼，将目光投向门口。邵公公轻巧地走进来，轻捷得如同一只猫，半点声息都没有发出，就已经到了皇帝面前。只是一个眼神交流，皇帝就明白他要说什么，直接吩咐：

"让他们进来。"

邵公公又猫一般退了下去。不多时,表情僵硬的蒋重、白着脸的杜夫人一前一后走了进来,垂着头对皇帝行大礼。

皇帝半闭着眼受了礼,待蒋重与杜夫人站定,方淡淡地道:"何氏德行温厚,柔顺淑德……"

这意思已经很明白了,不管他愿或不愿,蒋长扬都非得娶这个不会生孩子的商女了。蒋重的头"嗡"地一声响,都没听清楚皇帝后面又说了些什么,只麻木地回答:"是,臣遵命。"

杜夫人欢喜得差点蒙了,简直不敢相信自己的耳朵。她死死握着手,尽力想让自己显得平静些,不要将情绪太过外露。但大惊大惧之后的大喜又岂是那么容易掩盖得了的?她唇角微翘,眉眼飞扬,屋里随便一个人,都能看出她对这桩婚事非常满意。

蒋重心里蹿上来一股邪火,他算是明白为何杜氏会早早候在这里,蒋长扬、牡丹为何又会在这里出现,皇帝为何突如其来地指了这么一桩莫名其妙、门不当户不对、注定不会有好结果的婚事了——多半就是杜氏向皇帝求来的。还有谁能比她更能从这桩婚姻中得到更多的好处呢?蒋重看向杜夫人的眼神充满了冷意。

杜夫人惊觉,忙敛了神色束手立好。皇帝说完要说的话,就让蒋重夫妇留下,蒋长扬和牡丹告退。

蒋长扬和牡丹退出房门,转身刚行了几步,邵公公就笑嘻嘻地追上来道:"二位大喜。"

"多谢内侍监。"蒋长扬含笑握住邵公公白胖的手,暗里塞了件东西过去。邵公公只一握,就知道是块上好的羊脂玉把件,上上下下打量牡丹一番,笑道:"果然德行温厚,柔顺淑德,何娘子,你可莫要辜负了圣意。"

内侍监,掌传达诏旨、守御宫门、洒扫内廷、内库出纳和照料皇帝的饮食起居等事务。此人相当于内廷中的一把手,皇帝最信任、离至高无上的权力最近的人。牡丹听了蒋长扬的话,就已经明白了这是什么人,当下微笑着应了,恭敬谢过,说了几句客气话。

"何娘子一看就是知书达礼的人。"邵公公含笑赞了两句,方给蒋长扬传话,"朱国公让将军等等,有话要说。"

牡丹便道:"我到后面等你。"

蒋长扬拉住她的手:"不用,一起等。迟早都要面对,不如今夜一起解决。"以蒋重的性子,少不得随时跑去对牡丹横挑鼻子竖挑眼,他今夜就要让蒋重认识到他的态度。

"还是让我去后头好了。"牡丹低声笑道,"我怕他骂得你没面子,你下次见着我不好意思。我有心帮你两句,实在不妥;若是不帮,心里又难受。你若是反驳他呢,又怕他当着我的面下不来台,下次见了我更不喜欢。"她虽不需要蒋重喜欢,但他们父子若为了这事闹腾,也只是让旁人看得欢喜而已,对他们并没有什么好处。

蒋长扬闻言,松手笑道:"去吧,我稍后来接你。"见邬三陪着牡丹往后头去了,他便挑了个相对安静却又显眼的地方静候蒋重。

才刚选定地方,就见蒋重大踏步走过来,饱含怒气地道:"你好大的胆子!真是鬼迷心窍!休想让我……"

蒋长扬淡淡一句话就打发了他:"这是圣旨。"

谁也不能抗旨。里头那个人要他们怎样,他们就只能怎样。想到刚才那人特意过问了蒋长忠的事,又单独将杜夫人留下来说话,一副就要护着自家人的样子。蒋重一时呆住,良久,方有些难过,又有些语重心长地说:"你怎么这样傻?事到如今,就算想要反悔也来不及了。"

蒋长扬有些想笑:"谁说我要反悔了?这样就挺好的,大家都放心。以后杜夫人也可以少操些心,多把心思放在我那两个弟弟身上。"

蒋重听得这话,更是坐实了这桩亲事就是杜夫人背后一手促成的,不由越发暗恨杜夫人两面三刀……敢情她的温顺贤淑都是装出来的。忽听蒋长扬认认真真地道:"丹娘德行温厚,柔顺淑德,这是圣上都称赞了的。若是以后有什么不好看的事闹出来,牵扯到她,那就一定是别人的错。"

什么都是别人的错,何牡丹没有半点错?这是什么话?那女人难道是狐狸精转世的?把他迷成这个样子!蒋重一时之间更是气了个倒仰,指着蒋长扬只是说不出话来。

蒋长扬朝他作个揖,沉声道:"不知父亲何时有空?我好上门商量此事。"

他今日喊这声父亲倒是喊得顺溜。蒋重大怒,正想沉了脸拿乔,说自己没空,又听蒋长扬道:"若是父亲没空也没关系,等到纳吉之后,写一封通婚书,我过去拿就行了。"

他的作用仅限于写个通婚书!蒋重气得发抖,忽听杜夫人在身后道:"大郎莫担心,这事交给我,一定给你们办得妥妥帖帖的。"

杜夫人一扫之前的担忧沮丧,容光焕发。虽不知皇帝适才与她说了什么,但一定没有为难她,哪怕她刚做了这样的事。蒋长扬不置可否地道:"十九就是好日子,汾王妃会上门提亲。其他事不敢有劳夫人,就是明年当梁,不适宜婚亲,只怕今年就要办了。写通婚书之时要劳夫人替我父亲记着些,他若是忘了,提醒提醒他就行了。"

杜夫人点点头:"你是我们朱国公府的长子,这事儿自然马虎不得。你放心,我会记着。"

蒋重正兜着豆子找不到锅炒,见他二人一唱一和就把日子定了,气得死死瞪着杜夫人。杜夫人有些心虚,随即又挺直了腰杆,望着蒋长扬嫣然一笑:"大郎,圣上适才说,你虽不是我亲生,却不能薄待于你,亲事还是在府里办吧?"

在府里办亲事,意味着以后就要住在府里。蒋长扬挑了挑眉,淡淡地道:"不必了。我自小在边关长大,礼仪疏漏,丹娘也是怕约束的性子,怕是会怠慢夫人,为长久计,就在曲江池别院好了。"

杜夫人也不勉强:"有几处田产,是原来就为你备下的……"这自然是假,但皇帝既然说不能薄待,当然要做足姿态。

"不用,就当是我孝敬祖母和父亲了。"蒋长扬半点不在意,"丹娘还在后头等我,先告退了。"也不看蒋重的意思,径自转身离去。

蒋重阴沉着脸看一眼杜夫人,转身大步离去。杜夫人犹豫了一下,疾步跟上。二人一前一后上了马车,杜夫人还未坐稳,就听见蒋重怒道:"你好大的胆子!"

杜夫人虽早有心理准备,但还是被蒋重这一声吼唬了一跳,随即坐稳了,轻言细语地劝道:"你别吼,又不是我做的主。"

她心里此时又欢喜又踏实,什么都不能让她的好心情有半点改变。纵然蒋长扬、何牡丹设计害她,皇帝刚才也果然怒骂了她一顿,可到底也没把她怎样。皇帝舅舅还是记挂着她的,忠儿总有一日会成才,又有这样强力的支持,她的底气自然足了很多。

都到了这个份儿上,还说和她没关系?蒋重只觉着杜夫人脸上那些温顺柔和,全是虚伪和诡计得逞后的志得意满,便只冷笑:"的确不是你做的主,但是你找人替你做的主。我竟不知你是这样的人,好毒的心肠!"

杜夫人抵死不认:"我知道你很不满意这桩婚事,可也不能总拿我出气吧!是他自己求的圣上,你不怪他,不怨王阿悠,反而来怪我这个成日到处为他相看亲事、操尽了心的人,实在没道理!"

蒋重哪里容得她辩驳,冷冷地道:"到了这一步还不认,我一直当你温良恭俭让,什么都信你,谁知也是个自私自利、心肠恶毒的。为了一己私利,把他生生害成这个样子!"

她自私自利?莫非她要把什么都拱手相让?这些年她为他改变那么多,日夜操劳,深居简出，忍气吞声，都不知道风光与享福是怎么回事了。得到的也不过是骨肉分离，被他横加指责。她再忍也不过是被他当软柿子捏，反倒是那女人越折腾他，他越捧着那女人。

杜夫人恨了又恨，忍了又忍，终是冷笑道："我害他？我能害得了他？他不害我，我就该烧高香了。你不满意，就该和圣上直抒己见。当时只知唯唯诺诺，此时对着我发横又算什么？似你这样又蠢又懦弱的软蛋，难怪你那儿子丝毫不把你放在眼里！一桩随时可以摆脱的婚事，就换得你我夫妻失和，把我变成容不下继子的毒妇，真是好算计！"

蒋重被她往心窝子里头使劲戳了一下，疼得直打哆嗦，便睁圆眼睛，举起蒲扇似的大手，欲对着杜夫人扇下去。这么多年了，他还是第一次有这种举动，又是为了那个女人的儿子。杜夫人这么多年终于说了一通痛快话，正觉得解气就见巴掌，不由一阵心寒，眼泪喷涌而出，一把揪住他的衣领，将一张小粉脸蛋儿往他面前凑，哽咽道：

"你打，你打！我知道王阿悠回来了，你的魂又被她勾走了，你现在最想做的事就是弄死我们母子，好与她重温旧梦吧！什么脏水都往我身上泼，泼不成就打！到底是谁狠毒？你怎么对得起我？！我在你蒋家二十余年，没有功劳也有苦劳，你放眼看这京中，比我做得好的人有几个？你岂能过河拆桥？当年也不是我把他们赶出去的，我都说愿意称她为姐姐，侍奉她，她还是不肯相让。圣命难违，你要我怎样？什么都不用说了，我养的儿子没人家养的争气，不会阴谋诡计，只会被人陷害。我日夜操劳，年老色衰，不如人家万事不劳心，自有人奉承，葆得青春常在。等我亲自赶去把忠儿杀了，成全你们！"

杜夫人哭得梨花带雨，肝肠寸断。蒋重最终长叹一声，把她一推，沉声道："停车！"随即转身下了车。无论谁是谁非，这个家都将永无宁日了。

杜夫人见他不顾而去，立在街头望着来来往往的人群只是发呆，心里一阵害怕，忙拭了眼泪，低声喊道："阿重，阿重，你怎么了？你上来！上来我们慢慢说。"又推柏香和小厮，让他们去劝蒋重。

蒋重只是站着不动，是的，他不敢对龙座之上的那个人说半个不字。年轻时不敢，老了更不敢。他没办法让阿悠听他的，也没办法让长子尊敬他，小儿子不成器，曾经温厚大度的妻子如今也突然换了张脸……

杜夫人顾不得脸面，也忘了自己哭花了妆容，忙忙地下车去劝蒋重。刚抓住他的手臂喊了声："阿重。"就听得身后马蹄儿嘚嘚，一个欢快的女高音响起来："夫妻二人一起来赏灯，贤伉俪真是情深。"

杜夫人还没反应过来，就发现蒋重的手臂微微颤抖了一下。她回过头，但见灯火辉煌中，一个貌美妇人骑在紫黑色的高头大马上，笑容满面，红衣似火，举手投足间风情万千，下巴上那一点胭脂红更是深深刺痛了她的眼睛。

杜夫人紧紧掐着蒋重的手臂，绽放出一个灿烂到极致的笑容："原来是王姐姐。你大喜呀！"

你大喜呀！这一句有万般含义：你儿子想害我没害着；你儿子终于如愿以偿地抱得美娇娘回家；你马上就要另嫁他人了，这个男人是我的，朱国公府也是我的，谁也夺不去。

王夫人好笑地看着紧紧揪着蒋重、妆容狼狈的杜夫人，微微一笑："同喜同喜，大家都少操了许多心。"然后对着蒋重大声笑道，"通婚书要好好写哦！我是迫不及待了呢。"

蒋重默默地注视着王夫人，她的气色比初到那日更好，穿着这身大红衣裳越发显得容光焕发，笑容也是发自内心，而不是装出来的。她是真的高兴，真不知道她怎么想的，这样一桩婚事，竟然高兴成这样，真是疯了！

杜夫人忍下酸意，笑容越发甜腻，与赶上来的汾王妃行了礼，看着不远处喁喁私语的蒋长扬和牡丹，娇声笑道："王妃您瞧，男才女貌，好一对天成佳偶呢。我真羡慕王姐姐，得此佳儿佳妇。"

王夫人笑道："不用羡慕我，府上二公子不是也到了婚配年龄么？夫人赶紧为他寻一门好亲，马上就有佳儿佳妇了，也好叫朱国公后继有人。"

她笑容大方，也没有夹枪带棒。可杜夫人宁愿她与自己针锋相对，也不要她这样没事儿似的说笑，一时之间，竟然接不上话。

王夫人见杜夫人没话说了，蒋重的脸色也越发难看，便招呼一声汾王妃，又笑骂蒋长扬："夜深了，还不赶紧送丹娘回家？好不懂事！"随即告辞离去，头都没有回一下，倒是蒋重一直目送着他们的背影。

杜夫人说不出的懊恼愤恨，恨不得使劲扇蒋重一巴掌，把他打得醒过神来，到底掐着掌心忍住了，小意笑道："阿重，夜深风寒，我们回去吧。"回头瞧见柏香望着自己欲言又止，便怒道，"缩头缩脑的想说什么？小家子气！"

柏香苦着脸小心翼翼地道："夫人，您的妆容……"

杜夫人这才想起自己才和蒋重哭闹了一歇，妆容怕是早就不成样子，难怪那女人笑得如此灿烂。原来是在嘲笑她！在这个女人面前出了如此大丑，简直就是奇耻大辱！她简直恨不得挖个地缝钻下去，又见蒋重没有一起走的意思，不由一阵心凉，一言不发上了车，吩咐车夫："回府。"谁也靠不住，还是只能靠自己。

不管蒋重怎么想，牡丹与蒋长扬定亲一事有条不紊地推进，纳采、问名、纳吉一一顺利进行。蒋长扬果然说到做到，什么都不要他准备，只到了纳征前一日，方去了朱国公府要通婚书。

蒋重沉着脸道："你请的函使、副函使是谁？"

蒋长扬微笑道："是二堂伯家的两位哥哥。"

那二人都有官职在身，仪表堂堂，正是担任函使、副函使的最佳人选。蒋重想得到的也只有这二人，听到蒋长扬竟然不经过他就请动了这二人，虽然生气，却也没话可讲，忍住气将早就写好的文书递过去，道："你好自为之。"

蒋长扬小心收起，又往后头去见老夫人，哪知老夫人还很生气，不愿见他。蒋长扬一笑，转身就走。他的本意是不管如何，到了这里总得问候一声，省得有人说闲话，也是为了牡丹好。既然不肯见，那便罢了。

到得外头，忽见正开得灿烂的桃花树后闪出一人来，行礼笑道："哥哥大喜。"却是已经高中了的蒋长义。他已中了明经科第五名，又有萧家替他打算，来日得一官半职不在话下，但他还是很低调，笑容谦和，言谈举止让人挑不出半点错。

"恭喜你了。我早听说了你高中，只是这段日子忙，故而不得恭贺。"蒋长扬从腰间取下一个上好的羊脂玉挂件递过去，"这是贺礼，贺你双喜临门。"

蒋长扬平日不爱戴这些东西，既然随身戴着，便是早就备下的。蒋长义一愣，随即微红了眼圈，低声道："哥哥，我正要送你，却先收了你的贺礼。我没什么好东西，就只有前些日子与一众朋友打赌，得了件彩头，是前朝的翁仲玉佩，玉质上好，你带着辟邪。"说着将只小锦盒塞入蒋长扬手中，慌慌张张地走了，一副唯唯诺诺、小心谨慎到了极点的样子。

这个弟弟，真是让人不好说……蒋长扬摇摇头，大步走出朱国公府。回到家中，王夫人正在检视明日纳征要用之物，见他进来便一一点给他瞧：楠木做的礼函，长一尺二寸，法十二月；宽一寸二分，象十二时；木板厚二分，象二仪；盖厚三分，象三才；函内宽八分，象八节。又有扎缚礼函用的五色线，封题。

王夫人见他笑了，微微得意地道："我跟你说，明日送聘礼可有讲究。最前头的是押函细马两匹，次函舆，然后是五色彩、束帛、钱舆、猪羊、须面、野味、果子、酥油盐、酱醋、椒姜葱蒜。次序半点乱不得的，也得统统放入舆中，不能随意露在外头。"

蒋长扬只是笑着轻轻摩挲手里的礼函，过了明日，何家回了答婚书，牡丹便是他的啦，谁也抢不去。王夫人见他那样儿，有些眼红，忍不住拍了他的头一巴掌："死小子，娶了媳妇就忘了娘。"

蒋长扬放下礼函扶住她的手，低声道："娘，以后我们一起孝敬您。"

王夫人叹了口气，笑道："你义父过两日就要到了，我呢，等到明日纳了征，就请人给你们占卜请期，把日子定了，我才安心。"她自己的婚期是定在四月，以后她就要住到别人家里去了，蒋长扬顿时沉默下来。

王夫人假装没发现他难过，调笑道："哎呀，你一个人住还害怕呢？为了你以后不孤单，我和术士商量一下，给你往前头挑个好日子，把媳妇儿娶回家呗。你看如何？是五月好呢，还是六月好？"

蒋长扬倒被她逗得笑了："哪有那么快？丹娘说把该准备的都准备好，成亲还是想等她爹爹和大哥们回来，看看八九月份有没有好日子。"

王夫人有些发愁："难道她爹和哥回来迟了，你们这亲就不成了？"话音未落，就被蒋长扬把一枚栗子塞进嘴里去，恨道："不许乱说。"

王夫人恶作剧地哈哈大笑："我又不是金口玉言，说了就算。左右已是跑不掉的，你慌什么？"

蒋长扬微红了脸，埋头去挑聘礼的毛病，这才将王夫人的注意力转移开去。

且不说他母子二人在这里安排第二日的事宜，何家也在忙个不停。准备第二日要设的床、几案、香炉、水碗、银刀，要招待函使的酒饭，要送给函使的衣服和布匹绸缎等物。一应事物俱全，牡丹紧张地在小院子里头来回走动，围着她那几株牡丹花折腾来折腾去，岑夫人看不惯："你慌什么？还没到该慌的时候呢。"

牡丹只是笑，她们怎能理解她的心情？近来仿佛在做梦，一切都顺利、甜蜜得不成样子。过了明日，她的后半生就和蒋长扬紧紧相连了，怎能不紧张？

岑夫人一手拥过她："别慌，别慌，都是这样过来的。他既然舍得下那些繁华，将来就一定会对你好。"

牡丹一阵心热。蒋长扬虽未告诉她，皇帝怎会同意这桩亲事，但她从贵子那里知道，蒋长扬此番出去是立了大功劳的，按例该得奖赏，但他什么都没得到。事后皇帝也好长一段日子待他不冷不热的，她想象得到，他为这事付出了多少。

岑夫人见她沉思不语，晓得她又魂飞天外了，与薛氏等人对视笑了一回，自去了。牡丹看着墙角的桃花发了一回呆，恕儿过来低声道："娘子，今日天气这般好，你不出门去走走么？"

天色已然近晚，还走什么走？牡丹见恕儿笑得鬼头鬼脑的，心中明白，给了她一个爆栗，回屋取了个小包裹，整整衣衫跟恕儿往角门去。远远就瞧见蒋长扬在那里探头探脑、迫不及待的样子，便含笑过去轻声道："怎么又来了？叫我娘瞧见又是一顿好说。"

这人现在越来越黏糊，三天两头不是往这里跑，就是去芳园的路上等她，又撺掇她在芳园过夜，他好与她说多久的话就说多久。偏岑夫人和林妈妈盯得极紧，根本不容许她与他单独待到半个时辰以上，更别说让她留宿在芳园，宁肯每日来回奔波，也要逼着她天天回家。

蒋长扬见牡丹笑得眉眼弯弯的，小嘴儿红通通的，恨不得噙住了使劲咬上一口才过瘾。偏生此地此情不合适，无法下手，心急难耐，虚火上升，不满地道："什么叫我又来了？你是嫌我来多了？"

真会抓重点，心眼也够小。牡丹忙笑道："你怎么才来呀？我等你好久了。"

蒋长扬一声笑出来："这就对啦！"然后盯着牡丹只是笑，夕阳下的姑娘肌肤如玉，半点瑕疵也不见，乌发盛容，笑容甜美，实在是越看越爱。他左右张望了一番，伸手摩挲了牡丹的唇瓣一回，又满足地放在自己的唇上吻了吻，含笑道："我天天都想见到你，恨不得马

· 225 ·

上就是八月。"

牡丹被他孩子气似的举动逗得心头软软的,将藏在身后的小包袱拿出来递给他:"喏,说过给你做的。"

蒋长扬打开包袱,见是两双袜子并一个大红色绣老虎的肚兜,一套亵衣,想到牡丹坐在灯下为他一针一线操劳的样子,心里便甜得发颤。笑眯眯看了一回,柔声道:"辛苦了,都叫你少做些,偏不听,累吧?"一时瞧见牡丹粉蓝色的春衫里头露出石榴红绣五彩鹦鹉的绫子抹胸,雪白的肌肤闪耀着羊脂玉般细腻柔润的光彩,手里捏着那套亵衣就呆了去。

牡丹认真道:"不累,我针线不好,你别嫌。"却见蒋长扬看看那套亵衣,又看看她,总往她领子里瞟,目光幽暗难测,便红了脸,骂道:"再看,再看,把你的眼珠子挖下来。"又去夺那套亵衣,"不要脸的,别穿了!还我!"

蒋长扬死死抱住不放,牡丹无奈,只得去掐他的眼皮:"越来越不要脸了。"

蒋长扬被她身上的香气和热气烘得心跳如鼓,索性扔了包袱,紧紧握住牡丹两只手,半是央求半是命令的语气:"丹娘,我问过了,六月二十六是今年最好的日子,我们的婚期就定在那天如何?"

牡丹一愣,笑道:"还没纳征你就忙着请期,说过要等我爹和哥哥们回来的。"

蒋长扬很不高兴:"他们到时候一定会赶回来的。"

牡丹察觉到他的情绪变化,轻轻皱了皱眉:"我娘说,往年里回来最早也要七八个月,多则年余,现在已是三月,仍不见他们来信,可见是要多花些时候才能回来。何况我这就要参加牡丹花会,有些忙不过来,等到八九月份不是更好么?"

蒋长扬见牡丹拒绝了自己的提议,有些生闷气,到底将不快忍住了,软语相求:"现在一定到广州啦,到了六月一定能赶回来的。"

牡丹笑而不语,她这次一定要父母看到她的幸福,家里的人一个也不能少。

蒋长扬见她毫无退让的意思,只得央求道:"丹娘,我娘四月里要成亲,然后就剩我孤苦伶仃一个人,你就不想些和我在一起么?"他是早就等不得了,更怕夜长梦多。

牡丹忍笑:"你孤苦伶仃?"却见蒋长扬肃了神色,声音低沉地道:"是,以前我娘未曾嫁人,她在的地方就是我的家。虽然相隔千万里,我也知道她在家里等我。现在她嫁了人,就只剩我一个人了,没有家。要你在,那房子才算是家……"

他是一个没有家的人。牡丹明知他在博同情,仍是笑不出来,心软地握住他的手,柔声道:"不过就是多等一两个月,六十天都不到,眨眼的工夫就过去了。"

她怎能体会他的心情?自王夫人无意中说过那句话之后,他心里就一直不踏实,但他可以表现得自己很急很可怜,就是不能把担忧说出来。蒋长扬沉吟片刻,折中道:"你看这样好不好,我托人去问问,看看去年秋天与你爹差不多时期出海的人可有回来的,也去信托人在广州打听一下,然后再定如何?反正当初你爹也有过交代的。"

还未正式请期便为了这事争执,弄得大家都不愉快实在没必要,等她和岑夫人商量好了,由岑夫人去拒绝,他也没办法的。想到此,牡丹也就不再坚持:"好。"

蒋长扬暗暗舒了一口气。只要她肯松口,剩下的就由他来设法说动岑夫人。六月二十六,他说过那天就是那天,没得说。想到再过三个月不到,牡丹就会和他日夜厮守在一起,想怎么着就怎么着,他忍不住想要望天狂笑三声。

这二人各怀心思,都想着要不伤感情地让对方按着自己的打算走,然后都笑了,甜甜蜜蜜地别过,各回各家。牡丹直奔岑夫人房里歪缠,岑夫人忍无可忍,数落她道:"不是都没怎么束着你么?要见还不是见了。怎么还来歪缠?"

见自己与蒋长扬见面的事被知道了，牡丹有些脸热，把头顶在岑夫人的腰上顶着人往前走，小声道："还没纳征呢，他倒提前请期了。"

"慢些，老娘的腰都要被你顶闪了。"岑夫人拍了牡丹的手一巴掌，"他怎么说的？"莫非是小两个等不及了，想提前成亲，来试探她的？

牡丹扶她坐下，道："说是六月二十六是今年最好的日子，可我想等爹和哥哥们回来。这样大的事，怎能离得他们？娘觉着呢？"

这么大的事，自然是要何志忠在家才好，牡丹能这样想就更好。岑夫人便道："这事儿呀，自是你爹在家才好。你们操心都不算，待我与王夫人商量。一步一步地来，纳征过了再说请期的话。虽说明年当梁，腊月也不适宜婚嫁，六月始终太仓促了些，酒席也不好办的。"六月最热，食物容易变坏，除非情况特殊，否则大家都不会选那个时候成亲。

"就是。"牡丹见岑夫人赞同，心中安定，便不再提此话。

第二日，蒋家果然如期来纳征，牡丹被英娘和荣娘揪着躲在屏风后头看。但见函使按礼节取了礼函，自何家备下的案上取了银刀，启封开函，当众朗读通婚书。二郎作为家中最年长的男性出面接了，又接受了蒋家送来的聘礼，也回了同样放在楠木礼函中的答婚书，又请函使一行人用酒饭，送上上好的衣服和布匹绸缎作为谢礼。到此，牡丹与蒋长扬的婚约算是正式成立，受律法保护，谁也不能轻易反悔。

接下来就该请期，因牡丹花会的日子定在三月二十，而此时芳园里早花品种已是从圆桃期过渡到了平桃期，正是关键时候。牡丹成日往芳园跑，早出晚归，每日傍晚都差不多是踩着鼓点冲进坊门，根本顾不上过问请期的事，只从宽儿口里得知，汾王妃没上门，蒋长扬则来找过自己几次，可自己都没在。

蒋长扬每日都是天不亮就要出门当差，申时才能回家，遇到有事的时候更是说不定，忙起来可能一连几天都不见。除非她在家中等他，不然二人几乎没有相见的机会。

牡丹遗憾了几回，本想特意抽一天空在家中候他，可又听说他好几日没来了，便想着他大概是有差事要办，忙不过来，也可能是请人去打听何志忠等人的归期，才好选定日子上门来商量婚期。又因许多嫁妆家具都是现成的，被褥衣服等物更是岑夫人、薛氏等人在准备，没她什么事儿，更一心只扑在芳园里，下定决心非要在牡丹花会上拿个好名次，以作为自己嫁妆的一部分，风光出嫁。

于是在和李花匠商量过后，她便安排李花匠只管那几株选出来的牡丹花。自己也除了每日总体查看一下其他牡丹花、监管指导一下其他花匠外，就是泡在种苗园里，与李花匠臭味相投，差不多没把那几株花给供起来，睡觉都抱着才安心。

日子匆匆过去，转眼到了三月十六，牡丹算着今日那几株花就要进入透色期，花蕾即将破绽露色，辛苦了一年，成败差不多已经可以初见端倪。她实在是兴奋得很，便起了个大早，抓上几个胡饼，和正在梳头的岑夫人说了一声便出门去。

到得坊门附近，只见两匹马早在那里候着，看到她就靠了过来，却是吕方和他的小厮康儿。吕方满脸都是笑，有些害羞，又有些小心翼翼的讨好："七郎，你来了？"

这还是赏冬牡丹之后二人第一次见面。吕方当时出了大丑，销声匿迹很长一段时间，牡丹几乎以为他偷偷回洛阳去了，谁知道今早又出现了。牡丹立时猜到他要干什么，有心戏弄他一回，便笑道："来了。"然后便不多语，半点不停，还往前走。

吕方见她不搭理自己，有些急，更有些心虚，厚着脸皮追上去："七郎要去哪里？"

"城外。"

"这么巧？我也要去哩。咱们正好同路。"吕方忙忙地打马跟上，与牡丹攀谈，"这几日到处的早花品种差不多已经露色，不知你那里的如何了？"

牡丹道："我的么？还不曾。"心里却暗暗佩服吕方算得精确，实力果然非同一般。

吕方好生奇怪："怎么会如此？"他算着该是这几日，就想来抢个先，怎么会弄错？当下倔劲儿上来，追问道，"当真没有？"

牡丹认真道："当真没有。"

吕方狐疑得很，狡猾地假作热心："真是太奇怪了！别不是出了什么岔子？我去帮你看看？咱们一起找找问题，休要耽搁了花会。忙活了一年，可就在这几日。"

牡丹忍笑："你不是有事么？不敢耽搁你。迟早天把的事情，它总要露色。"

吕方忙道："没事儿，没事儿，什么都没你的事情重要。"随即低了声音，"七郎，对不住。上次是我不察，误信他人，险些害了你。"

牡丹笑道："没事儿，我早有防备。倒是你，不知伤着没有？"

吕方情不自禁地偷偷揉了揉手，笑道："没有。你当时应该再用力些的，最好让我痛上一回，以后就再不会犯这种错误了。"语气中很是有些落寞。当初萧越西刻意交好他，他还以为同是少年英才，彼此惺惺相惜，可惜自家的出身在人家眼里不值一文。

牡丹笑道："你喝醉的样子虽有些难缠，还不算让人讨厌。人么，哪儿能不犯错？正常得很。"

这意思是不计较自己上次犯的错，吕方心情飞扬，忍不住笑道："七郎，让我看看你的花，成么？"

牡丹心里其实早肯给他看了，便笑道："当然成。"

吕方呆呆地看着面前那几株什样锦，丹凤白做的砧木枝繁叶茂，长势喜人，两株接的赵粉、白玉、洛阳红、二乔，两株接的大金粉、似荷莲、红莲、黄花魁，寸余大小的花蕾饱满无比，尽都破绽露色，已然可以瞧见里头嫩嫩的粉色、无瑕晶莹的白色、夺目的红色、娇艳的浅红、浓艳的深红、耀眼的黄色。可以想象得到，花开之日是何等美丽动人。

他见过什样锦，也曾亲手接过，却不曾做到过这样多的品种，长势这般喜人，接得浑然一体，还能同时开放的效果，吕方含泪看向牡丹，颤巍巍地指着旁边几株花蕾还小的牡丹花："这也是？"

牡丹点头："这些都是中晚花品种。"

一株是洛阳红做砧木，接了胡红、蓝田玉、姚黄的中花品种；一株接的昆山夜光、葛巾紫、银粉金鳞，又一株接的豆绿、紫云仙、盛丹炉，都是晚花品种。早花、中花、晚花，前前后后一个月内都有花看。

"哎哎哎，真是太绝妙了。我怎么一直没想到呢？"吕方激动得只是拍脑袋，围着那几株花来来回回转圈，一时欢喜，一时沮丧，渐渐发起了痴。

牡丹看得好笑，与李花匠一同退到树荫下去喝茶，由着吕方在那里发呆发傻。雨荷进来小声道："外头有人说要包园子，看那气势不是寻常人家。"

"他没看到门口的牌子么？"牡丹疑惑不已，芳园到现在还未正式开业，然而早春时节就有人来包过园子，却是从前在李满娘搬家时认得的几个女孩子，要在这里做春宴。

她免费安排她们玩了一回，带着她们乘船顺着桃李林沿着溪流而下，看桃花流水，李花纷飞。周八娘好厨艺，做的家常菜让一众贵族千金吃得赞不绝口。后来又有雪娘领了几个亲厚的姐妹过来游了一回。待到桃花、李花谢了之后，园里的其他花木都还未成气候，观赏价值不高，加上牡丹花也进入关键时期，牡丹防着有人来捣鬼，便不肯让人进来，是要留到牡丹花会一鸣惊人之后才正式开业。

因为不好总是拒绝人，便在门口写了个牌子，表示园中花木未丰，不便待客。牌子挂出之后，果然清净了下来，不再有人来问。没想到今日又有人来，还气势不凡。

雨荷皱眉道："看着倒像是什么贵人家里的管事，气势逼人得很，非要包园子不可，已是和贵子歪缠了好一歇，这会儿嚷嚷着要您出去呢。"

牡丹皱了皱眉头："我去看看。"

忽见吕方回头笑道："我也去看看。"

牡丹挑了挑眉，他管的闲事越发多了。

吕方笑得人畜无害："我家在洛阳也有园子，遇到过许多这种客人，我有经验。让我去看看，若是侥幸将人顺利打发走了，就当将功折罪，也没白白看了你的花。"

牡丹微一沉吟，做了个请的姿势。吕方也不客气，竟然当先走在了前面。

雨荷和牡丹咬耳朵："丹娘，他是怎么回事？这是反客为主了。不知道的，还以为这园子是他家的。"

"且看他要如何。"牡丹疾步跟上，再看吕方的神情竟是凝重无比。她的心头突地跳了一跳，不期然地想起了曹万荣。眼看牡丹花会在即，曹万荣销声匿迹这么久，也是该出来蹦跶的时候了。吕方今日出现，虽说是想看她的什样锦，但也说不定是知道了什么，只是不好直接说出来，便采用了这种方式。

到得正堂，果见椅子上坐着个穿青色暗纹锦缎春袍、戴黑纱幞头、着六合靴、留着两撇打理得非常漂亮的小胡子，养得油光水滑、神情倨傲的中年男人。那中年男人看见牡丹与吕方一前一后走进来，先看了吕方一眼，有些惊讶，随即问牡丹："小娘子，请问你可是此间主人？"

"是我。敢问阁下是？"牡丹含笑往主位上坐了，暗想：按理，一男一女走进来，通常人们都会习惯性地认为走在前头的男人是主人，会先和男人招呼。这小胡子直接略过吕方找上自己，可见是个知情的。

只听那小胡子倨傲地道："敝人姓邹，乃是闵王府的管事。"

牡丹的神色凝重起来，更是添了几分紧张："邹管事光临寒舍，真是蓬荜生辉。不知管事所为何来？"

邹管事听她言辞恭敬，略略有了一分笑容："是来报喜的。我家殿下听说芳园乃是福缘和尚做的图，又有从袁十九那里买来的奇石万千，更有百种牡丹芍药名品，心中悠然神往之。眼看着牡丹即将盛放，便打算与一众好友前来赏花，你们若是招待好了，赏金不会少。"言罢直接将一块金饼放在几案上，"这是定金。"

"这么多？"牡丹吸了一口凉气，金银虽不流通，却不影响它们的价值，这样一块金饼不会少于五两，那便不可能只是一天两天的价。若只是一天两天，实在推托不得尚可应付，但看这样子，怕不简单。

果见邹管事大笑："这金饼足足六两！是要包十天，从三月十九一直到三月二十九。你也别嫌多，只要贵人高兴，还有厚赏。"

那她还参加什么牡丹花会？说不得是有人特意撺掇了这什么人借着闵王府的名头来坏自己的好事。牡丹含笑将那金饼轻轻推向邹管事面前，抱歉地道："实在对不住，想来管事进门时应该看到了那块牌子。芳园刚刚建起，草木凋敝，没得污了贵人的眼睛……"

话未说完，邹管事就勃然变了色，正要发作，吕方已然往前一大步紧紧搂住了他的肩头，笑道："邹管事，竟然是您！我适才看着就像您，可是眼神儿不好，竟不敢认！看了这好一会儿，才算是认出来啦！"也不管人家愿不愿理他，只管死死拽着人说话，又要牡丹买酒菜招待邹管事。

牡丹猜不透他葫芦里卖的什么药，便由着他去，叫周八娘好生整治一桌酒菜上来。等她回来，也不知吕方与邹管事说了什么，竟然将邹管事说得眉开眼笑。牡丹越发认定这其中有猫腻在，敬了一杯酒，让贵子近前伺候就躲了下去。

吕方见她下去，便将贵子支开，与邹管事小声说："曹万荣的办法不好，太过明显。闵王此番也要去品评牡丹花的，哪里有空游什么园子？届时她一看就知道是上了当。她可不是什么省油的灯，闹起来岂不是功亏一篑？她特别信任我，我已是看到了那花，不如交与我做，保管神不知鬼不觉，最后一切如意。您只管坐等拿钱就好。"

邹管事道："受人之托忠人之事，我不能半途而废。"

吕方皱起眉头："怎么？还不信我？说的是要让我家的牡丹花当上花王，乃是实至名归，难道我还会坏事？"

邹管事见他一语道破，遂放了心，笑道："他们还说你迂腐，要瞒着你。如此看来你倒是个通透之人，那我便沾兄弟的光了。"忽听得外头脚步声响，二人心领神会地笑起来，推杯换盏，不再提起此事。

却说牡丹在后头等了约有半个时辰，才见贵子来了，道："吕十公子问娘子要彩帛十匹送邹管事，他们说话小声得很，听不见在说什么。只听见提了几次牡丹花。"

雨荷紧张地道："会不会是合伙算计娘子的？"

牡丹沉默片刻，沉声道："给他。"

又过了小半个时辰，前面散了，牡丹去相送，邹管事喝得半醉，见芳园的下人往他车上搬东西，便道："既然何娘子这里有事，我便禀明殿下，等到牡丹花会过了再说。"

牡丹谢了："还望着管事以后多多照顾芳园的生意。"

邹管事指着吕方道："有十公子替你把关，想来牡丹花会定然夺魁。"然后打着酒嗝上了马车。

吕方有些尴尬，张口解释："我……"

"不必说了。"牡丹正色对他行了一礼，"今日之事多谢你了。"

吕方一愣，神色突然间轻松下来，哈哈大笑道："知我者莫如七郎也。"也不解释所为何事，大步往园子里去，"我看看你其他的花儿长得如何。"因见菖蒲长得茂盛，便从小花匠手里要了剪刀，"其实我还有另一个爱好，种菖蒲。"一边说，一边飞快地运起剪刀修剪菖蒲，不多时，一只活灵活现的大象就出现在牡丹面前。

牡丹看得欢喜，赞叹道："你这手可真巧！太厉害了！幸亏没被踩坏了，不然我可看不到了。你还会剪什么？再剪几个来看。"

吕方只是笑："你喜欢什么我就能剪什么，你要什么？"

忽听有人在背后喊了一声："丹娘。"却是好些天不见的蒋长扬。

二人好些天不见，牡丹乍一见到蒋长扬很是欢喜，刚往他那边走了几步，又想到吕方在一旁看着，便停住了，笑道："你来啦！"边说边含笑打量了他一回，见他穿了身簇新的石青色圆领缺胯袍、腰间垂着她送他的荷包，未曾戴幞头，发髻上只插了一根玉簪，看着很是清爽利落，英俊中又添了几分儒雅，便忍不住又多看了他几眼。

蒋长扬含情脉脉地看着她道："前几日我太忙，白日里没有空闲去寻你，只傍晚有空，可你又不在。今日总算有了空，特意来看你。"

牡丹被他那眼神看得轻轻抖了一下，不由悄悄对着他龇了龇牙。蒋长扬没什么感觉地收回目光，看向吕方笑赞道："吕十公子好手艺！"

人家认得他，他却认不得人家，吕方有些尴尬，忙放下剪刀见礼，一壁厢却朝牡丹使眼色，意思要她快介绍这是谁。

蒋长扬将他的小动作看在眼里，不动声色地抢在牡丹开口之前笑道："在下姓蒋，名长扬，字成风。你不认得我，我却是听丹娘说过你多次。没想到你种牡丹花厉害，种菖蒲也自有一手，果然不愧是名满洛阳的吕十公子。"

吕方听他这话，仿佛是与牡丹熟悉得很，又见他说话时牡丹只是笑吟吟地看着，自然而然都散发着温柔甜美的气息，便有了些数，只不知这二人到底到了什么地步。默了一默，笑道："原来是蒋兄，幸会。"

"幸会！幸会！好大的太阳！"蒋长扬抬头看了一下天，状似无意地往牡丹身边走了几步，挨着她站定了，亲热地道，"丹娘，我们往草亭里去坐坐，煎点茶汤来吃。我从早上到现在，一口水都不曾吃过。"

牡丹忙叫厨房准备饭食，又叫阿桃去打扫草亭，自己准备洗手煎茶，请吕方一道过去吃茶说话。

吕方看看蒋长扬，又看看牡丹，笑道："恭敬不如从命。正有几个接花的问题想要请教。"又问牡丹，"七郎喜欢什么样子的菖蒲，我替你剪。骆驼？猴子？兔儿？"

七郎？牡丹明明穿的女装，他还偏喊上七郎了，故意喊给自己瞧的不是？还会动剪刀，剪点小花样儿来讨好人。蒋长扬抽了抽眉角，越发笑得灿烂，望着牡丹道："是呀，适才我打断了你们说话。丹娘，你喜欢什么就请十公子剪，别怕麻烦他，剪了我请他喝酒。"

"叫我十郎就好。"吕方笑道，"不用麻烦蒋兄请我喝酒，适才七郎才请我喝过酒。"又惊觉，"呀，我忘了，应该是称何娘子才对，总记着她乔装打扮称七郎了。"

"没事，没事。"牡丹忙道，"不用麻烦，都去吃茶。"两个男人却都劝她喜欢就再剪一个，蒋长扬比他自己动手还要热心，吕方更是殷勤得不得了。虽是春天的太阳，牡丹却觉着是三伏天，生生被劝得出了一身汗，干笑道："那就随便选一个吧。"

"怎能随便呢？"吕方不满意，"你说了我才好动手。小兔子，骆驼或者豹子？"

蒋长扬这回却不说话了，只是温和地笑看着牡丹，眼神宠溺无比。牡丹扫了他一眼，恳切地望着吕方道："不急在一时，真的。日后有的是机会，到时再剪也不迟。现在先喝茶，好热。"说完忍不住抬眼看天，抓着袖子扇了几下。

吕方还要再劝，蒋长扬已然将牡丹拉到阴凉处，笑道："是我疏忽了，这般热的天，是不该这样麻烦十郎的。以后我们成了亲，再挑个好日子请十郎喝酒做客，到时十郎若是还想动手，再剪不迟。我那园子里栽的菖蒲也不少。"

吕方呆了一呆，随即一笑："原来二位好事将近，恭喜了。"

蒋长扬摸摸头，有些不好意思："正是呢，前些日子才刚纳征，今日请期。丹娘性子好强，不喜欢人家替她做主。有些事情我得和她好生商量商量，故而便来了。"风度翩翩地请吕方，"十郎，请。"

今日请期？她怎么不知道？牡丹看向蒋长扬，以目相询。蒋长扬并不看她，只殷勤引着吕方往前走，言辞恳切："我适才听贵子说你才帮丹娘打发了麻烦，真是谢了。"

吕方有些心不在焉："不用谢，应该的，朋友就该互相帮助。"

蒋长扬认真道："丹娘的朋友就是我的朋友，但凡有事，只要我能帮得上忙，你只管开口。"还是不看牡丹。

牡丹见他始终不看自己，恨得咬牙，丢了二人到一旁抓了澡豆使劲搓手。蒋长扬却又大声喊上她了："丹娘，丹娘，好了么？别让十郎久等。"

"马上就来。"牡丹闷闷地应了一声，拭净了手，坐到亭子边去煎茶，侧耳细听蒋长扬都与吕方说些什么。只听得蒋长扬专挑了吕方感兴趣的话题来说，一会儿向吕方请教菖蒲是不是种在昆山石上长得最好，一会儿又与他讨论什么地方该种什么树，洛阳的牡丹比之京中的牡丹有什么不同等等。初时吕方话有些少，渐渐也就与他高谈阔论起来，称兄道弟。

待到饭菜上桌，吕方彬彬有礼地谢绝了蒋长扬的热情邀请，含笑与牡丹别过，自回去了。

牡丹见没了旁人，便问蒋长扬："你说今日请期，我怎么不知道？"

蒋长扬埋着头吃饭，爱理不理地"嗯"了一声。

牡丹又问："我爹他们的消息打听到了？定的日子是哪一天？"

蒋长扬又是"嗯"的一声，狠狠咬了胡饼一大口。牡丹觉着他仿佛是在咬她的手臂一般，便轻轻推他一把："怎么不说话？什么叫嗯？"

蒋长扬停下筷子，抬头看着她，似笑非笑地道："你说什么？"

牡丹眨眨眼："请期的事呀，我刚问了几遍，你没听见？"

蒋长扬淡淡一笑："你这么忙，早出晚归的，人影子都不见，还记得请期的事？"

"我怎么不记得？我又不是故意让你找不着。想等你，你又不来了，又晓得你白日是不在曲江池的。"牡丹叫了一声，瞅着蒋长扬，"阴阳怪气的，什么意思？"

"我哪里阴阳怪气的？我是太饿，顾不上说话，你想多了。"蒋长扬收回目光，抓起一个胡饼又使劲咬了一口，狠狠地嚼，狠狠地磨。他看到吕方那样百般讨好牡丹就不舒坦，可是这种不舒坦又不能说出来，心里憋得慌。

她又不是傻子，这人明显就是生上闲气了。对待不讲理的人，最有效的办法就是你比他还不讲理。牡丹抢了蒋长扬的胡饼，道："我问你，我爹的消息打听到没有，日子定的哪一天？说不说？不说就算了。"随即将那半边胡饼往盘子里一扔，转身呼呼喝茶。

她不说话，蒋长扬也不说话。一阵凉风吹过，蒋长扬使劲打个喷嚏，然后偷偷看向牡丹，牡丹漫不经心地瞟了他一眼，正好对上他的目光。她有些想笑，忍住了，哼了一声，把目光撇开。

蒋长扬见她不理自己，便又响亮地打个喷嚏，自顾自找梯子下："我没带手帕，借我用一下。"

牡丹便扔了自己的帕子给他，蒋长扬顺理成章地搭上前面的话头，闷闷地道："其他人没见着，从这里送信到广州再寻人，递回消息，少说也要个把月，没那么快。不过婚期倒是定下了。"说到这里，他偷偷瞟了牡丹一眼。

牡丹也就顺了他："什么时候？"

蒋长扬道："还是说的六月二十六，你娘和二哥都同意了。"

牡丹摇头只是笑："我才不信。你哄我。"岑夫人那天和她说得好好的，得等何志忠他们回来，她不过半天不在家，就突然定了六月二十六，分明就是哄她。

蒋长扬得意地道："我哄你做什么？是真的，汾王妃刚和你娘商量定了的，不然你回去问？"哼哼，他说过要做到的，她还不信。

牡丹见他表情不似作伪，便有些信了。想到何志忠和大郎等人可能看不到她出嫁，就有些难过："若是我爹他们那时候还没回来怎么办？你怎么哄我娘的？"

蒋长扬见她不高兴，心里也有些不舒坦："你怎么知道他们那个时候回不来？我用得着哄你娘么？占卜得来的结果就是那天最好，你娘和哥哥们希望你一生安好，所以就选的那天。我希望你早些嫁过来，以后魑魅魍魉也少些，你可以多做些你喜欢的事，怎么了？"

婚姻中的卜筮，没人可以不重视，若是术士说她就是那天成亲最好，其他日子都不好，岑夫人一定会选择对她最有利的，相比较之下，何志忠等人彼时在不在场都成了次要的。想必蒋长扬就是利用岑夫人这种以女儿终身幸福为重的心思，达成了他的心愿。

蒋长扬渴望早点和她成亲，家人希望她能幸福，牡丹没话可讲，但她还是有些难过。于是鼻子酸酸的，垂眼看着鞋尖一言不发。

莫名其妙跑上门来献殷勤的吕方，胆大妄为跑上门来找麻烦的小人，要出嫁了还天天在家里和人吵架发脾气、焦躁不安的娘，不想早点嫁给他的未婚妻。蒋长扬本来兜着一股邪火，想再说几句，可看到牡丹那蔫巴巴、红了鼻头、垂着眼一言不发的可怜样儿，心又软了。便低低叹了口气，走过去挨着她坐了，揽住她的肩头柔声道："为什么总是往不好的方向想？

为什么不想着他们到时一定能回来？"

"不是我总往不好的方向想，这是事实。早说了这时候都没信来，到时候一定赶不回，你就只顾着自己。别以为我猜不着你在背后干了什么，反正你都定下了，还和我说什么？以后你要干吗也自己定下就好，不必来和我说，左右我的意见不重要。"牡丹扭了两扭，甩开他的手。

他就只顾着自己？简直无理取闹，定个婚期也能扯到不尊重她，只顾他自己的程度，可真能掰，原来自家老娘和义父经常吵架就是这么来的。蒋长扬皱眉看着牡丹，她紧紧皱着眉头，嘴翘起老高，看都不看他一眼，满脸不高兴。算了，高高兴兴的事何必闹成这样？先道歉，再说合。蒋长扬耐着性子道："好吧，是我不对。你别生气，我已经托人在广州码头上等着了，一看到就立即让他们赶回来。"

牡丹不理他。蒋长扬爱先斩后奏这脾气以前看来是优点，落到她自己头上就不是了。

道歉失败，那就以静制动。以静制动，阿弥陀佛，蒋长扬默念了两遍，也坐在旁边不说话了，只使劲吃饭。二人僵持着，谁也不说话。

雨荷与恕儿送吃的过来，远远就瞧见他二人情形古怪，牡丹望着外头发呆，蒋长扬埋头大吃，面前堆了一堆空碗空盘子，怎么看都是生气闹别扭的样子。恕儿小声道："莫非是为了吕十公子，蒋公子不高兴了？"

很有可能。雨荷咳嗽一声，亭子里的二人便都抬头看着她们，到底是好面子，表情柔和了许多。雨荷假装没发现不对，没事儿似的笑道："吕十公子又回来了，说是有什么话要和丹娘说，适才忘了。这会儿在外头等着呢。"

蒋长扬忙道："还不快请他进来？"

牡丹淡淡道："我去看看。"说着果然起身飞快地往前头去了。蒋长扬一口恶气冲上来，重重地将筷子一摔。见恕儿和雨荷都朝自己看过来，忙又拿起筷子夹菜，淡定自若地道："我这里不用伺候，你们跟着丹娘去。"

雨荷和恕儿匆匆行礼退下，追上牡丹，才将经过说了就忍不住笑成一团。牡丹好气又好笑，追着她二人打："皮子痒痒了？都敢戏弄我了。"

三人正笑闹成一团，忽听得蒋长扬在不远处轻咳了一声，停住回头去瞧，但见蒋长扬背着手立在树荫下，一本正经地道："吕十郎走了？我才想起我也有话没和他说完。"

小样儿！牡丹板着脸不说话，雨荷和恕儿却是忍不住，一声笑将出来："吕十公子突然又想起他家里有急事，等不得，又走了。"

很明显这主仆三人联手戏弄他。蒋长扬突然翻了脸，黑着脸转身就走，边走边大声喊邬三和顺猴儿，杀气腾腾的。几人从未见过他生这么大的气，雨荷和恕儿顿时慌了手脚，待要追上去赔礼道歉，又有些害怕，便都带着哭音推牡丹上前。

这么小气？牡丹叫她二人退下，上前去追蒋长扬。蒋长扬走得飞快，她一度几乎以为自己追不上他了，可到底还是在假山后追上了人。她气喘吁吁扯住他的袖子，先大大喘了几口粗气，才抚着胸口道："怎么了？"

蒋长扬淡淡看着她，嘴唇抿得紧紧的，一言不发。

牡丹又喘了一口气，小声道："不过是丫头调皮开个玩笑，值得生这么大的气？难道还要我打她们一顿才满意？"

蒋长扬气呼呼地道："我就生气了怎么啦？就是因为你不把我当回事，她们也不把我当回事！"

未免说得太严重了。牡丹一愣，他也许是觉着被下人戏弄伤了尊严，侥幸也是雨荷和恕儿调皮捣蛋，有错在先。便握住蒋长扬的手，诚恳地道："绝对没有这回事，她们只是觉着你一向和蔼可亲，气量宽大，见我们闹别扭，故意调皮调皮罢了，没有任何恶意。若是旁人，

· 233 ·

她们哪里敢这样？你莫生气了，我替她们给你道歉好么？"

蒋长扬虽板还板着脸，语气明显柔和得多："我和蔼可亲，气量宽大？这说的是我么？我明显就是个只顾自己，不管别人，霸道又阴险的。"

自家人被抓了小辫子还能说什么？牡丹快快地道："不是，霸道小气的人其实是我。"

蒋长扬哼了一声："你要我别生气了？"

大人不记小人过，不和他计较。牡丹闷闷不乐地点点头。

反将一军成功，扮黑脸的效果不错！蒋长扬眼里闪过一丝得意，左右张望一番，见四周幽静无人，便挺起胸膛站定了，指指自己的唇，淡淡地道："口头上的道歉没有意义。"

牡丹叹了口气，踮起脚尖凑上去亲他的嘴唇。才刚靠近了，就被他使劲搂住抵在假山石上，有些粗鲁地一口嘬住嘴唇，辗转吮吸，强取豪夺。牡丹喘不过气来，只得使劲捶着他的肩头含糊不清地道："笨蛋！弄疼我了！"

好容易蒋长扬松了口，牡丹噘着有些肿胀的嘴唇小声抱怨道："你好大的胆子，青天白日的，被人看见怎么好？"还未抱怨完，身子突然凌空而起，整个人都被抱起来紧紧贴着他，紧密贴合在一起。

"没人会看见。"蒋长扬眼睛亮亮地盯着她，呼吸急促地低低喊道，"丹娘……"手臂越发收紧，恨不得把人揉进体内。

牡丹被勒得一颗心差点没跳出胸腔来，脸热得不像是她自己的。隔着薄薄的春衫，她感觉得到他的心脏在她胸前有力地跳动，血液在他强健的肌肉下汩汩流动，唱出一曲动人的欢歌。这就是她要共度一生的人，她有些眩晕地依靠着他，甜得如同吃了两百斤蜜。

突然脖颈上伴随着某人滚烫的呼吸传来一阵微微的刺痛，牡丹大吃一惊，拼命去推某人的头，低声骂道："快快松口。"跟着她又敏感地发现了他的变化。牡丹又羞又恼："不要脸的，快放开我，我要生气了。"

趁着他松手，她飞快地溜下去要走。蒋长扬拉住她，红着脸看着她笑，牡丹红着脸瞪他一回，也笑了。两个人傻兮兮地笑了一回，蒋长扬小声道："丹娘，别生我气了，我会想法子早些找到他们，接他们回来的。"

"嗯。"牡丹低不可闻地应了一声，歪着头让他看她的脖子，担忧地道，"有没有留下印子？"

"没有。我小心着的，不会让你被人笑话。"蒋长扬只瞟了牡丹的脖子一眼，目光就又顺着她的衣领往下去。牡丹惊觉，轻轻踩了他的脚一下。

京中遍布寺观，许多寺观都种植名贵花卉以吸引游人，久而久之，便成了气候，比如玄都观的桃花、唐昌观的玉蕊花、洞灵观的冬青、金仙观的竹、大慈恩寺的牡丹，都是极有名的。既是牡丹花会，与民同乐，大慈恩寺自然就是最好的比赛场所。

这一日，牡丹早早就由岑夫人、薛氏、二郎陪了，带着四盆精选出来参赛的牡丹花直奔晋昌坊。才进坊门，街道上已是人来人往，车马如织，到得大慈恩寺附近，更是无数人挤得水泄不通。一看到有人抬了牡丹花过来便蜂拥而上，都想抢个先，还有那收了人钱、居心不良的泼皮无赖藏在看热闹的人群中，趁机折损花枝，弄得花主苦不堪言，引起纷争无数。

这样的情形下，想把那几株用彩绸盖着的牡丹花平安顺当地运进寺里面去，实在是桩大难事。牡丹让马车停在街边角落处，叮嘱贵子："去找吕十公子，和他说说这外头的情形，问他有没有办法维持秩序，不然这花会别开了。"

贵子才要去，蒋长扬与王夫人便与一个穿松花色圆领窄袖衫，国字脸，美髯，双目有神、气质儒雅的中年男子骑着高头大马过来。王夫人边下马边笑道："丹娘怎么躲在这里？幸亏大郎眼神好，不然我们巴巴儿地跑去寺庙里头看你，可不扑了个空？"

牡丹忙扶住了她，抱怨道："不敢进去，正要叫人去想法子呢。这花会也不知怎么搞的，竟然没人在外头维持秩序。那些个泼皮无赖随意使坏,眨眼的工夫就叫我看到被折了两株牡丹,打破了三盆。"

那中年男子皱了皱眉,道:"简直滑稽。"然后对随从道,"你进去问问,这里的防务是谁管?"那随从行了个礼便疾步往里去了。

牡丹猜他应是那位传说中的安西节度使方伯辉,虽觉着他更像个读书人,但适才那模样还是挺威严的。偏王夫人不介绍,还装出一副和人家不认识的模样,只顾拉着岑夫人说话。牡丹便朝蒋长扬使眼色,蒋长扬点头表示她猜对了,笑道:"这是我义父。"

岑夫人飞快打量了方伯辉一回,又重新上前见礼。方伯辉笑眯眯地回了礼,不要蒋长扬介绍就指着何家人一一道出对方的姓名来。猜得着岑夫人、薛氏、二郎和牡丹不稀奇,稀奇的是他竟然还能点出封大娘、雨荷、李花匠等人来,还和李花匠打着手势交流了几句。他有长者之风,态度又和善,风趣幽默,一下子就征服了何家人的心。

看到方伯辉受何家人欢迎,王夫人很是喜悦,不说话的时候就在一旁笑眯眯地看着他,可等方伯辉回过头来望着她笑,她却又做出十分高傲的样子来。方伯辉就像看个小孩儿似的,宠溺一笑,然后亲自将张烫金帖子交到岑夫人手里,请她届时领了何家众人去参加二人的婚宴。

王夫人有些害羞,把脸转到另一边去假装看热闹:"终于有人出来管事儿了!咦,你们看!好大的牡丹树!"

但见大慈恩寺门口列队出来一群带刀兵士,很快驱散了门口围着的人,又将几个妄图逃跑的泼皮无赖给抓了,乱糟糟的场面很快井然有序起来。几乎是在同时,远处有六个壮汉小心翼翼地抬着一株约有一丈高,直径五尺有余的牡丹花树过来。那花正处在盛花期,枝头上的粉色、白色两种颜色的花开得密密匝匝,牡丹初步估算了一下,少说也有一两百朵。

此花一亮相,就吸引了在场所有人的目光,接着就有人激动不已地喊"花王",但在牡丹看来,也不过就是一株丹凤白做的砧木,然后大面积接了赵粉和白玉两种花而已。也就是说,相当于什样锦的一种,只是所接品种太少,倘不占着身量高大、花朵数目繁多,算不得什么。

贵子提醒牡丹:"不是洛阳吕家的就是曹万荣的。"

果然曹万荣、吕醇等人带着一众跟班,抬着七盆用彩绸盖住的牡丹花意气风发,衣带生风地走过来。按照花会的规定,每户可以选四株牡丹花参加比赛。这样看来,剩余这七盆牡丹就该是曹万荣等人参赛的另外几盆了。留在最后的,轻易不示人的往往是杀手锏、保命符。相较那株"花王",牡丹对后面这七株被彩绸遮住的花更感兴趣。她与李花匠对视了一眼,都从彼此眼里看到了兴奋。

王夫人悠然道:"丹娘,你送了参会的是些什么?给我看看。"

牡丹忙引王夫人到车边去瞧,除了那两株早花品种的什样锦之外,她另外又选了经过催花处理的姚黄和豆绿。本来这样的场合,她若是能拿出自己亲手培植出来的异品牡丹会更好,但异品牡丹是个长期活,她没办法在一年内培植出来,只得走取巧和保险路线。

姚黄是花王,但是中花品种;豆绿珍稀,却是晚花品种,此刻都还不到开放时节,有那早开的也是稀稀拉拉几朵。唯有她这两株,经过精心培育和催花处理后,此时正值盛花期,每株着花都是二十七朵,花大如海碗,丰满璀璨,比之同类的姚黄与豆绿才是当真无愧的花王。

二十七朵花,三九至尊,好巧的小心思。王夫人轻笑:"好了,你今日若不夺魁,我把王字倒过来写。"

方伯辉虚心地请教蒋长扬:"王字倒过来写不知是个什么字?"

王字倒过来写不还是一个王么?众人都心领神会地微笑起来。王夫人有些恼羞成怒:"那我把王字横着写!"

她自己不知道,她本就是横着走的。方伯辉笑了一笑,不再言语。王夫人看他那表情就晓得他在想什么，便趁着众人不注意，狠狠瞪了他一眼，可随即自己也觉着好笑，便又笑了："我这王字发誓之时最占便宜，却不像那方字，一倒过来就两脚朝天了。"

方伯辉也不和她计较，微笑着命手下帮着将车上的牡丹花卸了，与蒋长扬一左一右，亲自压阵，将那四盆花安全无虞地护送进了大慈恩寺。牡丹不出名，没人对她好奇，倒是有认得方伯辉和蒋长扬的好奇无比，窃窃私语。

进得大慈恩寺，就有人上前问明花主的姓名，然后写了号牌，一半给牡丹拿着，一半插入花盆中，让他们将花抬到大雄宝殿前的空地上集中，等待品评。

蒋长扬看到那多达千盆、都被彩绸遮挡起来的牡丹花，不由担忧地问："丹娘，你有没有把握？"

山外有山，人外有人，牡丹其实也有些小紧张，轻轻呼了一口气，小声道："还好吧。"

蒋长扬道："要是那个啥，你别想不开啊。咱们不图那个虚名，还是照样种咱们的牡丹。芳园不会少客人，咱们也不缺钱用。"

牡丹鼓着腮看了他一眼，郑重道："不会想不开，但我还真是图这个虚名。"

既然她这般喜欢，便由着她高兴。蒋长扬便不再多话，借着袖子遮挡，悄悄握了握她的手，表示支持。

人越来越多，不单有参会的花主，还有许多看热闹的达官显贵，一时之间，大慈恩寺吵嚷得像个菜市场。牡丹随意一瞟便看到许多熟面孔，有许久不见的戚夫人、清华郡主，也有窦夫人、雪娘母女，还有潘蓉和白夫人，果然是能混进来的人都来了。

不多时，前头那一排专供品评之人坐的位子陆陆续续有人来坐了。吕方是毫无疑问的，可是其中竟然还有刘畅。另外则是两个和尚、两个文人装扮的，牡丹都认不得。

雨荷小声道："刘畅竟然也能品评牡丹花，难道是因为他从前爱办赏花宴，吃喝玩乐出名了，人家都以为他是行家里手？不过是借着您的名头罢了。"

牡丹一笑，奇道："说是圣上亲口让办的，怎么不见一个压阵的？"

"那不是么？"蒋长扬让她看远处，只见一个身材中等，三十多岁，穿绯红小团花袍子，玉冠束发、白面微须的中年男人不疾不徐地走过来，往正中主位上坐了，和吕方等人一一打招呼，一说一个笑，看着实在是亲切之极。

蒋长扬低声道："这就是景王。"景王爱赏花，爱种花，养了许多例如李花匠之类的厉害花匠，论起来，满朝的宗室亲贵中，再没有人比他更适合主持这样的花会了。

牡丹赶紧聚精会神地望过去，原来这就是景王，就是那个不动声色、默默无闻，却无处不在的富贵闲人景王。

景王说了几句开场白，宣布此番优胜者将会得到皇帝御笔亲书的"国色天香"匾额一块。谢过皇恩，便命人按着入场次序，一边唱名，一边将花上覆盖着的彩绸揭去，然后众人品评一回，将不入眼的直接淘汰出局；若是觉着好便留下，也赐花主座位。

那株巨大的丹凤白果然是吕醇送选的。景王笑道："此花虽名为什样锦，奈何算上砧木本色也只有三种颜色，难得树形高大，所接部位适宜，优美端庄，花朵更是繁华，在今日这些花中也算难得。留下待选。"

吕醇却不甚在意，轻轻揭去他送选的另外三盆花。当先一盆为紫粉两色的二乔，有全紫色的花、全粉色的花，也有同朵两色相嵌的，花型硕大丰满。二乔不同颜色的叶片长相也不同，似这等出现复色的，最妙就是同枝相应部位上长着的叶片叶色、叶形都不同，相当于是赏三种花，两种叶。此花看得出平时侍弄得极好，奈何二乔是中花品种，此时不过开了四五朵，其余还是骨朵，不到盛花期，便失了一筹，但也实在难得了。

另一盆是正在盛花期的玉板白，清贵无双，又有一盆深红起楼子的飞燕红妆。吕醇最看重的是那盆正在盛花期的飞燕红妆，着花约有三十朵，细瓣修长，层层叠叠，颜色纯正娇艳，光彩动人，确实难得。

众人小声讨论起来，那两个和尚更是亲自下来看了一回。毫无疑问，吕醇送选的四盆花全都留了下来，相比前面送选的花中，这算是第一份殊荣。吕醇有些得意，谢了景王，走到座位上志得意满地坐下。

接下来是曹万荣。曹万荣送的花有春江飘锦、姚黄、倒晕檀心，品种虽优良，却没什么奇特出众之处，理所当然被淘汰。好在他主打的是一株经过催花处理，属中晚花品种的火炼金丹。火炼金丹最大的优势就是花色特别艳丽，远看如同一团火，最大的缺点则是成花率低。但曹万荣这株花却开了八朵，算是火炼金丹中很难得的，加上他的催花技术，想不当选都难。于是曹万荣也得了一个座位。

牡丹看得清楚，那株火炼金丹出现后，吕家父子都有些吃惊，可见之前他们并不知道曹万荣会送这株花参选，更想不到曹万荣竟有这种催花技术。这催花技术，别说吕家父子想不到，牡丹也没想到，曾经她以为自己是独一份，如今看来却是参赛之人个个都身怀绝技，没有省油的灯。

随着彩绸纷纷落地，空地上的花越来越少。很快就到了牡丹，当唱出何惟芳三个字时，许多人都打起精神来。曹万荣有些不安又有些期待，吕醇一如既往地笃定，胸有成竹。景王是饶有兴致，刘畅是面无表情，吕方则是微微带笑。那几个和尚与文人却是好奇或不屑。

牡丹将众人的神色看在眼里，先前的紧张不安在突然之间全都消失干净。她挺直腰背，含笑看着自己的四株花被一一掀去彩绸，将真容露在众人面前。全场先是鸦雀无声，随即又如蚊蝇一般嗡嗡起来。景王目光如电，看向站在牡丹身边的李花匠，李花匠轻轻摇头。

景王起身走到那几株花前细细看了一回，笑道："赵粉、白玉、洛阳红、二乔、大金粉、似荷莲、红莲、黄花魁，花型不同，花期相近，花色艳丽协调，接头部位适宜，心思巧妙，技艺已达化境，确实比先前那株三色什样锦好得多。姚黄、豆绿，看着没甚取巧之处，其实大巧若拙。花形丰满硕大，平时若是悉心照料倒也做得，难得晚花早开，还开得这般整齐划一。"

景王又暗暗数了一回，注意到姚黄、豆绿都是二十七朵，三九之数，便别有用意地看了方伯辉与蒋长扬一眼。那二人一脸茫然，表情似从一个模子里铸出来的一般。景王无奈一叹，道："都留下待选。"

牡丹踏着万种目光，稳稳走到曹万荣身边坐下。曹万荣目光阴鸷，半是含酸、半是挑拨地道："何娘子真是女中豪杰，令我辈男儿汗颜。看来今日你非夺魁不可了。"

"曹园主过谦，你那盆火炼金丹实在让人想不到，晚花早开，还一次开了这么多，实在难得。说不得也是非要夺魁不可。"牡丹淡淡回敬，但见吕醇的眉毛微微一皱，平视前方，好似一派淡然，唯有平放在膝盖上的手不安地动了动。

曹万荣虚伪地哈哈了两声，道："论到催花技术，还是何娘子略胜一筹。我费尽心力只催出一株火炼金丹，你出手却是两株两个品种，一为中花，一为晚花，还有什么是你做不到的？更别说那两株什样锦，当真如同景王殿下所言，技艺已达化境。此番若是夺魁，天下扬名，我辈男儿，从此都要屈居你下！"这话一出，好些人都看向牡丹，目光含义不明。

"人外有人，山外有山，天下未曾出手的异人高士多的是。小女子不敢苟同曹园主这说法，更不敢如此轻狂。休要说这些，不如安心看花如何？"牡丹觉着与他说这些没意思的口水话实在无聊，果断结束话题，抬眼看向场中。

此时已过午间，初选接近尾声，又淘汰了一批，看似没什么悬念了，前三甲将在牡丹、曹万荣、吕醇以及大慈恩寺送选的叶底紫、九蕊珍珠红中选出。可是最后又杀出了一匹黑马，一位名不见经传的牛姓少年带着两盆花参赛。

一为绿珠坠玉楼，花白溶溶，蕊绿瑟瑟。花瓣白如玉脂，又有颗颗绿点，犹如绿色珠子点缀其上，清新可爱。一为墨洒金，花瓣深紫发黑，雄蕊瓣化，花粉在上，好似墨上遍洒金粉。两者都胜在颜色出众，奇特无双。

这两株花一出现便炸了场。谁的最好，谁的不好，众人原本已经有了些数，此时却又像是拿不定主意了，胜负难料。场上的人紧张，场下的人也紧张，台上评审的人则是各执己见，吵得脸红脖子粗。

在台上评审的众人吵闹不休之际，曹万荣适时又装上了好人，热心地与那牛姓少年攀谈，先夸那少年必然夺魁，又撺掇牡丹与那少年敌对。吕醇仍然装老成淡定，一言不发。牡丹自是不会上曹万荣的当。那少年也奇怪，任由曹万荣说什么都不答话，只是微笑。曹万荣自说自话许久，见没人理睬他，只得怏怏地住了口。

此时台上诸人已是闹成一片。吕方认为牡丹的花从品种、技术综合下来是最好的，当之无愧该夺魁。两和尚与两文士则认为若论催花技术，曹万荣的火炼金丹同样不错；若论名贵品种侍弄得好，吕醇的玉板白和飞燕红妆不比牡丹的豆绿和姚黄差；若是论花奇特，牛姓少年的绿珠坠玉楼和墨洒金远比牡丹所接的什样锦更来得自然瑰丽。也就是说，他们认为牡丹太贪，什么都看着出彩，实际没有一件最出彩的。

吕方承认牛姓少年的花够奇特，但却认为是本来就有的品种，并不是自己培育出来的，那么就还是要看花型、花色以及技术，根本比不过牡丹的什样锦；曹万荣的火炼金丹虽然同样做到晚花早开，却只有一个品种，不比牡丹同时催开了中花与晚花两个品种，技术上明显差了一等；至于他老爹吕醇的玉板白和飞燕红妆，侍弄得好是好，却又比曹万荣和牡丹差了催花技术。所以还是牡丹最好。

他们吵得热闹，互不相让，刘畅却是不曾参与，只默默回忆去年牡丹花盛开之时他办赏花宴，尚书府中的热闹场景；再看今年，尚书府中的各样名品牡丹花属于牡丹的都被抬走，剩下的由他重金买入的花则因为无人关注，花匠不得力，今年开得远不如从前，看着大的大、小的小，叶片黄恹恹的，实在没什么看头。

再看容光焕发的蒋长扬与笑得甜蜜灿烂的牡丹，远处坐在树荫下、满脸怨毒仇恨的清华和同样愤恨不乐的戚夫人以及讨好地围着白夫人打转的潘蓉。他微微闭了闭眼，年年岁岁花相似，岁岁年年人不同。

景王含笑听着吕方等人吵闹了一回，扫一眼明显心不在焉的刘畅，笑道："他们吵得热闹，子舒怎么看？"

刘畅赶紧收回神思，打起精神道："各有所长。"

这是都不得罪的意思，景王轻叩桌面，语重心长地道："子舒，你这样不好。"

刘畅一时无言，低声叹了口气。景王也就体贴地不再逼他，转而出声制止吕方等人："且听本王一言。"

景王才是最后定夺的那个人，他说有话要讲，谁敢不听？吕方等人俱噤了声。景王缓缓扫了场中众人一眼，含笑道："今日留选的花都是佳品，本王觉着个个都当得国色天香四字。可惜，第一只能有一个，无奈是要优中选优了。依本王看，若论技术，最出色的当属何惟芳；若论花，最出色的却该是绿珠坠玉楼与墨洒金。"

他发了言，似乎是尘埃落定了，众人现在只议论最后到底是牡丹胜出还是牛姓少年胜出。牡丹控制不住地紧张，竖起耳朵静听景王下一步分晓，只那牛姓少年笃定得很，仿佛一切都与他无关，又仿佛一切尽在掌握之中。最难过的是吕醇和曹万荣。吕醇双目黯然，双手控制不住地颤抖着，满脸挫败之色。曹万荣恨得磨牙，看看牡丹，又看看那牛姓少年，满面不甘之色。

却听景王又道:"可今日要看的不光是技术,更要看花型、花色与技术的巧妙结合。最后还要看整体的观赏效果,谁最赏心悦目,就是谁最好。"

其实也就是说谁最合他心意就是谁。牡丹心头"咯噔"一下,觉着有些不妙。她抬起眼来,正好看到景王淡笑着朝她这个方向看来,神情意味不明。到了这一步,实在是她不能控制的,牡丹轻轻叹了口气,抬眼看向蒋长扬等人。蒋长扬面露担忧,朝她握了握拳头。

景王淡淡一笑,继续道:"绿珠坠玉楼、墨洒金本就是珍品,今日送选的花中,这二者独一无二,因此,本王认为这两株花理该胜出。可是适才说了,第一只有一个,绿珠坠玉楼虽然清新鲜妍,然不够大气雍容,还是墨洒金要胜出一筹。"

吕方一愣,随即据理力争,道是要论雍容大气,还是牡丹那盆姚黄更大气,绿珠坠玉楼不过是绿牡丹的一种,哪里比得豆绿这般绿得纯粹?景王只是含笑不语,也不恼他失态冒犯。

刘畅听着吕方激动地对着景王鬼喊鬼叫,把目光投向下面的牡丹。但见牡丹面无表情地垂着眼,端端正正坐在那里一言不发,明显就是不服气,很受打击的样子。他非常清楚这些花对于牡丹来说意味着什么。按理说,看到牡丹伤心失望了,他应该很高兴才是,她终于也有吃瘪倒霉的一天,可他并未觉着高兴,他只觉着景王做得不妥,这么有名的种花赏花之人,怎能凭一己之好妄下定论呢?这是不对的。

于是他轻咳一声,道:"豆绿也就罢了,可姚黄是花王,雍容大气,这是众所周知的,这株姚黄挑不出任何毛病……"

景王似笑非笑地看了他一眼,道:"子舒,你的意见和吕十郎是一样的咯?"

刘畅的心情非常复杂,他似是而非地晃了晃头,景王却只是笑:"畅所欲言吧,又不是本王一人说了算,不然拿你们这些评审做什么用?"

忽见后头来了个穿深蓝色圆领袍、操着公鸭嗓子的小太监,召景王往后头去。景王立即起身往后头去了。

众人一时惊疑不定。暗猜这后头还藏着什么贵人,能将景王召了去,看来这第一还是不曾定下,会再次反复。牡丹环视一遍,见后头有一座高楼,先前还空无一人,此时却影影绰绰似是有人。

在等待的过程中,吕醇一直沉默不语,曹万荣却是身上仿似有几百个虫在爬一般,死活缠着那牛姓少年打听其出身来历、家住哪里,那少年仍然只笑不语。

千方百计防着的,最后倒是落了空,反倒是斜刺里杀出来的占了大便宜。曹万荣嫉恨不已,便又同牡丹道:"何娘子真是太可惜了,被这不知从哪里冒出来的小毛贼阴了一把,功亏一篑,好不可惜。"又小声道,"今日这评比,实属不公,小人作祟。"

牡丹一言不发地冷冷瞥了他一眼。曹万荣深感无趣,总算闭上了嘴。忽见两个宫监抬着一块盖着赤黄色锦缎的匾额出来,景王满脸是笑地紧随其后。

想来这便是传说中那块"国色天香"的匾额了,众人激动起来,纷纷起身站好,静待景王宣布最后的结果。

谁也想不到,景王宣布的结果与他适才所说的那个完全不同:姚黄是当之无愧的花王,什样锦第二,豆绿、墨洒金、飞燕红妆、火炼金丹并列第三,绿珠坠玉楼则完全被剔了出去,原因不详。牡丹大获全胜。

牡丹如坠梦里,不知怎会突然间就翻天覆地了。

景王也没表现出因办差不力、被人颠覆了的沮丧或是不高兴,只叫牡丹上去领匾额,接受褒奖。

见牡丹上前对着匾额磕头谢恩,曹万荣妒恨交加,附在吕醇耳边轻声道:"我早就说过,你还不信。是不是她种出的都不一定,她家的花匠本就是景王给的,不让她赢还让谁赢?适才这不过是障眼法而已，先抑后扬，好叫人家同情她，然后再定下是她，就没话说了。还有十公子，唉……叫我说什么好？他口口声声都是为她说话，是没见过美人还是什么的！也不想想，吕家的花成了这样，他下次还有什么资格做评审？！以后若是再办牡丹花会，上头坐着的人就该是何牡丹了！"

吕醇颤抖着嘴唇，直勾勾地看着景王，又看吕方，然后又看牡丹。果然是鬼迷心窍了，吕醇轻轻闭了闭眼，他想要这个称号，不是一天两天的事情，而是一辈子的梦想，为此他付出多少辛劳，常人万万想不到。

他原本认为非他莫属，不屑于去搞小动作，可经不住曹万荣再三撺掇，告诉他牡丹背景雄厚，也在背后搞小动作，他应该防患于未然。他信了，任由曹万荣去做，结果一切都败在自家儿子手里头。儿子血气方刚，尚未娶妻，被这样的妖女迷惑倒也情有可原，最可恨的就是这个妖女！欺世盗名，无耻下作，吕醇看向牡丹的眼里充满了恨意。

曹万荣得意无比：吕醇苦心经营几十年，在行内的号召力非同一般。只要他不承认牡丹，还有哪个花农敢同牡丹做生意？游园赏花，也得有个好名声才是，若是主人没品，去的人还会多么？不会！

这边牡丹恭恭敬敬地接了匾额，谢过了恩，景王笑道："不知何娘子这四盆花所值几何？"言下之意竟是要买这花。

牡丹暗想，转眼间翻天覆地，必然是有原因，按理这姚黄得了第一，本在她意料之中，但也说明得了某人的眼缘。她犹豫了一下，道："民女其实一直有个心愿，愿这几盆花能到御前，为御花园增添几分光彩。"

景王哈哈大笑，大声道："难得你有这份孝心！"那牛姓少年也表示愿将那盆墨洒金进献入内。曹万荣不甘落后，也表示要献花。吕醇本已是兴趣缺缺，被他几人这样逼着，少不得强打精神也要献花。

景王褒扬几句，随即命人入后禀告，不多时，就有赏赐出来，牡丹的是珍珠五斛，彩缎二十匹，金盘一对，银杯两双，还有彩绳系着的钱六百缗。道是珍珠、彩缎、金盘是皇帝赐的，银杯与钱却是皇后赐的。牛姓少年、曹万荣、吕醇的都是金盘一对，银杯两双。

众人本来早有猜测，此时方确定帝后都在后头，顿时山呼万岁、千岁，声震寰宇，恭送銮驾。

接下来众人都上前去恭贺牡丹，牡丹还未高兴完，那边景王又说是要宴请今日前三名的得主以及评审等人。牡丹晓得推辞不得，便说自己一介女流，多有不便，要请自己的兄长相陪。景王微微颔首，允了。

宴席上自不必细说，众人都以景王为中心，吹捧阿谀，景王却是谦虚谨慎得很，笑道："本王浪得虚名，只是爱花，其实不懂赏花，今日若非圣人在上头看着，就要闹笑话了。"算是坐实了今日真正的主评之人是皇帝。牡丹是阴谋论者，便暗忖景王不是不懂欣赏，而是故意把这出头露脸的机会留给那一位。

又有人问那绿珠坠玉楼为何落到那般地步，景王笑道："名字不祥！"想这绿珠坠玉楼名字之由来，乃是西晋石崇与绿珠的典故，抄家灭门，死无葬身之地，文人倒是感其哀婉，贵人却是忌讳其不祥，自然不能入选。

众人替那牛姓少年唏嘘一回，景王领头敬牡丹的酒，众人跟着起哄，似是不把她灌醉不罢休。牡丹喝了一些，其余都由二郎一一替她喝了。二郎不支，牡丹扶了二郎告罪要走。曹万荣喝得半醉，嚷嚷着不许走，说是牡丹看不起其他人也就罢了，难道连景王也看不起么？

二郎听说，便推开牡丹，捧了酒坛子要一饮而尽。这一坛子酒喝下去还不知会成什么样子，牡丹大急，景王却只是含笑不语。吕方不忍，却被吕醇紧紧拉着无法。刘畅淡淡看着，只管喝酒，其他人更是纷纷言语相激。

都想逼她看她的笑话是不是？好！牡丹梗着一口气，接过二郎手里的酒坛子，道："要喝酒是不是？也不必一杯一杯地来，大家都上酒坛子，敢不敢喝？！"

见牡丹操起一坛子酒来，众人全都笑了。想她一个身子如此瘦弱，赴宴都要带着兄长一道的女流之辈，还敢和人拼酒？简直自不量力。

曹万荣笑道："何娘子莫要逞强，你一个女流之辈，喝醉了不是要处。若是弄出点什么来，我们也不好交代。还是让令兄替你喝吧。"

"我自己的事自己承担！不要你交代！"牡丹对着景王行了个礼，给他斟满一杯酒，笑道，"各位同行尊敬我，非得敬我酒。但小女子以为，今日之事其实多累下殿下。请殿下容许小女子觍颜领着他们一道，敬殿下此酒，我们干了，您随意！"

景王微微一笑，轻轻抬手，表示她随意，然后施施然往椅背上一靠，低不可闻地问刘畅："你不为她求情？是恨她呢，还是晓得她本来就会喝酒？"

刘畅淡淡地道："她又不是我什么人，喝死也和我没关系。"他是真不担心。若非当初他嫌牡丹缠他缠得太烦，他也不会知道，病歪歪的牡丹喝酒比他还厉害。当初，当初，他怎么又想到了当初？他半是痛苦半是厌弃地抚了抚额头。

景王不置可否地挑了挑眉，饶有兴致地看戏。

得到景王首肯，牡丹便挑衅地将一坛子酒砸在曹万荣面前，直呼其名："曹万荣！你敢不敢来！"

二郎要阻止牡丹，牡丹示意贵子拉他坐了，让他别管，然后指着曹万荣："曹万荣！你不敢么？我一个女流之辈都敢，你一个大男人不敢？"她惹不起一群人，就专挑着曹万荣来。只要把曹万荣给灭了，看其他人还敢不敢和她叫板？反正适才这些人已经喝了不少，她却是没喝多少；再说了，人不可貌相，海水不可斗量，谁会想得到病歪歪的何牡丹天生好酒量？

被一个女人当众饥着喝酒，曹万荣丢不起这个脸，冷笑道："笑话，我怎么不敢？"随即提起酒坛子，"来！"

牡丹轻蔑地扫一眼起哄的那群人，抬了抬下巴："各位呢？不和我们一起，想单独敬殿下，还是不敢喝，喝不下？"

那牛姓少年闻言，不声不响地提起了面前的酒坛子。吕醇心情不好，是最不愿意搞这些的，更不屑于被牡丹牵着鼻子走，当下将酒杯重重一放，道："我身体不适，就不和你们年轻人一起了。"

牡丹也不强迫他，笑道："您是老前辈，身体不适，理该休息。"

吕醇又扫了吕方一眼，意思是不许他丢丑。吕方恍若未见，也笑着提了坛子。其他人见状，只得也跟上。牡丹微微一笑，对着景王示意之后，对着坛子口就开喝。喝到三分之一，咕咚，吕方先倒了，开始傻笑，被吕醇给拖了下去；再喝，牛姓少年和另一个文士跟着倒了。曹万荣还在苦苦支撑，景王将牡丹斟给他的酒一饮而尽，淡淡地道："行了！到此为止！"

纵然天生好酒量，但谁会没事儿想喝酒？牡丹早就巴不得这一句，立即放了手里的酒，曹万荣却是有些模糊了，嚷嚷道："不行，何牡丹，你还没干！"牡丹见景王垂着眼不语，刘畅面无表情地看着曹万荣，晓得他们不会干涉自己，遂大着胆子道："那你先干，干了我再干！"

曹万荣果然干了，干完的同时也倒了。牡丹长出一口气，向景王行礼致歉，景王淡淡地道："你不是说曹万荣喝完你也喝么？"

牡丹正色道："他喝醉了没看见我喝，醒来一定不认账，不如下次我再见他时又喝好了。"

"倒也是，这曹万荣输不起，有些让人讨厌了。"景王示意牡丹起来，半是认真半是玩笑地道，"你这个女娘太好强，女人太过柔弱或是太好强都不好。"

牡丹拿不准他什么意思，便只是微笑道："量力而行。"

景王点点头："听说你和蒋大郎好事将近,不知好日子是在哪一日?"
　　牡丹笑道："是六月二十六。"
　　景王扫一眼面无表情的刘畅,笑道："那是双喜临门了。蒋大郎大约就在下头候着吧?难得今日机缘巧合,让他上来,孤敬你二人一杯。"
　　牡丹道着不敢,让贵子去喊蒋长扬。闹这么久,不过就是要逼蒋长扬上来,这样明明白白的,还真不好推辞。
　　蒋长扬沉着脸大步入内,与景王行了礼入座后也不见脸色好转多少。景王并不以为意,笑道："成风,昔日你也是孤的座上客,近来却不见你上门走动了。若非今日机缘巧合,还真是难得见你一面。"
　　蒋长扬道："实是一直太忙,有闲之时殿下已然休息,不敢扰了殿下的清净。"
　　景王淡淡一笑："既然遇上了,便喝一杯,何如?"随即命人把曹万荣等人收拾出去,重新摆席,一副要与蒋长扬、刘畅开怀畅饮的样子。
　　这一天迟早要面对。蒋长扬沉默片刻,和牡丹道："马车在外头,让顺猴儿送你们回去。"牡丹便告了退,扶着二郎往下,走到楼梯口,迎面遇到阿慧。
　　阿慧笑道："我家三娘子就在隔壁。二公子大醉,不如让他先在这店中歇息片刻,娘子与我家三娘子说说闲话儿,等着蒋将军一道走如何?"
　　虽然知道这次见面定是景王授意,但上次被刘畅设计陷害之事其实多得秦三娘援手;何况自秦三娘不辞而别后,二人从未正式见过面,牡丹无论如何都不能拒绝这个提议,当下将二郎交与顺猴儿照料,自带了贵子去见秦三娘。
　　阿慧笑道："我们就在隔壁,适才亲眼瞧见娘子与人斗酒。娘子真是真人不露相,好酒量。"
　　"哪里,其实我这就不行了,多亏殿下及时制止才侥幸逃过。"牡丹注意到阿慧说的是瞧见,而非听见,不由有些狐疑,她们是怎么看见的?转眼到得门口,只见秦三娘由两位衣饰整洁的嬷嬷陪着坐在雅间里,见她进去便由那二人扶着起来迎接她。
　　牡丹忙抢前几步扶住秦三娘："你身子不便,莫要这般客气。"
　　秦三娘笑道："这是别后第一次见到恩人,这些礼节是一定要的。待到日后大家熟了,便不会与你如此生分了。"她此时虽是大腹便便,丰腴笨拙了许多,可她极会保养,不但没有影响容颜,反而比原来更多了几分妩媚温柔,衣饰精美,容颜俏丽,颇有女人味。
　　日后……又是充满暗示意味的语言。牡丹猜得好累,笑赞秦三娘越来越美,又说自家五嫂刚生了个儿子,刚褪去胎毛,可爱得不得了。
　　秦三娘却抚着肚子低笑道："我是想要个女儿。女儿多贴心啊,稳当。"两位嬷嬷其中之一忙笑道："只怕要让夫人失望了,夫人这肚子又尖又紧实,定然是个儿子。"
　　牡丹一时无言,她是决不信秦三娘想生女儿的,身处这样的环境,没儿子想方设法也要生个儿子来傍身的,估摸秦三娘也是不敢说真话,明明想生儿子,偏要说想生女儿。
　　秦三娘见牡丹不说话,便笑道："咱们不说这些何娘子不感兴趣的。"然后执了牡丹的手往墙边走,低声笑道,"让你瞧个热闹新鲜的。"说着将墙上挂着的一幅画儿给掀开了,露出一个洞来,示意牡丹往那里看。
　　牡丹下意识地就想拒绝,秦三娘推了她一把,温和却不容拒绝地道："我适才在这里看了你许久。独木难支,以后会越来越累。"
　　独木难支,还有什么话比这更直白?景王不好直接对蒋长扬说的话都由秦三娘对自己说出来了。牡丹作了一个深呼吸,依言贴近那个洞看过去,正好看到景王将刘畅和蒋长扬的手抓了放在一起。她猛地转过头来看着秦三娘,秦三娘凑过去看了一眼,毫不奇怪地道："丹娘,这是大势所趋。"

大势所趋，多么自信的话。她凭什么这么自信？牡丹皱起眉毛看着秦三娘。

"不管你信不信，你我都是没有根基的。虽然很努力，可是更多的事身不由己。你若是不幸些，便是我；我若幸运些，便是你。"秦三娘直视着牡丹柔声道，"愿不愿意接受这份好意，随你们的便。"

牡丹低声道："我喜欢过安稳的日子。"

秦三娘理解地一笑："我也喜欢。但总要有选择，安稳不是凭空来的。好啦，这是他们男人的事，我们女人还是说些知心话好啦，你大喜，我替你备了一份厚礼。"

从酒楼出来后，蒋长扬见牡丹闷闷的，便安慰她道："没事儿，都有我，从明日开始，你安心备嫁就是。"

该来的迟早都会来，牡丹绽放出一个灿烂的笑容。

牡丹花会后，芳园瞬间成了京中赏牡丹花的胜地之一，各处慕名而来，赏名品牡丹，看御赐"国色天香"匾额的人络绎不绝。接待了几天散客之后，处在盛花期的芳园迎来好几拨包园子办赏花宴的客人，先有汾王妃，后有康城长公主，又有兴康郡主、白夫人，还有好些跟着汾王妃、康城长公主来了以后觉得芳园好，便又包了园子请亲朋好友游玩观花的女眷。

从牡丹初开到牡丹花谢的二十多天里，芳园就没有哪一日是空闲的，日日都是人满为患。包园子的收入、卖花的钱，让雨荷等人每日数钱数到手抽筋，个个笑得合不拢嘴。只让牡丹很不过意的是，园子被包之日，总有那慕名远道而来的游客乘兴而来、败兴而归。她想了好几个法子，奈何花期短暂，今年已是来不及，只能等待明年再实施。

四月初，王夫人与方伯辉成亲，牡丹精挑细选送了二十盆正处在盛花期的名贵品种去做贺礼。王夫人骄傲地将它们摆放在最显眼的地方。是夜，灯火辉煌下盛开的牡丹花引得宾客留步，竞相称赞，达到了意想不到的效果。这个简单却不失隆重、别有新意的婚礼一时传为美谈。令牡丹想不到的是，有好几户同期嫁女娶妇的人家见了之后也来竞相购买或是租赁，当年的花芽接头更是早早就被预订出去许多。

这份成功让牡丹兴奋不已，她兴致勃勃地计划着明年要做的事，日子就在繁忙与充实中滑过，一切都顺利美好，只是迟迟等不到何志忠等人的消息令人颇为惆怅。

蒋长扬派去广州接人的人迟迟不曾传回消息，而与何志忠父子同期出海的人已经回来大半，道是在海峡就和何志忠父子分开，他们去了北边的罗越国，何志忠父子去了南边的佛逝国，各自买卖，并不知其下落。这个消息虽让何家人颇为忧虑，但又想着何志忠是最后一次出海，定会走得更远一些，多淘些宝贝，比旁人回来得晚也是有的。

只有岑夫人又想起当日做的那个梦，心中不安之极，又不好当着大家的面表现出来，只是夜里跪坐在佛像前念经祈愿的时候更久而已。她不求他们能赶得上牡丹的婚事，只求他们平安归来。她以为大家都不知道，其实大家都看在眼里，但年轻人比老年人更乐观，认为没有消息就是好消息。牡丹委婉劝了几回，又亲手替岑夫人做消暑保养的汤水，悉心照料，只怕她会因此病倒。幸好岑夫人身体不错，虽然担忧却还精神，每日还能里里外外地操办牡丹的婚事。

六月初，好消息和坏消息同时传来。好消息是蒋长扬请托在广州等候何志忠父子的人传回了消息，何志忠父子终于带着大批货物平安现身，坏消息是时间仓促，他们一定赶不上婚礼了。何志忠带来一封信，表示很高兴，让牡丹安心地嫁，又认真严肃地教育了她一回，说了一堆要她谦恭礼让、贤淑顺和之类的话，末了却添了一句，如果有委屈就要说出来，他和大郎他们一定会为她做主。

牡丹虽然失望，却又觉得庆幸，笑了一回，又靠在岑夫人怀里幸福地掉了几滴泪。看到岑夫人和薛氏等人都在佛像前诵经跪拜，她也跑去跟着拜了一回。

转眼到了婚礼前一日，按风俗女方要派人去男方家中铺房，只这个房却不是真正的"房"，而是称为百子帐的毡帐。请去铺房的铺母是李满娘和薛氏，原本该有崔夫人一席之地，奈何两家经过那件事后，是怎么也不可能请她了，正如当初李荇成亲之日，何家也只是尽到礼数就回了家。

崔夫人也有数，并不曾出现，反倒是吴十九娘热心地跟着李满娘一起来，先去蒋家，后又回到何家，里里外外地忙，看见哪里需要人手就往哪里上。她的温柔大方和热心肠得到了何家人的交口称赞。

晚饭过后，吴十九娘拉着牡丹说悄悄话："我去了那边，看见四处都整饰一新，人来人往的，好不热闹。百子帐安置在一个很大的花园里，四周都挂上了彩灯，摆了时令鲜花，蝉都叫人给粘干净了，半点嘈杂不见。还有一个池塘，重台莲开得正好，里面养得肥肥的锦鲤游过来游过去……听说因为天热，怕新娘子热坏了，新郎官到处借冰买冰……"

牡丹听得好笑："哪里是怕我热坏了，分明是怕待客的饭菜坏了。"

吴十九娘促狭一笑："哟，哟，原来新娘子是你呀。新娘子，敢问新郎官是哪位呀？"于是追着要牡丹回答她的问题，又摩拳擦掌地表示第二日下婿之时非得好好为难一番蒋长扬。若要她不为难蒋长扬，除非牡丹现在求她，表现得很是活泼。

牡丹没想到吴十九娘会这样亲热地和自己开玩笑，她不知道吴十九娘晓不晓得从前那些事，但吴十九娘看着挺快乐的，笑容也是发自内心，不似强装出来的，便想着若是李荇与她过得不好，只怕吴十九娘笑不出来，为李荇高兴的同时也打心里接受了这位表嫂。

众亲友笑闹了一回，渐渐散去。岑夫人见牡丹还坐着，便赶她去睡："还不赶紧去睡？明日够得你累，不到半夜休想歇下。"

牡丹红了脸不语，薛氏看着笑了："娘，丹娘这是舍不得您呢，依我看，今夜您便留丹娘一道歇了才好。有什么悄悄话，也好和她说。"

岑夫人意味深长地一笑："是该好好和她说说话。"

薛氏等妯娌几个都晓得牡丹的事，纷纷掩了口偷笑，笑得牡丹一个大红脸，起身去赶她们。甄氏笑道："哟，现在就嫌我们碍眼了。不过我们还是要和小姑说道说道，这嫁过去之后，可不能任由男人全做了主。来来来，喊声三嫂来听，三嫂我便教你好手段。"薛氏、白氏等人也纷纷起哄，要她喊嫂子来听，每人传授她一条经验。岑夫人只是笑，并不管她们怎么闹腾。

牡丹有心要听几个嫂嫂的夫妻相处之道，便一一行礼喊了过来。众人偏要为难她，一会儿说她喊得不亲，一会儿说她心不诚。岑夫人笑道："人家弄妇的还未动手呢，你们这些亲嫂子倒先为难上了。丹娘脸皮薄，快别为难她了。"

薛氏等人这才正色传授牡丹经验，薛氏道："关怀体贴是个宝。"白氏道："说话委婉，多加思量是一定的。"甄氏嚷嚷道："不该让步的时候一定不能让，不然下一次可就蹬鼻子上脸了。"李氏含笑道："互敬互爱很重要。"张氏抱着个嗷嗷大哭的婴儿边哄边道："关键时刻忍口气，吃亏便是占便宜。"

牡丹一一记在心中，又听岑夫人咳了一声，道："我也说一句，明日下婿你们悠着点，省着轻重。我可是听人说有户人家把新郎放进箱柜里去了，活活闷死了的。"

众人哄堂大笑，皆道："这还没成女婿，就先心疼上了，明日偏要可劲儿地捶。"这个说她准备了洗衣槌，那个说她准备了鸡毛掸，又撞撞牡丹的肩头，"丹娘，难得的机会，不趁此机会捉弄他一回，以后可没机会了。"

想那时，牡丹与刘畅成亲，牡丹就是个半死人，刘畅就是个黑煞神，哪里比得今日这般热闹风光。甄氏有感而发："以前那次没机会弄婿，此番却是要好好动一回手。"话音刚落就被张氏拉了一把，说她哪壶不开提哪壶，好好的又提起从前的不愉快。甄氏笑了一回，把头靠到薛氏肩上，笑道："难道你们就不想好好为难他一回？"

牡丹晓得她们是戏谑，却忍不住担心其他来看热闹的亲戚朋友中有那莽撞的不知轻重。毕竟此时盛行的下婿风俗中，从盘诘戏谑到棍棒相加，戏弄为难新郎人人都认为是天经地义的。担忧完蒋长扬，又开始担心自己在"弄新妇"这一关时被捉弄。

白氏仔细，看穿她脸上的忧色，少不得又是一顿调笑。还是岑夫人见天色着实不早了，方才将几个儿媳赶出去，细心交代了牡丹几句，母女二人背靠着背亲亲热热地睡了。牡丹却又睡不着，翻来覆去直到鸡叫了两遍才沉沉睡去。

次日清早，牡丹还在梦中，就被英娘和雪娘等伴娘捏着鼻子弄醒，都道大喜。

第三十四章　婚礼

雪娘把一朵大红绢纱牡丹花轻轻插在牡丹的高髻之上，替她扶了扶那支铜制镏金镶嵌金、银、琉璃、砗磲、玛瑙、水晶、琥珀的同心七宝钗，看着容光焕发的牡丹微红了眼："何姐姐，恭喜你了。"

牡丹晓得她前些日子定了一户姓陆的人家，年后出嫁。对方是个武将，从六品飞骑尉，不在京中，驻安北都护府，听说也是武将世家，人品能力各方面都不错。但牡丹从未在雪娘脸上看出任何期待或是高兴的神色，便猜她约莫不太满意这门亲事，这是触景生情，却也不好劝她，只能故意调笑："怎么，舍不得我？"

英娘将帕子塞到雪娘手里，笑道："莫伤心，以后又不是见不着。"

雪娘也觉着自己失态，匆忙按按眼角，打起精神笑道："我这都是替何姐姐高兴的。"她是真羡慕牡丹，果然和蒋长扬终成眷属了，还离家这么近，又不用伺候公婆。

吴十九娘忙道："咱们来商量商量，看看今日怎么为难新郎。"一句话就将众人的注意力全都吸引了过去。雪娘转眼之间忘了自己的不欢喜，兴致勃勃地出了好几个主意。吴十九娘有意不要她因为悲伤而搅局，故意夸她出的主意新颖，听得雪娘高兴不已，越发得劲。

牡丹在一旁含笑听着，想起那个乱七八糟的清晨，她被突然闯入的岑夫人、薛氏等人轰轰烈烈地带回家来时的情形，不胜感慨。家里专为她修建的新房此刻还空着，岑夫人说新建的屋子寒气重，要晾上半年才能住人，谁知还没等到那屋子晾干她就已经出嫁。大概当时谁也没想到她会这么快再嫁。果然世事难料。

牡丹翘着唇角正想得出神，忽然听见外头一阵嘈杂。芮娘气喘吁吁地跑进来，一头撞到了甄氏，甄氏骂道："小鬼头，没事儿跑这么快做什么？"芮娘双眼发亮地扯着牡丹的袖子喊道："姑姑，姑姑，你猜谁来了！"

牡丹点点她的鼻子："我猜不着……"就听有人在门口喊了一声："丹娘……"却是满脸含笑的何志忠与三郎二人。

牡丹猛地捂住了嘴，甄氏看到三郎，欢喜得和什么似的，一迭声地问："天也！不是说赶不及了么？怎会突然就冒出来了？大哥和四郎呢？怎么不见？"

何志忠满心欢喜地看着变了个人似的牡丹，小心翼翼地替她正了正钗环，轻描淡写地道："听说我的小丹娘要成亲，可急死我了，头发胡子都急白了。大郎便说，哎呀，爹爹既然这么急，不妨先回去呀，等我押着货物慢慢地走。只是到了要和丹娘说，不是我不想来，实是赶不及。四郎也说，兄长一人管那么多货物他不放心，他和兄长慢慢地来，让三郎伺候着我骑马先回。

245

本来我以为赶不及的，谁知竟会遇到段大娘的快船，硬生生为我节省了十天。所以说呢，好心总会有好报。"

他说得轻巧，牡丹却知道大郎和四郎定是为了不让吴姨娘和甄氏有想法，这才特意让三郎跟着先回家的。为了这个家大家都不容易。她紧紧拉着何志忠的手只是不放，低低喊道："爹爹……"

何志忠怕她哭出来，忙道："别，花了就不好看了。"又小声道，"其实差点赶不回来了，多亏蒋大郎徇私替我们找的驿马。你今夜见了他，要替我谢谢他。"

牡丹忍不住翘起唇角来，正想与何志忠说上几句话，就见二郎急匆匆地从外头赶过来，道是客人多得很，请何志忠和三郎赶紧洗浴更衣，准备祭祖。何志忠只来得及将个匣子塞到牡丹手里，望着她安慰一笑就忙忙地出去了。

甄氏忙撺掇牡丹打开来看是什么，却是一层银白色的海沙上放着几个漂亮的小贝壳和一只海螺。牡丹不由再次红了眼圈，泪水只在眼里打转，强忍着才没流下来。她只是在老爹走前感叹了一句，此生怕是不能见到海了，老爹就放在了心上，这么大老远地给她带回这样一件难得的礼物。

众人不知缘由，都有些失望，以为何志忠这一趟出去，怎么也会为牡丹带些难得一见的奇珍异宝作为新婚贺礼，谁知却是一捧沙和几个贝壳。

何淳见大人表情古怪，扯着牡丹的手踮着脚看了，又见牡丹眼泪汪汪的，忙劝道："姑姑别哭，虽说祖父小气，只肯送你沙子和贝壳，但我还有几个金元宝，一起送给你。"

牡丹忍不住含泪笑了起来，将何淳紧紧搂在怀里，小声道："祖父半点都不小气，祖父给姑姑的这个宝贝多少钱都买不着。"

何淳吃惊地眨了眨眼："真的吗？难道里头有宝珠？"便问牡丹讨那贝壳和海螺，要去撬开看个究竟。

牡丹"扑哧"一声笑出来："阿淳原来是个小财迷。不是这里头有宝珠，是祖父从老远的地方带回来，里面有祖父的心意，所以才说花多少钱都买不来。"

何淳似懂非懂地点点头，牵着牡丹的手出去祭祖。

祭拜完毕，牡丹坐在房中静等蒋长扬上门，突然想起，蒋长扬今日也要祭祖，不知他是回朱国公府祭，还是在自家的小院子里头祭？若是在自家小院子里头倒也罢了，若是去了朱国公府，不知蒋家其他人又是什么感觉？会不会为难他？

却说蒋重和老夫人虽然非常不满这桩婚事，却不敢公然表示，何况中间还有一个贤惠的杜夫人。杜夫人提前一日就命人将祠堂打开清扫干净，把族里该请的人都请了来，忙里忙外，把祭祖所需的一切都准备妥当，大清早就静候蒋长扬的到来。

待到蒋长扬人一到，杜夫人立刻去请老夫人和蒋重。老夫人只推说自己心悸不舒服。她不肯出席这样重要的仪式、不愿承认牡丹本就在杜夫人意料之中。杜夫人暗喜，少不得装模作样地劝了一回。

老夫人听得烦了，随手将个银荷叶枕挥落床下，硬邦邦地道："你爱操这份心你就自去操，莫要拉着我一道。"

说者无心，听者有意。老夫人本是心中烦躁不喜乱发脾气，杜夫人却以为是蒋重说了上元节的事，老夫人这才大清早就拿她发脾气。当下心里梗了老大一个包，出去见了蒋重，便有些不冷不热。蒋重问她几句话她才答一句，蒋重也不高兴，淡淡地道："既然要装贤惠，就要一直装到底，这种时刻做给谁看？"

杜夫人气得发抖，情不自禁地想起那日王阿悠成亲，蒋重把他自己关在书房里整整一天一夜。这不是舍不得那个女人，心疼那个女人的儿子，又是什么？她这二十多年，又算得什么？

忠儿一个人被丢在那么远的地方，人生地不熟，怎么就不见他多关心？想到此，杜夫人的嘴唇控制不住地颤抖起来，死死盯着蒋重，恨不得跳起脚来将他那张脸抠个稀巴烂才解气。

蒋重丝毫未觉，见她不答话，也就自顾自地往前去了。杜夫人咬紧牙关，抬眼看着廊下被风吹得急转的灯笼，唇边浮出一个温柔至极的微笑，吩咐庶女蒋云清："走，今日你哥哥娶亲，要做的事多着呢。等到祭祖之后，他去迎娶新妇，咱们还得往曲江池那边去候着，总不能叫方家去替蒋家行使职责吧？我倒是无所谓，就怕有些人丢不起这个脸。"

她倒要看看，这样的场合中，她以蒋长扬继母的身份出现主持婚礼，王阿悠又以什么样的身份出现。

这话传入前面疾行的蒋重耳中，蒋重忍不住皱了皱眉头，脚步却慢了下来。

杜夫人见蒋重的脚步慢了下来，不易察觉地翘了翘唇角。是时候让他认清：他其实离不得她了。

夫妻二人各怀心思穿过国公府一重又一重的院子，总算是到了祠堂。蒋重淡淡地看了焕然一新、面色也不怎么好看地站在祠堂外头等他的蒋长扬一眼，朝几个族老点点头，昂首挺胸走入祠堂中。

待到祭祖完毕，蒋重冷淡地唤住蒋长扬："你祖母心悸，不能参加你的婚礼。稍后你去迎娶新妇，我们会去曲江池那里等着，直到你们礼成为止。这会儿那边招呼的人是谁，你让人先去说一声。"

蒋长扬冷冷地看着蒋重，一言不发。他晓得蒋重是什么意思，此时在那边招呼的人除了王夫人和方伯辉还能是谁？蒋重其实就是要他通知王夫人和方伯辉，蒋家才是正主儿，不该方家插手的别乱插手。他并不需要蒋重和杜夫人这个时候跑去充当那角色，可是其他人不这么想。他这一辈子人家都只会认为他是蒋重的儿子，他结婚是蒋家的事，与已经成了方家人的王夫人没有关系。想到他和牡丹今日成亲，另一个女人占了主位，王夫人却是看客，他就不由得难过。

蒋重毫不退让地瞪着蒋长扬，这关系到他的尊严和朱国公府的尊严，他是绝不会退让的。蒋长扬姓蒋，不姓方。

杜夫人饶有兴致地看着这父子俩大眼瞪小眼，好心提醒道："天色已近黄昏，莫要误了吉时。"

蒋长扬垂下眼眸，微不可见地点了点头，转身往外走，低声吩咐顺猴儿："你去和家里说，他们全都要过去。"

顺猴儿见他脸色不好看，忙道："公子莫难过，夫人早就猜到了。她让小的告诉您，他们要过去就过去，她会留在那里一直等着您礼成，她说她不在乎这些虚的。"

蒋长扬心头一暖，到底是自己的母亲，早就一切都替他打算好了，宁肯自己委屈也不要他为难。可是她不在乎，他在乎，遂打定主意决不让王夫人受委屈。待出了朱国公府，候在外头的潘蓉和他的军中好友一拥而上，将他推上马去，一群人笑嘻嘻地朝着宣平坊赶去。

才到街口，就见一群小孩子齐声大笑："来了！来了！"随即一窝蜂喊着笑着飞奔进去，将大门关得严丝合缝。一群人嘻嘻哈哈地笑着行到何家门口，潘蓉上前使劲砸门，扬声喊道："贼来须打，客来须看，报道姑嫂，出来相看。"

就听得里头一阵脆笑，有条女音带着笑意高声道："本是何方君子？何处英才？精神磊朗，因何到来？"

潘蓉大声道："本是京中君子，公卿世家，选得将军，故至高门。"

又听里头道："既是高门君子，贵胜英流，不审来意，有何所求？"

蒋长扬大声道："闻君高语，故来相投。窈窕淑女，君子好逑！"

众人一阵大笑，纷纷上前使劲捶门："开门！开门！"

里头笑道："开了！开了！你们小心着些，别不注意摔个大跟头！"

众人只当不会这么快就开门，纷纷使劲去撞门。蒋长扬多留了个心眼，见他们都往前头挤，就往后头让了一让。果然里头说到做到，门哗啦一声就敞开了，一群人稀里哗啦扑将进去，果然尽数摔个大跟头。

里面一群女人笑成一团，甄氏手持竹杖清点战果，因见许多人都摔了，唯独最想摔的那个没摔着，此时正撩起袍子稳稳地走出来，便发一声喊，笑道："打那个最不老实的！"言罢挽起袖子往前扑。其余妇人见状，纷纷上前嘻嘻哈哈地扬起手中的擀面杖、竹杖等物朝蒋长扬招呼去。

蒋长扬微笑着，护住头脸任由她们去打。潘蓉从地上爬起来，喊道："想我潘二郎做傧相，怎能叫新郎官给人打了去？"说着领了一群身强力壮的齐齐往蒋长扬身上压，笑闹着抢擀面杖、夺竹杖，或是告饶，或是说好话。

白氏先住了手，笑道："罢了，罢了，今日暂且打到这里。要过这道门，先咏来。"

潘蓉笑道："柏是南山柏，将来做门额。门额长时在，女是暂来客。"

这一关算是过了，到得中门处，不等白氏等人开口，潘蓉先就道："团金做门扇，磨玉做门环。掣却金锁钩，拨却紫檀关。"从外入内，几乎逢门必咏。一直到了正堂前，潘蓉又以一首至堂户咏唤开了堂门。

蒋长扬向何志忠与岑夫人行过礼后入正堂，瞧见屋中设着的行障，想到牡丹在内坐着静候着他，不由心跳如鼓。潘蓉推了他一把，将一对用红罗裹好、五色丝绵缚口的大雁递过去，笑道："还等什么？快扔呀。"

蒋长扬微微一笑，将大雁隔着行障掷过去。

却说牡丹被雪娘等人簇拥着坐在马鞍上，用把团扇遮着脸，周围又用锦缎行障围起来，层层叠叠的，并看不见外头，只能听见众人的嬉笑声和潘蓉咏诗。接着听见门锁被打开，又听见蒋长扬与何志忠、岑夫人行礼说话，然后脚步声响起来，潘蓉喊蒋长扬快扔。

牡丹的掌心顿时沁出汗来，轻轻扯了薛氏一把，薛氏晓得她紧张，偏故意开玩笑道："别急，奠雁了。"正说着就见红光一闪，薛氏忙上前接住了，笑着将两只大雁递给牡丹，低声同周围的女眷道："是活雁呢。"

牡丹含笑摸了一回，又交给薛氏，只等礼成后放生。

奠雁礼完成，牡丹已经坐得腰酸背痛，然而还不算完，还要作催妆诗。虽然来前早有准备，可潘蓉却是因为一日里咏了太多诗，有些糊涂转不过弯来，摸了摸脑袋，张着口就是不出声。何家已经有人偷偷笑出声来，蒋长扬大急，恨不得掐他一把，小声地提醒了两句。

潘蓉红了脸，大声道："传闻烛下调红粉，明镜台前别作春。不须满面浑妆却，留着双眉待画人。"

待他咏完，众人方大笑起来。薛氏将蔽膝给牡丹遮住脸面，扶着她出了行障，辞别了何志忠与岑夫人，送她出门登车。牡丹半是欢喜半是忧伤地上了车，蒋长扬骑马绕车行了三圈，二郎、三郎也翻身上马预备送亲，众人方才笑道："走咯！"

车马行至半途，又听得一阵喧哗之声，马车重重地一顿，停了下来。牡丹被唬了一跳，正有些茫然不知所措，忽听得蒋长扬在车外低声道："莫怕，是障车的来了。"

果然一阵嬉笑声响起，先恭喜，然后有索要酒食的，有索要绫缎财物的，不给就不让过。蒋长扬早有准备，命人取出酒食并两筐子散钱、一百匹绢，请众人酒食，抛钱送绢，热热闹闹地哄闹了一歇，拦车的众人方才放了迎亲车马过去。

待到得曲江池别院，牡丹已经热得喘不过气来。蒋长扬亦是汗流浃背，少不得挨着车窗低声道:"丹娘,你且再忍忍。"这话被众人听见,又是一阵狂笑奚落。

蒋长扬脸皮厚,对着一群还未成亲的族弟及同僚好友笑道:"你们莫急,总有这一日的。"

众人大笑:"蒋大郎莫威胁,我等到哪步又说哪步的话。"

说笑声中,牡丹下了车,踏着地毡脚不沾地而入。蒋重与杜夫人领着蒋长义和蒋云清立在院子里头,眼看着牡丹入内了,却一个看着一个不动弹。

按理他们应当从角门出去,再沿着牡丹走过的地方从大门走进来,意为沾沾新娘的喜气。只是蒋重看不上牡丹,怎会认为有喜?自是不屑去沾这样的喜气,更恨立在一旁郎情妾意的王夫人与方伯辉,便阴沉着一张脸,梗着一口气不想动。而杜夫人本就是来给王夫人添堵看笑话的,蒋重不带头,她自然乐得不走,反正将来蒋长扬恨的是蒋重,越恨越好。蒋长义与蒋云清则是一切看他二人眼色行事,他二人不动,自也不敢动。

只一瞬的停顿,众人便看出了名堂,还不好上前相劝,便纷纷看向王夫人和方伯辉以及刚进来的何家二郎与三郎,再看蒋长扬,且看他怎么收场。汾王妃看不惯,待要上前,却见王夫人已然独自挺直腰背往角门处走,竟是要独自完成这套礼节。方伯辉笑了一笑,喊道:"阿悠等等我。"说着果然前行了几步。

就有人低声笑起来。亲生父亲不管,却让外人来管。蒋重又恨又悔又气,铁青了脸疾步上前,心里面把争强好胜、弄不清自己身份的王阿悠杀了两个透明窟窿,又把那不要脸、故意挑衅他的方伯辉剐成了肉泥。

杜夫人心中暗笑,大步跟上前去与蒋重并肩前行,往角门处行去。又含笑看向王夫人,却见王夫人拉着方伯辉就地站住了,毫不在意地淡淡一笑,并不见任何气愤怨恨,仿佛一切早在意料之中。

王阿悠还真是什么都不怕,方伯辉容许她胡闹也就罢了,还陪着她……杜夫人突然觉着脸上的肌肉酸起来,笑得很艰难。

后头有个实力超群的替补虎视眈眈地随时等着上场,容不得蒋重有任何行差踏错。他窝着一口恶气,阴沉着脸配合着剩下的仪式。杜夫人也沉默着,该怎样就怎样,只等着关键时刻才出那口气。

眼瞅着新妇拜完灶台,被领至正堂拜天地,拜舅姑。蒋重除了心情万分复杂之外倒也罢了,杜夫人却是激动万分。她强压着兴奋之情,端庄温和地端坐在椅子上,等候蒋长扬与牡丹来拜。蒋长扬母子恨她是必然的,蒋长扬不愿拜她也是必然的,可是宗法在这里,只要蒋重在,她就和他是一体的。不拜她也行,除非也不拜蒋重。真要不拜,蒋重必然不依的,这婚礼也就不算完满了,闹出点什么来才好。

拜与不拜,她都是赢家。

杜夫人越想越开心。但是蒋长扬与牡丹拜完天地后,转过身就按着司仪的要求坦然拜了翁姑。见这二人拜下去,杜夫人情不自禁地翘起唇角笑看向王夫人。王夫人根本没看她,只是慈爱地看着一对新人,满脸都是甜蜜的笑容。在这一刻里,什么都比不过孩子们的婚礼完满来得更重要,她要的是孩子们幸福,又怎会在意这些旁枝末节和旁人的阴暗心理?她可顾不上这些。

呵呵,也只有这样装得云淡风轻才能勉强过得去了。杜夫人飞扬着眉眼,淡淡地掸了掸裙子上并不存在的灰尘,只等蒋长扬与牡丹夫妻对拜,送入青庐,礼成,她好归家。纤纤玉指弹出去,尚未收回来,就听本该夫妻对拜的蒋长扬站直了身子,朗声道:"再端两把椅子上来!"

没人知道他要做什么,牡丹却是想到,他要拜王夫人和方伯辉!这样的行为算得上是离经叛道,不但蒋重不会同意,只怕外面的舆论对蒋长扬也不利。但是,他拜得生父继母,怎么就拜不得生母继父？何况生母给了他生命，独立将他抚养大，继父在他成长之时给了有力的支撑，他怎么就拜不得？他自然拜得！

牡丹稳稳地站在蒋长扬的身边，不曾有任何语言，但蒋长扬就是明白了她的意思——她与他共进退，无论他做什么，她都支持！蒋长扬默默看了牡丹一眼，从邬三手里接过那两把椅子，认真谨慎地放在了大堂正中，然后去扶王夫人，接着又去扶方伯辉。

"哄"地一声响，众人低声议论开来，有道是不合礼制，有道是今日来的是哪一出，有道是蒋长扬离经叛道，也有道王夫人和方伯辉不自觉，甚至有蒋家的本家亲戚上前劝阻的，却也有以汾王妃为首的一群女人不胜感慨，都道王夫人养了个好儿子，不枉她辛苦怀胎十月，为他耗费了青春和心血。

蒋重白了脸，不敢相信地看着蒋长扬与含泪坐在椅子上的王夫人，又看看稳如泰山的方伯辉，再看已经准备与蒋长扬一道行礼的牡丹，还有垂着眼、唇角噙着冷笑的杜夫人。他耳边满是宾客们嗡嗡的议论声，觉得无数道轻蔑的、鄙视的、讥讽的目光犹如利剑一般，全都戳在了他的身上。他从未受过如此侮辱，从未如此愤怒！他猛地站起身来，怒斥道："这是要干什么？"他想问蒋长扬到底姓什么，眼里还有没有宗族，可是话到口边，他问不出来。他竟然害怕蒋长扬说出更让他难堪的话来。

全场鸦雀无声。

杜夫人唇边依旧带着一抹冷笑，王夫人眼皮子都没掀一下，方伯辉淡笑不语。蒋长扬不慌不忙地朝四周宾客抱拳行礼，朗声道："诸位至亲好友想来不明白我今日闹的是哪一出，其实无他，但孝心和感恩尔。家母怀胎十月，历经生死，我才能存活于世上。她独自抚育我十多年，亲自为我操持一粥一饭、一针一线，教我识字习文、做人处世，含辛茹苦，历尽艰险，我才能成人。我最该拜的就是她！不拜就和牲畜无异！"又指着方伯辉情真意切地道，"我义父当年从盗匪手上救了我母子二人性命，又教我武艺兵法，君子之道。先是救命恩人，后是恩师，不是父子更胜父子，他完全当得起我这一拜！"

他说得入情入理，纵有人不赞同，却也找不到可以反驳的。方伯辉更是收了脸上的笑容，端正严肃地坐好，与含着泪的王夫人一道，坦然受了蒋长扬与牡丹这一拜。

不是父子，更胜父子。蒋长扬的话犹如一把尖刀，狠狠插入蒋重胸中，再剜了几剜。他狂怒地站起身来，带翻了椅子，一言不发就往外走。他恨透了王夫人，恨透了方伯辉，更恨蒋长扬，但他不能用其他的方式表示自己的愤怒，只能选择离场。

可就是这样的发泄方式，也没能顺利发泄出去。他才不过走了两三步，外头就来了赐封赏的太监。他不但不能走，还必须主持着接旨谢恩。他灰败着脸，竭力控制着自己的情绪，领头重重地拜了下去。杜夫人看到他灰败的脸、颤抖的嘴唇，到底生出些不忍和难过来，可心中更多的却是蒋长扬与蒋重父子彻底失和带来的快感和期待。

东西不多，两柄玉如意，还有就是提前把该有的身份郡君给了牡丹，不用等蒋长扬再上折子去请封。来宣旨的人也不是什么很有体面的，可到底代表了皇帝的态度：他认可牡丹做蒋长扬明媒正娶的妻子。

不得不说，这一刻的蒋长扬非常感激。除了他自己努力支持、保护牡丹以外，他还需要借助这样的外力，给牡丹更多的支撑，让她在日后的生活中过得更加轻松愉快。

被宫使这一打岔，拜堂风波不了了之，除了蒋重，大家都得到了他们想要的：蒋长扬达成了不叫母亲受委屈的心愿，收到新婚妻子的支持；王夫人更深地体会到儿子的敬爱；方伯辉收到继子的敬重；杜夫人看到蒋重的伤心失落与父子失和；蒋长义看到最有前途的长兄和父亲、嫡母之间的暗潮汹涌，互不相让，皆大欢喜。

只有蒋重满心悲愤，却无力纾解，只能默默在心头感叹命运的不公，怎么让他摊上这样荒唐不幸的事？他愤恨王夫人不知轻重，方伯辉欺人太甚，蒋长扬忤逆不孝。

送走宫使，汾王妃觉着这婚事由谁主持都不合适了，干脆挺身出来，让蒋长扬和牡丹完成夫妻对拜。待牡丹拜客毕，众人嬉笑着按风俗戏弄了一回新妇，笑够了闹够了，才将脸红得滴血的牡丹和只知傻笑的蒋长扬一起送入青庐。

烛光下，镏金龙凤银杯闪闪发亮，里头的美酒馥郁芬芳。合卺，合卺，双方敬爱，合体为一。牡丹带着虔诚的态度小心端起面前的酒杯，与同样满脸认真的蒋长扬一起饮尽了这杯甜到心里的酒。

放下酒杯，二人又在茵席上认真对拜了一次，众人方将他二人簇拥着坐上铺陈一新的床，男右女左。旁边早就等候已久的女眷们发出一声笑，喊道："撒帐钱咯！"又念咒愿文："今夜吉辰，何氏女与蒋氏儿结亲，伏愿成纳之后，千秋万岁，保守吉昌。五男二女，奴婢成行。男愿总为卿相，女既尽聘公王。从兹咒愿已后，夫妻寿命延长……"

金银制成的五铢钱和果子鲜花撒落帐上，打得牡丹直眨眼睛，袖子下伸过来一只大手轻轻握住她的手，温暖干燥，宽厚踏实。这就是她的良人，牡丹翘起唇角，垂下眼眸看着礼服上的蹙金凤凰，静待下礼。

待到撒帐完毕，蒋家族中一位年长的女眷面带微笑、神情端穆地上前，认真小心地替蒋长扬除去新郎礼服，又去头花、帽子，再用五彩丝线把二人的脚趾拴在一处，解开二人的头发，各剪下一缕，打结，装入锦囊。

去烛，下帘，礼成。众人依次退出青庐，各自准备归家。

杜夫人唤住不远处的王夫人，似笑非笑地道："王姐姐，其实你还是该劝劝大郎，这样闹下去对谁都没好处。修身齐家治国平天下，莫要为争一时之气，得不偿失。"她的声音不大不小，刚好让周围的人听见。

王夫人回头看着她微微一笑："谢谢你的关心。身为母亲，再没有比得到儿子这般敬爱更让人满足的了。我觉着大郎的修养很好，将来也一定能将他的家管好，绝不会出任何问题。"然后点点头，转身上了马车。

杜夫人哂笑一声，上车和蒋重道："大郎这孩子心中到底是有怨气啊，他年轻，原也怪不得他。可方伯辉那竖子实在欺人太甚！"

蒋重咬紧了牙，猛地把脸转到一边。